绕渡

享凌／著

華中科技大學出版社
http://www.hustp.com

享凌／著

華中科技大學出版社
http://www.hustp.com
中国·武汉

图书在版编目(CIP)数据

绕渡 / 享凌著．— 武汉 ：华中科技大学出版社，2022.7(2022.8 重印)
ISBN 978-7-5680-8405-5

Ⅰ．①绕… Ⅱ．①享… Ⅲ．①长篇小说－中国－当代 Ⅳ．①I247.5

中国版本图书馆 CIP 数据核字(2022)第 102283 号

绕渡
Raodu

享凌 著

策划编辑：饶 静
责任编辑：饶 静
封面设计：琥珀视觉
责任校对：刘 竣
责任监印：朱 玢
出版发行：华中科技大学出版社(中国·武汉) 电话：(027)81321913
武汉市东湖新技术开发区华工科技园 邮编：430223
录 排：孙雅丽
印 刷：武汉科源印刷设计有限公司
开 本：710mm×1000mm 1/16
印 张：30.75
字 数：496千字
版 次：2022年8月第1版第2次印刷
定 价：68.00元

一切目标明确的事情，

似乎都不是那么直达目标而成。

序

第一眼见到这摞厚厚的小说文稿，我就被《绕渡》这个书名打动了。原本以为说的是佛性渡人的曲折故事，翻读书稿神游一番后，才发现作者用此书名原是另有考量。

作者基于自己的生活阅历，虚构了一曲由重要年代、鲜活人物、立于山环水绕中众多的科教机构，由这些要素构成人物命运的时代交响乐。在这里，我们仿佛看到了彼岸，享受着那种饱经沧桑、蓦然回首的陶然；在这里，我们仿佛站到了此岸，激发出一种志不求易、事不避难的抉择；在这里，我们仿佛相伴着“绕渡”曲折，奋发出一种求是创新、带伤前行的无畏精神。

一方水土一方人，一方山水一方情。于江湖山的风景、叙平凡人的故事、诉拓荒者的心声，作者虚构的这个“绕渡”故事，让人精妙于生活逻辑的建构、赞美了风土人情、颂扬了伟大的改革精神，必裨益于陶冶读者的性情。正所谓：日落西山暮色悠，风吹雨打几时休，渔歌唱晚归来客，一缕炊烟绕渡头。

是为序。

二〇二二年三月六日

目录

第一章　邂逅露寒情　顿悟正道行

一

20世纪五六十年代，百业待兴。国家急需生产技术人员，大江南北的工学界大师们都聚集在这语佳山下，见证了工学院快速发展的奇迹。有这样一位教育家，他敏锐地察觉到国家的政策动向，高举理工科大学的金字招牌，胸怀春秋战国霸主式的求才之心，将揽才之手，从大江南北伸向五湖四海，将天下巨匠大才延请至这天下第一城中湖龙湖的东南一隅。他就是在工学院掌门三十多年的“教主”余求是，据此一隅，兴起语园，将竞争搏击的态势悄悄从江湖市最高的语佳山顶顺绕着龙湖沿岸起伏的山脊，压向了江湖众多名山显院，如同堆“才”升火铸巨鼎，“才”堆得越来越高，火也慢慢将这口阔似龙湖的大鼎铸造出来了。不觉之间，海内改革大潮兴起时，这平静如镜的龙湖大鼎，才开始被烧得沸腾起来。

“旺火”转眼就燃烧到了1986年6月中旬，就在余求是即将要退居二线之前，国家以经济效益为中心的市场化改革开放已进入实操阶段。他用政治家的远见和教育家的卓识，又抓住这次历史性大变革的机遇，在“旺火”上再添柴火，重新规划这所已经声名显赫的工科大学的未来：世界一流综合性大学。

这天上午，全校万名师生沐浴着梅雨天斑驳的春光，齐聚兴工露天电影场。围坐在电影幕布台前后，听余求是院长宣讲两件事：一是全校开展校训“严谨、求实、团结、进取”的大讨论，征求意见；二是宣布学校发展的方向——建设“世界一流综合性大学”。他宣布完后，副院长又主持宣布在现有哲学系、经济系、新闻系的基础上，成立法律、中文和生命科学等一批人文科学系和研究所。会上余求是院长举例说：

“法律专业出身的费马所写出的费马大定理，全世界的数学家为之奋斗了三百多年，最终在1993年被英国数学家安德鲁·怀尔斯证明。1943年，数学家香农得机会与密码学家图灵合作，他们交流了很多想法，分享了彼此领域的研究理论，后来，香农写出了香农定理，提出了信息论，在此之前，还没有通信技术这门专业。我们是不是可以讲，一流科学成果越来越依赖学科的关联与综合，而非仅限对单一学科的深入研究。”他还设想，未来的兴工将会有一流的医学院和数个附属医院。虽然兴工的中文名称为兴中工学院，但是英文名称早就改为XUST了（兴中科技大学），每一个兴工人都称为XUSTer，都是世界先进科技文化的探索者……二是请兴工派遣到英国留学获得理学博士学位，并在知名的英国物理实验室做过研究工作的殷鉴教授介绍他的最新科学成果。他在非牛顿引力研究中取得重大突破，是工学院培养出来的大师级理学人才。会上请他演讲，是要展示工学院发展理学的成果和决心。

这一系列活动与改革开放同步，也为工学院由单一工科学校向理、文、法、商、医等多学科综合性国际化大学发展吹响了号角。工学院要再次实现与国家命运的共振、同步，借船出海，扬帆远行。会议散场，射电系空物832班的同学，因为班上要召开到阳京罄山电子研究所实习的布置会，大家一起走在回桐六舍的路上，还在讨论这些令人激动的话题：

“校训很重要哈，就像一个人的名字，有强大的心理暗示作用，大家分头讨论、广泛征集一下意见哈。”班长吕望云给几个小组长要求道。

“是呀，国内外有名的大学，都有一句好校训。”徐秋成说。

“但是，刚才余院长说的校训，太规矩了，差点综合大学的文化性。”爱写诗的闵富贵说。

“远的不说，你看人家汉大的校训：弘毅明诚。简单明了，有文化，味正。”平时寡言的党小组长费新刚也插话。

“我们要赶上汉大，就要在理工科上先超过他。不是简单模糊地超过，而是要以压倒性的优势超过，所以，当前嘛……我们的校训还只能像余院长说的，要像个搞科学做实验的。”一向与学校的做法不合拍，埋怨求是院长是个“红衣大主教”的尤建智这时居然站在老院长的立场上认真地论证道。

“那我们到底是坚持理工优势？还是向综合性大学发展？我们不能总跟在汉大后

面，做‘汉老二’吧！”一直走在马路边的庞恒之，每天早起坚持长跑3000米，这时迈着富有弹性的步伐插话道。

“如果坚持单一的理工方向，怕是兴师、兴农、财院、建材、兴地学院、水院、测绘、钢院、城建……都有可能争着与我们平起平坐，‘汉二’的位置怕还靠不牢。”家在龙湖郊区的蔡建设熟悉地数起龙湖周边的一批高校来。

“校报上说，余院长带队到发达国家去考察学习，得出的结论是只有综合性大学才便于实现专业融合、产出丰硕的学术成果，真正建设国际一流大学，培养国际一流人才。”吕望云还是将话题绕回求是院长的身上。

大家激烈争论，讲到激动时，书呆子徐秋成又用他那特有的苏北大嗓门旁若无人地说：“量子物理学家提出‘薛定谔的猫’的思想实验，直接导致了‘分子生物学’和‘信息论’的产生，求是院长的国际一流综合性大学发展目标肯定是对的吵。”

“对，按‘薛定谔的猫’这个理论，我们管他是‘汉大’‘汉二’还是‘汉三’，我们立足理工科，抓住机遇向综合性大学发展，力争做到别人‘观察时’能看到：我们都是‘老大’！”与徐秋成同样爱好理论物理的庞恒之激动地说道。

“你这话说得好是好，可惜，把兴工一下子关进了笼子。我们不能仅做别人‘观察时’被动的笼中‘老大’，不能总盯着龙湖这边的‘兴字头’‘汉字头’‘湖字头’学校，我们要超过国京尚海的，还有那欧洲老美的，当全国全世界的‘老大’，这才是真嬲塞（厉害的意思）……”来自车城的铁鸽梦模仿着庞恒之的腔调插话道。

“对呀，不过，我们还是要先高高耸立在龙湖边，才有可能与国内外的名校比肩！”爱好文学的闵富贵接话道。

谈兴正浓，大家不觉已走到桐六舍门口，以生活委员吴杰锦的宿舍作为集中开班会的地点。全班三十五人围绕着宿舍中间的“课桌岛”相邻而坐。八名女同学挤坐在尤建智的下铺沿和铺前与“课桌岛”之间的方凳上，男同学则按先来后到，不分上下铺，见缝插针，有几个坐不下的一直坐到门口走廊里。大家嘻嘻哈哈地坐定后，班长吕望云传达了系里的实习安排：“这次实习场地在阳京市罄山电子研究所，为期半个月，大家集中住在附近的虎踞北路小学教室。”生活委员吴杰锦补充通知：“收江湖市到阳京市的船票钱和小学教室及卧具租金，合计三十元。”他还说了集中购买船票去阳京的具体时间等。

二

开完班会后，大家各自散去。江湖的梅雨季刚刚开始，初夏间歇不断的“洗街雨”，把语园洗得干干净净。桐六舍与桐三食堂之间的壕沟边沿垂下密集怒放的小黄花，沟底急流着新鲜的雨水，发出“哗啦啦”的响声。虽然是星期六的上午，因为是在全校大会后，忙碌的大学生们被建设世界一流综合大学的目标所鼓舞，立即各自找到适合自己的地方，紧张地学习起来。无论是马路还是操场上都空荡荡的，偌大的校园静得只有从空中飘下的雨打桐叶声。偶尔出现一两个身穿白色长褂工作服的，显然是食堂的后勤工作人员。

而桐三食堂内部则是另一番热气腾腾的景象。吕望云在桐六舍开完班会后，急忙避开同学，甩开两条长腿，悄悄赶往桐三食堂。大概是因为遗传的原因，身材高瘦的他，偏偏长着一副又平又直的宽肩膀，反衬出一股不屈的模样，一双修长的手臂似那三国人物刘备，下垂越过大腿中部，配偏小紧身洗得发白的草绿色军装上衣，人长布短，粗旧的蓝长裤遮不住小腿，露出一截铁骨犟筋。这不合身的上下衣，裹挟住他浑身上下外扬的天性，只是，塑料凉鞋的几根绊子极富弹性地放纵着他那一双大赤脚，在这初夏梅雨的柏油路上，走得又稳又响。

也或是因为入学时高中鉴定评语的缘故，新生开学，班主任就指定他担任班上的生活委员，主要为同学们在食堂领发进餐券、组织大家做每学期一周的公益劳动和课前帮老师擦擦黑板之类的事情。食堂的黄师傅，因来食堂进餐的学生多，高峰时人手不够，低峰时人手又有多的，正想有个临时帮手，缓一缓忙乱不堪的手脚，在吕望云为同学领饭菜票时，便感觉他面善且似曾相识，留意考察，见他衣着老旧，做事舍得出力，身高体瘦好像是未得饱食，一眼知他来自农村，生活不易。凡此种种原因综合，黄师傅便邀他帮厨换饭吃。虽然吕望云心里十分高兴，口里也不断称谢，却又显得有点扭扭捏捏、犹犹豫豫地没有立即应承。一开始还扯由头说怕影响学习，其实主要是怕同学见了笑话，尤其是怕班上的女同学看见，失了面子。憋了好几天，后来实在架不住咕咕叫的肚子，悄悄瞒住同学，饭前没有课或饭后别人歇息时，像做贼似的，偷偷溜进桐三食堂操作间，帮助整理、清洗菜盆炊具，作为回报，可以免费饱吃一顿。

一直到大二上学期，为了提高学生的自我管理能力，兴工率先在江湖高校实行学生管理模式改革：由学生自己选班委会干部。因看不惯前任班长费新刚“女士优先”的做派，在以尤建智为首的几个铁杆同学的捣鼓怂恿下，吕望云满票当选为班长，生活委员改由吴杰锦担任。不再代买饭菜票了，自己悄悄去帮厨的机会越来越少，现如今遇到要外出实习，家里要寄的实习费迟迟不到，父亲四处找钱，为难的情形，吕望云不想也知道。于是，他又想起到食堂帮厨，能省就省，唯一的还是怕见到同学，尤其比以前更不能让女同学看到，因为到了高年级，大家感觉到女同学都有一股按捺不住的热情，对男同学更加关注上心，关于男同学的消息传得是比以前更勤了。

今天因班会来晚了，他径直跑到操作间，手长骨架大，别人两个人抬一盆的菜，他一人就可以端起，刚与几个师傅一起把三十多个菜盆摆好，准备先快速离开，等同学们排队打饭差不多结束后，再来悄声无息地打自己帮厨换来的不要餐券的饭菜。也许是越不想遇到，越是会凑巧遇到，快出食堂门口，班上的秦贞梅今天也来得特别早，碰上了，躲不掉，无奈的他，脸一红，说：“这么早……就来了？”

“你不是来得更早？”秦贞梅嫣然一笑。

“上午开会未到教室去复习，想早点来吃饭，好到教室去占位置。”

“不对吧，来吃饭，碗都不带？”

这话问得吕望云搓手揪耳，尴尬得手足无措。秦贞梅微笑地端详着他，似乎有意多看一眼他那敦厚的模样，慢慢说：“我刚好多带了一个碗，用我的吧！”

“我还是回寝室去拿，很快的。”他微红着脸答道，似乎被她窥透了全身，又像打了败仗样，快步逃离秦贞梅的视线。他打着伞赶回寝室，伞外下大雨，伞里面下毛毛雨，这还是读高中时用的旧伞。此时，同学们也纷纷起身到食堂去吃饭，他脱下洗得发白的草绿色军装上衣，小心用衣架挂到走廊晾衣服的铁丝上，随手裹上被单，歪靠在床头，拿起书，想看几眼，可是怎么也看不进去。想起刚才遇到秦贞梅，脑海里怎么也拂不去她那双探寻的大眼，不知道她有没有发现自己在食堂帮厨？如果发现了，真有点掉面子，为了不被同学发现，自己小心翼翼，从大一到大三都没有被同学看见，今天糟糕，被班上漂亮能干且也是自己最在意的秦贞梅遇上了。想到这里，他的脸红一阵白一阵，心还在怦怦地跳。秦贞梅一直对自己很友好，自己竞选班长时，她不仅动员班里八名女同学投赞成票，还在吕望云竞选成功后主动要求担任班里的宣传委员，想想即使她猜到了自己在帮厨，也不会告诉其他同学，甚至会理解他，慢慢的，他的心才安定下来。

他看不进专业书，便换了兴工外语教研室编的《中高级英语》考试指南，背了一下单词。眼看同学们都陆续拿着饭碗边吃边走回来了，雨也暂时停下来，他到走廊上取下稍微晾干一些的上衣，溜进桐三食堂。黄师傅正在等他，他打了饭菜，正要离开，不想秦贞梅又从后面跟上来，问他最近是不是有什么难事，到阳京实习的费用是否有困难。他看到秦贞梅很真诚的面容，十分感动，不想在女同学面前说自己的困难，硬扛着说没有困难，实习费用应该没问题，谢谢她的关心，要秦贞梅先去教室自习，待会儿自己也马上过来，就拿着饭碗又回到了寝室。

他边吃边想，哪有这么巧？秦贞梅接连在这么短的时间内遇到自己，问到去阳京实习的费用问题，很显然是秦贞梅发现了他的窘境，而且对自己还很关心，这种关心应该是超过了一般同学之间的关心。班上八个女同学，家里条件、学习成绩和长相都很好。吕望云来自农村，家里条件太差，刚上大学时，还不服气，有意无意地淡化、回避着自己的出身，一直认为保尔还赢得了冬妮娅，牛郎还配上了织女。他在青春期荷尔蒙的强力作用下，在班上率先对美丽能干的女同学秦贞梅发起了进攻，向她写了一封充满激情和天真的求爱信，结果就像泥入大海，没有消息。这从此打消了自己与她及班上其他女生相恋的奢望，与她们一直保持着客客气气的距离。近来，秦贞梅有些特别，不知从哪一天开始，有意又似无意，增多了在自己眼前出现的频率。因她总喜欢穿一条深蓝或浅绛色的牛仔裤，布料下鲜嫩灵巧的肢体，总是不经意地激起吕望云的想象力。多方留心，他知道她家在阳京，父亲是阳京电子厂的书记，母亲是阳京一所大学的老师，她是为了培养独立能力才到遥远的江湖市来读大学的。经验和理智表明，家境不错、穿着时髦、美丽，加上成绩又好的秦贞梅，与自己这个农村出来的大学生，就像两条平行线，永远也走不到一起。正是这样，他更不能也不必要在她面前伤了自尊、丢这个面子。

三

这次去阳京实习要交三十块钱，还要筹二十多天吃饭和零用的钱。考虑到家里十分困难，咬了咬牙，吕望云在信里只向父亲要了五十块钱。按平时，钱应该到了。这几天，几乎每天中午他都到收发室，查看家里的寄款单是否寄来了。都快过了一个星期，眼看星期天交钱的截止时间就要到了，还没有寄款单的影子。吕望云急得坐不住，也想不出好办法，眼看写信也来不及，发电报又贵，家里肯定遇到了很大的困难，发了也没有用。

到星期六上午十点左右，应该是汇款单到桐六舍收发室的关键时刻。他特意跑回宿舍，还真收到父亲信里寄来的“家愁”。

原来，就在吕望云写信回家要实习费的时候，除了他知道的母亲青光眼旧疾复发、二哥在鹤舞冰工学院读书期间受伤瘫痪在家等钱动手术医治外，这次来信又告知，即将参加高考的弟弟因为长期营养不良，患上了急性黄疸肝炎，眼瞅着高考要受影响，家里是一派惶急，父亲愁白了头。父亲信中说：家里一时困难，要他不要担心，实习费用正在想办法，实在不行，就要他请求老师，晚几天再去阳京。

六月中旬，正值江湖市的梅雨期，天闷人愁。知道家里情况后，吕望云一时愁得是不辨东西，急得如热锅上的蚂蚁，四处找出路。他心想，母亲、二哥急需用钱医，弟弟的急性黄疸肝炎也得尽快治好，马上就要高考！他那么好的成绩，十年寒窗岂不付之东流？他真后悔在这个时刻向家里伸手，急忙写回信要父亲不要给自己寄钱，自己有办法处理实习的事，要家里加急医治母亲和二哥，想千方设百计一定要尽快恢复弟弟望海的身体，参加高考不要有心理压力，等等。

情急中，他想起与自己同村且高中同班的同学，正在中阳财经学院财会专业读书的单德果。前一段时间，单德果好像发了财似的，虽然穿的衣服比自己更旧，却不协调地拎着一个“三洋”手提磁带机，播放着什么舞曲来到自己的寝室里，有点得意的样子至今还历历在目。吕望云问家境同样不好的他：“最近做么（什么、怎么的意思）生意发财了？好阔气咯，这么高级的玩意！”

“高级吧，有钱买吗？”

“有钱买这，你开舞会呀？么不去买几套好衣服，你们学校女同学多，穿好衣精神体面点，说不定攀上个好女同学，做个乘龙快婿！”

“你傻呀，现在流行用这学外语呀，你们兴工不是外语狂魔吗？才得了江湖高校英语比赛团体与个人双第一。”

“你自己不留着学外语?”

“我们学校都是学财经政法的，外语不么苛求咯，哪像你们学校?把英语看作个金矿似的，一个个不是拼就是抢。”

“好像文科学习轻松多了，高中读理科的，你跑去学财会，比文科生要厉害多了吧?”

“那是，起点不一样咯，我的数学优势大，当初，要有你那么高的总分，我肯定也要上兴工或汉大。”

“学习轻松，闲得爽，你有女朋友了?”

“没有钱，四处冒烟，还找么事女朋友?哦，莫瞧不起财院哈，我们的校史比你们还早，出的大人物也不比你们兴工少。”

“那不一定，追根溯源的话，我们也可以追溯到很早的时候，我们是几个老学校的工学院合起来的。”

“可不能这样说，别人毕竟是别人的，今天没有时间说这些了。手上有闲钱没有?我以优惠价将它卖给你，这可是学英语的好东西，先问你，是怕好东西‘肥水流到外人田里’。”

吕望云盯着那磁带机，直摇头。单德果失望地直叹息，看吕望云盯着“三洋”，似乎有点怀疑其来路，吞吞吐吐地说：“我在外地工作的叔叔给我寄了钱买的。”

他不禁回想：从来未听说过单德果有个能送他磁带机的富叔叔，只是知道他家里特别困难，初中曾因他父亲重病欠债未能还而辍学，在这种全民经商的风气下，大二时就听说他四处倒卖过莺歌牌磁带。那时，自己家庭条件比他要好一些，望云心里还认为财经学院学习抓得不像兴工这么紧，单德果不好好学习，耽误学业，内心因此对他和财校很有点不以为然。

现在想来，一分钱难倒英雄汉，单德果率先做小买卖赚钱还是有道理的，那台“三洋”，如是用他做买卖赚的钱买的，或者就是过来做买卖的，那他很可能真的赚了钱。可否到他那里先借点钱周转一下，在接下来的假期到学校工地上打工赚到钱，再尽快还他?想到这里，吕望云给家里发完信，立即到校门口，搭上十五路公交车，来到财经学院单德果的寝室。

单德果不在，他同寝室的人客气地给吕望云让了座，说：“单德果出事啦，他偷刻系里的公章，仿冒同学的笔迹，领取了好多笔同学的汇款。”

“呀，这不可能，他好不容易考上大学，快毕业了，做这种事？”吕望云瞪大眼睛，完全不敢信，转念一想，小时候自己跟父亲一起学刻印，他旁听，学得比自己还起劲，父亲还夸奖过他，没想到他将瞟学的手艺用到这地方了。

“一开始大家以为是邮寄过程出问题了，加上他采用在不同班级间歇流动的手法，没有引起注意。”这同学认识吕望云，见他不肯信，越讲越起劲，“后来他越做越密，而且吃饭也不像以前吃了上顿没下顿的，引起了同学老师的注意。邮局接到投诉后报案，公安局介入调查，证据确凿！学校考虑到他还是学生，家在农村，父亲小脑残疾，祖父年老丧失劳动及生活能力，里里外外只靠他母亲种田得来的微薄收入，维持他大学的生活与学习；还有，听说曾有恩于他的老师得了重病，他帮这个恩师找钱看病，这也是他犯错误最重要的原因；加上他学习成绩一直名列前茅，其他方面表现良好，坦白所犯错误。最后，在他母亲的苦苦哀求下，学校担保，但终因无力退款，还是判了缓刑。学校同意他继续跟班学习，拿不到毕业证，但考试计成绩。现在，他正处在处罚后的消沉期。”

这同学讲得滔滔不绝，讲单德果当下的处境，讲得吕望云凉气倒吸。

“真混蛋，他怎么能这样大胆，这不是把自己的前程玩完啦！？待会儿见到他，‘老子’要好好跟他算算，‘讨饭是好汉的后路’，再穷也不能糊涂到这般！”说到最后，不知是惊诧还是愤怒，吕望云如同得了重伤寒，忍不住浑身乱颤。

“我们还得冷静，目前他好不容易才平静下来。现在，他很不希望过多的人知道这件事情，你一定要替他保密，尤其是不要回去说给你们家乡的人听。”见吕望云克制不住的悲愤神情，早就知道他与单德果是高中同学又是同村人，这同学提醒起来很负责任。

听到这话，吕望云连忙起身离开兴中财院，本是来借钱的，钱未借到，遇到这种情况，连一顿饭也未能蹭着，临走时还不忘将这同学嘱咐好：“千万不要对他说我来过哈。”他怕单德果担心自己知道后暑假回去告诉家乡父老。

四

出兴中财院大门，面对眼前景象，看惯了兴工大门前的规整开阔，再看眼前满山房屋的杂乱，加上因单德果事件正在伤感，吕望云更觉心烦意乱。

搭上了返程的十五路车，吕望云一路上不停地替单德果惋惜，也不断重复地告诫自己：再困难，就是讨饭也不能像单德果一样违法乱纪。想到今晚是周末，好久没有与兴汉大学的同学相聚，正好顺路，饿得咕咕叫的肚子，提醒他到高中同班同学伍卓理那里打打牙祭。伍卓理家经济条件还过得去，一向友好大气，去聊聊还可以顺便摸摸他的底。吕望云在兴汉大学有两个高中同班同学，伍卓理住秋香园三号楼，学物理，还有一名女同学罗泽玉学生物，住在樱飞园女生楼里。

在街道口转十二路公交车，很快就到了兴汉大学与水电学院分道口附近的花坛转盘一侧，在这里终点站与起点站相接。大转盘花坛的直径约有十多米，看到花坛中间盛开着一大片鸡冠花，火红的颜色，在初夏还未出梅的下午，被公交车摇晃得有些昏闷的吕望云精神为之一振。下车后，步行绕过转盘背后的一个水塘，碧绿的塘水被四周的垂柳环绕，柳影婆娑着，将斑驳跳跃的光影投向塘心蒲团样的睡莲，几朵淡粉红心的尖角荷花，悄悄让他被单德果事件扰乱的心情轻松起来。他加大步伐，再往右上坡，坡脚不远处就到了秋香园物理系宿舍。伍卓理刚好在操场打完篮球回来，准备去食堂买晚餐，两人在门口相遇。伍卓理老远就高兴地说道："来得正好，我们去喊罗泽玉一起吃晚饭，饭后刚好可以一起到校电影场看电影。"

吕望云微笑点头，心里高兴，跟随他沿樱花小道来到樱飞园女生楼。不巧罗泽玉已到食堂去了，他们边走边扫描着迎面的人流，希望在路上能看到她、碰上头。他知道伍卓理一直在追求罗泽玉，罗泽玉与伍卓理保持着若即若离的状态。伍卓理总在找机会与罗泽玉接触，吕望云的到来也成了他接触罗泽玉的借口。他不时向高中同班好友吕望云述说追求罗泽玉的种种。伍卓理知道吕望云家庭经济困难，不可能与自己竞争，每次吕望云来便让他当灯泡，也是他借机找罗泽玉的理由。其实，他哪里知道，吕望云内心深处也很喜欢罗泽玉，虽然罗泽玉喜不喜欢吕望云，吕望云还不能肯定，但是，罗泽玉在高考完后送给他那台短波收音机，现在还与几本厚书一同垫成了自己的枕头。

罗泽玉的父亲是国家干部，母亲是中学老师。父亲虽是国京下放到老区的首批知青，但是，他放弃了回京，在古城煌州安家落了户。她和伍卓理一样，只有一个弟弟，兄弟姊妹不多。只是她的家庭条件比伍卓理要更好一些，因为伍卓理的父亲是农机修站的工人，他母亲在家种田，不过，伍卓理的亲叔叔是兴汉大学的工农兵大学生，毕业后在兴地学院学工处工作，他常在吕望云面前提起这位叔叔，似乎是在给自己的进攻加油，找到与罗泽玉自身条件外的平衡度。

傍晚的兴汉大学，天还未黑，草木葳蕤，蝉声如歌，诺佳园电台正播着广播，加上路上来来往往的学生太多，他俩说话不自觉地提升了音量。他告诉伍卓理自己即将去阳京实习，目前五十元的实习费没有着落，只因母亲的眼疾和二哥的腰伤正饱受着差钱医治的折磨，今天父亲来信又说弟弟临到高考前又因急性黄疸肝炎辍了学。急得没有办法，他只有过来看看老同学，好缓解心情渡过这急切无奈的周末。

伍卓理告诉他："单德果前一段时间来过，他家里也很困难，我劝他勤工俭学，他还说他的事不是勤工俭学能解决得了的。"

"我一直都在做勤工俭学，现在时兴市场经济，只要不犯法，时间允许，么事都能做咯！"他用煌州家乡话对伍卓理说，回避自己才到过单德果那里，更未说起才听说的事。一方面是遵守承诺，不对别人讲单德果犯法的事；另外，伍卓理是吕望云高中最要好的同学，他要让伍卓理觉得自己是专门找他来的。这样，尽管自己不好意思直接开口向伍卓理借钱，也向伍卓理传递了借钱的意思。伍卓理想想马上要放暑假了，自己又没有外出实习的安排，清了一下钱包，还有二十多元钱，他拿出十五元，说是借给他急用，并说待会儿遇到罗泽玉也可以问问她还有没有余钱可以应急，她是学细胞生物学的，想想也不会外出实习。吕望云十分感激地收下伍卓理的钱，但是，他央求伍卓理道："千万莫告诉罗泽玉我现在缺钱，这点麻烦没有必要在她面前提起。"伍卓理可能也希望他不要撇开自己，直接与罗泽玉联系，会意地点点头。

正说着，就到了罗泽玉经常去的食堂。看到正排队的罗泽玉，他们上前招呼，约定打好饭后坐在一起。这时的罗泽玉，高兴得神采飞扬，她先打好饭菜，挑空桌坐在一旁，不时愣愣地瞟一眼这高中同班的两个男生，不知是谁使得她心慌。他们很快也打好饭菜，坐在罗泽玉占好位的餐桌旁，边吃边聊起新闻与过往。

"告诉你们一个好消息，学校昨天通知我，因我的学分已修满，我已被提前推荐读汉大的研究生了。"罗泽玉按捺不住心中的高兴。

"太好了，我得加把劲考上汉大物理系的研究生。这样我们还可以继续再做同学。"伍卓理主动关联起自己并祝贺道。

“我们辅导员老师还建议我珍惜学校学分制改革的机遇，利用提前修满学分拿到毕业证后的时间，抓紧考‘托福’联系出国留学，因为汉大生物系今年在全国率先公派留学人员出国做项目。”罗泽玉好像并不在乎伍卓理的关联，不无自豪地答道。

“卓理，你得赶紧努力也考出国呀！”吕望云才得了伍卓理的资助，投桃报李地违心撮合伍卓理道。

“说说你呀，你这个高考时的拼命郎，高材生！”罗泽玉转移话题望着吕望云说道。

“麻雀跟着大雁飞呗，我也向你们学习，准备考光华大学国民经济管理专业的研究生。现在国家进行经济改革，实行计划和市场经济双轨制，我总觉得这里面学问大，需要研究的问题多，将来能够立足工业技术，为改革开放做点贡献。”吕望云既谦虚又志向不小地回答，不无小聪明地既保住了自己的面子，又给伍卓理让出了主战场。

“我看你就是想将来当个大官，我还是想跟罗泽玉一起搞学问，就考本校物理系电镜室的研究生，将来为罗泽玉的细胞生物学研究提供支撑。”伍卓理领会吕望云的好意，进一步向罗泽玉表明心迹。

听到这话，罗泽玉白皙的脸一下微红起来。她把目光转向吕望云再次转移话题道：“你们都要深入了解一下细胞学，起码对今后保养好我们的身体很重要呐，比如说癌症早期，学过细胞学的人一定比一般没有学过的人更敏感，有利于提前调整预防。”

“是呀，我最近看了提出‘薛定谔的猫’的大物理学家薛定谔写的《生命是什么？——活细胞的物理学观》。在这本书里，薛定谔主要提出了两个观点，一个是遗传物质的稳定性可以用量子力学来解释；另一个是生命以‘负熵’为食，不断从环境中汲取秩序，以维持自身的有序状态。这两个观点引起了科学界巨大震动，激起了一波物理学家抢生物学家饭碗的热潮。十多年后，沃森、克里克等人横空出世，揭开了DNA分子结构的神秘面纱，分子生物学诞生了，成为科学史上的里程碑事件。听说他还在另一本书里提出了“生命即信息”，后来经过香农等人的努力，信息论得以建立。看样子，卓理的物理和我的空物信息都与细胞生物学相关，中学学的那点生物知识还是太浅了，可否借一本你的细胞生物学教科书学习一下，也许哪一天我自己也用得上哈。”吕望云顺着她侃侃而谈。

“好的，待会儿我回宿舍去给你拿一本，你一定要认真看哈！”见吕望云有这么宽广的知识，罗泽玉回想起高考时吕望云物理只扣4分，单科全省第一的好成绩时，她显得又佩服又认真地说。

随后，他们放开话题讨论着，从学校哲学课中对“萨特的存在主义从上帝之死推理出来的绝对自由”的批判，到高教界热议江湖市的兴汉校长路如斯和兴工院长余求是分别引领的不同模式的高校改革。

他们担心精神上帝的崩盘，会造成绝对自由的思潮，在大学生中产生不良的影响，都希望汉大正在全国率先开展的学分制和跨校学位制改革早点落地。吕望云说：“这个跨校学位制太好了，我毕业前可以选修汉大的细胞学课程，既能深入地分享女生物科学家的研究成果，还能拿到汉大生物系的学士文凭。”

伍卓理未作思考，急着应道：“跨校拿汉大的学士文凭，你美着吧！谁不想拿我们汉大的文凭呀！”这话无意中显露出伍卓理心中“汉大比兴工好”的心苗，冲击了吕望云的兴工荣誉感，他顾不上才得到伍卓理的资助这回事，严肃认真地说：“你这意思好像是说汉大的牌子比兴工要好？这可不一定，兴工是原来的汉大工学院分出来的，独立后，工科肯定比汉大的新工科强，更何况，兴工还有来自湖阳、阳昌、阳宁和华阳等地的多所大学的优势专业，后来我们兴工不仅抓住了国家支持发展理工科的机遇，实现了教学不停、科研引领，而且，还借机把各校所不要的众多‘牛人’请进来，兴工的牌子和实力怎么比不上你们大量人才流失的汉大了？”吕望云越说越激动，停下来后，半晌伍卓理才回过神来。

“你看你这人好不讲道理，是你说要拿我们汉大生物系第二文凭的，我才顺着说起，你本人的意思不就是兴工的牌子好过汉大的？”伍卓理很委屈地辩解，看了一眼罗泽玉，似乎在寻求她的帮助。

“吕望云就是这性格，容许自己谦虚，容不得别人说不是。兴工与汉大同根同源的，除地点不同外，不都差不多的。”罗泽玉和稀泥地说。

他们三人会意地一笑，最后，罗泽玉接着说：“虽然同根同源，但是，语佳山与诺佳山毕竟是同脉不等高，‘掌门人’余求是和路如斯也各自吹着不同的号，肯定会将江湖市这两所全国名校带进不同的发展轨道！”

夏天天黑得晚，饭后，大家分两路先回寝室，约定七点半在汉大露天电影场大门口相会一起看电影。吕望云被伍卓理的慷慨相助所感动，随他一起回到秋香园物理宿舍，各自拿了一只学校统一配置的小方板凳，顺着坡路散步到了电影场门口。电影场在离秋香园三舍不远的洼地，周围是挖下电影场后形成的高坎。坎上树木茂盛，树叶浓绿，梅雨一阵一阵的，不知今天的露天电影能否顺利看完。大家一手拿着板凳一手拿着雨伞，做好了雨中看电影的准备。看门口海报，今天播放的电影是日本影星高仓健主演的《幸福的黄手绢》。他们都知道，高仓健是校园女生的偶像，今天的电影罗泽玉应该喜欢。他俩都希望自己是罗泽玉心中的高仓健，只是吕望云因家境困难，这种希望被活生生地压抑着，他主动向伍卓理让出了主动权。因为伍卓理的友好，自己更应该全力配合支持伍卓理对罗泽玉的追求。

吕望云身材高瘦而结实。或许是因为高考后在大舅家承包的煌冈中学农场从事了一个暑期双抢劳动的缘故，兴工新生入学体检时，他轻松一吹，肺活量就高达六千五百毫升。体检的老师由衷地感叹道："到底是煌冈中学的学生，不仅书读得好，体育锻炼也了得呀！"把吕望云说得暗自高兴。伍卓理虽然身材中等，长相清秀，脸上颧骨凸起，三角眼睛虽小，但是显得还很精神。在罗泽玉心中，在高中同班又同到江湖读大学的三个男生中，吕望云果敢直率多聪明，伍卓理圆融随和少主见，单德果内向谦虚难深晓。

罗泽玉长得也不像高中时那样精致玲珑。大三读完的她，穿上高跟鞋，好像长高了许多，海蓝色的学生裙刚好过膝，露出一截藕白小长腿，被一双颜色稍深一点刚过脚踝的短肉丝袜反衬得格外白嫩；雪白的"的确良"短袖衬衣，胸前的衣扣遮不住少女青春的张力；白皙的小方脸上，偶尔一笑露出两排整齐的玉贝牙；水灵灵的大眼睛，漆黑的眼珠透露着一股莫名的聪慧与深邃；些微凸起的光亮脑门，总让人产生想亲吻一下的冲动。吕望云总是下意识地回避她浑身上下散发出来的迷人气息，每次见她心跳加快、紧张、压力大时，总爱回忆起高考前她紧张得一夜睡不着，喝安眠药过多，家长老师一同扶她进考场时还未醒的情形。那次，她直到开考一小时后才清醒过来动笔，最后还能以优异的成绩考上兴汉大学生物系。

在吕望云眼中，伍卓理与罗泽玉两度同学，门当户对，真是天造地设的一对。但是，单德果可不这样想，记得刚到江湖上学，他们四个同学聚会，吕望云开伍卓理的玩笑说："近水楼台先得月，追上罗泽玉非卓理莫属吵。"单德果当面未作声，私下在吕望云面前断言："伍卓理追罗泽玉，那是跛子撵强盗，越撵越远咯。"

不一会儿，罗泽玉快步从樱飞园小道走过来。快走近时，吕望云示意伍卓理迎上去，罗泽玉却顺手把手中的小方凳交给伍卓理，不停脚步地走到吕望云跟前，大概是因为走快了，红着脸、小喘着气递给他一个牛皮纸袋，说："这是你要看的细胞生物学，一定要抓紧时间好好看哈!"说的时候还飞快地盯了吕望云一眼。

他们边说着话边换票检票进了电影场。吕望云待伍卓理和罗泽玉坐下后，坐在靠伍卓理一旁。这次，主片是日本电影《幸福的黄手绢》，在播放正片前还播放了一场《深圳速度》，片中三天建造一层楼的速度给他们留下深刻印象，改革开放、市场激励原来是这个模样！最后，老天争气，直到黄手绢高高飘扬，才下起雨来。雨中，他们三人在动人爱情故事的激情中相互辞别，各怀欢欣与惆怅。

五

单德果的失误，伍卓理的慷慨，罗泽玉的热情，深深地打动着吕望云。他庆幸在自己最困难的时候，有人反面教育，有人鼎力相助，有人热情鼓励。想到这里，他越走越有劲，密集的雨点透过旧伞布喷到脸上，丝丝的凉意，消除了梅雨天气的闷胀。他快步来到十二路公交线汉大校内的起点站，等了一会，发现末班车已错过。又匆匆往街道口十五路车站一路小跑而去，等他赶到车站时，末班车也已离去。打出租车是不可能的，他迈开双腿，朝兴工语佳园奔去，他知道，语园在晚上十一点准时关门，这个教训深刻到他一辈子也不能忘怀……

那还是在新生入学的第一个寒假，班上八个女生中除国京市的何德珍和湖阳省的艾冰乘火车回家，安杭市的喻红玉、阳京市的秦贞梅，江庐省的祝富勤、李玲、迟任美和万花朵都要乘船回家。兴工一向被认为是男生的世界，一般每班三至五个女生，有的专业的班级如机械二系，甚至是"和尚班光秃系"。空物832班这么多的女生，她们一个个豆蔻年华，貌美如花，每每一起到男生宿舍来开班会学习，都是一道道抢眼的彩霞。这不仅引起桐六舍的男同学羡慕，就连相邻东边一片宿舍甚至遥远的西边的男同学，尤其是高年级的男研究生们，全都引起了注意。兴中工学院里男女学生有好感，走得近一点是可以的，想明确谈恋爱却是不允许的。加上自己家里经济条件实在是太差，吕望云对班上的女同学是个个都喜欢，但是，一个都没有信心也没有胆量有进一步走近她们的奢望。但是，在强烈的男性荷尔蒙作用下，他脑海里也本能地将她们排了一个序，有机会就依次主动接触，加上自己又是生活委员，领发餐券时与她们接触的机会比一般男同学要多。期末考试后，下了一场大雪，他统计学生返校的车船班次，交给那时的班主任苏柏。那天下江的船是晚上八点半，女同学的票只经过他的手，男同学中按理只有他清楚各位女生的开船时间，感到机会难得的他按捺不住，居然下意识地尾随暗送女生到江边的十八号码头。与其说是送，还不如说是自找苦头，因为，他一直没有信心让下江上船的女生知道他在她们的后头。还有一个原因是一同下江上船的还有班上的男同学尤建智、薛尚法、夏国华和施怀仁四人，要是遇上男同学了，真不知说个么事缘由！他目送秦贞梅那深蓝色的牛仔裤，直到大船驶离十八号码头。正待转头走向十五路车的江边起点站，忽然一人拍了一下自己的肩头，他回身一看，竟是同班男同学庞恒之。他睁大眼睛，惊奇道：“你也是……”庞恒之左右摇晃着身子，极不自然地笑着点了点头，像是一同做过小偷的他俩，亲密无间地一起往车站走。那次，末班车也是刚开走，也是不可能打车，也是像今晚一样，他们迈开双腿，踏着雪，深一脚浅一脚地朝语园走。那次他们赶回兴工楠三门，已是晚上十一点半。门已关，他们转到楠二门，楠二门也已关闭。见四下无人，他们俩互相拉扯着翻越了铁栅门……

自从那次经历，这庞恒之和吕望云就成了心里共着秘密的好友。今天，他又没赶上公交，又得长距离步行赶路，只不过那次是踏着大雪，这次是冒着大雨，那次是两人，这次是独行。那次是无意识的迷茫与青春幻想，这次是具体的感伤与解决困难的怅然。

初夏雨中行走，青春热气升腾，他敞开衣袖，脑海里不断浮现单德果母亲饱含泪水的模样。那是同村不同族姓的大婶，一位勤劳善良的农村大娘。单德果的父亲早年就患有小脑发育不全症，单德果是他俩的独生儿子。单德果的奶奶去世得早，祖父也只有他父亲一个儿子，按理说几代单传，他祖父应该特别疼爱单德果。但是，吕望云从小与单德果一起长大，不仅从来未见过他祖父喜欢疼爱过他，相反的是，吕望云每次和单德果玩得开心的时候，他祖父常常绕过他父亲，拎起他的耳朵，无端一顿臭骂。这时，单德果那慈爱的母亲便在一旁暗自落泪。祖父、父亲还有单德果，全靠她母亲一人劳动操持，把单德果养大。善良的母亲指望独苗单德果有出息，委曲求全、含辛茹苦多年。吕望云脑海里自然浮现出单德果母亲知道这事后落泪悲伤至极的样子。想到自己现在也遇到了不小的困难，但是，自己身强力壮，决不能栽单德果这样的跟头，母亲的叮咛又在耳边响起："讨饭是好汉的后路，绝不可做违法失德的歹徒。"他决心过一段艰苦的实习生活，想到这里，大雨似乎变成了动力，他加快步伐，往语园赶去。

他来到楠三门，果然铁栅门关了。四周没有一个行人，高大的法桐树枝，茂密的法桐叶像排叠好的瓦片，斜伸过门顶。桐叶瓦片，将雨滴收集成雨片，跌落到水泥地面，噼里啪啦地放大着这初夏梅雨的青涩与缠绵。他收起伞，熟练地爬上大栅门，一缕缕雨丝迅速将一路伞护得不太好的上衣淋透，瞬间全身湿遍，他索性收起雨伞，敞开上衣、卷起裤腿，放开步伐走过熟悉的语园林间。回到桐六舍，小心脱下湿衣，悄悄来到洗漱间，洗净晾到走道的晾衣绳上，他又悄悄爬到铺上，迷迷糊糊地听着书呆子徐秋成的震天鼾声。

第二天一早醒来，头痛得厉害。他还是坚持起来，强犟着到桐三食堂吃早餐。他知道抵抗感冒最好的办法是坚持吃饱饭，吃完饭后真的好多了，他竟然还坚持到桐五教学楼去复习考研的教材，中午照常到桐三食堂帮厨搬菜。

周日晚，照例是班会。班会后他问生活委员吴杰锦还有哪几个人路费未交。吴杰锦答道："就你和徐秋成未交。"这下可把一班之长吕望云急得是脑门冒烟、心跳到喉……

第二章　往事如烟春情迷　好人解困恩缘深

一

全班就徐秋成和吕望云实习费未交。吕望云生怕丢面子，赶紧嘱咐吴杰锦不要对其他同学唠叨，并要求他缓一缓再去买船票，自己正在想办法。

徐秋成长得五大三粗。也许是因长期的刻苦学习，或是因年少时农村艰苦的生活所致，他的背有点驼、有点罗圈腿，腰背稍长于两腿，经常大大咧咧地自诩为“虎背熊腰”，貌相富贵。加上姓徐，与现代京剧《智取威虎山》里的土匪许大马棒的许姓谐音，爽朗不羁的哈哈笑声也如那气焰嚣张的许大马棒，不知是哪个同学给他取了个外号叫“许大马棒”，后来干脆被简称为“马棒”，总之，是形容他平时有点愣愣的书呆子模样。吕望云向身后半躺着看书的吴杰锦问完话后，转个身就问对面坐着看书学习的徐秋成：“马棒，到阳京的实习费还未交，你不打算去实习了？”徐秋成听后，蒙蒙的，慢慢抬起头说道：“去不了就不去呗，我本来就不想学这个破专业。”

“不去实习可不行，兴工要求严，到时毕不了业，报考不了研究生，你想改专业也改不了。”知道徐秋成想改专业考粒子物理的研究生，吕望云提醒道。

“是吗？他妈的，这学校也太死板了，我好几个高中同学，人家读的都是比兴工还要响的名校，他们实习都是找个单位开个实习证明就得了。当初真不该听我老子的话来这里，那你快帮我想想办法哈！”徐秋成意识到了，边说边用手掌拍打着吕望云的宽肩膀。

“你这也是实话，我高中的同学，汉大物理系的，他们都没有实习这回事，一心一意考研。”吕望云马上联想起伍卓理不用实习，自己才有钱可借的事。

“他那还好说，他毕竟学的是纯理论，我高中的同学，兴水学院，学电力的，人家实习回父母单位开个跟班证明就得了，哪像我们这么严吵？”徐秋成高中也有同学在龙湖边读大学。

“怎么办呢？总不能说骂够了兴工，我们就能不去实习了？还是想办法克服困难吧。”吕望云这话既是开导也是自我解嘲。

“好你个大马棒！真有你的哈，自己交不起钱，还说学校的实习制度太严，谁叫你当初报志愿时钻到这庙里面！”斜靠在床上背单词的吴杰锦忍不住也开了腔。

“认命吧，莫牢骚，又不是让你大马棒去当和尚，我们还是老老实实去找钱！”吕望云看了看徐秋成的无赖样说道，同时也在琢磨是向系里管学生工作的阚育才书记报告困难，还是有其他办法可想。他真不想给学校添麻烦，因为申请特殊困难补助，程序严格不说，也会把面子伤了。所以，很多确实有困难的学生宁可在校外工地上搬砖做苦力或倒卖书籍磁带，甚至倒卖蔬菜鸡蛋等也不愿申请补助，把身份降低了。

现在临时去赚这么多钱肯定来不及。情急中，他想起了在桐三食堂负责的黄琴会。正是他，三年来让自己帮厨换饭吃，才让自己免去了饥肠辘辘的危机。这么好的一个恩人，现在自己又遇到这样一个大难题，一定要告知，相信他起码会给自己一个好的建议。

第二天是星期一，上午是《电磁场理论Ⅱ》的考前自习。这一门专业课有太多的难题，沈西林老师到堂解谜，都说这门课难考，教室里同学到得很齐。吕望云想，这一段时间为实习费用问题分散了太多的精力，加上又要准备考研，期末考试万不可大意。他乖巧地向沈老师要备课本，老师只顾给同学解答问题，对他的请求没有搭理。见沈老师手指夹着的烟好一会儿未燃起，他拿起老师放在讲义上的火机，十分尊敬地打着火，老师凑近火苗边吸边点头表示满意。大家都知道，沈老师有不肯给同学看备课本的习惯，这次，乘着老师满意，他说自己的笔记有几个地方未好好记，想补补，顺手拿了老师的备课本讲义，老师居然少见地没有在意。他回到座位认真看起来，结合自己平时听课和做作业的功力，自己给自己出了一套试题。给同寝室的铁鸽梦和吴杰锦看这套试题，哪知他们都瞧不起！班里的党小组长费新刚在一旁干笑道：“你那水平，莫误导了同学。”但他知道，自己这次必须押一押题，否则考试肯定会碰壁，到时挂科拿不到学位证可是大问题。他继续参考沈老师的讲稿，继续模拟，但是，没有给任何人再看后面这套模拟题。

认认真真地干完这事，他感到有点内急，于是起身外出上厕所。待他返回时，他再也看不到老师的讲义，便很自然地想：这讲义不会自己长腿，肯定是沈老师意识到讲义考前不能给同学看，自己过来收走了。也说不定是谁拿去参考学习，这人用完后肯定会还给老师的。于是，他收拾起自己的笔记，先回到桐六舍，到收发室查看，还是没有从家里来的邮件。

二

午饭他还是比别人晚去，在桐三食堂做完厨房清洗工作，拿了饭盒，他想向黄师傅述说自己的实习费问题。但是，他扭捏犹豫，屏住呼吸，脸薄不知如何提起。黄师傅示意他不要急，先吃。三年了，他从来没有把自己的困难主动向黄师傅提及，今天面对关心自己这么长时间如同兄长的师傅，憋屈已久的困苦如同溃坝倒堤，倾泻而出。

吕望云家在煌州鸫坡下。随千年来长江"三十年河东，四十年河西"的改道变化，加上政府每年都组织农民挑土筑堤坝，鸫坡下的江流有声慢慢演变成沙洲人家。因每年春雨内涝外汛，这一带的民房多为木架板房，俗称列架。每年主汛暴发，人们就将木架板房拆开来，拼成一个大木筏，就像西方的诺亚方舟，粮食筏上堆、六畜筏上爬，全家用力撑，撑到对面的山脚下。找好对家，山上有地产的继续种地，没地产的打短工营生，主汛期过，大水还未完全消退，又乘筏渡过洪水缓退的冲击湖，回到大江与冲击湖之间的沙洲上。汛前一季小麦，麦浪从山脚滚过土堤再到江边。汛后一季甘蔗，无边的甘蔗夹着些许芦花，茂密高深的甘蔗与芦花水浪般摇动着一座座列架，好一个"水进人退、水退人回"的和谐景象。

力求打破这种景象的是吕望云的曾祖父，一个裁缝，排行第五。吕家祖上从川省贬配到煌州府做府台，失官后转为耕读之家。在对面山上有良田数千亩，在沙洲上又有一眼看不到边的沙涝半岛。本可凭地租富养家人，不想他这做裁缝的曾祖父，硬是要带领吕家后人，在沙滩地上围堰，在堰内种起需要在汛期继续生长的水稻。据说每年暴雨季，长势喜人的满堰水稻，不是内涝水车抽排不赢、就是江水太大冲垮了垸堰埂，将那正在扬花结穗的水稻淹平。长辈们回忆，十年十围、十年十种，结果是十年九淹，淹则颗粒无收。只是那十年中没有被水淹掉的那一年，收获的稻谷一定会堆得仓满屋漫。十年中只有这一年，全家大几十口人才会满心欢笑。而在那颗粒无收的九年，对这煌州城北上下闻名的吕家堰塘，县乡路人都心持不解、口带嘲讥。好在还有对岸山上那良田租子，全家生活并无大碍！当时人们一直不明白，他曾祖父为什么要坚持做这件劳而不获的事？而且还要逼着全家人跟着他做？一直到他曾祖父去世前夕，他才断断续续地说："家里靠祖上积累了一些地产，不给你们这些后人找件有希望成功的事情做，你们整天游手好闲，必生吃喝嫖赌毒的邪念，只有这样才能保住祖上的产业，占住了你们的时间，强健了你们的身心，有时还有意外的收获。我这是在守家传业，要大家惜福、聚福呀！你们不信，看那大地主李庆云家里，后人一个个都不走正路，将那大的家当都丢在了烟街花柳的大江口、大尚海。"

曾祖父的这一席话，深深地启示了吕望云：要守住家业，必定要找正经事做。他的祖父兄弟三人，祖父本人是老大。农忙时打理自家的田地，农闲时帮人整理列架屋上的茅草顶盖。祖父的大弟弟继承曾祖父的职业继续做裁缝。小弟弟从小读书，读到了江昌学堂，接受新式教育，跟老师学得一手篆刻手艺，回家传给了吕望云的父亲。祖父的这个小弟弟不是一般的淘气，他毕业后不依家里的要求做"正经事"，硬是要跑到抗日的部队里当文书。他曾祖父担心小儿子的安危，步行两百多里找到他，要他回家打理田产或做些其他"正经事"。他小叔祖父见了曾祖父一面，表达了抗日的决心，便不再露面现身。他曾祖父等待数日，一路走回家，一路抽泣泪奔。从此，家里再也没有他小叔祖父的确切音信。

吕望云的父亲原本有兄弟四人。游击队长陈大脚带人干掉了在煌州城驻守的几个日本人。日军报复，夜晚偷偷将细菌撒向煌州外城。恰巧这天在江口卖了一船甘蔗后顺江回家的吕望云父亲的三个哥哥，下船后口渴，按习惯打了家门口水井里的水喝，三人中毒，全部未能救活。他祖母正怀着他父亲的小妹妹，也因伤心过度，产后不久病丧煌州城。这件事，一直根植于吕望云兄弟们心中，尤其是夏日酷暑夜，兄弟几个在长江大堤上露宿，仰望星空，遥想千万年来，历经无数大灾难，先祖们不仅自己断臂逢生，而且还能做到香火不断，后人能来到这个世上，真正是一个奇迹，人生的意义也许就是这个奇迹般的传人、渡人，无垠的星空中说不定哪一颗就是先祖的灵魂。

从此，他祖父守着他父亲。他父亲读完私塾学珠算记账，再想出门读书或谋差事，他祖父说什么就是不允。这也引来了他父亲对祖父的不原谅。吕望云的父亲在十八岁那年崭露头角，铁算盘的名声远播十里八乡，开始在大队，后来到公社，一辈子凭珠算的本事当会计算账，有时帮人刻章，忙碌能干的父亲一直是吕望云兄弟姊妹心中的榜样。

吕望云有两个哥哥，一个妹妹，一个弟弟，加上比大哥小四天的表哥。因表哥的母亲生下表哥未满月就离世，姑父无力养活，就将其交给吕望云的母亲一起喂养，一直到小学毕业表哥才回他自己家。这就应了一句老话：儿多母苦。父亲终日奔波劳累在外，总有一口大锅饭吃，母亲在家可是里里外外一把手，劳神费力不说，还时常断顿，充饥用青菜萝卜。

也许叛逆是人的天性，被祖父限制出门的父亲，与祖父决然不同。父亲是竭尽全力要求儿子们外出读书，他固执地认为读书学习就是祖上说的“正经事”。他给四个儿子依次取名：望山、望川、望云和望海，小女取名望月，给在家寄养的表哥取名岳望星，以表达对子女勇闯世界的希望，弥补自己被困乡里的不了心。

1977年，大哥望山在水库工地上测量土方。父亲向公社书记推荐他表哥回他本乡，在公社新建的初中当物理老师。二哥望川在读初三，吕望云则被他父亲送到煌冈地区文工团，跟着表姐夫学打鼓练楚腔（为了获得商品粮户口）。恢复高考的消息一出，父亲想方设法将望山调回村办小学教书，托人找门路将表哥送到县一中进修物理，督促他们好好复习，力争脱离土地、跳出农乡。

高考录取通知轰动了全县，大哥望山考上了煌冈师范，表哥以全县最高分被兴中工学院录取，后因那年只有他一人报考兴中工学院液压传动专业，这专业尚海交通大学报考的人数也不足，经协商，他被调剂到尚海交通大学。吕望云父亲高兴得山欢水笑，仿佛一步踏上了家族兴旺的康庄大道。他二话没说，将吕望云从文工团调回，插班到同龄人班级，可怜这吕望云小学少读两年，每次听课，根本就听不清门道。也许是因为学习糟糕，他是个十分叛逆顽皮的孩子王，二哥望川带着他读书，他都不接招。一次，在煌冈师范读书的大哥望山回家检查他的学习情况，《平面几何》快学完了，望山问他，什么叫“对顶角相等”，他竟然回答不上。恼羞成怒的望山操起一根长竹竿，一顿狠抽，将长竹竿打折，打到最后，只剩下开叉的一小截。颈硬筋犟的望云就是不叫饶。还是他父亲回家后的一句话“读书不趁早，媳妇哪里讨？”和小时候跟着教私塾的外祖父读了几天书的母亲在一旁也顺了句“书中自有黄金屋，书中自有颜如玉”说服了他。他从此发狠，跟随望川，自律刻苦，严寒酷暑，通宵达旦，煤油灯下把前途找。望川考上鹤舞冰工学院，煌冈中学的尖子班，望云也同时考上了。

可天有不测风云，望川到东北读书，不小心摔伤了脊椎，高位截瘫，急需找钱治疗。望山因不同意与地委领导的女儿结婚，被发配到当地一大山中的农村中学教书，家里一时指望不上。童年住在家里的表哥尚海交大毕业后考得了公派出国留学名额（他父亲再婚后很难顾及他，他也自顾不暇）。加上望海和望月都在煌州城，且即将参加高考和中考。还有叔祖父留下的八十多岁的细婆也病倒。母亲常年油灯下补衣过劳，青光眼疾复发需要紧急就医治疗。关键是漏船遇到了连天雨：在即将高考的时刻，弟弟望海又得了急性黄疸肝炎。真是四处冒烟，个个缺钱，在这种情况下，他父亲实在是一时周转不过来，寄款单迟迟未到。去阳京的实习费无着落，实习去不成，兴工管理又严，能否拿到双证毕业都成为疑问了！

黄师傅在听望云述说时已经明白，尤其是当望云说出望山的名字后更加确认：眼前这个贫困大学生就是十多年前自己下放农村时遇到的恩人的儿子。他不禁发出深深的感叹：要不是因为这世界太小，再不就是因为佛家说的恩缘有报，使他十多年后在这个意想不到的兴工园里与恩人的后代相遇了。他按捺住自己激动的心情，让望云一口气说完，自己则陷入了对往事的深情追忆中。

三

沿正对语园楠一门的大街前行，下缓坡，约莫两百步的模样，左侧就是勇立改革潮头、全国知名的江湖汽轮发电机厂。这黄师傅名叫黄琴会，那还是十多年前，他父亲时任这个名厂的总工兼副厂长。就因他父亲曾经说过一句“疯狂”话，便被撤职挨批，后被对门的求是院长主动“暂时收容”。正值庆幸，全家人发自心底感激，以为一家人从此可以团聚在这语佳山旁，刚要安歇，一纸通知，要他到煌州城北的叶鹭大队上山下乡。这叶鹭大队在两个方面与望云的老家赤壁大队有接壤：一是他每次回江湖市或到煌州城办事都要走在赤壁大队的沿江大堤上；二是因为黄琴会自小就拉得一手小提琴，大哥望山会拉一手二胡，他俩经常带领一些下放和回乡青年一起排练文艺节目，革命现代京剧在公社各个大队演出，巡回上场。

还是在他返城那年，叶鹭大队向公社填报了申请他十月中旬返城的申请表。他心情激动，充满了感激，主动要求，再组织排练一场文艺节目，国庆期间在公社四个大队表演歌颂。这天下午，盛夏炎热，他将自己平时负责放养的几头耕牛，抛到江堤外杨树荫下吃草放养，自己则与望山几个人一起排练演奏革命现代京剧《龙江颂》。

他们排练得十分上心，不知不觉太阳藏进了江堤外的防浪林。这时管理牛栏的人上气不接下气地跑过来，慌了神一般："快莫练，其他牛都回来了，唯独不见二牯牛，我们到处都找了，就是找不到！"听到这里，黄琴会脑袋开炸，眼冒金花，半天未能缓过神。望山拉着他四处过细再寻找了一番，就是见不到二牯牛的鼻绳角叉。天气炎热、几经折腾，黄琴会早已汗透了全身！他手足无措，望山也心急如焚，望山事先也不知道他如此大意，将牛抛放，心里埋怨黄琴会：你把牛抛放，一群牛无论如何要跟一个人呀！现在正是农忙双抢（抢种抢收）季，要用牛得紧，丢了牛影响生产，说不定还会被怀疑是破坏生产。见黄琴会忧心失神，望山转念过来又劝他说："先莫急，等我回来了再说。"说罢拔腿就往家里跑，将丢牛的事告诉了家里刚吃完晚饭的父亲。父亲立刻骑自行车带上他，赶到牛栏处，远远看见黄琴会双手掩面半蹲，近听他抽泣失声，知他心似蚂蚁，正急得在热锅里乱蹭。他带着哭腔仰面对他父亲说："这可怎么整呐，都是我马虎大意惹的祸，这二牯牛是大队的主劳力，丢了它，田打不了、地犁不成，看样子我是肯定要挨处分，十月份回江湖的事肯定要再等。"旁边负责牛栏看护的人一个劲地要上报公社，黄琴会一再央求不能报，要大家帮自己先再找找。望山父亲对黄琴会说："不报可能不行，因为一定要连夜发动附近几个大队的人出来找。要不这样，就说是望山帮你放牛不小心搞丢的，你们大队的书记、大队长我都熟，我带望山先去认个错，一定全力把你保住，让你光荣回城，越快越好。"

他父亲带望山一起到叶鹭大队去找书记，大队书记立刻摇电话向公社汇报求援。不一会儿，高音喇叭响了，公社书记动员社员群众连夜寻找叶鹭大队丢失的主力耕牛。望山和他父亲更是一夜未歇，打着手电、火把，一夜蚂蟥咬脚、蚊虫叮头，硬是天亮前在江边矮杨树林里找到了受困淤泥中的二牯牛。从此以后，黄琴会对望山是发自内心地好，不仅用心教他拉小提琴，而且在回江湖之前，一定要将自己那把小提琴留在望山手里头……

黄琴会将这些事娓娓道来，看着听得入神的望云，越看越觉得他与望山相像。

“你那时还在读小学吧，可能还不知道这么一回事。”

“我那时还在地区文工团学打鼓，后来我听大哥多次说起你，他好佩服你，说你多才多艺，将大城市的知识带到了乡里。我还跟大哥学习拉小提琴，我妈还说我比我大哥拉得好，其实，我知道，那是因为大哥总是练习基本功，什么指法、姿势呀，拉的尽是音阶、空弦、和弦和节奏，要先将音练准，将姿势搞定，自然就会单调枯燥不好听；而我急功近利，直接拉什么《映山红》《洪湖水浪打浪》呀，有一定旋律，所以外行的妈妈自然说我拉得好听，我大哥拉得好吵人。”吕望云生动地回忆着。

“你是怎么这么巧到这里来工作的？”吕望云接着好奇地问。

“因为我母亲在兴工附近的江湖汽轮发电机厂做工，父亲在动乱时期被收容到兴工，说是在学校改造思想做锅炉工，实际上在动力系煤燃烧室，经常通宵达旦做实验，他那才真叫攀登科学高峰。所以，返城后，我被就近分配到兴工后勤处，开始还想考上大学换个位置，无奈高考没有考上，但受兴工忙碌的大氛围和父亲愈是受挫就愈勤奋的双重影响，我一直坚持边工作边参加自学考试，无奈基础不中，学起来真不轻松。”

“几年来，对我这么好，是不是感觉我有点特别？要不是因为我今天实在没有办法找你借钱，我们岂不就此擦肩而过了！”望云又是好奇又是感叹道。

“这就是因果报应……不，缘分！对了，跟我到办公室去拿钱吧，可能刚好够你要的，一切都是这样的巧，我从来不信命的，今天我真有点动摇！”黄琴会由衷地感叹，心里还在想：好事要常做呀，莫图现报！

四

黄琴会带望云到办公室去拿钱，望云跟在后面，心里就像吃了老家沙土里长出的甘蔗一样甜。自己越是心里甜，越是感到书呆子徐秋成可怜，心想：全班就我俩交不起钱，转眼间，自己碰巧解决了，掉下那书呆子徐秋成一人无法去阳京实习，不帮他，自己么样好见他的面！于是，他又硬着头皮向黄师傅开了言：“班上还有一个成绩特别优秀的同学，他家里也是一时困难，解决不了实习费用，能不能再想点办法，两人一起借一百块，我负责还。”

黄琴会爽快应声，为他俩找遍了同事好友，希望有人帮一帮，最后，分别找到了四个师傅帮忙，总算把钱凑上。

借到钱后，一盘算，加上在伍卓理那里已借到的十五块，除开到阳京实习的花费，可能还有点余钱。一想到父亲可能还在家里为自己到阳京四处张罗着借钱，自己应该写封信回家，信里夹带十块钱。马上要放暑假了，请隔壁兴地学院的田如玉带回家，这样父亲便相信自己有钱了，十块钱还可以给家里应急一下。最重要的是，还能顺便制造个机会，让田如玉回家去看看病中的二哥望川。

想到这里，他加快脚步，出了兴工语园櫸门。过一条不宽的马路，很快就来到仰望山脚下田如玉所住的地院57号宿舍楼。找到正准备回家的田如玉，她热情地带他一起到食堂打饭，相对坐在仰望山脚下的石桌凳上。四周无人，只有快要出梅的太阳照在山脚茂密的树叶上。他告诉她自己要去实习的情况，问她能不能帮自己带封信回家，她高兴地接下了装有十元钱的信。

原来，田如玉不像罗泽玉、伍卓理和单德果那样是望云在煌冈中学的同班同学。她毕业于煌冈市煌州城关中学。虽然他们同年上的高中，但是，那年省重点中学煌冈中学率先实行高中三年制改革，望云他们四人高中比非重点中学的田如玉多读一年。田如玉虽然早一年上大学，但是，在她得知同专业在国中省本省籍的毕业生人数远多于下一届的情况后不久，就果断决定：因家庭特别困难而申请休学一年。这样，他们又变成同年大学毕业了。

田如玉家和望云家相隔不远。听说还是列架屋的年代，他们两家祖上曾结过对家：是共过耕牛的伙计，汛期时的列架屋也搬到她家。还有，她初、高中时经常到望云家请望川给她辅导功课。

田如玉匀称白净，长圆的脸型，眼长眉扬，一派麻利能干、俊俏的模样。休学一年期间，她开过店也种过农田，力气活使她看上去比其他女大学生更健实。她母亲嫁到张家后，一口气连生了五个女儿，将他父亲想要儿子的梦想一次又一次地搅黄。她排行老二，上大学前一年大姐远嫁山里，顾不上娘家。而还在上大学前几年，她父亲就得了足部脉管炎，溃烂得厉害，不能下地种田。上有八十多岁的老祖母长年卧病，下有三个妹妹要读书吃饭，家里全靠她母亲一人苦撑顾全。

二哥望川比她大三岁多，望云比她大不到半岁。望川在鹤舞冰工学院读书出事受伤前，她母亲多次在望川母亲面前，客气小心地将她与望川撮合。望川对她也特别上心，显现出与对一般女孩不一样的感觉。在两家人和乡邻众人眼里，他俩就是水中的鸳鸯、屋顶的对鸽，煌州方言叫作“听了头”。天有不测风云，望川在学校体育课上受伤出事后，她一开始没有什么变化，一如既往地关心照料，休学的一部分原因也是想照顾望川。后来，有一次，她姐姐回家，过湖串门时，看到望川伤得很严重，提醒她：“我看望云读书的学校和你在一起，望云身强气概大，还不如跟望云好了。”田如玉当时红着脸数落她姐：“我又不是非要嫁给他吕家，天下那么大！”但是，打这以后，田如玉对望川似乎热度下降得有些快了，对望云似乎看得更重啦。每次见到望云，她自己好像都有一种异样的感觉，休学期还未结束，她就急着回到学校，找借口与望云接触。

这些变化，大家虽然一时无法悉知内情，但是，为“颜如玉”拼搏努力读书的望川和望云兄弟俩对此的感觉都很灵敏。望云对田如玉的感觉很好，他喜欢她身上焕发出来的健康活力。大概男人都有一个特点，都希望自己得不到但又喜欢的女子，能够成为自己弟媳兄嫂，美其名曰：肥水不流外人田。其实潜意识里还是：自己喜欢的女人得不到，但也希望她能留在身边、眼前。望云多么希望她能成为自己的二嫂，在轮椅上消沉的二哥也太需要她的精神开导。之前，他父亲因担心望川娶到她后会像她母亲一样，只生女儿，虽未明言，但是心中不赞成望川与她好。实在而向上的望川父亲，在望川受伤后想法也发生了变化，不再怕她将来只生女孩了，也变得希望她多关爱望川，希望她和望川好。受伤后的望川则更是爱恋她，她的一切在望川眼中都是那样美好！病中，他几乎是天天给她写信，也天天盼望她的回信，告诉她自己的伤情在慢慢变好，告诉她自己肯定会到江湖市的大医院把伤治好，告诉她，他对她的爱和想念……他把这些美好的爱恋信集在一起，每周要父亲带到邮局，父亲也乐得成了他们的精神鹊桥……

现在，吕望云和田如玉一起坐在石墩上，各人脑海里浮想着各人的心事。她告诉他：“我上的兴地学院，专业不好。”

“地院还是带国字头的，在国京市还有研究生部，按道理不比兴工和汉大差多少。”

“道理归道理，得看学校领导的眼光和学校的风气。”

“你们学校领导不行？学风不好？”

“领导肯定不如你们余院长，他们一天到晚，眼里只有地质专业，不是干大事的料。学生学风又不好，怕到偏远野外，一上学就开始为分配发愁，一个个找尽旁门左道，往大城市里逃。”

“学校环境不太好，你自己努力不就得了？”

“我家里困难，需要我快点工作，学校就是这个样子，我不得不顺水推舟呀！”

“那你么样顺水推舟呢？”

“我要求不高，毕业后能留在江湖市工作，能经常看到美丽的龙湖是我最高的理想。”

“有门路吗？”

“我留级是有目的的呀，说家庭困难，是我找的理由。”

“目的就是为了能留在江湖？”

“嗯……我原来那一年级国中省籍的有十五个，现在国中省籍的只有三人，留一级，少了好多要留在江湖的竞争对手吵！”田如玉在回答这句话时，盯着吕望云重重地看了又看，看得吕望云好不自在，以为她担心自己不理解她这样是为了留在江湖城。其实，田如玉好想说自己留下来还有一个更重要的理由，那就是能有更长的时间与吕望云伴读……

吕望云十分理解田如玉留在江湖的愿望。自己刚上大学与同学们一起到龙湖郊游，在中天楼上不是也暗下决心，毕业后一定要留在龙湖边吗？对她的理想，就像对罗泽玉要远赴英美求学一样，他非常认同与理解。但是，她一字不提二哥望川，倒让望云感到几分失望，记得以前她对二哥的热情，四邻乡亲都是无人不知呀。他根本不敢想，田如玉在二哥出事受伤后，她的感情或许是因对望川的前程失望而悄然改弦易张。也许是对望川望云兄弟俩过去懵懂的感情更加明朗，总之，私底下，田如玉的心此时已稍稍倾向望云一方……

五

星期三参加《电磁场理论Ⅱ》的考试，不想最后两道大题全被吕望云押中了。这可是双喜临门，虽然还未完全出梅，明媚的阳光照在树叶上，是那样的柔和开朗。在桐六楼考完试，望云轻松地迈开脚步小跑下楼，透过楼梯栅格，看到楼前那两棵高大的凤尾槐，粉红的花丝，细叶片片相叠同茎，在梅雨季里开得是艳丽多彩。他拽着徐秋成，高兴地挑逗他，他们围着两棵槐花树打闹，追赶着跑了一圈又一圈，秋成那忘怀的哈哈笑声，在寂静的语园中激荡徘徊……

当晚回到寝室，大家准备熄灯上床睡觉，尤建智见他们有点抑制不住的高兴，猜着说："吕望云这次押题会不会放个卫星，又搞个前几名呀？今晚费新刚还坚持认为你借老师的备课讲稿押题有问题，他怀疑老师的讲稿上可能有类似的思考题！"

庞恒之接着说："听说，考试题目与往届或往几届考过的题目有可能相似，老师的讲义上会不会真有相关的信息？"

铁鸽梦不以为然地说："现在这么在意分数有意义吗？马上要实行学分制，学校也要走综合性大学的道路，大家要尽力拓展知识面，何况好多课程设置的必要性都值得怀疑，对于这类课真是60分万岁呐！"

吴杰锦也不甘寂寞，他有点发牢骚地说："说是要实行学分制，不追求高分数，你看系里阚育才书记口里几时没有强调学习成绩的？入党、当班干部和申请助学金哪一样离得开用学习成绩当标准的？"

尤建智又说："我看望云也实用主义得很，上次为了兑现竞选承诺，总分考进了前五名，这次这样借老师讲义押题不知又是么原因，还是马棒厉害，学不学都是班上的一二名。马棒你成绩这么好，不入党又不当班干部，你这是给想当想入的人设卡子呀！"

徐秋成接着辩道："谁说我不学就考一二名的，我也很用功的，再说，我还不是想入党，我父亲还是老党员呐！"

尤建智笑道："答非所问，你用个呵欠功，上次考前大半个学期，大家都在争分夺秒，你一天到晚痴迷围棋，硬是从零开始拿下了江湖市高校的冠军后，才缓过神开始学习，结果成绩还不是全班第一名。"

大家正七嘴八舌、随口无心地聊着，突然，学生党支部书记俞仲乐急匆匆地拍门走进来，对吕望云说："你出来一下。"

"好的，俞老师，这么晚来，有么重要的事？"

"前天考前辅导时，是你拿了沈老师的备课笔记吧？"

"是的，有问题吗？"

“你未经同意，拿了沈老师的备课本也就算了，用完了为么事不早点还给他呢?”

“啊，谁说我未经沈老师同意的，我用完后，上厕所，回到教室就不见沈老师的备课本，我当时以为谁拿去看看，看完后这人就会自己还回去，所以就没有再注意，备课本一直就不在我这里呀!”

“你说得轻巧哈，都说看见你拿了，沈老师当时在给几个人讲题，你未经他同意就拿去了，这几天沈老师都不见他的备课本，刚才在楠一楼遇到我，一见面就抱怨起来了。”

“ 我真是经过他同意才借的，不过，我确实大意了，上厕所回来应该找到，立马归还给他，对不起，我去班上找，看谁这么害人……”

“快点找到哈，莫忘了好好给沈老师道个歉!”

说罢，俞仲乐出门推上自行车，带着些许不满匆匆离开了桐六舍。

吕望云心怀巨大的歉意和不安，目送俞老师离开。要知道，俞老师从来就是面带微笑地面对所有人，白净端正的面容，背地里大家都叫他“甜面书生”，今天破天荒地板起脸，说明了问题的严重性。

吕望云顾不得大家已陆续上床歇息，一个一个寝室、一个一个同学挨个询问。他问遍了所有的男生，都摇头否认见过或拿过沈老师的备课本。

他心事重重，根本不能入睡，他不断地后悔，不断地自问。后悔自己大大咧咧，没有用心盯住，把本子现场追回交还给沈老师；自问是谁不打招呼私自拿去，又这么不负责任。他仰望着白色的天花板，自言自语地骂这个拿本子的人：“拿去看了，不还给老师，交给老子也行呀！你这不是成心害我吗？这个害人的或者不负责任的人是谁呢?”

下铺的马棒听得最清，听他不停地翻来覆去在床上折腾，不禁说道：“不就是一个备课本吗？又不是你有意的，去给沈老师道个歉，不就行了？何必这样折腾自己，搞得我也不得安神哈。”

“有这么简单？那备课本就不会丢，肯定是有人故意拿的。”一向看问题深刻的尤建智插话道。

“是的，俞老师这么晚还专门赶来，要么是有人捉弄你好玩，要么是有人拿这事做文章。”庞恒之也分析道。

“你这么大范围问了，还没有人应承，明早你再到女同学那边问问，如果还没有消息，那就复杂了，先睡觉吧，想也没有用。”

尤建智几个人的分析，一下使望云思路清晰起来，刚才懵懂不清、睡不着觉的困境大为缓解。

他想起大学二年级上学期学校实行学生管理制度改革，提高学生的自我管理能力，由学生选举班长，也是由于尤建智看不惯前任班长费新刚，积极说服望云参加竞选，一起拉拢说服各位有影响力的学生，针对大家说自己的成绩在班上不够优秀的问题，在竞选演说时，公开承诺会把自己的成绩大幅度提升。因为，在这所十分重视学习成绩的大学，成绩不好当选班长和入党都成问题。凡此种种措施实行后，他最后才成功全票当选。

因为要兑现这个承诺，望云一方面像高考前一样，为了持续激励自己，咬破手指，在课本封面背后写下一个血字：“拼”。另一方面，在考《数理方程》时，他想办法求借到老师的讲稿，用心押题，结果也不知是压中了题还是刻苦学习的原因，那次单科考了全班第三名，同学们私底下排的学期总分还进了班上的前五名。学习成绩打了一个翻身仗，堵住了异议者的嘴巴之后，又因当班长、帮厨和喜欢钻研与功课无关的书籍而耗精力，他的成绩再次回到了中游水平。这次押中了两道大题，消息不胫而走，费新刚当面冷笑，背后挑起这个话题议论，现在沈老师的备课本又因为自己的原因不见了。这些都像警钟敲响，防范的心苗悄然长起。他心想：最后的成绩还未出来，别高兴得太早，备课本事件要处理好，借的钱也一定要尽快还上！

想靠家里父亲的微薄收入在短期内还钱，基本不可能。加上徐秋成那部分，自己还有归还的责任，又决不能走单德果那样的错路，还钱的方法在哪里？真急人……

第三章　无心得樱柳 巧智担重任

一

第二天一早，去问八个女同学，果然她们回答都说不知道备课本这回事。莫衷一是，无法判断，吕望云无奈又忐忑不安地回到宿舍。见钱已收齐，生活委员吴杰锦还未去买船票，吕望云要他赶快去办。

考完期末考试，大家都高高兴兴地做去阳京实习的准备。也是学校时兴学生自己管理自己，这次去阳京实习，没有带队老师，作为班长的吕望云倍感光荣和责任。还没有消失的备课本阴影也遮掩不住吕望云内心的这点荣欣，因为这是大学期间他第一次独立外出，“带队领兵”。

他到射电系找八三级管学生工作的俞老师。一是俞仲乐昨晚说的备课本一事，要找机会解释；二是出发之前，还要俞书记出面树立一下自己带队的威信，强调一下纪律和大家要注意的事。

俞仲乐是射电系八三届的师兄，吕望云他们进校时，他留校。先任班辅导员，“学改后”升任八三级党支部书记，替代原来各个班的辅导员，负责射电系八三级七个班级的学生工作。他长得眉清目秀，身材中等匀称。与系分管学生工作严肃古板的阚育才书记不同，他性格开朗、热情亲和，与和自己年纪差不多的学生共同语言极多。他头脑灵活，在阚育才观点还不明确的时候，就积极推行学校提出的“学生自己管理自己”的改革措施，好像担心迟了阚育才会不同意似的。

俞老师很客气地同吕望云一起到系办公室开了领队介绍信、工作联系函，交给望云阳京磐山电子研究所同意接待的回信。见吕望云一直沉默不怎么言语，知道昨晚要他找的备课本还没有着落，他相信吕望云不是一个把他布置的事不当回事的人，暂时也没有再问这件事。临走，俞仲乐定好了到班上来布置实习工作的时间。

回到寝室，他收拾一下，清清要带的学习资料，带多了增加负担，带少了怕影响考研学习。不想看到了那晚向罗泽玉借的《细胞学》资料袋，这段时间风风火火一直没有时间看。他打开袋子翻开书，发现扉页后面竟然有一张兴汉大学排头的信笺纸，上面有一首诗，清秀的笔迹，一眼就知是罗泽玉写的：

三年前，

那台短波收音机，

还在枕边？

没有电池，

开关也不知道在哪里？

伊甸园的苹果，

一万年，

诺佳山的樱花，

开了一季又一季，

语佳园里的BBC，

听不到我的心……

这明显是特意写给自己的。因为三年前，高考结束后，吕望云感觉考得还可以，像其他同学一样，回到教室撕书撕卷子。正吆喝着要冲到室外球场踢足球时，前排罗泽玉突然回过头，问他听不听BBC或美国之音，他说，想听，但没听过，听人说过。问后平静，似无下文，直到他俩一个汉大一个兴工，录取通知书几乎是同时到来，他们一起在学校取过通知书后，一起走在离校的高大法桐树下，罗泽玉红着脸将一台未开封的短波收音机递给他。他一阵紧张，不知所措，不知是接还是不接。正在红脸犹豫之时，大哥望山骑着自行车来接他，他赶忙拿了收音机坐上车回家。望山一直帮他解读这收音机的意思，说是罗泽玉对他有意思，他红着脸否认，说罗泽玉是城里人，没有在校住读，有时晚自习下得太晚，坐在她后排的他，经常护送她回家，人家是表示感谢吧！后来，得知伍卓理与罗泽玉一起上了兴汉大学，虽然自己心中认为兴工与汉大不相上下，高考分数比伍卓理还高几分就是一种信心。但是，在许多人看来，老牌兴汉大学还是要稍胜新贵兴工一丁点。他俩现在又同在汉大，伍卓理更有机会追她，加上感觉到好同学伍卓理果然追她追得很紧，便自个儿压抑着，没有更多对她的想法，只是觉得罗泽玉可人的模样，自己心里时常也真惦记着她。

今天，又收到罗泽玉夹在扉页的信，这意思太明确了。他仿佛看到了她白里透红水滴一般娇嫩的脸庞，镶嵌着一双热情而坚定的媚眼，那滴溜溜的眼珠是润亮的黑，尤其是那白嫩的广额头，明晃晃地仿佛就要送到自己嘴唇边，娇美的身影如风摆柳，灵动地划在自己的心里头。读到信，他真是兴奋不已，后悔自己何不早点翻书。是呀，伊甸园的苹果一万年，等了太久，他觉得应该立即给她回封信。可转念一想，不能对不起好朋友呀，真是这样，如何面对苦苦追求她三年的伍卓理呢？还是实习回来再说，倒是应该给家里写封信，告诉家里，自己马上要去阳京实习，希望父亲想办法借钱，不完全是为自己借钱，而是一定要抓紧借钱治母亲的青光眼疾，抓紧治疗二哥望山的腰伤，给弟弟望海加强营养、恢复身体。眼前的高考，望海冲刺要尽全力。自己快要毕业了，不用担心欠债还钱。最后，他还没有忘记叮嘱妹妹望月也要抓紧学习。

二

下午，俞仲乐来到班会上，宣布这次实习由班长、班委会负责，希望同学们要比在校内更加严格地自我要求，支持班长及班委会的工作，增长见识，提高能力，圆满完成实习任务。各个小组长做了表态发言，其中三个人的发言内涵丰富，让人印象深刻。

团支部书记兼文体委员铁鸽梦说：“这次同学们集体外出，去这么远的地方，又没有老师带队，关系到学校的形象，大家的安全和实习，对班上每一个同学都是考验。我先表个态：坚决服从学校的安排，全力支持和配合班长、班委会，认真做好本职工作。”这番话说得俞仲乐直点头，同学们都鼓掌赞同。

宣传委员秦贞梅红着脸说：“这次同学们到阳京实习，作为阳京市本地的同学，将以实际行动欢迎同学们，配合班长、班委会，做好服务工作。”

党小组长费新刚补充建议：“这次实习，时间长、路途远，又没有老师带队，为了加强组织领导，我建议成立由班长参加的、党小组成员组成的阳京实习临时工作组，集体管理赴阳京实习的事情。”

俞仲乐望了望吕望云，意思是想听他的意见。吕望云思忖着费新刚的话中意，考虑到费新刚不太好商量，他以退为进道：“是否可以不实行班长班委会负责的办法？出门在外，可以由党小组长和党员学生们负责。”

俞仲乐读大学时，担任系学生会主席，思想活跃，社会经历和阅历却不是很丰富。他未经自己的直接上级阚育才布置，主动实行“学生自己管理自己”的学生管理方式改革，顶着的压力不小，有些怀疑他的人认为：他是想省减管理学生的时间，专心读自己的在职研究生。面对怀疑，他对这次布置工作很谨慎。

听了费新刚的建议，俞仲乐皱了一下眉头，对费新刚的发言显然有点不赞成。好在平时不怎么发言的安杭党员喻红玉同学用安杭普通话轻声甜语道：“党员都是学习成绩好、刻苦学习的呀，这次外出大量的工作是联系协调，要的是综合管理能力吧。”她自己是党员，成绩好，特用功，不多言语，是大家公认的好学生，更是全校有名的校花，人见人爱。但人至美反而敢追者寡，全班只有徐秋成这书呆子不知天高地厚，才会为她单相思三天三夜不寐不食，其他男同学包括班长吕望云在内，都是徒有“羡鱼情”，不敢有“结网意”。

她站在自己的角度，说出兴工培养党员工作中一个十分重要的导向问题。班上现有五名党员，都是平时刻苦学习、成绩优秀的同学，在兴工这样一个“学而优则党”、用成绩说话的大学，早已形成惯例。像吕望云和铁鸽梦这样成绩起伏或一般的活跃分子，只能眼巴巴地看着费新刚、蔡建设、秦贞梅、喻红玉和吴杰锦五个成绩优秀又积极提出过申请的同学成为党员。

费新刚家在长江以南，这里曾诞生过不少文学家。还是刚上大学时，吕望云在秦贞梅办的文学墙报上写了一篇关于家乡的短文，他也比拼着写了一篇《童心真情的文学派》。

据说，费新刚第一次高考考上了兴汉大学数学系，不满意专业，决心重考，结果考上兴中工学院射电系。别人说他多读一年也未必考得更好，他笑别人不懂，坚持说自己是越考越好。小时候一场风寒，过江医治不及，他因此落下腿瘸的毛病。但他异常自尊，走路时步步认真，尽量减少腿拐的程度。久而久之，这养成了他不苟言笑、严格要求自己的“冷面高仓健”的样子。有时他也和蔼地笑一笑，但是，在班长吕望云的眼中，那是令人不可接近、不可名状的皮笑肉不笑。也许是性格相似的缘故，经历过下乡磨炼，惜时如金，坚持原则且年长俞仲乐十多岁的系总支书记阚育才，十分赏识费新刚，提议他和秦贞梅在班上第一批入了党。

蔡建设是龙湖郊区人。他学习异常刻苦，其他事情一般是同学们“抬他的庄”，属于“人人为我，我用人人”的自我中心型人格。他可不像书呆子徐秋成，他也刻苦学习，但在英俊开朗的外表下有颗钻营、小气又爱面子的心。在这颗心的指引下，乖巧伶俐的言行，得到了同样英俊阳光的俞仲乐的推重，顺利在班上第二批入党。只是因一件事情，他多得了个“悭啬”的别名。那次，他家盖房需要小工，吕望云和铁鸽梦带领班上较活跃的男、女同学二十多人去给他家帮工，挖基搬砖，辛苦劳累，从上午九点多干到下午五点多，中午同学们吃的还是自带的馒头干粮，下午同学们说回校吃饭，他也不挽留，同学们回校后食堂又关门了，饿得大家四处找饭吃。为这事，组织者吕望云没少给同学们道歉。可蔡建设装哑作聋，好像什么都不知道，什么也没发生似的，只顾埋头学习。性格直率的吕望云，当着几个同学的面数落了他的失礼悭啬，从此，两个人结下梁子，面和心不热。

秦贞梅成绩好，又比较热心班务。刚入兴工时，她主动办了一期纸质墙报，吕望云写了一篇散文《月下赤壁不赤》，她很感兴趣。她家庭经济条件好，人长得苗条，凸凹有致的身材充满了知性少女的活力，戴一副水红边玳瑁框眼镜，映衬出红润的面色，极能使男同学燃起内心的冲动。她竟然带几个男同学结伴去古城煌州，考察月下赤壁的颜色。回来告诉吕望云，月下赤壁是郁阴色。因她既是班干部又是党员，稍显成熟的气质，自然而然成了班长、班委与党小组成员的联络人。

吴杰锦有着南方人的灵秀，为人内向，口里时常挂着“知行合一”这类话，崇尚实干不走捷径，实际上他遇事不做主承担。最为有趣的就是在大一当班长时，他每次将好座位的电影票都留给女同学和自己，被男同学们送个雅号“Lady first（女士优先）”。不知咋的，他的“好意”在班长竞选时，也没有得到女同学的回报。不愿再受此雅号牵制的他，仿佛也悟到当班长无益学习，主动要求与望云交换了位置，改为生活委员。也许是换位后的思考，他对望云的工作十分支持。他学习十分刻苦努力，加上一次“知行合一”的演讲，主张将“知行合一”作为兴工的校训，他的做法，得到阚育才书记的认可，在大三下学期入了党。

俞仲乐清楚班上几个党员专注学习不善交往的情况，又下意识地想到后面还有阚育才书记那一双严格的眼睛。虽然他内心坚持学校教改的原则“学生自己管理自己”，但为慎重起见，费新刚的意见他不好直接否定。最后，民主意识强的他还是妥协地说：“成立临时工作组和由班长、班委会负责两个方案，由同学们选择吧。”

投票结果是俞仲乐希望看到的。全班三十四名学生，只有吕望云和费新刚弃权，三十二人同意由班长班委会负责阳京的实习管理和联络工作。失败的费新刚不露声色，但是，他心里对俞仲乐是有看法的。他想：要是系里分管学生工作的是阚育才书记，他一定会赞成自己的建议的。他认为阚育才下放锻炼过，做事比年轻的俞仲乐稳重得多。他不明白，为什么率直粗犷、不计后果、裹挟前行的吕望云能得到大家的支持。俞仲乐宣布结果，讲话提了要求，放心满意地离开了班会。吕望云对自己以退为进，得到俞仲乐和绝大多数同学支持的结果，内心感到十分高兴。他觉得和俞仲乐相处简单轻松也很愉快，反倒觉得费新刚比俞仲乐更像老师和书记，看到费新刚他就容易想到阚育才，严肃虚伪得让人不想接近。

三

出发之前，期末考试成绩陆续出来了，吕望云押中题的《电磁场理论Ⅱ》成绩在预料之中，九十二分，又是全班单科第三名。他心想，如果不押题，哪有这么高的分？让他费新刚有意见去吧！

学习委员庞恒之到系里拿回全部学习成绩表。偷偷同新闻系女生屈燕妮谈恋爱的闵富贵一下挂了两科，加上上学期挂的一科，共挂了三科，按照兴工“一门进五门出”的规定，闵富贵得留级。

闵富贵的留级通知与上一届郝西蓝留级到本班的通知几乎同时到达吕望云手中。

留级的闵富贵不能到阳京去实习，他得在校复习准备补考。系里阚育才还专门通过俞仲乐带信，要求吕望云做好他的思想工作，要求其到新的班级不要再谈恋爱，珍惜最后一次机会，要不就会降成大专生。如果假期努力学习，开学补考，成绩在八十分以上，可以重回原班级；如果后续成绩全部及格，可以同时毕业，只是没有学士学位。闵富贵的父亲是东山鄄县的县委书记，母亲是县一中的老师，家里各方面条件都很好。比他低一年级新闻系的屈燕妮，据说她远祖是千秋文宗屈原，可惜出身地主家庭，压抑的激情时常让她的诗情涌现。在吕望云任社长的“夏雨诗社”诗歌咏唱会上，闵富贵在她的面前，朗诵了一首自己创作的诗歌：

无瑕的语佳山

在你的脚下，

我习惯了一马平川，

登上你这座高山，

回觅你山高的浪漫。

我曾抱怨你这一马平川，

单调的桐叶画着方圈。

我曾羡慕那山上起伏的校园，

羡慕那高低夺目的花山。

你说科学重在深耕，

那平川静水下的无瑕，

正孕育着沸腾的波澜。

登上你这座高山，

回眸着语佳园的水岸，

惊艳了她们的寂静婉转，

那吊岸的黄花，

凌霄爬满的青年园，

蓬勃着，

吹响了无瑕的号声，

唤醒了那片雪白血红的玉兰。

登上你这座高山，

拂卷起这山树的遮拦，

回觅岁月的斑斓，

那醉红的春颜，

忙碌的试验，

寂静的课堂，

紧张的考试，

无暇，

化作这一池秋水的蔚蓝。

无暇，

登上这语佳山，

无暇，

你昂贵的陪伴，

无暇，

你这桐叶遮住的笑脸，

无暇，

描绘你今晨的素颜。

这无瑕的语佳山，

山下幸福的桐叶未曾遮住我的双眼，

这无瑕的语佳山，

所有的时刻并未催我再见，

这无瑕的语佳山，

那叶缝里流下的语园月线，

是我苦觅不舍的瞬间，

那醉花了的泪眼，

磨不圆的骨刺，

留着吧，

无暇，

乘着还在你身边，

只为谱写你，

明日无瑕的诗篇，

壮行着我的，

裹挟向前……

听这首诗的屈燕妮，真是泪珠涟涟。打这以后，她隔三差五地来桐六舍找闵富贵，与他探讨徐志摩的“康桥”、舒婷的“橡树”。学校刚出台规定：校园内禁止男女学生勾肩搭背，经过好长一段时间的切磋与拍拖，他们竟然牵手走进了班级。班上同学有暗自羡慕他们的，但是，大部分同学都替他们担心着急，因为闵富贵的成绩一直不怎么好，担心他留级。

四

班上不用一同赴阳京实习的还有八二级留下来的郝西蓝，也是貌美如花。她有北方女青年的身条，又有女大学生的知性，更因为家庭条件较好，衣着时尚，一派北方佳人的柔娇与味道，在这所阳气过盛的工科大学男同学眼中，一如惊鸿探水，云去三月心未晓。据说她刚上大学时学习也很认真，虽然基础不太好，但成绩也还不算太糟。只是到了大三上学期，学校流行起举办周末舞会，在工科大学里，像郝西蓝这样相貌出众、能歌善舞的大三女生，实在是研究生们心窝窝里的女神，众人眼中的焦点。

还是在进入大三的第一个周末，研究生学生会在榉三食堂组织舞会，当时舞会上缺少漂亮的女生。那时秦贞梅、喻红玉她们还在读大二，功课紧，还未来得及开化，他们便通过射电系学生会，邀请到八二级的郝西蓝参加。在舞会上，她唱了一首歌，讲了几句客套话，隐藏不住的京兰口音，将他们是老乡的信息，向一直在关注她的研究生易长风进行了传达。她刚刚唱罢，身高比穿高跟鞋的郝西蓝还稍低一点的易长风就迫不及待地鼓掌上前去迎她。

“嗨，你好，没想到在这遥远的江湖市，还能遇到我歌甜似清泉、貌美如鲜花的老乡。我叫易长风，经管系八六级研究生，请你跳一曲行吗？”

“你好，下一曲吧，我想歇一下。”郝西蓝看了一眼文质彬彬、身材中等偏瘦的易长风，一时没有激起热情。

“好、好，你先休息一下，我去去就来。”易长风下台，搭讪着离开。到食堂门口买了两罐健力宝，周末人多，很多学跳舞的学生来凑热闹，他好不容易又挤回到郝西蓝附近，发现高大帅气的研究生学生会主席（舞会的组织人）正在邀请郝西蓝跳舞。因这学生会主席郝西蓝认识，她不好拒绝，正准备上场陪他。没想到易长风急忙上前，自信满满，如若她身边无人地说：“你说累了，喝口水吧，这是最新上市的健力宝。”郝西蓝慌忙摇手不接。忽闪闪的灯光明暗变幻下，这研究生学生会主席一见有人“打劫”，开始一恼，再定睛一看，见是易长风，立马改变了脸色，连忙客气道：“长风，好家伙，原来你们认识呀！哦，对了，你们是京兰老乡。”

“可惜我们还是初次见面，不认识。”郝西蓝有点不高兴地说。

“那好，我来介绍一下，他就是经管专业的研究生易长风，他父亲是你们甘兰省委副书记。你们早就应该认识呀，易长风，你肯定知道她是射电系的系花郝西蓝，你们聊，我去照看一下场子哈。”研究生学生会主席说罢，识趣地转身离开。易长风并未谦恭地道谢，只是微微点了一下头表示知道，表现了他特有的风度。

“对不起，学校太大了，我还真不知道大领导的公子也来这地方受教，佩服！”郝西蓝似假也似真地应承着，顺手接过了他的健力宝……

就这样，她在他强有力的攻势下，被俘获了。大一、大二勉勉强强过来了，无奈，陷入爱河的她在大三竟然累计挂了两科，按规定当时没有留级，如她假期努力，及时补考通过，一般到大四就不应该留级。但是，未曾想，就在她与易长风热恋一年多的时候，当省委副书记的易父，闹着要易长风与她分手，并且还动用关系，要求学校配合：以按校规本科生不能谈恋爱为由，劝郝西蓝主动放弃。这样她被迫面对着双重压力：一方面因害怕鸿雁一曲终了，心为情伤；另外加上学习基础本来就不牢，害了功课恐惧症。这样一来，她实在是看不进书、做不了题，不仅未能及时补考，大四专业课《相控技术》又挂一科。加上她大三时，在青年园树林底下与易长风谈恋爱，被分管学生工作的柯副院长跟踪查实，系里阚育才书记多次警告无效，记录在案。虽然毕业在即，严格的兴工依然决定让她留级。

吕望云与秦贞梅一起代表班级欢迎她，谈话时她眼含泪花，吕望云开导她：“暑假实习那儿也不用去了，在学校好好努力吧，一定会通过考试的。”

“我西北甘兰来的，本来基础就不怎么样，我是看到那些又长又复杂的公式、堆积冗厚的教材就头痛呐!”郝西蓝叫苦道。

吕望云明白，她挂的三科中，大三的两科因她放弃了一次及时补考的机会，如果后面再补考，只要有一门不过，她就只有提前大专毕业了。一年前学的课程，现在脱离班级独自补考，孤雁难飞，难度自然不小!

安排好期末这些事，吴杰锦取回了全班三十四张江湖到阳京的船票，逐个通知出发的时间。他到楠三女生宿舍去通知时，发现来自湖阳省的艾冰有点感冒低烧，但是，她坚持要一起出发，说已吃药了，多喝点开水就会没事。

出发的日子正好是七月一日建党节。早上，语园有线广播正播送着歌星朱明英唱的《大海啊故乡》，这是进校那年中秋迎新班会上，当时的班主任苏柏老师唱过的。这次没有班主任，大家在去江边十八号码头的十五路公交车上，团支部书记铁鸽梦兴奋地提议:“大家再齐唱一遍吧，现在我们下长江，奔向大海啊，我们新的远方!”

他们乘的客船是“江汉 17 号”，共有四层，三等舱。上午十点出发，船速较慢，江湖市到阳京市得走三天两夜。经城郊林立的炼钢高炉烟囱、过逻阳、风团，吕望云手拿一本《中高级英语考试指南》和一本尚海光华大学粟彤博教授主编的《国民经济管理学》，在船尾座椅上轮换学习着。一直到过风团后，就是三江合流的三江口，大江直冲向南岸的梵山。汛期，江流顺着赤壁所延伸出的山脉，直冲向梵山脚，在山一侧的弯臂中，形成一大片宽阔的沙滩，这北岸的大沙滩就是他的家。他放下书本，看那江鸥飞腾在船轮激起的浪花上，北岸沙滩不远处高大的杨树防浪林，那是小时候与玩伴戏水抓鸟，陪母亲打柴拾油菜的树林呵!那是小时候沙滩上看着过往的轮船，盼望随船游走远方的心迹呀!眼前不觉浮现出小时候在江边游泳，看见轮船经过，毫不害羞地赤裸着全身站在岸边沙滩上，冲着客轮大声吼叫挥手，宣泄着想乘船远行的梦想的情景。正出神时，余光瞥见秦贞梅探出半个美丽的身影，仿佛自己的身心又被秦贞梅看透了一样，不禁一阵羞红心紧，细看时，却又不见了她的人影……

他跑到船头，似在找她。目之所及的却是那赤壁楼台、黄墙青瓦、万户鳞栉，曾经从家里到煌冈中学必经的鸫坡赤壁。那里的每块石壁、字碑，都有自己与兄弟们攀爬抚摸的痕迹。那里有飘荡千古未散的鸫坡文侠。这些深深地影响着吕望云和他的兄弟们，他们听着上辈人肩扛农具手牵牛还津津有味地讲述着各种文人典故，谈论着“石压蛤蟆与树梢挂蛇”的诙谐……这些无形中滋养了他们自豪、自信、自勉的心志。

他激动地拿出自己心爱的两截拼竹笛，情不自禁地吹起小时候常吹的电影《闪闪红星》的插曲《红星照我去战斗》。没想到找她找不到，还是笛声好。秦贞梅听到了悠扬的笛声，她轻步小跑过来，站在旁边，随着悠扬的笛声小声和唱起来。吹唱完后，吕望云津津有味地向秦贞梅介绍自己的家乡，讲到心中的偶像苏东坡。抬眼望，身后是三江口，又想起在新生晚会上秦贞梅朗诵过苏东坡的《水调歌头·明月几时有》，于是他邀她一起站立在船头，迎着晚风。抬眼江上，一轮日月同辉的淡月正在不经意间地慢慢升起，对着刚出梅时金色夕阳润照下的鸫坡，俩人同声朗诵起来：

明月几时有？

把酒问青天。

不知天上宫阙，

今夕是何年，

……

但愿人长久，

千里共婵娟。

诵到情深处，二人无言对视，手足无措。还是吕望云率先败下阵来，慌乱中，他移目船栏外，欣快的目光注视着船头划出的巨浪，说："小时候最喜欢钻进大船过后激起的波浪，喜欢被托起后摔下，那种水中荡秋千的感觉。"秦贞梅也看着被掀起的浪峰扩向远方，打趣说："你这样喜欢游泳，何不顺水漂到阳京，省下一张船票不说，说不定很快就会出名。"

"这个想法好，我以前横渡过长江几次，只是顺水漂到阳京还真没想过。"

"实习完后，先到龙湖里试一下，嫌距离不够，就绕个圈看看。"

"在龙湖里绕圈？那可比在长江里顺水漂要吃亏得多了！"

"那长江危险，肯定更可怕些。"

"要说危险，都一样危险哈……"

他俩正轻松愉快地聊着，铁鸽梦和何德珍等几个不知趣的人走过来，他们都没有察觉。玩笑激起了他们脸上的红，由于他们身材相配，相貌都好，从此，班上便有吕望云与秦贞梅的一些传闻。只是这传闻，班上的党小组长费新刚听说后，很不高兴……

几人散去后，他一人爬上了船顶，试图看到那片杨树林后自家的屋脊。儿时江边看船羡远方，此刻船上看家慕担当。他想起了家里的父亲，此时的艰难；还有眼疾不治，坚持摸黑劳作的母亲。想起他们面对嗷嗷待哺的儿女们，那种坚强、乐观、勤劳和艰辛。这些都鞭策着吕望云，暗下能够尽快将家庭责任扛起的决心。

他在琢磨，思路又落脚到了如何尽快还钱，如何帮父亲尽快赚一笔救急的钱。几天前，咬咬牙让田如玉带回家十块钱，现在算起来，还有返程的船票钱没有着落，以及如何解决接下来在阳京的生活难题。

这时，他放下书本，来到船上的餐厅……

第四章 同行就曲直 过坎赢芳心

一

船上餐厅在三楼，厨房在二楼。吕望云细心观察，发现船务人员最辛劳的时候，是每当船停靠码头，旅客上下、货物托运及添加新鲜蔬菜、饮用水的当口。每当这个时候，船员们就像打仗一样紧张，挥汗如雨衣湿透。虽说是客船，但是，决定停靠时间长短的，却是上下货物的快慢，每次货物上下完毕，就会听见一声汽笛声响，表示船要离港。而当船开动正常航行后，他们便变得神清气爽、从容不迫。

“汉江 17 号”停靠港口较多。过了煌州后，吕望云主动搭讪大副马师傅，与其混了个面熟。大约当天晚上六点钟，大船停靠到吴穴码头。同学们都休息了，他主动帮马师傅他们上下货物。他干过农活，力气大，待人又热情和气，关键是他在他们最需要人手的时候出现了。搬完货物已快到七点了，一场忙帮下来，马师傅他们对吕望云已是喜欢得直竖大拇指，加上他又是到阳京实习的兴工大学学生，更加引起了马师傅他们的尊重与好奇。船再发动离开吴穴码头后，看着忙碌得满头大汗的吕望云，马师傅微笑着主动邀请他一起吃晚餐，一大碗青菜肉丝面，表达了感谢和欢迎他帮工的意愿。吕望云表面客气，好像意不在此，半推半就，实际上是唯有如此，才能解决他到阳京这一路上的生存问题。

船过苍石港后，已是晚上九点了。吕望云一路帮工，有空就看书学习。有点困累了，正准备休息一会，这时，秦贞梅慌慌张张地跑过来说：“艾冰发烧越来越厉害了！”他一个急起身，来到艾冰的船铺边，眼看她脸色潮红，发高烧无疑。

他急忙去问马师傅船上有没有医生。马师傅带他去找船医。医生来量了体温，进行了常规检查，说估计没有一般感冒那么简单，建议在寻江港下船，到寻江市找个大医院紧急诊治，拖不得。问艾冰要不要在寻江下船，她又不做声，真是急煞人！

艾冰在寻江下不下船？要在寻江港下船治病，得有人陪，谁陪？他正在发愁，心想要不自己留下来，他找到秦贞梅和铁鸽梦商量，他们一致认为不妥，到阳京后的张罗联络需要他，他们建议由其他同学留下来陪。

他想了想，决定征求一下寻江女同学胡兰秀的意见。他知道这时谁都不想单独留下来处理这事，谁都想与大家一起顺顺利利地去阳京。因为，长江航运船票十分紧张，下船后再重新买一张船票不容易，若不买新票，用旧票上船就没有铺位了，还不知道旧票能不能上船，更不知道艾冰的病，到底需要在寻江的医院花多长时间才能治好。大家身上都没有带多余的钱……

他和秦贞梅很客气地喊出胡兰秀，没想到她很爽快地同意了，并且说寻江情况自己很熟，请他们放心。

不一会儿，班上的薛尚法急急忙忙找到吕望云说："听说艾冰急着要下船治病，我是江庐人，我熟悉这里，让我留下来帮她吧。"他自告奋勇在寻江港下船，想与胡兰秀一起留下来照顾艾冰。吕望云这时觉得问题有些复杂了，留下来的人多了，影响实习教学，更重要的是，一直传说薛尚法与胡兰秀在谈恋爱，留下他后果会是什么？在船到寻江之前，他必须做出决定。

他要生活委员吴杰锦请宣传委员秦贞梅、团支部书记兼体育委员铁鸽梦、学习委员庞恒之五人一起开会。吴杰锦提出了要讨论决定的事情，鉴于艾冰发高烧，医生建议，最好在寻江港上岸，留在寻江大医院治病。在不在寻江下船？如果下船由谁负责陪护？

胡兰秀是寻江人，熟悉当地情况，便于协调处理突发问题，如果艾冰在寻江下船治病，建议同意胡兰秀留下来陪同。关键是还要不要再留一人陪同她俩，以及留下薛尚法合不合适？

秦贞梅首先发言："艾冰发高烧，船上的医生建议在寻江下船到当地医院治疗，我觉得应该听医生的；胡兰秀是寻江人，又是女同学，自是应该留下来。但是，这么大的事，还是应该再留一位男同学配合她，寻江是江庐省的，按道理应该留一个江庐省的男同学，确保下船后的安全，便于商量联系。但是，有两个江庐省的男同学，薛尚法和伍鲁先，薛尚法主动要求陪同，同不同意？建议征求一下胡兰秀的意见。”

庞恒之认为留下胡兰秀一人就行，尽量少影响同学实习。吴杰锦认为，江庐的女同学多，女同学好相处，建议多留一个江庐的女同学。铁鸽梦赞成秦贞梅的意见，认为还是留一个男同学放心一些。

最后，吕望云总结，认为刚离开学校就出这事，大家还是要以稳妥安全为重，多留一个男同学，安全更有保证。他让吴杰锦去请来胡兰秀，征求她的意见，是留薛尚法还是留伍鲁先？她犹豫再三，最后微红着脸说：“还是薛尚法吧。”

如是，他让吴杰锦代表班委分头通知，并告知大家班委会的决定。吴杰锦的通知刚发完，费新刚就很严肃地找到吕望云说：“我不同意让艾冰提前下船，因为我知道，她得的是慢性病，应该一鼓作气，坚持到阳京。而且，薛尚法与胡兰秀留下来也不妥，艾冰生病，他俩男女一对待在寻江，风险太大。”

“我们几个人商量过的，也征求过她本人的意见，还有船上的医生也是这么建议的。”吕望云解释道。

“这么大的事，你擅自决定，下了船已是深夜，出了问题你负不了这个责。”费新刚语气严肃，带着居高临下的语气批评道。

吕望云涨红着脸，半天没有做声，最后憋不住，蹦出一声：“出发时，不是宣布了班长班委会负责吗？有什么责任我负不了？”

“行，行，你负责，你负责……”这话把费新刚气得踮起脚就走了。

到寻江港已是晚上11时整，吕望云找到船长，说明情况，改签船票。船长说，票太紧张，只能改签四等散票。他让他们只带少量必须的行李，剩下的行李安排其他同学帮他们带上。他们几个班委陪他俩一起把艾冰扶上岸，目送三人搭上出租车，嘱咐他们，身体恢复后尽快归队。他知道胡兰秀和薛尚法将要克服不少困难，但也只能这样了。

其实，在出发前费新刚提出要成立由班长和党员组成的实习工作组时，吕望云就知道费新刚内心把他那个党小组长看得很重。费新刚不苟言笑、不露声色的性格，掩盖不了他因腿瘸造成的极强自尊心。可是，费新刚内心越是迫切希望吕望云尊重他这个党小组长，心气儿高的吕望云越是下意识地回避费新刚这个党小组长。这两个因为要强而拼搏考上兴工的人，现在又因为要强，一个想管，一个偏偏回避不让，针尖对麦芒。在这个鼓励实干、勇攀科学高峰的时代，他们根本不知道，适当的彼此尊重，是成长过程中最为重要的一课。

吕望云几个班委送完艾冰后，回到船上。他感觉到船上同学的气氛有些异样，从几个同学的神态语气里，他感觉到刚才与自己争论过的费新刚在同学中说了自己的不是。胖子尤建智一只胳膊撑在走道船舷的栏杆上，侧身端详着望云，厚厚的镜片下，显现出成熟、识广的眼神。吕望云也靠上栏杆，摆出了一副询问的模样。尤建智带点超然和关心的语气问："这样的大事没有与党小组长商量商量?"

尤建智的意思显然是说，大家异样的神态与他未同费新刚商量有关。吕望云辩解道："这是班委成员集体协商的结果，并未违反出发前俞书记宣布的，到阳京实习带队负责的是班委和班长呀。"

"但在费新刚的眼中，那几个班委还不是都听你的，实际上就是你一人把家当!"

"这话可就冤枉我了，他们几个都可以作证呀!"

"谁听你解释？谁请他们作证？事实上你就得罪了费新刚，人家现在又不做声，记在心上。你应该知道他把他自个儿这个党小组长看得很重，这还是在班上，你要是参加了工作，这样独来独往的，就算给个一官半职你也当不长!"尤建智的父亲是阳京霞金建材的厂长，说话句句都在点上。

"这哪是在单位呀？这是在班上，大家都拼命学习，都不愿意当班干部呀!"自觉理亏的吕望云还不是很服气。

"信不信由你，反正你心里有个数就行。像费新刚这样坚强又脆弱的人，把他当回事，只会对你有好处的。"尤建智一向喜欢帮吕望云剖析问题，就像先前劝吕望云竞选班长一样。

吕望云点了点头，友好地伸手捏了捏尤建智的肩膀。回到自己的铺上，侧耳听着轮船发动机的声响，他琢磨起尤建智的分析，不由得担心起他们三人来。深更半夜离开大家到大街上去，现今人们都在挖空心思赚钱，沉渣泛起，治安状况不理想，时有发生坑蒙拐骗抢这类事情，确实让人放心不下。费新刚的意见，更使自己想起老家煌州的一句方言："肠子都悔青了。"自己不与费新刚这个党小组长商量，既得罪了费新刚，万一艾冰他们有个什么三长两短的，这责任还要全落在自己身上，现在后悔也没处讲，只能祈愿他们尽心保护好自己，带上艾冰尽快赶回，平安无恙。

二

三天两夜的航行，到阳京港前的最后港口是湖芜港。船离开湖芜港时，太阳刚刚升起。每到一站，吕望云都忙着上下货物，一路上不仅自己吃得饱，自寻江开始，连同徐秋成一起都没有再闹饥荒。马师傅目睹了他们对艾冰生病离船问题的处理，对年轻的大学生们尤其是对吕望云更加产生了好印象。对吕望云一路帮工，他还有些不解实情，只简单地认为：他是热爱劳动，以雷锋为榜样。

快到终点阳京港前，马师傅按捺不住激动，他找到船长，要求船长给兴工射电工程系写封信，对吕望云沿途的义务劳动予以感谢和表扬。船长也听说了同学生病他们互相帮助，尤其是班长吕望云沿途帮工做好事的事迹，在这个雷锋精神有些淡化的时代，表示应该写信表扬。他们找到吕望云，要求他告诉他们通信地址。

听说船长要为自己写感谢表扬信，吕望云的脸一下红到了耳根，他是既感动，又不安，害怕引起大家的议论。他知道这封信无论是感谢表扬班级还是他个人，系里甚至学校领导都会满意，但是，身边的人未必都高兴。自己做了这点小事，工人师傅们就这样给予肯定与赞扬，他发自内心地感动，但是，他的初衷却不是做好事，起码不完全是做好事，他是吃饭没有着落，因记得母亲告诉他“好汉穷途一饭难，英雄讨饭十条路”的话，吸取单德果犯错误的教训，而采取的一种相对有面子的乞讨方式。以这样的初衷，去赢得船长的感谢表扬信，他十分不安心，但又想起了《青年报》发起的“主观为自己，客观为他人”的大讨论，自己这不正是一个最好的例证吗？

想到这里，他坚决拒绝了船长和马师傅的好意。船长离开后，马师傅还是不依，他推辞不过，不得不说出自己生活困难的苦衷。哪知马师傅更是感动不已，强调说：“我最佩服你这样读了名牌大学，还能吃苦做好事、没有架子的大学生，你等等，好老弟。”他回到船员室，从自己的抽屉里拿出二十块钱，硬是要塞给吕望云，吕望云是坚决不肯接，一再说：“马大哥，你沿途解决了我和同学的伙食问题，已经很不好意思了，哪能再要你的钱呀！”

“拿着吧，拿着到阳京用得到，家里这么困难还这么有出息，读这么好的大学，将来当了厂长做了大官，拿着做个念想哈。”马师傅一口地道的江湖市口音，说得吕望云泪水在眼眶里直转，虽然坚决不收他的钱，但是他一直握着马师傅的手点头表示:“我一定不会忘记马师傅的恩情，一定好好努力。”

马师傅的钱没有送出，失望地离开了。吕望云转身回舱，抑制不住地对徐秋成说:“江汉17号，是江湖市的船，马师傅对我俩这么好，那是他们了解兴工，爱护兴工呀!”徐秋成接话说:“对的，他对我说过，兴工在江湖人的心目中就是国京的廷华，美国的麻省理工，家里能出个大学生就不得了，要是能考上你们兴工，那是祖上积德嘎!”

船快要进阳京港，已是下午2点多。与马师傅握手道别后，吕望云带队走在前面，回头看到马师傅和秦贞梅一起比划，秦贞梅好像是给他写了什么。下船后，班上同学在趸船栅栏内集合，吴杰锦清点了人数后，大家有序上岸。吕望云回头看到马师傅还在目送他们，鼻子一酸，激动地朝他挥了挥手……

大家来到龙踞北路小学，因是暑假，学校一片寂静。吕望云找到学校领导，递交了工作联系函，校领导带他们到教室住下。男同学三个教室，女同学一个教室，四五个课桌拼成一张床，学校提供凉席和蚊帐，每人每天交一元钱。

他向黄师傅借的五十块钱，出发前交了三十块，主要用来购买往返船票。从江湖到阳京的船票单程十四元七角，他要吴杰锦先用返程票钱交了十五天的住宿费。剩余的二十元三角，外加向伍卓理借的十五块钱由田如玉带回家了十元后，还剩下五元，总共差不多还剩下二十五块。除去返程票钱，一天剩下不到一块钱的生活费，十分紧张困难。

第二天，他们来到附近的阳京磬山电子研究所接待处。递上介绍信，研究所的同志将他们带进一个会议室，向他们介绍了研究所安排的实习方案。第一天是参观学习，第二、三天到设计室学习，第四、五、六天随技术工人到工厂参加产品生产，第七、八天休息，第九、十、十一天参加产品测试，第十二、十三天参加研究课题组讨论，第十四天分组讨论小结，第十五天集中讨论后学生各自提交实习报告给相关研究人员签字，所里学术负责人签字，加盖公章后，自带返程。

上午就在会议室，学习委员庞恒之按每组五至六人，将同学分成七个组，指派了小组长，每个小组分别制定了实习方案，明确了师傅和导师，开始了第一天的观摩学习。

通过一天的参观学习，他们真实感受到这里空物技术的树大根深，看到自己在课本上学习的“相控阵雷达技术”正在这里研制，并在测试改进之中，还有正在研制的“机载雷达技术”也正在测试改进中。他们研制的设备支撑了“两弹一星”，不久前国家确定他们的设备作为山峡工程建设的必备装备，保护即将建成的山峡大坝安全。他们心情激动，很多同学动了留在这里工作的念头。带他们参观学习的正是毕业于兴工射电系的师兄文晓友，文师兄对他们提出了遵守工作纪律、严禁在禁拍场所拍照等保守秘密的纪律规定。

他们按照规定的实习计划，一步一步认真严谨地在师傅的指导下进行。下班后，铁鸽梦弄到一个足球，在学校的篮球场上踢起来。由于场地小，吕望云一马当先，连接着踢进了几球，赢得了大家的阵阵喝彩。晚餐时国京的何德珍和秦贞梅一起遇到他，何德珍好像是说给他和秦贞梅两个人听的，笑着大声对他说：“嗨，真男子，就要有你那样的冲劲！抓住机会上呀！”他有点窃喜，更多的是脸红，这句话之后一直留在他脑海中，他瞟一眼秦贞梅，见她也笑得脸红。这时他更感到何德珍的赞美无比珍贵，真诚的赞美是人最渴望的奖赏，更何况自己在意的女同学还在场……

三

看完班上男同学的足球比赛后，因为第二天休息，一直忙到将班上同学都安顿好后，秦贞梅才回家。她母亲早在家中准备好了饭菜，她开门接下秦贞梅身上的背包，说：“我的盘西（漂亮女儿）总算回来呐，待会儿你爸回来，去洗把脸，我把你的包放到你房刚（房间）里哈。”

“他们都回，太好了，今晚全家团聚，妈，有么事我能帮忙做的?”

“幺的（没有），我都准备好了，坐下来休息一下，喝口水喔。”

“下午，尤建智的妈妈还问你回家没有，他家建智几天前就回家了。我回她说你要星期六才回，她还邀你到她家去串门走动一下，他妈好像很喜欢你呀。”

“妈，我这事你莫参乎（掺和）哈，我对尤建智一点感觉也没有，他那么胖乎乎的。”

“那就有点可惜呀，他爸爸是霞金建材的领导，我们两家门当户对，还蛮好的。”

“都什么年代了，封建，妈！我爸不是也说他有点‘羊乎’（骄傲），大大咧咧地有点‘二胡’（傻气、出格）吗?”

“你爸知道个啥，男孩子会变的，都要大四了，有让你动心的男生了吗？”

“反正我对他是一点感觉都没有，我有感觉的你们怕也不满意。”

“谁呀，能有这么大的能耐，快说来听听。”

“哦……还未定……不过，我感觉是喜欢上啦……”

“班上的同学吧！回阳京几天了，才回家，是不是被他牵住了呀，快大四了，谈一下恋爱，不仅是可以，而且是应该的，起码可以积累经验，但是要看对人，莫当真哈，莫影响学习和身体，毕业后各奔东西，现在谈的都是无果花呀……”

“我才不这样想，要真是相互喜欢上了，我们一定有办法在一起的。”她虽然这么说，但是她与吕望云来自不同地方、萍水相聚，现在被学校纪律和毕业分配限制、约束着，属于不能绽放的爱情花朵。想到这里，在出身知识世家、眼界开阔的老大学生妈妈面前，她不由得红着脸说出了压在心底的话：“我们爱不能动真，不爱又像是落后几分，与时代不合拍。这有负我们的豆蔻年华和难以遇到的缘分，真折磨人！让人不知所措。”像是自言自语，又像是向她妈妈求教发问。

“真是遇到让你动心的，你就去爱吧，都满二十二要进二十三岁了。将来起码不后悔，曾经度过了一段值得回味的人生过程，谁也不能保证一次恋爱就能厮守一生的呐。”她妈妈的回答确实让她震动和意外，妈妈可是一直反对自己谈恋爱的呀。

“哦，对了，妈，你还得给我二十块钱，我在路上欠了他的钱。”

“你怎么会欠别人的钱？”她母亲瞪大眼睛不解又似乎猜到了几分。

……

晚上与家里人一起吃完饭后，她独自在卧室看书，疲倦了躺下休息，却怎么也睡不着，母亲的话，她印象都不深，唯独几个关键词：“不仅是可以，而且是应该的……曾经度过……谁也不能保证一次恋爱就能厮守一生。”盘旋萦绕在耳畔，在她脑海里播放，像放电影一样。向自己写过情书字条、不经意地表达过爱意的尤建智、庞恒之、蔡建设、费新刚……一个一个在眼前浮现，又轮流淡去。倒是这个在刚入学还未熟悉时就鲁莽地向自己表达爱意，之后又极力回避，当作没事人一样的吕望云，停在脑海里挥之不去，他是那样青涩而丰富、乡土而博才、贫穷而自尊、困厄而自信、挺拔而有力、倔强而热情，迎难而上的气场，还有那坚定的眼神闪动着善解人意的温情，这不正是自己梦中的白马王子吗？虽然眼下他家里经济困难，但是，改革开放的大潮正在给当下社会重新洗牌，她相信拥有多重优秀特质的吕望云一定是这逐浪弄潮、曲折前行的人……

四

到了第七天休息，初次来阳京的同学们决定外出游览一下当地胜景，吕望云犹豫着是否也出去游览一下。

他与徐秋成商量道："我们钱不多了，考研学习要紧，就在教室学习吧？"

"来一趟阳京不容易，可以少去几个地方。"秋成说。

吕望云想了想，徐秋成这样的天才，将来说不定会成为一个大物理学家，何不找几个最有影响的地方，看一看，合个影，将来也有个说道。

"好吧，我们邀一下阳通的夏国华吧，他昨天晚上到他叔叔那里拿了一个时髦的进口相机。"秋成建议道。吕望云赞成后又说："那你到隔壁去喊他吧？"正说着，兼作临时宿舍的教室外就传来一片嘈杂声，原来，一群人正围着夏国华，邀他一起向霞金山出发。夏国华本身成绩不错，平时在同学面前不自觉地流露出傲气，这时众星捧月，他更有点得意不过。

他们一波人，随背着进口照相机的夏国华，步行先上了霞金山，观看了山上的天文台。因为涉及空间物理专业，吕望云还联系到了天文台的张工程师，请他介绍天文台时下热点的话题。

"今年4月11日是哈雷彗星距离地球最近的时间，每隔75年或76年哈雷彗星才到访地球附近一次，在科学不发达的年代，迷信观念认为别名扫帚星的彗星，它一出现即预示着国家要发生灾难，在封建帝王年代，还预示着帝王在德政方面有过失，需要匡正，这也是当时人们向至上皇权挑战的借口。在当今科学发达的新时代，我们认识到这是正常的周期性天文现象，与国运不存在必然的联系。但是，由于长期以来人们对彗星出现的恐惧心理已经形成，所以，能够准确地预测到它的到来，对于弘扬科学、破除迷信很重要。我们天文台在1984年就预测到今年4月哈雷彗星又会到访，并且向上级做了汇报，领导去年年初，他们还专门到我们这里来考察。"张工程师十分自豪地讲解道。

"张老师，我能提两个问题吗？"徐秋成一改平时的满不在乎，谦虚地问道。

“好的，问吧。”

“我们天文台今年观察哈雷彗星为什么要到遥远的澳洲去？还有，哈雷彗星的周期一直在变，这种变化与宇宙大爆炸关系密切吗？周期变化的主要原因是什么呀？”秋成问这话时，透过他不太厚的镜片，张老师看到了他真诚的眼神。

张老师清了清嗓门，答道：“首先，这次哈雷彗星回访近地点在南半球。越是纬度高的南半球观察点，观察的视角越宽广。加上澳洲这个观察点所在的小镇十分偏远，环境优美、空气纯净、基本没有光污染；此外，那里的观察设施配置先进，所以是天人合一的最优观察点。我们霞金山天文台，理论上也能观察得到，而且，在十年前我们还在国际上率先观察到‘霞金1’和‘霞金2’号彗星，但是，这次观察哈雷彗星，我们的视角不广，哈雷彗星亮度又不高，近年来我们经济发展很快，建材石化钢铁汽车等污染越来越严重，大气颗粒物也越来越多，繁华的灯光又造成严重的光污染，所以，要想在本台观察到哈雷彗星的细节将十分困难。所以，我们派出两名同志到澳洲观察，取得了丰硕的成果，同时，因为环境污染造成我台不能观察哈雷彗星的问题，也引起了高层对发展与环境关系问题的高度关注，估计不久的将来，环境保护问题也会作为一项国策提出来。另外，从你提出这两个问题看，你一定对天文学有一定的研究思考，也说明我以前对你们兴工的看法是对的。你们兴工近年来奋力向综合性大学发展，对天体物理的研究从引力测量入手，以点带面务实推进，这非常好。”张老师好像对国内天体物理的研究现状特别清楚，当着兴工学生的面夸赞，作为班长的吕望云内心自然高兴。

“张老师，谢谢您对兴工和对我们的夸奖。其实他只是我们班一个特例，他特别喜欢研究物理，但不代表我们都有他这样的天体物理水平。”

张老师稍感诧异，接着说：“这位同学好修养！好的，那我就继续回答他的第二个问题。一切天体运动现象，都与大爆炸相关，但是，哈雷彗星到访地球的周期在74到76年之间变化，原因很复杂，到现在还没有定论。哈雷彗星的物质构成与冰、水和泥土相关，它在运动过程中，不断地向外抛射尘埃和气体，彗核在慢慢缩小。另外，在不断地穿越太阳系的行星时，引力会发生变化，从而导致时空周期上的变化，估计这也是主要原因。”

听完张老师的讲解，同学们直点头，表示收获很大。见徐秋成还想再问问题，夏国华拉了他一下说："张工讲了这么多了，后面我们自己再看看吧。"就这样，大家齐声谢过之后，边看边来到了天文台的标志性建筑日晷旁合影，饱览霞金山雄厚逶迤的龙脉和夏日树木的郁郁葱葱。

下霞金山，游完金山陵和清泉陵，已是正午时分。吕望云拉着徐秋成步行到附近的巷子，肚子已是咕咕直叫。他们在一个小店里买了两块油饼，边吃边四下观看，阳京的居民非常讲究卫生，漂亮的小院子连着小巷子，闹中有静，都市优越的生活让他们心生羡慕。就在他们发声羡慕的时候，卖油饼的老人看到眼前这两个外地模样戴着近视眼镜的年轻人好奇的神情，有点显摆地说了句顺口溜："国京大、尚海富，不如阳京的一棵梧桐树；香港街、美国路，不如阳京的小卖部。"

说完后，他又友好地对着他俩发牢骚道："现在脑子搞活了，干正事的多了，经济发展迅速，么事都好，就是污染越来越严重，桌子一天不抹就一层灰，犯嫌死了……"

徐秋成瞪大眼睛说："以前没有这么多的灰吗？"

这时老人又瞟了一眼书呆子气十足的徐秋成说："秀才呀，这都不知道呀，关起门来只读书吧，以前不生产，哪有啥灰呀？"

见徐秋成不语，他又开始重复那句顺口溜："国京大、尚海富……"

老人说完，旁边的小孩子也大声学起来，最后徐秋成回过神来，也嘻嘻哈哈手舞足蹈地跟着喊起来，他心里或许在想："我这个北苏农民的儿子将来也许会成为阳京城的一棵梧桐树。"高兴的心情抵消了疲劳，也不知是吃了油饼还是心情不错的原因，他们脚又生力，带着好奇心继续参观，又徒步绕行到何愁湖，一路步行，黄昏时才回到了龙踞北路小学。

晚饭时吕望云对吴杰锦说："清点一下，看还有哪几个同学没有回。"

"夏国华、权任和苏必杰三人还未回。"吴杰锦清点后回复道。

晚上快十点了，吕望云还不见他们三人回校，有点着急起来。他在校门口等着，等了半个多小时才见他们三人快步走回来，一问什么原因，都不做声。

第八天还是休息，大家自由活动。下午，艾冰、胡兰秀和薛尚法三人也平安赶到了。大家都很高兴。

晚上开班会。

班会上，吕望云总结了离开学校后的情况，向同学们通报了向俞仲乐汇报的情况。俞仲乐电话中对近期同学们的表现很满意，对胡兰秀和薛尚法克服困难帮助同学的行为提出了表扬，并说要将班上的好人好事向系总支书记阚育才汇报，吕望云受俞仲乐委托再次强调了纪律的重要性。期间，他瞥见费新刚脸色阴沉木讷，没有显出自己以为的红一阵白一阵的变化。然而，这种似无表情的表情，才更令吕望云忌惮害怕，也许是因为艾冰三人的平安赶到，他感受到了费新刚心里的气愤与憋屈，莫名的担心在吕望云心中油然生发。

秦贞梅补充道："实习开始前，文晓友老师强调了要遵守纪律，同学们在所里的言行要稳重小心，严禁在禁拍场所拍照和将技术资料带出，也请后来的三位同学注意。"

"对的，这一点特别重要，同学们一定要严格遵守。"吕望云再次强调道。

第九天进入测试阶段，先是对几个最新产品测试方案的学习和测试过程的观摩，然后分组轮换测试。吕望云、徐秋成、铁鸽梦等人分在"机载脉冲火控雷达稳定度"风洞测试组。他们干了好一会儿，快要出测试结果时，夏国华拿着他的那台数码相机和阳京同学苏必杰从其他组走过来，吕望云他们只顾干自己的，未太注意到他俩。

徐秋成一向不喜欢夏国华洋洋得意的样子，瞪了他一眼说："你们回到自己小组去吧，到处咋咋呼呼的，明天我们这里有得你们做的。"

"就你能，徐大呆子，站好，我给你留个纪念！"夏国华拍了几张照片，边答应着边悄悄拉着苏必杰离开了。

五

第十天上午，一夜大雨的冲洗，干净且湿淋淋的电子雷达所里，秦贞梅急急忙忙找到吕望云，将他拉到无人的大楼外廊上，说："夏国华跑到我们组和胡老师争起来了，他要拿老师的成套测试数据，老师不给。"

"不给就算了，他顶撞老师了？"

"他现在走了吗？"

吕望云连连发问，秦贞梅点头。

"刚离开。"秦贞梅答道。

“他就那样，自认为不得了。”吕望云沉默了好一会儿，接着又说，“我待会儿去提醒提醒他。”

“怕没有提醒那么简单，我看他经常带着个相机，逮住机会就拍。”

“是吗？那我们去看看。”

他们一路走着。吕望云想起下船时，马师傅和秦贞梅比划着什么，他轻声问她：“下船时，马师傅找你了？”

“哦，对了，正准备告诉你，马师傅找我的事。”

“要学校和系里的通信地址，对吧？”

“是的，猜对了。他说要就班上同学热心公益、乐于助人的好人好事，向系里写封感谢表扬信。他知道你和徐秋成目前经济困难，影响学业，要我转交给你二十元钱，既是感谢，也是对你们学习生活的一点支持。”

说到这里，秦贞梅拿出书包里的一本书，翻开书拿出夹在里面的二十元钱，递过来。

“你说的这两件事都被我推辞了的。”吕望云说。

“马师傅说过你不同意，所以才找到我。我没有代收他给的钱，但是，将系里的通信地址给他了。”秦贞梅解释着。

“没收他的钱，还给我钱？”吕望云瞪大眼睛，不解地问。

“不要他的，我给还不行吗？”

“那可不行，你这白给的钱我可不能要。”

“我当了你的家，拒绝了马师傅送的钱，我得补上。何况你实在困难，沿途帮工换饭吃，我眼明心知，你莫死撑面子活受罪啦！”秦贞梅揭穿了他最在意的事，他一阵心跳脸红。

“不要不好意思呀，我认为这是对的，这样更能锻炼人，困境中能找到出路才是一个真正可靠可信的人。你看过《钢铁是怎样炼成的》吗？我觉得你好像保尔。”秦贞梅看出他的心思，说这话时自己脸上也泛着红晕。

“何止是看过，广播里播送这部作品的有声小说，我可是守着点听的。你可不要做冬妮娅，我知道你喜欢简·爱。”

“你猜的，我也没有告诉你我喜欢简·爱。”

“我看你就像简·爱，热爱读书，自强自立。”

“谢谢你夸奖我，这钱你一定要收下，是我的心意。”她拉起他的手，硬塞进他的手心里。

吕望云的手仿佛被电击一样，整个人呆住了，心扑通扑通直跳，眼脸发红，泪水在眼里打转。这钱对自己渡过难关真是至关重要呀。但是，这钱自己如果这样收下，自尊心一下真不知搁哪儿了。吕望云看着她真诚可爱的样子，说：“你非要给我，你就一定要亲一下我的脸，算是留在我身上的借条，提醒我今后一定要还！”秦贞梅扑哧一笑，说：“天下哪有借条留在欠债人的身上的？借条应该是要留在债主身上的呀！”听罢，吕望云还未等秦贞梅反应过来，一个飞吻，有力的嘴唇就贴上了她那水嫩的脸颊……

一瞬间，秦贞梅的脸上羞起了一片红霞。她连忙挥动着手拍打吕望云宽广有力的胸膛，同时转移方向说：“原来你是个大坏蛋，看着老实，倒是会绕着弯儿占别人的便宜呀！”

吕望云却一本正经地讲：“我们兴工的学生在江湖人心中地位真高哇，我们一定要努力磨炼、提高自己，即使将来未必能报答，也不能辜负了‘江汉17号’上的恩人。你这样补上，我怎么担当得起吵！”

眼里持续含着热泪，看着秦贞梅离开，青春的身体留下特殊的香甜气味，他真想撵上去，好好地抱她一抱，凑近了，深深地吸一口这好闻的香气。但是，他强忍冲动，抬头望了望蓝蓝的雨后天空，那不挂一丝云彩而有的一种空洞，不禁使他想起了自己的一无所有和贫穷。是呀，人穷志短，平时在语园里看女同学只是远远地看，完全没有靠近的勇气。现在，这美丽的秦贞梅竟然对自己这么好，这欢喜的意外，又突然搞得他连脚步都迈不动。他木然得不辨东西，半晌后，缓过神来，发现外廊边一个大教室开着门，他走进这无人的大教室，关上门、掩上窗，大声唱起了崔健的《一无所有》：

我曾经问个不休

你何时跟我走

可你却总是笑我

一无所有

我要给你我的追求
还有我的自由
可你却总是笑我
一无所有
噢 你何时跟我走
噢 你何时跟我走
脚下的地在走
身边的水在流
可你却总是笑我
一无所有
为何你总笑个没够
为何我总要追求
难道在你面前
我永远是一无所有
……
告诉你我等了很久
告诉你我最后的要求
我要抓起你的双手
你这就跟我走
这时你的手在颤抖
这时你的泪在流
莫非你是在告诉我
你爱我一无所有
……

第五章　事遇横处侧 人顺曲通幽

一

秦贞梅起初是来找吕望云一起去处理夏国华与不给数据的胡老师之间的争执的。只因吕望云的一个吻，使她忘记了初心。她不知所措、慌乱逃脱，刚走不久，发现身后未见吕望云的人影。她原路返回，隔着门窗，听到吕望云声嘶力竭的歌唱声。她听出了他的无奈以及不屈服于穷途的决心，她静静地听着，直到他唱完，教室里一片安静，才敲门喊了声还未平静的吕望云。他们相互提醒，抑制着躁动的心情，不安地来到夏国华他们做测试的“相控阵雷达测试场”。见他们在师傅的指导下，搭建好测试模型，正在一步一步地开展测试，为了不伤夏国华的自尊，吕望云走近测试台，近距离观看测试，与小组同学们打招呼寒暄着。

“班长带着美女班委来看热闹的吧。”夏国华生气地怼着，他估计是秦贞梅向吕望云告的状。

“来了解一下情况，柔和点，老瞎。”吕望云低声对身旁的夏国华道。因他眼睛高度近视，加上他有好调侃别人的习性，同学们经常称夏国华为“老瞎”。

“有啥了解的，我不就是解释了几句吗？还不能说话呐。”夏国华主动提起，又不客气地瞪了秦贞梅一眼道，“好快嗲，你这个大喇叭……”

“ 胡老师刚走呐?”秦贞梅未在意他的瞪眼，回到正题，问道。

“嗯，你不来这里守护着……”夏国华答道。

吕望云见秦贞梅被数落，很不爽，对夏国华说：“对女同学说话，要尊重点，老瞎。”

夏国华听了还很不服气，鼓腮红脸，正要发作，一旁的秦贞梅拉了一下吕望云的胳膊，说："先忙我们自己的事去吧。"他们一起离开了测试现场。

"瞧他那嘚瑟样，太不得了呐。"秦贞梅一路怄气道。

"等会儿，找机会与他好好谈谈，他就这样的人，不值得怄他的气！"吕望云安慰道。

"听说，那晚他、苏必杰和权任三人仗着对阳京熟悉，进中山公园不买门票，翻栅栏时被景区工作人员逮住、训话、补票，听说还供出了是兴工的学生，真给学校丢脸哪！"

"啊，有这事？"吕望云不相信。

"回来时又撇下苏必杰，绕道到他阳京工学院的叔叔家吃晚饭，弄得很晚他和权任才回来。"秦贞梅边走边说。

"你怎么知道的？"

"我们女同学都知道。"秦贞梅不屑地说，"他一有机会就在女同学面前炫耀他阳工的教授叔叔。"

"呵……"

他们分别回各自的小组后，夏国华心里还是感到十分憋屈，心想：叔叔真好，不仅长期给自己零钱花，这次还赠送这么高档的进口数码相机。自己只是因叔叔随口说了一句："有了这个小巧高档的相机，方便的话，多照点现场照片和测试资料，我研究时参考，你也要保留一手学习资料，但是，莫张扬，拍照时尽量回避一下别人，高技术场所很敏感的。"而为叔叔拍了一些照片，举手之劳的小事，没想到，还没拍几天，就被辅导老师发现了，坚决制止不说，还小题大做，闹得烦心的不了得。尤其是这个秦贞梅，一直盯着，跟自己过不去。他心想，她是不是在报复呀？记得大二时，自己有几门课考得特别好，秦贞梅称赞过并向自己问了几个问题，只是不该由此想入非非，认为秦贞梅对自己有意思。此后主动接近秦贞梅，大二放暑假，在一起回阳京的船上，自己心急火燎地对她表达了好感，没想得到秦贞梅的断然拒绝。好在自己很快缓过神来，自我解嘲，并不自觉地在班上男同学面前说："女人不都一样是由蛋白质组成的，有什么了不得的？"自此以后，他见到秦贞梅就是冷嘲热讽。

根据自己发明的"蛋白质"理论，他先后追求过喻红玉、迟任美、艾冰和万花朵四个人，直到大三还没有恋爱对象。他这样“一点对多点”的求爱方式，一直进行得静悄悄的，无人知晓，直到在大三快结束，准备出发到阳京实习前，被一场女生宿舍的夜话给说穿、揭露了。最后遭到有“小麻雀”之称的万花朵当众一通奚落，难堪极了呀……

那晚，因为白天俞仲乐安排布置了到阳京去实习的事情，“小麻雀”万花朵熄灯上床后不能入睡，她还沉浸在白天夏国华对自己的热情邀请之中。

她叽叽喳喳兴奋地说：“夏国华说他叔叔在阳工当教授，他说到阳京后邀请我到他叔叔家做客。”

迟任美有点气愤地说：“恐怕不仅是请你去做客，还有一封不知在哪里抄来的一封求爱信吧？恭喜你，恭喜他，更要恭喜我们大家呀！”

何德珍有点懵懂不解地问：“怎么一个邀请要恭喜这么多人？这是普天同庆呀！”

艾冰操着湖阳腔应道：“这有么事不清楚的，聊骚的公狗满街荡呗。”

迟任美立即答道：“你肯定被他聊过！嘿嘿！”

艾冰笑道：“你怕还是在我之前被他聊过的呐！”

何德珍回过神来说：“那你们排个序，看哪位是最先被他聊的！”

万花朵十分恼火起来：“看样子，我是最后一个被他聊的！这个赖皮子，真讨厌！”

祝富勤清了清嗓门总结道：“我和胡兰秀貌似都有对象了，你们都还没有主，排在前面的不是秦贞梅就是喻红玉，她俩在隔壁，哪位勤快？起来去把她俩喊过来，我们排一下先后顺序呀！”

大家嘻嘻一笑，没有一位应承的……

二

第十一天上午，师兄文晓友代表阳京磬山电子研究所找到吕望云，通报一个重要情况：“鉴于夏国华同学用数码相机偷拍大量本所重要设备技术参数和图片，涉嫌泄露科研秘密，且牵涉到其他单位人员情况，本所研究决定向公安机关报警。”

“怎么会这样呵，他不应该会这样的！”吕望云惊愕万分。

“请先暂时保密，并配合我们内紧外松，开展调查，防止技术机密外泄。” 文晓友强调。

“好的，一定。” 吕望云答应。

文晓友走后，吕望云感觉责任重大，自己带队出来实习，一切问题都与自己脱不了干系，他决定迅速采取行动，不能让国家技术秘密外泄。

他很快找来吴杰锦，通知铁鸽梦、秦贞梅、庞恒之四个班委成员开会，他传达了文晓友通报的情况和工作要求。

“现在的重要任务是防止问题严重化，积极配合阳京罄山电子研究所和公安机关，防止科研机密外泄。”

他征求大家的意见：“现在需不需要请班上的其他几位党员参加讨论？”

铁鸽梦望了望大家：“人多了不便于保密，所里现在要求我们内紧外松。”

“还是请党小组长费新刚参加吧，你们还是要缓和关系，都让一让。”秦贞梅建议。

“那你快去叫他。”想起尤建智在船上给自己的建议，吕望云看着秦贞梅说。

“嗯。”秦贞梅很快起身去了。

趁秦贞梅去喊费新刚的间隙，吕望云独自快步到夏国华所在的测试场附近，发现他们都在认真地做测试。夏国华也很投入，边做边记，旁边桌子上还放着他平时背的书包。吕望云想，夏国华的叔叔借给他的相机应该在包里。他没有惊动他们，很快回到会议地点。

费新刚随秦贞梅赶回，听了介绍，与大家一起开始了讨论。讨论主题是：如何针对夏国华现在的状况，配合所里做好措施，防止技术机密外泄。

“关键是我们要搞清楚什么是内紧外松，能不能让夏国华知道他已经受到了怀疑和监视。”铁鸽梦先说。

“在没有得到阳京罄山电子研究所的通知前，肯定是不能让他知道的，否则，有可能帮倒忙。”吕望云答道。

“那我们还能做什么？”庞恒之问。

“我们是否可以考虑请他们组的同学盯住他，或者将我们之中的人换到他们小组，去盯住他？”吕望云又说。

“据说，权任与他一起到他叔叔那里吃过晚饭，他们又在一个组，可否先找他了解一下情况，看能不能请他来盯住夏国华，这样显得自然，效果应该更好。”秦贞梅建议道。

“这主意好，还有，苏必杰是阳京人，情况熟，瘦猴子机灵，最好是让他与权任一起来盯。”铁鸽梦补充着。

吕望云环视了一下大家，都同意让权任和苏必杰一起来盯他。

“最好再开一次班会，强调一下纪律和保密问题。”一直不做声的费新刚插话道。

“班会不能开，前天才强调的，再开，怕影响阳京磐山电子研究所要求的内紧外松。”铁鸽梦很快表示了不赞同。

“这事要不要马上向阚书记或俞书记汇报？”吕望云看着费新刚问，费新刚不看他也不回答。

过了好几分钟，还是铁鸽梦打破了沉默：“还是先不要汇报吧，情况都还未搞清。”

吕望云正要做总结发言，这时文晓友又急急赶过来。见他们在开会，因为是师兄，大家相互之间都很友好，文晓友客气而又严肃地说：“为避免产生负面影响，大家开完会，不要外传，不要影响同学们的正常实习，要像什么都没有发生过一样，有什么事由班长和我商量处理。”大家纷纷表态同意，都自行做测试去了。

三

事后，吕望云将大家的建议向文晓友做了汇报。文晓友赞同他们向权任了解情况以及请权任和苏必杰这几天盯住夏国华的办法。得到同意后，吕望云按照要求找权任和苏必杰进行了任务布置，并分别找几位小组长谈话，谈话时，再次了强调纪律和保密问题。

转眼测试工作做完了，进入最后的讨论阶段。他想起出门前应该给罗泽玉写封信，想想从借书到现在已快一个多月了，该给她回信了。昨晚做梦还见她朝自己噘起小嘴，还有那伸到自己嘴边亮晶晶的脑门。但是，这信能写成一封情书吗？想到这里，伍卓理那善良友好的面容就浮现在眼前，他实在不能伤害伍卓理，更何况夏国华的“蛋白质”论虽值得怀疑，但是“天涯何处无芳草”更是千古名言。在他看来，班上这么多漂亮女同学，与她相比并不差，尤其是秦贞梅对自己一直这么好，只是自己不具备谈情说爱的条件，不能主动表白。他多么希望有一个大胆的还未谈男朋友的女同学，比如秦贞梅、喻红玉、迟任美……尤其是这秦贞梅主动找自己表白啊。因为她们家庭条件都比自己好，和她们中的一个好上，自己也好下决心离开罗泽玉，也就不会伤害伍卓理了。想到这，他脑海里不自觉地浮现出织女追牛郎、祝英台追梁山伯的美好画面。自己对罗泽玉是既爱又顾虑伍卓理，而眼前的秦贞梅怕也因门不当户不对，是朵无法结果的花。想到这里，他还是只写了一些实习的见闻和感受，回避了她在课本中给自己的情诗。

这天中午，他写好信，到小学门口的邮亭寄信，刚好遇到夏国华背着书包同权任一起离开学校。他和他们打了个招呼，各自分手。

不一会，权任就急急忙忙跑回来找到他，说夏国华借口到商场买东西，出门后就要权任独自一人活动，坚决不让他随行。按照事先确定的原则，他不能强行跟随，只能快速返回报告。他们立即一起到文晓友处报告了这一情况，文晓友肯定了他们的做法，就让他们各自去参加实习研讨会，自己负责去处理夏国华。

第二天下午，文晓友找到吕望云，慎重地告诉他：问题果然十分严重。夏国华的叔叔夏黎红是阳京工学院的副教授，两年前从国外留学归来，在阳工从事空物电磁场研究工作。他多次将学校的研究成果秘密发往国外技术情报机构，换取大量“稿费”，还一度试图将脏手伸进阳京磬山电子研究所，试图窃取最新的火控雷达技术，他的行为引起了阳工和警方的高度重视，一直在跟踪监控中。

这次，兴中工学院射电系空物专业的同学来阳京磬山电子研究所实习，夏国华怀着对叔叔崇敬的心情，早就写信告诉了夏黎红。夏黎红还算有理智，没有拉他亲侄子下水，未告诉夏国华自己在从事为国外情报机构收集国内核心技术机密的实情。他只是利用夏国华实习的机会，送给他一部进口数码相机，让他利用实习的机会多拍一些核心技术资料，说是学术研究时参考。

只因这夏国华骄傲、虚荣且无城府，将他在阳工有个留学归来的教授叔叔，也是从事空物天线研究的情况早就在班上广而告知了。

他平时偷偷拍点设备外形图片大家都没在意，那天，他偷拍测试技术参数及设计图时，被阳京磬山电子研究所师傅发现。师傅要他停止拍照，他还顶撞：“这没有什么不得了的啦。”师傅火了，要没收他的相机，他坚持不给，在同学们的劝解下，才平息下来。

事后，师傅将这一情况告诉实习负责人文晓友。文晓友马上报告了阳京馨山电子研究所保卫部门。因为涉及阳京工学院的同行，他们以为夏黎红是为了学术研究顺便要他侄子搞点最新资料，并未特别重视，只是将这一情况通过阳京馨山电子研究所科技情报机构与阳工的科技信息机构通了气。

阳工的科技信息部门一直在配合公安机关监视夏黎红，将这一情况马上报告了公安机关。

这才有后面的内紧外松、权任跟踪的措施。

根据权任提供的线索，公安机关发现夏黎红在获得一手技术资料后，还是像往常一样，整理后发给国外的科技情报机构。公安机关及时截获，夏黎红在铁的事实面前，无法抵赖，供认了他在国外留学期间被国外情报机构拉下水的全过程，一场令人震惊的技术间谍事件就这样传开了。

四

听到这里，吕望云长吁了一口气。文晓友走后，吕望云想了很久。

他和同学们一样看不惯夏国华傲慢的态度。这次幸亏他的傲慢张扬，要是一个城府深沉的人，拍下那么多机密资料，送出去的可能性将会大大提升。实习快结束了，他在想后面如何处理这件事。

往坏处想，以他为首的班委带队外出实习，在这期间，惹出了泄露科研技术秘密的重大事件，直接汇报回去，自己肯定有责任，不是没有尽力，但有可能说自己能力不行，这样一来，搞不好还有可能挨个处分之类的。如不加引导，传到社会上去，将对兴工，特别是对兴工试行的“学生自己管理自己”的改革试验都会产生负面效果。更为关键的是，信任自己的俞仲乐也会受到影响，因为他积极推行“学生自己管理自己”的改革，这次不亲自来，确定自己带队负责，处理不好，一向严肃认真的阚育才可能会向俞仲乐追责。想到这里，他仿佛看到一堵南墙正横亘在眼前。

一定得转个弯，将事情往好处绕。他认为可以这么思考：夏黎红是已成事实的被国外情报机构拉下水的技术谍报人员，这次通过我们来实习，在我们积极有效的配合下，在馨山研究所、阳工和公安机关的共同努力下，不仅成功地抓获了他，而且，技术秘密最终也没有泄露。将夏国华的不知情做实，这样对于不知实情而参与其中的夏国华也可以得到解脱。只要夏国华没有大错，自己这个带队的自然也不会有错，在研究所和兴工射电系面前都好说。

想到这里，几天来忐忑不安的心情为之豁然开朗。他得在这个实习即将结束的最后两天，落实这个将坏事变为好事的想法，这直接关系到兴中工学院的荣誉，关系到学校的教改进程，更关系到夏国华和自己的命运，他必须马上行动。

他快速找到师兄文晓友，与他说明利害关系，希望阳京磬山电子研究所快速反应，向有关上级汇报，在没有泄露技术秘密的情况下，抓获国外派来的情报人员的过程，在有关新闻媒体上宣传破案的有功单位和人员，弘扬正气，震慑国外情报人员，提醒我国出国留学人员，小心被外国情报机构拉下水，等等。

文晓友想了想，表示赞同，但是，他认为夏国华的拍照行为和向夏黎红提供照片的行为的定性最为重要，如果定为协助甚至共同，那我们就都负有管理责任；如果定为他不知情，而我们也有意用他“放线钓鱼”，则他可以免责，我们还能够得到表扬；如果进一步调查，案情重大，我们就是立功了。

这件事虽然未造成恶果，但是，事件的性质严重，加上夏国华态度实在不好，大家又都讨厌他，所以，文晓友还是坚持兴中工学院应该适当地处理夏国华，让他吸取教训。阳京磬山电子研究所将向兴中工学院射电系发函通报事情的全过程，以及对相关人员的处理建议。

“相关的汇报材料和新闻稿件，我们负责起草，向兴工射电系提出的处理建议请你们班委会起草我们负责发，发回兴工校报的稿件我们起草你们负责发回去。”文晓友看着吕望云说。

“可以吧，师兄可要多指导我们呀。”吕望云求援道。

费新刚听说夏国华惹出了间谍案，一阵紧张。因为，吕望云一系列的处置过程并未详细与他商量，作为班上第一批党员，系党总支任命的党小组长，费新刚认为这事性质十分严重。无论如何，在实习期间，因为我们的同学不遵守所在实习单位的保密规定，搞出了泄密事件，起码对学校的声誉会造成很不好的影响。他思来想去，认为这事一定要快速向系总支阚育才书记报告，这是自己作为党小组长的职责。

为了慎重起见，他急忙中忘记了走路的姿势，踮起了长短稍显不齐的双脚，满处寻找，总算是找到了一人待在大教室里的夏国华。夏国华才受了保卫机关的临时限制，还不清楚真正的原因，隐隐约约地感到与用数码相机拍的照片有关，预感不好。不服周的性格使他很是烦恼，他正捂住脸，趴在桌子上。

费新刚进来关切地问：“老瞎，听说你牵涉到泄密事件了，真有这么回事吗？”夏国华默不作声，在费新刚看来，算是承认了。费新刚无不动容惋惜地说：“你真是个糊涂虫呀，这年头，思想大解放，什么事都可以做，什么话都可以说，唯独这泄露机密给外国，是做不得的呀！”他说到这里，夏国华实在是憋不住了，他反击道：“不要墙倒众人推了，老子不就是照了几张照片，又没有给外国人，都他妈小题大做，还不让我出门。”费新刚严肃认真地说：“磐山电子研究所是我们系的对口实习单位，你搞出这样的事来，影响有多坏你知道吗？”夏国华更气愤地说道：“你们要无事生非，我有什么办法，一句话，随你们么样掰吧，我就这样了！就算有么事，跟我也是毫无关系的！”说罢，把脸趴下，不再理睬。

费新刚经此确认，不再怀疑这事的有无。但是，他也快速判断出：这件有惊无险的事，可能会被吕望云说成一件立功的好事。一想到这里，他心里十分不爽，毫不犹豫地微瘸着腿，快步赶到门口报摊边的长途电话亭。担心被吕望云炒作成立功的好事，他以高度的责任心，拨通了阚育才书记办公室的电话，向阚书记汇报了事情的来龙去脉，建议学校不仅要处分夏国华，对于吕望云的失职失察也要好好教育教育……

话说吕望云在与文晓友商量好处理方案后，也是急急忙忙找到吴杰锦，要他立即同自己分头通知全体班委成员和党员参加会议。在等大家到齐之前，他再次理了理头绪：这事在班会上从什么地方说起，能最大限度地尽快统一大家的思想，避免蜚短流长？要做好这一点，保住夏国华、为夏国华开脱是关键。只要夏国华没有大错，自己和班委自然就不会有什么错，对学校也不会有什么不好的影响。

他想，帮夏国华开脱的建议得找一个合适的人在会上提出，免得古板的费新刚和多嘴的蔡建设又出面唱对台戏。秦贞梅和其他几个班委肯定会支持自己的意见，但是，由他们提出来会让费新刚觉得像是自己事先说好了似的。想到这里，他找平时只顾读书的喻红玉，说服她在会上为夏国华说几句好话。

吕望云对喻红玉说：“这次夏国华和他叔叔的事，他叔叔已经由公安机关处理了，夏国华在整个事件中并不知他叔叔泄露机密的内情，虽然他被利用了，但是，他毕竟是我们的同学，待会儿开会，还要你这个党员同学帮他说句开脱的话呀。”

“想起他那副令人讨厌的样子，不得了似的，我才不想帮他说开脱的好话。”没有想到平时的老好人，刻苦美丽的“溪子姑娘”喻红玉这时竟然也会这样说。

“是呀，大家都不喜欢他那骄傲的样子，但是，为了我们这个班集体，就算我拜托你了，你考虑一下吧。”喻红玉一反常态拒绝了吕望云的请求。但是，他并没有就此放弃，在他的心中，喻红玉就是一块温润善良的美玉，她讨厌夏国华不假，但是，吕望云坚信自己强调了这样做的意义，摆明了自己的请求，也给喻红玉留下了余地后，她会转变的。

“嗯，我想想……”喻红玉静思片刻后果然有所缓和，边说边与吕望云前后走进了会场。

会上，吕望云先请党员、班委秦贞梅通报了夏国华事件的经过，秦贞梅还没有说完，只见夏国华拽着个子比他小的权任，边说边骂：“看你这小赤佬还瞎造谣，瞎告密，老子今天非要你当着大伙的面说清楚，我怎么泄密、怎么违纪了？”

吕望云向铁鸽梦使了个眼神，铁鸽梦立即起身，走到夏国华身边，拉起他往外走，说：“老瞎，这里在开会，先出去再说。”夏国华抵不住权任和铁鸽梦两人的拉拽，他们到门外说去了。

吕望云估计铁鸽梦说服不了夏国华，示意大家在会议室稍等，他出去处理一下再回来接着开会。

待吕望云出门赶过来，铁鸽梦正在如实告诉夏国华，他叔叔向国外传递国家技术秘密的情况，夏国华睁大眼睛，半天说不出话。

吕望云安慰了夏国华几句：“好在大家都很努力，及时发现，泄密事件没有发生。”他请铁鸽梦、权任陪他走走，缓缓神。

他回到会议室，示意秦贞梅继续讲。秦贞梅通报完毕，吕望云清了清嗓门，说：“事情发生后，得到了文晓友老师的及时通报，权任同学执行班委的工作要求，及时向研究所提供了夏国华送出照相机、相片的时间，为抓捕夏黎红提供了准确的时间与信息。所以，首先要感谢权任，还有铁鸽梦与秦贞梅提出的建议：由权任和苏必杰同学负责盯住夏国华，这起了关键作用，因此，他俩也立了大功。从整个事件的结果来看，虽然夏国华主观上没有立功配合的意思，但是，客观上，他还是为揪出潜伏的技术间谍做了贡献的。现在的情况是，文晓友代表阳京罄山电子研究所要求兴工射电系处分夏国华，并要以阳京罄山电子研究所的名义向兴工射电系提出正式的建议函，要求我们写初稿，请班委和党员同学们讨论。”

“夏国华太傲气了，这次违反一再强调的保密规定，差点酿成大错，应该处分他。”学习委员庞恒之气愤地说，让人想起成绩也很好的夏国华经常贬低嘲笑他的情形。

“根据刚才秦贞梅说的，夏国华对他叔叔的行为并不知情。他主观上违规偷拍了那么多技术资料，但客观上还帮助引出了潜在的技术间谍，应该功过相抵，批评教育他一下算了呗。”安杭党员女同学喻红玉同情地说，显然她真的接受了吕望云的建议。

“不管怎样说，他这次惹出了泄漏技术机密的案子，这么大的事，不处分不能起到警示教育人的作用。他还顶撞了阳京罄山电子研究所的师傅，人家也建议学校处分他。还有，我听我们组的老师说，这次事件，将会影响阳京工学院与阳京罄山电子研究所的合作关系，阳工的人认为，阳京罄山电子研究所将过多过具体的技术交给兴工的学生，这是吃里扒外，对不起阳京本地的大学。”费新刚认真地补充论述，他不能任由吕望云的布局得便宜。

“对的，我也听说，阳工射电系的老师抱怨兴工，说兴工利用老校长是阳大物理系毕业的这个背景，悄悄收容接纳几个电磁场空物技术方面的一级教授，硬是把阳工的卫星遥感课题给抢走了，这次事件肯定要影响今后兴工与阳京罄山电子研究所的合作关系。”蔡建设也跟着费新刚附和道。

“那太深远的影响，我们现在顾不了，还是先给阚书记打个电话，全面汇报一次。其实，他这次是立功啦！当然，把阳京罄山电子研究所的官方建议也要汇报一下。”吕望云未接他俩的话，客观地对着众人，表示自己要向阚育才书记汇报了。

大家的观点都已经表达清楚，都知道夏国华的确是惹事了。至于说如何处理，各有各的一套，观点也明显不一致。不过，各说各的理，最后都要由学校系里定，争论过多也无益。大家都是聪明人，参会的人多嘴杂，谁说了不好的话，最后都会往夏国华耳朵里传达，他肯定会不高兴甚至记恨的。吕望云作为俞仲乐书记明确的带队负责人，认清了大家这些不同的想法，他认为不能将问题复杂化，见好就收是上策。

这时，他像有点讨好费新刚和蔡建设两人似的，向他俩友好地点了点头，以求观点一致，然后看看大家，不待再有人插话，便归纳道：“好的，我想办法尽快打电话也向俞老师汇报请示一下，请同学们会后说话注意点，莫给夏国华太大的压力，要帮助开导他，克服眼前的困难。”

费新刚并未透露，他已经向阚育才汇报了，而且阚育才书记特别着急，表示要主动给研究所学工处打电话，商量如何处理。听说吕望云也要电话汇报，先说向阚书记汇报，自己心里一紧，最后又说向俞仲乐汇报，心里又轻松下来，只是，他这心情的复杂变化掩盖在依然木讷的面色下。吕望云对费新刚的木讷、毫无表情，也是装作未在意，只是，他有点后悔刚才直接说了要向阚书记汇报。为了不惹新的麻烦，他又刻意提高声调说出了要向俞仲乐报告。因为，在吕望云心中，他的直接上级是俞仲乐老师。

说完，吕望云示意大家散会。

根据兴工纪律处分的规定，按照俞仲乐请示阚育才后的电话指示，班委会与阳京罄山电子研究所协商，兴工射电系决定给予夏国华系内通报批评的处分，不记入档案。

令人意外的是，师兄文晓友告诉他：阳京罄山电子研究所在寄出处分与表扬的建议信时，还向系里顺带表达了希望吕望云毕业后来所里工作的愿望。当然，阳京罄山电子研究所是军事研制单位，也提了毕业前最好能入党的条件。分手再见时，文师兄友好地提醒他毕业前入党的重要性。

实习结束的日子到了，同学们各自购买回家的车船票。由于秦贞梅赠给他二十元钱，吕望云盘算一下，决定乘火车绕道尚海一趟。他想去看看才回国不久，在蘅山船舶研究所做研究的表哥岳望星，也想去尚海光华大学经济管理学院，看能不能找到一点考研复习准备的资料。

他买了午夜由阳京到尚海的火车票。在车上，看到月光下的江南水乡，仿佛还有蛙鸣伴着车轮的撞轨声，他感到了寂静下的丰富闹腾，回味着江南女同学的温柔与坚定……

第六章 热风传信尚海滩 群英发力语佳山

一

火车一早就到了尚海。仲夏早晨的太阳，应该是火红的，下车后，望云看到的太阳却灰白得像一轮长了毛的月亮。阳光穿过漫天扬尘的空气照到眼前，无一丝的光感威力，但是，阻挡阳光的灰尘吸附着阳光的热量，混裹着临海近江密集水网上蒸腾而起的水汽，形成了烘人的阵阵热浪。被这弥漫无形的"光灰汽"蒸烤着，不一会儿，望云的脸上就被汗灰混合着，勾画出一道道尘线汗迹。无孔不入的灰尘屏住鼻息，粘住牙齿，咬咬牙，便会磨出"咯嘣"响的沙粒。

第一次独自来到这陌生的大尚海，顺着人群出站后，吕望云茫然四顾，忐忑不安的感觉油然而生。他急于找到一片歇脚的树荫，偌大的车站四周竟然不见一棵树的踪影。他只得抓紧时间，又急又怯又勇，观察到一个面善的行人，上前问了路，往南广场走去，在梅园路口上了公交车，大约经过九站，到复兴路下车。

下车后，他沿着蘅山船舶研究所灰色院墙脚下的马路走。也许是疲劳的原因，他觉得这院墙比阳京馨山电子研究所的院墙要高且墙顶齐平，不仅找不到低洼的口隙往里查看，就算踮起脚，高个子吕望云还是看不到墙内房屋的底层。墙脚下路很长，沿途看到其他街上车水马龙，热闹得很，唯独这高墙下的街路上，半天看不到一个行人。背着两个行李包，越走他越感到神秘，不知是不是对此感到陌生的缘故，心里不由得暗暗吃紧，就这样，高瘦的吕望云突兀地出现在蘅山船舶研究所的大门口。

灰色高大的两扇铁门对锁，侧边开着一个小门，进出的人都要看证。经过严格的盘问检查和电话联系，表哥骑车到门口接人。表兄弟见面，表哥热情地帮他拎了一个包，眼镜片后透露出又惊又喜的明亮眼神。他笑着问望云道：“还没有吃早饭吧？不知食堂还有没有开门，我们快点走。”

“还好，食堂还有早餐卖，你先吃早饭，我把钥匙给你，坐了一晚火车累了，待会儿先到我的寝室休息，下午我请假陪你。”说罢表哥给他钥匙，告诉他宿舍门牌号，就急匆匆地离开了。

吃完早饭，他精气十足地找到了表哥的寝室。室内有两张像自己学校寝室一样的高低两层的床，不同的是上层用来放东西，下层用来睡觉。一张高低床上有一套完整的卧具，简单干净且陈旧，蚊帐上还有两个针线整齐的补丁。另一张床的下铺只铺了一张草席，帐裙卷到了帐顶。

现在，他已没有了下火车后忐忑茫然的感觉，见到表哥的兴奋，使得他毫无心思睡觉歇息。他拿起考研的复习资料，认真复习起来。中间累了，起身走走看看，发现门背后贴着一张《衢山船舶研究所保密规定》。他发现这里不仅不能带照相机入内，而且纸张都不能出入研究试验区。他想：阳京罄山电子研究所也应该有类似的规定，只是自己大大咧咧没有注意吧！再看看表兄书架上都是潜艇结构学之类的书，这与之前表兄回家讲的差不多，是搞潜艇研制的。书架顶层有一相框，框内表哥的一张以洋楼吊桥为背景，穿戴着博士学位衣帽的照片，加深了他对表哥的敬佩与憧憬。

姑妈去世很早，姑父再娶，无力顾及表哥。因读书生活困难，年少时岳望星一直寄读在吕望云家里。岳望星当上民办教师后，可以赚工分了，他父亲又来要他回去。为此，乡亲们对岳望星的父亲有些不满的说法，倒是吕望云的父母亲表示理解。母亲还笑着自我解嘲道：“别人的儿子不养家！”

上大学后，岳望星的父亲与后母还是无力顾他。吕望云的父母也自顾不暇，管不过来啦！岳望星在尚海交大，仅靠助学金，穿得寒碜吃得差。大一刚入学时，他父亲给他买的两条新长裤，三年没有更新，大三时，不小心被活动凳面上凸起的钉帽沿撕破一个口子，他用书包捂着屁股，战战兢兢回到寝室。同宿舍的同学，把这事当作笑料，口口传笑到毕业后再见他。经济紧张的状况，一直持续到他从尚海交大毕业。入学时，他的英语成绩在班上倒数第一，毕业季前的英语成绩却考成了全系第一，加上其他各门功课成绩优异，他被公派到国外顶级学府学习。

这次，望云绕道尚海看表哥，心底还有两个执着的念想要对他提……

回忆、学习、背单词，一上午很快就过去了。

中午午餐，表哥带他到食堂，点了红烧肉，他俩找了个位置一起坐下。大尚海口味的红烧肉，又香又甜，回味绵长。好长时间未能这样味美量足地吃肉，他俩享用得正惬意十足，这时从侧边过来一位年龄比表哥稍长的中年男子，西装革履，油头造型。文质彬彬的他拿着打好的饭菜，笑容满面地朝表哥打着招呼点了点头。

“来客人了？”

“对，表弟，在兴工学射电的，到阳京实习，顺……绕道尚海来看看。”表哥微笑着，边应答边向来人介绍吕望云，伸出左手，示意那人坐在同一张餐桌上。只是那一开始时的“顺”字，吞吐间变成了“绕”字，粗中有细的吕望云似乎听出了别样意思。

“上午到实验室找你，说你去开科技表彰会了，得了科技大奖，拿了奖金莫忘了请客哈！”

“哪里来的奖金呀，我都没有听说！”表哥摇摇头笑着说。

“科学技术是第一生产力，得了奖怎么会没有奖金呢？在老乡面前莫小气哈。”

“怎么会，你这大忙人找我，总不会专门为了要我请客分奖金吧？”

“那自然，我估计你中午要来食堂，特意来碰你的，有件大好事呀！”那人微笑着降低了声调，卖弄着小关子。

“么大好事？介绍女朋友？看把你高兴的。”

“你小子吃着碗里还想锅里，我才懒得管你这鸟事，正经事告诉你：我的老同学，兴工教研科宇科长到尚海来迎接日本两位知名学者到江湖市，访问兴工，今晚在蘅山宾馆请他俩共进晚餐，特邀你我作陪。”

“谢谢老乡，我和他不熟，邀请你的，你去哈，我今晚还要陪陪我这个表弟，他来趟尚海不容易。”

“那可不行，人家可是带来了兴工新老两位院长亲笔签名的信，说是要当面交给你的。宇老师还特意要我先向你解释：按两个院长的要求是要专门请你吃顿饭的，没想到国外客人行程安排得太紧，明天上午就要坐飞机到江湖，只有今晚一起将就、委屈一下你了。”这位国中省籍同乡满脸坦诚地说。

“快两年了，余院长一直惦记着我！那还是去年我回蘅山所报到前，参加教育部主办的公派回国留学人员座谈会。会议期间，他表达了希望我到兴工工作的强烈愿望，当时我不好意思当面拒绝，只是说：出国前，我挂靠的单位是衡山船舶研究所，不回原单位怕不合适。”

“他当时默认了？”

“说不清，他当时说出国前的挂靠只是公派前人事管理的需要，只要我本人愿意到兴工就行了，我还以为他不会再提这事了！”

“那人家余院长确实没有忘记这事，尤其是你这回国后，埋头苦干，这么快就干出了成绩，怕是使他更加坚信自己看得准了。昨天我那同学在尚海有很多迎接准备的事要做，不能见你，我说我把信带回来转交给你，他硬是说要见面聊聊，由他当面交给你，还说到时候另有一个关键人物要见你，可见人家兴工的诚意。”

“怕是要让他们失望了，我目前在衡山所干得很好，毕竟这里是大尚海，我何苦要跑到自己不熟悉的兴工去？”

“先不说去不去吧，人家大老远带信过来，请我们陪国外知名学者一起吃饭，我们总是要去一下才好。”

“那，我这远道而来的表弟咋办？”

“正好，一起去吧，他不正好是兴工的学生吗？不过，见外宾，还是要换换衣服，好在你俩兄弟身材差不多，好办。”

“这……这，那好吧，我们就去吧，要不也的确不太够意思！”表哥就这样犹犹豫豫地答应了。

饭后，与那人分手，吕望云和表哥一起回寝室，路上边走边聊。

“我们这里住房条件不好，一个房间住两个新来的。同室的毕业于你们兴工船舶系，他现在随课题组下海试验去了，刚好，你就睡他的铺吧。我是搞船舶发动机的，他是搞船舵设计的，现在面临一个共同的课题就是降噪，指标分下来了，压力很大。”

“大尚海声名远播，人人羡慕。兴工不少学生都与我那个师兄一样想到尚海来，你一定也想长期留在尚海，但是，我看尚海住房紧张、街上建筑老旧、空气污浊，放出来的自来水都有一股怪味，这大尚海真不值得大家挤破脑壳往里钻啦！”

“其实，尚海受计划经济体制影响最深，过度依赖国家计划，自主积极性没有调动起来。大尚海在很多工业领域对国家经济快速发展的贡献大，但是，在环境保护、城市规划建设和交通上都不行，大城市病严重得很。这一点大江湖也类似，现在全国哪里污染不严重咯？‘外国的月亮都亮些’这话是有点道理的咯！就是在这样污染严重的环境下，生活成本高，住房交通又困难，大家还往尚海挤，最后造成高素质人才扎堆浪费。这人吸引人、人跟人的结果，既然存在，也不是完全没有道理。也许在偏远山区小城里人少环境好，生活也方便，但是，读了这么多年的书，总要找个用得着、能发力的地方吧？天下哪有人多、人少之利兼得，好处占尽的事？皇帝还要忍受孤独，你不也想考大尚海的光华吗？这也是我一直下不了决心离开尚海的原因……我们所里同事主要来自交大，国中老家名校汉大和兴工来的同事也不少，所里的总工还是你的师兄呐！搞潜艇，海试安全风险大，去年所里有二人在同一次海试中出事牺牲了，巧得很的是，这两个烈士一个来自汉大搞声呐，另一个来自兴工搞消噪，他们在同一个室工作，一个热情活跃，一个严谨实在，所里熟悉他俩的人都开玩笑说这是‘校长路如斯自由开放’和‘院长余求是严谨求实’给他俩打下了烙印。我还真不太相信，四年的大学教育，对人的影响能有这样大？”

表哥一口气讲完，顿了顿，又接着说：“还有，我们这里保密抓得很紧，办公楼里上厕所的手纸都不能随身带出。现在，我国潜艇技术发展迅速，不仅提高了自身海军的装备水平，而且因性价比高，出口量也不小，是我国军火出口的主要装备。如果在降低噪音技术上再有突破，海外市场会更大，每年会为国家换回更多的外汇。目前的项目，中央领导亲自布置协调，最高领导还有批示呢。”

“哦，对了，要说蘅山所与你们兴工的船海系还真有关系，同根同源。你们的船海系也是保密系，跟我们一样，主要也是搞潜艇的。据说，当初为了同时得到海军副司令员的信任与委托，你们的余求是院长还表态兼任新成立的造船系主任，你们的余求是院长可是真厉害，有眼光和魄力，网罗了不少实力派教授，搞得硕果累累，余院长是汉大出来的人，没有想到他打造出来的兴工，不久的将来恐怕是要超过汉大。”表哥总是习惯把汉大和兴工同提、相比。

听到表哥对兴工有这么高的评价，仿佛下火车时又热又闷的难受，这时才被一阵风吹过似的。周围还是刚才那么热也还是刚才那么潮，只因这称心如意的好评，像风吹一样，将他的难受吹散。尽管不再那么难受，但是，吕望云想起刚才在餐桌上那人和表哥的对话，表哥得科技奖和余院长邀请表哥到兴工去工作的这两层意思，吕望云听得很清楚。岳望星取得了这样的成绩，一直都不对自己讲，吕望云的感觉还是不太爽。心想这大概是表兄弟与亲兄弟间的差异吧，要是我们山、川、云、海四兄弟之间，出这样的成绩，早就写信讲开了，最起码在这次见面之初就兴高采烈地直接告诉自己了。不过，虽是绕着弯得知的，一想到同根同缘的身边人，能够取得这样令人瞩目的成绩，起初暗暗的不爽，在吕望云的心里更像是吹过了一股清风，也就是被那种“王侯将相宁有种乎？”不服周的“草根”清风吹散。吕望云不禁发问道：“你回国两年不到就得了国家级科技奖，你回兴工，恐怕衡山所不会同意吧。”

“衡山所同不同意，是余院长的事。听说他的能耐大，汉大校长路如斯胆子大。路如斯校长为了留下一个学生，敢找教育部部长，虽没搞定，但闹腾胆大的形象树立起来了。而余院长不知道哪来的渠道，悄悄地把那么多人才调动的手续搞定了。”表哥对这两位名校校长的情况也有耳闻。

“路如斯奉行开放、自由、民主，方法多样，应接不暇；余求是是个老革命文人，方法灵活，原则实在，他要是想让一个学生留校，哪用得着找教育部部长？”吕望云评论道。

“还有，我那个奖只能说明国内发动机制造与国际制造中心的水平相差较大。我只是模仿着解决了一些肤浅问题，真正深层次原理性的问题，还没有取得突破。这突破需要很强大的综合性条件，要有强力的组织者，使各方面团结起来，舍得投入，大胆地闯，才能杀出一条血路，迎头赶超世界最高水平。”

“衡山所没有这样的条件吗？它可是国内一流的船舶研究所呀？”吕望云不解地问。

“研究所研究问题针对性太强，不像国外顶尖的科研航空母舰，综合条件好，各类人才的思想与知识碰撞，更容易打开思路，快出成果。”

“国内有类似的地方吗？”

“严格讲，现在还没有，但是，兴工如果坚持按求是院长的路线走下去，将来恐怕会有一番成就！”

“这么说，你很有可能接受兴工的邀请？”

“不一定，不知余院长的继任者，还有没有他那样的能力和眼光。”

“现在还有其他大学在找你吗？”

“交大毕业后，国家选派我到国际制造中心留学，我只用四年时间，就获得机电博士学位，这样的成绩在国外也不多见。国外大学包括剑桥和曼大都希望我能留下，但是，一个农家子弟，国家选派出国留学，不回来不仅辜负了“振兴国家”的誓言，也对不起我们曾经有过的光宗耀祖的梦想。要想技术上赶超国外，出国深造是绕不过去的一个环节，但是，最终目的还是回国。国内邀请我去工作的大学更多，既有国内的名牌大学，如兴工、交大、廷华等，还有兴水学院、兴钢学院等重点大学。这些学校里，兴工最为执着，求是院长只知道我的大概地址，为了联系上我，前不久已经托熟人转交过一封诚恳的邀请信，希望我在他退二线前到兴工工作，组建实验室，住房和家属工作的安排都没有问题。”

“这次估计又是托人带信请你到兴工去工作的。”吕望云高兴地附和道。

“哦，对了，刚才那个老乡还说晚上你可以和我一起到蘅山宾馆去，你们兴工的人搞接待，一起去开开眼界吧。你这衣服太旧了，待会儿穿我的衣服试试。”表哥默认他的附和，同时也关爱地发出了邀请。

“时间就是生命，你一向惜时如金，就怕浪费你的时间！”

“晚上我本来就是要去的，不存在浪费时间的问题。再说，我们这么长时间未见面，见了面自然要一起高兴高兴，谈啥浪费时间。”

“是呀，这次来之前，我也只大概知道你在蘅山所，还没有把握一定能见到你，我也是抱着闯一闯、试一试的想法来的。见到老表了，真高兴。你知道我也想到大尚海来凑个热闹，报考光华大学国民经济管理专业的研究生，想借这次机会去光华了解一下这个专业的具体情况。还想请教一下你原来读大学时，勤工俭学是怎么做的。”

“好的，下午我已请假了，正好，室友的自行车在，我们一起骑车去，蘅山饭店离我们所不远，晚餐前到那里就够了。”表哥高兴地说。

“太好了，骑车能把大尚海看得更详细咯。”吕望云一扫昨晚舟车劳顿和上午学习带来的疲劳，又兴奋起来。

二

为了晚饭前赶到蘅山饭店，午饭后，他俩没有休息。望云怀着对大尚海的新奇，对知识的崇拜，跟随表哥，顶着正午的初夏骄阳，各骑一辆自行车向光华大学出发了。

先经淮海中路绕道到埔黄江边，经过喧嚣的十五铺码头时，因煌州老家不能停靠大型客轮，表哥要出钱为他购买一张尚海回江湖的船票。他想，虽然这样可以为自己省一大笔钱，减轻还钱的压力，但是，他看到表哥的日用衣物都很老旧，不似一个从发达国家归来的洋博士，知他境况也并不富有，再说自己借的钱还在可维持的限度。一阵拉扯客气之后，坚持到最后，返回江湖的船票还是吕望云自己买的。只是这主动要为来客买返程票的“热情遣返”，似乎与中午的“顺”字变“绕”字一样，是表哥异曲同工的情由。吕望云不觉也加大了蹬车的力度，快去快回快走，只因表哥岳望星的言行，下意识地表达了这样的意思，也有可能是暗示着他的时间宝贵，来客不迎也不留！

他坚决拒绝表哥出钱买票。表哥岳望星也十分感动，他慢骑上车，介绍情况时，不觉也加大了热情的程度。

“我在尚海交大读书时，十分困难。国家的生活补助只能勉强够吃饭。家里不仅没有钱来接济，而且，当看到家里揭不开锅时，还要省点钱寄回去。第一学期寒假回家，我到老家湖边，在渔民的船上收了两袋子大螃蟹，说是尚海的酒店收购价格高，可惜到尚海的时间太长，螃蟹活下来的不足一半，多亏我沿路灵活，将那些眼看不中的，平价卖给船上的餐厅，和中途下船的客人，去除开销，赚了不到十元钱，船票都不够。大二一年都未回家。大三寒假时，打听到在尚海外滩，国外走私的全自动手表便宜，二十元一块。找人借了钱，冒着卖不出去的风险，买了五块。回家后，花了好几天，在煌州市场上好不容易卖出去四块，剩下一块，硬是找不到下家，急得我头痛脑歪。”

说到这，表兄若有所思地笑了笑，神情显得有点不自在。刚好车多，不便并行，他加快骑速，把吕望云落在后面，不再说下去了。

这不由得使吕望云想起那年春节，表兄拿出一块外观很漂亮的手表给大哥。大哥望山试了后感觉不错。但不知他是赠送还是卖，问多少钱一块，表哥说三十五元，大哥也不好意思不要，没有付钱就先收下了。

事后大哥望山与父亲分析，得出结论：他这是卖不是送。想他可能是经济困难，做点买卖。那年二哥还未出事，母亲眼疾也未发，家里困难的程度不像现在。于是在他上学出发前，父亲多方筹措，让大哥给他送去了四十元钱，说好三十五元是买手表的，五元钱送他上学。

当时表哥十分感激，大哥戴上了新表，也很高兴。只是，不到半年，手表就停了摆。到修表铺一修，人家说是塑料机芯，无法修，无言的真相大白了。

一路上，吕望云在想，完全应该向表哥学习，做买卖赚钱，解决眼前的经济困难，起码要及时把借黄琴会师傅的钱还了。

想到这里，为了问得详细一些，他“蹬蹬蹬”地，快骑上前去建议道：“这天又热又闷，我们推车走一会儿吧。”

“好的……”表哥下车与他一起推车聊了起来。

“尚海这边的大学生勤工俭学都做些么事呀？好做吗？做的学生多吗？”吕望云急切地缠住这个话题不放，接连发问道。

“不太好做，主要是来钱不快，浪费时间。但是，现在国家鼓励大学生勤工俭学，一方面解决经济困难，另一方面也增加社会阅历，所以这边大学生做勤工俭学还比较普遍。”

“我低年级时，暑期在交大建筑工地上搬过水泥、砖。一天两块钱，身体又累又胀，那个暑假我做做停停，赚了不到三十块钱。大二暑假，租辆三轮车将附近蔬菜批发市场的新鲜蔬菜一早贩到学校，学校老师忙，价格又贵不了多少，也有不少老师买。这虽比搬砖赚的钱多，但又有卖不出去的风险。”

“大三时，要考研，后来又是公派留学的考试，太忙了，只是和同学们一起做了一些不怎么花时间的买卖。如高年级学生不要的旧磁带、旧书甚至旧自行车等，他们走得急，低价甚至不要钱给我，我再慢慢卖给低年级的学生。”

“我还花了两块钱买了一个理发刀，学着给低年级的学生理发，也能赚点钱。对了，小时候舅舅不是教你刻印雕章子吗？如今尚海这边时髦得不得了呐，海派书法篆刻家宣传声势大。前几天大名鼎鼎的篆刻家高之龙来我们所里搞书法篆刻讲座，请他刻一方印得花大几十块钱，还得自己出钱买石头。我记得你小时候刻石头把手搞得流血，花了不少气力，还夸下海口说你长大了靠刻印赚钱。可惜，今天没有讲座，你下功夫学过，要是听了高手的传授，收获肯定比一般人要大，不知江湖市那边对书法印章有需求的人多不多？”表哥回复后，反问道。

听岳望星将他尝试过赚钱的门道都细细数了一遍，唯独没有再提买卖手表的事，大概是因赚自家人钱的细节不好意思说。吕望云会意地在脑海里过了一下他的这个顾虑，也未提起。但是，岳望星说起刻印章的事，倒是让他想起父亲跟着叔祖父学写字刻印的情形。叔祖父写的毛笔小楷远近闻名，刻印的刀法，听说是在国立江昌学堂读书时，向同乡一大师学的。大师靠刻印改善生活的故事，叔祖父曾讲给父亲听过，父亲又接着讲给吕望云兄弟们听。受父亲家传影响，兄弟们不是学这就是学那，父亲说："荒年饿不死手艺人，有空多学点，像理发、刻章和木工等这些手艺活要尽可能动脑筋学一学，说不定将来哪一天会用得上的。"这么多年，忙于考大学，自己都忘了，表哥倒还记得这情形，可见表哥对父亲的话印象也很深。但是，兴工语佳园远离闹市，荒郊少市民，刚刚复兴的传统文化之风还没有把江湖吹醒，更没有吹进兴工这所工科大学的门，赚钱靠刻印？怕只有像从小看自己学刻印的单德果，"刻萝卜章把别人的汇款盗领"那样犯法才有可能。

归纳表哥的介绍，有一点是可以肯定了。那就是：通过做小生意和小手艺，像出力气帮厨、搬砖赚钱一样，混口饭吃可以，但是，兴工学习抓得紧，在时间上不可行。想要又快又多地赚钱解决大问题，就只有靠做量大的批发生意。而做批发生意，既要本钱，又要冒风险，关键是：还不知道什么是值得去闯的批发生意。

"我要是能像你，学习和赚钱两不误就好了。我家里现在是处处要用钱，要的还不是零打碎敲的小钱。看样子搬砖做小工不行；印章小时候学的是刻汉印，现在还不知如何下手；理发，熟人不好意思收钱，陌生人，别人一时难以相信。所以得想别的办法。"中断随表哥话语变化的思绪，吕望云答道。

"你二哥望川现在怎么样了？鹤舞冰工院答应出治疗费吗？"岳望星大概是找不到合适的建议，又听说望云家里急需用钱，自然担心起望云的二哥望川来，他转移话题关切地问。

"因为是在上体育课时出的事，学校答应承担一部分治疗费用。但是，他半身不能动，需要人陪护，我父亲在东北陪了一个多月，家里更加入不敷出。稳定下来之后，父亲向学校不知说了多少好话，学校才同意转到江湖同德医院来治。望海和望月学习成绩都很好，但实在是对付不过来，望川转回来治病后，我父亲还是让望月辍学了。"说到这里，吕望云声音有些低沉，他为望月的辍学感到十分惋惜和无奈。

“是呀，像我们这样困难的大家庭，要改变现状，得像原子核反应一样，只有牺牲质量才能换来巨大的能量！”表哥感叹道。

“表哥，你都是洋博士了，谈女朋友了吗？”看到与自己同样高大，比自己更加壮实的表哥，吕望云也很自然地转移话题问道。

“谈了一个，估计很难成，人家父亲是知名公司的会计。我在尚海几乎是一无所有，没有成家立户的基础呀。目前，我们正在抗争，最大的困难是没有住房，要等单位分配，目前单位盖楼的计划都没有，你说多难。有时真想回到江湖，你们兴工各方面都不错！每次回国中省，下船后转长途汽车回煌州，沿路看到汉大、兴工那又大又美的校园，真令人羡慕。你看，马路边的那棵树，它在大尚海都有自己的一块地，我在尚海的立足地在哪呐？”表哥无奈地指了指马路边孤零零的大槐树苦笑着说，似乎自己在尚海连棵树都不如。

这不由得使望云想起阳京巷子里卖油饼的老人唱的顺口溜。虽然赶上了好年代，国家通过高考给了奋斗者公平的机会，但是一个农村“田舍郎”要融入大城市，也如古代科考“登天子堂”一样，不容易呀！不服周的吕望云，执拗地想起陈胜的名言，对表哥说：“王侯将相，宁有种乎？总归要找到办法的。”岳望星也硬气地说：“此地不留爷，自有留爷处，我看求是院长推荐的兴工园，转转弯、绕绕道，未必不是好去处！”

三

为了赶时间，他们抄近路走过了异味刺鼻又颜色黑浊的瘦州河，难闻的臭气催他们骑车沿四平路一直往北疾行。望云注视着瘦州河附近忙碌而对臭气麻木无闻的路人，表哥却看到了望云诧异的眼神。他不信表哥会永远在这样的大尚海扎根，他相信，天下总有人气和环境都好的天堂，这个天堂或许就在龙湖边上的诺佳山上或者语佳山旁。自此，他俩一路无语默默地进了光华大学校门。光华大学管理系在一个简朴的红砖平房里，遗憾的是，在这里他们未能见到久仰的粟彤博教授。因是打听粟教授的，办公室年轻的女同志十分热情地让他们进了接待室。与接待室直通的是一个大阅览室，女同志让他俩坐下等一等，说今天是星期一，粟教授如果要来系里的话，一般是三点半左右到。说罢，便自顾自忙去了。

看到里间阅览室人很少，他们移步进去，看看能不能找到感兴趣的报纸杂志打发一下等待时间。听到一个面目清秀的青年男老师对着他身边一个戴高度近视眼镜的中年男老师说：“鲁导，怎么不见那期《世界经济》呀？有唐树声文章的那本！”

被称为鲁导的人回答道：“你也听说他那篇《在改革中必须加强中央权力集中》的文章了？这老兄还真敢想，他这观点与学界流行的政府管理理念反差太大，看样子，我们光华经管学院又要成为学界的焦点了呀。”

不远处一位正在做笔记身着白色“的确良”短袖衬衣的女老师接茬道：“现在改革的方向是社会主义市场经济，要减少政府对经济的管控和干预，尤其是中央政府，管得越多，下面越不知道么样搞，连计划这种社会主义传统特征都要让位给市场，他还能写出这样有影响力的文章，真够厉害的。”

鲁导又说：“虽然经济学理论是么样说都有理，现在我倒要看看这篇文章，粟大教授的这位高足是么样自圆其说的?”

那位女老师接话说：“现在哪里还找得到？早被别人借了私底下传来传去，不知道在谁手里了。不过，这期刊我订了，要不我明天带给你?”

鲁导说：“好哇，他带过你的课，何不把这篇文章认真研究研究，找这个市里的‘大秘’去探讨探讨，说不定也能超个小弯道!”

这话说得那女教师显出了尴尬的神情。估计这女老师是碍于同事关系，不好做声，只是这尴尬的神情不巧没有逃过吕望云的眼神。他回过头又瞧了瞧表哥，见对经济学不是很感兴趣的表哥，正在资料室报架上取下一夹《教育报》，自顾自看起来，似乎是放任吕望云一刻自由。望云鼓了鼓勇气，假装在查找资料，靠到那三位老师附近，对着刚才那个显出几分尴尬神情的女老师问道：“老师您好，我是兴中工学院射电工程系八三级的学生，准备报考粟教授的研究生。这次来光华是想了解一下专业课考试的范围和复习的参考书籍，刚才听您说起粟教授，不知您能不能帮帮我?”

还未从尴尬中完全缓过神的女老师听到这么客气谦虚的请教，情绪一下缓和变好，雪白的“的确良”衬衣，也映现出她脸色转红润的微笑。她客气道：“欢迎你报考我们系的研究生，不过，外校的，尤其是你们这样学理工的，考上粟教授的研究生那是太难太难，考的人多不说，他一年又只招一两个人，你们考进来了，我们自己的本科毕业生怎么办呀。”她这表面欢迎实际上排斥的矛盾回应，显然又引来鲁导的不满。鲁导说：“你这是典型的排外心态，打着幌子的排外！你看看人家余求是和路如斯是么样吸引人才的？”

这时一直在旁边不怎么做声，面目清秀的年轻老师也很感兴趣地问：“鲁导，今天刚好来报考研究生的兴工学生在这里，你平时总说你国中省的汉大、兴工怎样怎样了不起，今天你再说说，看人家本校的人认不认？”

听到这里，吕望云眼睛瞬间一亮。他快步走到鲁导的跟前，满脸堆笑地说：“鲁导好、导师好，今天运气好呀，在这里能遇上国中老乡。”说话的同时抬起修长的手臂，热情地伸出了宽大的手掌。鲁导抬起头朝他看了看，慢慢地也伸出了手掌，因他坐着，角度不够，只有几根手指让望云握住，轻轻摇摇便松开了，显示出不知是超然还是有点傲慢的态度。他慢条斯理地说：“你是兴工的？你兴工经济学双轮马车的研究生不考，来考光华的，是突发奇想还是经过了认真思考？”

“兴工经济学双轮马车？我怎么没有听说呀？”那女青年见吕望云一时哑口无言，赶紧插话打破僵局问道。

“喔，不知道，那我就说说哈，这一轮是章沛罡以‘农业国的工业化’为基础打造的‘发展经济学’，另一只轮子是凌绍砉以‘正交试验设计’为基础打造的‘现代经济学’。人家那才是真东西，是国内不多见的国际经济学界认可的经济学理论！”鲁导微微摇头晃脑地说道。

“这样的大经济学家怎么跑到兴工这样一所工科学校去了？鲁导的母校兴汉大学应该更有优势呀？”这时面目清秀的青年男老师开腔问道。

“我多次跟你们讲，‘经济学说’发展到今天，已不是抽象的理论表述就能建立的。现今以后，‘经济学说’的建立大多要建立在数学模型上，要以数据说话，以计算机模型说话。今天的经济和技术是分不开的，经济学和技术更是一个整体了。无论是工业经济还是农业经济，各行各业现今都与技术分不开，是技术、数据、效益、效率的综合体。这就是兴工这所工科大学发展经济学的优势，而余求是发展综合性大学的战略，将这种优势发挥到极致。他思路清晰、人海战术打得好，人多素质又高，我胆敢预言，二三十年以后，兴工将会走出去一大批有国际影响力的经济学家，形成一个特有的‘兴工经济学家现象’，不信，走着瞧。”鲁导高谈阔论着，同时转眼瞟了瞟望云，似乎是在向这位兴工学生求证，又像是怀疑这位学工科的兴工学生能否理解得这么深、透。

“鲁导，刚才的问题只解答了一半，同是综合性大学的汉大为什么不会产生一大批经济学家呢？”女老师继续追问道。

“曾经是四大名校之一的兴汉大学，无奈诺佳山文气太重，文人相轻带来诺佳山气宇不够宏大，老校长能够顶住压力，使汉大成为全国唯一保留法律系的综合性大学，新校长能够率先突破高考录取的统一规定，自主网罗小有成就的作者加盟全国第一届作家班，他们追求自主、自由办学，但是，就是容不得经济学泰斗章沛罡，老校长不用，撵人家到兴工，新校长不请，起码是没有决心和诚意地请。这直接导致了法学师资强，文学出的作家多，经济学的优势自然就让给了兴工，不过，政治经济学的优势还没有破。”

“当初那么好的条件，鲁导直接从汉大考到兴工不更好吗？何苦要考到光华来？现在这里的物质生活条件还这么不好！”这个年轻的男老师问得直起劲，不依不饶的。

“你看，现在不又有人想走我的老路。他还是从兴工本校来的，又不像我考的是本专业，这叫什么？这叫‘近是臭、远是香’，又叫‘这山望着那山高’，都是冲着大尚海来的。你看，交大的主体都搬到西京去了，留下一个空壳子在尚海，没过多少年，西京的交大不还是要比尚海的新交大差吗？”鲁导继续“深刻”地分析着，透露出他曾在汉大学经济。

“鲁导，我可能与您不一样，我报考光华主要是看中了光华大学‘国民经济管理’专业的名气，将来好从政当官的。”一直站在旁边倾听的望云听到鲁导说起自己时，忍不住插话直言道。

“口气不小，流毒很深，‘读书做官论’不是早就被批得体无完肤了吗？今天怎么还有人公开叫喊！不得了、不得了，真是太不得了了！”鲁导听到吕望云考光华的理由，震惊得脱口而出。

“鲁导呀，其实，哪朝哪代读书人读书不是为了做官？就是上个工人大学，说是毕业后仍回工厂工作，实际上，还不是都做了大大小小的官。读书都想做个官，就看机会好不好，做什么样的官了。我看这小伙子实诚直率，将来说不定还真是一个人才，是个好官。人家唐树声不是就凭会写几篇文章跑到‘市办’当差去了吗？您可不能像看待我们一样看待别人哈，我们这些书呆子，读书是为了教书，不是为了做官，哈哈……”那眉目清秀的年轻男老师很随意地说，显示出他和鲁导的关系亲密。

“你小子欺负我工人大学的出身是吧，铜矿上爬出来，老子抱着儿子考汉大，接着又攻克光华，书都读穿了头，就差喝点洋墨水。徒有其名的光华，老婆儿子就不给我安排，你还说读书当官。没有人欣赏你，在这里当教书匠，成家吃饭都难。”鲁导显然被那男老师的话刺激了。

“我是我哈，我可不愿意做书呆子，世界那么大，好不容易考到光华来了，总不能老死在书桌下，管他是官场还是商场，我是要出去闯一闯的，哪能一辈子呆在这象牙塔里？”旁边的女老师鼓起她美丽的小嘴，半娇半嗔地对那年轻的男老师说，似乎很同情鲁导的境况，不能留在这里教一辈子书。

“我看你们都被唐树声影响了，都不安心，都想走出校园闯一闯。好哇，我算是被淘汰了，就在这光华园里待到老。”鲁导自我解嘲，矛盾地暗示：他舍不得这两个人离开。

“您这年纪也不算太大，人家粟老还到工厂里跑。您阅历深，见多识广，带上我们一起闯呀。”女老师鼓励鲁导说。

“说你两耳不闻窗外事吧，鲁副教授马上要担重任了，哪有时间往工厂里跑？”一旁的男青年好像是因为知道了点小道消息，在女同事面前显出了几分得意的神情。

“好喔，鲁导，有好事瞒着我哈，真不够意思咴。”

“这是学校的安排，我只是奉命办差哦！”

“么好事，快说撒，吊胃口呀？”

“明年，由著名国际经济学家周至庄发起、国家教委主持的‘经特班’将落户光华。根据商定好的教学计划，会邀请很多国际知名经济学大师来光华，为这个经济学培训班授课。学校要我负责筹备及后续的教学工作。我正为不知么样做好这件事情发愁！”鲁导操着江湖普通话解释道。

“这么大的事，我报名来当您的助教哈。”青年女教师热情高涨，站起来说。

“再说再说，快莫说闲话，这哪是我能定得了的。看人家是来找粟教授的，都快四点钟了，粟老现在不到，一般是不会再来了，你们今天怕是等不到他了。”鲁导看似对吕望云他俩说，实际上是转移话题，也是见吕望云热情又惊奇的眼神，需要降温和抚平。

“那我们到他家里去找他，行吗?”

“他家离学校很远，我们去得也很少，你们去，难找。”

这时表哥岳望星走过来，拉了拉他，说：“晚上答应你们学校领导陪同接待国外客人的，我们得走了。反正都是那些事，到时候我帮你搞到复习资料寄回去是一样的。”

吕望云想告诉表哥，自己来尚海的正事是为见到传说中的粟彤博教授，并不想去见那两个外国人。还有一个深层次的原因，就是吕望云的祖母、父亲的三个哥哥，被日国人投毒害死，叔祖父上前线也是生死不明，埋下的这些家仇国恨，虽没有亲历几十年前的事情，但是，在家人口口相传下，这些情绪真是难以磨平。改革开放了，表哥留洋拿了洋博士学位回国，对过去的事情自然比吕望云要看淡得多。表哥并未看出望云与他不一样的感情，一个劲地邀请他一起去见那两个日国人。望云刚一开口表示：“我还是想留下来再等一等粟彤博教授，要不，表哥你先去，回头我再听你的好消息。”表哥就笑着低声说：“考谁的研究生也不是非要见导师的面不可。就是见了面，他也不能告诉你什么。你莫不是看到他的名字与我们崇拜的苏东坡音近，才这样痴迷的哟。”望云犹豫了片刻，想想表哥说的似乎有道理，正想坚持坚持，不想表哥又劝道：“今晚不仅能见到日本知名学者，更重要的是，你还能见到你们兴工的人，这说不定更有意义咯。”表哥的煌州家乡口音，使吕望云点头同意了表哥的邀请。

他们简单地与那三个师生告辞，急急忙忙骑上车回到蘅山所。

四

其实，最打动吕望云坚持报考光华大学国民经济管理专业研究生的，并不完全是刚才在鲁导等人面前说的想当官。表哥开玩笑说粟彤博的名字与大文豪苏东坡相似，也是他下此决心的潜在原因。表哥这一句话，挑明了吕望云的心，他不禁感叹，曾经听人说以貌取人的，今天居然听表哥说自己“以名取人”，也是有几分道理。细想，真正的原因还是：兴工政治经济学教授茅罡在课堂上讲：“我国宏观经济管理上最大的问题是条块矛盾，条线集中加强，地方的积极性、创造性受损；地方区块自主性加强，各自为政，发展失衡现象突出，形成‘一统就死、一放就乱’的奇怪困境。”加上他又详细介绍了光华大学粟彤博教授在处理这一难题方面提出的创新性学说，这些才是他报考光华大学的起因。他由此对国民经济管理学产生了浓厚的兴趣，并暗下决心：一定要努力考上光华国民经济管理专业的研究生，有机会参加国家大政方针的讨论，这样才不负自己光耀门庭的初心。

这次虽未能见到粟教授，但从那三个师生的身上，他感受到了经济学界学术发展的大概情形。他们离开光华骑车返回时，看到邯郸路中间一字排开的大木桶呈长蛇阵。他新奇地问表哥："这些木桶是干什么用的呀？"表哥笑着说："这是尚海人家里的马桶，摆在马路中间等清洁工来收集粪便。尚海目前有80万只大马桶和80万只煤球炉，加上道路的狭窄拥挤，反衬着尚海快速发展的经济与居民生存环境之间的矛盾！"

今晚要同兴工的同行一起接待日本学者，形象要紧。回到衡山所第一件事就是到公用洗浴间冲了个凉，两人都换了身夏装，神清气爽地骑上自行车赶往衡山宾馆。

衡山宾馆距离衡山所只有三到五公里路。不一会儿，他俩就骑车到了宾馆大门。衡山宾馆一开始是国外商人建的公寓，1960年定名为衡山宾馆，是国营对外接待宾馆，主楼有7层，与衡山公园比邻，环境优美，高大气派。他俩边聊边将自行车停靠在侧边车棚。来到大厅，老乡张工已经在候客厅沙发上等，见他俩进门，连忙起身过来对他表哥低声说："他们还在机场到宾馆的路上，快到了，我们坐在这里稍等哈。"

"张工，我们还怕迟到了，没有迟到就行。"

"岳望星，你还没有介绍你表弟。"

"哦，吕望云，兴中工学院射电系空物专业，马上就要读大四的学生。"

"好，你叫望星，他叫望云，有意境，有意境。"

吕望云正要上前握手搭讪，面对门外的张工眼睛忽然一亮，说："好准时，他们正好也到了。"

他们三人连忙起身来到门口，只见一辆面包车刚刚停稳。中侧门还未打开，一个年轻的男老师从右前门先出来，转身拉开侧门。先出来两个着西装、身高中等的日本人，最后下来一位看上去五十岁不到的中年女同志，脸型方正，微胖匀称，眉宇间透出一股开阔与自信。他们三人与进门的四人在大厅门口会合，张工上前先与那位最先下车的年轻老师握手，因为两路人中，只有他俩是互相熟悉的人。简短介绍后，他们到前台拿了房门钥匙，服务员帮忙用行李车将行李分别送到房间，约定半小时后在二楼餐厅共进晚餐。

他们三人先到餐厅等候。最先来到餐厅的是与张工熟悉的那位先下车做服务的年轻老师。张工介绍后，得知这位年轻老师是兴工教研科长，名叫宇迎文。他告诉岳望星：因为江湖市南湖机场还没有开通国际航线，日本到江湖必须绕道尚海机场中转，因航班时间安排，要在尚海经停一晚，学校怕在尚海经停时国外友人不熟悉，原本只安排自己一人来做联络服务，不知是什么原因，在临出发前，学校加派船舶及海洋系的系主任良树芬副教授同来，还给她指派了一个任务：给岳望星博士带来一封由求是院长亲笔书写、新任房院长题写信封封面的信。

张工在旁边感叹道："新增加良主任一起来，是相当在意岳博士，求是院长写信，新任的房院长写信封，寓意深刻呀！"

宇科长连忙说："这个意思就是个傻子都知道：老校长点的菜，新校长全部买单呗！要良副教授来的原因，你们是肯定猜不出的。"

岳望星和吕望云听到这里，也只能是丈二和尚摸不着头脑。但是，有一点是肯定的：兴工的船舶与海洋系邀请岳望星这个尚海交大船舶机械系本科毕业、国际制造中心出来的博士共同奋斗的意思是很清楚的。岳望星有些茫然地看着宇、张二人，说："等一会儿见到良副教授和她带来的信，我们自然会明白的。"

听到这话，宇科长说："这个背景，我不说，恐怕单从良副教授那里和那封信也得不到准确的消息。"张工接话："你这人，关子卖得太过了，快说吧，待会儿良副教授和日本学者来了，就不好说了。"宇科长笑了笑说："我级别太低，还未得到她新任职的确切消息，她这人一向热心快肠又低调谦虚得很，不喜欢张扬，好早以前就听说省委组织部和中组部的同志来考核过了，传说是她即将要到国中省担任分管文教卫的副省长。"

宇科长这看似平淡的话，听得在场的三人都目瞪口呆。岳望星连发感叹道："刚才下车时，我第一眼见她就觉得她不是一般的人，和善可亲，大气迷人。"正说着，良副教授与两个日本学者可能是在门外走廊会合的，从她贤良热情的性格特征来看，更有可能是良副教授特意在电梯门口等这两个日本学者的，只见她陪两个日本学者一起，客气礼貌地交谈着走进餐厅来。

他们四人立即起身，与其说是热情地接待日本学者，实际上是对这个明里是船海系主任、副教授，实际上马上就是副省长的女同志发自内心的尊敬。

按照宾主座次，宾主交叉分开陪坐的礼节，良副教授坐在主座，她的左右分别坐着两位日本学者：宗一校长和经平庶务长，吕望云正对宗一，坐在宇迎文的下手，与蘅山所的张工同坐末座，表哥岳望星则坐在宗一的下手，张工的上位，与宇科长相对。经过一番客气，大家同意喝点红葡萄酒，酒过三巡，宗一的话夹子打开了，他用不算太流利的英文说："我这次深入国中省江湖市，专程访问兴中工学院，是对余求是院长去年到访我校时提出的合作诚意表示感谢与回访，更是因为我校科技信息部门报告说，去年贵国国家科技奖评奖结果惊人地显示，兴中工学院荣获六项国家发明奖，仅次于廷华大学的九项，位列第二，而老牌名校光华、交大和汉大等三校都只得到两项，并列第三。我们对贵校作为一个刚建立不久的工学院取得如此骄人的成绩感到惊诧，想通过这次访问了解到贵校成功背后的原因，以供借鉴和合作。"

良副教授作为今晚的东道主，这样的系统性问题自然由她来应答，她微微一笑，答道："我校这次在国家首次科技评奖活动中，确实表现不错，这与我校长期以来实行的'科研优先，以科技带动教学，科技工作面向经济建设'的方针密切相关，相对于贵校重视知识产权保护，围绕国际市场确定国际一流的科研方向来说，我们还要向贵校学习，与贵校加强交流。"

宗一校长很认同良副教授的观点。他很礼貌，声音不高，但是，坐在离他最远的吕望云也能听到。

"现在对于我国来说，已经处于非常重要的战略转变期。一直以来，我们都以'贸易立国'。在友邦的支持下，一直免费使用西方的技术，被西方国家戏称为'坐白车'。随着我国经济的快速崛起，西方不可能长期让我们这样占便宜，我们被逼着调整战略为'技术立国'。相应地，我校也将战略进行了调整，由传统的医学单科优势向技术型、综合性发展。我们了解到贵校也在由单一工程技术型向综合性发展，并且取得了很好的效果，这也是我们这次要来交流学习的重点。"

良副教授认真地倾听，不时点头赞成。听完后，她说："校长所言极是，一所大学的发展，离不开及时科学调整的战略方针，而视野开阔、决策有力的校领导是实施科学战略的关键。我们的余求是院长，就是这样一位校长，他提出'求实、严谨、团结、进取'的校训，以学校多学科综合性发展为容器，延揽了各个专业的高端人才，师资队伍和招生规模在全国率先突破万人大关。他口头上常说的一句话就是：人才是兴工奋起的根本，找不到顶尖一流的人才，普通一流的也行！找不到最优，我们以数量取胜。”

听到这里，衡山所同是交大毕业的张工不禁低声插话道：“听说，良副教授就是在留欧回来后，被求是院长想方设法挖过去的。原来兴工在国中腹地龙湖边悄悄地这样干着，难怪去年你们的省委书记成必贤在访问尚海时跟尚海市的领导说：‘我们国中的兴中工学院和你们尚海交大有得一比。’当时在场的尚海官员还偷笑不已，碍于情面没有笑出声来，但是，了解业内现状的交大领导没有笑，他们显然知道兴工正在务实地把桨板匿在水里，悄悄拼命地往前划起。”

这时，宇科长看着他正面对着的岳望星，微笑中带点调侃地说：“晚餐后，岳博士马上就知道兴工是怎样把桨板匿在水下，下死力气划的！”

……

五

简单愉快的晚餐后，约好第二天的行程，他们一起送两个日本学者到电梯口。良副教授特地留下岳望星，在二楼走廊边，从随身的手提包里拿出岳望星早已听说的那封信。这封信并未用胶水封好，只是在封口处用两口订书钉钉好了。这是岳望星第二次收到兴中工学院的牛皮纸信封，信都是余求是院长亲笔写的，只不过这次封面写明了是“房抒怀托”。他当着良副教授的面展开了这封信，余院长遒劲有力的笔迹跃然纸上：

岳望星博士：

京城一别，转眼快两年了。在这两年里，你果然不出我所料，参与的科研项目荣获了首届国家科技奖。从获奖人名单分析，虽然你未被排进主要位置，但是，从排序中看得出，你发挥了关键的作用。在为此高兴的同时，我还是想起了我们在国京开会时讨论过，以及一年前我托张工带信专门又谈过的事情。我说过，只要你愿意来兴工，船海系和机械系由你选，课题可以自行确定，研究室可以独立组建（还有一方案由良副教授与你面谈），住房、配偶工作问题我们一定予以妥善解决。这样的承诺现在依然有效，而且条件只会更好，传信的良教授和宇科长会说得更清楚。再次诚邀你加入兴中工学院的奋斗集体。

至盼！

兴中工学院　余求是

岳望星读完这封内容沉甸甸的短信，半天说不出话。心想，自己这样一个农家子弟，只是学业上稍有成绩，就劳这样一位知名大学校长惦记，三次邀请自己到兴工工作，还明确开出条件，自己的母校尚海交大没有这样做，蘅山研究所也是不热不冷，倒是江湖市龙湖边的汉大、水院、钢院和材院，虽没有余院长这么执着真诚，但是也给自己发过邀请信，大尚海真的这么值得留念？

看到岳望星读完信后沉默不语，良副教授一改餐桌上的热情随和，平静而客观地说："兴工船海系是求是院长在海军和六机部的共同支持下组建，学校将在语佳山下，建造一个大型船池，要为海洋强国做好科技战略准备和支撑，急需像你这样的人才来挑大梁，希望你站高角度，抓住机会，认真对待余、房两位院长的邀请。"岳望星见刚才还是慈眉善目东道主形象的良教授，一下变得官气逼人，严肃认真，甚至还暗含责备自己几分的意思！本来有点被人延请的优越感，一下被敬畏的情绪挤压得无影无踪。他不禁脱口而出："良省长，我……"

被良教授突变的气场感染，岳望星觉得对不起求是院长的看重和诚意，可是，离开尚海回到江湖市的龙湖边又不是一件小事。分神失语之状因内心矛盾而生，他不禁将刚才听说良教授要当副省长的称呼脱口喊出，刚一喊出，又后悔、急停。

而良副教授见岳望星面露难色，称呼自己为省长，又支支吾吾，知道宇科长在之前已告诉了他有关自己的部分情况。心想，这家伙，连余院长这样德高望重的人都打动不了，说明他要么对余院长"找人、用人、爱人"的特点了解得还不够，要么是他自身确实还有别的原因。她想以自己为例，现身说法，再努力劝劝，于是她又和蔼可亲地说：" 我也是在留学回来后，经求是院长联系到兴工船海系工作的。他为了我的工作也是多次联系动员，甚至还找到我的舅舅来说服我。他对我的工作和培养执着且重视，我把这当成了克服困难的动力，成绩得到了社会各界的认可。当他得知省里需要新任命一名分管文教卫工作的副省长，立马找机会向省委成必贤书记推荐，作为一个普通的科技女干部，我破格好多级被提拔为国中省副省长。不服的人很多，但是，中央和省委下的决心很大，目前一切任命手续和流程都已完成，但是，因为我现在负责的船海系的工作，尤其是船海研究所的工作，找不到能接手的人。前几天，我到求是校长那里去汇报职务变化情况，谈到我的'替身'问题，他又提起你，认为你是尚海交大船舶专业科班毕业生，紧接着又获国际制造中心博士学位，尤其是回国不久就荣获了首届国家科技奖，如你能来我系，熟悉熟悉情况后，接手我在船海系的工作十分合适。我认为，这对你来说是一个极好的机会呀！今后，有求是校长，哦，对了，新任的抒怀院长也很认可你，这次亲自写信托我来做你的工作，新、老院长都看好你，还有我这个分管文教卫的副省长，你来了，多好的工作环境呀！”良副教授在走廊的红地毯上缓慢信步，言轻语晰地对跟在左侧的岳望星讲述着，希望岳望星从她的话语中看到来兴工船海系工作的光明前景，早下决心。

良副教授这么有气度的学者，这样谦虚和蔼、务实严谨的一席话，听得岳望星十分感动。他说：“良副教授，我是国中省煌州人。学成回国中省为江湖市效力，我是十分高兴的，但是，尚海这边，蘅山所放不放？还有一些个人生活问题也还未定。今天，读了两位校长托您带来的信，尤其是您的劝说和建议，我一定认真考虑，处理好个人的事情，争取早点来兴工报到。”

至此，良副教授和岳望星的意思都清楚了，良副教授和蔼可亲而又大方地伸手与岳望星道别。岳望星送良副教授上电梯后，顺楼梯下到大厅，宇科长、张工和吕望云正在大厅沙发上边聊边等，四人相见，感叹万分，唏嘘客气之后，岳望星和吕望云兄弟俩骑车回到蘅山所宿舍。

他俩兴奋夹杂着困惑，一夜无眠。吕望云对表哥岳望星充满了羡慕，他对表哥说：“你这是成功的困惑，我将来要是能像你这样，有这么重要的人看中就好了，余求是、房抒怀还有良副教授，哎，我还以为她就是一个普通的兴工老师，哪晓得她实际上已被确定为副省长了。”

岳望星说：“现在全国每个人都从一个基本相同的线上起步。奋斗，有奋斗就有烦恼，成功有成功的烦恼，失败更有失败的烦恼。烦恼我遇得多，但是，最令人感动的还是求是院长，他三次发出邀请，刘备请孔明也不过三顾茅庐呀，不应他，真是对不起老院长的信任。”

“那就去兴工呗，有么犹豫的？”

“你哪里知道我的难处。我上次就跟我那个女朋友商量过了，可是，人家不愿意离开尚海呀，尚海人普遍认为出国到哪里都好，就是不能不出国去其他省市。到其他省市去工作，亲戚朋友都感到脸上无光，她一家人受此影响，都跟着反对。难呐!”

“这有么事难的，我们大江湖、龙湖边，哪一点不比臭烘烘的瘦州河、乱哄哄的尚海外滩强。我们现在就去找她，我还真不信，我未来的嫂子这么不通情理、没有远见。”

“人家的父亲是知名公司的主办会计，见到我们乡下人就烦，快莫自讨没趣。”

“这样眼睛长在头顶上的尚海人，我看不见她也行。人家良副教授那么大的官，还专门撵到尚海来请我们吃饭，她尚海人有么了不起的！不见，不见也罢！不与她谈恋爱了，你回兴工，兴工是全国唯一的万人大学，那里美丽的女生多的是，光我们班就有八个，又新来一个留级的，都美丽得很呀……”

聊了一夜，家人、女人、恩人、同学……回忆儿时的往事，介绍国内外要情，他们就是没有形成是否立刻到兴工船海系工作的决定，也没能驱散吕望云面临的经济困境。

第二天一早，知道表哥岳望星有一个惜时如金的习惯，吕望云坚持独自到十五铺码头，搭船返回江湖。

四天后，回到江湖市，下船时，他用心比较了一下江湖与尚海的空气，好像比尚海也好不了多少。龙湖对岸那一条条红黄的烟囱，还有兴重、汽轮发动机、不远处的葛化工厂……平静的龙湖仿佛一只流泪的巨眼，无奈地看着湖边大大小小污染源的沸腾。只有进了兴工语园，在茂密高大的梧桐树林里，隔开了灰热的外界，凉爽干净了一大截，他才不由得从心底发出感叹，还是语园好哇，兴起哼了一首小诗：

囱林尘漫城，

龙湖阔难屏。

谁护清凉境，

语园大森林。

他幻想着龙湖几时也能像长江一样，因风起浪，浪拍满城尘埃，风过的天下，一如语园清静。然而，身边这平静的龙湖，也能掀起滔天巨浪吗?

就着幻想，更趁着凉爽起来的心情，吕望云很快找到了俞仲乐，详细汇报了阳京实习的情况。没想到汇报完后，他从俞仲乐那里听到了他们在阳京实习期间，系里情势如火烤巨鼎，在阚育才和俞仲乐之间闹腾。

六

在暑假前后，兴工学生工作部组织召开了学生管理工作改革经验交流推进会。会议通知：各系分管学生工作的副书记、部分系年级学生党支部书记（辅导员兼任）和分管学生工作的柯副院长到会。射电系除阚育才参加外，俞仲乐也作为年级党支部书记代表参加。

其实，学生管理工作改革的实质性内容就是学生自己管理自己。大二开始取消班主任辅导员，由全体学生投票选出的班长、班委会，负责班上同学的学习生活事务。这项改革，与求是院长推行的“综合性大学、科研引领教学、广积人才”三大改革措施相比较，是一项具体且不起眼的改革措施。

参会人员对实行改革一年以来，民选的班长、班委会管理的成效做了专题发言。大家一致认为：大二学生，较为成熟，大家相互之间已有一年的相处了解，选出的班长、班委都还是比较合理的。在作息纪律的遵守、正确生活观的树立、学习氛围的营造、文体活动的丰富甚至助学金标准的调整等一系列学生管理工作方面都给予了高度的评价。

会议进行中间，求是院长悄悄走进会议室。进门时就示意主持人不要受影响，不要引起与会人员的注意，他在座谈会的最后一排找了个不起眼的位置坐下，会议继续进行。

轮到射电系发言时，阚育才让俞仲乐先发言，俞仲乐的发言一改前面发言人就事论事的评价，他说：“实行好‘学生自己管理自己’的改革，前提条件是兴工学生的素质比较高，工科大学生大都务实上进。在这个背景下，学生自己管理自己的事务，针对性、说服力、执行反馈性都更强更快，管理者产生于被管理者之中，这就是我们通常所说的‘现身说法’。通过这项改革选举产生的班长、班委会，能很好地明确谁是真正的‘头羊’，能更好地利用心理学的‘头羊效应’打造班集体的‘团队精神’。还有，在涉及学生具体利益时，学生自己管理自己 ，容易做到公开透明。”

“最重要的是，通过‘学生自己管理自己的‘改革，可以极大地提高学生的综合素质，尤其是学生的应急处理能力。如射电工程系空物832班远赴阳京罄山电子研究所实习，我们大胆推行由班长、班委会负责带队，实行‘自己管理自己’的改革政策。在处理遇到的临时复杂情况时，方法得体合理，收到了相关各方高度的肯定，罄山电子研究所和江汉轮船公司都寄来了表扬感谢信。”

“因此，我认为，实行这项学生管理方式的变革，虽然看起来是一件不大的事情，但是，对学生的影响是深远的。对学校教学质量的提升，培养出综合性、高素质人才必将起到十分关键的作用。”

俞仲乐从理论、举例到总结三个方面，言简意赅地肯定了这项才推行一年多的试行改革措施。发完言临近尾声，他用余光瞥了一下阚育才，满心以为会得到这位顶头上司的肯定。没有想到，阚育才没有显出一丝高兴的脸色，机灵的他连忙谦虚地说：“我系八三级的这项改革是在阚育才书记的大力支持下推进的。限于认知能力，我的发言不一定合适，恳请阚书记批评指正吧。”

阚育才清了清嗓门，一只手扶了扶透出金鱼般眼球的黑色玳瑁眼镜架，另一只手接过俞仲乐递过来的话筒，说道：“我在俞老师发言的基础上补充三点担忧吧：一是担忧同学们将班内普选班长班委会成员误认为我们就是在搞国外的民主政治改革，附和社会上的资产阶级自由化倾向；二是到高年级后各班党员增多，成立了党小组，党小组和普选的班委会如何发挥作用，形成相互促进的和谐关系，而不像我们有些班级内形成了新的矛盾关系；最后，我们已经按班级配置了辅导员，改革后他们空闲下来，如何给他们一个好的发展通道也是一个重要问题。”

柯副院长见求是院长在后排不起眼的位置认真地做着记录，要身边的工作人员去请求是院长到前排来讲话做指示，求是院长要他转告柯副院长：“我今天主要是来听真话的，不发言，柯副院长不要惊动大家，会议继续进行。”

……

会议最后，柯副院长做了总结讲话，充分肯定了“学生自己管理自己”的改革措施，点评了几个典型的观点，要求各系在进一步推行的过程中有的放矢地加以注意，及时纠正。

柯副院长最后说：“学生管理方式的改革，是求是院长倡导和大力推行的务实举措。今天将一年多以来的实行情况进行了交流总结，为下一步优化实行提供了参考和借鉴，大家都在集中注意力开会，没有看到求是院长一直坐在后排倾听大家的发言。现在，让我们以热烈的掌声衷心感谢求是院长对学生管理工作的重视吧！”

柯副院长边说边起立鼓起掌来，大家纷纷回头，也激动地朝求是院长鼓起掌来。求是院长也站起来，挥挥双手，道着感谢，示意大家不要客气，掌声未停，突然有人高喊：“请大家留步，我到办公室取相机，与余院长合个影。”这个建议立即得到在场所有人的赞成……

上午会后，俞仲乐的侥幸心理荡然无存。自己在阚育才未布置安排的情况下，就在本年级推行“学生自己管理自己”的改革，这次会议阚育才将平时隐藏的不满彻底地发泄出来了。客观地讲，自己也有为考在职研究生腾出时间学习的动机，以为不经统一思想，揣着明白装糊涂，将生米煮成熟饭，阚育才事后反对也没有推翻不做的道理，谁叫学校开会动员呢？今天，没想到阚育才对效果视而不见，倒是在这样的会上提出三条否定性的意见，显然给那些还没有实行这项改革的院系留下了开脱的理由，对自己的工作也间接提出了疑问，精明的俞仲乐陷入了沉思。

中午午睡前，他分析阚育才提的第一条意见，是对这项改革最厉害的否定，这一条将改革与时下正在反对的“资产阶级自由化”关联起来，会给学校是否坚持和强化推行这项改革带来压力。第二和第三点意见，属于方法层面上的，他直觉第二点说的是吕望云和费新刚之间面和心不和的事，第三点则是说包括自己在内的各位辅导员的事。

他喜欢与吕望云打交道，在心里不喜欢费新刚这样阴沉寡言的人。虽然，吕望云性格有些急躁刚强，但是，他也知适时退让，加上性格阳光，与班上绝大多数同学友好相帮，大家与他都能交心顺畅，就算费新刚这样孤寂不语的人，吕望云也算较能与之交往的。在党小组长和班长之间，他是倾向于班长吕望云的，平时也是吕望云向他汇报联系得多。他不得不佩服阚育才，对班长和党小组长相处不顺的情况掌握得这么详细，他也下意识地认为，费新刚绕过自己向阚育才汇报了不少班上的情况。

想着这些，不知不觉进入梦乡。他梦到在一只大木桶内有两条肥硕健壮的大蛇，纠缠闹腾着……他转身忙了一下其他事情，回过头，发现一条蛇已经跑进校园的森林中，另一条正在试图逃跑，他连忙拿起一根长木棍，将这条试图逃跑的大蛇捅回桶内

……

正在捕蛇的时候，惊梦醒来。平缓了一下怦怦直跳的心，他不由得想：这个奇怪的梦莫不是在暗示什么？ 吕望云与费新刚？还是阚育才与自己？谁跑了呢？想想有趣，下午，俞仲乐决定到阚育才办公室去摸摸底。

到了阚育才办公室，只见阚育才正在处理公文。由于上午两人发言观点明显不一致，开始见面那一瞬间的不自然，迅速被阚育才那经验老到的寒暄掩盖了。

他把俞老师让到米色细棉面料沙发上，赶忙给他倒水。俞仲乐连忙起身，接过暖水瓶，自己给自己倒了一杯水，并且先打破尴尬，主动说："阚书记，我是检讨来的，您是我的直接领导，这次'学生自治'改革，我急于推行，担心您不同意，学校开完动员会后，未向您请示，便在射电系八三级七个班中先搞起来了。不管现在效果如何，我这都是犯了自由主义错误。上午开会后，我才发现还有相当多的班级并未实施，尤其是听了您的分析之后，我发现我在这个事情上有些急躁，研讨请示不够，恳请您批评指导……"

阚育才温和而又认真地说："上午在会上，我不得不说一些不同的观点。这不是否定你的发言，而是换个角度，提醒学校注意，使这项工作开展得更顺利、更周全。我深知稳妥办事的重要性。你先按你的思路做吧，不过，凡事最好还是与我商量一下，遇到问题我会再提醒你的！"

他们谈得很融洽，一直谈到系办公室邢慧贞主任过来传话说："学校对于工农兵大学生和本科毕业留校担任辅导员的，可以请假一个月复习，报考全日制研究生。但是，每人只能享受一次这样的待遇，为的是要大家安心工作。"

阚育才出身书香门第，父亲是兴汉大学国际法学知名教授。他在1966年高中毕业，因为社会客观原因，毕业时准备参加高考而未考成，高中毕业时，便被父亲以治病为由留在家中随父学习法学。父亲在汉大被打成反动学术权威，在学校扫厕所当清洁工，他也无处藏身，被下放到国中省沙洋农村。坚强的他还借探望父亲之名，向父亲请教法学学习上的事情。四年后，也就是1975年，工农兵大学生的招生政策实行"三来三去"（高校毕业生分配办法：社来社去，由人民公社选送者，扔回本公社；厂来厂去，由工厂选送者回原厂工作；哪里来哪里去，由其他各单位选送者回原单位工作，国家仅作少量调剂），他所在公社有一百多个知识青年，不少人参与这个名额的竞争，也有部分人因为不少企业已经开始来招工了，他们宁愿等招工回城，而不愿意读工农兵大学，怕毕业后再回农村。但是，他迫切需要抓住青春的尾巴，去上大学。经过离奇的争取过程，他这个一肚子法学知识的人，不巧来到了这所工科大学学习射电技术。毕业后由于严谨的法学逻辑思维和语言能力，他被学校看中，留校从班级辅导员、年级支部书记干到射电工程系总支书记。

由于阚育才出身法学世家，他下放农村前随父苦学法学知识的情况，被求是院长所了解。学校确定综合性大学发展方向后，求是院长一直在谋划法律专业的筹建，在寻找到国家知识产权组织和国家专利局的帮助和支持后，开始创办知识产权双学位班。在上午学校召开这次学生管理工作研讨会的前两天，院办通知阚育才：求是院长找他。他怀着忐忑不安的心情提前十多分钟来到求是院长办公室门口，院办秘书看到他，请他进秘书办公室稍等。

求是院长处理完事情后，秘书带阚育才敲门走进院长办公室。求是院长见他进来，立即起身让座，寒暄道："你父亲近来好忙吧？我和他算是老乡呀，他虽然年长我六岁，但是，我们都是早春二月出生的，我俩还曾一起过生日呢。"

听到这里，阚育才激动地说："谢谢院长，您这么忙还惦记着我父亲，1978年他调回汉大后，受命恢复汉大法律系，从国际法研究所和环境法研究所着手，将法学各专业的班子都组建起来了，提出了'一机两翼'的大国际私法理论，各路法律人才汇聚到诺佳山上。这是他最忙的几年，也是他心情最畅快的几年。"

求是院长笑着说："今天找你来，就是听说你从小师从你父亲，虽无法律文凭，但是，具有深厚的法学功底。加上到兴工后几年刻苦的工科学习，知识面更宽了，想请你效仿你父亲，担任我们新设立的知识产权双学位班的负责人。通过你，依靠你父亲的智慧和人脉威望，尽快从知识产权、科技法学研究所的成立入手，将学校的法律系各专业打造齐全，建成国家一流的法学系。对这件大事，你有无兴趣和信心？想听一下你的意见。"

阚育才认真地倾听着求是院长的构思，感觉到接受这个任务对自己的挑战太大。沉默片刻后，他慎重地说："我虽然自幼跟随家父学法律和外语，但是，为了上大学，不得不读以理工为唯一选择的工科。我确实认真钻研过一些法律问题，但是，没有正规的法律文凭，知识体系性不够强。现在射电技术又在向信息处理技术方向发展，我对计算机技术越来越着迷，我正想向组织提出不搞党务行政工作，去计算机系搞研究工作的申请。当然，学校的工作安排我一定服从，并且，一定会尽全力做好。”

求是院长沉思良久，他说：“我快要退居二线了，你也满三十五岁了，春华秋实，你还是抓住这个机遇，学校计算机专业的基础较好，法学专业更需要你，还是将法律学科建设作为大事吧。为了不影响行政职务晋升，你还是先兼任射电系的书记，将射电系的具体党务行政工作交给一个可靠的年轻人，大事你管管，将主要精力转到双学位班和法律系筹建的工作上来，我们全力支持你。吃点苦考到国大或汉大去读一个法律专业的在职研究生，能成为高层次的复合型人才最好。”

求是院长的这一席话，对于阚育才来说，算是做出了决定，他没有再做任何异议，以坚定的语气，表达了感谢和服从。

从求是院长办公室出来后的第二天，系主任就找到阚育才，通知了学校的决定。主任尊重他的意见，要他思考后，提出代他处理系日常党务工作的助手人选。

他边忙筹建双学位班的事情，边思考几个系总支委员中谁是最适合代自己处理现有日常事务的人。这个时候，学校通知他和俞仲乐一起参加学生管理工作改革经验交流推进会。他心想，这也是进一步观察俞老师的一个机会，这个助手一定要选好，弄不好两头都做不好……

七

听完俞仲乐的思想汇报和检讨后，阚育才在办公室给父亲打了一个电话，就求是院长的决定，征求了一下他父亲的意见。

他父亲对求是院长的挂念感慨万千，十分赞成兴工从实际出发，以知识产权和科技法为突破口创办法律系的路线方针。他父亲说：“我受汉大校长的信任恢复汉大法律系，你受求是院长器重创办兴工法律系，天下的事情哪有比这更令我高兴的呀？好好干，我全力支持你。”

阚育才的情绪也被调动起来，他高兴地对他父亲说：“求是院长就是要我借你的威望和学识，你不能只顾汉大，给兴工也得推荐顶级、优秀的法学人才哈！”

他父亲在电话里笑着骂道：“你小子，这我还不知道，汉大与兴工同根同源，哪里分得出你我他？求是院长抓住了你，就是抓住了我，他这一招可真高呀！”

……

通完电话，下班回家，阚育才走进学校新分配的两室一厅。他坚决要求离婚，正在冷战中的妻子强打着笑脸告诉他："学校给家里配置了校办工厂组装生产的一台空调和一台洗衣机，说是副教授和正处级以上的人才有资格得到。"

阚育才顺着不同意离婚的妻子申芳雨的话，看到了已经在自己卧室里装好的空调和客厅靠卫生间门边的洗衣机，心想，分了新房，学校又给配这些家电，这婚更难离了。这都是自己当初太想读大学惹的事。学校给予这些关爱，他本该高兴，可见到申芳雨心情又变得阴沉起来。他回到自己房间，关上门，斜靠在书桌前的藤椅上，想理一理这几天发生的事情，不料思想一下开小差到自己争取推荐读大学那段与今天同样激荡的日子。

当时全公社知青共有上百号人，为了得到推荐读大学的名额，阚育才虽然高中毕业早，按年龄有优势，但是，在家里"养病"五年多，下乡的时间排得并不靠前。大队书记说："这次这个名额能否给你，得公社说了算。"他将推荐表在阚育才面前亮了亮，又收了回去。临走还神秘兮兮地丢下一句话："小阚，这次这个名额好呀，省城工业大学，学成后即使回来，肯定也是到县里，我们大队肯定用不着。"

第二天，负责知青工作的公社革委会陈副主任通知他，说是县里要搞文艺演出，公社要彩排《红色娘子军》，选他担任双人舞《指路》这一节的主角洪常青，另一个主角吴琼花由公社初中语文老师申芳雨扮演。他估计这是自己快要上大学去了，公社特意给机会让自己表现表现。他感觉自己身材也不错，特别是下放劳动后，身上肌肉发达，充满弹性，就高兴地接受了这个任务。只是这个申芳雨自己还不熟悉，不知配不配合得好？

训练几天后，陈副主任喊了几个人来看他们的表演。他自认为表演得很一般，没想到竟然博得了大家的一致好评。陈副主任对他和申芳雨说："你们表演得好，硬是把在场的人都镇住了。既有革命现代舞剧的一股正气，又借鉴了其他舞种的优美动作，在情感表现上又大胆创新，举手投足，处处饱含了吴琼花与洪常青那种革命加爱情的深情厚意。"

曲尽人散，陈副主任觉得他还有几个动作必须同申芳雨磨合一下，申芳雨红着脸笑道："我想也是的。"就这样陈副主任带领大家先离开了礼堂，剩下他们一男一女认真地在台上边商量边纠正。

都十一点了，负责点汽灯的人打着哈欠也走了。整个礼堂完完全全沉静下来，整个世界仿佛也沉睡下来。一会儿汽灯快没有气了，灯光慢慢暗下来。

他开始觉得累，申芳雨因为热，脱掉军装，露出里面“的确良”的薄衬衣，女性的柔美和体态展现在眼前。闻着申芳雨的体香，他突然觉得有点控制不住自己的某种欲望，他颤抖着声音说：“我们该休息了。”申芳雨说：“是不早了。”于是，他一个跨步站上椅子，申芳雨替他扶着椅子靠背，登高熄灭最后一盏挂灯时，整个礼堂漆黑一团，他从椅子上一脚踏下，突然觉得自己被一个柔软异常的身体死死地抱住了。

“阚育才，我想抱抱你！”

一男一女在这样特定的环境里，置身在黑暗的时空下，无数次从梦里飞出来的欲望，顿时变成了现实。再理智的男人也难敌这性与情的烈火燃烧，冲动的瞬间，他用力抱起她放倒在舞台上，然后像一片云铺盖在她的身上，过去压抑了太多的东西此刻酷似汹涌洪水冲破坚固的堤坝，不顾一切地在她的身体里撒野，幸福无比。

一番梨花带雨后的平静，他与她散淡恬静地并肩躺在木板舞台上。黑暗里虽然阚育才看不清申芳雨的脸，几天的近距离接触，他知道她虽不十分美丽，但是五官还算端正。生平第一次这样轻松快乐，稍作歇息后，感觉又是一阵难忍的兴奋……

就这样青春男人的荷尔蒙在女人的用心搅动下，像那欢腾的野马，将这四处无人、窗外月光流萤、室内幕黑空寂的公社舞台，当作辽阔的草原，时而奔腾时而歇息，持续了一整夜，四周很静，布谷鸟的声音从很远的地方传来，直至天明……

他知道自己闯祸了，是因为第二天申芳雨告诉他，她是公社书记的女儿，只要他同意与她结婚，就可以得到上大学的指标。就这样没有相互了解，没有恋爱的过程，对未来也还来不及设想，他不得不与这个乡镇女教师结为夫妻。他后悔至极，在法学家父亲面前不断地忏悔：他控制不了读大学的欲望，控制不住青春的冲动，就这样背上了“道德”和“读大学”的双重十字架。

他的回忆被离婚冷战中的妻子打断，说是有学生来找他。他连忙起身开门，原来吕望云从俞仲乐那里打听到自己的住址，上门来汇报到阳京实习的情况。他给吕望云看座，妻子倒茶，笑脸相迎。

听完吕望云简要到位的汇报后，阚育才十分满意，一向严肃不多言笑的阚育才竟然微笑着从公文包里拿出两封信，还有几张报纸，说："不错，你立功了，我们很高兴。"

他凑过去一看，原来其中一封信是江汉客轮公司寄来的感谢信：

兴中工学院射电工程系：

贵系空物832班的同学们在乘我公司"江汉17号"客轮赴阳京实习时，有两名同学在乘船途中帮助船务人员义务处理船务，得到了船上同志们的一致好评；在一名同学生病需要离船急诊的情况下，同学们积极主动申请上岸陪护。行船全程，组织严明有序，大家乐于助人，体现了贵系同学们积极奉献、团结友爱的良好精神风貌，经研究，特向贵系来信表示衷心的感谢并对以吕望云为首的同学们表示赞扬。

江汉客轮公司

1986年7月10日

还有一封信是处分建议书：

兴中工学院射电工程系：

贵系空物832班同学夏国华，在本院实习期间，放松了对自己的要求，在实习中粗暴顶撞师傅，不遵守本院保密规定，违规大量偷拍我所技术装备及参数，外传所拍照片，造成不良影响。为此，建议贵系对夏国华同学进行通报批评。

阳京馨山电子研究所

1986年7月12日

另外还有文晓友所写的，他已向所内人事部门推荐吕望云来所工作，所内人事部门表示欢迎吕望云在入党毕业后到馨山电子研究所工作的情况说明。

阚育才还告诉他一件令他十分高兴的事，鉴于他的优秀表现，系、系总支决定发展他为预备党员。有关培养的事，系总支正在按规定进行，希望他从思想上和行动上以一名合格党员的标准严格要求自己。

当他一眼瞟到阚育才书记手中那张文晓友写的待他入党毕业后，欢迎自己到馨山电子研究所工作的便函时，高兴地对阚育才书记讲："阚书记，考不上研，能到馨山所工作，也很好吧！"阚育才书记却说："这个八字还没有一撇，人家只是客气友好一下而已，算不了数的。何况，你要是真的入了党，还有人推荐你留校或是到更能施展才华的地方，研究所不太适合你。”吕望云不假思索地说：“到研究所虽不是我的理想，但是这入党还是太重要了！”听到这里，阚育才书记立马严肃起来，认真地说：“入党的动机要正，要纯哈，你要再深入领会学习党的知识，提高认识，写好思想汇报。”他接着使劲点头道：“嗯，我一定抓紧学习，写好思想汇报，争取早日入党，为人民服务。”这时阚育才书记又恢复了平静，说道：“你这小子，别贫嘴了，踏实些好！”

他激动地辞别阚育才，内心高兴不已。一米八多的高个子也不妨碍他近乎飘起来一样迈开的步伐。正是暑假，学校人少，他来到桐六舍，只遇上八二级还未离校去参加工作的师兄吴帆。吴帆是隔江对岸的鹅州老乡，一向对他很友好。他跟着吴帆走进八二级宿舍，抑制不住内心的激动，告诉吴帆，系里决定发展自己为预备党员的好消息。

“那真是太好了，我读大学一场，遗憾的就是没能入党，兴工什么都好，就是入党控制得太严了，热烈祝贺你！像你这样学习成绩时优时平、起伏不定的，就不是入党的学生类型呀！”吴帆受吕望云的情绪感染也高兴起来，对他能入党感到有些意外，是因为不知道他在阳京实习的表现得到了系总支书记阚育才的肯定。

“在我的毕业纪念册上留个言，签个名吧。”吴帆盘算着，这老乡自信、心胸开敞，估计将来有出息。虽说低一届，也签个名留纪念，说不定将来还用得着，管他同届不同届，感情行不行！

“这毕业纪念册太普通了，多少钱一本？”吕望云翻看着手中准备签字的这本薄薄的纪念册，尾页标注着：浙塘苍南县印刷，一本长条形笔记本样的册子。

“这么单薄普通，还要八元钱一本，真是黑良心！”吴帆有点愤慨地回答。

说者无意，听者有心。吕望云心想：这次到尚海得到启发是要做批发生意才能赚一笔钱还债，解决一下眼前家里的经济困境。如果能向全年级九十七个班，三千多名毕业生每人卖一本毕业纪念册，多少能赚点钱吧？这个比刻印章和帮别人理发恐怕要来得实和快。

他埋下了这个念头，设想好开学后要走的路，眼下最要紧的还是回家看看，还有没有更快来钱的办法……

第七章 就地利得急方 应红颜远友情

一

七月初，刚出梅不久，接连闷热了好几天后，一场难得的东北风，掠过长江，紧接着在宽阔的龙湖水面上扬起波浪，卷起了湖面解凉的湿气。这弥漫无形的湿气，随风一头砸到由语佳山、仰望山和诺佳山一脉相连的山脊上，悄悄沁入树荫下的土壤里，土壤被厚厚的落叶覆盖着，偶尔覆盖不住的山石，似乎忍受不了陈年腐叶酿出的酸气，挣扎着伸出褐色坚硬的土坯。

留在诺佳山校园里的伍卓理，也如这腐叶盖不住的石棱：刚放暑假的头两天，他备考研究生的劲头十足，埋头于图书馆和开放教室里。可是，到了第三天，学生渐渐减少，平时挤得满满当当的图书馆，显得又高又空。他环顾自习的学生，大部分是学理科的，他心里不由得羡慕起学文科的，学习轻松随意。在理工科占多数的在座同学中，他看到了不远处的一对男女同学，面前堆放着一摞小说，十分抢眼，他俩放着空空的位置不坐，偏要挤坐在同一张书桌旁，桌子底下隔着薄薄夏衣的腿还时不时靠在一起。当看见那女学生用手轻轻推开那男同学的大腿时，伍卓理的身体莫名其妙地躁动起来，开始还假装不屑一顾地坚持看了半晌书，十点，休息铃一响，就坐不住了。他疲惫地伸着懒腰，双手搓了搓脸，张口无声接连地打着哈欠，盯着书本，硬是看不进去了。将欲起身又盯住书不好离，执着纠结了好半天，一抬眼还是被窗外山坡上在湖风中婆娑起舞的绿色山林吸引，浑身沸腾起来的冲动再也不能按捺。他犹豫缓慢地收拾起书本，离开图书馆，漫无目的，信步沿坡而上，路过诺佳山宾馆，转向右侧，爬到山后的土坎上。居高临下，恰好看见一文人教授模样的人，一手拎着公文包，另一只手挽住穿着白底淡蓝细花连衣裙的苗条少女，他俩走在山前宽敞的草坪上，好一幅静中有动的美好画面，看得伍卓理是心生羡慕，好奇什么样的人能住进这样质朴高雅、与诺佳山的苍秀浑然一体的小楼？不好意思盯着那少女看太久，他移眼环扫，目光又盯上了山后那片生机勃发的深绿苔草。他奇怪这壁立的花岗岩堡坎上，怎么会长出这一大片茂密旺盛又无根无茎的苔草。这苔藓植物暗绿鲜嫩，嫩尖上还滴挂着晶莹的水珠，与眼角余光里那短袖连衣裙遮不住的白嫩肌肤交相辉照，由眼入心，不由得想起那同样白嫩、研究细胞生物学的罗泽玉了。她应该对苔藓植物有研究，这背阴的地方，苔藓为啥长得这样多、这样茂盛？那不远处背对着自己的少女，也该有罗泽玉那聪慧动人的眼神？他一下明白了，自己看不进书，原因竟是因为罗泽玉。对了，罗泽玉赴国外学习出发时刻未到，应该还在学校，何不找理由去聊聊，问问她：山后山土坎上的苔藓为什么长得比其他地方更旺更好？她什么时候回煌州？如有可能，带她来看看这独特的山，一起赏这人间仙境，看看年轻的教授和少女携手搂腰，把她那颗只顾学习的心也做一下开化、引导。想到这，他三步并作两步，挺起胸膛，在赶往罗泽玉宿舍楼的路上小跑。

不一会儿，他就来到罗泽玉的寝室门口。门是开着的，一块深蓝起圆盘大白花图案的蜡染棉布门帘遮住了门的中部，他轻声喊了一声："罗泽玉在吗？"室内传出河南口音的回话："罗泽玉不在。"紧接着一个面熟的女同学掀开门帘，调皮地笑道："她昨天就回煌州了，都放假几天了，咋才来呀！"他道了一声谢后，就悻悻然失意地离开了。

离开后，他一直在想，三年来，除开第一学期她父亲到学校来接她回家以外，之后，每次回家都是他帮她拿行李一起搭车回煌州，这次为什么她说都不说一声就提前走了？高中同班四个同学，吕望云远远地到阳京实习去了，莫不是兴中财院的单德果提前邀了她？对，很有可能是他，这家伙不像吕望云朴实谦让，虽然他家里条件更不好，但是，仗着比自己长得高大帅气，一直也在用心把罗泽玉的欢喜与情愫讨。

还是在高中，罗泽玉因为长相姣好，成绩优异，家庭条件优越，一直都是全班男同学喜欢的班花，无数男同学暗自较劲，一定要考上大学得到她。记得上大学前，班主任老师葛景照笑着对伍卓理说："你们四人同在江湖，你与罗泽玉同在兴汉大学读书，汉大文理科特强，校长路如斯推崇自由开放，你的家庭条件比学工科的吕望云和学财会的单德果又要好不少，这真是上天送你一个才女美人，但愿你能将机会把握好，学业爱情都得到哈。”几年来，自己也是这么努力的，好像吕望云也默认了，起码吕望云是明确鼓励他对罗泽玉发起追求的。自己对罗泽玉好，罗泽玉也从未明确拒绝，只是，每次自己想将关系向前推进一步时，罗泽玉总是推脱说：“在学校以读书学业为重，不想考虑别的问题。”但是，鼓励开放自由的路如斯校长，早就对大学生谈恋爱实行“不鼓励、不禁止”的“双不”政策了，特别是对高年级学生和研究生更是不反对，真不知道罗泽玉的推脱与读书有什么关联。

找不到罗泽玉，躁动的追求也没有着落，满怀挫败失落的感觉，伴随他低头信步往秋香园三舍走的这一路。因是暑假，宿舍里学生稀少，门口桂树叶冠低处，蜜蜂在其后盛开的月季花朵上起停飞翔，嗡嗡有力地发出急促的声响。进门往廊道里走，平时视而不见的楼栋保洁员正低头翘臀做着走道卫生，夏日里袖短衣薄，这乡下女人，象征性的宽松胸罩，放肆地露出半个雪白丰满的胸部，随着她拖地的动作，大白兔似的在薄透的夏衣内前后上下跳跃。见此光景，他不由得心迷脚乱，不知是借着路过的幌子，还是有意要靠拢她那翘起的臀部，本来就不高的身材，下垂的手掌背面恰好从那满是弹性的凸臀上不经意划过，一阵被电击的感觉，使他皮紧毛竖、心如脱兔，满以为那女人会勃然大怒，谁知那女人却侧脸对他浅浅一笑。惊诧她那无饰朴然的美，她出乎意料的态度更让他顿时满额汗掉。他极其不忍心地继续向前，惯性让他离了那女人几步，转身准备上楼梯，环顾走道，空无一人。她的随意使他立时起意，失控的他竟然又退回到还在若无其事样拖地的女人身边，他想再闻闻刚才路过时那女人身上散发出的体气。没想到那女人这下直起身来，一副满不在乎、落落大方的样子，说：“么样？大学生，想找女朋友，不要前程了？”吓得他是惊慌失措，连忙找理由说：“我只是想帮你拖拖地，看你满头是汗，蛮辛苦的。”哪知那女人指着他的下体，爽朗一笑道：“我天天这样做事，不累不累，看你那小兄弟硬撑着快把裤裆撑破了，真累哈……”他低眼一看，立马满脸通红，连忙夹起双腿，朝自己寝室落荒而逃……

回到房间，平静了一下心情和呼吸。被保洁员调笑，他对自己刚才的荒诞不经感到又羞又恼，加上几分庆幸和忏悔，不由得更加怨恨起罗泽玉来了。苦追她三年多不成，这折磨人的爱而不得的烦恼，累积着真要将自己压倒呀！想她这次一反常态，说都不说一声，就提前回家，他预感到她甚至对自己若即若离的态度也将不保！现今，吕望云到阳京实习去了，自己以前从不到兴中财院去找单德果，这次遇到苦闷烦恼，他太需要找一个可以倾诉的人。不得已，情绪低落的他来到了兴中财院单德果的宿舍，这也是上大学三年以来，第一次从自己心中的江湖城高峰诺佳山下到塞山脚下的兴中财院来。

暑假，私刻公章取款的事情已处理完快一个多月，随着心情慢慢恢复平静，接受处理结果的单德果很想硬着头皮回家看看。但是，一直关心而且在这次事件中给予他巨大帮助的辅导员肖向东老师的儿子肖炼，迫切需要他辅导功课。老师知道他毕业于煌冈中学，一再要求他给即将参加高考的肖炼讲解煌高模拟试题。老师知道他经济困难，作为回报，给他一些吃饭的钱，勉强维持最近一段时间的日常生活。辅导肖炼一段时间后，渐渐熟悉起来的肖炼好奇地要求他，讲讲他当初高考时的情形。一开始他不愿意为此浪费时间，后来看到肖炼学习完全不像自己那样拼命，为了不辜负恩师的信任，决定告诉他自己高考的故事，想以此激起肖炼奋发努力的精神。

“我是学理科的，高考分数出来，超过重点录取线三十多分，填志愿时才发现我的分数超过了可以填报兴中财院理科会计专业的分数线。班主任老师问我：‘会计专业属文科，想报？想好选定了，以后就不好转行了！’我知道他的老观点：学好数理化，走遍天下都不怕。出乎他意料的是，我竟然脱口而出：‘报啥都好，只要不修理地球就行！天天看着教室后面黑板左右，一边挂着皮鞋，另一边挂着草鞋，不就是为了实现这个目标吗？’老师很快改变观点，十分肯定地建议道：‘兴中财院是全国四大财院之一，选会计吧，挺实在的，整天坐办公室，风刮不着雨淋不到，好像比理工科还要好学，将来机会好，说不定还能当官做干部。’”

“回家后，我将老师的建议告诉我的父母。我父亲自幼得了小脑发育不全症，因他走路有些不稳，在生产队做农活挑担子时，挑东西上肩时全身要弹一阵子，挑到目的地后，下肩时全身又要弹一阵子，吃力不比别人少，就是费时多，为此，队长无情，壮劳力出工一天满分十分，队里只给我父亲九分，贫农的实惠与照顾一点没捞到，乡民还送他一个叫‘弹簧’的外号。”

“到我高考时，父亲病情加重，行为失控，失去劳动能力，常年卧床，偶尔起来，也是前后站不稳的‘弹簧’，根本不能下地干活。一听我说要填报兴中财院会计系，他立马说：‘学会计好呀，你看吕望云他老子多好，不挑担子不晒太阳，拿着算盘折磨别个（别人）。’我母亲抢白我父亲：‘人家有那个本事，哪像你？搞么事都不行。’我父亲一时语塞，换了平时，少不了一场口角，那天高兴，他就不再做声。我十分理解我的父母亲，但是，我父亲再不好，没有他就没有我呀，我赶快圆场道：‘莫这样说，妈，我爸天生有病，不能怪他，我替您争气哈！’我母亲抹泪点头道：‘德果知道为娘的苦就行呀，关键时刻，你要走稳哈，男怕入错行，女怕嫁错郎，一步踏错了，搞不好要后悔一辈子呀！’”

“在那个年代，我父亲是贫农成分，尽管他身体不好，当时生产队还是安排他当仓库保管。母亲是煌州城里盐商出生，在城里因成分不好，全家被遣送改造来到农村。谁都不敢娶这资本家商人的女儿，母亲慢慢熬成了大龄女。那时，母亲一家，特别是我那看不到前途的舅舅，看中了我父亲这个贫农成分，硬是逼她嫁给了根本不喜欢的父亲。逼嫁时母亲比我父亲大三岁。母亲生下我不久，听说父亲病情加重，便再没有生养。身体颀长健壮的母亲时常责怪自己的平民政治婚姻，埋怨家人为了生存环境逼她嫁给了父亲。她一辈子后悔，不愿屈从，嫁错人。所以这次志愿填报，她一再要求我认真。”

“我们一家说这话时，闷热的土屋内，突然一股凉风从窗棂边裂开有差不多三到五公分宽的墙缝里钻进来，吹到我们面前，分散了当时那严肃、自然流露出的抱怨气氛！裂缝裂在墙上，更永远裂在我心里。那年头放学回家，每每经过村南路口，我总会看到几个老人坐在大石头上闲聊。石头旁边全是烟灰，一簇簇、一团团的，有的还冒着丝丝白烟。但凡见有人过来，我称他八爹的那高个子老人，就从嘴里喷出一口烟气，伸长右手臂，指着村中间我家老屋高叫：‘小心咯，村中间那屋后墙裂了，说倒就倒呀！’那声音怪得如同敲在我心，刺耳难听。每次经过自家北屋后墙时，墙面高处，各种标语已模糊不清，它们像受到向外的拉力，随墙微微地鼓起，人在其下，真有一种压头欲塌的危机感。”

“我明白，母亲在棉花地里日晒雨淋，一门心思供我上学，指望靠我这个独儿子翻身。别说没有钱翻盖房子，就连每次给我父亲买药，都得下好大的决心。不能修屋，我只得暗暗攥拳，快速逃离那开裂的北屋。这晚，一家人围在这张通知书旁，油灯下的小桌边，母亲眯起眼，粗针歪线地给我缝补着衣裳，看她那久违泛红的脸，我知道她这时的感觉比吃了蜂蜜还甜。但是，听到我考上大学，年迈体弱长期卧病在床的祖父担心我离开老家，两个病人靠母亲一人支撑，他怀着矛盾的心情说：‘当个会计还要读大学？望山他爸只读几年私塾，会计还不是当得全县出了名！’小脑生病大脑清醒的父亲这次与母亲同心，他歪着身子坐在床边对祖父说：‘那会计和你看到的会打算盘的会计不一样，德果学完后能到城里轻松吃皇粮！’我听着家里人各自表述的心情，眼前的几页志愿表，也在善意又执着的凉风鼓动下，信心十足地撩拨着我的心弦：‘不管那么多了，考出去要紧！’经不住蚊子的伴奏与叮咬，很快，财务会计等几个志愿就跃然纸上。”

“哦，对了，还有分数出来前复习考试的情形：紧张的备考拉开帷幕，一周一模拟，一天一小考是主旋律。晚自习困顿，早自习打盹，也是同学们的家常便饭。在老煌高那片不大的晴空下，那时各科老师很负责，而且水平高。不知道他们哪来那么多题？油印成卷，我们拼命做个没完，而且，每次的错题一个都不能放过，要认真分析、举一反三。老师总是满脸洋溢着老煌冈中学的荣耀与得意道：‘要珍惜，认真做，彻底消化掉。’说话的当儿，老师的眼睛总是放光的，嘴角也是上翘的，好像自己抓的这些题是金子、真考题一般。”

“高考前的那天，班主任老师反复交代不要忘带准考证和2B铅笔等，还说晚上鼓励有条件的同学不要住在学校宿舍里，要早睡觉，休息好，气定神宁才能好梦成真。我这样条件不好的只有留在宿舍，各县来的学生多，有条件外出睡觉的还真不多，大家都知道，这可是人生的一大觉，一定得睡好!床铺挨得近的互相埋怨道：‘你打呼噜，真不想和你一个宿舍！’‘你打吧，要不咱们一个宿舍？’‘他打呼噜可响了，谁跟他一个宿舍谁倒霉！’班主任老师听着，最后双手一拍讲道：‘同学们静一静，我想好了，都知道谁好打呼噜，打呼噜的同学一个宿舍，看谁打得响！不打呼噜的，祝你们人人都做个好梦。’哈哈！同学们一路欢笑。”

“高一时曾担任过我的班主任的英语老师，就是他把我从辍学的家里，半劝半拽着，重新拉回学校。他供了我高中三年学习生活的基本费用，后因他身体不够好，放弃了兼任的班主任职位。他在高考前送来热气腾腾的饭菜：土豆炖肉。我随他来到操场的草地上，一路闻到了那闻所未闻、沁人心脾的香味。到了无人处，我们坐在厚厚的草坪上，从篮子里拿出扣合好的一碗菜和一碗白米饭，他打开上下扣合的菜碗，看到那淡黄色的土豆块，黏黏糊糊的汤汁，一块块肥瘦均匀搭配的鲜肉，从口到心，我好馋。我连忙站起来，立在那儿，泪眼模糊。看着供我读书三年的恩师那有些苍白泛黄的脸，我心想：恩师哦，你这胜过亲生父母的恩情，我怎样才能报答？抚今追昔，那次是我至今吃过的最香也是最难忘的一顿饭。”

“第二天，怎么考试的不知道了。我只知道语文卷子有道填空题，前半句是“他山之石”，让补充后半句。由于当时学的理科，语文课上没有学过，最后觉得靠谱的是‘可以砌墙’四个字。呵呵，当时多么滑稽！考最后一门英语，考试刚进行不久，我就觉得两眼直冒金星、脑子空蒙，手心出汗……心慌、累了，营养没有跟上！是啊，三年总计一千多天马拉松式的生命抗争、人生冲刺，不累是假的。考完出来后，大家都有家里来迎接的人，可是，远远向我招手、迎接我的竟然只有我的那位英语老师……”

“还有，志愿填报上交之后的好长一段时间，我都在家里蹲着，不愿意出门见人。除了做点家务、到邻村收集一点废品去卖，有时还跟同村的那位考上兴工的同学一起学习磨石头刻印章。我那同村同学家里的几个兄弟十分了得，全县出名，一家考取几个重点大学，我既羡慕又努力追赶，也是我能坚持到最后考上大学的重要原因。他和他几个兄弟一样，个个学习刻苦，高考完了不是下田双抢就是学外语，我没有他那样的吃苦耐劳，也不像他家里的兄弟们那样，个个充满激情和理想，我只想混到城里去，轻松过得去就行了，所以，我就陪着父亲和祖父，在家里等通知。终于有一天，快中午的时候，还是同村的那个同学，从煌州城里回来，一路高喊：‘考取啦，我考取了兴工咯！’我急了，当天下午跑到学校去问，结果是我的通知还未到。一直到两天后，兴中财院的录取通知书才来，那两天等得我是如热锅上的蚂蚁，坐卧不安呀，煎熬难忘的两天。”

“领通知书时，老师说：‘不容易，祝贺你。要知道录取比例才百分之四左右啊，上重点大学的比例更低。’我从老师手中接过通知书，左看右看，正看反看，路上停下自行车再看，生怕不是自己的名字。由于兴中财院没有我那同村同学考上的兴工牌子硬，一路上自己虽然无比高兴，但是，不好意思像他那样大声吆喝。回到家里，我兴奋地把通知书展开给站都站不稳的父亲看，父亲流着泪又伸手传给正在一旁吃饭的母亲。母亲放下筷子神情严肃，我凑过去念，突然“啪”的一声，一滴泪滴落在了通知书的左下角。我赶忙找来毛巾，小心擦拭，被浸的纸上即刻凹下去玉米粒大小的一块，皱起来……我刚才还激越、汹涌的心情，如这泪痕，一下子凝固了，成了我脑海里的永恒。晚上睡前，我竟想到就要转户口和转粮油关系了，一种进城吃馍的场景一幕幕地萦绕在脑际……第二天醒来，母亲说，昨晚你睡得挺沉，呼吸得挺匀和，只是梦中多次喊你那个英语老师。听到母亲这么说，我立刻想起我还有一件最要紧的事没有办。我立马从床上跳起来，拿着录取通知书，往我的恩师家里跑……”

单德果正给肖炼生动地讲述着自己高考前后的故事，恰巧伍卓理在门口听到了他的声音。拉开纱门边喊他边笑着走进来，单德果吃惊地说：“哪阵春风把你这个诺佳才子吹来了？”

伍卓理本想直接问他：知不知道罗泽玉为什么急着回家，连说都不说一声？转念一想，他还不确定单德果与罗泽玉平时联系多不多，一开始就问这么详细的问题，怕引起误会。于是他换了个话题，说道：“上大学三年了，还没有到你这里来看一下，怕将来被你骂，放假回家之前特意来看你一下。”

“呀、呀，贵客来了，担当不起呀。”单德果谦虚中带着几分调侃地笑道。

一旁的肖炼见来客人了，机灵客气地打了个招呼便离开了。

“你到诺佳山上去，也不是专门看我的哈！别得了巧，打了我的旗号，不谢谢我不说，还要唱雅调。”伍卓理话中有话，显然调门有点高。

“喝水吧，快别说了，一家养女千家求，但要人家给你抛绣球，才算数哈。”单德果似乎暗示着罗泽玉的心还无所属，自己以前到汉大看看也是正常，不像吕望云还未进攻就主动地放弃了梦想与追求。

“你这伙计，就是没有吕望云善解人意，一句一句顶死人的。你说，我追罗泽玉都三年了，还有希望吗？她这次放假回家说都不说一声，独自就走了，我这是跛子追强盗，越追越远似的。”伍卓理算是憋不住了，说出心里话来。

“说不定人家回家就是去找吕望云的，你还说吕望云善解人意。”单德果这看似无心的话，让伍卓理的心猛烈地一阵颤抖，苦苦追求了三年多的罗泽玉，她的心到底在谁身上？吕望云？

……

二

大胆敢闯的人总会有所获，个体户、下海的机关工厂干部和大学老师，人们发家致富的故事到处流传。到阳京和尚海开阔了眼界，回到语园又得到即将成为预备党员的好消息，吕望云怀揣着喜悦和信心，搭客车过汽渡船，回到古城煌州老家，他也要大胆寻找商机把钱赚。

这时正是盛夏，下长途汽车后正是晌午，烈日烤炙着大地，也烤炙着吕望云的身体。他循着江堤外间歇相连的杨树荫，快步奔向自家的老屋。

这老屋象征着吕望云父亲曾经的雄心。长江大堤修成后，古老的联排列架屋失去存在价值，人口激增、分家自立，代替了五代同堂、百人一家的联排方式。那个年代建房，连绵不断的列架屋被撤掉，代之以一般人家的打土夯墙、明三间暗六间的典型单元屋。读过几年书，正当着公社会计的吕望云父亲，则坚持单元房屋的正面与堂屋山墙用红砖砌成。当时父亲的堂弟还说他父亲不切实际。现在证明他父亲有远见，是正确的，因为家里现在有这么多人读书，根本没有钱像其他乡民一样修葺土墙，且时间长了，不是歪裂就是老鼠打洞，推倒土墙重新盖房。曾经显赫的老屋，在时下村里重建的众多新房面前，还不显得太落伍，起码还可平安入住，不像同村单德果家的老屋，有倒塌砸人的忧虑。

望云父亲常说技多不压身，为了鼓励子女们发奋学习，他定下一条规矩：不论子女学什么，只要学，就可以不下地劳动、不做家务。恢复高考前，吕望云学吹笛子、拉小提琴、写毛笔字和刻印等，都是为躲避棉田里的闷热与烈日酷暑。他母亲有时开他兄弟们学这学那的玩笑：大伙强盗买簸箕——假装。

恢复高考后，更不用说，吕望云兄弟们基本上再也没有下地做过农活。这可辛苦他母亲了，因为他父亲白天都外出到区里去上班，母亲白天要下地劳动，晚上要操持解决全家人穿衣吃饭的问题。母亲经常翻旧成新、补衣筹食到深夜，长期的心急加营养不良造成了她的青光眼疾。煌州城里医院水平不高，有的医生说要做手术，有的医生说手术后也不一定能恢复，加上二哥在学校里受伤出事，经济困难，担心拿不出钱，她一时也下不了决心做手术。

吕望云回到家里，母亲先是一喜，紧接着便是犯愁。大哥望山刚从煌冈师专毕业，不知是因他相貌堂堂，还是因他多才多艺，或是因别的什么原因，硬是被同班杨姓女同学看上了。记得这女同学有一年还找到家里，她身材苗条，只是面相不好，照望山父母的意思，人丑是福，也还过得去。但是，大哥望山坚持说那女同学脸太长，脸上还长着太密的青春痘，硬是不愿意与人家来往。为了这，望山父亲多次说："家里目前这样为难，好不容易，地委书记的女儿看上你，这不仅对你，对全家都是转机!"而倔强的望山说："现如今改革开放，大家都平等竞争，我不喜欢她，更不要依靠她来改变自己，她老子当书记也不能当一辈子，而我找老婆是要过一生的。"望山父母被他掷地有声的话语堵住，想想望山说得也有道理，便也不再叨咕。

但是，这女同学确实心醉神迷，爱上了望山。心醉他那如雕像一般与高鼻梁相配的阳刚，佩服他除物理专业外，少有的文学艺术才能。如果这女同学是一般人也还好办，关键人家是地委书记的千金，这样一来，在高官千金执迷不悟的爱恋面前，毕业时望山必须做出选择：到底是同意与女同学的婚事，还是到偏远的乡镇中学教书？迂腐倔强的望山硬是选择到偏远的三里畈中学当了物理老师。

吕望云到家时，望山正在偏远的学校未回家。二哥望川瘫痪在家，因医疗费学校还未解决，情绪低落至极。妹妹望月因考煌冈中学差几分，父亲实在拉不开架势，只有留她在家里做农活、家务。弟弟望海刚考完高考，正在舅舅承包的煌冈中学农场里边劳动边等高考成绩。

沙洲的夏天酷热干旱，几分自留地里，青菜都没有几片。几乎处于失明状态的母亲，摸着帮妹妹做了一顿腌菜午饭。饭后稍作休息，太阳稍微一和善，他和家人说了一会儿话后，径直来到望海正在劳动的农场。望海正在稻田里和舅舅家里人一起"双抢"（夏季抢收割、抢插秧），他与他们打过招呼，注意力一下转到旁边割完谷的稻田里、水沟旁，正在欢快觅食的几百只麻鸭上。他跟在鸭子队伍后面，时不时有鸭子产下鸭蛋，吆喝鸭子的表弟腰上还系了一个宽口布袋，捡起新鲜产下的鸭蛋装进布袋里。吕望云跟着也捡了两个鸭蛋放进裤袋里，心想带回去给家里人改善改善晚餐。表弟见状，连忙从自己口袋里掏出几个也装进望云的军绿色上衣口袋里，说："从前湖里有放排鸭的，要有人放养到水田里找活食，才下蛋多，费力不赚钱，养的人不多。自从对湖上地院读大学的田如玉休学回来后，她见识多、肯动脑筋，改野外放养为圈养，喂东北来的玉米高蛋白饲料，产蛋量大增不说，原来只有端午节前后按季节产的鸭蛋，现在变成了常年产蛋。她家率先赚了钱，湖里才跟着都养起来了，但是，今年整个湖里鸭蛋产量太大，卖蛋好难咯。”机会总是给有心人准备的，吕望云听到这里，一个收集湖区的鸭蛋到江湖高校去销售的主意已打定。

想到这里，他急急忙忙赶到湖边几个养鸭场去摸情况。到了湖对岸，顺道到田如玉家，知她休学期间养鸭不少，也想向她请教一下鸭蛋销售的问题。更重要的是，还有帮二哥望川联络一下感情的愿望。望云到她家时，田如玉和她母亲到自家责任田里干活去了，家里腿脚溃烂得不能动的田如玉父亲正坐在凳子上，吃力地用长竹竿翻动着、晾晒新收获的谷粒。他忍受不了她父亲腿上传出的臭气，寒暄几句后，也没有到田里去找她，便逃离般地赶回家里。

回到家，也坐在轮椅上的二哥望川正在将妹妹刚从自留地里扯回来的黄豆禾上的豆角摘下来，准备做点晚餐。视力几乎为零的母亲正在堂屋烧香，祈祷菩萨显灵恢复自己的视力。母亲特别认真挚诚的表情，连受过科学教育的望川和望云也被感染得不吭一声，望川告诉望云：“父亲送母亲到城里医院治眼疾，那时母亲还未失明，一听说要花80元动手术，母亲问医生能不能医好，医生说不一定，母亲连连说：‘哪里去找这么多钱呀？还不一定医得好。’一旁的父亲说：‘先让医生做手术，钱我再想办法。’母亲一听父亲要想办法找钱，硬是捂住眼睛从街上跑回来了，再也不上医院。村里的‘神仙’主动上门来做‘道场’‘法门’，虽不见效，母亲竟也开始执着地信佛烧香了。”

望云正想对一旁故弄玄虚的“神仙”发火，母亲吓得全身直哆嗦。望川在轮椅上斜着身子拉他，说：“姆妈这也是没有办法的办法，困难的时刻她只有用这种精神麻木法，烧香信佛只是绕过困难的一种摆渡法！”说得望云心痛无语，自责自语：“我一定要尽快赚一笔钱。”

望川轻声转移话题问望云：“这毒的太阳，到外边转了一圈，有收获么？”

他从口袋里拿出几个鸭蛋，说：“有点小收获，湖里的鸭蛋滞销，要是能联系上送货的车辆，往江湖市龙湖边各大学食堂里送，说不定能赚点钱，我们现在急需的就是钱咯。”他没敢提田如玉的话题，他知道那是二哥望川心底一块放不下的情石。

三

话说当天伍卓理怀着炽热、沉重的心情，匆匆离开单德果的寝室，回汉大取了行李，一刻未停，折返到街道口，拦到了当天最后一趟回煌州的长途汽车。他心想，无论多晚，今天一定要赶回煌州，要不，今夜又会是一夜无眠。

他似乎感到了来自吕望云和单德果的双重竞争，幸亏这两个家伙家里经济都困难万分，又都不在汉大，要不在两人高大帅气外形的反衬下，自己偏矮的身材，怕还真没有绝对的优势和必胜的信心。吕望云彬彬有礼地谦让，单德果虚虚实实、真真假假地发声要参与竞争。但是，吕望云简朴粗犷的外表下显出的谦让，就像一头雄狮，似乎不在意眼前的猎取对象，但是饱含着巨大的起跳追击的能量，他隐隐觉得，望云这家伙才是真正的情敌。而看似开玩笑要参与竞争的单德果，自甘平庸，似乎也腼腆低调，甚至有时腼腆低调得显出几分羞意，但是，他这种低调暗含着他性格里的内向与算计，就像一只独狼，让人深深感到，接近他不容易和有被攻击吃掉的可能。尽管他俩家里经济都很困难，但是在吕望云身上却有一股强烈而又说不出的底气、正气，始终让人觉得他不像单德果那样孤僻和缺乏信心。期末考试完后，他在图书馆阅览室偶然看到一本才创刊不久的《动物世界》杂志，看到封面上那行进在悬崖峭壁上的岩羊。他多想罗泽玉与自己也能像那对岩羊一样，爬到那高耸云霄的陡峭石壁上，虽不能也不想伤害他人，但是，至少能让吕望云和单德果这样的狮子和独狼离得远远的，好让心爱的罗泽玉将她那珍贵的爱情只交给自己……

现在伍卓理脑海里唯有一个愿望：一定要尽到最后的努力弄懂她！三年多了，自己寻找一切机会，帮助她、关心爱护她，甚至发奋学习也是为了赢得她的好感。忍受着她时冷时热的任性，而她却一直含混敷衍，有时真的失去了信心，她又客气友好地安慰自己几分。自己一直处于进不成退不能的痛苦中，无奈时，经常独自一人深夜数着诺佳山顶空的星星，禁不住发自心底地问：天下的爱情是追求能得来的吗？自己对于罗泽玉来讲，就像这天空中众多星星中的一颗，不知何时自己才能成为她心中的太阳？因为，太阳一出呀，就不见其他星星的光芒……

其实，罗泽玉也正经受着爱的煎熬。自从她大胆地在借给吕望云的《细胞学》课本里，夹了一封表示爱意的小诗以后，她朝思暮想，等待着吕望云的反应。一开始她还信心满满，以为吕望云一定会高兴得发狂，看完小诗后，会立马奔向自己。可是，一连十来天的沉寂无声后，她是一天更比一天急。一方面抱怨自己，不该这么主动，该用其他办法试探试探再用诗文，现在她才想起母亲曾告诉过自己“泼水难收”的道理。思前想后，她相信吕望云打心底喜爱自己的判断绝没有错，莫不是他太忙了，还没有打开书本？想到这里，她又埋怨自己当时不够大胆，没有直接将信交给他。可下一秒又否定自己，不对呀，当时还提醒过望云，一定要打开书认真看呀！而且那信就放在开头的那一页呀。最后，她只能在等待中麻痹自己，但愿，望云没有反应是因为没有看到自己给他的信，她也只能这样宽慰自己！

一千个人眼里有一千个哈姆雷特，同学和老师说：吕望云沉着好斗、个性张扬，打小就是“孩子王”，今后会遇上“钉角石头”，栽大跟头；罗泽玉母亲则悄悄说：吕望云家穷，农村人，门不当户不对，将来包袱会很重。不管别人怎么样看待吕望云，在罗泽玉的心里，吕望云是自己第一个喜欢上的男孩！进入高中时，打第一眼看到他，罗泽玉就觉得他特别，课间休息时，就算不用眼睛看他，耳朵也在收集他的响动。疲劳的一天学习后，睡觉前，她常常忍不住胡思乱想着未来与他在一起的幸福情形。

还是刚上高中第一学期，一天中午，教室里只有她一人在学习。不一会儿，吕望云也走进来，因忙于学习，他茂密油黑的头发又长又乱。他刚好坐在自己的后排，闻着一股从青春期男孩身上飘出的迷人味道，她不由得转过头，回看了他一眼，不想与刚好抬眼的吕望云四目相接，内心一阵慌乱，绯红着脸的她，连忙找借口说：“你的头发太乱了，刚好我带来梳子，借给你梳一下。”她原本是借给他自己梳，没想到，这家伙竟然赖皮淘气地低头向前趴在课桌上，宽阔的身胸几乎将课桌铺满，说：“谢谢你，帮我梳一下！”

她犹豫了一瞬间，还是禁不住帮他梳起来，说：“我弟弟的头发我都没有梳过呀，你这赖皮的家伙！”

“那我做你哥哥吧，我比你大半岁多呢！”

梳了两下，发现不顺手，她索性站起来梳，头发有点打结，怕梳痛他，她顺着用另一只手扶着他的后脑勺，说道：“我才不要你做哥哥呢，哪有大半岁的哥哥？”

“那就做最好最好的同学呗。”吕望云不解风情地转移了话题，她似乎还有些失落。

“我要你把这个好字换一下。”

“换个么字呢?”

“那得看你了。”说着抬头看了看教室后面挂着的皮鞋和草鞋。

“看我了?”

“当然呀，你看你后面挂着的。”

他抬起头，看了看挂着的那两双鞋，连忙说：“不梳了，我们学习吧。”

……

不知怎的，当初给他梳头的情形，在得到公派出国留学的消息后，在她的脑海里变得越来越清晰。自从交给他《细胞学》后，她比以前更常梦见他，有时梦见自己抱住他横平宽阔的双肩，有时又梦见他拥抱着自己，梦醒时分，一切格外清晰，她知道自己已深深地爱上他了。

有时候，她很烦伍卓理，每次吕望云来汉大，他都横在中间。但又不好说明白，毕竟伍卓理对自己很友好，何况与他两度做同学，也不好意思将关系搞僵了。她一直小心与伍卓理保持着距离，伍卓理初次表达要加深关系的时候，她以读书不便谈恋爱为借口，明确拒绝过他，但是，伍卓理装作不知道似的，继续对自己予以关心和帮助，还执着地说：“不急不急，我愿意等!”她和伍卓理就这样，一热一冷，又不能拉下脸中止两度做同学的关系。她一直在等待机会明确与吕望云的恋爱关系，这样才好让伍卓理完全放弃自己。

这次暑假回家，她有意回避伍卓理，突然提前独自回家，是希望伍卓理明白，自己心里没有他。她现在才明白，爱情绝不是别人看到般配合适就会产生，因为在别人看来，与她一同考上汉大的伍卓理，除了身材不够高大，在家庭条件、性格和学习成绩等方方面面都与自己好像是天生的一对，但是，自己就是对他产生不了那种让自己心慌意乱的感觉。一般人包括中学的班主任老师葛景照都认为他们般配，让伍卓理无形中也产生了错觉：好像她的爱应该属于他，于是，他执着地追求她不肯放手。三年来她一直怕伤害他，希望他发现新的目标，能将自己放下，所以没有严词拒绝他。现在发现，这样下去，不仅会耽误伤害伍卓理，自己心爱的吕望云恐怕也要被别的女孩夺走呐，她要采取行动了……

回到家中两天，她辅导成绩不好的弟弟，效果不是很好，弟弟明显感到她心不在焉，轻轻推开不时发愣的她，要她自己好好休息，去陪陪妈妈。她突然清醒过来，脑子一片空白，沉思片刻，知道自己这是怎么回事了。因为她忽然想起同宿舍女同学夜话时，就如何判断女生是否真的陷入爱河时，常说的一句话：当女生内心不再受自己控制，做自己认为最要紧的事的时候，还会出神想到他，就说明真的爱上他了。想到这，她索性起身离开弟弟，托自己小时候的亲密玩伴打听，得知吕望云还没有回来！

她焦急地等待，忍了又忍，还是正式告诉了妈妈：自己真的喜欢上吕望云啦，而且是多年前就对他产生了好感。妈妈并未感到吃惊，她早就注意到女儿连吕望云上大学时与他父亲的合影她都收进了影集里，但是，她一直没有挑明女儿的心思。今天，她终于等来了女儿的倾诉，她以十分肯定的语气对她说："吕望云一家人都不错，虽然住在附近农村，是典型的农村人，但是，人好不问出生，谁的祖先不是出自农人，芸芸众生，谁都不知自己哪辈子先人可能曾经显耀过门庭？现如今，改革开放，没有贫贱富贵之分，大家起点一样，勇于奋斗者将赢。他们兄弟几人在煌州城一带读书可是出了名的，家风上进，老实忠诚，与吕望云家结亲，知根知底，你虽然公派留学，总要回国的，更何况找个煌州人将来过年过节一起回煌州都方便些。"

"是呀，恋爱就是为了成家，厮守一辈子，就算将来定居在国外，有他在一起，我也不是孤单的人，我认定他了。但是，人家对我么样还不清楚呀！他似乎很顾忌伍卓理对我的追求，总是客客气气、躲躲闪闪地站在伍卓理的身后。"

"这可不行，别不好意思，得跟他说清呀，要不我托个人去他们家提个醒，看不把他全家美的！早点定下来，出国后，都是洋人，可选的范围更窄，莫耽误了青春呀。"

"妈，莫急，过两天他从阳京实习回来，我就去找他，我就不信他有眼不识金镶玉，动不了他的心。"

……

第二天下午，罗泽玉办事在煌州青云街上遇到了田如玉。她俩高中虽不是同学，到江湖后，几次老乡聚会，已互相熟悉。寒暄几句后，因她也有耳闻，吕望云的二哥吕望川与田如玉青梅竹马的故事，便顺口问道："吕望川现在恢复得么样呀？你去他们家看过了吗？"

“这次回来太忙了，还没顾上去他们家。不过，听我父亲说，上午吕望云到过我家，打听收购鸭蛋的事。你知道，我休学一年，将养鸭的事情做起来就复学了。但是，现在养鸭户们为鸭蛋的销路发愁，我想望云要是有能力帮他们打开鸭蛋的销路，那真是一件大好事。”

罗泽玉听到这里，一阵窃喜，假装没事人似的又寒暄几句，多的话未再说，就与田如玉急急忙忙说再见了。

她回家挑了又挑，总算找到一身满意的衣服，梳洗一番后，就推着妈妈的自行车骑向煌州城北，吕望云家里。

……

四

煌州的盛夏，晚上在屋里是无法睡觉的，江边的人们一般都是将竹床搬到江堤上露天过夜。吕望云家与江堤之间还隔着一排屋，加上家里又没有那多竹床，为方便搬上搬下，只得将室内房门板撤下，拼起来后铺上草席作床，简单实用。妹妹做晚饭，他刚将晚上一家人上堤过夜的木门床架好，只待大家聚齐。这时罗泽玉骑着自行车从城里赶到家里来，也许是家里情况太过窘迫，也许是他还不想让家里人猜想罗泽玉是否对自己有情意，也许是吸取了大哥让那杨姓女同学进到家中而让乡民纷纷议论的教训，吕望云从江堤上架床返回途中，没有将快到家门口的罗泽玉迎进门。他热情地打着招呼顺势将她引向江堤内侧的马路上，堤边的马路是简单地用石子铺设的路面，沿着江堤，北上连着风团镇，南下一直通到煌州城。过往车辆太多，一辆车过，便扬起黄龙一样的灰尘，吕望云看到骑车来的罗泽玉平时乌黑清亮的头发上布满了薄薄的灰尘，充满感激地说：“你怎么知道我回来了？这么热的天，看你累的!”

罗泽玉道：“我估算着你今天该回来了。今天又遇到去城里办事的田如玉，她说你打听湖区鸭蛋的情况，顺便到她家里去了一下，刚好我们学校课题组也要采购一批本地麻鸭和鸭蛋，做细胞生物学研究，我就急忙赶来商量这件事。”

吕望云知道她不是专门为研究用的麻鸭和鸭蛋来的，也不愿意一下说破，顺着说道：“那正好，我如果确定要做这件事，到时候一定顺便带一些到你们学校去，堤下灰太大，我们到堤上去走吧。”吕望云接过罗泽玉的自行车，往堤上推去。

堤上已陆续有人将竹床、门扇和条凳之类晚上纳凉的什物往堤上搬。他俩这对汉大兴工的大学生走在一起，乡亲们是格外注意，窃窃私语中透露着羡慕嫉妒恨的表情和语气。堤内马路上车辆扬起的灰尘堵住了他们的呼吸，他们快速逃离奔向堤上。回看堤内，灰雾背后的不远处是雪白无边地毯样的棉花地，这白毯样的棉花地围绕着湖心规整如梭的鱼池和稻田，吕望云舅舅承包的煌冈中学农场就在湖中心的水田里。堤外是一溜杨柳、青草和内河，内河再往外侧接着一排排绵密的胡杨防浪林，无边无际地延伸到远处，遮不住那一湾宽广、清凉如镜的江面，江面倒映着天空喷薄舒展耀眼的火烧云。

为了避开与乡亲们不停的客气招呼，他们沿着斜坡下到堤外的内河边，没有了堤内的人噪车尘，周边立刻变得一派清宁。眼前，一棵空心老杨柳，宽阔糙厚的树皮支撑着巨大的树冠，像画笔描上似的，垂飘着修长的嫩枝；下到堤脚，远望，霞飞的天空背景下勾勒出一堆堆逶迤相连、明暗朦胧的胡杨顶，将刚才那宽阔的江面遮成一抹银色。身边，归鸟轻鸣，河水流淌，蜻蜓偶尔踏起涟漪，草地青、蝉声细，不远处的黄牛对他们这对少男少女也发出羡慕的哞声。吕望云此前还从来没有这样在荒郊野外与少女单独在一起，他有点放肆地仔细打量着自行车另一侧的罗泽玉：她个子不高，刚到身高一米八多的吕望云肩头，苗条匀称又凸凹有致地伴在他身边，好一股小鸟依人般的味道。她乌发齐齐地垂到雪白的颈项下，几分与望云相似的圆中显方的脸上，两颗眼珠乌黑发亮地转动流光，加上饱满的前额，显出十分的聪慧，轻声浅笑露出洁白的牙齿，颊上浅浅的酒窝，嫩得滴水样的肌肤，在夏日薄薄的荷花红衬衣下，深深地撩动着吕望云的每一根神经，刺激着他身上的每一根毛发，在这无人的河边考验着他的定力。

他们默默隔车走着，罗泽玉或许觉得隔着车子不好交谈，从自行车的对侧晃到吕望云的另一边与他并行。她侧看脸棱俊朗的吕望云，喜欢他的高大英俊，陶醉于他的宽肩背影，着迷于他那自信到有点霸气的眼神，那修长有力的双腿，饱含着她为之倾心的冲劲。此时的她，是多么希望能够挽起吕望云的长臂，但是，她保持着羞涩的距离，静静与他并肩行走。

也许是天气太热，也许是年轻人那欢畅激荡的血液在心中冲荡，吕望云脸上满是汗珠。罗泽玉掏出手帕，一手拉着他的衣袖，一手帮他拂拭，他索性转过脸，微低着头让他擦拭，又像当年低下头让她梳头理发一样，甜蜜惬意。天快黑下来了，他闻到了她那迷人的体香，禁不住试探性的单手搂了一下她的肩膀。

他感觉到她的肩头一震，下意识地松了一下手，又想按紧，一阵拿不定的紧张过后，吕望云猛然瞥见河中一条小路，瞬间回想起刚上小学时自己还不太会游泳，“孩子王”的他带领十来个小伙伴一早从这条小路上过河，在河与江之间的防浪林里抓鸟烤兔，分边打仗，赢了的人多吃。晚上返回时，上游新河闸突然开闸泄水，河水暴涨，淹没了返回的小路，晚上河里又空无一人，后悔大意晚归的同伴们，个个着急得流出了眼泪，相邀一起发出呼叫声，然而，耳听回音无人应。至今记忆犹新的是，不知所措的小伙伴们齐刷刷地望着他这个“孩子王”的眼神。后来他想出办法，每人收集一捆树枝，趴在树枝上慢慢在流水中横漂过了河。然而，他的犹豫出神，手上的动作僵住没有下文，反而更加激发了罗泽玉的热情。她就势将那带着香汗的嫩脸，贴上他宽广的胸膛，侧耳听那咚咚有力急如战鼓的心跳，带着他们跨过了几年来一直横隔在他们之间的小河，也如这小河即将绕过防浪林滩涂重回大江主流。

一阵激动缠绕过后，望云还是先冷静下来。母亲的眼疾、二哥望川的严重伤残、大哥望山的发配、弟弟望海的高考、妹妹望月的辍学、自己的学业，都急需钱来解决，单靠父亲一人的辛劳，远远不够。这时恋爱，精神上的小河好过，而物质金钱匮乏的河流正汹涌湍急，看不到尽头。满腹无奈的他，亲了一下她香嫩的额头，松开紧搂她肩背的长手，说：“我明天就要到农场去找我舅舅，摸摸鸭蛋收购价格，看看用车拉到江湖各大高校食堂能不能有点赚头。如果倒卖鸭蛋不行，我再试试做毕业纪念册，我急需赚一笔钱，解除家里和自己眼前的问题。”

“好呀，试试总有收获，你今天刚回，我就早点回去，在家里等你，你忙完后到城里来邀我一同上学去。”罗泽玉拉着他的手，甜甜地笑道。

他坚持送她到城里。沿着河与堤之间的那一溜斜斜的青草地，他们牵手谈笑，几里地的路程，竟然从夕阳霞飞走到了城里路灯亮起。吕望云一路述说了到阳京实习的见闻，绕道尚海的收获，高兴地告诉她自己即将成为中共预备党员的喜讯。罗泽玉也述说了她在《细胞学》教材中写诗后的等待心情，因汉大学分制受益，提前毕业赴美国深造的前景。趟过初恋之河的他们，在这厚厚草甸、夏日余晖的温柔乡里，对美好未来的憧憬抚平了青春荷尔蒙的激荡冲击……

话说这一天，伍卓理拦到最后一班回煌州的长途汽车，赶到煌州时，天已黑下来了。城里路灯初上，青云门附近的电影院正播放着科幻电影《回到未来》。他一眼瞥见排队入场的入口附近，一个正吆喝着卖香瓜的约莫50岁年纪的妇人，穿着打了补丁的边扣衬衣、深色长裤，俭朴贫寒中露出几分高贵的神情。伍卓理觉得她有些面熟，仔细一看，原来是单德果的妈妈。看到这里，他鼻子一阵发酸，叹道：多么不容易的母子俩呀！单德果家里的困难情况，中学同学三年的伍卓理早就断断续续地从父亲工作所在的农机站师傅们那里有所耳闻：说是单德果母亲被迫嫁给小脑有毛病的单德果父亲，几年没有生育怀孕，后来从省里来了个搞调查的大干部，村里安排，轮流接待，在单德果家吃住了十天半月后，那高官就走了，从此没有了音讯。时间也凑巧，那人走后十个月，他母亲竟然生下了单德果。单德果是不是他父亲亲生的疑问，像幽灵一样，一直在他祖父的脑海里盘旋生根，村里口口相传，传到公社，伍卓理父亲工作所在的农机站的师傅知道得最快。一开始大家都不相信，只是后来他母亲再也没有怀孕，人们不得不怀疑他父亲的生理无能，私底下都相信单德果不是他父亲亲生的。可是，人们又不明说，只是异样的眼神一直齐刷刷地把他母亲盯住。单德果的母亲多年来一直沉默不语，无言地承受着精神上的压力，用城里富家大小姐的白嫩双手，养活着一家祖孙三代人，还苦苦地支撑着单德果的读书学习。想到这里，看到眼前一副农村大娘形象的大婶，贫朴中还流露出一丝精致的富贵气息，他不由得伸手到衣袋里一摸，还有几块钱，便走过去，掏出钱来，喊道："单妈妈，我是单德果的同学，我送您五块钱，您早点回家歇息吧。"

单德果的妈妈一愣，激动颤抖道："你叫么名字哦，德果的好同学呀，来来，拿瓜回去吃。"

说着便挑了两个又大又黄的香瓜，用一个塑料绳网兜装好，硬要塞进伍卓理的手中。伍卓理推脱不过，拎起香瓜，刚走到城边大堤与内河相交的排涝闸口，不远处路灯下，一个他最不愿看到的背影朦朦胧胧地出现在他的眼前：吕望云和罗泽玉亲热地牵着手，在前面慢慢地走。他不信这是真的，迅速上前几步，看得真切的瞬间，如同一声炸雷，将他彻底炸晕，手上拎着的香瓜跌落到地下，破成几瓣，香瓜溢出的清香也全然没有闻到，一股热泪溢出了眼眶，心痛的感觉伴随着全身剧烈的颤抖，一阵一阵又仿佛是一锤一锤地敲打着昏昏沉沉多年的脑门。他用手背揩干了这从心里流出的泪水，不由得发自心底地悲叹：这爱情哪是所谓善良、真诚和执着能赢得来的？

缓过神后，伍卓理连忙闪到路边偏僻处，看着他们走远……

五

吕望云返回家中，刚从城里回来的父亲带回了最大的喜讯：弟弟吕望海的国京航天学院自动化系的录取通知书来了。望海从小成绩很好，远近出名早，要不是高考前患了急性黄疸肝炎，本是考上廷华国大的料。家里上大学的人多，他的通知书的到来好像是件意料之中平淡的事。倒是全家人觉得经济压力更大，父亲下班回来后，只是高兴地笑了笑，马上就到菜地里劳作起来。望云离了罗泽玉赶回到父亲身边时，一轮满月刚刚升起来，他接过父亲手上的扁担，去附近水塘里挑水，父亲拔菜。父子无言，四周一派寂静，干燥的土壤吸水的吱吱声里，几次传来望月要他们回屋吃饭的喊叫声，他们硬是将计划的活儿干完才收拾回屋，父亲说了句：“这丫头，做事总要有个头尾嘎！”给望云留下的印象很深。

望海在舅舅家帮工，未回来吃晚餐，望云手牵几乎失明的母亲上餐桌。他们围坐在一起，望月特意将望云带回的几个鸭蛋与望川剥的黄豆米一起炒了，外加一盘腌咸菜，大家你谦我让，幸福地吃着晚餐，仿佛解决眼前经济困难的方法已有着落。

晚餐后不久，到农场“双抢”干重活的望海也回来了。弟兄三人在大堤上搭好的铺板上露宿，望着天上星云密布，聊着望海高考录取的事，讲讲阳京、尚海之行的见闻，开导宽慰着望川，相邀一起劝母亲不要迷信，早点下决心到江湖去治疗眼病。

望川心怀惆怅，难以入睡。看着奔波劳累了一天的两个弟弟很快进入了梦乡，自己遥望着漫天的繁星遐想：这遥远美丽的太空，弟弟望海读书考到国航，说不定能实现登月摘星的梦想……

望云此时正梦见自己在湖水里，肩上拉着一串瓜藤，藤上串满了又圆又红、大大小小煞是好看的南瓜。他奋力地拖着瓜藤，划向长满青草的湖心岛，招呼望海将水中的南瓜一个个捞上岸，却不知哪来的一个收货人，说瓜浸了水，不值钱呀，他和望海与收货人大声地争论……

他的梦话惊醒了迷迷糊糊并未熟睡的二哥望川。望川将望海压在望云胸口的手拿开，望云才恢复了平静。一早醒来，天空斜挂着淡淡的满月，铺板空处均匀地洒满了露珠。望川问望云做梦跟谁争吵，他才回忆起梦中遇到瓜贩的情形，暗想莫不是预示后面要做的鸭蛋或是纪念册生意会有口角波折……

东方既白、红霞待生，弟弟望海一早摸黑踏露，继续到农场帮工割稻插秧“双抢”去了。望云和父亲到自留地里又干了一会儿，回家吃过早饭，父亲骑车到公社上班去后，望云见望川一直情绪不高，便用车推他一起上农场去找舅舅谈收购鸭蛋的事。

盛夏的朝阳虽不像中午那样炽热，但火烧一样的半天红霞，预示着又是一天的烈日炙烤。此刻，他俩都深深体悟到父亲指给他们兄弟外出读书这条路的意义。出门后不久，他们先要穿过无边的棉花地，生产队里刚开始土地包干到户，集体还没有完全解散，农民保持着传统种植的习惯，还是统一种植了棉花。乡民们有的在采摘第一茬新棉，有的在采摘后的棉田里打预防棉铃虫的农药，大家都抢在烈日当头之前忙碌着。二哥望川见此情景，说：“大家种棉花都想绕过中午的毒太阳，其实，只有对着骄阳，农药的喷杀力才最强！”望云对种植棉花不在行，他将话题转向别的地方：“是呀，度过最毒最难的坎，才最有效果。关键是不能见难坎止步，我最佩服的是有人能做到难坎易过！”望云说这话时，侧身前探，想看看坐在轮椅上的二哥望川的反应。二哥沉默了一会儿，接着小声叹息道：“是呀，就怕难坎太高，难坎连着难坎，翻不过绕不尽呀！”

他们先在棉田间可以走拖拉机的土路上边走边聊，不时与田里的乡亲打着招呼、客气着，二哥依然不十分多话。默默走了数百步，话题还是转移到田如玉身上。吕望云问：“这段时间田如玉来过吗？”他记得，二哥考上鹤舞冰工院时，田如玉刚上高中，她母亲多次带她到家里来求二哥辅导功课。因两家祖上曾经是“联过牛”的关系，母亲客气地招呼并要求二哥全力辅导她。田如玉的母亲还似乎用心地表示，希望今后田如玉能和二哥好上，二哥当时是雄心勃勃，听母亲转达后，有点小得意地笑了笑，好像并没有当回事。不过，自此，二哥对田如玉确实比对一般的女孩子要好许多。第一学期寒假，在手头十分紧张的情况下，他不远千里带回几个冻柿子，吕望云都未尝到，还特意给她留了两个。田如玉经常有不懂的问题，还写信问望川。大学二年级，望川上体育课出事后，他俩的关系表面上至今还平静如初，甚至开始时，田如玉还急得不得了一样，亲人般的感觉。待真正得出结论：在鹤舞冰工院治疗恢复困难，建议转回江湖就近治疗。这时，他俩的关系渐渐冷静、退却。

望川极度失望，说："她不会再来的，再来恐怕也不是为我而来。刚回来治病时，她还十分关心，那时她还刚上地院不久，听说我在同德医院治疗，专门到病房来看望，现在我恢复的可能性越来越小，她不会再来了。"

"你还希望她来吗？我托她带回的信，她送过来了吗？"吕望云问道。

"我当然希望她常来呀。她那天送信来时，急匆匆地走了，姆妈和望月留她吃饭都没有留住。说有空再来，到现在也未来过。都怪我遭了这么大的变故，说真的，我心里一直很喜欢她，要不也不会那样认真地辅导她，我连你都只是讲一些原则问题，对她倒是又仔细又用心。没想到，现在她莫不是变了心？"二哥终于动情地说了心里话。

吕望川受伤之前，虽然比望云稍微矮一点，但是他身材匀称壮实。虽然他们兄弟几个有着相似特征的面容，但望川棱角分明的"国"字脸，显出了更多一些的倔犟与刚强。他一直都是望云小时候当"孩子王"跟外村小孩打架淘气时心中的靠山。望川受伤一年多仍不能下地行走，田如玉态度慢慢发生了变化，旁人感觉得到，望川更是早就知晓，大家只是希望这变化不是真的，尤其是在治疗中、怀有期望的人，期望的背后总还有更深的期望。

"再等等，二哥，她家里情况也不好，我昨天到她家，看她父亲那样，好可怜！或许过两天，她忙过一阵子，就会来的。冰工院同意你转到同德医院来治疗，康复的希望应该蛮大。等他们几个医生商量出新的治疗方案，治好腰伤、恢复走路，一切都好办了。"望云开导望川道。

"希望能快点治好，我在家里研究了很多资料，与同德医院的教授说的一样，每天要保持力量训练，要有适量的营养防止骨质流失，可是，家里这么困难，学校又只承诺报销部分医疗费，还有母亲的青光眼疾也不能再拖下去了，真的好难咯！"望川显得有点失去信心地说。

说着说着，不一会儿，他们推车离开了棉田宽阔的土路，来到农场的围堰子堤上。堤顶一条土路较窄，被来往运农资的拖拉机压出一道道深辙，轮椅艰难缓慢地前行，一阵大力折腾，很快他俩都浑身汗流。虽然是夏日清晨，美丽的湖景根本入不了他们的心境，人生的困难就像这弯弯密密的车辙，他们一起在用力翻行……

他们来到农场仓库前的水泥道场上。眼尖的舅妈看到他俩，连忙迎出门，客气寒暄地问他们有没有吃过早饭。他们也嘴甜地喊着舅妈，并说想见见舅舅，谈一谈收购鸭蛋的事情，不巧舅舅一早送鸭蛋到城里菜市场去了。

吕望云问舅妈："舅舅到城里菜市场把鸭蛋送给贩子，多少钱一斤？每天能送多少斤鸭蛋？"

舅妈回道："煌州城周边养鸭的太多，价格一直起不来，送到贩子手中才三角五分钱一斤，一天一般能产500多斤蛋，虽然今年东北玉米丰收，但一天毛利才不到50元，要是能扩大销路多好呀。"

吕望云说："舅舅辛苦送到城里三角五分一斤，我要是用车来收，还是三角五一斤，舅舅应该高兴吧？"

舅妈答道："应该是吧，起码不用费工辛苦，还可减少送货时的破损。"

"整个湖里有多少户养鸭？一天能收多少斤鸭蛋？"

"有十来户，我们养的最多，一天收一千斤鸭蛋应该不成问题，你来收，我们可以通知他们送过来。"

吕望云想，收蛋后送到江湖市几个大学的学生食堂，不知每天大概能销多少？间隔时间短了，量少，运输车费就高，间隔时间长了鸭蛋又不新鲜，尤其是天热时容易坏掉。想到这里，他又问："鸭蛋天天要及时送出去吗？最多可隔几天？"

"一般是三天送卖一次，如果满湖收，每天出货最好。"舅妈答道。

吕望云盘算着如果鸭蛋运到江湖，四角五一斤，三天一车，用四门六座的小货车，运费二百元，毛利还有一百元，每周两车，可获毛利两百元。算到这里，他内心十分激动起来，决定快速回到学校。他确实太需要这笔钱了，做毕业纪念册赚钱，要等到春节之后才有可能。

但是，他忽视了一个重要的细节，就是这个细节害得他差点赔得不可收拾……

第八章 首经商尝道 再研学得法

一

望云忽视了田如玉在大三读完后上大四前休学一年时所干的一件事，这导致他接下来的鸭蛋买卖险遭惨败。

话说，田如玉休学有几个原因：一是家里实在太困难，需要她回家集中处理一段时间。二是她初中高中都只读两年，上大学时年龄小，休学一年也不显得年龄大。还有一个她不能说出的理由：她所学的探矿专业，本年级国中籍的学生有十五个，而刚好低一年级同专业的国中籍学生只有三人，为了毕业后能继续留在江湖市工作，留级后迟一年毕业，基本上就没有竞争。当然，还有一个她不愿意说的理由，那就是：望川受伤刚回家，还在恢复健康的希望中，她想回来拉他一把，好让他顺利地渡过这艰难的恢复关口。自从姐姐远嫁之后，田如玉父亲的双脚因脉管炎严重溃烂，经四处求治不见效果，已失去下地劳动的能力。她母亲一连为她生下三个妹妹，未转胎生一个儿子，病后的父亲整天怨天尤人，情绪低落。好在田如玉还算争气，考上了兴地学院，但是，三个妹妹又都跟着要读书，都想像二姐一样考大学，家里没有劳力，生活没着落。

休学回家后，田如玉琢磨如何趁这一年时间帮家里多赚点钱，当然，也有鼓励望川战胜伤病的想法。她从望川口中得知大哥望山的女朋友覃欣红是公社书记的女儿，并且就在煌冈地区技工学校教计算机的时候，感觉到这是一个可以利用的关系。几经考察，在覃欣红的帮助下，她到信用社办了一笔贷款，在技校门口租了一个门面套房，经营学生餐食。她休学的前一年， 国家提出“计算机普及要从娃娃抓起”，不久煌冈技校就将汉卡微机用在了教学上。由于学生学习电脑热情高涨，学校教学师资跟不上，在大学学过《计算机原理》的田如玉，又找覃欣红帮忙买了一台汉卡微机，在门面套房内进行电脑课外辅导。由于她讲得好，又得到正与望山异地恋的覃欣红的帮助，迅速在技校学生中传开来，来学习电脑知识的、吃饭的学生越来越多，生意越来越好。刚刚回本要起步赚钱了，店里热闹的气氛惊动了学校的领导，四周红眼的老师也跟着起哄瞎闹，说是影响了学校正常的教学成效。这还不说，关键是望山的未婚妻覃欣红。一次望山从三里畈回煌州办事，顺道到技工学校来看她时，他俩一起看到了正在校门口忙活的田如玉。这望山一直将田如玉视为弟妹家人一样，甚是热心，热恋中的覃欣红在一旁看到后心里十分不爽。覃欣红与望山之前在师范学院的杨同学不同，她长相要比杨同学好。她与那杨同学又有相同处，也是一位干部的千金，只是这干部的职务要比那杨同学的父亲要低要小，覃欣红只是个公社书记的掌上明珠。按理小干部的女儿应该比那大干部的千金谦虚好相处，但是，这覃欣红却是眼阔界高，地区工业学校大专毕业后分配到这新成立的技工学校，一路不知有多少才子俊男追求，可惜，一概未能让她将爱的绣球抛。眼看年岁变大，公社书记父亲可是有点着急了，他对还是同事的望山父亲说："你家望山人长得帅气，师专又毕业了，我不怕他远在大山里，要他想想办法让我这宝贝女儿动动心，我们岂不都欢喜？"望山父亲一听，一开始也觉得没有信心，回来同望山母亲一合计，也认为是个好主意。

一封信将望山从三里畈叫回来，父亲告诉他："她啥条件都好，直接说开恐怕不中，你得绕个道'哄一哄'。"聪明的望山此时正困在山里，起初烦他父亲无事将他"骗回"，一番思考后竟也起了意念动了心。第二天一早，覃欣红在公社门口要小干事帮她擦洗她那辆新自行车，英俊的望山凑过去帮忙，小干事乐意得正好走开。这时望山拿出了他哄人的本事说道："你这自行车很干净的，不是越洗越好呀，美国华盛顿广场的杰弗逊纪念大厦，比附近其他的建筑物腐蚀得要厉害许多，政府一开始以为是酸雨造成的，后来调查发现……" 在一旁的覃欣红本来对主动帮忙的望山心存好感，见他有文气模样也好，一段见闻广博的美国故事，哄得她是听了还想再听。

如是，覃欣红对望山的爱情迅速升温，待到田如玉休学回来时，接触不多的他俩已明确恋爱关系。正处于关键时期的覃欣红对望山观察得真是又细又紧，本来就觉得田如玉太会钻营找关系，一回来做生意就找到自己，而自己看在热恋中望山的分上，也不得不帮了她，正心不甘情不愿的，对她印象不是很好的时候，想不到望山一见她就表现出异样的兴奋与热情，覃欣红不知不觉对田如玉多了一分提防。

望山回山里后，一天，在培训点培训顺便点餐吃的学生很多，覃欣红带着两个学校管理人员走了进来，田如玉连忙迎了上去，满脸笑容："大姐现在么有空过来看看？快请坐。"

覃欣红见她就说："哎呀，真是气死人啦，硬说我把学校的电脑借给你，你教学生赚大发了！真拿这些人冇得（没有）办法，你当面把这电脑说清楚，嗨，这里真麻烦，换个地方去搞吧！"

"这台电脑是我用贷款买的呀！只是学校采购时要我一起打捆搞个批发价，学校也得了好的，只是大姐你托人顺便帮我带回来的，这不，我这里还有发票！"她边说边到收银桌抽屉里拿出电脑购置的发票，递给了覃欣红。

"这个我知道，你们看看，这电脑明明是人家自费买的，学校那些嚼舌头的非要说是我将学校的电脑借给她的，这是活冤枉死人呀！"覃欣红转手将发票递给两个管理人员看。

"如玉呀，学校里复杂得很呐，你一个年轻的女大学生在这里开店不合适哦，对你不好，对我也不好，快想点办法到别的地方去赚钱吧。"覃欣红显得格外亲切样地盯着她。

"大姐，给你添麻烦了，我计划休学一年期满就离开这里回学校，没想到还不到两个月就出麻烦了，我尽快想办法去做别的事哈。"田如玉提高了嗓门说道，目的是让与覃欣红同来的两个人听清了。

"两位头头，发票看清了吧？真不是我将公家的电脑借给她的，人家是自己买的呀！劳烦你们一定要帮我们向那些说闲话的老师说清楚哈！"覃欣红又掉头对那两个人说道。

"大家还真以为是你借给她的，她一个正在读书的女大学生，哪有这么大的能耐？不过，她还没有办理营业执照手续，又没有长远打算，在这里做确实不合适，要她赶快走哈，赶快走！"来的人还算能理解，但是话尾还是反对田如玉继续在学校附近做电脑培训。

……

自此以后，田如玉就边开店边开始寻找新的赚钱机会，争取尽快搬走。一天，她到望川老屋里去，见望月正忙着将晒干的玉米棒子脱粒。她与望川聊了几句后，就同望月一起干起脱粒的事来，顺口问望月道："我们这里一向不种玉米，家里哪来的玉米呀？"

"家里养了几只鸭子，城里大宾馆早餐现在时兴用咸鸭蛋和松花皮蛋，鸭蛋现在可以卖个好价钱呐。"

"比鸡蛋赚钱吗？"

"那是当然呀，以前鸭蛋一般在端午节前需求量大，现在一年四季都好销，就是天冷鸭子不肯下蛋，所以，冬季鸭蛋更俏呀。"

"那我们想点办法，让鸭子在天冷时下蛋呀。"

"乡下人不懂技术，办法不好想呀！"

"好事呀，既然我们知道天冷喂玉米鸭子能下蛋，如果找到合理的配方和放养办法，一定能让鸭子天冷和天热一个样，下更多更好的鸭蛋！"

"到底是读大学的姐姐，一下就想到赚钱的好办法！"望月满心佩服地说。

"我马上去县畜牧站找专家。"

田如玉连忙起身给望川打了个招呼，骑上自行车赶到县畜牧站。见到管业务的副站长，说明来意后，他诧异地问道："你一个女学生，管鸭子么时候下蛋干吗？"

"家里养了一群鸭子，秋天一转凉就不下蛋，可惜了。"

"这是季节决定的，你要改变可不容易。"

"既然家里鸭子在冬季吃玉米下过蛋，就说明有可能下更多，再难我也要试一试，帮帮我吧，谢谢站长。"田如玉诚恳地说道。

"你确实要研究，我借你两本书，你回去看看，不过，这是站里的书，你要到资料室办手续，交押金。"

田如玉接过一薄一厚两本书，薄的是《畜牧发展项目经济分析》，厚的一本是《家禽饲养技术》。本来书价总共只要三元二角，资料室统一要收双倍押金，她一摸口袋，只有一块多，想了想，从肩包里拿出笔记本，坐在资料室边读边抄起来。一直抄到上午下班，她还不肯走，正在与资料室管理员商量中午继续读抄时，被刚才的副站长看见了，他说："看样子，你还真是很认真的，这样，你写个借条，一周后归还，我帮你担保吧。”

“那就太谢谢站长了，一周后我一定归还。”

“一周太长了，三天吧！我们站里就一套，大家随时都要用的。”

“好的，我尽量提前还！”

说完田如玉赶回培训餐食店，简单地扒了一碗饭，向从山里临时回来帮忙照料的姐姐说了一声，骑上自行车又来到望川家。她将两本书放到望川面前，说：“我们一起研究一下，能否将鸭子冬季下蛋这件事情快速做成？如何才能做成？”望川二话没说，带着这两个问题研究起来。

研究了一下午，发现书上说的操作性还是不够强。望川说：“看完这两本书，看起来使鸭子四季产蛋的方法并不难，但是，具体操作还是没有明晰定量的步骤说明，最关键的是对湖里现有鸭子品种没有针对性的办法。”

“要搞清楚技术细节，少走弯路，还是应该到权威研究机构去交流考察一番。”望川接着说。

“县畜牧站还不权威，哪里权威呀？”田如玉问道。

“嗯……兴中农学院畜牧系才是权威机构。”思考片刻后，望川回答道。

“只是谁能到兴农畜牧系去，在短时间内学到关键的技术细节回来？”望川犯难地发出疑问道。

“我现在就到城里搭晚班车去江湖，反正晚上我还能住在学校宿舍里。”田如玉语气坚定，边说边起了身。

“如玉姐，我坐你的自行车送你到车站吧，送完你，我就骑车打转，这样快些。”望月也被她的坚定所感染。

营养不足加上长期劳动，使得她们都偏轻偏瘦。田如玉骑车，望月坐在后座，虽然有些吃力，但是，被新的目标振奋着，倒显出了连夜绕道江湖的几分轻松自如。沿江大堤下的石子马路虽然还算平，但是，两三分钟间隔来往的机动车扬起的灰尘，飞扬起来将她们淹没在其中。她先到煌冈技校门口的餐食店，嘱咐好帮忙打理的姐姐，在收银盒内拿了厚厚一叠小面额、总数二十多元的钱款，急急忙忙放到书包里面。还是田如玉骑车带着望月来到长途汽车站。望月说：“如玉姐，我陪你到江湖去吧，你一个人去兴农我好不放心的！”

“家里离不开你呀，没事的，我在江湖读了三年书呢，熟得很。”田如玉满心感激地说。

“那可千万要当心哦，这是晚班车，到江湖有麻烦就找望云哥去。”望月见太阳正在下山，再次表达了担心。

“车来了，你回吧，家里等你做事呢。”两家长期的来往，吕望月与她早已形成了姐妹般的情感。

田如玉搭上去江湖的车。车开动时，田如玉目送望月骑车回家，不是一家胜似一家的情感在心里沸腾。她用手巾擦了擦脸上的灰汗，理了理散开的头发，坚定必胜的信念，凝视着车外的夕阳，在这深秋荡漾流动的江水反射下，满眼腾起飞向天边的耀眼光芒，满心萦绕的却是休学一年的迷茫与希望……

二

长途客车过汽渡后，沿途在修路，客车颠簸前行。她实在是太疲劳了，恍惚中进入了浅浅的梦乡。忽然觉得双手交叉抱在胸前的包被人扯了一下，田如玉瞬间惊醒过来，飞快地顺着包动的方向，抓住了一只已返回到窃贼自己荷包里的贼手。她机灵地调头喊道：“大哥，你睡着了！”那窃贼一惊，以为这女的还有一个大哥同行，心虚地松开了手中窃到的钱。田如玉夺回钱后，也不计较，换到前排靠司机的位置坐下，她再也不敢犯迷糊了。

一路的紧张，她没有在兴地学院的入口下车，而是提前在兴工楠二门下车，进了语园。自从吕望云晚自己一年来到兴工读书，她便不自觉地养成了这样绕道穿越语园来回地院的习惯。要说是因为语园的美丽吸引她这样走，为什么望云来兴工读书前，自己不这么走？她也说不清楚，只是自从望云来兴工读书这一年多，自己好像就与语园有了某种连接。今天一进语园，她就想向东，往望云住的桐六舍走，像望月说的找望云哥去，在车上遇到窃贼时的表面镇静，遮掩不住现在都还没有消除的惊悸，她多么希望在车上嘴里喊的“大哥”是真的，可惜母亲接连生下的不是姐姐就是妹妹，遇到这样的险境，不由得羡慕起望川家几个生龙活虎的兄弟。现在吕望川受伤不能动，在语园这片天地，眼前闪动的自然是吕望云那副结实的宽肩和有力的长手！但是，理智告诉她只能往西回地院。一是吕望云正在读大三，考研学习正紧张，她不能去打扰他；二是虽然自己比望云高一届，但是，这只是因学制的原因，自己少读一年高三和初三，实际年龄比望云还小半岁，在两家人和左邻右舍眼里，她应该与大自己三岁多的望川成对，现在主动单独去找望云，心里也着实绕不开望云的二哥望川这道坎。

虽然绕不过这道坎，但是，她心底还是希望在经过语园回地院的路上，能遇上经常去语园西边上晚自习的望云。矛盾中，她艰难地挪动往西的步子，穿过兴工榍门回到地院自己的宿舍楼下，在小摊上吃了一碗粉，清洗一下沿途的灰尘。傍晚，她到地院图书馆查了一下兴农的资料，想查养鸭方面的资料，还真找不到。回宿舍上床休息，望着天花板，盘算着明天兴农之行，茫然无底，只有勇往直前地闯，不能辜负了这一年休学的时光，得真正赚到钱解决家里眼前的困状。想到在车上遇到的扒手，现在还后怕，不禁佩服起自己当时的勇气和机灵，想想自己不应该是个女儿身。老天爷也不公平，吕望云妈连生“山川云海”四个男孩，自己的妈妈则一串生下五朵金花。自己是老二，家里从小就当男孩子养，胆量和勇气也是逼出来的。明天到兴农，一个熟人都没有，为了闯出一年四季都能下蛋的养鸭路，她必定要去努一努力，时下正流行一句话：“饿死胆小的，撑死胆大的。”大领导还鼓励“摸着石头过河”大胆地试、勇敢地闯！父亲总是埋怨家里没有男孩，闯不出路来，自己偏不服，谁说女儿就不行？路上智斗窃贼就是自己能闯的例证。

就这样胡思乱想了一夜，第二天一早，她挑了一件平时舍不得穿的白底浅蓝碎花“的确良”上衣，从箱底拿出“的确卡”薄面料青蓝色长裤，这还是刚上大学时家里给自己特制的一套新衣，时髦漂亮极了。一番刻意的梳洗，她对着寝室门后挂的镜子细看，虽然眼睛不够圆大，但是，白嫩的肌肤，布局匀称的五官，苗条适中的身材，她不由得生出满满的信心。出门后，她下意识地仍旧绕道兴工语园。一路边走边看，还是希望遇到来西边上课的吕望云，看看自己的新装，可惜一直到出兴工楠三门也没有看到望云的影子。她边回头边上了15路车，中途转55路车来到兴农校门口。

到兴农校门口前，先要经过一大片试验田。田埂下，她见一个老师模样的中年人带着几个年轻学生，手里拿着几棵苗子比划讨论着。她静静地顺着田埂走上前去，瞅着他们交谈的间隙，问道：“老师您好，我想找畜牧专业的专家，不知道到哪里能找到？”

“进校门直行到适之山主教学楼，再往南，下坡，到南面教研基地那边去问吧，畜牧专业的科研实习基地在那边。”老师早就注意到她自校门口走过来，似乎有事，却站立了片刻，没打断他们的教学，觉得这是一个有教养的女子，所以回答得仔细清楚。她道了谢之后，直接返回进校主路，往主教学楼走去。主教学楼前，远眺东面的南湖，一派深秋美景，皆因成片的红绿叶、金黄果与碧波荡漾的湖面完美融合而成。她脑海中闪现站在兴地学院仰望山、兴工语佳山和汉大诺佳山上看龙湖时的景致，不也是一派寂静的远景，放大反衬着山下世界的繁忙热闹。因心中有事，她来不及细品，但她知道这其实就是她热爱的江湖市大江大湖的典型风景。她急忙快步走向南面坡地，坡地上，有学开拖拉机的、学土壤取样的和畜牧喂养的，好一派热闹繁忙的实验教学基地。她跟在一个学畜牧喂养的班级后面，讲解的老师大概以为她是迟到的学生，学生以为她是个助教，大家都未排斥这个静静听讲的标致女生。

老师刚讲完中科院院士楚苑卓教授研发出来的白猪饲养技术要领，又转移场地，到禽类养殖试验室讲解禽类系列优质品种的养殖技术。真是有心人天不负，老师刚好讲到禽类增加产蛋量的技术。她从同学的对话中得知，这位知性十足的美女老师名叫龚榜样。趁着老师提问的机会，她给老师递了一张纸条，希望龚老师详细讲解麻鸭在天冷时保持产蛋量的技术。老师朝她微笑，似乎在表扬她：好一个动脑筋、爱学习的学生。

于是，老师重点对她提出的问题进行了讲解：“冬季气温低，日照时间短，蛋鸭产蛋率低，甚至停产。但根据我校多年的科研与实践经验，只要冬季管理抓得好，当年春季孵的母鸭产蛋率仍可保持在80%以上。但是，一定要做好下面五个环节的工作：1.防寒保暖。产蛋鸭最适宜的温度是13℃~20℃，最低不应低于6℃。因此，冬季必须做好鸭舍保温防寒工作。注意堵塞墙缝，关闭门窗，尤其是北面窗户要堵严。夜间气温低时，再在门窗上加挂草帘，在地上铺些干燥的稻草或麦秆等，四周要铺厚一些，每天晚上鸭入舍前添加新草。同时提高饲养密度，每平方米饲养8~9只。此外，鸭舍还应注意通风换气，每次放水时鸭子一出舍，即应把门窗打开，入舍后再关闭。2.调整日粮。冬季鸭子对能量要求较高，因此要适当增加玉米等高能量饲料的比例，确保玉米在整个饲料中的比例不低于60%，并且要注意增加白菜、萝卜等饲料，以确保蛋鸭对维生素的需要。3.精心喂养。冬季应坚持给鸭子喂温食，以减少鸭子体热的散失。每天喂食3次，夜间再加喂1次，并提供充足饮水。一般先喂食、饮水，再喂饲料。更换饲料要逐步进行，要观察蛋壳的硬度缓慢调配喂食骨粉。4.科学管理。每天早上迟放鸭，傍晚早关鸭。减少放水次数，缩短下水时间，上午和下午阳光充足时各放水1次。最少3天放一次水。每次放鸭出舍前要先打开窗户“噪鸭”，即将鸭哄起，让其在舍内缓缓作转圈运动，待80％左右的鸭子发出强烈的叫声时再放水。气温过低时，要勤“噪鸭”，以增强鸭群活动，促进食欲，提高御寒能力。在自然光照少于15小时时，要及时补充光照。此外，还应注意尽量保持鸭舍安静，避免惊扰。5.严防疾病。冬季鸭机体的防御能力降低，在饲养管理不善的情况下，极易发病，从而影响产蛋。因此鸭舍与活动场地应每周消毒一次，发现疫病要及时查明原因，并及时对症治疗。”

田如玉有史以来第一次这样认真听一堂实操课，生怕漏下什么没有记下，龚老师也被她认真的表情所吸引。课后她趁势缠住老师，得知龚老师是畜牧系家禽专业的副教授。一番详细交谈后，龚榜样得知她的真实情况，也十分感动，说：“你一学年的休学时间，已经过了两个多月，孵养新品种鸭来不及见效益。你回家，在湖区找到合适的水面，告诉水池主人，在水池旁建鸭棚，鸭粪可以养鱼，鸭蛋鱼三位一体，相互促进，养鱼的主人应该会同意。然后，贷款将湖区的麻鸭收购起来，一般冬季鸭子不下蛋，养鸭人正是花本钱的时候，他们应该会同意卖给你的，按行规价格‘毛鸡毛鸭猪肉价’，收购起来后，你按我讲解的技术，气温低的冬天，鸭子也会下蛋。”

“这可是大胆的方法呀，不知道我有没有这个能力。”听了这么复杂的操作办法，田如玉犯嘀咕了。

“放心吧，去年我陪我的导师试验过，效果很好。我看你能只身闯到我们这里来，一定会有这个能力把这件事办成。”龚老师用实例鼓励她。

她回到家，经过一番详细的考察，看中了望川舅舅承包的煌冈中学农场内的水池。一番唇枪舌战后，鸭棚建起来了，两千只麻鸭也买回来了，用鸭子和鸭棚做抵押，在信用社贷到款，将个人欠账还清。一个月的时间过去，鸭子真的开始批量下起蛋来。看似一帆风顺，田如玉的压力却变得越来越大，鸭蛋的销路成了她最棘手的事情。她几乎放下了餐食培训店的业务，将餐食店交给大姐来帮忙打理，望月有空时也来搭一下手，自己用大量的时间到城里各单位、学校和宾馆推销新鲜鸭蛋。

在煌州附近，她的鸭蛋卖不出高价，辛苦大半年，收益不像龚老师介绍的那样多和快。她给龚老师写了封关于销售的求援信，龚老师很快答复她：因学校一直帮助龙湖北岸的兴重机床厂后勤集团养大白猪，两家联系多，人熟好办事，她已帮她联系好卖鸭蛋到兴重和滨湖机械厂。休学期满前约莫两个月，快到酷热的暑期，田如玉根据事先联系好的信息，装了满满一大卡车鸭蛋，只身一人押车送到兴重后勤部和相邻滨湖机械厂的后勤处。不知是自己小气，没有招呼好司机，还是自己没经验，装车上篓的方法不对，一车鸭蛋在过汽渡时一颠一揉，加上鹅州到左岭间正在修路，一路颠簸，车底板上就开始有鸭蛋液流出。她一再请求司机停车重新装车，司机说："停下来装也难装，天这么热，我们抄近路，直接穿龙湖送到湖对岸的兴重去。"她见司机说得有些道理，就默认了。

车走鲁寞路绕过兴工语园，经过兴地学院旁的仰望山口，夏季的龙湖突然狂风大作，路过语佳湖出口处的沧浪亭时，一望无边密集的浪头，奔扑过来，虽预感到了慢慢逼近的风险，但在不知所措的瞬间，听任司机操控下的车轮一路狂奔。车行至中天楼所在的寞山脚下湖心路入口时，狂风卷起巨浪，像一群漫天扑过来的凶恶狼群，前赴后继地扑打着冲上沥青马路，溅起的飞浪随着狂风扑向车上的鸭蛋篓子。此时的田如玉一再要求司机将车停靠在一个避风的地方，但是，车上了湖心路之后，就没有一个避风的地方。田如玉将上半身探出车窗，向后望，立刻就被溅起的风浪打了个湿透。无边的龙湖像个被烈火煮开的大锅，沸腾起来，丝丝腾起的白汽，随风狂奔，汇聚成雨，弹珠般砸向车里。她开始恐惧，感到了自己的渺小和无助。当她看到车后歪歪斜斜的一层层鸭蛋筐里，鸭蛋破了，留下一层层空蛋壳，她的心也空了。

货车冒雨开到兴重食堂时，鸭蛋破损严重。车厢底板低洼处，还有鸭蛋清、蛋黄与湖水的浅白黄色混合液，蛋壳也被湖水冲洗得干干净净。她心痛，无限伤心的感觉，只有她自己那不停流淌的泪水才能予以减轻。开学时间到了，她没有告诉任何人自己经历的这场巨大的灾损，将鸭棚连带鸭群，都转卖给吕望云的舅舅。花去了一年宝贵的青春，还了贷款，得亏餐饮和电脑培训，才落下将近两百元钱的盈利。直到开学，她和望云一起到江湖同读大四，变成了同届学生。然而，让她蒙在鼓里的是，她复学后不买卖鸭蛋了，被钱逼急了的吕望云居然接着她，直接倒卖起鸭蛋来。

三

吕望云未等舅舅送蛋从煌州城回来，便推着二哥望川，回到家里和母亲道了别。到城里约起罗泽玉，他们匆匆忙忙地回到江湖……

遗憾的是，吕望云没有将要买鸭蛋倒卖到兴工、兴地和汉大的事情告诉田如玉，这样他就无法在自己随后运鸭蛋过龙湖之前，吸取田如玉运鸭蛋破损的教训。另外，罗泽玉也并不十分赞成他倒卖鸭蛋，因为她太在意吕望云的学业了，她希望吕望云像她一样，出国留学。眼看暑假就要结束了，感觉到吕望云的考研复习准备时常中断，罗泽玉打心里为他着急。客车先到兴工校门口，后到汉大。吕望云快下车前，她还是忍不住说："还是要抓紧时间准备研究生考试呀，不要因为买卖鸭蛋花去太多的时间。"他自信地说："鸭蛋的事很重要，家里急需钱来解决问题，我争取两不误哈。""两不误，说起来简单，做起来很难，看你这么瘦，要注意补充营养，不能太累，把身体搞垮了。"她担心又关爱地看着他，嘱咐又嘱咐。他心里热乎乎的，虽然车上有那么多乘客，还是紧紧地搂抱着她的肩膀，抚摸着她白嫩得滴水似的巧手，最后，依依不舍地吻了吻她宽广的额头，离开座位，请求司机停车。

回到语园里，约莫下午四点，一阵北风，带来了一场阵雨，一扫前几天的酷热，带来好一场清爽凉意。他先到桐六舍撂下行李，直接来到校医院后面的后勤处办公楼，看到有处长、副处长办公室和财务室等铜制标牌贴在各房间的门上。他琢磨应该先到财务室了解一下学校进货的价格等情况，后面才能有的放矢地谈。但是，对于一个陌生人，财务人员肯将价格告诉自己吗？想到这里，他立即返身回到宿舍，找到与自己体型一样瘦高的，毕业后还在等待二次分配，未离校的高年级老乡吴帆。他对吴帆请求道："我有一个重要的场合，想找你借一套体面的夏装用一下，一小时左右就归还给你。"

吴帆说："到南三舍去见女同学吧，你臭美！"

"臭美不一定非得见女同学哈，快借给我吧，好老乡，我有急用。"吕望云急切地央求道。

"得亏今年天气凉得早，暑假还未过完就先后来了两场雨，要是往年，这个季节怕是一件单衣都热得穿不住，今年倒把我这套薄西服搞紧俏了！前天你们班的费新刚来借过，说是到西边去参加一个舞会，后来我得知，其实是他心太大：他先找秦贞梅不成，又去聊人家喻红玉。也不照照自己，人家那两个大美人么会看上他？真没想到，不显山不露水的费新刚，内心深处却与那夏国华一个样，你不会是像他们那样吧，聊骚不注意节奏，哈哈……”吴帆边取西服边吐露了费新刚的小秘密。

吕望云一阵惊奇：“费新刚还真有一套呀，看不出来哦！我是另有所用，真不是到南三舍去。”

吴帆说：“那你试试吧，费新刚穿着稍微有点长，你应该正好。”吴帆打量着吕望云，看他穿上这套灰色薄西装，虽然里面的衬衣旧了点，吕望云穿上后还是精神为之一振，西服的宽肩收腰凸显着吕望云的阳刚，吴帆下意识地说：“好一个许文强，不错，不错。”

八月底的语园，因下了一场雨，密集宽大的梧桐叶，还滴答着未滴尽的水珠，带来了校园内难得的沁凉。距正式开学还有几天，大部分学生都还没有返校，园内寂静得看不到几个人，只有雨后高昂的蝉声，透过茂密的梧桐叶，陪伴着教室内复习考研的大学生。心里惦记着考研复习的吕望云，脚步却快速奔向后勤处。他穿着借来的正规夏装，英俊自信地来到财务室年轻的女会计办公桌旁，按照自己设想的方式，客气而又显得底气十足地问：“老师好，我是射电系即将读大四的学生，想勤工俭学，为将来走向社会积累经验，希望得到您的帮助。”

女会计瞪大眼睛看着他，伸出手指，反指着自己，不解地问：“我能帮你勤工俭学？”

他很肯定地说：“对呀，只要您能把学校后勤处上学期采购的鸡蛋鸭蛋价格情况告诉我，就能帮我。”

她听到这里，由不解变为警惕，问道：“你带学生证了吗？我凭啥相信你，把我们的采购价格告诉你，我们有一两万人进餐，十几个大食堂，价格稍有波动就会对师生员工的就餐产生影响，你要知道价格干啥？看你还像个规矩的学生，莫被社会上的坏人利用了！”

年轻的女会计由怀疑到拒绝，吕望云急得满头流汗，不由得脱下上衣，由于怕弄皱了，他将外衣顺着，小心折好搭在左手臂上。搭好抬头时，发现门外走道闪过一个熟悉的身影，那不是借钱给自己的桐三食堂的黄师傅吗？他遇到救星了，快步走到财务室门外，发现黄师傅与一个领导模样的人正走往离开后勤处的门口。他连忙快步上前，喊了一声黄师傅，黄师傅好一阵惊奇，微笑道："你怎么到这里来了？还没有开学就回来了？"吕望云正不知从哪里回答他，旁边领导模样的人面带喜色地对吕望云说："你现在应该称黄师傅为黄主任了，昨天，新学期一开始，我们后勤处就宣布了好消息，你的这位黄师傅升桐三食堂主任啦！"吕望云缓过神来，发自内心地高兴，连声恭喜。他示意黄师傅，自己有事求他，黄师傅对领导模样的人说："胡处长，你先忙，这同学找我有事，我处理一下就回来。"

他拉黄师傅到路边，将自己回家，舅舅家养鸭，鸭蛋不好销，自己想勤工俭学，联系销鸭蛋赚钱解决家里困难的情况一一告诉了他。现在是想知道，学校食堂在外面市场上购蛋的价格，如果价格高于煌州本地收购价，合适有钱赚的话，这事就可以试试，否则，就只有再想其他的办法。黄师傅立马带他回到财务室，见到刚才年轻的女会计，那女会计立马起身，笑着说："恭喜你呀，黄主任，刚上任好忙吧！"黄师傅回笑着，边谢谢边将吕望云让到办公桌前，介绍道："他是射电工程系空物832班的班长吕望云，想锻炼锻炼自己，买卖鸭蛋，勤工俭学，前提是要了解一下我们在市场上收购鸭蛋的价格，好判断能不能从老家煌州贩新鲜的鸭蛋到我们这里来，麻烦肖会计帮帮忙吧。"女会计惊奇又面露难色地看着吕望云道："假期学生少，我们采购鸭蛋较少，不过，上半年买的还不少，时间久了，只能作一个参考，我将上半年的账单找出来给你看看。"她起身在背后靠墙的铁柜子里拿出厚厚一叠票单，他们一起查看。见肖会计答应帮忙，黄师傅好像突然想起什么似的，道："食堂里还有好多事，肖会计、望云你们慢慢查吧，我先有事去了！"说完黄师傅急匆匆地走了。

黄师傅走后，肖会计将账单交给吕望云，让他坐下来仔细查看。他发现学校采购鸭蛋很不规律，端午节前后量大，价格在四角八分左右，年初和七月前后量少，价格在四角三分左右。如果像舅妈说的三角五分一斤，每斤有八分到一角的毛利，小型货车一趟拉两吨，可获三百二十元到四百元的毛利，运费及人工一百二十元，乐观的话，一趟最少可赚二百元。湖里每天能收一千多斤，三天收四千斤蛋，凑一趟问题不大。关键是学校每天能用多少斤？他再细看账目，发现鸡蛋和鸭蛋用量有相反的联系，鸡蛋用得多鸭蛋就用得少，蛋的总用量每天在一千多斤。一般每天用鸭蛋量在四百斤左右，这就是说，如果短期内尽量少用鸡蛋，控制鸡蛋的最少刚需量在两百斤以内，鸭蛋用量最高可达到每天八百斤，为保证鸭蛋新鲜，三天一车，四千斤，还有一千六百多斤鸭蛋，兴工一个学校是用不完的，需要再找销路。

盘算到这，他自然浮想起邻近的地院，还有罗泽玉所在的兴汉大学，心想：大胆走遍天下，小心寸步难行。江湖高校多，先拿下兴工的用量，再去联系其他学校就有谱了。

他对肖会计说："后勤处采购食材是谁负责呀？"

肖会计答道："都是采购科几个人负责，他们每天登记各个食堂的需求量，第二天开车到各大市场上选到好的就买，买回来后向各个食堂送，有时也有和处长联系好，量大，人家用车送来，按处长确定的分配数送到各个食堂的。"

他正为是自己直接到处长办公室去找，还是请肖会计带他一起去找而犹豫。就在此时，一个微胖的中年男子一手拿着一根燃着的香烟，从里间办公室向外走，路过会计室，肖会计眼尖，对吕望云说道："快看，胡处长刚路过门口，可能要出门，快黏上去跟他说撒！"

吕望云抬头向门口望去，只见胡处长背影闪过，他立即快步追到走廊。快赶上时，在侧后客气地喊："胡处长您好！"

胡处长回头一看，发现是刚才与黄琴会一起遇到的那个学生。再次相见，不由得细细地将他打量了一番：他英俊高挑，衣着时尚，不知深浅。愣了一下，只得也客气地应付道："有事吗？我到南三楼去办事，边走边说吧。"吕望云真有点喜出望外，他并步到胡处长侧边，自我介绍道："我是射电系空物832班班长，暑假回家发现家乡煌州鸭蛋生产量大，想勤工俭学采购一些新鲜鸭蛋到学校来，希望得到胡处长的帮助。"

胡处长再次盯着他看，有点怀疑样地说："你还在读书，兴工学习素来抓得很紧，你哪有时间干这个？"

吕望云诚恳地说："家里读书人太多，一时周转不开，急需赚点钱渡过眼前的危机，求胡处长成全相助，您的恩德定当铭记在心。"

胡处长看了看有些疲倦和营养不良的吕望云，心想煌州的鸭蛋蔬菜素有美名，说不定既能买到价廉物美的好东西，又能帮助眼前这个家里经济困难，很有精干气象的大学生，他说："你说说这事的方案，我看可行不可行。"

吕望云将自己买鸭蛋的设想向胡处长述说了一遍，胡处长要他第二天再来听结果。从胡处长和蔼的脸色中，他看到了希望，心想，做生意不过如此，没有想象中那么困难。

他回到桐六舍，将夏装还给吴帆。满怀希望的轻松，想起这好消息一定要到罗泽玉那里去嘚瑟一下，又想起罗泽玉对他学习考研的叮咛，好几天没有大量时间学习了，一阵矛盾的内心冲突后，最后还是决定留下来认真学习。但是，一坐下来，脑海里又时常出现她的模样，无法忘怀她身上留下的香味，注意力不集中，学习效果不好。纠结无奈之下，他最后索性还是拿起笔，给罗泽玉写了一封信，说了一下联系贩卖鸭蛋的情况，由于兴工用量还有些不足，有可能到汉大去联系，充分表达了缠绵热烈的爱意，写完封好贴上同城四分钱的邮票，背起书包将信投入门口邮筒后，就去桐三食堂吃晚饭了。

四

离正式开学还有几天，到食堂吃饭的学生稀稀拉拉没几个。黄师傅正招呼几个师傅将炒好的菜搬到前台，看到吕望云来到大堂，连忙客气地向吕望云招手。吕望云快步来到黄师傅身边，恭喜黄师傅荣升桐三食堂主任。黄师傅关心地问："下午在后勤处联系得还顺嘎？"

"还算顺利吧，胡处长要我明天下午去听结果。"

"应该没问题，到哪里不都是买？何况，现在买到新鲜的鸭蛋还真不是很容易，只要价格盘得下来，说不定还真能开辟一个新货源地。"

"要是在明天上午之前，黄主任能过问一下就好了，听说胡处长很欣赏你，是他力举你担任桐三食堂主任的。"说这句话时，吕望云用了点小聪明，因为这话根本不是他听说的，而是凭空猜想的。他这样说，只是希望能够增强黄师傅的分量感和帮自己的动力。

"好的，我留点心哈。"黄主任果然没有问他怎么知道自己被提拔重用的细节，而是很爽快地答应了。

说话时，黄琴会主任为他已打好一碗饭菜，吕望云掏出餐票递给他，黄主任犹豫不接，意思是可以免了。吕望云毫不犹豫地将餐票放进票盒里，说："今天没有来帮厨，吃饭按规定得给餐票。”黄主任见他这样坚决，叨咕说：“也没有别人看见，你不是很困难才找我借钱的吗？”同时又满脸赞赏地看着吕望云拿着一碗饭菜离开。

他背着书包，边走边吃。夏雨后的语佳园里，群蝉争鸣，密集宽大的梧桐树叶也遮不住此起彼伏的蝉声，偌大的校园，地广人稀，好一派寂静。雨后斜阳透亮，穿过一层又一层密集的树叶，形成手电筒一样射出的根根光柱，笔直的落在马路上。暑假新铺的柏油路面，漆黑地反衬着一个又一个光斑，有相交的、有相切的，还有孤零零相离的，幻化着森林里的清新。少有的行人，要么是留校准备考研复习的，要么是对考试结果没信心准备补考的，也有做研究的老师，都是匆匆忙忙的，他们对这夏日雨后的黄昏美景忙得无暇留神顾及。只有吕望云，因新近得到了心仪已久的罗泽玉的芳心，买卖鸭蛋解决眼前经济紧张的问题眼看也有望做成，他还真有一时的兴致，拿着饭碗，慢看慢吃。看到满眼的光柱落在地面上产生的光斑，他童心未泯，有意识地找有光斑的地方下脚，造成身形的左右飘忽，引来偶尔骑车经过的师生一阵铃声，揉碎了喧嚣的蝉鸣。他莞尔一笑，不觉来到了桐六教学楼的岔路口，楼内早已灯火通明，路上的空旷，与教室的人满为患，形成鲜明的对照，这提醒了吕望云，不知不觉地使他感到了巨大的压力。他不由得快速小跑到教室，找了个空位，摊开书本开始学习起来，看着书包里一堆复习资料，按习惯，还是先从英语考研资料开始了学习。

几天来放松了学习，被寂静得掉一根针都听得到的学习环境所同化，他一口气从下午六点埋头学习到晚上八点多。晚间休息铃声响起，加上内急，提醒他连忙放下书笔，匆匆上完厕所，到楼下教学楼前的草坪上走了一小会儿，就返回教室准备继续学习。教室里大多数同学还未回来，空旷的教室里，他发现一个稚嫩模样的同学，正在桌上伏案攻读。堆在这个同学面前的居然还是吕望云三年前刚进大学时拿到手的那套令人兴奋激动的原版外语教材。那熟悉的封面、优质的纸张印刷、“鏖战”过的内容，以及后来深刻的教训，条件反射般地让他陷入回忆中……

原来刚进大学时，在迎新大会上求是院长一宣布说学校为了提高学生学习国外先进科技的能力，要实行全外语教学，用的是国外的原版英文教材，老师用英文讲，作业用英文做，还动员要求学生高起点严要求，甩开对应的中文参考教材。吕望云怀着一种莫名其妙的自负，夹杂着质朴单纯的知识崇拜，以全部用英文教学而感到自豪与光荣，似乎这就是一流大学应有的风采。一次高中同学聚会，吕望云还在罗泽玉、伍卓理和单德果三人面前炫耀兴工用世界名牌大学的原版英文教材教学，引来三个高中同学啧啧称奇，单德果还借机抬高同村的同学："我说兴工比汉大好呗，好就好在人家敢真的搞。"

这样的观点，导致吕望云坚决执行学校的要求：听不懂老师的外语讲课硬着头皮听，看不懂的原版外文教材硬着头皮看，不会用英文做的作业硬着头皮用英文做。一开始，班上同学都一样，除了领到了《高等数学》《普通物理》《学院英语》《线性代数》和《机械制图》等几本英文教材外，都到学校书店买了一本《英汉大词典》，对照词典边看边翻查，争取把书本的意思搞清楚。不经意间，吕望云就发现同学中慢慢出现了不同的办法：秦贞梅等女同学还是在用词典，一字一句搞清楚；薛尚法和费新刚他们，早已将原版英文教材放在一边，用起了对应的中文教材；只是吕望云和铁鸽梦几个人，坚持全部用原版的英文教材，但是，又没有秦贞梅和罗红云等女同学那样的耐心，将原版教材中的一字一句彻底搞清，而是囫囵吞枣，搞个大概。

作为理工科知识，吕望云等几个人这样做无疑孕育着一知半解带来的成绩危机，加上青春期荷尔蒙的影响，吕望云的性格属于会学、肯学但不太善于考试一类的人。尤其是理工科的课程，往往考试时都做了，也会做，偏偏因疏忽大意，有时看掉了条件，有时心里想着写甲实际上却写成了乙，总之，就是不易得高分。大学不像中学，考完后发卷子，自己就知道错在哪里，好下次不错，大学是考一门结束一门，没有下次不错的机会。他高考的高分归功于对平时考试中出现的错误不放过，认真地分析和改正中得到的经验，那是母校煌冈中学的"功劳"。由于中学的学习惯性，造成了到兴工后，他十分的不适应，打破了中学养成的"当时未来得及领会，事后还有机会补习弄清楚"的习惯。老师讲课用英文，遇到容易懂的，继续听下去要么好像是在浪费时间，忍不住开小差搞自己感兴趣的东西，要么不自觉地分神到秦贞梅等漂亮女生身上；遇到不大听得懂或记不住的，又寄希望于课后搞清，然而课后功课多、原版教材消化时间紧，又不像高中老师常伴身边，及时解决问题几乎不可能，这样未解决的问题就容易越积越多。尤其是大一上学期，在中学寝室里传染上的疥疮，在臀部长期不见好，他长期忍受着奇痒疼痛的煎熬，还要咬牙坚持不让同学们知晓，上课质量实在是不高。

一千条理由慢慢形成一棒沉重的闷棍，打得吕望云一时醒不过神，使得中学成绩优异的吕望云在新入学兴工时的成绩不算优胜，在班上八位美女同学面前也没有太强的自信心，加上家里经济又拮据，只能眼睁睁干看着班上刚进校纯净美丽如鲜花的女学霸们。他也曾鼓起勇气做过抗争，杳无音信后，回归了不再行动的本分。经历第一学期的挫败后，缓过神来的吕望云，春节回家后很快返校，用中文教材恶补，总算赶上了全班的节奏。但是，长期养成的看东做西、学而不定的毛病很难一下子改正，大一下学期，一个《复变函数》的考试，明明是全部都做了，而且认为应该得满分的，结果是八十刚过一分。望云心里十分不服气，找老师想查一下卷子，老师却完全不像高中老师，只是说了一声："都过八十分了，快回去学其他的功课吧。"老师客观地一躲闪，毛病出在什么地方？望云还是未搞清。

这样的问题在大一上学期一次上外语听力课时得到了充分的体现：录音磁带在班上播了一段后，像江庐省来的薛尚法，学习在班上相较而言不是很用功，但是，他很自信，听到什么就是什么，不用怀疑，很快就将录音的意思搞清。而吕望云要前后联想确认，有时甚至是一阵纠结之后，才能肯定，但是，磁带往往只播一遍或两遍，这样，他老是跟不上老师的听力课进度。在一般人看来学习是智力智商问题，吸取教训的吕望云发现学习问题往往是心理问题，克服心理障碍，增强信心，听到的、看到的迅速吸收、肯定、搞定，不再纠结、怀疑自己，一次搞定十分重要。用心琢磨到这个问题后，他有意识地加以改进，学习成绩很快有明显提升。

其他课也一样，意识到这种心理问题后，吕望云下定决心纠正。大一下学期开始，学习成绩一路攀升，女同学陆续投来佩服的眼神。大一后，缓过神来的吕望云，成绩进入班上的中上等，综合能力也得到了公认。不但坐稳了普选班长的位置，大三刚学完，再经过暑假带队到阳京实习的考验，他竟然还成为为数不多的，可能在四年学习期间被培育发展的党员。

现在，他看到旁边这位新生还在走自己的老路：一本中文参考教材都不用，老老实实，一门心思看原版英文。他真替他担心，于是走过去，坐在这位新生旁边，以一个过来人的身份，告诉他不能凭一腔热情，外语虽然重要，但得花时间慢慢来，因为这样看原版外语教材，要么太慢，要么一知半解，最后考试成绩不会好。这新生露出将信将疑的神态，显然是听进去了。

他回到自己的位置上，看到其他同学都快速回到教室，心想，与自己犯同样错误的同学一定不会少，自己不可能一个个去说，得想个办法，改变学校的这种做法，如何才能使学校知道呢？又想到自己面临大四马上要参加的跨学科考研，考光华大学这样的名校，自己根本没有取胜的信心。他提醒自己，还是集中精力先解决好自己面临的问题，有条件时，再想办法帮助大家。

想到自己以前走的弯路，他在研究生考试的资料书扉页上写道：过去的弯路不能白走。这样，时刻提醒自己要克服一知半解、纠缠不断、发散不集中的不良习惯，也告诫自己：近期一定要放下与考研无关的事和情。语园内假期一般东西各开一栋大教学楼，供假期留校的学生学习，他在桐五楼教室坐定，室内鸦雀无声，看到大家还是保留着高考前的学习状态，自己总是不自觉地感到压力倍增，他快速拿出《中高级英语学习指南》，接着阳京之行的学习印记，紧张地背诵，分秒相争起来。

然而，在这样多事的情况下，他真能排除干扰，全身心投入考研学习中吗？

第九章 奇遇不雅情 再助绕渡人

一

兴工教室里有空调，但学生寝室里没有。暑假晚自习，提前来校的同学一般都在教室里学习。吕望云的同班同学因为假期多了一段到阳京的实习经历，都还没有来校，其他班来学校的同学也一样少。按理说平时那种教室紧张、抢占座位的情况应该不会发生。但是，不知学校是节省水电还是简化管理的需要，在东西两边各只开启一栋教学楼。因此，在这所万人大学里，座位还是紧张，还是要抢座位、占座位。这看似不好的管理，然而，对座位的珍惜抢占，不仅使学校的学习气氛变得紧张，也使得大家习惯了扎扎实实学到十一点，直至教室关门灯熄。随着清场的铃声急促地响起，管理员吆喝着大家抓紧收拾，吕望云收起学习资料，看看教室内还有几个迟迟不愿起身的，自己随着离开的学生人流，一起走下桐六教学楼楼梯。

暑假学生一般都回家避暑，假期提前来学习的，要么是考研的，要么是有挂科要补考的，也有学习特别用功的。按说这三类人要么没有心思谈恋爱，要么是没有条件谈恋爱。但是，在这外出的人流中，竟然还有个别手牵手的大胆男女十分惹人羡慕与注意。看到这对男女，吕望云不由得想起了罗泽玉，下午才给她发的信，明天还到不了，后天一定会到她的手里，想起自己写的那些滚烫的话，不觉兴奋起来，浑身上下一阵发紧。看到楠三女生宿舍方向与桐三食堂方向岔路口的大池塘边，一片杨柳树下，还是刚才那对红绿夏装男女，在朦胧月色的掩护下相拥深吻，吕望云好一阵羡慕，转念一想：这两个家伙也太大胆了，幸亏是假期，要是平时被院长余求是或管学生的副院长发现，初次要写深刻的检讨，再犯肯定要被通报批评或警告处分了。他为这两位大胆的男女所吸引，不由得放慢了脚步，下意识地等他俩分开。没想到，他放慢脚步走了好一段路，他俩仍然没有松手分开的迹象，他不由得细看了一下，发现那女的好像就是刚留级到本班的郝西蓝。他真想再放慢脚步，确认一下是否真是她，但是，再慢的脚步也得前行，为了不惊动他们，他索性就在斜对角马路边的石桌边委身蹲坐下来。

秋夏交接，月亮升到了东天上，缺月挂疏桐，池荷拂微风，四周一派低暗高亮的光景。下自习的人潮退去后，校园里鸟已歇巢，蝉声轻鸣，不觉已是夜静人悄。由于是暑假的尾期，下午又下了一场阵雨，午夜的校园更是令人神清气爽。那男友忘情地与郝西蓝相拥，树丛稀疏，隐约遮住了吕望云的视线，但是，旁边微风轻佛的池塘水面，却毫无一丝遮掩，将他们荡漾变幻的相拥身影，一览无遗地绕进了吕望云的眼帘。不一会儿，吕望云那欲移不离的眼睛发现水面上的动作变形了，看得吕望云都脸红心跳，这种事情吕望云从未经历也还从未看到，他有些看不下去了，决定起身离开。正在这时，忽然传来郝西蓝的哭泣声，在这寂静的夏夜，格外清晰。那男的身材并不高大，他们相拥时看不明显，分开后，与郝西蓝高挑性感的身材相比，让人感到不是很协调。吕望云心想，说是留在学校准备最后的补考，哪知道郝西蓝还是不能把自己管好，这样放任自己。想起自己作为班长迎接她时，因为她的美丽而起的怜惜之心，现在却有了几分无名的怨恼。他想靠近他们听得仔细一些，又担心被他们发现，好在自己一身深色衣服，正好顺着草皮猫着腰，轻步绕到他们附近的矮树间道……

只见郝西蓝推开那男的，哭声变为低语："不能再到你那里去了，你只图一时冲动，现在我身上的这个大麻烦还不知道如何处理掉，马上要补考，要是过不了，我得转为大专，人丢大发了！"

"还是到我寝室去吧，今晚就我一人，在我那里没事的，我们商量商量找个医院做掉呀。"那男的操着西北的口音，急切地边说边将郝西蓝往旁边的研究生宿舍方向拽。

郝西蓝犹豫、拒绝着，在树林里一手拉着桂花树干，不想随那男的去。那男的索性回个身紧紧抱着郝西蓝，胡乱地在她身上吻，郝西蓝哭道："你不能这样呀，你要害死我呀，妈呀……"

吕望云早听说这样的事情不能偷看，看了要走麦城、行背时运。他真的想离开了，可是又担心郝西蓝真的再出什么意外，他躲在矮树丛后，半卧在草地上，忍受着蚊子的叮咬，闭眼张耳，面对这样的突发事情，不敢有丝毫响动。

忽然传来“嘭”的一声，吕望云急忙睁大眼看，原来那男的重重地倒在桂花树底下，“哇”的一声，郝西蓝急得哭了起来。深夜校园寂静无人，只是月光越来越明，吕望云犹豫又犹豫，他多想一跃而起冲出来救人，但，那不堪的场面又强迫他保持安静。只见郝西蓝出乎意料的镇定，她先整了整自己的衣裙，又迅速地帮那男的整好衣裤，就近挨着躺在桂花树旁的男人身边坐下，按揉他的脸、他的胸，不一会儿，那男的居然“哎”了一声，清醒过来……

吕望云弯着腰移动身体，估计到了他们俩不会注意到自己的地方，跳上校园马路，朝桐六舍快步走去。到宿舍时已快深夜两点了，他还是到公共洗浴间冲了一个凉，将身上黏糊糊的汗水和蚊子叮咬的痕迹都冲走。假期还未结束，自己寝室的其他同学都还未来，他自由地躺下，回想今晚的奇遇，好奇郝西蓝身边那男的是个什么人，竟然能让美丽的郝西蓝失身情陷得这么深……

二

吕望云越想越觉得郝西蓝实在太不像话了。学校宣布了严格的纪律：男女同学不得在校园内相互勾肩搭背，不允许在公开场所相互牵手。求是院长以“严”字贯穿学校教学的全过程，严格实行以学习成绩为判断依据的“一门进五门出”的学籍管理制度，严谨治学、踏实求学，“学在兴工”的说法不胫而走。在这样的氛围下，她郝西蓝不仅与人谈恋爱，还在校园内与人这样苟且，这要是被求是院长知道了，岂不是把肺要气炸！他心想作为班长应该做点什么，尽量制止这种行为在校内公开发生，也好让郝西蓝迷途知返，不要闹得身败名裂，不可收拾。

假期结束还有几天，深夜的淋浴间里本应空空无人。他到淋浴洗漱间冲澡，不想遇到天热难入眠也来冲凉的乐耀翰。乐耀翰见吕望云脱了外衣，现出结实修长健美的身形，不由得感叹道：“可惜呀，空有一副好身板，你看，郝西蓝身材好，人家可是新鲜事一件赶一件呀！”“男女有别，莫瞎比哈，你听说啥新鲜事啦？”吕望云揣着新鲜问乐耀翰。

乐耀翰仿佛有些得意地将自来水调到最大响声，又似乎担心吕望云听不清，扯着大嗓门说道："你这个班长么样当的呀，大家都知道，郝西蓝和她男朋友都发生那个……那个什么……男女关系了。要是闹到学校领导那里，她不被开除也会被记大过处分的。"

吕望云此时又心生担忧地替她辩护道："这事你是么样知道的？要对人家保密呀，不要害了她。"

乐耀翰说："她自己不闹得死去活来的，别人怎么知道呀，好在现在还未正式开学，在校学习的人不多，要不早就闹开咯。"

吕望云问："还是直说哈，你是么样知道的？"

乐耀翰说："我有一个高中校友，在樨八研究生宿舍，看到过假期郝西蓝在研究生宿舍过夜。"

吕望云说："过夜也不能说明人家就发生关系了，大家就喜欢往歪处联想。"

乐耀翰说："她那男朋友是省长的儿子，还会做么好事？"

吕望云说："真的莫乱说，她现在也是我们班的同学，我们要护着点。"

乐耀翰说："这事你可护不住她。"

吕望云说："大家不当新鲜事说，就是在护她，我还真想有机会开导开导她。"

他们在淋浴格子间冲澡聊天的时候，同样是夜猫子的费新刚也一踮一跛拿着洗衣盆进到洗衣池旁，人少时放松，他踮跛的幅度大一些，脚步声却比一般人要轻好多。他一进洗衣间，就听到乐耀翰与吕望云的大声对话，不由得放慢放轻了动作……

听响动，估计他俩快要冲完出淋浴间了，费新刚将洗衣粉用水化开，将衣服浸泡在盆里，原本冲凉洗衣的打算也作罢了。他快步踮回到自己的房间，回想起刚才听到的吕望云想去开导开导郝西蓝，心里就烦。吕望云阳京之行得意忘形、称王称霸的样子，还有他那运动员样结实修长的双腿一同令人讨厌。自己在女同学面前缺乏勇气，就是没有他这样齐整的两条腿呀。马上就要大四了，就是这条腿不健全的原因，自己特别不想离开美丽的语园，因为在这里，大家的注意力都集中在智力成果上了。如果研究生考不上，自己留在语园的唯一出路就是留校当辅导员，班上吕望云各方面都与自己相似，就差入党了，吕望云虽未明确要争取留校，但是，听说他扬言入党后磬山所都不想去，一心要往尚海考，但是，跨专业，料他考上光华国民经济学专业的可能性很小，到时候，俞仲乐欣赏的吕望云留在语园的竞争力可不比自己小！心想吕望云又不是上级老师指派的班长，时时刻刻都以天下事为己任，完全不把自己这个首任班长、现在的党小组长放在眼里。上次，在阳京给阚书记的电话汇报，被客轮公司和阳京馨山电子研究所的两封破信给搅黄了。看样子，不论从哪个角度，都得在郝西蓝这件事上再做做文章，压压这家伙的气势。

话说郝西蓝在校园周末舞会上与易长风相识后，易长风对她发起了猛烈的攻势。管理学研究生、同乡加上省长儿子的特殊身份，面相清秀机灵，经济条件优越的他，虽然身高比郝西蓝稍矮，一学期不到，加上春节期间的共同往返，很快就将她拿下了。春节返校那个月的“大姨妈”迟迟未来，高中学过生物课，郝西蓝以为自己怀孕了，急得不知所措。八二级空物班同宿舍的女同学们悄悄地听说是省长儿子干的，都神神秘秘、七嘴八舌地为她出主意。家在江湖本市的说帮着回家问问自己的妈妈这该怎么处理；有的说让她男朋友易长风负责；还有的说到医院去找医生想办法。但是，一想到如何去医院做人流，大家又都没撤。大家都是急得团团转，都认为怀孕是个很严重的问题。室友们就这样陪着干着急了几天，不想，郝西蓝又来“红”了。这下满寝室的同学都拍手叫好，胜过了宿舍里出现过的任何一次喜悦。大家都来恭喜她，虽然大家一向对性是很好奇也是很回避的，尤其是在兴工这样的工科大学，但此时此刻，大家的求知欲却在压抑中变得火一样的热烈，于是都开始关心和询问郝西蓝做爱是怎样的感觉，是不是很疼。哪知郝西蓝充满感情地说：“那个时候真的是好舒服、好舒服哦……”

消息不胫而走，尤其是在兴工校园，这样的消息，就像在一缸清水里，倒入一瓶蓝墨，迅速在师生中传开了。私底下，有人见郝西蓝走过来，都小声嘀咕道：“‘好舒服’来了。”消息传到求是院长耳朵里，也不过一周到半个月的时间。他十分着急，找到学校的黎书记商量处理办法。形成意见：对于郝西蓝和易长风的事情，因为没有造成怀孕流产的事实，他们也没有公开恋爱的行为被证实，流言不能作为处罚的依据。他们认为，要再次强调学校明文规定在校大学生不准谈恋爱，对公开谈恋爱的同学，视情节，不是处分就是毕业分配时“棒打鸳鸯”各奔东西，要提醒大家，大学生谈恋爱，就是一朵“无果花”，百害无益，免得后面低年级同学效仿她。但是，对公开谈恋爱的行为规定得不够清晰具体，决定下文明确禁止谈恋爱的行为：禁止男女同学在校园内勾肩搭背。并要求射电系的阚育才书记叮嘱提醒郝西蓝，要求她遵守学校规定，不谈恋爱，以免影响自己的身心、学习和校园风气。

“好舒服”这个雅号也慢慢传到研究生院的易长风耳朵里。他觉得自己的自尊心受到了巨大的伤害，恼羞成怒地找到郝西蓝：“你是猪脑壳呀，这种话都跟同学讲，学校不准本科生谈恋爱，你不知道吗？”

郝西蓝委屈地说：“我这不是害怕急的吗？你又不管我，我哪晓得女同学会到处瞎讲呀？”

自此以后，易长风对郝西蓝就失去了爱的敬意，郝西蓝则放不下易长风，主动权完全被易长风控制了。男研究生们住的樨八舍，两个研究生一间房，平时僻静人少。与易长风同房的是江湖本市人，那人常回家，周末人少时，他便随着自己的性情，对郝西蓝是召之即来，挥之即去，把她当成了一个玩弄宣泄的工具。慢慢地，郝西蓝感到了他的轻慢和作践，也产生了离开易长风的想法，由主动到不愿意，最后变成拒绝到樨八舍去。

哪知道，易长风感到郝西蓝要离开自己后，“跑了的鱼总是大的”心理作怪，他又改变了态度，刻意缠住郝西蓝。郝西蓝的成绩直线下滑，不得不留级。八三级的男同学一般比较封闭，还不知道她“好舒服”这个外号，只是听说她是因为谈恋爱，影响了学习，才留级下来的。这才有乐耀翰听说的新鲜事和吕望云的“奇遇”。

“奇遇”事件后，郝西蓝待易长风苏醒过来，停止了抽泣。她要易长风独自回自己的宿舍。她没有送他，毫不犹豫地快步回到楠三自己的寝室。自从自己留级后，家里人感到十分不高兴，她都不好意思跟亲朋好友谈起自己在学校的情况。为了这段易长风并不珍惜也看不到前景的感情，自己受到了巨大的影响，付出了巨大的代价。经一段时间的犹豫思考后，她下定决心要摆脱他不负责任的纠缠。但是，在尝试过几次之后，她发现摆脱易长风的纠缠还真不容易。今天晚上，他又像曾经在樨八宿舍里发生过的那样，突然昏厥了，她害怕今后因昏厥出大事，自己一辈子也说不清，这更使她下定决心要离开他。

她知道，仅凭自己一人之力，摆脱不了易长风的纠缠。她需要借外力。但找学校老师出面，怕易长风面子下不来台不说，更因他是研究生，学校不反对研究生谈恋爱，按规定处理不了他，他真要借故闹起来，吃亏的怕还是自己，得找个同学来帮帮自己。八二级同班同学都离校了，还是要在八三级班上的同学中找一个可靠的人出面稳当些。但是，自己留级到八三级这个班上的时间不长，对大部分同学不是很了解，觉得要说服易长风，让他感到压力而放过自己，还是要找一个有能力有分量的男同学为好。党小组长费新刚，谦和稳重，班长吕望云，热情精干，团支部书记铁鸽梦，活跃年少，她与其他男同学则接触太少。她怕将事情闹得不可收拾，“稳”字便成了主要考量因素，因而决定请求费新刚出面帮自己摆脱易长风。

第二天一早，她找到正在宿舍学习的费新刚，寒暄之后，她说：“费同学呀，同学们都叫你‘费脑’，我现在柴底很（难得很），实在是背不住（受不了）易长风的折磨，求你帮我呐。”费新刚一听来意，先是一愣，稍一思考，心里一阵高兴，昨天才萌生想做吕望云文章的想法，今天机会就来了，这真是天意，瞌睡遇到枕头了。他装作很关心同情的样子详细了解了一下情况，说：“这事有一个人帮你最合适，我帮你效果肯定没有他帮你的效果好。”

郝西蓝说：“谁呀，谁还能比你‘费脑’更好，快莫推辞哈。”

费新刚说：“真不是推辞，实在是他来帮你效果更好。”

郝西蓝说：“我这事不想让其他人知道，我上过当吃过大亏的。”

费新刚说：“不会的，我不会告诉任何人说你为这事找过我的，你也不要说我知道你这方面的事，你直接去找班长吕望云，他一定会热心帮你办好这件事情。”

郝西蓝吃惊地说：“吕望云一看就是那种阳光外向的人，就算他乐意帮我，万一他对别人说开了，那太可怕了，不行不行，我不能去找他。”

费新刚笑笑说：“你还真不了解他，他看起来外向，其实，可不是那种叽叽喳喳心里存不住事的人。你叮嘱他一下，为了避免产生不良的影响，要他不要告诉任何人，他会为你保密的。”

郝西蓝将信将疑地说：“你们相处的时间长，我听你的，我去找他试试吧！”

费新刚立马严肃地说：“千万不要说是听我的，都是你自己的主意哈。”

“好的，我现在就去找他。”

郝西蓝找到吕望云，说明了来意。果然不出费新刚所言，吕望云满口答应了，只是说：“你来找我，是信任我这个班长，我一定尽全力帮助你摆脱困境，只是，这两天我太忙了，等我忙完手中棘手的事，我来找你。”

郝西蓝高兴地说：“太谢谢你了，只是这事，我吃过瞎说的亏，希望你一定替我保密哈!”

吕望云坚定地说:“放心吧,我一定会替你严守秘密的。”

三

当天下午,吕望云到胡处长办公室去询问结果,一见面,胡处长客气地说:“听新任桐三食堂主任的黄琴会说,你很能干,眼下家里读书人多,经济困难。行吧,就让你试试,不过最好一周送两次鸭蛋,连教工一共十二个食堂,八个学生食堂每次送两百斤,四个教工食堂每次一百斤,合计每次送两千斤,价格按语佳山菜市场当天的市价,由价格员到市场核定。”

吕望云一听十分高兴,连声说谢。但是,他知道,算上运费,一车拉四千斤左右才能赚到钱。他稳了稳,道:“一辆轻型卡车满拉一趟四千斤才能有点钱赚,我还得再联系销路,这事才做得下去,不知胡处长在附近地院和兴汉大学有没有熟人,帮忙介绍一下我好去找他们,他们不一定要我们这么多,一半就行。”

胡处长想了想,说道:“看在困难学生的面子上,我就帮个忙吧。”说罢,他拿起电话,分别给地院和兴汉大学的同行们通了电话,告诉吕望云赶快去找他们。

也许是青春荷尔蒙的作用,经历过昨夜偶遇的刺激后,吕望云一直念着到汉大去见罗泽玉。告别胡处长,他迫不及待地出楠三门,搭上15路公交车,到语诺路站转12路车,到校内终点站下车。他一路在犹豫,以前每次来都是去找伍卓理,见罗泽玉都是伍卓理带着一起去见的。他知道伍卓理在狂热地追求着罗泽玉,这次回家自己与罗泽玉明确了男女朋友关系,实在对不起好同学,但是也不能隐瞒呀,伍卓理知道了会怎么想呢?自己与伍卓理多年好友的面子总不能扔在一边不管的,何况自己还借了他十五元钱未还,答应是开学要还他的。然而一想到要还钱,进校门的一刻,他临时决定,放下她和他,还是先联系汉大后勤处要紧。于是,绕过伍卓理住的秋香园三舍,径直来到山腰处诺佳山宾馆路口,沿宾馆南侧马路前行,没走多远就到了后勤处。由于胡处长联系在先,他见到汉大后勤处长后自我介绍了一下,汉大后勤处长很爽快地答应,与兴工同价,同批次,但接收的量出乎意料地比兴工没少多少,一次一千八百斤。他拿好了处长写给他的各个食堂负责人的姓名电话表,心情轻松地道谢离开了后勤处。他太想见到罗泽玉了,犹豫踯躅于伟人广场上东南角的岔路口,真想将这即将做成的好消息向她讲一讲。犹豫到最后，还是想到与罗泽玉才一周多未见面，得留下时间给她，让伍卓理明白她的真心在哪，这样自己才好面对善良助己的他，何况，现在又没有钱还伍卓理，也不好单独去见他，还是两个都不见算啦。

于是，直接回身下坡，穿南门，到八一路搭车，来到地院，已是下午快下班的时候。他加快脚步，全身都汗湿了，走到兴地学院后勤处的门口时已是又渴又累，恰好兴地学院后勤处长要起身下班，一对话，原来兴地学院后勤进货，很多时候与兴工同步，只是量要少得多，兴地学院只要五百斤鸭蛋，分三个食堂，他拿了食堂联系人的名单和电话，道了声谢就离开了。

一闪念，他想到田如玉留级休完学，可能已经返校了。她好像也未打算考研究生，二哥望川对她的感情很深，他真希望她珍惜康复中望川的这份感情。他知道此时她在望川心中特别重要，这次暑假她回家未去看望川，望川失望至极。他想顺便去告诉她这些，希望她帮助二哥走出困境，哪怕是写封鼓励的信也行。他想起正在热播的《西游记》里唐僧说的话："遇方便时行方便。"何况现在是方便一下自己身处困境中的亲哥哥。

四

他来到兴地学院西区57号女生宿舍楼，天热，她的寝室门开着，只有一条半门长的布帘在门的中间挂着。他轻轻喊了一声，刚好寝室里只有田如玉一人正在自习，她掀开门帘，高兴地将他迎进室内。女生宿舍的气味在吊扇的旋转下，激起了吕望云的新鲜感，不觉风吹满面，田如玉客气问他："还没有吃晚饭吧？走，一起到食堂吃晚饭去。"吕望云奔波了一下午，肚子正在咕咕叫，道："好呀，兴地学院的食堂好久未吃过呢。"他们各自拿起一套碗勺，刚一起走出寝室门，忽然田如玉好像想起什么似的，要吕望云在寝室等她，她一人到食堂打饭回来。客随主便，他只好回到那气味独特好闻的室内坐下，思绪开始活跃起来，他想：田如玉是不是在学校已有新目标了，怕自己与她一起到食堂引起别人的怀疑？二哥的伤情正在好转呀，江湖同德医院的专家的治疗措施正在慢慢见效，她可不能看不到前景，忘了情，变了心。想到这里，他觉得有必要将二哥的伤情正在好转的消息告诉她，毕竟十里八村的人都知道他俩才是两小无猜、青梅竹马的一对人。

他一人留在寝室，坐不住，起身往楼下望去，刚好看到走出楼梯口的田如玉。平时还不好意思细看，现在看她，比在家乡读书时确实变化很大，原来两根粗壮乌黑的长辫子，变成了披肩长发，一件白底红点的连衣裙，同色的腰带束身，三弯的成熟体型，走路时闪现的雪白颈项和裙摆遮不住的白嫩小腿，令他隐隐有了些担心。吕望云不由得幻想起来，二哥伤好站起来，英俊高大的他，挽着长圆脸庞上忽闪忽闪着一双单眼皮亮眼睛，五官身材匀称、皮肤细嫩的田如玉，那该是多好呀！男人有时会将自己看好的女人幻想为自己的嫂子、弟媳等，吕望云这时也一样，幻想着、担心着……

不一会儿，田如玉一手拿着饭菜，用手臂撑开布帘进来了。吕望云连忙起身迎上去，接过一碗，他们在书桌拼成的桌台两侧相对而坐，田如玉将自己碗里的饭菜分了一半给他，说是自己吃不了那么多。吕望云知道那是她看他精瘦，知道他家里目前经济很困难，也猜到吕望云来是想帮他二哥望川说什么，但是，她看破不说破，而是问："望海到国航读书，去报到了吗？他这次没有考上廷华，还真有点意外哈！"

吕望云高兴地答道："他一向成绩好，而且稳，这次因为考前突发急性黄疸肝炎影响了发挥！不过，国航也不错的！"

她想都没想，说："你们一家都是学理工的，串糖葫芦似的，一个跟一个，少见得很呀！"

吕望云见她这么拣好听的说，立马意识到帮二哥望川说话的机会来了。他说："其实我二哥对他的帮助最大，要不是他的耐心辅导，望海学习起来也不会那么轻松，也不可能超过我们，给我们兄弟几个来一个完美收官。"他紧接着转移话题到二哥身上。

"是呀，你二哥曾经给他的帮助也很大，但是，他那个国航也没有超过你这个兴工呀。"

见田如玉一直回避谈二哥的事，吕望云直接说："好像也没有超过我二哥望川考上的鹤舞冰工院！"

见望云执着于望川的话题不放，田如玉不得不轻声问道："你二哥现在恢复的情况怎么样呀？"

"恢复得较慢，但是同德医院的专家很有信心，说他能恢复到站起来。现在是鹤舞冰工院只凭发票报销住院医药费，到医院治疗的其他费用还得我父亲想办法，要不了多久，再次来同德医院治，应该能完全治好的。”吕望云答道。

“我查了一些资料，他这伤越快治越能好，拖不得呀。”田如玉焦急地回答着，显示出她心底其实对二哥是否能恢复十分怀疑与担心。

“我二哥十分坚强，我父亲已下决心借钱，我大哥和我正在想办法赚钱，马上就能送他再次来同德医院诊治，他一定会重新站起来走路的！你是二哥的精神支柱，这次回家后，我才真正了解到他是多么需要你，这是多年的心结，你要是放弃他，后果不堪设想。无论如何要支持他，帮助他渡过这个坎呀！我们全家都不会忘记你的帮助，今后如何，走一步看一步好吗？”吕望云趁机说道。

“过几天，他再来同德诊治，你要是还能像他刚从鹤舞冰工院转到同德时一样关心照料他，他一定会更快恢复过来的。”吕望云进一步恳求道。

田如玉默默地点了点头，小声而坚定地说：“我会的！”

吕望云此时只是考虑这样有助于二哥的恢复，实际上他忽视了田如玉内在的感情变化，他也来不及想这么多。一起吃完晚饭后，田如玉碗都没有让他洗，客气推让一下后，他就匆匆回到了兴工桐六舍。

晚上，他疲惫且高兴着。不知罗泽玉收到信没有，这次到汉大都没有到她那里去，心里还是有一种空荡荡的失落感。这种失落感被田如玉对二哥的承诺所缓冲，但是，他隐隐感到田如玉对二哥的情感在变淡。家境一样穷困的田如玉面临毕业升学参加工作的事，她这样学探矿专业的大学生想留在大城市很困难，或许她也希望能像其他学地质的女生一样，择一个“高枝”做婿，既能留在大城市江湖，又能照顾煌州老家的病父弱母幼妹。想起她假期回家一反常态不到家中看望二哥，这次又反常不让他一起到食堂抛头露面，他越想越觉得后果不妙：要是她真的变心，二哥可否能承受得了再一次严重的打击？想到这里，他又下床，给家里和舅舅分别写了一封信。要求父亲一定要紧急借钱到江湖同德医院来治疗二哥的腰伤和母亲的眼疾。要求舅舅于九月一日，要收集好四千三百斤鸭蛋，自己马上就会带车回来运。

离开学还有一周多，回想着买鸭蛋的事总算开了个好头。顺利的话，先还了借的钱，再考虑二哥和母亲治病的事，也不知道弟弟上国航的路费和学杂费父亲有没有着落。他盘算着，单靠卖鸭蛋，钱来得慢，加上鸭蛋是易碎生鲜货，自己毫无经验，不知后面有多大的赔钱风险。要解决问题，还是要批量做毕业纪念册，兴工明年本科毕业生就有九十七个班，加上研究生毕业的一起，有三千多人，一人一本，一本赚五角钱，就可以赚一千五百多元，这样才能真正解决家里现在的经济困境。但是，这些赚钱的想法，八字还没有一撇，他没有对田如玉提起买卖鸭蛋这件事，更没有谈起后面做毕业纪念册的打算。

第十章 无知渐入险 有识敢担难

一

大约一周后开学了。迎新工作一般是以大二同学为主、大三同学参与的一项工作。吕望云作为大四年级的班长，接通知后，参加了系分管学生工作阚育才书记主持的迎新工作布置会。会上明确了低年级的负责人和参加人员要求，因心中装有第二天回煌州拖鸭蛋的事，吕望云一直低头回避着阚育才和俞仲乐的眼光。俞仲乐说完具体要求后，阚育才强调大家要高度重视，似乎是要求参加会议的人包括吕望云，第二天的迎新活动全部都应该参加，但是，并未具体安排吕望云做什么。

会后，吕望云想了想，迎新又不是自己负责组织，请假好像是小题大做，再说，也不好因运鸭蛋的事情请假。于是，他隔夜向同寝室的团支部书记铁鸽梦招呼："明天迎新我参加不了，家里有事，明天要回家一趟。"铁鸽梦顺口回他："系里每年迎新你都积极，今年你不参加，跟我说有么用嗄。"他没在意，也未请假，连隔壁寝室费新刚那里也没打招呼。

为了赶上头班汽渡过江，尽快返回，避免鸭蛋高温下被太阳晒坏，第二天凌晨，约莫五点，天上还是一轮满月，他便按约定到后勤中心，随后勤中心派出的四门六座深蓝色中型货车，向煌州古城进发。坐在副驾驶位，视线开阔，车上了兴工南大门前一条东西向的柏油马路。他们迎着东方的晨曦，背着渐淡的月亮，车窗上夏末初秋的露珠，随着车轮的转动迅速没有了踪影。马路两旁静静耸立的梧桐夹杂着松柏，凌晨稀少的车辆，一派寂静，放大了吕望云对自己从未尝试过的事情的忐忑不安与新奇。前方波浪般蜿蜒起伏的路面形成一道水平的横线，不时相向而来的车辆，被横线时遮时现，就像那远方水面上的船，起浮于地平线。这好像不可预见的倒卖鸭蛋的结果，好像能赚点钱又好像不可实现。也许是昨晚学习到深夜，今朝又早起，一阵兴奋之后，他便迷迷糊糊在希望和怀疑中进入了梦乡。

就这样，似醒非醒地一直摇晃到了梵口大闸与梵山间的岔路口。司机问他到江边汽渡的方向时，他才清醒过来。他指引方向，来到鹅州汽渡码头，还真顺利，刚好赶上了六点半的头班汽渡。在汽渡船上，司机问他："做鸭蛋买卖，你拿出了多少本钱呀？"他心里一惊、笑而不答，心想这问题是问到根上了，自己是身无分文来做这买卖的，如何说服舅舅相信自己能够马上汇钱，正是他发愁的。他知道舅舅是个疑心很重的人，一定要想办法消除他的疑心，使他相信自己有把握在拖走一车鸭蛋后及时付清蛋钱。正在一筹莫展之时，在汽渡上他发现胡处长派出的货车驾驶室门上写着"兴中工学院后勤处"的字样，想来想去，还是要司机配合，于是他客气地和司机套近乎道："师傅一早辛苦了，您贵姓呀？"司机约莫四十多岁，比吕望云低半个脑袋，但他敦实、微胖白净的脸上，络腮胡须刮得发青地干净，一看就是长期吃公家饭的。

他微抬头，也客气地说："我叫武翰文，曾是你们煌州的邻县浠水县的下乡知识青年。我是老三届的高中毕业生，第一届高考落榜后返城到兴工后勤处车队工作，我很佩服你们这些能考上名牌大学的人。"吕望云一听，心情一下轻松了许多，他估计武师傅会帮助自己，让精明的舅舅和他收蛋的那些养殖户相信他，身无分文拉走一满车鸭蛋。但是，为了做到自然且不露痕迹，他转移了话题，在汽渡上只和武师傅谈煌州趣闻，借机先增进一下友谊。

直到车离开汽渡，沿江边公路北上，他才说道："这次到煌州买鸭蛋，因为不知道具体的斤数，加上还有汉大和兴地学院食堂也需要一些，后勤处的胡处长不同意先给钱，要货到后根据江湖的市场价算好账后再付钱。我真担心一毛不拔、精明无情的舅舅不发货。"武师傅颇有经验地介绍道："胡处长不同意是有道理的，先付了钱，鲜鸭蛋在路上破损都是学校的，货到后付钱，破损就是你们自己负责。"吕望云恍然大悟，难怪胡处长那么坚持要货到食堂后再结账付款，心想，不仅说服舅舅发货要依赖武师傅，就是路上鸭蛋平安无损不减斤两也要依靠武师傅呀。自己一路上都被起伏不平的马路搞得晕晕乎乎的，一满车鸭蛋，破损的风险舅舅可是不会管的。行到此时，他才彻底陷入了后怕、担忧的沉思中。但是，眼下没有后退的余地，只有任由那货车无知无畏地载着他前行……

不一会儿，货车就到了他舅舅承包的煌冈中学农场。舅舅很积极主动，为了方便货车进入农场，特意将沿途的土路铲平。按照他信上的约定，将自家鸭群产的三千斤鸭蛋用专用竹篓子装好，附近其他养鸭户的鸭蛋也收齐上篓，并做了记号。他怕舅舅因钱的问题后悔不发货，只字不提付钱的事。在舅妈给武师傅倒水喝的时候，他自然大声介绍道："舅妈，这是兴工后勤处车队的武队长，今天是处长亲自安排他来拖鸭蛋的。"武师傅也因为吕望云一路真诚地给他交了底且客气地对待他，便很卖力气地配合道："我们处长很喜欢您这外甥，特意嘱咐我一路过细（仔细）呢。"见吕望云和兴工后勤处的关系似乎很熟，也急着做成这笔大生意，舅舅在犹犹豫豫中开始了复称重量，标记好每箱的编号、毛重、净重，舅舅、舅妈还喊了几个养鸭户来帮忙，舅舅在养鸭户面前还带点炫耀地对他们说："我这三外甥，小时候是调皮捣蛋王，现在不仅会读书上大学，还能帮我们将鸭蛋卖出去，不简单哈！"说得养鸭户们都点头称是。趁着舅舅夸奖的当口，他顺便当了舅舅的家，指着货车旁边的萝卜地，说道："武师傅辛苦，将这地里的大萝卜拔一袋子回去吧，煌州的萝卜天下闻名，觉得好，就麻烦武师傅在胡处长面前推荐推荐哈。"舅舅连忙拿起一个蛇皮纤维袋子要去拔，武师傅说："兴工后勤处管得很严，不让我们私自拿客户的东西，搞不得！"吕望云说："没关系的，这又不是同类的鸭蛋，要不就说是我带到江湖的。"武师傅见他这么说也就不好再说什么了，不仅这样，吕望云还向舅舅额外要了一小篓子鸭蛋，说是补充路途中鸭蛋有可能发生破损用的。

他们几个忙完这些事后，已是早饭时间。舅舅、舅妈准备好饭菜，早饭后，武师傅打开车门，准备上车点火出发，突然，他双手浑身上下摸起来，惊叫道："呀，我的车钥匙怎么不见了？我明明记得放在车上未取下来呀，就算取下来了，也应该还在口袋里撒！"武师傅慌忙在自己的衣服口袋里、驾驶室里外搜寻着他的货车钥匙。吕望云一开始也在帮他寻找，后来发现舅舅、舅妈和帮工送蛋的几个人都若无其事的样子，立即明白了。他说道："武师傅，不要找了，我舅舅还有事情要给我们讲。"他到舅舅跟前，拉了拉他，接着说："舅舅、舅妈，我们准备出发了，还有事要交代外甥的吗?"他舅舅慢条斯理、面色严肃地说："你也是二十多岁的人了，从小我就觉得你会是个顶天立地的人，现在又上了名牌大学，所以，这次我和你舅妈就十分相信你，都依你说的做，但你还是个学生，你从一开始到现在都没有谈这车鸭蛋拖走后，钱怎么付，万一你被别人骗了，或是鸭蛋在运送途中损坏了，你能负这个责，我还负不起这个责。这一车货，不是我一人的，这是湖里几户人家一年的口粮，这可大意不得！”

吕望云边听边想，幸亏在路上武师傅提醒自己，预见到了这回事，要不就乱阵脚了。他将目光转向武师傅，指着深蓝色驾驶室门上一行“兴中工学院后勤处”白色的喷漆字，说道：“舅舅，这是兴中工学院派来的车，你记住车牌号，跑不了的，我回学校验货后，按照上次与你和舅妈商量好的价格，学校核定重量，会计算好账，很快就会把钱汇给你，不会有问题的，兴工后勤处在其他地方进货都是这样的，对吧，武师傅？”

武师傅连连上前答道：“对，对，是这样的，兴工这样的大学不会不付钱的，放心吧，我打保票！”

吕望云又煞有介事地补充道：“要不现在将你的银行账号告诉我，省得又要写信问。”

舅舅沉默了一会儿，低声埋怨道：“你应该这次把钱带回来呀，带一部分回也好说一些，我们都是小本经营，本钱都是到银行贷的，三天没有钱，喂鸭子的玉米饲料就要断了。”

舅舅、舅妈见没有带回来一分现钱，刚才还是欢畅的场面一下变成了僵持的冷场，吕望云估计钥匙在舅妈手上，没有钱，货虽然上了车，但拿不到车钥匙，走不了路。

刚进九月的天气，早饭后阳光渐渐有了热度。虽然装蛋的车停在农场的大杨树下，但是，在阳光下确实不能久停。吕望云诚恳中带着几分耍赖地对舅妈说：“舅妈小时候是最疼爱我的，这一车蛋要不快点让我拖走，赶上中午阳光一晒，都废了，要不现在就下货，舅舅、舅妈出个车费，我们开空车回去算啦！”

听到这里，还是舅妈盘算犹豫一刻后，首先打破了沉默。她大声对舅舅同时也是冲着吕望云吼道：“都这时候了，跑得了和尚跑不了庙，还怀疑么事咯，快让他们走嘎，要不鸭蛋就要闷成鸭子了。”

舅舅没有办法，只好就势说：“我们就信你这一回吧，谁要我做了你的舅舅呢！”说罢，将钥匙从荷包里掏出来递给武师傅，叮咛又叮咛，看着他们开着货车离开。开出去很远后，吕望云还从反光镜里看到舅舅呆呆地站在原地，强烈地感受到他的无奈与担忧，说不定心里还在狠狠地责骂……

二

一路上，吕望云再也不能像空车来时那么轻松了。他十分清楚，必须赶在上午十点以前将一车鸭蛋平安地送到食堂冷库，否则，因鸭蛋质量不合学校要求而拒收，自己不仅赚不到钱，还会背上沉重的债务。他一路上想尽办法让武师傅集中注意力，开得又平稳又快。好在，返回时汽渡也很给力，平时都要等一刻钟的，这次是船等车，他们顺利、及时上岸。武师傅也使出了全力，并且建议道："我们学校好说，到处是树荫，为了避免扯皮，我们先将汉大的送完，接着送兴地学院，最后送我们自己的，万一有个延迟，自己学校好说一些。"吕望云听到这里，感激不尽地点头称好，但是，回过神一想，他说道："还是先兴工，再汉大，最后兴地学院，这样能保证大头的鸭蛋先到，还能避免因为联系过程中万一出现意外耽搁时，所受的高温影响最小。"武师傅一想，恍然大悟，连连说："还是你考虑得对，我们不能不考虑外校情况不熟，扯皮的可能性大，先保住本校的再说，还是你们读书人考虑得对。"就这样，他们抢时间，送完兴工和汉大后，兜一圈后赶到兴地学院时，还不到上午十一点。半小时后，大太阳到来之时，完整的一车鸭蛋已平安地送到了各个食堂的食材仓库。

卸完、称完全部鸭蛋，他顾不上劳累与汗水，舅舅和舅妈担心的蛋钱，自己要还的债务，以及家里的经济困难，三重压力叠加着逼迫他紧接着就到汉大后勤处财务室去领钱。但是，财务处坚持要开汇票到煌州，吕望云心想，三个学校分别电汇给舅舅，钱不经过自己的手，要想视钱如命的舅舅和舅妈同意将差价钱返回给自己，怕是比登天还难。但是，自己又没有开公司，没有账号之类的，最重要的是，还不能让几个学校知道自己赚了多少钱。他盘算了一下，这次除去运输开销，因为天气热，鸡蛋和鸭蛋市场行情看涨，他自己可以净赚一百八十多元，而财务室的会计和武师傅的月工资才三十七元，他们要是知道自己一趟净赚这么多，还不眼红呀，无论如何也不能让别人知道自己这趟究竟赚了多少钱。

想了一下，既然直接求他们，不同意，他不由想起了母亲曾在家讲过的"英雄讨饭十条路"这句话，先试着给兴工后勤处的胡处长打电话报告一下情况，汉大这边还是他帮忙联系的，求他帮忙说句好话。于是他写了领条，拿着兴工的学生证，到汉大后勤处财务室给胡处长打电话。胡处长协调，说大学生勤工俭学做生意不容易，希望方便他一下，采用现金的方式付款。在汉大财务室领到了生平赚的第一笔“大”钱，又有了可以付现钱的先例，他转身到兴地学院和兴工后勤处财务室，都领了现钱，到兴工校园内的邮局办了汇款。

事后，武师傅只要了那袋萝卜，那一小筐备用鸭蛋他坚决不要。没有办法，吕望云就近放到兴工后勤处财务室，说是给后勤处办公室的几个同志一人分几斤。没想到，后勤处的同志都不要。他找到胡处长，胡处长说：“这里是没有人能要的，你们宿舍里也不能用电热杯。要不，你有空拿到学校后面的自由市场上去卖掉算了。”吕望云心想，兴工后勤处的同志们对自我都这么严格要求，自己只跑了一趟路，承担了一定的风险，就赚了与一般工作人员小半年工资一样多的钱。他为自己能来这样严格要求的学校学习感到十分骄傲，深深体悟到，正是有这样一些严格要求自己的师生员工，在全社会都在找机会赚钱的大环境下，就凭自己一本小小的红色学生证，都无私地帮助自己，使自己做成人生第一笔“大生意”，回想过程中克服的，预见到和没有预见到的困难，仿佛一下子千斤重担落了地。

不过，信心满满的他，还是清醒地意识到，这一小筐鸭蛋本来是用来弥补路途损失的，只是由于武师傅小心又小心才将破损降到零，功劳应该是武师傅的。他想再找到武师傅，但是，武师傅不知开车到哪里去了，兴工校园实在太大，背着一筐鸭蛋去找他很不方便，将鸭蛋背回宿舍，又怕同学们知道了议论笑话。他打定主意：鸭蛋不能送到自由市场上去卖，背到桐三食堂，请新上任的黄主任帮忙找到武师傅，他要对黄琴会说明为什么这一小筐鸭蛋应该属于武师傅。

他找到黄主任，大致说了一下这次贩卖鸭蛋的过程，感激不尽地归还了他和徐秋成共同借的一百元钱。黄主任高兴地说：“不错呀，旗开得胜，没看错，没看错，你还需用钱，将其他师傅们的那部分先还了，我的那部分不急、不急。”吕望云说：“真不知道怎么感激黄主任的恩情，这钱现在一定要还，后面有事再说。”他坚定不移地将钱归还了。又对黄主任说：“这一筐鸭蛋是上车时，找我舅舅要来填补路途颠簸造成的损耗用的。因为武师傅谨慎驾驶，不仅赶在正午高温到来之前将蛋送到，而且没有造成蛋损，功劳应该属于武师傅。这一筐鸭蛋应该送给武师傅，但是兴工对师傅们要求很严，他自己要求自己也很严，坚决不要，看黄主任能不能帮忙找到他，将这筐蛋交给他。”

这时黄主任一改刚才欣赏的面色，认真地说：“这筐鸭蛋不多也不少，二十多斤总有的。你事先没有认真想好，就送给后勤处的几个办事人员，他们一定不会要。你又要送给胡主任，胡主任肯定不会收的。说明你还欠考虑，场面上的事不够成熟呀！”吕望云思索了片刻，恍然大悟道：“谢谢大哥教诲，武师傅拒绝接受后，胡主任功劳最大，应该私下找个机会直接交给胡主任的，这样胡主任才有安排处理的机会。”黄主任顺着说：“事已至此，不要再纠结了，按胡处长说的自己拿到自由市场上去卖掉算了。”

照黄主任的劝说，吕望云也不想将这筐鸭蛋背到宿舍让同学们知道自己在贩卖鸭蛋。天气炎热，与黄主任商量后，私人的鸭蛋也不好放进食堂的冷柜。他只有拖着疲惫的脚步，趁同学们下午都在教室和宿舍学习的时间，悄悄背着这筐鸭蛋来到语佳山下的自由市场。下午来买菜的人少，问了几个摊位上的商贩，都说下午要到下班后才有较多的人来，并且还远没有早晨的人多。吕望云急于脱手，看了一下卖蛋的几个摊位上标牌上的价格，比自己卖给学校食堂的价格高两成多。他心想，就用卖给学校的价格脱手给小贩吧，他走到一个面善的小贩摊位前，说：“师傅你好，我是兴工的学生，假期完后从家里养鸭场带来了一筐鲜鸭蛋，我没有时间坐在这里叫卖，想便宜一点批发给师傅你呐，麻烦你帮帮我，我想勤工俭学，家里经济困难呀。”

一番讨价还价后，小贩发出由衷的感叹：“你这大学生真厉害，你要是从商做生意，我们都没得饭吃嗄。”原来，二十多斤鸭蛋，他居然卖了十三块多。

他处理完最后这一筐鸭蛋，到桐三食堂吃完晚饭，顾不得休息，便到教室去自习。坐在课桌上，他怎么也看不进书，从凌晨到现在，问题一个接一个地发生，成功让他兴奋，也让他发自内心地庆幸，自己差点温水煮青蛙般地跌入无法收拾的陷阱。他想，就算自己的运气再好，像这样高风险的生鲜易损的生意不能再做了。他认为自己要是想赚到更多的钱，做毕业纪念册更快、更安全。这个想法也越来越清晰而坚定，他对未来简直是信心爆棚。为了美好的将来，他套着格式，向系党总支写了第一封思想汇报，他要积极向党组织靠拢，大四开学，赚钱、学习、考研、设计、写论文、入党、工作，还有爱情，同时占据了他这颗容量不大的心。

写完思想汇报，他按捺不住地起身回到宿舍，将思想汇报交给党小组长费新刚。不想费新刚冷冷地说：“到哪里去潇洒了一天呢？迎新现场没有看到你，晚上大伙着急万分地帮那新生找包时，还是不见你。现在物归原主，风平浪静了，你倒轻轻松松地来交入党思想汇报，莫忘了，要在行动上和思想上同时向党组织靠拢哈！”

一向不多言语的费新刚，今天劈头盖脸地一顿数落，让吕望云不知所措，他知道费新刚在自己入党问题上的关键作用，强忍着委屈，说：“对不起，费脑，我想的是，俞老师昨天在会上都安排好八四级的肖放当迎新负责人，家里有点急事，我就回去了！这不，怕影响学习，我当天就赶回来了！”

费新刚接着还是冷冷地说：“那么早就回煌州，长途汽车怕还未开，傻子才信你的鬼话。”吕望云想，自己倒卖鸭蛋赚钱的事一定不能告诉他，班上任何人都不能说，否则，大家红眼事小，土里土气惹人笑话事大，他还是硬着头皮说：“对不起哦，费脑，我确实回煌州了！”

费新刚说：“算了，算了，跟我说也没用，你随意吧。”

不知详情的吕望云回到宿舍，向刚刚从教室自习回来的铁鸽梦打听：原来是本专业的一名女新生，将自己的一个拎包弄丢了，包里装有她一学期三百多元的学习、生活费。她下车回到楠三舍后才发现这只包丢失了，回过头找负责迎新的同学又找不到，只好跑到系里找到阚书记，没完没了地哭哭啼啼，她一直埋怨迎新的大客车没有管好。阚书记和俞书记带她到刚才那辆车上去找，一下子又找不到，只好发动大家四处帮她找，见她那着急的样子，阚、俞两个书记也急了。

“阚书记严厉地批评了牵头负责的肖放，还说起前两届由你负责时，他一点心都未操，顺顺当当的。正在阚书记心急意乱、念叨你时，他环顾四周，迎新的几个学生干部中独独又找不到你。一问，你未经请假，擅自离了校，他脸上立刻转阴，显然是对你很不满意。”铁鸽梦最后说，“你点子低（运气不好）呀！好在俞老师当时就给你打圆场，说毕业的高年级一般不管迎新的事，否则，你不挨批评，打死我都不信。”

听到铁鸽梦的详细说明，吕望云一下子呆愣住了……

三

第一次卖鸭蛋成功带来的喜悦混夹着几分侥幸，兴奋起来的吕望云被费新刚的批评和铁鸽梦的分析打回冷静状态。但是，也许是性格的原因，起伏恍惚的吕望云并没有忘记自己给郝西蓝的承诺，似乎自己的宽肩可以替人分担一切，尤其是替有求于自己的柔弱女生。也许是因眼前的成功带来的信心爆棚，使得他因麻木而疏忽；或因阅历不足，不知晓男女关系正常不正常的问题，简称生活作风问题，通常被用来判断一个人的本性是不是正派。他不知道，这类问题是可以给一个人打标签甚至写进档案的重大问题。

吕望云凭着一股以帮班上同学解决困难为己任的热情，主动到楠三舍找到郝西蓝，说："我那棘手的事情已经处理完了，现在可以来帮你解决那天你要我帮你的问题，你说，要我如何帮吧？"

"这一句话还说不清，但是，最终的目的是，只要易长风不再纠缠我就可以呀！"

"这应该很简单嗄，你就直接告诉他，与他分手不就得了？"

"要是有这么简单，我就不会麻烦你了，上学期期末考试之前，我就跟他讲了与他分手。当时他坚决不同意，之后，被他硬磨软泡地和好后，他又不当回事。就这样分分合合好几个来回，我现在伤心透了，死活都要与他分手。"

"你都跟他说了，他还缠你，我去说管用吗？"

"所以，简单地去说是没有用的，他是那种满不在乎又自恃自傲的高干子弟，得有一锤定音的硬办法才行。"

"去跟他的老师讲，让老师教育他？"

"研究生哪有什么老师呀，导师根本不会管这种事，找研究生院的领导我也不敢去，何况学校不限制研究生谈恋爱，找了领导，领导要是顾忌他那省长老子，解决不了问题不说，还有可能激怒他，使他破罐子破摔，更加无所顾忌了。"

"那我去找他也不行呀，他也没有可能因为我的劝说而停止对你的纠缠嗄，而且，他也有可能失去面子，迁怒于你的！"

"只有一个办法，你身高精干，又结实有力，怕是能唬住他。他这几天经常到我自习的地方缠我，我想，只要上自习时我和你坐在一起几次，当他出现时，我们就表现得亲热些，他便会以为我已真正变心，重新找了男朋友，这样他应该就会彻底死心的。"

"这样不好，对我的名声和对你的名声都不好，何况本科生严禁谈恋爱，要是让别人误解了，或者他告我们一状，轻则我们解释不清，重则有可能挨批评甚至受处分。”

“这个办法可能是最好的。我实在是没有信心用其他的办法摆脱他，他找我时，我要是不去，他就像疯了一样，不顾一切后果。我每次都是怕将事情闹大，才屈服，又迁就着到他那里去的。再这样下去，我的一切都要被他毁了呀。”

“你都陷到这种地步，想拔出来确实不容易。但是，要我去演这场戏，不知情的人会怎么看？何况你又强调不能对任何人讲，这对我的压力也太大了，可能不行嘎。”吕望云这时脑海里不自觉地浮现出暑假快结束前在楠三舍荷花池对岸看到的画面，他明白了，那晚倒地的男子就是现在她说的易长风。

“我也知道这样对你不好，但是我实在想不出更好的办法，求你再考虑一下行吗？但……但是，不管你同不同意，我还是要请求你，莫对别人说这个事哈，我吃这方面的亏太大了。”她吞吞吐吐地，不好意思对望云说出“好舒服”这个外号的来历与意思。

吕望云真没想到是这么棘手的事情，他还以为是郝西蓝下不了分手的决心，他来劝劝她就行了。事到这里，他只有先退回来，思考思考再看如何办。

他想起和徐秋成下象棋时，一旁观战的尤建智说的，下棋的每一步都要围绕双方的将军展开，将死对方的老将，保住自己的老将才是下棋的根本目的。现在这事，根本目的是要易长风不再纠缠郝西蓝，同时自己的名声不受影响。按郝西蓝的说法，高频率陪郝西蓝学习，让易长风发现，觉得郝西蓝有新男朋友而放弃，能不能见效不说，耗时太长还要惹得一身骚的后果是明摆着的：让别的同学误以为自己在和郝西蓝谈恋爱。这样还不如变个思路，找个貌似兜圈子，实为两全其美的办法：直接找个偏僻的地方，学校同学看不到，让郝西蓝叫出易长风，当面告诉他，自己就是她交的新男朋友，要求他死心，彻底离开郝西蓝，不要再纠缠她了。

当晚，他在床上翻来覆去睡不着，琢磨着是否要将自己帮郝西蓝这事向俞书记或向阚书记报告一声，虽说看不惯费新刚的高高在上和阴冷，但是，至少要向班组织委员秦贞梅说一声，万一有个什么意外，有个人出面帮自己说句话。但是，郝西蓝又说不能对任何人说这事，郝西蓝这样要求，也是怕对她产生新的不良影响。跟两位书记汇报，后果不好设想和控制，有可能对她产生新的不好影响，但是，跟秦贞梅说说，要她一定保密，应该对郝西蓝不会产生任何不良的影响。

第二天上午，吕望云找到秦贞梅，告诉她自己应了郝西蓝的请求，帮郝西蓝摆脱纠缠的想法。秦贞梅睁大着吃惊的眼睛，说：“你这样仗义，不值呀，她有个外号我都不好意思告诉你了，我建议你不要惹这个麻烦。”

吕望云说：“我原来不知道她的事有这么麻烦，她找我时，我满口答应了。”

秦贞梅说：“可是你现在知道麻烦，你就应该回避她，管好自己呀。”

望云说：“我是班长呀，她现在留级到我们班上，也是我们班集体的一员，我不管她，心里好像总觉得自己不称职样的。”

秦贞梅说：“万一易长风像普希金一样，与你决斗，打起来，把事闹大，如果公安局派出所的人把你抓起来，你一辈子可就麻烦大了呀。”

秦贞梅的忠告，望云觉得十分有道理。“从井以救人，解衣以活友”，东郭先生的故事自己也是熟知的，但是，能不管她吗？

沉默了一会儿，他坚定地对秦贞梅说：“郝西蓝千叮咛万嘱咐要我不要告诉任何人，所以，拜托你不要对任何人讲这个事哈。不管么样，我还是要试着帮她一下，易长风如果肯为她而与我打架、决斗，说明他还真的爱着郝西蓝，那我就劝郝西蓝暂时不要与他分手，毕竟她们已发展到这一步了。”

秦贞梅充满敬佩地说：“你不顾惜自己，决定了要帮她，我知道劝不住你的，放心，我不会告诉任何人的，不过我要提醒你，她与易长风的关系不是一般的恋爱关系，她的外号叫‘好舒服’，你明白吗！”

见秦贞梅情急之下，红着脸说出“好舒服”这个外号，吕望云也大概猜出了背后的意思，他没有细问这个外号的来历。

秦贞梅见他沉默不语，进一步说：“学校领导都知道她这个外号了，为此，学校还紧急下发红头文件到各系，在原来不准谈恋爱的基础上，进一步细化规定：男女学生不准勾肩搭背和手牵手。”

吕望云说：“谢谢你的提醒，你不说我还真的不知道，她是在校领导那里挂了号的。我一定会注意与她划清界限，保持距离。”

四

吕望云对秦贞梅说要与郝西蓝保持距离，不想当天下午，郝西蓝就急急忙忙到桐六舍将他喊到宿舍门口，说：“明天是星期天，刚才易长风又来找我，要我今晚务必到他的樨八舍去！”

“你怎么回他的？”

“我对他说：‘我有男朋友了，明天上午我们约好了到龙湖寞山去玩，你那里我不会再去的，也不可能再去！’易长风根本不相信我会找男朋友，他说：‘你都跟我这样了，还有么脸再找男朋友？别骗我了，还是到我那里去吧。’我对他说：‘都什么年代了，结了婚的都能离婚，我们还没有到那一步吧，信不信由你，愿意的话，明天上午十点，我和我的男朋友一起到龙湖寞山上新落成的朱碑亭上游玩，你可以去看看。’”说完，郝西蓝又补充道，“后面都是他恼羞成怒骂人的话，我就不说给你听了。”

“他骂你了？”

“是呀，听到他那不堪入耳的骂声，我气晕了，赶紧跑来找你，求你快想想办法哦。我一刻都不能等了，早点摆脱他，我也好安心准备眼前的补考，这可是决定我能否继续读完大四、保住本科学历的补考呀。”郝西蓝流着泪不停地说，也不管偶尔进出的学生是否看到。

吕望云怕进出的学生影响不好，指了指门外马路边的石桌和石凳，心想，身正不怕影子歪，刚好天阴，就坐在门口那一排又高又密开满红花的夹竹桃跟前的石凳子上说吧。

吕望云在石凳上坐下，说：“你怎么选在寞山上的朱碑亭呀？我们还得找自行车骑过去，再说，还要爬山，他会去吗？”

郝西蓝带着恨意地说：“他不去更好，说明他之前说的都是哄人的假话。你不是说选同学和熟人少的地方影响小些吗？再说，我们相约星期天外出到附近新落成的朱碑亭去看看新鲜风景，更像是事先约好的。”

吕望云说：“既然都这样了，我们就快点准备吧，首先，我们得有两辆自行车。”

郝西蓝说：“我有自行车，就是你看找谁借一下，但是，莫说是为这事哈。”

吕望云想，这事自己已经告诉秦贞梅了，明天的事还是要告诉她一下为好，以防万一有个什么事，她这个自己最信赖的党员同学还能出面帮帮自己。只是她的自行车是26的，自己骑，有些小，找班上其他同学借，问起来不好解释，管他的，就找秦贞梅吧。于是，他接着说道："我找可靠的人借，你放心。"

郝西蓝说："你明天穿整齐一些哈，要像个男朋友的样子。"

吕望云想自己买鸭蛋才赚了一点钱，差不多都用在还债和补贴家里困难上了，没有计划用来买新衣服。为了兑现自己的承诺，尽到当班长的责任，他说："我还没有像样的衣服，我现在就到官山街上去买一套吧。"

郝西蓝说："我陪你一起去挑一下。"

吕望云犹豫了一会儿："还是我自己去吧，万一路上遇到同学，怕影响不好。"

郝西蓝脸一红，说："算了，你随便穿一套干净点的就行了，大个子眼前站，随便穿么事都好看！"

吕望云说："也行，临时对付一下应该问题不大。那你先去忙吧，你可要想好呀，开弓没有回头箭。"

"早想好了……"

就在他们坐在宿舍前石凳子上商谈的时候，费新刚从郝西蓝到宿舍找望云开始，一直在自己的房间里探头探脑地注视着他们。他琢磨估计着，预想中的事情应该是开始了，他很想现在就知晓细节，但是，他无法听清也不方便听到，心想，等着吧，好戏开始了……

与此同时，易长风也是恨得牙痒，他在思考下一步何去何从，就这样放弃郝西蓝，对她真有点便宜。虽然她开化以前又单纯又傻傻的，经历过之后，又像受到惊吓的大白兔，随时随地准备溜之大吉。但是，她越是这样躲避，自己又越发觉不能与她分离，加上她人长得很美，高挑、匀称的身材，微微嫩黑的脸上，是五官端正的美丽，整个洋溢着北方女性的潇洒大气，做自己的妻子可能没有江南美女那样妩媚可人，但是，在学校里混混青春还是再好不过的。不晓得她这个"好舒服"的哪根筋出了问题，非不依自己的意思，口口声声说找了个新的男友，坚决不愿再与自己在一起，真正地恶心可恼。他心想：凭我这个条件，真还怕甩你不脱，你郝西蓝生得贱，船不翻自跳水，正好，要拜拜就拜拜吧，老子拜拜时顺便给你上点眼药水。他不敢找这人挑战讲明她是自己的，但又觉得郝西蓝自贱不配合自己的台阶下，不甘心就此罢手的他，开始构思损人不利己的措施，践行着难以自制的卑鄙。

五

吕望云在郝西蓝走后，找秦贞梅借自行车，并告诉她借车的缘由：明天星期天上午，自己要与郝西蓝一起到寞山朱碑亭上办事情。秦贞梅一听，急得连声说："去不得、去不得呀！他很有可能和你打起来，说不定省长的儿子有钱有势，喊几个人打你一顿也是有可能的呀！"

吕望云坚定地说："不能再回避了，就算是被打一顿，也得去帮这个忙。"

秦贞梅急得找不到说服他的办法，生气地说："那你找别人再借一辆车，我明天上午有事要用，这车不能借。"

吕望云说："你不会跟着去吧，那是要演戏给易长风看的，你掺和进来不好哈！"

秦贞梅说："你不要管我掺不掺和，她郝西蓝也不能为了自己，拉别人下水，你傻呀！"

说罢，秦贞梅生气地离开了。吕望云愣愣地望着她远去的背影，想不到她会发这么大的火，这还是同学三年来第一次见她这样。背后看她熨烫得尾部微翘精致的发型，他不由得想起了罗泽玉，她比包菜头上斜插发卡的罗泽玉要更时髦洋气……

找班上其他同学借自行车，又怕口风不紧，说出去影响不好。他还是来到桐三食堂找黄琴会主任。怕黄主任操心细问，吕望云简单地求援道："黄大哥，明天上午班上同学邀我一起到龙湖寞山去游玩，想借你的自行车用一下。"黄主任比以前的黄师傅更亲切，很爽快地答应他："拿去用吧，我明天要参加一门自学考试，考场就在兴工附中内，我走去就行。"不知何故，以前得到黄师傅很多次帮助，都不像今天这次不起眼的一次帮助动人，转过头的吕望云竟然泪眼模糊，心想：黄兄呀，你可是我的兜底人！

自打新生入学被辅导员俞仲乐选为生活委员，帮全班男女同学到桐三食堂领饭菜票，与黄师傅相识三年来，黄师傅帮助自己不仅出乎意料地热心，而且，他业余时间坚持自学，工作中不断取得进步，那不甘现状的奋斗精神，在望云推起黄师傅的自行车时，心里油然而生一种特殊的感觉。不知是感恩加深了对他的佩服，还是佩服加深了对他的感恩，使得这种感觉仿佛一股暖流怦然贯穿全身，又好似飓风卷过平静的龙湖，搅起语佳湖的万重浪，天际奔来无散处，水击长岸半山淋……

晚自习时，郝西蓝找到他，递给他新买的衣服：一件“的确良”白衬衣，一套青蓝色泛白的牛仔短夹克加牛仔直筒裤，外加一双雪白的回力鞋。望云十分不解地问：“不是说不买的吗？你怎么还是去了？我知道你家里经济条件好，但是，为了个把小时的演戏，花钱买这一套好衣服也不划算呀！”

郝西蓝充满谢意地流露出京兰腔，亲切地答道：“讨吃(傻子白痴)，莫皮叨叨（莫客气啰嗦），演戏也要演得像，好过那吊吊灰（混混）的坎坎子（台阶、关卡）。”

话说秦贞梅见吕望云坚持要去为郝西蓝演戏，自己明知他是演戏，不知咋的，心里还是十分着急。为借自行车，她第一次明确拒绝了他向她提出的请求，并且发生了争吵。回到自己宿舍后，心里一直不能平静，眼前尽是吕望云不顾他自己，逞能为同学解忧的坚定表情。她不借给吕望云自行车，原本是阻止他一意孤行，现在一想，吕望云肯定还有办法找别人借，他当时随口的一句：你不会跟着去吧？不断地在耳边回响，是的呀，自己能放开望云不跟着去吗？天哪，我这是不是真的爱上望云了呀。辗转反侧，一夜没有睡安稳，她不由得想起大二下学期那个热闹的龙湖寞山四月天。

校团委组织文艺骨干到寞山环形公路修建工地慰问修路的指战员。慰问演出后，参加义务劳动，与龙湖植物园团支部的共青团员一起，到工棚营区为战士们整理清洗衣物，大扫除。由于吕望云与秦贞梅在大一新生晚会上的男女声二重唱《校园的早晨》给校团委书记留下深刻的印象，他俩又被校团委选上参加慰问活动演出，以鼓舞修路的官兵们。

就是在这次慰问活动中，通过倾听参加活动的领导们的讲话，这对大二的工科学生才知道社会上许多观点的矛盾与撞击。诸如：寞山植被好，树木茂盛，若建新景点，必然大兴土木，砍掉不少树木；若不开发新景点，龙湖大片的美丽景色只能“待字闺中”，人们只能在寞山对岸的湖西地带，游玩行吟阁、长天楼和鲁迅广场，等等。要想实现 “龙湖暂让溪湖好，今后将比溪湖强”的殷切期望，就几乎不可能。又如：因为参加慰问的还有汉大团委组织的同学，所以，江湖到底是应该举全省之力，建设兴汉大学一所重点大学，还是放手让兴工、汉大等重点大学公平竞争，通过竞争激发高校的内在活力，发展省高等教育事业，也成了观点冲突的焦点问题。还有，龙湖周边众多的化工厂、食品加工厂、印刷厂、养殖场甚至汉钢、兴重和滨湖机械厂等是否要关停和整体搬迁，大家也是各执一词，各有各的道理。在千帆亭上，倾听同学与工地官兵讨论的部队首长打趣地指着湖面在春风中荡漾成企鹅群般蹒跚踱步的小水堆说："这些矛盾、冲突的观点，就像龙湖的浪，前浪与后浪叠加，把三十多平方公里的湖面，煮成了一锅不冒气的开水。"

也就是在这次活动中，他们深情默契的二重唱《外婆的澎湖湾》《校园的早晨》，以及在官兵们强烈要求下唱的《刘海砍樵》，博得了两校学生和全体官兵的热烈喝彩；他们在与汉大同学的观点辩论中，将"国中应举全省之力重点建设兴汉大学的观点"批得体无完肤，得到省委常委的点头认可；他们不怕脏不怕累携手为军营做卫生，同班的两个同学，在整个活动中形影不离，心心相印，从此，她的心中不知不觉地装进了吕望云。虽然没有言辞表达，但是，自己总有想多看他一眼的异样感觉，这感觉就像发了芽的春笋，被兴工严格的校规和紧张的学习，如巨石般地压住，不得发芽生长。

但是，郝西蓝要吕望云扮演这场戏，撬动了这块巨石。是呀，郝西蓝发出的浪，自己不得不回应，哪怕叠起再高的水峰，落成再低的水谷，自己也只有不管不顾了。第二天，星期天一早，她控制不住自己的脚步，到食堂买了早餐，还多买了两个馒头和两个水煮蛋。是哦，三年多的相处，她几乎一夜无眠，经此事的冲击，真爱如水落石出般清晰，浮出了水面。真爱是放不下的呀！早餐完后，秦贞梅竟然像是自己要与心爱的人约会一样，在这初秋晴爽的早上，刻意地打扮了一番：上身一件赭红的柔姿纱长袖衬衣，下身一件进口弹力酱色平绒牛仔裤，脚穿一双白底酱红面料内置高跟球鞋，长带背包的细长皮带跨过胸前，凸起胸前的两座高峰，白嫩的脖颈，红润的面肤，青春性感的气息，她恨不得化蝶成仙，飞到吕望云的眼前。此刻，她明白了社会上正在热播的黄梅戏《天仙配》中的七仙女为什么要下凡了。

她沿着熟悉的道路，骑车来到寞山公园的大门口，交给看护人5分钱，换了自行车看守牌号，忐忑不安地顺着新修成不久的绕山公路，攀高来到朱碑亭附近。眼里没有寞山的美景，心里装满了对郝西蓝要望云演戏的醋意，还有她对望云逞强性格的深知，知他恨不得将班上有困难的同学，都置于自己的保护下。其实，在她的潜意识里，喉腔里，默默地叨咕着：往往像他这样自认为是强者的人，才是最需要别人呵护的。她在朱碑亭西南角坡下的千帆亭里找了个她可以方便看到朱碑亭，而在朱碑亭上不容易看到她的地方，等待吕望云和郝西蓝的到来。

第十一章　得红颜相助破局 遇恩人指点迷津

一

新学年才开始一周，新开的课不多，同学们都将主要精力投入到紧张的考研复习之中。平时学习用功的吕望云忍痛抽出宝贵时间，正在准备最后一次保住本科毕业资格考试的郝西蓝，也孤注一掷，狠心抽出时间。他俩秉持一个共同的目标，相约上午八点半从语园榉门出发，骑车前往寞山朱碑亭。

他们一前一后，翻过语佳山和仰望山相接的山口，一路前后盼顾，想知道易长风是否会出现在他们的前后。郝西蓝见吕望云骑得飞快，远远地把自己甩在后面，不由得也拼劲提高了车速，兴奋得大声喊道："你慢点呀，我都跟不上了！"吕望云慢下来，她跟上后，喘着粗气问："你还没有谈过恋爱吧？"吕望云点了点头，回过头对她显出了不解的神色。

"从现在开始，我们可要表现得亲热一些哦，要像是在谈恋爱的样子，要不易长风不相信，达不到目的呀。"郝西蓝解释道。

"不就是要走近一点，两人有说有笑亲热一些吗？放心吧，只要能帮你渡过难关，大老爷们，我一定做到。"望云满不在乎地说。

"易长风又狡猾又坏，我真担心今天的戏演不好哇。"郝西蓝边用劲骑车边说。

"那你看么样子演就么样演呗，只要他看了信以为真，离开你就行。"望云不由得更放慢了车速。

"过了前面那片茶园后，一直到寞山脚下，都是平路了吧？"

"是的，我走过好几次了。"

“为了装得像，能不能在植物园门口，我把车子寄存在那里，我坐在你的车子后面到寞山公园门口，这样要像得多。”

“这一段路，他能看到我们吗？坐在我的车后面，我的车子大，倒没有问题。”

就这样，过了植物园门口，郝西蓝就坐在吕望云的车后。几经试探，她竟然用手臂挽住吕望云的腰，吕望云连忙说：“这样不行，好痒的，你用手扶着坐垫或者抓住我的皮带吧。”

“只有这样，万一遇到易长风，他才相信你就是我的男朋友呀！”

“不行，不能这样，我怕痒，快到湖边了，我们下来走吧，时间足够的。”

“下来走，也得装得像呀，他说不定打个出租车就过来了。”

吕望云总算是明白了，下来走，说不定还要表现得更“亲热”，抗拒她的体香与肌肤会更难忍、难受，还不如骑快点，一晃就到的好。他现在总算是明白了，帮这个忙，并没有自己想象的那样容易，不由得想起中学语文老师讲的成语“坐怀不乱”，他暗下决心：自己得有古人柳下惠那样的自律精神。

车停在寞山公园门口，他俩也是顺着新修成的山路往朱碑亭上走。望云穿上郝西蓝为他准备的衣服，显得是更加的英俊挺拔、精干有力，郝西蓝不由得将他与个子不高、外表白净文弱、内心骄横的易长风比较起来。她心想：天下的事总是难以两全呀，吕望云身形和精气神都好，可惜家里经济太困难，易长风的身体外弱内虚，但是，其他的方面又太好了。由于对易长风的厌恶，她是多么希望吕望云的经济条件也好呀……

反正今天是来演戏给易长风看的，她作为一个谈过恋爱的人，在吕望云俊朗的气质吸引下，不由得靠紧了他，向山上走。她是多么想挽住吕望云那修长结实的手臂，可惜，吕望云大踏步前进，并没有给她这样的机会。眼看着星期天上山的游人越来越多，她真担心易长风躲在谁的后面观察着他们，快到朱碑亭附近时，她再次跟望云说道：“你得主动一些，要不戏要演砸的。”

吕望云说：“我真的不懂么样主动，要不你主动一下给我看呐。”

郝西蓝说：“你没有看过电影里别人是么样谈恋爱的呀，你能不能牵着我的手，帮我背上这个小背包呢？”

秦贞梅在千帆亭靠湖面的柱子后面，透过熙熙攘攘的游人，一眼就看到从山路地平线慢慢升起脑壳的吕望云和郝西蓝。当她看到望云穿着一身新装，一手帮郝西蓝拎着小皮包，天哪，另一只手居然还牵着郝西蓝的手……秦贞梅心中的不悦很快变为怨恨，也由心有点堵变成了手有点抖，最后，她的心由妒到怒，心潮起伏，像平静的湖面被风吹皱变化成狂风巨浪般的沸腾，先前对“好舒服”的同情，不知不觉也变成了厌恶，好在她很快想起他们这是在“演戏”给易长风看的，心情又平静了许多。她注视着人群里的吕望云和郝西蓝踏上了朱碑亭的石阶。突然，她发现千帆亭里的游人中，有一人行为十分异常：他不像其他游客，欣赏美丽的湖景，拍拍照片就走，而是手中拿了几张照片，对着照片，边看照片边向过往的行人张望，好像在比对着什么。当他看到手牵手的望云和郝西蓝走上石阶，对着照片看看，表情陡然振奋，开合嘴唇，似乎在自言自语地说：“好、好，总算是等来了！”立即摆好手中的高档进口照相机，瞄准吕望云和郝西蓝偷偷拍起照来。秦贞梅想走出石头柱子，上前看看究竟，又怕让他们侧眼看见，惊动了吕望云，不得不将伸出的腿又往回收。眼看着那人尾随吕望云他们的脚步走向朱碑亭，躲躲闪闪，拍了一张又一张照片，急得秦贞梅直跺脚。她想：估计这人就是易长风？他不露面，拍这么多他俩牵手的照片干什么？自己不能贸然冲出去，这样会喧宾夺主，无异于添乱。就在她不知所措时，急中生智，也拿出挎包中的照相机，做了个“螳螂捕蝉，黄雀在后”的行动，将那人偷拍的情形也照了个清清楚楚。她心想：无论结果如何，自己总要帮吕望云保留一个可以说明真相的证据。想到这里，她又将进口相机的时间记录功能调出来，在原片上标记了时间。就这样，那人在前面拍吕望云和郝西蓝，秦贞梅则拍那人。更有意思的是，就在吕望云和郝西蓝走到朱碑亭刻有题词的大石头跟前转身时，她碰巧将吕望云他们和偷拍人照在同一张相片里头。

秦贞梅越来越肯定地判断出那偷拍人就是易长风。她担心他上前偷袭动手打望云，也一直躲躲闪闪地跟着离开千帆亭，向朱碑亭侧边陡坡一侧靠近。因朱碑亭刚刚建成不久，周边的树木还小，没有成林，秦贞梅躲在周边茂密的树林里，正好观察朱碑亭里的动静。进九月不久，初秋，天高气爽，密林里五颜六色的新叶开始覆盖在发黑的老叶上。秦贞梅踩在落叶上，发出吱吱的响声，地上的土蚱蜢一群群慌忙跳起逃离，也惊起了树林深处的斑鸠和大红亮肚、黑绿翅膀的长嘴鸟。她正庆幸自己今天穿了牛仔裤和球鞋，谁知一根枯枝正好从额前跌落到脚尖，她一阵惊吓，又不敢大声叫喊，抬头一看，一对漂亮的灰松鼠正在头顶的树枝间玩耍，那高高的蓝天就像一口深邃的水井，她真想大声呼喊：吕望云你快过来，不要在那里演戏呐……

话说吕望云和郝西蓝在朱碑亭的二层观景台上，这对俊男美女大学生，竟然登高牵手展示“爱情”。他们俯瞰宽阔的蓝色湖面，没有一丝风，天上的白云投射到清静的湖面，就算远在山上，也能感觉到湖中水草的摆动和刁子鱼成群列队的滑行；曲折绵长的湖心道被路边两排高大笔直的水杉勾勒着，曲中生直，仿佛是望云此时的心境：色心与良心冲突着。在这个和煦的九月星期天，湖心亭附近，人工堆成的白沙滩上、五颜六色的遮阳伞下、帆船和赛艇中，还有那身穿各色泳装在水边踏水玩沙打闹秀身材的人们，在这高远的朱碑亭上，吕望云他俩也能听到他们的嬉笑声。他俩装作欣赏龙湖美景，指指点点，似乎是在评论湖面的宽阔，对岸的长天楼从密叶中串出蓝绿琉璃屋顶，还有东北岸钢城上空的滚滚烟尘，直到他们将梅岭的伟人、老鼠尾的景致、荷花园的风情、诺佳山的古朴和语佳山碉堡下的测地中心都说完了，还不见易长风的身影。吕望云有些失望地说：“易长风不会来了，都过半个小时了，看样子，他还真不把你当回事哈。”

“这样更好，说明我的决定是正确的，早点离开这个花花公子，今天他连来都不来，就再也没有理由纠缠我了。”

“事情怕没有这么简单，他会不会在什么地方偷偷地观察我们呀。”吕望云忽然想起，秦贞梅拒绝借车时的表情，不由得抬头看看附近有没有秦贞梅的身影。正在他们分神左顾右盼的时候，一个瘪三样蓄着长发的人，背着一架进口相机，手中还拿着一张照片，在吕望云和郝西蓝的左右走了几个来回，也许是郝西蓝觉得这人有点面熟，也许是这人的穿着长相令人不安，她快速将身体与吕望云靠得更近，同时将握着吕望云的手用力一捏，给了吕望云一个信号。吕望云也迅速感觉到异常，快速想起此行的目的，他立刻配合郝西蓝，顺势将郝西蓝倾斜过来的身体用自己宽阔的胸膛接住。这时那瘪三样的人，虽然离得与吕望云他俩很近，但是，不明此人来意与身份的他俩，做动作时并未留意他手按快门的“咔嚓”声。郝西蓝随后拉起吕望云，一派亲热爱恋的样子，相拥着走下了朱碑亭……

二

话说由于假期到阳京带队实习的良好表现，回到兴工后，分管学生工作的党总支书记阚育才告诉吕望云：系总支研究决定发展他为预备党员。要求他戒骄戒躁，在思想上、行动上和个人修养上都要以一个共产党员的标准严格要求自己。由于当时学校还没有正式开学，吕望云在老家和学校之间跑了个来回，买卖完鸭蛋，接着又处理完郝西蓝的事情后，他听说阚育才书记要负责筹办知识产权双学位班和知识产权研究所的日常工作，对自己入党的事情，不知道阚书记向临时协助他处理党总支日常工作的俞仲乐书记交接安排了没有？

他到系办公室找了阚育才书记几次都未找到，好不容易在星期四下午政治学习结束后，才找到。吕望云真诚而又小心谨慎地说："谢谢您，阚书记，上次我从阳京回学校时，向您汇报阳京的情况，您说要培养批准我为预备党员的事，我不知道后面怎么办，我写了一份思想汇报，您看我是直接交给您还是交给谁？"吕望云担心阚育才书记事多，记不起，特意提醒阚育才自己从阳京回来时赶来汇报的事。没想到，阚育才严肃地对他说："你要认真加强对党的知识的学习，学习党章的各项规定。你大三时上过党校的，怎么将思想汇报直接交到我这里来呢？你应该交给你们班里的党小组长费新刚或者组织委员蔡建设那里，并且要多向他们汇报思想，争取党小组同志的支持。"

吕望云大感意外，上次可是阚育才说系党总支研究决定发展自己为预备党员，没有说还要费新刚和蔡建设的支持呀。吕望云似乎感觉有什么变化，他不解地问："不知系总支研究发展我的事，费新刚他们知不知道，您是要我当作不知道总支的决定，给他们交思想汇报吗？"

阚育才心想：这小子热心快肠、有魄力担当、能谋事成事，但是，就是做事不讲套路章法，不顾后果，屁股揩不干净，得让他长点教训，将来能不能成器不说，起码不至于有污兴工党员毕业生的声誉。他严肃地对吕望云说："看样子，有些情况你还不知道，你得抓紧时间先去找俞仲乐书记请示一下，你的情况他清楚。我现在太忙，没有时间管你这些琐事，但是，我要提醒你，办事不要用热情压倒理性，不顾后果，带伤前行绝不是常态。现在你处的环境对你很不好，你还蒙在鼓里，不知道厉害呀！"

听阚书记这么一说，吕望云不由得紧张起来，连忙问：“阚书记，我是不是做错什么事了？”

“太令我失望了！你做事全然不考虑后果和目的，由着兴致来，凭着感觉走，这哪像个党员的样子？俞书记知道，我要他找你的，今天政治学习刚结束，他应该在，你快去找他吧。”

吕望云来到俞书记办公室，由于他在几个人共用的大办公室，同办公室的老师说他在旁边小教室与学生谈话。吕望云退到廊道上，在门口附近走走、等等。他信步到办公室附近的小教室门口，门掩着缝，里面传来女同学的抽泣声。只听到俞书记说：“你说你和吕望云不是在谈恋爱，那这照片如何解释，你们好大的胆子呀，尤其是你，我真不知道么样说你。”

“.我……我和吕望云真不是谈恋爱，我是被易长风纠缠不过……哎，求他帮我演……演……演给易长风看的呐。”郝西蓝结结巴巴地用兰州普通话，一连说了三个“演”字。

“你说是‘演’，哪个能证明呢？现在人家将照片交到系总支阚书记手上了，学校的规章制度你应该是最清楚的吧！”

“这个杂怂（混蛋），他可真是一个坏人呢，沃琐（垃圾）得很，我真背扇着（倒霉）。”

“莫气得只顾说别人哈，你要好好反省一下，如果真是这样，你可把人家吕望云坑了。”

“他是个好人，这不关他的事呢。”

“谁证明他是在帮你‘演’呀，有这照片，他是黄泥巴掉进了裤裆里——不是屎也是屎，你们好糊涂呀!”

说到这里，郝西蓝哽住了，她突然想起在这之前他求过费新刚，是费新刚要自己去找吕望云帮忙的，费新刚说的“他一定会热心帮你办好这件事情”清晰地在脑海里回荡。她刚想说，费新刚可以作证，但是一下又想起费新刚特地嘱咐自己不要对任何人说是他指引的。她忍了忍，硬是将要说的话打住了。

一下子听不到郝西蓝接下来要说话的声音，吕望云估计他们谈完话将要出门，担心被怀疑在偷听，他快步离开了掩着缝隙的小教室门口。从断断续续传出的对话中，吕望云感觉到问题的复杂，也听出了解决问题免受处分的关键，是要找到证人。他庆幸自己事先告诉过秦贞梅，还找她借过自行车。但是，秦贞梅愿意出来做这个证吗？他估计俞书记马上会来班上找自己，心想：还是回宿舍去等，抓紧时间找秦贞梅出面为自己做证。

原来，易长风见郝西蓝这么快就背着自己新谈了男朋友，心生怨恨。然而，仔细一回味，郝西蓝美丽的容颜和诱人的体味，自己又身心发胀、生闷，他久久不能放下，真是又爱又恨，逼着自己想办法整一整她。他原本打算亲自到寞山朱碑亭去看看郝西蓝是不是真的交了新男友，自己打不过，也要带人去揍这小子一顿，让郝西蓝知道自己的狠气和决心。后转念一想：自己，包括自己的家人，从没有打算与她有个什么结果，花开再艳也无果，不过是从她身上得到一时的欢愉，度过这孤独紧张的在校生活。再说，打架、发生冲突的过程中，自己身体上受伤、面子上吃亏不说，万一惹个麻烦，查来查去，岂不成了玩火自焚？思来想去，还不如请个听话的人，去看看，如果她与兴工本校的本科生谈恋爱，就可以抓到证据，交给学校，让这对“狗男女”尝尝对不起老子的后果有多严重。

想到这里，他到樨八舍收发室给甘兰省驻江湖办事处打了一个电话，给自己无话不谈的“兄弟”贾振民提了一个要求，要他带一台进口相机，对照着郝西蓝的照片，按时到朱碑亭上去找这对“狗男女”，拍下他们亲热恋爱的照片，这样，自己又轻松又能解恨。贾振民将拍回来的照片冲洗出来后，几经调查，发现这男的就是郝西蓝留级班上的班长。他与贾振民商量，一起挑选了几张最亲热的合影，冲洗了两套，其中一套交给吕望云班上的党小组长费新刚，一套交给系总支书记阚育才。做好这几个动作之后，易长风心情并未轻松，担心费新刚和阚育才置之不理，但是，一时又想不出更好的办法，只好静候郝西蓝和吕望云双双受处理、挨处分的消息，一解心中的怨气。

让易长风和吕望云一众人蒙在鼓里的是，费新刚收到寄来的照片后，他本想将照片转交到临时代替阚书记处理党总支日常工作的俞仲乐那里，又担心俞仲乐一向偏护吕望云，照片到他手上，会被他按下来护住不提不说，还怕他帮吕望云设法摆平。另外，也担心过急出头露面，自己会不小心露出马脚，搬起石头砸了自己。于是，他将照片锁在抽屉里，心想现在还不是出手的时候，还需冷静耐心地等等看，等吕望云垂头丧气地出现在眼前再出手。因为，他坚信易长风已经将照片同时寄给了射电系的其他人，就算没有寄，自己稳一段时间，还没有反应，易长风肯定会再寄给射电系的其他负责人。

阚育才收到照片后，大吃一惊，平时家境困难的吕望云哪里有条件谈恋爱？一定是被这个生性风流的郝西蓝迷住了。这照片一看就不是拼接的，两个人都抱上了，简直不堪入目，不信还真不行！这要是传出去，学校又不处理，影响将会放大无疑。处理郝西蓝还无所谓，反正谈恋爱留级的她已出名了。处理吕望云就太可惜了，这小子有能力，将来会是一个像模像样的人，不能违背了学校育人的目的。但是，为了严肃校纪，保持校风，一定要处理。他打定主意后，立即打电话将俞书记叫到自己的办公室，心想：自己正为将日常工作交给俞书记而犹豫，刚好借这件事考验一下他。

他将照片交给俞书记，俞仲乐睁大双眼，怎么也不肯相信吕望云会违背有可能被处分的风险，和郝西蓝谈恋爱。他连忙对阚书记说："这不可能，一定是有什么特殊原因，吕望云在男女关系上我认为是规矩的。"

"这照片是事实吧，这要是传出去，我们又没有处理，影响十分恶劣，你把照片拿去，快点拿出处分意见哈！"

"阚书记，我觉得凭这几张照片就处分吕望云，是不是急了点？何况他还是班长，各方面表现有目共睹，再说别的学校对高年级同学谈恋爱基本上是睁只眼闭只眼的，就我们兴工要求太严哦！"俞仲乐不自觉地替吕望云辩护。

"这是校纪，我们只有严格执行的责任，没有放任的义务。你松一步，学生就会放任十步，我们兴工奋起读书的风气就保持不住！"

"我起码要了解一下情况再说吧。"

"照片这么多，再清楚明白不过了，还有什么可犹豫的，你这不是浪费精力吗？"

"还是让我问问吧，我实在不相信吕望云会与郝西蓝谈恋爱。"

"这世上有三种男人，一是诗情画意规矩用情；二是下里巴人心动身行；三是阳春白雪恪守初心。你要问就问吧，看他属于哪一种人，但不要久拖，产权班和筹备法学所的事太多了，我实在忙不过来，只有靠你处理了，处理完后，把结果告诉我就行。"

"好的。"

三

俞仲乐与郝西蓝谈话后，得知照片事件是因郝西蓝为了摆脱前男友的纠缠，请吕望云假扮成她的新男友到朱碑亭去造成的，顿时心里就有了底。不管郝西蓝能不能拿出证据，凭经验判断，男女关系问题，如果女方否定了，基本上就不会太严重。何况发生在自己一向欣赏、品行端正的吕望云身上，更不可能有大问题。他庆幸自己没有简单地按阚书记的要求，将照片作为证据，提交学校做出处分的决定。他一直认为吕望云是一个有担当、有能力又奋发向上的好学生、好干部，很有可能是学校难得培养出来的复合型人才。随意处分了，给他的成长留下一个莫须有的污点，违背了教人育人的目的，自己的良心也得不到安宁。他琢磨：一定要想办法淡化和消除这套照片可能对吕望云造成的不利影响，如果找吕望云谈话核实，吕望云又要发愁找证据，只会给他带来烦恼和压力，影响他正常的考研学习和班上的工作。因此，他决定暂时不惊动吕望云，先去说服易长风不再往其他地方送照片，请他平静地离开郝西蓝才是关键。想到这里，谈话结束前，他对起身要离开的郝西蓝嘱咐：不要对别人再谈起照片的事，也不要再找吕望云的麻烦，全力准备学位补考。他打算待摆平了易长风后，再向阚书记汇报。

吕望云在门口听清楚了俞书记和郝西蓝起身离开前谈话的内容，知道易长风向系里提交了他们在朱碑亭上演戏的照片，他猜这或许就是阚书记对自己入党的态度发生变化的原因。他想：阚书记要自己找俞书记问情况，自己既然已经知道就是这个原因，也没有必要自找没趣地主动去找俞书记了，“身正不怕影子歪”，还不如等俞书记找上门来。于是，他决定先当没有这回事一样，入党的事就按阚书记的要求，先向班党小组开始汇报。

平心而论，吕望云真的不愿意将入党思想汇报交给费新刚和蔡建设。费新刚总是那么一本正经、不易接近的模样，显得深不可测。特别是进入大四后发生的几件事情，他和费新刚都有严重的分歧和意见：上次为了领队到阳京实习的事，以及在船上处理艾冰中途下船的事，在阳京处理夏国华泄露技术资料的事，回煌州运鸭蛋未去迎新生也未请假的事，等等，他俩明争暗斗，吕望云行为主动，费新刚旁敲侧击。费新刚对吕望云有意见，吕望云对费新刚有防范，他们彼此都心知肚明。他琢磨着蔡建设，蔡建设是方形的国字脸，下半部有点内缩而中部有点突出的脸颊上时常堆着笑容，宽广的脑门吐露着聪敏，一眼看去就是智谋型的人物。蔡建设学习十分刻苦，成绩也比较好。因为同学们到他家帮忙建房子，没有得到应有的招待，吕望云当众抖出了他“悭啬”的本色，梁子已结。尤其是在大一时，他主动发起与国京市来的何德珍的那场恋情，轰轰烈烈似乎要不顾一切，又被他毫无解释单方面掐断，害得太当真的何德珍一时不能摆脱失恋的痛苦，引起了大家的同情，也转化为吕望云等同学对蔡建设发自心底的不满。虽然，蔡建设同吕望云的关系不和谐，在班上口碑也不行，但是，蔡建设颇得率先入党的费新刚的认可与力挺，加上成绩又好，竟然在大三上学期就顺利地成为预备党员。现在，阚育才突然改变了主意，要吕望云到这两个人面前低头，他心痛不甘，不愿矮这一分。这种心情只有铁鸽梦知道和理解，为此，铁鸽梦还说：看到他俩，我就不想写申请书入党了。但是，心痛一阵过后，吕望云不这样想了，他认为党员中大多数是好的，像秦贞梅、喻红玉和俞仲乐等都是极为优秀的人，更何况他为了入党努力了太久，自己争取入党也不是因为他们，稍一盘算，班上的表现和成绩再无人能比，轮也轮到自己了，不争取，太可惜！他知道，要做成一件事，遇到困难必须绕道低头，韩信当年还受胯下辱。他后悔自己不该率性用事，与他俩结下梁子，现在不得不吞下这样做的苦果，似被人扇了两记耳光，打肿脸充胖子一般。他还记得出门时父亲教导他的话：“人到屋檐下，不得不低头。”管他的，找他们去。

但是，想归想，做归做！这思想汇报揣在吕望云口袋里好几天了，每天摸摸都快要磨破毛边了，他还在犹犹豫豫不肯去交给蔡建设。犹豫又犹豫，最后，他还是迂回着，先找党小组成员秦贞梅谈谈，听听她的建议。但是，他低估了她因为郝西蓝事件的气性，秦贞梅几天来一直在回避他。这天晚自习，见秦贞梅旁边空着，他走近她，正准备将书包放在这个空位上坐下，不想秦贞梅竟然不声不响不理他，收拾书本背上书包，自顾自起身向教室外走。好在自己还未坐下，在众多同学面前，他若无其事地跟上了秦贞梅的步伐。在走廊里，见没有班上其他同学，他叫住了秦贞梅，说道：“还在生我的气呀，我真是应她的请求，帮她去演戏的呀。”

“演得太像了，简直就像是真的，真看不出你这方面也有才华，横溢的才华呀！”

“莫笑话我呀，我这个条件，现在除了学习还是学习，要找也只能找个乡下的。”这时，吕望云其实想说，自己有一个女朋友，不可能跟郝西蓝怎么样的，但是，这样一说，恐怕要彻底将秦贞梅气走，入党就更没戏！

“我想你也不可能与郝西蓝谈到一起，但是，当美色送到面前，有几个男人不动心？尤其是你这毛头小子，我怕你也是心慌意乱、不辨东西！这几天怎么也没有看到郝西蓝找你嘛？”秦贞梅怎么也不可能想到表面青涩朴实的吕望云心里已经装着高中同学罗泽玉，她还自信能够放长线钓大鱼样的调侃着他。

“我帮她演完戏之后，就完成任务了，她还找我干么事？”

“她不找你，你才找我的吧？”

“怎么会呢，你真的想多了，我真找你有事。”

“要交思想汇报？不好意思去找费新刚和蔡建设，想到我了？”

“只有找你呀，谁要你总是对我这么好，嘻嘻。”

“我才不敢对你好，只怕好心被你辜负了。”

“怎么会呢，不过，你怎么知道我要交思想汇报给他们？”

“这你就不用问了，我想你绕不过他们这道坎，我还猜到你根本没有交，是吗？”秦贞梅笑道。

看着秦贞梅稍带得意又友好的神情，吕望云下意识地感到自己被关注着，心想这或许就是党组织在培养自己吧。他装作吃惊地盯着秦贞梅淡红色玳瑁镜框围起的大眼睛，说：“我还真不知道该如何和费新刚说思想汇报的事，你跟他同是班上第一批预备党员，现在又是宣传委员，我交给你也是一样的吧？”

“交给谁不重要，关键是你要找他，绕过他这道坎，才能实现入党的目标。现在谁负责当你的入党介绍人都没有定，你一定要给他和蔡建设汇报清楚你对党的认识，要不我们现在就去找他们吧？”说到这里，秦贞梅一下子又好像比吕望云还要急。

吕望云眼看实在是拖不过了，顺势下坡，跟着秦贞梅来到费新刚的宿舍。费新刚正在宿舍学习。快到宿舍门口时，秦贞梅放慢脚步让吕望云先进了宿舍门，她却回头到对门宿舍找别的同学去了。吕望云这时也不好退出来，只好硬着头皮往费新刚身边蹭。

他不与费新刚住同一间宿舍，进门后发现侧边的权任也坐在斜对面学习。他俩正在埋头看书，以为未开口说话的吕望云是来找别人，没有理会他。吕望云最后走到费新刚旁边，轻轻拍了一下费新刚手臂，掏出思想汇报，诚恳又和善地对费新刚说道：

"这是我近一阶段的思想汇报，请批评指正。"费新刚接过思想汇报，看了看权任，起身推了一下吕望云，示意他俩离开宿舍。

本来，费新刚以为郝西蓝的事会闹大，会让吕望云垂头丧气地出现在全班同学的面前，也好解解自己心中的闷气。听小道消息说这次阳京之行后，有系领导提出意见要吕望云留校，他的如意算盘是因这事让吕望云入党受阻，免得毕业分配时跟自己争。不想，几天下来，除了见吕望云认真学习外，连平时与他联系较多的秦贞梅也不见与他联系。一面是希望的情形未发生而产生的失望，另一方面是几天不见自己心仪的秦贞梅与吕望云来往而带来的心情轻松与慰藉。在这种矛盾的心态下，见吕望云谦虚客气地找自己递交思想汇报，性格沉稳内向的费新刚以自己特有的浅笑，推吕望云一起出了桐六舍大门，朝兴工桐侧门走去。

桐侧门平时很少人进出，是一片高低起伏的菜地，有的种了红薯，但大部分是上了架的豇豆地。顺菜地看去，从远处山坡上密集的绿树丛中蜿蜒流出的湖溪河，穿过新动工不久的兴城学院的一小块建设工地，一派安静中蕴含着开阔、繁忙、生长的荒野气息。在平路上走路尚不平稳的费新刚，到了田埂子上倒显得步履平稳，内心有求于费新刚的吕望云限于埂面不宽，像学生对老师一样，让道到费新刚的侧后紧跟。强烈的自尊心使吕望云觉得憋屈得很，但是，表面上还要显得和和气气。他俩一直无言语，只听得田埂中间薄薄的煤渣被他俩踩踏出的"喳喳"声。

最后，吕望云实在憋不住，说道："新刚，一转眼我们就到大四了，我入党的事还要你帮忙费心哦。"

"这不是我帮忙费心能解决的，关键看你自己的认识和言行，这次到阳京实习，面对困难，虽然取得了一点上级认可的成绩，你也不要洋洋得意，过高地认识自己。低下头的稻子才是成熟的，班上跟你成绩差不离的几个同学都在积极争取入党。毕业前，最后一批党员，班上只有一个名额，你能做的只有向党员的标准看齐，更加严格要求自己。"费新刚显得很客观地答道。

"阳京实习我并没有认为是我取得了什么成绩，我只是顺着走的，没有为此洋洋得意呀！"一阵沉默后，吕望云辩解道。

"那两封感谢信是怎么回事？前几天系里还在校园电台发了表扬稿，这都是你在图个人表现吧？"费新刚面带愠色地说。

“稿子不是我写的，我也不知道校电台播表扬稿的事，我没有刻意去做什么突出我个人的事，这个请你相信，你也可以再问问其他人。”吕望云回答着，对阚育才的态度之所以产生变化，心里也明白了几分，但是，他猜想郝西蓝求自己的事费新刚应该还不知道。

随后，吕望云详细说明了自己回校后，到系里汇报班里同学在阳京实习期间的经过。费新刚始终不语，将信将疑，最后返回桐侧门时，费新刚说：“你先自己去忙吧，我们再研究研究，好跟上面汇报，听听上面的意思。”

同一件事，系里阚育才的看法与班上费新刚的观点现在几乎一致。班上五个党员，费新刚、吴杰锦、蔡建设三个男同学和秦贞梅、喻红玉两个女同学中，吕望云感觉吴杰锦和两个女同学不会有问题。阚育才要自己找费新刚和蔡建设，可能就说明在他俩这里，自己过不去。与费新刚分开后，吕望云直觉到入党的事可能遇到了麻烦，好在阚育才书记临时将日常工作交给了信任和喜欢自己的俞书记，这又增添了几分还要努力努力的底气。他分析、思考着，决定找时机摸摸蔡建设的底。上次班上同学到他家帮忙建屋，蔡建设家没有招待帮忙的同学，吕望云性子急，发了几句牢骚，说了他的直话，但是，按吕望云的判断，自己带去那么多同学，辛辛苦苦帮他，有功劳又有苦劳，他不感谢但也应该不会记恨在心里，而且自己批评他之后，也缓解了同学们的怨气，缓和了他与同学之间的关系。

四

几天紧张的学习后，又到了去桐三食堂帮厨的日子。吕望云来到桐三食堂，以前是黄师傅直接带着自己帮厨，黄师傅成黄主任后，与新的主厨师傅配合打下手，一时还有些不适应。以前是纯帮手，与黄师傅一起做，现在的主厨让他独立完成蒸饭的任务，他在长方形的铝合金盆子里放入淘洗干净的米后，将水加到刚好薄薄覆盖住米，依此一盆一格地放进与自己身高差不多的电蒸笼车里，开始加热蒸饭后，紧接着又去帮忙洗菜。

正在洗菜时，黄主任过来喊他到食堂办公室，黄琴会说道：“你们班的蔡建设拿着你们系83级党支部的介绍信来了解情况，说有同学发现你打饭经常不交餐票，师傅也给打，党支部想了解是否有不合规的事。按道理，这事我是不应该告诉你本人的，但是，我确实是希望你发展得顺利，提醒你注意不要在工作学习中快言快语得罪人。”

吕望云急忙问道：“那你是么样跟他说的？系里现在正准备发展我为预备党员，不知这帮厨换饭吃的事会不会有不良影响？”

“我告诉他：‘是我得知他家里实在困难，看他身上有力气，勤快会干，主动提出让他来帮厨换饭吃的，我们食堂的领导、同志们都认可这件事，并且，以前也用这种方式帮助过其他品学兼优、经济困难的同学，是一种合理合法的勤工俭学行为。只是，吕望云这小伙好面子，不让自己班的同学知晓，才搞得将做事与打饭分开，他一般是避免在大家就餐的高峰时段打饭，可能是时间长了，不小心被同学看见了，误以为他混学校的餐票。前不久，他来得晚，未帮厨打饭，我不想收他的餐票，他还坚决不同意，硬是将餐票交了。’我想，这应该对你入党不会有什么不好的影响，你知道就行，也不要再在任何时候主动提及蔡建设来调查的事，但是，一定要小心呀。倒是我想问你，我也在向后勤处支部申请发展我为党员，但是，我文化水平不高，好多问题未想清楚，连抄带写地弄了一份申请书交上去了，思想汇报写不好，你真心告诉我，你为什么要入党，入党的道理是什么？”

黄琴会娓娓道来，吕望云激动地听着黄主任真诚的话语，感激能遇上这样一位恩人，在这个关键时刻又保护了自己。在这样的恩人面前他得说实话，但是又不能影响黄主任自己的判断和发展。他认真思考了一下，答道：“像我们这样一个大国，需要有一个能领导和代表全国各界强有力的政党，才能保证大家的平安和国家的强盛，党就是这样一个经过千锤百炼、实践证实能肩负这样重任的党。再说，像我们这样年轻的大学生只有将自己的理想和如此强大的党保持一致，才能顺中求发展，做一个与国家和社会正向同行的人，才能更有效地找到个人的发力点和用武之地，所以我要申请入党。”

黄琴会说：“不是说入党是为了实现共产主义吗？不是说要为党的事业奉献自己的一切甚至生命吗？你这入党的原因是不是与党章上说的一致呀？你在别人面前还是要注意一下表达，免得别人说你入党动机不纯，是实用思想。”

吕望云恍然大悟道：“是不是蔡建设说我入党动机不够纯了，看样子，再忙也要认真学一下党章了，在这个特殊阶段，一字一句都要与党章相符。”

黄琴会接着说："他没有明说，但是，他的话里有这个意思，你是不是因为什么事得罪过他？在我看来，思想上提高对入党的认识确实很重要，但是，管好言行，处理好人际关系，不无谓地得罪人更重要呀。"

黄琴会这一席话，说得吕望云佩服得直点头。本来认为作为名牌大学生的自己，见识要比厨师出身的黄主任高明，事实上黄主任才是高人。他佩服地打量黄主任，只见其中等身材，江湖口音里带有几分煌州口音，白净脸颊上的络腮胡子刮得发青，又浓又直的眉毛下，一双大小适中的眼睛炯炯有神，每次接触都是匆匆一眼瞥过，只有今天这一席话后，吕望云才不由得将他看得这样认真。一阵沉默，吕望云若有所思地说："看样子，下次再来帮厨，更要避开同学，尤其是打饭时，一定要回避别人。"黄琴会接着建议说："倒卖鸭蛋的事，风险也很大，路上有个闪失，你也赔不起，你看是否改个方法，让你舅舅自己押运，你每次少赚点，路上的风险让给他来担更合适，毕竟你还在读书。"

吕望云赞同道："是呀，我还要复习考光华大学经济管理专业的研究生，不花大力气，是不可能考上的，把精力放在每周两次押送鸭蛋上肯定不现实。"

黄琴会说："我文化程度不高，但是，你是学工程技术的，去考那全国顶尖的经济管理专业，不仅难度大，而且专业也不对口，你这是怎么考虑的呢？你同家人商量过吗？请教过有经验有见识的老师吗？"

吕望云面对贴心的局外恩人，掏心窝地说："刚才说入党的动机，其实与考研究生的选择是相一致的，我的理想是通过读书博取功名，以显亲扬名，光宗耀祖，这也是父母和祖上数代人多年含辛茹苦孜孜以求的。"

黄琴会沉思片刻："说不定，你越是张扬着考这个专业，你入党的阻力可能越大呀！还有可能，当你妨碍别人时，阻力也会增大！"吕望云瞪大了眼睛，倒吸了一口气，说道："黄主任，你真是我的社会学老师呀！"说到这里，黄琴会笑道："我也是凭直觉，你低调小心一些为好哦，时间不早了，你先去忙吧。"

听这一席话，吕望云心中豁然开朗。眼看快到有人来打饭的时间了，他那修长的双臂，更加有力地挥动起来，到后堂将蒸好的饭一盆接一盆地摆到打饭台上，便匆匆离开食堂回到宿舍。到门口收发室查了一下，他发现有两封自己的信，分别是大哥望山和罗泽玉写来的。罗泽玉来信说，兴汉大学研究生考试报名已开始了，估计兴工研究生考试报名也开始了。她希望他不要报考光华大学的国民经济管理专业，报考技术专业更方便与她一起到国外留学，当然，她还是强调，无论最后吕望云报考什么专业，她都支持和理解。大哥在信中说弟弟望海已到国航自动化专业报到去了，他为了节省费用和时间，不要家里人送，路过江湖市也不惊动你，直接转火车赴国京了。望山在信中还说，为了给母亲和望川治病，父亲决定借高利贷，望海的学费、路费，用的是大哥的工资，家里按例给望云的，学校助学金不够的差额十元钱也随信后寄来，等等。

吕望云很想到汉大去一趟，借伍卓理的十五元钱还未还，罗泽玉又来信诉衷情，自己何尝不是梦中也想着她呀。但是，就像三年前高考一样，考不上，没有了自己设想的前程，也就没有美梦成真的机会。他想：一到汉大，半天时间就耽搁了，还是寄钱回信节省时间。大哥来信，弟弟到国京航空航天大学这样的名校读书，按理应该十分高兴才对，但是因为以弟弟的成绩应该是上廷华大学，这次没有如愿，高兴中也留有一点遗憾，加上父亲要借高利贷，月息三点五，自己得想办法帮他尽快解套，全家人都在逆水行舟，高兴的心情都放到心底了。

信刚写了个开头，同宿舍的铁鸽梦和庞恒之都拿着饭碗回来了。他想起黄主任说的，要搞好关系，现在是关键时期。于是，他客气地抬头与他们招呼着，自己也准备起身去打饭吃，没想到，这时隔壁宿舍的蔡建设探头进来，说道："还不去打饭吃呀，秀女怕见人吧？"他知道这话里有话，但是，仍然装作不懂，客气地应道："好的，马上去！"

吕望云走在去食堂打饭的路上，沿途遇到拿着饭碗背着书包回宿舍的同学，他显得比平时更加热情地与大家打着招呼。为了营造一个好的人际关系，他改变不了别人，只有努力改变自己。这种改变或许能带领他从荒凉走向繁华，迎来五彩的祥云；又好像是刮过龙湖湖面的旋风，将那湖面的水汽卷到语佳山上，吹进语园的大森林，孕育着勃勃的生机。

第十二章 知晦信生冷怨 遇真事留烦根

一

话说费新刚一直暗自惊奇：吕望云在处理完郝西蓝所求的事情后，所表现出的异常平静。在吕望云因为入党要交思想汇报，主动找了自己之后，他决定试探一下系里对吕望云入党这件事的意见，好做到心中有数，不走偏路。这天在楠一教学楼七楼小教室上完《天线原理Ⅱ》后，费新刚独自一人来到东头五楼射电系办公室。办公室邢慧贞主任告诉他，阚育才书记临时负责知识产权双学位班和知识产权研究所的组建，系党总支日常工作，学校决定暂时交给俞老师负责了。听到这里，费新刚心里一阵冷风吹过，因为，他高中是三年制，加上第一次考上兴汉大学数学系，因觉纯理论无趣，放弃未读，复读考上兴工射电系，实际年龄与两年制高中的俞老师差不多。加上俞老师长着一副娃娃脸，性格阳光活泼，俞老师在他的眼里显得有些嫩，不像老师。自己虽然是学生，但是感觉在系总支阚书记的眼中，分量不比俞老师轻。正因为如此，阚育才书记经常直接将一些事情交给费新刚处理。俞书记心中对此有意见，但只能接受，有意无意间也有事不经过费新刚而直接找吕望云。两年下来，费新刚紧跟阚育才，吕望云走近俞仲乐，这样的格局就自然形成了。

阚育才暂时将工作交给俞仲乐代理，虽然情况于己不利，费新刚还是主动到俞书记办公室，向俞书记汇报培养发展吕望云为预备党员的事。由于从阳京回来后，他找阚书记汇报过吕望云的缺点和问题，主要是好大喜功，不顾后果，个人行为思想特别严重。体现在工作上就是遇事不商量，不尊重他人的反对意见，一意孤行，偏执到钻牛角尖的程度。阚书记是支持自己的，还表扬自己成熟稳重，希望党小组对拟发展的吕望云严格要求，避免他带病入党，毕业后有损兴工的形象。他本想在俞书记面前重复说一遍，但是，俞书记不是一人一间办公室，打小报告说人坏话此时显然不合时宜。为此，他长话短说：“俞书记主持系总支的日常工作，我今天特意来请你在方便的时候到我们班，与同学们做交流指导。”

“你们班我去的比较多，有你们几个干将在，我很放心。”

“也不尽然，最近班上也有一些新情况，加上吕望云在迫切要求进步，要入党，同学们的思想工作还是有不少要做。”

他本以为这样一说，俞书记会顺着他问班上的新情况，这样郝西蓝和吕望云“恋爱”的事情说不定就可以说出来。哪知俞书记并不顺着他的话题讲，他岔开了说：“快要到考研报名的时候了，现在复习考研是重中之重，免试和不考研的人，也要将精力提前转移到毕业设计上，现在我们系空物专业、汉大空物和兴测的空物专业同质性很强，我们要扎扎实实做出科研成绩来，落实求是院长的“以科研引领教学、研学结合、提升学科竞争力”的办学思想，一定要走在汉大和兴测同类专业的前面，大家莫在其他枝节事情上纠缠费神哈。”

俗话说，话不投机半句多。费新刚见俞书记根本不关心个别学生的特殊问题，吕望云入党好像是原本就计划好的，他根本不愿意无事找事地谈起，也好像这件事情与他费新刚没有关系。一种被轻视冷落的感觉油然而生，他觉得要是阚书记一定不会像他这样——不理解也不尊重来汇报工作的人和他的来意。他本想提醒一下俞书记，按培养计划要求，吕望云交了思想汇报，跟踪培养的介绍人还未确定，是否要确定一下？转念一想，你俞书记不急，我还不如跛子下驴——以歪就歪。于是，他改口说：“好的，我回班里去通知他们几个可能免试的人，提前进入课题设计。”俞书记答道：“好的，你先去忙哈。”就这样，他离开了俞书记的办公室，也没有去找阚书记，除了因他得知阚书记已将日常事情交给了俞书记外，主要的原因还是：为吕望云入党的事，自己犯不着去越级汇报。

费新刚是真心热爱兴工、热爱语园的。平素寡言少语的他，经常梦呓样地说：“语园好呀，夏天比校外温度低那么关键的2到3摄氏度，冬天又比校外高几摄氏度，背靠着大江湖的龙头山（语佳山），临接的是龙湖的子湖——语佳湖，山下又是一马平川森林般的校区，东南一直连到森林公园……”别的话他不说，唯独这段话说了数遍，嘴大不怕事的阳京人尤建智竟然结合他的表现，给他起了个外号叫“费三度”，公开的意思是校内温度与校外、市区的温度差三度，私底下尤建智说他“一度”老师的态、“二度”女同学的心和“三度”男同学的势，心机深不可测。他的腿有点瘸，躲进兴工这座象牙塔里，世俗的偏见，庸人的轻贱，在这所聚精会神搞科研教学的大学，与社会上其他单位是大不一样的：人们一般只会关注他偏高的身材、棱角分明稍长的脸和健壮的上半身，在这里智力至上，科研成果是最高的价值，瘸腿往往被人忽视，残疾偏见与出身贵贱也吸引不了大家的注意，而这些正是他所需要的。只因他不知在哪本书上读到一句话：任何一种环境或一个人，初次见面时就预感到离别会是痛苦的，你必定是爱上他了。所以，当他在老家乡镇企业当厂长的父亲送他到语园上大学时，他就感到将来离开这座美丽校园时的痛苦，他就明白自己爱上语园了。当时，他就对父亲发誓，毕业后一定要留在这里工作，起码要留在龙湖边。现在，偶尔再回想起这句话时，他更确信自己是爱上这里了。

因此，为了毕业后能留校，他做了两手准备，一是考本校的研究生，二是争取好的表现，留校担任辅导员。考研，从他平时的成绩看，没有绝对的把握取胜，因此，班里谁有可能与自己竞争留校当辅导员的机会，谁自然就成了自己关注的对象。他空闲下来便会不自觉地揣度：谁是自己留校担任辅导员的竞争对手？每每一揣度到这个问题，吕望云的身形就会很快也很自然地浮现在眼前，是的，多方分析，他就是自己留校最有竞争力的人。

初次见面时就预感到离别会是痛苦的，对费新刚来说，还有戴着淡红色玳瑁眼镜架的秦贞梅。他一见秦贞梅时，就被她那高雅的气质和凸凹有致、成熟的身形迷住了，生活环境的差异，更加增添了秦贞梅对“费三度”的吸引力。越是到大四，面临着各奔东西境况的“费三度”就更深刻地领悟到这句话的含义。他心灵深处明白，这是自己爱上秦贞梅的标志，因为，这种对一个女孩怦然心动的感觉生平还是第一次。他是多么希望秦贞梅也能爱上自己呀，但是，自从秦贞梅带几个同学到鸫坡考察游玩后，他观察她的行为，看到她那频频送给吕望云的笑脸和眼神，他不由得从心底对吕望云嫉恨起来。不错，从这方面讲，吕望云也是自己的“情敌”，他下意识地找各种理由，阻止吕望云在班上出头，阻止他获得竞争力，同时，自己也像高考前一样，在奋发努力。

为了未来，为了爱情，“费三度”心里时刻都在“揣度”着……

二

费新刚要“揣度”的关键时刻又到了。

正如几天前罗泽玉来信说的，系里报考研究生的通知来了。这天下午是实验课，担心做完实验的同学换教室学习，语园太大，不好联系，学习委员庞恒之抽空提前到楠一楼射电工程系办公室拿来研究生报名检索表。就在实验课上，大家边做实验，班里边召开了研究生报考动员会。会上，庞恒之宣布了报名截止日期，分发了报考学校和专业检索表，吕望云受系分管教学的主任委托，宣布了推荐免考人员名单及去向。班上的学习风气一直很好，大家都很努力，会上没有多话，推免是按平时考试成绩结合个人意愿确定的，没有人不服气，大家珍惜时间，很快就各自散去。

报考填报的通知会后，吕望云照理应该首先想到填表报考和加紧学习，但是，首先窜入脑海的竟然是罗泽玉和她来信的填报建议。还是汉大的学制改革好，自己这边还在报考，人家那里已经提前拿到毕业证，在办手续出国深造。想到这里，那清秀灵动的笔迹如同她那油黑透亮、灵动的双眸，在他的眼前闪烁；关切爱恋的话语又如她那小嘴在耳旁，发出阵阵香气。青春的血液开始沸腾，身体各部位也随之胀起。这种热血沸腾的感觉，他清楚记得，在龙湖寘山的朱碑亭上，当郝西蓝倒向自己怀里，随着那柔软身体靠近的刺激，也曾来袭。只不过，那时是有准备的抗拒，这次，他却因心神向往的驱动而疾行快步，不知不觉回到了宿舍，从抽屉里拿出那一沓常读常新的信，在一本大开的复习资料的遮掩下，再次细细读起。马上要填研究生报考表，虽然考不考得上不知道，但是，一旦考上了，与即将留学的罗泽玉将会天各一方，将来会怎么样呢？他不由得拿起笔给罗泽玉写起信来：

亲爱的泽玉，我们遇上了好时代，我们有幸到美丽的龙湖边一起读书。这次回煌州，在那青草岸，杨柳抚身的小河边，我们幸福无比地拥抱，忘情地接吻，抒发了从上高中时第一眼对视到大四这多年积攒的爱恋……

在这之后，我时常在想，我选择报考尚海光华的国民经济专业，合不合适？就算像舒婷在《致橡树》中说的：“根紧握在地下；叶，相触在云里。”我们的根和叶也要“握、触”在一起呀，我们这样天各一方行吗？泽玉，我爱你，每次出神想起你时，平静的心就像宽广的龙湖被南来北往的大风吹过，立马沸腾，起伏如那无数勒住缰绳踢腿跳跃的野马，渴望挣脱这山岸筑成的缰绳，径直狂奔到你的身边……

想与你同风起，豪情共沸腾。泽玉，这世上最珍贵的就是这“同、共”二字呀。这几天就要填报考研报名表了，我多想放弃报考光华的理想，随你到国外去游学，共同奋斗在天涯。然而，时代呼唤我投身到国家经济的发展和研究中，家族数代人奋斗并渴望后人能显亲扬名，这些已经发展成我的人生理想和发力点。三年多来在语园内的刻苦学习和这次阳京实习，特别是暑假绕道到尚海的考察见闻，使我得知，考上光华，或许我就能得到这块实现理想的敲门金砖……

泽玉，我矛盾、彷徨。后悔我们的相拥怎么不发生在去阳京实习之前呢？那样我或许不会去光华，一心一意跟随你。转念一想，光华国民经济专业难考，报了名也不一定考得上。考不上，再随你，也来得及。其实，如果我真能在实力雄厚的万人竞争大军中获得第一名的佳绩，还担心今后没有能力与你根相连、叶相触，一辈子在一起吗？这样一想，报考与不报考，都不会影响我们未来的“同、共”以及“握、触”了。

泽玉，请理解我的报考志愿吧，我不能把一切都调整好了再做决定。当今时代是一个裹挟前行、绕渡过河的竞争时代：兴工人卯着劲与汉大人争先，学子们在争成绩，农民在承包地里争丰收，个体户在争饭碗，企业家在争市场，国家在争发展……

在这个来之不易的伟大时代，让我们鹰击长空，在长空中相拥、在长空中相融吧！

就在他刚写完信，正在收拾的时候，秦贞梅红着脸敲门进来，说：“夏国华能免试到本校读研，系里不知为何，不让他享受免试资格。”

吕望云抬头看她，不解地说：“庞恒之宣布的时候，没有人提意见呀，不过夏国华的事，你怎么这么急呀？学校决定的我们又有么办法？”

秦贞梅红着脸好一会儿，才缓过神来，坐到吕望云对面的椅子上说：“关键是夏国华不留在本校，他又不愿意考阳京工学院的空物专业回阳苏，他要考尚海交大的空物专业，他这是要与我‘同室操戈’呀。”

望云更不解地说：“他不考阳工，估计是因为他叔叔出事后，不愿意再回阳工，免得心烦，这不正好让你考阳工，阳工在阳京，在家门口读研多好呀？”

秦贞梅忽然红着脸，结结巴巴地说：“谁让你……你考尚海的光华呀，我不是一样也想到大尚海吗？”

吕望云一听，她这话中有话，再一看她那红玫瑰一样的脸颊，自己也明白了几分，这时才急得抓耳挠腮起来。吕望云正在找话语应答她，这时费新刚走进来。他俩见到费新刚后，一时不知道说什么好，还是费新刚打破了尴尬的沉默，眼看着秦贞梅道：“你们在讨论么事呢？这么兴奋，我正有事找秦贞梅，你一晃送到这里来了。”

“找我？ 我送到这里来了？”

“是，找你。”

“我们正在商量报考研究生的事。”

“我也是为这事找你的。”

“你为我的事找我？”

“对，不行吗？”

“哪里，谢都来不及呀。”

“现在就能告诉我，是么好消息吗？”

费新刚瞟了一眼吕望云，虽想单独与秦贞梅谈，却又不好意思说出口。无奈，只是简短地问了一下秦贞梅想不想免试推荐到江湖测绘学院去读空物专业的研究生。秦贞梅摇头否定了，同时说她的成绩也不够免试的条件。

无奈，费新刚说了一句有空再详细讨论后，就面现浅笑地退出了吕望云的宿舍。其实，这个“费三度”得知秦贞梅也想考尚海的研究生后，内心不知何故，变得十分着急，咚咚直跳的心再次告诉他，自己确实爱上了秦贞梅：标致的鹅蛋脸，皮肤嫩滑清润；眉如远黛，水红的玳瑁眼镜框后面，一双眸子里仿佛有一江流动的春水；身材凸凹有致，明显比其他女同学更显成熟性感；加上家境好，文艺范儿浓，一股天生高贵的气质，这些都深深地勾着“费三度”的心。他恨自己不争气的那条稍瘸不自然的腿，为此，他发奋努力学习，积极表现，自己父亲办的石料加工、钢门钢窗建材厂生意火红，他在同学身上肯花小钱，各方面极力弥补，幻想秦贞梅看在自己强大的综合实力上，能够瞧上自己，哪怕多看几眼也行！自己立志留在语园，真希望秦贞梅也能留在语园或龙湖边，就像舒婷诗歌中的橡树与木棉。

其实，费新刚是班上最早知道考研信息的。为了自己毕业后还能留在语园，也为秦贞梅能留在江湖，在庞恒之宣布推荐研究生结果时，他虽未发一声，但在宣布报考之前，得知秦贞梅想考尚海交大，他就已经在背地里做了很多的工作：他首先找到阚书记，提醒阚书记夏国华被系里通报批评过，推荐免试似乎不太合适；转个身又到夏国华面前建议他争口气，凭自己的实力考到尚海交大去。宣布会后，夏国华下决心考尚海交大，他又将此信息迅速传到班上，让秦贞梅知道，夏国华将是她考尚海交大空物专业的强大竞争对手，希望她会回心转意考本校或龙湖边上兴测或汉大的空物专业。一直跟踪推研信息的费新刚，当他得知兴测对兴工学生免试条件放松，秦贞梅符合条件推免到兴测后，他兴奋急切地找寻秦贞梅，边打听她的行踪边跟到了桐六舍吕望云的寝室。遭受冷遇后，他不甘心，想到秦贞梅应该不会在吕望云宿舍待得太久，他在桐六舍旁边通向楠三女生宿舍的必经路口——校文体大队宿舍楼西侧的沥青丁字口路边，装着散步的样子，来回踱着步子……

三

吕望云背起书包，与秦贞梅一起出了宿舍门，在门口与秦贞梅南北分手。在去图书馆查阅资料的路上，庞恒之快步跟上来。庞恒之中等身高，偏高的发际线，眯长的双眼托起宽阔光亮的脑门，显得格外智慧聪敏。他一年四季坚持晨跑，全身也是充满运动能量。他对同宿舍的吕望云十分友好，在大二的寒冷冬天，两人都未回家过年，家里怕他挺不住江湖的寒冬，寄来一件毛背心，他见吕望云衣着单薄，居然坚持将毛背心塞给吕望云穿了一个寒冷的春节，这种“从井以救人，解衣以活友”的友谊，让吕望云见到他就自然而生一种特别的亲近。

庞恒之与他打招呼后说道：“系里推免考研四人，喻红玉和蔡建设推荐免试到本校本专业，他们都很高兴，接受了推免。把我推荐到兴测学院空物方向，将徐秋成推荐到兴汉大学空物方向，我俩都到系办公室去书面放弃了。”吕望云不解地问：“兴测的测绘数一数二，汉大更是一流名校，你们为什么要放弃？你们放弃后名额不能给其他人吗？”

庞恒之答道：“徐秋成一直想到国京大学学粒子物理，我却对国京的电子显微专业感兴趣，这两个专业都没有到我们学校招收免试研究生的名额，所以我们两个只有放弃推免，报名考试。而根据学校的规定，只有大三之前每门主课成绩在八十五分以上的才有资格，我们班只有五人符合条件，夏国华在系里被通报批评过，系里不考虑他，所以，我和徐秋成放弃后，就只剩下喻红玉和蔡建设两人符合推免条件了。”

“夏国华知道吗？”吕望云问道。

“他知道，系办的老师已经找他谈过话了。”庞恒之答道。

“不是说他的通报批评不进档案的，怎么还要这样？”吕望云满脸不解，同时也露出了一些惋惜。

“不过，夏国华说他还不想要学校推荐的，他要自己考。”庞恒之宽慰道。

“看样子学校对走弯路的年轻学生还是不给机会呀。”

“系里老师说与班里党小组长费新刚商量过了，费新刚说征求了党员学生的意见，多数不赞成推免他。”庞恒之很诚恳地说。

“都是他说了算，我们具体管事的都不知道，我这个班长算个么事呀!”吕望云烦躁起来，红着脸愤愤不平地半吼着，默默地走了一会儿，看到庞恒之一心向着自己的样子，心想，幸亏是在庞恒之面前，后悔自己一激动就把桐三食堂黄主任的嘱咐忘记了。

“我在系里还听说，郝西蓝这次开学的补考没有过关。系里俞书记准备找她谈话，她在一个月后，还有一次再补考的机会，如果还不能通过，她就只能转为大专毕业，提前参加工作。”见吕望云面色缓和起来，庞恒之又把在系办公室听来的消息告诉了他。

“她那男朋友的父亲不是省长吗？大家不是说省长亲自出面找校长通融吗？”庞恒之并不知道郝西蓝摆脱易长风纠缠这件事，接着说。

“哼，她要不要省长出面？省长会不会出面？哪知道？再说，兴工的校规是他省长能破的吗？你看求是院长能答应吗？”吕望云表面责怪，其实有点自豪地说。

“是呀，他是在拿命来办这所大学，别人损坏学校的一棵树苗都像要他的命一样，更何况他亲自制定的校规。”庞恒之说到这，使得吕望云脑海里同时浮现出每次开大会时，余院长那坚定的面容、洪亮的声音。

真不知道她现在还有没有信心备战这场关键的考试？吕望云自从上次帮忙扮演了郝西蓝的“男朋友”后，一直没有再与郝西蓝联系。郝西蓝也因为俞书记找她谈了那次扮演约会的事，有意回避着吕望云，她不愿意给吕望云增添更多的麻烦。也正是这样，吕望云更加对她放心不下，他想找机会询问她的情况。

“郝西蓝真是贱，听说她那男朋友的省长父亲根本不赞成他俩谈恋爱，要求他们分手，她还要与人家纠缠在一起。”庞恒之不像吕望云了解她那么多，他对郝西蓝的印象停留在前一段时间的道听途说上。实际上吕望云对郝西蓝与易长风当下的恋情，知道得也不十分准确，他以为易长风到现在还放不下郝西蓝。其实，他对易长风得知他在朱碑亭上扮演郝西蓝男朋友后，易长风对郝西蓝由爱到厌恶的变化全然不知；他更不知，自己还有“把柄”捏在费新刚的手里。和庞恒之一起谈起易长风纠缠郝西蓝的传闻，倒使吕望云联想起大二寒假时遇到的另一番情形。

大二寒假，班里有好几个男同学没有回家过寒假，其中有吕望云和他的上铺尤建智。尤建智出身高干家庭，他父亲是阳京建材公司的一把手。他自己身材魁梧健壮偏胖，面容富贵，戴着一副深度近视眼镜，透出浑圆的大眼珠，头发微卷，像极了电影《小兵张嘎》里的那个翻译官，平时在班上分析问题总比大家显得更有见地，在班上活跃的几个同学中享有很高的威信。吕望云竞选班长，因得力于他的鼎力支持，才全票战胜了古板阴婺的费新刚。所以，吕望云在内心里也很是看重他。

桐六舍靠近校东边围墙，墙外是几栋菜农房屋点缀着的一大片丘陵菜地，菜地开阔。桐门是兴工最荒凉冷清的校门，就一个两扇对开的大灰铁栅子，一般铁栅门上的活动小门不上锁，白天学生可以自由进出。可是一向进出自由的桐门，近来变得有些异样：铁栅门下半截编缠上了铁丝，还派了专人守门。这守门人一到晚上九点多，就锁门走人，使那些喜欢晚自习后到院外散步抒怀透气的，散步不成。大家一打听，说是因为狗伤人会带来无药可治、夺命的狂犬病，社会上正在开展一场轰轰烈烈的打狗运动。打狗队来时，周边村民养的土狗子，便会跑到校园内藏身。学校是讲文明做学问的地方，不可能也像社会上那样成立打狗队，为了大家的安全，只好要求后勤部门加强管理，防止避难狗进门。但是，狗子聪明得很，一见守门人分神，便趁着有人进出小门的机会，溜进来。为此，学校后勤处的胡处长还挨了一通批评。后勤处人手不够，想了个办法，要求桐门附近桐六、桐七舍高年级各班派人轮流加强守门。这平时人多还好，拿了轮值的牌子，帮守门人睹一下漏，不负主要责任，背一下单词，一下就过去了。到了寒假，人少，只好不分高低年级都轮，天寒地冻，为轮班这事，大家搞得烦心得很。放假不到几天，就开始缺岗，一只健壮的大黄公狗，趁机追逐一只矮小的黑母狗，相继进了桐门。

尤建智那天正歪在上铺看弗洛伊德的书。刚为隔壁房间送来值班牌子发牢骚，不经意中看到窗外夹竹桃枝干底下，两只狗一前一后晃荡，他忽生一计，对班上寒假留校的几个同学说："这狗进来了，想赶出门不太容易，得让它吃点苦头长点记性，回去告诉同伴，莫把校园当成避难的天堂了。"

闵富贵接着问："你又有么办法？看你胖乎乎的追也追不上，大庭广众之下，你也不好意思找人围住打。"

尤建智摇了摇手中的《情爱论》，说："我要用食、性二字来教训它们。"

于是，他掏出口袋里的零食，诱导着，先将小黑母狗用绳子系在宿舍的书桌腿上。他一连两天给小母狗喂食，一边研读弗洛伊德的心理学著作，一边要求闵富贵、权任和庞恒之等几个胆大活泼的人准备好棍棒。寒假人少，他们将宿舍门敞开，自己躲在门后床上铺，大木棒放在手边。那大黄公狗也许意识到危险，几经试探，见无人理，居然冲了进来，要和小黑母狗交欢。哪知闵富贵沉不住气，动手过早，一棒未击中，将那大黄公狗打跑。事后，权任责怪了闵富贵几句，说他是个文人秀才不是打狗的料。大家都打赌：大黄公狗受了惊吓，不会冒着危险再来了。倒是尤建智哈哈一笑道："相信弗洛伊德吧，大黄还会来的，等着！但是，莫往死里打哈，教训教训，让它们不再来就行了！"第二天，憋不住的大黄公狗果然又来了，这次大家吸取教训，沉住气，等那大黄与小黑高兴互舔忘记一切的时刻，淘气的尤建智在门口上铺伸手将宿舍门迅速一关，拿起大木棒正要开打，没想到狗急咬人，咬住了犹豫中挥棒要打它的权任，权任吓得尖叫救命，危急时刻，尤建智从上铺一棍打下，正好打中那大黄狗的脑门……

大黄狗顿时晕了过去。他们几个以为大黄狗被打死了，第一次见到这种场面，开始的智谋与勇气代之以双腿颤栗。号称见过世面的尤建智，失手后，也脸白心惊，与大家一起，围着大黄狗，不知所措。稍后，吕望云从教室回来，对还在错愕中的他们说："咬到人没有？"这时大家才将目光转向了权任的袖口，只见棉衣已被咬破，露出来白色的棉花。权任摸了摸棉衣里的手背，还好未见皮破肉伤。

过了许久，大黄狗才醒来，惊惶之下，拖着摇摇晃晃的身体跑出了宿舍。那只小黑母狗也吓得直哆嗦，被他们放了之后，再也没有在附近出现过。校园里，大家似乎再也未见到其它土狗子晃荡了。睡前饭后，大家还时常讨论感叹这异性之间的吸引力是多么强大！

现在想起这个场景，吕望云又十分理解易长风对郝西蓝的纠缠，转念一想，人与狗还是应该不一样，只是青春期的少男要做到这不一样，怕是会比狗更加痛苦难忍。

也因为如此，吕望云对学校阻止学生尤其是高年级学生谈恋爱不以为然。他和庞恒之共同经历过打狗这事，深知青春期异性相吸的力量。虽然没有直接参与打狗，但吕望云看到尤建智在宿舍里系狗子，没有表示反对他的这种做法，这也为后来反对他入党的人留下了口实。

尤其是大三才过一半时，班上有几个女同学悄悄谈起恋爱来，对她们情急不择良莠，与其他班或研究生男同学成双成对出入教室的做法，尤建智总是投去不屑的眼神，无不充满醋意也顺带发牢骚地说那些女同学找别班的男朋友太主动，说她们毕业前的疯狂率意无异于那“无果花”。每次说到这里，同寝室的庞恒之听到后，脸上都是红一阵白一阵，因为，他也曾经历过在大雨中的伞下，苦等在计算机房上机的秦贞梅，体会过秦贞梅下来后不要他打伞也不接他给她准备的雨伞的尴尬。其实，他俩都不知道，热情美丽且家庭条件各方面都好的秦贞梅，在费新刚的心中也早就有不可移出的地位，还有与她门当户对又是阳京同乡的尤建智，也在若即若离地显得有些水平和风度的苦追。现在风传秦贞梅和喻红玉等女同学跟其他班男生也悄悄来往，自己虽未亲眼见到，但是，庞恒之等一众人的担心快要成为现实，信心也受到了重挫。

他们边走边怀着各自的心思，不一会就来到校图书馆。门前路两边，密集茂盛的夹竹桃正盛开着成片的红花，弥漫着不知从何处飘来的早桂清香，不由得使这两个农家子弟同样感到：这是一个丰收在望的十月呀。由于各自报考的方向不同，他们各自到不同的阅览室。庞恒之到三楼的自然科学书库，吕望云照例来到四楼的社会科学书库，书库里安静得连针掉到地下的声音都听得到。他拿起光华大学粟彤博教授编写的《国民经济管理学》翻了翻，旁边有按兴工政治经济学副教授茅罡指导必读的几本经济管理方面的著作。当他看到《农业与工业化》一书时，感到十分新奇，因为这就是兴工招生简章上隆重介绍的章沛罡教授在国外留学时的博士论文。他一口气囫囵读完这本书，已过了学校吃晚饭的时间，肚子咕咕叫起来，他抬眼收拾一下，起身出去解决肚子叫的问题，发现不远处一位长者慈祥地朝自己点头微笑，天哪！他心里一惊，这不是自己佩服得五体投地的院长余求是吗？

四

学习了一下午，大家都去吃晚餐和运动，书库里这时人已散尽，他正在犹豫，是否过去向余求是院长打个招呼敬个礼？他一边瞅着导读员在门口做着登记服务，一边注目着求是院长。也许是看到他注目犹豫的样子，余院长竟然朝他招了招手，示意他过去。他放下正在清理的书籍，连书包寄存卡也未拿，连忙拿起笔记本，激动地大步凑过身去，探着身子，恭敬地坐在余院长书桌侧边，简短地自我介绍了一下。

余院长书桌上都是教育学理论方面的著作，他向吕望云问道："看什么书那么入迷，晚餐的高音喇叭都未听见？"

吕望云有点激动地答道："章沛罡教授的博士论文《农业与工业化》，看得入迷，未听到每天都习惯了的校园高音喇叭。"

余院长和蔼地说："哦，那是一本让很多学生成为经济学家的书，你读后感觉如何？"

吕望云回答道："这是一本让我一口气读完的好书，理论平中见奇，发人深思，尤其是像我这样农村出来的，父亲在做乡镇企业的管理工作，这本书很有预见性地为我国未来经济发展提出了方向性和结构性的研究指引。"

余院长点头认可了他的观点，又说："兴汉大学批判沛罡教授很厉害，我们想办法调他过来，现在我们的经济管理教学科研都走在各高校的前列，沛罡教授功劳大。你可以报考他的研究生，看你这样发自内心地对他的理论感兴趣，本科又是理工科的，交叉学习更能出大家，考试过线后，我可以向他推荐你。"

吕望云很感激心中的偶像求是院长的认可，但是，他还是忍不住讲出了自己的真实想法："在听茅罡老师讲政治经济学课时，得知我国的政治与经济融合研究的前沿在沿海开放地区有经济管理研究底蕴的大学，茅老师断言：光华大学的曾厉人教授政治体制研究和粟彤博教授产业经济研究的同校融合，将来该校在我国国民经济管理理论研究上必执牛耳出大理论家，在政治经济实务上必出大政治家，因此，我下定决心要报考光华大学粟彤博教授的研究生。"

吕望云将自己报考研究生的思考与余院长侃侃而谈，余院长对这个充满激情的年轻人也很感兴趣。他见晚饭后书库慢慢又来了查阅资料的人，为了不发声打扰别人，他对吕望云说："交叉专业出大家，交叉学校也有利于出大家，你的选择有道理，只是，难度太大。我今天下午刚好有点空，来查阅一些高等教育研究方面的资料，到现在还未吃晚饭，我看你一直在这里学习，原来是在迎难而上，也还未吃晚饭，现在食堂也关门了，我们一起到附近摊子上去吃碗米粉吧。"

吕望云真是喜出望外，连声说："好，好，我去收拾一下，拿书包，来等您。"

他帮求是院长推着他的"永久"牌自行车，朝一个面摊铺边走边聊。陪求是院长一起走，在吕望云的心里感到无比的荣光，只可惜吕望云住在东边，女同学又住在南边，在这晚自习开始时间过了一会儿的时刻，虽然还有三两个打球瘾大的学生才散场，这个令他难忘的场面也很少有人看到。一路上，他向求是院长介绍自己的专业和班级，介绍自己是班上学生全票选出来的班长，目前正在积极争取向组织靠拢，努力争做一名合格的党员等情况。余院长对这位充满激情又信心满满的年轻大学生也投出了欣赏与赞许的目光。由于晚自习结束后还有一些吃夜宵的学生，面摊未散，此时正是空档，吃面的人很少，他们找了一个偏远一点的折叠桌子坐下来。也许是求是院长欣赏吕望云，也许求是院长就是这样管理学校，他要随机找一个学生了解学校的情况，他们的话题谈得越来越深入。

余院长说："学校现在各大门类专业的教师阵容强大，必须抓住这个优势和机遇，把学校建设成一流的综合性大学，只有经综合性大学熏陶培养出来的学生，综合素质才会高，走出校门后的适应能力才更强。你是学空物工程的，再学学经济管理，这很好，因为，今后有建树的经济学家应该是从理工实务起家，尤其是本科毕业后到其他名校去深造，视野开阔，厚积薄发，这很好！不知你思考或与你的同学讨论过学校发展和管理变革的问题没有？"

余院长连说了两个"这很好"，这体现了老院长对自己的肯定与重视。吕望云边吃米粉边快速思考着，他将自己平时感到苦恼的几个问题理了理，说道："我对学生自己管理自己的变革是坚决拥护的，学生自己选出的班委会管理学生自己的事情，不仅培养了班干部的管理能力，培养了全体学生的民主管理思想理念，还培养了我们对民主管理制度与方法的适应能力；最为重要的是，培养了学生独立处理问题和思考问题的能力。但是，学校在用这个制度时有时走了样，班上的事情往往不与民选出来的班长班委商量通气，而是向党小组长和党员征求意见，而党小组又不与班委商量通气，这样时间一长，民选的班长和班委会就没有威信了。”

“学校发展培养党员，将学习成绩看得太重。而学习是一辈子的事情，我们不能将一辈子的学习压缩到大学这短短的四年里，仅仅用考试成绩比优劣和高低。因为，这样势必误导大家只注重考试成绩，不注重利用大学四年宝贵的时光提升综合能力与个人素质。我们都知道，成绩好的一般对公益工作不热心，性格内向，组织能力和对外交往、协调的能力不强，这与学校培养综合人才的规划是不同方向。还有，这些成绩好的同学，大部分要去国外深造，将来客观上会脱离党组织，浪费了班上发展培养党员的名额，更是浪费了学校宝贵的综合资源。”

看求是院长越听越有神，吕望云也越说越来劲，他将自己平时的疑惑和思考一股脑说出来：“还有‘一门进五门出’的淘汰政策，确实给大家增加了学习的压力，但是，学校招生是面向全国的，少数教育落后地区来的学生基础本来就差，有的一上学就用原版外语教材根本适应不了，导致降本入专，今后，落后地区或是农村地区的高中生都不敢报考了，这与将学校办成全国性、国际性综合大学的目标也背道而驰呀。还有教材冗长不精，阅读费力，尤其是高年级专业教材，简单的材料堆积，更是如此。贫困学生不仅自己学习困难，还有家庭经济问题需要帮忙解决，学校对学生勤工俭学、在校创业根本没有像尚海那边的大学那样关心，也没有提供任何支持平台……”

见求是院长的脸色越来越凝重，他犹豫着，不敢将自己在桐三食堂帮厨、贩卖鸭蛋的事，以及后面计划做全校毕业班毕业纪念册的打算等都说出来，更不敢将在尚海见到良副教授的情况说出来。见他停下来思考，求是院长说道：“你提出的这些问题很具体，很现实，确实是学校向综合性高水平大学发展过程中不可忽视的问题，你是一个勤于思考有理想的好学生，我正在计划组建学校的高等教育研究所，希望你今后学成，有机会回来参与我们的高等教育发展研究。”

说到这里，他们的米粉都吃得差不多了，吕望云起身要到摊主那里付钱，不想余院长坚决不同意，他说：“你今天给学校提了很好的改进意见，你又没有工作赚钱，我来付这两碗米粉钱。”

吕望云感激地接受了求是院长的关爱与客气。分手时，余院长还告诉他：“我家住在江湖市张家湾九号，欢迎有机会来家里共同探讨……”事后几天，吕望云的心情都未能平静。一方面是激动与兴奋，与自己崇拜的院长单独畅谈这么久，自己的疑惑与建议便得到了回应，余院长的见解久久回荡在脑海里；另一方面，这样的真话，直接讲给了真正的高层，后果是什么，他越想越担心。看到大家都争分夺秒地干着自己的事情，推免研究生考试的两个人平时用功惯了，继续用功，其他的几乎都报考了研究生，他没有机会将这令人兴奋又有些担心的事情告诉其他人……

第十三章 同窗两欠恩 身载双份情

一

话说秦贞梅与吕望云在桐六舍西侧马路上南北分手时，“费三度”在文体大队宿舍楼与桐六舍之间的小卖部侧边看得清楚。他估计好时间与距离，在文体大队宿舍与东边足球场相交的马路口，好像是偶遇到秦贞梅一样，边走边向她招招手。

语园东边的足球练习场、田径场（跑道中间是标准的足球场）和一大片篮球场从东向西、由低到高地相邻排列着。在三大片不同功能的运动场之间，因高低不一，留出接近一米高的堡坎。堡坎上一条两米宽不到的煤渣马路，马路与运动场之间是一排高大的梧桐树，马路靠花岗岩堡坎一侧是一长排茂盛的夹竹桃，夹竹桃根部与花岗石堡坎边沿的狭窄浅沟里，生根长出一排一眼望不到头、沿坎壁垂挂的绿条细叶，密密地遮住了花岗岩坎壁。绿条细叶上盛开着密集如繁星样的小黄花，顺着堡坎垂下。这如蝶舞蜂飞的小黄花，与堡坎上怒放的雪白、水红、大红的夹竹桃花，交相辉映，看似无人打理样的野性闹腾，似在叫醒人的春心。茂密宽大的梧桐叶高挂云端，竟然遮不住花的阳光雨露，让它们长得这般茂盛，在这时近中秋但桂花未开的日子里，它们极负责任地释放出清幽的淡香，与秦贞梅身上异性的肌肤之香一体，由眼到鼻入心，深深地撞击着“费三度”的心。见下午体育锻炼的人还没有都来，足球场上只有几个小规模的足球训练，他对秦贞梅说：“我们能不能到足球场边的路上去走走呀?”秦贞梅看出了这不是偶遇，估计他是有事诚心在等她，不好意思拒绝，点了点头，说：“我回宿舍正好顺路。”她主动自然地走在“费三度”的前侧面，表面上是主动随和，实际上则是回避看他那微瘸的腿，照顾他的感觉。

约莫是下午四点多，田径场与足球练习场之间，路边高大的梧桐树遮不住偏西的太阳，阳光高斜，照射在大树下他们的身上，不知是紧张还是因这早秋饱含能量的阳光，他俩都有些燥热，太阳穴上微微沁出的汗珠，同时也出现在他们的鼻尖上。秦贞梅在前面带路走下堡坎，来到有阴凉处的草场上。她并不欣赏费新刚的风格，觉得他心思太深，始终让人觉得距离感太强，也很认同大家私底下送他的外号“费三度”，无事一般不往他跟前凑。现在，她放慢了脚步，侧面抬眼瞟了“费三度”一眼，说道：“还有事没有说清楚吗？”费新刚显得很诚恳地说：“我很希望你能考兴工本校的研究生，兴工留不下，留在龙湖边其他大学和研究机构也行。”秦贞梅若有所悟地说：“刚才在吕望云宿舍里，你说的报考研究生的事也是为了这吗？”费新刚说：“是呀，你的条件完全符合推免到兴测去读空物专业的研究生，我听系里管事的老师说，兴测那边肯定没有问题，只要我们系里同意推就行，刚好夏国华放弃了，如果你同意，我愿意为增补你去努力，机会难得哦！”秦贞梅心里一沉，说：“谢谢你为我的事这么费心，你要是真帮我，就去说服夏国华不要报考尚海交大空物专业的研究生，他与我实力相当甚至更强，交大空物专业对外校只有两个招生名额，他这不是明显要与我同室操戈吗？最好，你去找阚书记，人家只是挨了系里的通报批评，学校也没有处分记录，凭什么取消别人的推免资格呀！”费新刚静静地倾听秦贞梅的诉说，他是多么希望她能懂得自己的一片爱心呀！她哪里知道在取消夏国华推免资格这件事上，自己给的理由起了关键作用？她更不可能知道，自己费尽苦心这么做，是为了她毕业后能留在龙湖边，最好留在语园里！他的良苦用心怎么能够明说呢？他真希望秦贞梅能像自己一样，热爱语园、龙湖，热爱江湖城，留下吧。美丽的秦贞梅，这时就在眼前，他是多么希望能像西方电影里的恋爱情节，拥抱她、热吻她，哪怕是像西方的绅士礼一样，亲吻一下她的手、她的脸、额，哪怕是挨一下她那微微沁着香汗的鼻尖也行呀！只可惜，他担心鸭子未熟先飞了，担心一不小心将她那似乎一碰就要滴水的嫩白细皮碰破了……他苦苦地克制着浑身的胀痛和肌肤接触的欲望，喃喃自语一般地说：“贞梅，难道你真的看不出来我……我……我是真心喜欢你吗？我是多么希望你能留在语园，留在龙湖边，哪怕是留在江湖城都行。”

听到这里，秦贞梅错愕万分，她怎么也想不到平时不苟言语的“费三度”居然会爱上自己，居然有勇气与信心说出他爱自己！她心里是五味杂陈：咸，是因为自己喜欢的望云老是躲着自己，从不明说他爱自己；辣，是因为费新刚的“三度”性格，板着脸整天阴里阴气，让人害怕去接近；酸，是因为她联想起望云在朱碑亭将郝西蓝抱起；甜，是因为表白爱自己的男生队伍里又增加了一个意外的新人；苦，是想到自己不可能随了费新刚的意，必须自找苦吃，努力与望云一起考到尚海去。稍作思考，她拿出自己常用的挡箭牌说：“我不想在大学毕业前谈恋爱，校规也不允许现在谈恋爱。”费新刚说：“我们可以放在心里，不像别人那样张扬，只为即将毕业能在一起提前打算，这不会有问题的呀？”秦贞梅正急着找合适的话语拒绝费新刚的求爱，不知是谁恶作剧，将足球踢到他俩的跟前，远处踢球的人纷纷叫喊道：“喂，帮忙把球踢回来吵！”秦贞梅盯着绿草地上的足球，听到足球场球门附近传来的呼喊声，足球静静地停在费新刚那条瘸腿的脚前，秦贞梅似乎听到自己的心咚咚跳着数：一、二、三……忽然，费新刚涨红着脸发出了怒吼，同时，挥动了他那条僵硬的瘸腿，对着那黑白相间的足球，一脚踢去……

也许就是在这个关键时刻，这只可恶的足球揭了费新刚腿瘸的短，带来了他的尴尬与愤怒。失控的情绪造成了身体失衡，费新刚这用力一踢，居然踢空了球。强大的旋转惯性使得他踉跄倒地，他用他强有力的胳膊，撑在草地上，只是那只足球，还是骄傲地停在他的双脚间。他回过头，看着秦贞梅拾起那球，双手用力抛向远处正跑过来捡球的人。就在秦贞梅抛球的一瞬间，费新刚也一个鲤鱼翻身，重新站起，只是，他没有信心再去探究秦贞梅的心迹了。没有牵手、没有了情愫，费新刚更没有得到梦想的承诺，无可奈何花落去，看着秦贞梅静静走向楠三女生宿舍的背影，他不知是恨这只球，还是恨自己身上这条瘸腿，恨呀、恨……

二

其实，作为年级支部书记的俞仲乐对班上报考研究生的事情正在劳神费力。与其他学校竭力照顾本校毕业生的惯常做法不同，求是院长年年都强调：要鼓励学生考外校的研究生，尤其是要鼓励毕业生报考顶尖一流大学的研究生，当然也欢迎外校的毕业生报考本校的研究生，反对研究生招考向内倾斜。这样既能够避免“近亲繁殖”，形成交流优势，而且，还可以通过大量的本科毕业生考上一流顶尖大学，向社会展示学校学生的素质和教学综合水平。秉持这个重要观点，俞老师认真分析了空物832班报考研究生的情况，明显感觉夏国华和秦贞梅同时报考尚海交大空物专业不合适，他在再次与吕望云讨论为什么要报考光华大学国民经济管理的研究生之后，接着问吕望云："你这样报，虽然落榜的风险很大，但是，能够发挥理工科学生的数学优势，体现了敢报顶尖名校的勇气，还说得过去。夏国华报考与秦贞梅一样的学校和专业就明显不合适。他俩为何要这样胡来呢？"吕望云说："他俩成绩在班上都属顶尖的，班上报国大的有两个人，最好要他们冲一冲廷华！"俞仲乐说："是的，我得找他们讨论讨论。"

几天后，班上的研究生考试报名表都填好了，庞恒之收齐后一看，只有夏国华与一开始号称的不一样，他报考了廷华的空物专业。庞恒之与大家核实无误之后，交到系办公室，班上进入了紧张的临战状态。由于报考的目标差异很大，大家都各自分散行动，留在宿舍里的人很少，但是这天上午铁鸽梦却陪着吕望云读了一封家信。原来，他父亲借了高利贷，几天前就陪着他二哥到同德医院来治疗脊柱伤了，同时还将患有青光眼疾的母亲也带到同德医院一起治疗来了，同行的还有吕望云的妹妹吕望月。父亲还在信中特意嘱咐他，要他不要到医院去，不要担心他们，以免影响学习。

读完这封信后，铁鸽梦不停地宽慰吕望云，赞成吕望云父亲借高利贷治病的办法，不管再困难，治病要紧。铁鸽梦一开始准备在班里或系里发起募捐，被好面子的吕望云坚决制止。中午课后，他草草吃过晚饭准备出发过江到江口，这时，铁鸽梦找到他，给他八十元钱让他带上。吕望云知道铁鸽梦家里条件比自己稍好，但是，也不是太好，一下给他八十元钱，可不是笔小数目，他再三推辞，逼得铁鸽梦说了真话：原来他将自己的自行车卖了，将钱先借给吕望云渡过难关。吕望云强忍着感激的泪水，收下了这份沉甸甸的友情。因不想惊动其他老师，他告诉铁鸽梦，如有人问起，就说他家里有急事，暂时回家处理一下。吕望云急匆匆地搭15路车又中转1路电车过江到同德医院。

一到医院，估计二哥的事情影响大些，便于打听，他到骨科门诊部一问起鹤舞冰工院那个腰椎受伤的大学生时，医生立马告诉他，这个病人已到住院部住下了。他来到骨科住院部，父亲正推着二哥在做检查，他望着父亲饱经风霜但仍然棱角分明、刚毅的脸上，几天未刮的胡须坚硬有力，一点也没有自己想象中压力大的样子。

相反，父亲还微笑着说："你不在学校学习，来这里有么用撒？我这里都安排好了，是说不写信给你的，就怪你姆妈刻刻念叨你！”吕望云听到父亲这一说，稍感轻松。但是，当他看到二哥时，二哥是脸色凝重，似有很多话要说，又不知从何说起的样子。沉思片刻，二哥对他说：“要不你先去母亲那里看看，母亲和妹妹在眼科门诊那里等结果。我这里下午医生会诊，估计后天上午才能做手术。”吕望云稍微犹豫了一下，见父亲和二哥忙着检查，二哥好像这会儿也不想说什么，他便按二哥说的转身到眼科门诊，见到母亲。

母亲拉着他的手，泪水已流干的母亲好像盼来了救星，摇着吕望云的手，嗓子沙哑，哭道：“来晚了呀，都怪你父亲拖呀，现在同德的大医生都说不行，晚了，晚了……”母亲不停地说晚了，说得吕望云也急得脚直跺。他急忙到门诊专家那里恳切地求医生一定要想办法治好母亲的青光眼疾。医生告诉他一个形象的比喻：“就像洪水来了淹没了秧苗一样，只要水没有漫过苗顶芯，或者漫过苗顶芯后迅速退去，秧苗都还可以救活，后期加强管理还可以恢复。如果漫过顶芯的水长时间不退，秧苗都失去活力了，那水再退也没有用了嘎。现在你母亲的青光眼疾患病时间太长，尤其是左眼，一点光感都没有，根本就没有办法恢复哈。”

吕望云急切地恳求道：“那右眼能不能想办法给她留一点光明呀？”

“希望也不大，现在眼压刚降下来，稳一稳，明天一早做手术试试看。”医生十分同情，但是也显得信心不足，医生要吕望云好好宽慰他母亲，不要急，稳定情绪要紧，休息好才有利于明天的手术，“但是，你们都还没有交住院的钱，这个手术是要住院治疗才行，听说你家里拿不出住院的钱，想在附近四维小路亲戚家里住，这可不行呀，病人最好要住一周院才行。”

吕望云听完医生的情况说明，回到母亲身边，对妹妹说，要去办理住院手续，才有利于母亲恢复。妹妹说：“父亲说，母亲康复的可能性不大，做手术白花钱，何况现在实在没有钱呀。”

吕望云说：“医生说左眼完全不行，但是右眼还有一线希望，现在眼压都降下来了，不住院做手术，我们要后悔一辈子的。”

妹妹望月说：“你问一下父亲还有没有钱，二哥那里要花不少钱。”吕望云心想，父亲不知道自己带了铁鸽梦借的钱，加上上次卖鸭蛋的钱还有一点剩余，他未与父亲商量，直接到眼科住院部为母亲办了住院手续，回过头，将住院手续办好的情况告诉了主刀医生。主刀医生一再表扬他："兴工的大学生有孝心、有孝心，真值得我的学生们学习。"

转个身后，他回到母亲身边，告诉她已为她交了住院费，明天做完手术后可以住在医院里得到周到的护理，没想到母亲反倒是着急起来，问道："你父亲知道吗？你哪来的钱呀？"他怕母亲急，答道："是我平时自己省下来的，不用急，我马上要毕业了，快赚钱了。"母亲说："你二哥那是大手术，他的前途要紧，你要全力帮他呀，你六外婆家住得近，我做完手术到她家里呆几天，行就行，不行也就算了嗄。"吕望云信心满满地说："住院治疗效果好，该用的钱，借钱也要用，姆妈放心，我有办法的！"母亲拉着他和妹妹望月的手抖了抖，若有所思地说："早知如此，我就不该信夏'神仙'，钱冇省到，省得治病都错过了时间，我好糊涂呀！"

一起牵着母亲的手，在去住院部的路上，吕望云一直安慰母亲：二哥的病有钱治，有办法的，虽然他并不具体知道办法在哪里。安顿好母亲后，他又来到二哥望川的骨科住院部，望川已回到病房。由于手术复杂，同德医院的医生决定明天会诊后，再确定具体方案。吕望川告诉他：由于他是上体育课外伤导致的脊柱碎片性骨折、脱位压迫脊髓，需要尽快做手术解除压迫，现在的问题是，在鹤舞冰工院时没有处理到位，问题未根本解决，延误了神经细胞康复的最佳时间。吕望云一想到母亲也是延误了治疗时间才造成的大问题，心想望川的病再也不能拖了。有病不能拖呀，吕望云庆幸父亲借高利贷治病的决定，只是望川还是开心不起来，他问吕望云："你是么时候收到信的？我是同时给田如玉也发了一封信，她应该也收到了吧？"

"我是今天上午收到信的，她应该也同时收到了，二哥，算了吧，先治病要紧，身体恢复了，没有她，还会有更好的。"吕望云开导他道。

"这个病很难治好，尤其是不能完全治好。一是时间拖了太久；二是神经细胞的再生能力很差，要重建神经网络，除了要尽快做骨科复位手术，还要做经颅磁刺激治疗，这需要高明的医生；三是神经细胞及突触的生长需要营养，还要中医灸疗法配合，花费大，见效慢。说起来就得半天说清，治疗起来就更难呀。"二哥望川摇了摇头，沉默一会儿后说。

"那也得全力治好呀，放心，我们家就快好起来了。大哥参加工作虽然分到偏远的山区，但是，毕竟有工作；弟弟刚到国京读名牌大学，学校多少有一点助学金，不像读高中，花一分钱都要家里出；我又快大学毕业，起码自己可以顾自己，一切都会很快好起来的。”吕望云开导他。

“哎，大家都在变好，只有我，像个醉汉，站不起，倒不下，走不动，又醒不了呀。”二哥依然提不起精神，他轻声叹气地说。

“爸是不是买饭去了？姆妈也住院了，她和望月在隔壁大楼里。姆妈明天上午做手术，刚好你后天手术，时间凑巧得真好，放心吧，一切会好起来的。”吕望云理解二哥的意思，但是，一时也找不出合适的言语安慰他，只得顺口说了这些。

他心想，望川的腰伤带有神经性的，恢复效果很大程度上取决于他的心情。二哥声调低沉地问自己是什么时候收到信的，是想推断田如玉有没有收到信，田如玉没有及时来，是不是因为二哥的病情长期未见好转，变了心？哎，这个田如玉，你即使变心了也要在二哥手术之后慢慢来呀，在收到二哥及母亲来同德医院做手术的信后应该尽快来看望一下，在这个关键时刻变心，你也太冷酷无情了，这对二哥的康复无异于釜底抽薪呀！他在思考是否要到兴地学院去一趟，做做田如玉的工作，希望她无论如何要稳住二哥的情绪，尽快到医院来关心关心他。

他拿起二哥身边的开水瓶，到水房去打开水。刚走到病房门口，遇到父亲打饭回来。他告诉父亲自己联系好母亲明天早上住院做手术的事。他父亲很惊奇地问他是哪来的钱让母亲住院，他正准备过去要望月带母亲手术后去六外婆家里过夜。吕望云只是含混地说了一声：“找同学借的。”父亲稍许有点埋怨吕望云浪费钱，平和地说：“借钱难还钱更难！”但术后留院，毕竟有利于手术取得好的效果，又未多说。他轻声安排吕望云道：“你吃完饭快回去学习，不要再来了，这里有我和望月。”

三

父亲说完后，给母亲和妹妹买饭去了。看着父亲宽厚的背影，吕望云不禁想起中学语文课本里朱自清写的《背影》，只是除了深知父亲的不易外，吕望云还觉得父亲每次简单的几句话，都透露着深刻的道理。吕望云从小就担心自己长大后，能不能像父亲一样顶天立地，今天父亲的这几句话，平淡得使人看不到一丝的为难，他不禁重温了儿时的感觉：父亲从来不训斥、强迫自己干什么，遇事看准、说清、点到，话语不多不少，却总是在平和的语气中要么自己做了，要么不动声色地将一切准备好，要么用雅俗的言语举例引导。小时候自己自顾自玩，对父亲平和微笑的声音无知觉，而父亲说完就忙去了，似乎毫不在意自己的听与不听，任其“胡作非为”。不知从哪天起，父亲依旧平和的话语，变成了绕不过的警醒。这次也一样，听到父亲几句平和的话语后，吕望云再次感觉一阵紧张，未待二哥的饭吃完，自己先囫囵扒完饭后，就匆匆赶车过江。

上车后他有点后悔没有到母亲那里去说一声，不自觉地想到与罗泽玉好久未见面，正要考虑是不是顺道到汉大去一趟，转念又想起刚才还急着要去说服田如玉来配合望川治病，正为下一步如何办而犹豫时，公交车上售票员来卖票，他一掏口袋，发现还有一张信笺纸，叠得很整齐。他打开一看，是二哥望川工整的笔迹，写的好像是在哪儿听到过的一首歌词：

就在半梦半醒之间

我们越过时空相见

每一分钟换成一年

哦

究竟能有多少缠绵

就在半梦半醒之间

我们忘了还有明天

忘了保留一点时间

哦

好让这种感觉永远

迷迷糊糊睁开双眼

醒来你已无了踪影

再回到梦里

似梦似真

转眼改变

梦已不相连

……

望川这个时候将这张信笺纸塞进自己口袋里，望云立刻明白他这是希望自己送到田如玉那里。这是二哥在这困难低沉的时刻向田如玉发出的以退为进的邀爱信，他感到责任重大，他今天一定要将它送到田如玉手上。希望她务必珍惜，保持与二哥的联系，何况二哥还在恢复之中，变心何必太急？一想到爱是要保持联系，他还是要到罗泽玉那里去一下，一是好久未见，心中确实放不下；二是上次借的伍卓理的十五元钱不能再拖了，一定要还，否则会失信于他，也会让她知道后小瞧自己！这时，他又将父亲要求他“快回去学习”的话忘记。

他先到汉大，还是按照以前的模式，先到伍卓理处还钱。伍卓理刚踢完球，到开水房打热水去了。宿舍里只有一个同学在轻松地翻看杂志《青年文摘》，三年的来往，他和这个同学也比较熟悉了。这个同学笑他道：“你总算来了，前一段时间伍卓理可是大病了一场呀。”吕望云吃惊道：“怎么了？一向好好的，突然生病了？”这同学有点严肃地说：“都是因为你这个最好的同学好友，夺人所爱，还装！”听到这里，他一下明白过来了。这是在他预料之中的，他一直为此惴惴不安，但是，既然自己已经趟过了这条河，现在只能解脱自己，自己替自己找理由下台阶。他想：这几年自己确实退避三舍，将机会让给你伍卓理了，伍卓理心里也应该知道。他和罗泽玉同在诺佳山校区，近水楼台得不了月，应该是不能怪自己的。估计这次开学时伍卓理给罗泽玉说明了他的感情，罗泽玉也明确拒绝了他，不仅拒绝了他，而且，还告诉他，她爱的人是自己，这样的打击，伍卓理肯定会生病无疑。他正在为自己上次送鸭蛋到诺佳园没有见他们而感到庆幸，现在自己见他虽也逃不过尴尬，但是，心里底气要充足得多。

稍候片刻，伍卓理提着一铁桶热水进来了。也许是因为还有一位同学在，他显得很自然，没事一样，客气热情地招呼着。那同宿舍的同学见状，连忙拿起书包出门，说是到教室里去学习。宿舍里只有他俩，吕望云拿出十五元钱还给伍卓理，道歉道：“本来早就要还的，实在太忙，拖到现在，对不起哈。”

“不急，听说最近你经济上还很紧张，我家里条件还行，要不你先留着用，缓解了再还我。”伍卓理回答道。

听到这里，就像铁鸽梦卖车借钱、庞恒之寒冬让衣时一样，暖心的感激又出现在他的心里。他真为自己庆幸，困难时候遇到这么多好人，他见伍卓理态度坚决，也没有过分推辞，毕竟现在实在太需要钱了。关于罗泽玉的事，伍卓理和他都心照不宣，伍卓理表面洒脱实含几分无奈地笑了笑，说："她等着你呐，赶快去，现在我也不再陪你去咯。"他离开秋香园三舍抄小路往罗泽玉的樱飞园女生宿舍赶去。路上，他一方面因伍卓理的彻底退出而有一种轻松的感觉，另一方面也因自己的成功是建立在好友伍卓理的失败上面而深感愧疚。思来想去，他感到这事奇了怪了：伍卓理与她同在汉大；伍卓理家庭经济条件和背景（他叔叔汉大毕业后分配到兴地学院当学生工作处处长）比自己好；关键是伍卓理狂热而执着地追求，而自己一直退让在后；在中学老师、同学和众人眼中，伍卓理与罗泽玉是天生的一对、地造的一双。有这种种理由，偏偏罗泽玉不随众人，不答应伍卓理的追求而独独钟情到自己头上。都说兔子不吃窝边草，看样子有些道理；有心栽花花不开，无心插柳柳成荫，更是得到了印证；也许是因时下流行语——大个子门边站不穿衣也好看，自己一米八的身高，帮助自己赢得了罗泽玉的芳心。想到这些，先前的愧疚感慢慢淡化，上了樱花小路，到了美丽的樱飞园，眼中却只浮现罗泽玉端庄的笑容，和那梦幻般挥动着欢迎自己的双手。

他敲了敲罗泽玉的宿舍门，汉大是人文情怀浓厚的大学，与自己那教会般的工科大学大不相同。到宿舍了，这里的女生很解人意风情，罗泽玉诧异又高兴地开门掀帘让进，同宿舍的两个女生很快自然地找理由相继出门。罗泽玉满脸通红地拉他坐在书桌边，倒了一杯开水，向他滔滔不绝地讲最近在《细胞学》研究方面的心得体会，讲细胞研究的重要意义，疾病防治、农业增收、人口发展优生，甚至基因病毒战争……

她讲得津津有味，背书背课文是她的拿手好戏，背着背着，不觉已染上红晕的脸庞上满是滢滢泪珠儿。她望着吕望云的脸，感受到他那炙热的目光一直充满爱恋地将她紧盯，也被她这百灵鸟般的声音吸引，他垂顺着修长的双手，忘了言语，忘了窗外的诺佳美景。她情不自禁地抬起了手臂，纤指嫩掌探摸到了他那宽广的胸襟，似要将他那咚咚起伏的心跳抚平，两人面对面站着，半天未醒过神。

只是，"细胞"二字与二哥望川主治医生说的"脊髓神经细胞"重合，他也抬起手，按在她的纤巧细手上，很享受很享受般的，不肯挪开，就这样接着说出了二哥和母亲在同德医院做手术的事。她打听他母亲和二哥要做手术的地址，说手术时她一定会去探望鼓励，她还问经济上需不需要帮助，她家条件较好。这牛郎遇上仙女般的感觉，感动得吕望云仿佛一股温泉从头流到了脚，他想不到会有这样美好的人爱他，他成了天下最幸福的人。

接着，他们一块又谈起了文学。她知道他从小就有文学天赋，犹豫了一下，从书包里掏出一张叠好的汉大信笺纸，递给吕望云说："你这长时间未来，我前几天写了首小诗，你看看。"

吕望云接过来，看见纸上写着：

早就知道，

你是波涛滚滚的大江，

早就梦想，

我是与你同行的小河，

汇聚同一片云彩飘落的雨水，

浇灌着同一块荒漠。

春潮来时我们会合，

同扬前行的清波，

荡涤清洁着你我。

秋汛过后，

我们隔着杨林问候，

用我的宁静，

将你的波涛抚摸。

我愿是你同行的小河呀，

千绕百渡，

同归大海的小河……

吕望云看完后，脸上热辣辣的。他拿着这张信笺纸看了又看，激动地说："诗写得真好。但是，我觉得是写我家门口那条河、那段江的呀。"

"准确地说，这是写那天我和你一起走过的那条河，你明白的。"罗泽玉认真地说。

吕望云重新叠好并收起了这首珍贵的诗歌。他吻了吻罗泽玉的额头，想想天色不早了，自己还想到地院田如玉那里送二哥的信，便说："我还要办二哥望川的事，先回去，下次再来。"罗泽玉依依不舍地送他到汉大校门。吕望云上车了，内心好久未见平静。

赶到兴地学院时，田如玉宿舍的人说她到同德医院去了，还未回。显然，她是到二哥那里去了，在路上与望云错过了。估计着时间，他到校门口等了不一会儿，田如玉果然匆匆赶回来。一问她还真是到二哥那里去了。见她情绪不是很高，吕望云犹豫了一下，还是将二哥叠好的信笺纸交给了她。临走前，她说："我这几天太忙，不能到医院去，后面的事辛苦你哈。"他见她有点不冷不热的，心里也不太高兴。为了鼓励她放眼远望，克服眼前的困难，对二哥、对自己这样一个大家庭充满信心，他有点像展现家庭实力一样地告诉她："这学期开学时，我将老家产的鸭蛋贩卖了一大车到兴工、汉大和兴地学院食堂，毛利赚了四百多元，为我二哥和母亲治病提供了支持，我有时间和机会还会赚更多，你不要为我家二哥治病缺钱担心，我们一定会很快治好他的病。"听到这里，田如玉瞪大了惊奇的眼睛，情绪一下高涨起来，她在错愕、羡慕和赞叹中，目送吕望云迈着有力的步伐，离开了兴地学院的校门……

从兴工榍门回学校，吕望云一路迈着充满信心的大步，很快就到了桐六宿舍西头的路口。感觉到一女生骑了辆自行车赶上来，停在自己身边，借着路灯，他侧脸一看，惊讶地看到秦贞梅那秀气的脸，秦贞梅有点责备地说："中午离校到现在才看到你，系里阚育才书记找你找不到，对你有意见了。"他吃惊道："怎么这么巧，我刚好有事出去他就来找。他有没有说是什么事嗄?"秦贞梅说："听语气好像对你有意见，似乎是说你多嘴，说了什么不该说的东西，要我转告你尽快找他一下。"

听到她轻声细语的阳京普通话，音柔内容重，不禁担心发愣地看了她一下。今天不知怎么了，他发现秦贞梅也像罗泽玉一样，眼睛也一直盯着自己说话，不仅双眸不像以前躲闪，而且，推着自行车，人靠自己这边，刻意贴近了，也不怕下晚自习的同学看见！她接着以更低的声音告诉他："我主动要求当你的入党介绍人了，你还想要谁当，告诉我，我去做工作。"为了听清她的话，吕望云不由得侧着身子靠近她，听明白话意后，又由刚才的担心发愣转为惊喜，充满情意地说："我还没有想这件事，你看是谁都行。"

秦贞梅说："那就请费新刚吧，他是党小组长，后面的事会顺利一些。"吕望云犹豫了一下，还是同意了，心想虽然自己与他关系不太顺，但谁当介绍人都要经过他的，还不如就他简单些。说完他们就要分手，分手时秦贞梅一手扶着车把手，另一只手从书包里掏出一个红苹果塞给他，说："出去忙到现在，饿了吧！"他一阵心热，稍作犹豫，便感激地伸出右手，连苹果带手一起将她握住，左手稍后才上来接下苹果，而握住秦贞梅柔软手背的右手半天没有舍得松开。秦贞梅不禁双颊一片绯红，在明亮的路灯光的映照下，这片绯红也如一个时辰前见到的罗泽玉脸上的红霞，使得吕望云心旌摇荡。稍作权衡后，他显得坚定又充满柔情地说："贞梅，我明天一早可能还要到同德医院去，我姆妈和二哥都在那里住院做手术，明天还得麻烦你在俞老师那里帮我请个假。"秦贞梅一听他两个家人同时住院做手术，也很着急，正想开口细问，吕望云抢着说："今天不早了，再找时间说吧。"边说边松开了她的手，侧身跨步上了桐六舍的水泥台阶，将推着自行车的秦贞梅留在桐六舍桥头马路上，他摇了摇手，示意秦贞梅快骑车回楠三舍。

过往还有三两个下自习晚归的同学，秦贞梅想问清楚，也不好意思坚持留下来细问。只见她滑步上车，还是那件高弹的酱色紧身裤，将那长腿弹臀秀出的上车动作，刻在吕望云的心里。他目送秦贞梅骑车过文体大队宿舍转角，一直看到树木遮住她的倩影，吕望云还在惊奇地回味，分手上车一瞬间，秦贞梅的眼神里的确有的，一种与罗泽玉眼神里射出的相同光芒，这光芒同样充满了能量和温度……

四

话说刚才，田如玉目送望云进入兴工樨门后，一股从来就没有的看不够的感觉奇怪地在她心中产生。吕望云挺拔而充满张力的身影消失在兴工园里，她还站在马路边发愣。直到她忽然察觉自己的异样时，才自责起来，因为几乎所有人都认为她关注的人应该是望云的二哥望川。也许是望云成功地做成了自己休学期间未做成的鸭蛋生意，唤起了她对望云的注意。是呀，做成这笔鸭蛋生意，看起来没有什么了不起，但是，作为一个在校大学生，既无一分钱的本钱，又没有过硬的关系，还是在这么短的时间内做成，做过同样的生意，遭受失败打击的她，深深知道做成是多么不易，可见望云的才干不一般呀。她被这才唤醒的钦佩导引，不知不觉不舍地跟随，送望云走出地院西区校门，迎面而来的是地院西边校区建设工地带出来的泥土，被公路上往来频繁的车辆扬起漫天灰尘。这条公路既将兴地学院分为东西两个校区，又将语佳山与仰望山在相交的山脚处分开。在两山分开的地方，也是这条公路上坡与下坡的高处转折点，在这两山脚相交的语佳山一侧，斜插着一条还没铺沥青的沙子路，在这条路上，田如玉看到吕望云的背影消失在兴工樨八门内的梧桐道上。心神被那浓郁的树荫吸引，她不想掉头转身，不知咋的，她在幻想，望云能带她走进这语园，去感受桐树叶下的干净凉荫，她真不明白，相邻这么近的两所大学，兴工语园也有基建项目，为何独不见语园内也出现地院校园内这么多的散乱痕迹与灰尘？就像自己怀揣着杂乱的心思羡慕望云那看起来单纯干净的表情。

她不想立即返回宿舍，独自一人无奈地掉头离开通往语园的那条碎石土路。沿公路上坡，来到语佳山与仰望山的山脚分界点，爬了一段上坡路，鼻尖微微冒汗，她不由得放慢了脚步，抬眼看：几家住户民居，有的在马路边，有的零散分布在茶园中间，一大片茶园一直起伏不平向东北延伸到远处的寞山脚下，也向西北延伸到了龙湖边。几只白鹭还在茶园中的几棵大树冠上忙碌着，时而有新的白鹭从远处的湖面上飞回到树冠上来，提醒她，天色已晚。尽管前面的路自己很熟悉，就是这条路，一年前自己一满车鸭蛋被雨打浪击，颠簸到兴重后所剩无几。此时此刻，过去与现在、现在与将来、望川与望云，就像左右这两座山，都有路可上；也像前后都是顺着下的坡路，貌似都很容易走的下坡路，其实都是不好做出的选择。

就在她看到天色将晚，准备往回下坡的时候，自己的专业课《大地电磁法》老师，胡副教授正用轮椅推着她的丈夫，也即是同为地院的吴尚胜教授，顺着斜坡迎面上来。她连忙上前说：“胡老师，上坡，我来帮您推哈。”胡副教授说：“没事，不用呐，校区那边灰尘太大，我们每天都要到这边来转转，习惯了。”她见胡副教授身材娇小，四十岁左右，未经风雨，倒也徐娘半老，容颜尚在，看得出夫妻俩还算恩爱。虽然用足劲也能推得动吴教授坐的轮椅，但是，胡老师推起来还是显得有些吃力，她热情地帮忙推起了轮椅。感到暖心的胡副教授向丈夫介绍道：“她是我带的专业课班上的学生田如玉，是个朴实勤快的好学生。”吴教授笑着说：“朴实勤快好呀，它是我们这些搞地质勘探人员最需要的素质。”胡副教授抢白她丈夫道：“是的吵，都像你这样，朴实勤快，把自己搞到轮椅上这多年下不来。”吴教授只得无奈地笑了两声。一路上，胡副教授讲述吴教授在苍石铜绿山矿区帮助个体矿主找矿，在一次矿区地陷事故中，将尾椎摔伤，造成高位截瘫的故事。说到伤心处，她怕前面轮椅上的丈夫听了伤心，只得停了停，转移话题问田如玉道：“班上报考研究生的人多吗？”田如玉回道：“班上考研究生的不多，大多数人来自农村，家里困难，希望早点参加工作。”胡副教授又问道："听说你是为了规避上一届毕业分配到偏远艰苦的地方，以家庭困难的名义申请休学一年的，那今年你也不会考研吧？"田如玉说："胡老师您这也知道呀，我八二年入学时，班上有十三个国中省籍的人，到大二迎新生时，我发现八三级同专业班上只有三个国中人，显然休学一年留在江湖市要容易得多。加上我家确实困难，父亲和祖母长期卧病在床，姐姐又远嫁他方，尤其是大姐跟着大姐夫跑到新疆做生意多年失去联系，留下两个外甥女全凭母亲一人抚养。我休学一年做一下家教，做点小生意，学校照样给我发助学金和粮票，学校对我确实好哇。"

"一开始我们还都不知道你有这个想法，只是，去年毕业生分配时，发觉国中人太多，大家都想留江湖，才想起幸亏你休学一年，要不分配更麻烦了！这时大家才猜出你休学一年还有这个好处！嘿嘿。"

"哦，不过，我还有一个便利，我初中和高中都比别人少读一年书，我就是休学一年，到八三级同专业的班上，年龄也是最小的。"她详细地向这个一直关心自己的胡老师及其丈夫真诚地讲述着自己休学的缘由。他们推着轮椅边走边聊，胡老师和她的教授丈夫对她的选择时不时地点头表示赞成，夸奖着她的精明。但是，他们万万猜不到，在田如玉的心底还有个她不自觉的原因，这就是，她要在语园隔壁等等比望川更为高大英俊且热力四射的望云。

一直到将胡老师夫妇惯常外出的线路转完，他们一起回到兴地学院东校区胡老师夫妇家。快进门时，胡老师说："吴老师受伤前，我们享受正教授待遇，分配的住房是同门栋最好的四楼，为了方便老吴轮椅进出，我们和同门栋一楼的老师商量，对换到他家的一楼，比我们原来的四楼差远了，人家还嫌老吴受伤是因我家风水不好，额外要我们补他家两千块钱才同意换。你看我们一年总共也赚不到这么多钱，一气之下，我们换到现在这挡西晒的西头一楼，这世道哪有什么互相关爱呀，为了钱，什么样的要求都能提出来，一句话，还是自己不该受伤呀。"

胡老师夫妇"不完全的幸福"引起了田如玉的沉思，望川正在治疗的伤情会发展成像吴教授这样长期需要人推着轮椅出门的地步吗？如果这样，自己明知是个坑还往里面跳，按照双方父母的约定与他成亲，将来真是不可想象呀！胡老师是结婚之后她丈夫才截瘫的，自己现在可是自由身呀！难道说在自己的潜意识里，休学一年，没有想等一下望云与他同级的意思？难道望云高考那么高的分数还填报兴工，一点也没有考虑兴工与地院相邻，方便与自己联系见面的意思？自觉无端幻想到这里，她脸发红、心狂跳，就算望云对自己是这样，他亲二哥那一关，他怕也是过不了的。何况，自己也难跨这个坎呀！想到这里，她不禁苦笑着轻声责骂自己：太荒唐！

骂完之后，她还是放不下，内心彷徨失措，仿佛此刻自身正站在仰望山脚、语佳山脚和鲁寞路那高高凸起的交汇处，上山不知道往哪边爬，下坡不知道往哪边跨……

第十四章 麻烦待解脱 赠别朦胧诗

一

在同德医院做完手术后，二哥望川的腰椎上绑了支架。医生给他开了一些给神经提供营养、促进神经细胞生长的中西药。母亲的右眼也保住了微弱的视力。父亲借的高利贷花得精光，一周后吕望云家里人回煌州城北鸫坡老家去了。

吕望云因家里这事耽搁，几天后才见到俞仲乐。见面后，他首先低头检讨解释，原以为俞仲乐会狠狠地批评自己一顿，没想到俞书记很客气地说："家里怎么一下两个人同时动手术？这几天辛苦了，考研的事不会有影响吧！"

吕望云立即知道秦贞梅帮自己把假请得很到位，他充满谢意地说："谢谢俞书记关心，我二哥是做脊椎复位恢复手术，母亲是青光眼疾手术，在同德医院做的。都是不能再拖的病，我父亲下狠心克服经济困难才做成的，我不去帮一下，实在放心不下，干脆带了书，到同德医院去边看书边等结果，心里还踏实些。"

俞书记关心地说："你最近事情多，要好好处理，要学会照顾好自己呀！"

吕望云说："是的，最近事情确实不少，也很棘手，听秦贞梅说您找我有事？"

"你是不是找过求是院长？而且还谈了很多意见，目前，求是院长刚退二线，他对你提的问题很重视，说是他留下的问题，他有责任尽力纠正。他成立了一个高等教育研究所，把你提的问题安排人做了专门的调查研究分析，第一站就调查到我们系来了，本来通知你来参加调研座谈会的，因你家里有事，就请费新刚和秦贞梅参加了。"俞仲乐有点严肃地说。

"我是在图书馆书库学习时遇到他，他主动找我谈的，不是我刻意找他的，说得不对请俞书记批评。”看俞书记脸色，吕望云知道自己预感的麻烦真的来了。他不知是因不该向老院长说，还是说的内容不正确，让俞书记严肃起来。

俞仲乐坐在办公桌边沉默了好一会儿，吕望云也不好做声。最后俞仲乐说：“加紧再写一份思想汇报吧，关于你和余院长谈话的内容。我们正要开会研究毕业前最后发展一批党员的事，会前好歹做工作，让你们班党小组推荐你，秦贞梅还说服费新刚同意担任培养介绍人，现在又有不同的声音！你有空多与他们谈谈，解释解释，你不是故意的。”

“好的。”他见俞仲乐没言语了，起身告辞。刚要出门，俞仲乐又对他说：“前天我遇到郝西蓝，见她脸色很不好，同学也反映她一天到晚无精打采的，是不是生病了？你这个当班长的，最近忙，找个女同学去问一问，关心关心吧，她现在还有两场关键的考试，过不过得了这道难关，全靠她振作起来，没有任何人能帮得了她的。”

吕望云一听郝西蓝的事，脑海里快速浮想起到寞山朱碑亭上扮演郝西蓝男朋友的情形。一晃又过了三周多了，自己学习紧、事情多，一直没有时间过问她和易长风的事，也没有感受到秦贞梅所说的麻烦在自己身上降临。今天俞书记看似结尾想起的一件事，说不定还是要紧的事。尤其是要他找个女同学去问，看似大意的望云，不由得也多了一份心：难道俞书记知道一些细节？他提醒说要学会保护自己，是不是暗含批评的意思？

吕望云稍作思考，虽然上次朱碑亭的事闹得秦贞梅十分不高兴，他还是找到秦贞梅，对她说：“俞书记不知听谁说的，郝西蓝可能生病了，她马上又要补考，俞老师要我找个女同学去问一下，我想还是请你去问比较合适，能帮助她的话还是要帮助一下。”

秦贞梅说：“你这个班长当得真好呀，女同学的事这样放在心里，要是这样，我也想生一场病，看你管不管？”

吕望云连忙说：“快莫乱说，你这么好的身体么会生病嘎!”

秦贞梅红着脸说：“生病的原因多了去了，真不开窍。”

望云憨憨地笑了笑，没有接话，秦贞梅顺着应承下来，答应尽快去问。

二

第二天上午，只有两节专业课。未见郝西蓝上课，课后，秦贞梅只好回楠三舍，决定到四楼郝西蓝的寝室里去找她。已过金秋时节，语园内四处飘荡着桂花的清香，桐六教学楼坐北朝南，左边是楼层稍低一点的桐一楼，右边的桐四楼，与桐一楼外形几乎一样，三栋教学楼围成一个U形教学楼群，这样的楼群分布结构几乎成了语园内教学楼的典型布置。只是，在这个楼群的U形开口处，横着一条沥青马路，马路外，斜对着不远处的荷风亭。U形空间内，全是草坪与疏密有致分布的桂花树，横斜的小水泥路方便了夹着资料或背着书包行色匆忙的赶路人，也方便了课间休息时，三三两两学生围坐在草坪上闻香赏秋景。秦贞梅正沿左边桐一楼门口的沥青马路往U形空间的南开口走，由于空间里尽是不高的桂花树，偏西的秋阳没有一丝的遮挡，虽有几分热度，但并不影响她满心清爽的秋意。她在猜想：郝西蓝在这个决定能否拿到本科文凭考试的关键时刻，能生什么病呢？

一出U形空间，就见到荷风亭，那数十个大小错落有致、模仿荷叶的水泥踏步，高高低低地浮在水面上，挤在密密的荷叶中，从马路边一直通向湖中心的荷风亭。满湖的荷叶，高高低低，虽是金秋十月，叶子还是像盛夏一样茂盛，只是荷花大部分变成了莲蓬，几朵迟开的荷花，开得好的正惹来几只蜜蜂围着，还未开的含着荷苞立在枝头，箭一样骄傲地冲向天空。水泥踏步附近的莲蓬早被人采摘干净，莲花也没了踪影，只有看似毫无价值的荷叶，老实诚恳地欢迎着不再动手采摘伤害它们的行人。

顺着U形出口横过的主马路边沿，水泥踏步斜着串联到湖心荷风亭，可惜，过了荷风亭就再没有水泥踏步延伸到斜对岸，将这水泥踏步的功能限定为游玩观赏，而这时秦贞梅又全无赏景的心情。每次路过这里，匆匆忙忙，她心里都抱怨为何不将这水泥踏步延长，变成一条回楠三舍的近路呢？这次急着去找郝西蓝，更是不愿，又不得不走垂直相交的马路绕过荷风湖，经过一个平缓的上坡，来到自己居住了三年多的楠三女生宿舍。在四楼楼梯口的右侧，她敲门走进了郝西蓝的寝室。郝西蓝躺在床上，既未睡着，也没有梳洗，脸色泛白，确实不见了往日的红晕细腻。秦贞梅进来，寝室其他人都到教室上课学习去了，她问郝西蓝道："小蓝，你怎么了，不舒服到医院去看过了吗？"她刚一问出口就后悔了，因为郝西蓝的外号"好舒服"被说到了，两人都有一点小尴尬后，郝西蓝还是充满感激地说："谢谢你来看我，贞梅，我这几天不知道是么回事，吃么事吐么事，头昏脑涨的，四肢无力。"秦贞梅拉起了郝西蓝的手，感觉到比自己的体温稍高，说道："我陪你一起到校医院去看一下医生吧，有病难受更难过，拖不得的。"这次她有意回避了"舒服"二字，但是，显然郝西蓝比刚才更加发急。她那本来有点蜡黄的脸，急得泛起了红晕，急成了沉默，好半天，两人都没有做声。

秦贞梅见她书桌上还摆着没有吃完的剩饭菜碗，估计是午饭郝西蓝吃不下剩的，女生宿舍稍显整洁干净的环境里，在斜照进窗户的阳光下，格外醒目。饭碗因为摆在桌子上的时间太久，而招来一只苍蝇，在饭碗边沿时而停下、时而飞起。秦贞梅说："你先想一想，我去帮你把碗里的剩饭倒掉洗干净吧。"郝西蓝心里一热，眼泪顺着美丽的鹅蛋脸颊流下来，说："我自己去洗吧，真的好谢谢你，贞梅！"秦贞梅二话未说，拿起饭碗到洗漱间倒掉剩饭菜，洗净饭碗回来时，见郝西蓝已经穿好衣服，擦干了眼泪，对着挂在高低床立柱高处的镜子，梳理起睡乱了的长发，苗条的水蛇腰身子，现出了带有几分倦慵无力的美丽。秦贞梅虽然带有几分阳京大城市人的富贵气，但是，由于她比郝西蓝要矮半个头，身材中等也属美人的她，此时不禁对郝西蓝也暗生妒意。

郝西蓝说："贞梅，我可能摊上大麻烦了，你去忙你的学习吧，我自己到校医院去看一下。"

秦贞梅说："俞老师很关心你，见你脸色不好，特地要吕望云找一个女同学来看望一下。这不，我是按他们的要求来的，你气色确实不好，好像站都站不稳样的，我还是陪你一起去吧，这样我也好回复他们。"

其实学过生理卫生和生物课的郝西蓝，在连续几天的呕吐发热之后，知道估计是因易长风一时冲动，那天晚上在语园桐六教学楼前边桂花树下，未带工具惹的祸。而且，这次与上次毫无准备偷吃"禁果"后那个月的"大姨妈"迟迟不来，情况完全不一样。上次只是"大姨妈"推迟到来，这次推迟的时间长，而且又是呕吐乏力，还有点低烧，这次怕是真的怀上了。就是因为她提出分手，易长风纠缠不放手，自己也想这是最后一次，一时心软失守造成的。要是这样，自己可是亏大了，当初脱口而出，说了句"好舒服"把名声搞坏了，要是再出现真怀孕这样的丑事，自己怎么见人呀？

她决定不能让任何人知道，起码在医生确诊之前，不能告诉任何人。现在学校连勾肩搭背、牵手都不允许，自己偷偷谈恋爱，已越雷池，如果真的怀孕了，那学校还会不开除自己呀？千万千万要保密！

她坚定地对秦贞梅说："你忙吧，我一人去就行啦，又不是么大事，估计就是有点感冒。"

她一个人来到校医院，挂号时，环顾左右，没有熟人，才小声说："挂妇产科。"

妇产科里坐着一个约莫30多岁光景，姓解的女医生。解医生和蔼地问了情况，查了体温，要她到检验科查血，第二天来拿结果。第二天换了一个年纪大约有50多岁姓封的女医生，封医生见面就一连串地发问："你的身份证办了没有？哦，你还是射电系的学生，高材生也这样，真是不得了，你傻呀，怀孕可不是小事情！"

"哦哦，这可怎么办呀，校医院能处理掉吗？"郝西蓝虽然预感到这个结果，但是，经封医生这么一喊，顿时急得满头流汗。

"你这是要被开除学籍的，本科生谈恋爱都不准，你居然还怀孕，校医院是不能给本科生做人流手术的，学校不能鼓励学生谈恋爱怀孕。"

这封医生接着还感叹道："现在的女大学生，太开放了，一点名声都不要了，我要到你们系里去告诉你们领导，要处分，一定要处分，要不学校不像学校了……"

郝西蓝一听，吓得脸色更加苍白，连连求饶道："好阿姨，莫这样，我也是被别人害的呀，我也不愿意呀，求你莫到我们系里去说，我一人偷偷到别处去处理掉，我再也不敢放松自己了。"

"这可不行，我们商量一下再决定告不告诉你们系里，学生怀孕，系里管学生的老师真是吃干饭的。"

郝西蓝在科室走廊里等结果，听得出科室小会诊室里偶尔传出很大的争论声。

"兴工园是学习的地方，不允许大学生谈恋爱，更不能方便助长本科生的怀孕瞎来。"郝西蓝一听就知道这是封医生的声音。

"现在是我们自己的学生遇到了这种麻烦，相信她自己也十分后悔害怕，我们能帮她就帮一下她吧，放到社会上的黑诊所会害了她一辈子的。"解医生换了个角度说。

"那就嘱咐她到正规医院去做，我们不到她的系里去反映就算够意思了。"还是封医生的声音。

“我们确实很少遇到这种情况，看那女同学，怪招人可怜的……唉……”解医生无奈地说。

约莫过了一刻钟的光景，解医生和蔼可亲地出来对郝西蓝说：“郝同学，马上苦都要吃完了，怎么也得忍忍，等到拿了毕业证再这样也行呀。”

郝西蓝抽泣着说：“我也不是有意的，实在是被人害了的，我真是肠子都悔青了呀。求你帮帮我吧，我一辈子不会忘记你的大德大恩的。”

解医生抚摸了一下郝西蓝秀美的长发，说：“女人太美了，太需要定力了，兴工园里阳气太盛，也难为你们这些美丽的女大学生了。这样吧，我们也不到你们系里去说了，你也不要说到校医院来确诊过，回去，找到那个害你的男生，你们一起在外面找个正规医院去做掉，莫说是兴工的学生哈……”

含泪点头道谢之后，郝西蓝回到宿舍。

三

郝西蓝回到宿舍，越想越怄气，自己已经认真地向易长风提出了分手，易长风反而变本加厉，在那个月夜，就在语园的桂花树下，强行与自己发生关系。而且，不像以前在他的宿舍，他还负责任地带工具，这次激动了，连工具都不带。造成这么大的祸害，自己一定要去找他算账。

她气冲冲地来到榉八易长风的宿舍。一见面，易长风就阴阳怪气地说：“你不是新找了白马王子，还来我这里搞么事？”

“易长风，谁说我找白马王子了，我那是被你纠缠不过，找人演给你看的。”

“我给你看，这都是你干的好事，在公园里公开钻进别人的怀里，你还有么事狡辩的，我要到学校领导那里去告你们这两个不要脸的东西。”说罢，他将一叠吕望云和郝西蓝在朱碑亭上搂抱在一起的照片，“啪”的一声，摔在郝西蓝跟前的桌子上。

郝西蓝一看照片，怒火万丈，“嘭”的一声站起。

“易长风，你这个混账，你还有脸到我们系，拿着这缺德的照片告我的状，我早就不想理你，为什么你还要纠缠我不放？你看看这，都是因为你，你这个缺德的东西，临分手前你还要害我，呜、呜、呜……我这是造的哪辈子的孽呀？”边说边把校医院的检查结果从身后挎包里拿出，放到易长风眼前，泪如雨下，浑身颤栗，伤心至极。

“不、不、不，这不是我干的，我每次都很小心，不会惹这个麻烦的，你、你、你一定是和别人，对，和你那个白马王子。”易长风看到检查单，十分震惊，他不相信，他那晚冲动后昏厥过去，会有这样的结果。他推测，这一定是这个“好舒服”与别人干的，第一反应就是不能接受这件事。

“天下有你这么无耻又没有担当的人，麻烦肯定是你惹的，你承不承认反正我都是要尽快打掉的。”说罢，起身含泪夺门而出，易长风还试图将她留下，无奈，他的力气似乎还没有郝西蓝这西北女子的劲大。

在郝西蓝气急败坏地离开后，经此刺激，易长风一时手足无措，不知东西地在宿舍里转了几圈后，干脆坐下来理了理头绪：自己虽然出身于高干家庭，但是，天生身体羸弱，好在读书还行，也没有仗着父亲的权势，一路都是过硬考到兴工来读研究生的。就算谈恋爱追女人，也没有刻意搬出父母的地位，只是客观地让郝西蓝知道自己家里的情况。冷静下来一想，郝西蓝说是自己干的，按理说可能是真的。自己也设法多方打听过，甚至一有机会就跟踪过，自从他们在朱碑亭上表演过以后，他俩再也没有私下待在一起过，倒是秦贞梅与吕望云来往密切。从时间上推算，这个麻烦也应该是自己惹的。

想到这里，自己惹的这事可如何是好？不管不行，管起来显然是棘手得很，关键是还不好找人商量，最后还是到校内邮局去给家里打了一个长途电话。平时接电话的一般都是他妈妈，这次也不例外。但是，与以前不同的是，他妈妈这次一接到他的电话，就抽泣哭出了声：“长风呀，你可要坚强挺住呀，你爸出问题了，他从港城回来，一直没有回家，我四处找人打听，听说起因是帮别人进口一批货物通关造成的。真是急死人呀，到现在打听不到确切消息，平时热闹，人人把你当个神，落难时求人四处摸不到门呀！”

“哎呀，怎么会这样？妈，您莫急嘛，爸爸是从政的，总是有风险的。那是他的事，您又没有犯法，妈，您一定要坚强哈。”易长风鼓励他妈妈，在风云变幻的时刻，他在电话里努力地支撑住妈妈的精神。

“长风，上次你带回来的那个姑娘，现在怎么样了，我不该反对你们。现在想想，那姑娘高挑聪明，很不错的，你还是要好好待人家哈。”以前嫌郝西蓝家是普通医药公司的小职员，门不当户不对，反对他们谈恋爱，现在出事了，立马觉得人家郝西蓝好，他妈变得也够快的。

“妈，我这里也遇上麻烦了，我不小心让她怀孕了，这不，她刚才还在我这里闹着要去做人流呢。”易长风还真想求教一下他妈妈，看郝西蓝怀孕应该如何处理。

“怀孕了，那是好事呀，反正她不是马上要毕业了吗？你们到时候打结婚证，把孩子生下来吧，我们老易家几代单传，能生下孩子你爸也会高兴一些哈。”易长风对他妈妈这个意见表示十分惊讶。他后悔刚刚在郝西蓝面前昧着良心硬是不承认是自己的，他估计郝西蓝不会留住胎儿，时间紧，来不及向妈妈详细问父亲出事的可能结果，而且他估计父亲出事的后果他妈一下也是说不清，好在自己读书还算争气，一路都是凭实力考到兴工来的，也没有仗着父亲的权势做坏事，即使父亲有什么事，也牵连不上自身。他宽慰了妈妈几句后，连忙转身到郝西蓝的宿舍去。

经历了两次身体上的惊吓，郝西蓝从易长风宿舍出来后，反倒显得十分冷静。原来她总是责怪易长风对自己纠缠不清，现在，她认识到一切苦果都是自找的，自己没有坚持原则底线，图侥幸，一错再错，这次这一关怕是真的渡不过！一番冷静的思考后，她决定不再张扬，独自一人去处理掉。她感觉校医院的解医生比较善良开明，毕竟她是从事这个专业的，肯定有好的经验可以指引。她决定第二天上午再到校医院悄悄去请教解医生。

想到这里，她强打精神，到食堂买了份平时自己最爱吃的粉条芹菜炒肉丝，想到要面临一场新的战斗，她大口吃了下去，也没有之前呕吐的娇柔。吃完饭后，她一手拎着塑料桶，一手拎了一个开水瓶，到开水房打水。不是周末，洗澡堂未开，她决定还是要好好洗洗身体。就在她吃力地拎水上楼梯的时候，易长风慌忙赶上来，帮她拎水。她执意不要他管，但是，执拗不过，易长风还是将水帮她拎到了四楼宿舍。进了宿舍后，郝西蓝说：“你快走吧，我不想再见到你了。”

易长风说：“对不起小蓝，前面确实是我错了，我错怪你了，我们打结婚证吧，反正你马上就要毕业了，把我们的孩子生下来吧，我求你了，我妈妈也想要这个孩子。”

郝西蓝说：“我们之间没有什么好谈的，都是我的错，还是那句话，别再纠缠我。你还像以前一样到处臭我也行，到学校告我也好，反正我们没有可能了，我就是死了也不要你管。”

易长风说：“我只是太爱你，怕你离开我才那样的呀，原谅我吧！我今后一定改，以前心里总是仗着我家人的权势，现在，我爸又出事了，我们回到平凡，将来一起好好过日子呀！”

郝西蓝一听诧异道：“你爸……出事，出事了，你才……”

易长风趁郝西蓝诧异未缓，紧接着说道：“小蓝，我的请求，你再认真考虑一下吧，我明天再来等你回话……”

说完后易长风也满含泪水，摇摇晃晃地离开了郝西蓝的宿舍。

缓过神来的郝西蓝明白了，易长风改变主意，要把孩子生下来，只是因为他父亲出事了！她不禁深吸一口凉气，用手抚摸了一下自己的下腹，突然从这几天梦幻般的巨大变化中顿悟出：天哪，这里居然有一个新的生命，在孕育在生长。她到洗浴间用刚才塑料桶拎上来的热水，用面盆兑上凉水，试了水温。为防女同学像平时那样，因妒羡自己窈窕的身材而注目，她仔细关上格子间的木门，小心翼翼脱去衣物，将自己的身体洗净。她在想，她能否善待这意外产生的生命？她轻轻抚摸着下腹，似要唤醒这才开启的生命。做掉？好狠心！留下来？后果不堪设想！好难决定！苦哇，虽然隔着肚皮，也阻止不了天然的母性……

她不再像以前说“好舒服”时那样天真张扬。易长风走后，她认真思考良久，面对如此重大的变化，她再没有声张，没有去找人倾诉自己的麻烦与苦楚，她在心中默默地鞭策自己要成熟、要坚强。同房间的都去教室学习去了，她一身干净轻松，坚持看书学习起来，然而，一天的亢奋激动，使她过早地感到了疲倦。她起身稍作收拾，熄灯上床，躺下休息。中秋节后几天，半月照到房间的书桌上，不是朗月，她朦朦胧胧地悄生愁肠。辗转难眠，她索性起床，要到室外去排遣掉这心中的忧伤。她独自一人走在东边的田径场，刚刚完工的橡胶跑道，平坦坚实又充满弹性，一条条白色跑道线，在暗红的底色反衬下，半亮的月光，也照得它们发出显眼的亮光。她顺着跑道线，一步步小心地踩着自己的影子。孤独无助，仿佛这世界只有这月光造就的影子才能忠实地陪伴着自己，或许，还有这未成形的胎儿……

忽然，月光照亮了一个修长匀称的身影，平直的宽肩，短夹克遮不住胯下修长有力的长腿，他也在前方散步。他那坚强有力的步伐，踩得橡胶跑道“喳喳”直响，昂首阔步，气宇轩昂，天哪！那不是吕望云吗？不错，那一定是他，她急忙加快脚步，追上去，加快脚步，追上去，追上去……

那人走得好快，她心想：在这空荡荡夜晚的操场上，要是邂逅上了吕望云，那该是多么多么的幸福！想着想着，她索性抬起双腿跑起了步。接近那人时，也许是听到了跑步声，他回过头好奇地看着她，朦胧的月色中，隐约感到目光相对，但，这人木然注视不语，似乎不认识她。她还不甘心，倔强地跑近一看，啊！这人哪能与望云相比呀？他虽同望云一样肩宽，但，没有望云那迷人的倒三角；再一细看，更没有望云那许文强般英俊的面孔和坚定迷人的眼神。她假装跑步而过、憋住喘气，似乎未露一丝痕迹，但是，经此曲折，无限的失落与遗憾让她明白了，留级到吕望云班上之后，她无意识地喜欢上了班长吕望云。但是，因为易长风的纠缠与过往，使她对吕望云的爱成为不可能。是呀，自己这名声，哪配得上望云呀！朱碑亭上虽说是假装的一抱，望云那宽广的胸怀，有力的长臂，似乎还在环绕着自己，特别是在梦里……

她加快脚步，离那人越来越远。她明白，因为易长风这事闹的，自己虽然没有信心能跟吕望云好上，但是，她绝没有爱上易长风。曾经的天真纯情败给了纠缠不止的易长风，随着今天的成熟，郝西蓝明白，易长风改变态度不是真心，只是因为家里出事衰败，他也绝不是自己的真爱，更不是要相守终生的人。现在又不是封建社会，不可能一失足就定一生，留着身上的胎儿，不是爱的结晶，今后将会带来无限的痛苦与麻烦，她决心要悄悄地好好处理掉这个麻烦，迎接一个新的成熟的人生。

第二天，她悄悄找到解医生，得到了解医生的理解与帮助，介绍她到解医生的同学，也就是在龙湖东北岸偏远的梨园医院妇产科工作的高医生那里，做了人流手术。

四

这一场人流手术，虽然在解医生和她的同学高医生的帮助下，悄悄地做了，但是，除了郝西蓝身体变得虚弱外，还耽误了她赢得保住本科毕业的考试。她不得不放弃本科文凭，按兴工“一门进五门出”的学籍管理规定，以大专文凭的身份从兴工毕业。亏她吸取了教训，保密工作做得好，一场人流大事，同学们竟然都未听说一声。

一阵紧张的学习，吕望云还没有来得及将秦贞梅探问的情况向俞书记汇报，俞书记就把学校通知郝西蓝降为大专毕业，可以离校的决定告诉了吕望云。俞书记通知完后对望云说："怕她承受不了这样的打击，你找个合适的人通知她本人到系办公室去办理手续哈。她原来班级的人都走了，你在班里找几个同学送送她吧。"

他边走边想：俞仲乐在自己这么忙，考研压力这么大的时候向自己而不向其他人布置这件事，只能说明他对自己一贯的信任！又心想：要是郝西蓝听到这个决定，一时承受不了，哭哭啼啼怎么办？自己这个粗心大意的性格，要是一句话说得不好，惹上麻烦就不好了。得找个人代为处理一下，何况，前面扮演她男朋友的事，秦贞梅事前坚决反对，事后吞吞吐吐、嘀嘀咕咕地似乎有很大的憋屈埋在心里，她一直很介意，似乎麻烦未了。他回到宿舍，与同寝室的铁鸽梦商量这事如何是好，铁鸽梦快语道："用班费给她买点纪念品，留级到我们班就是我们班的人嘛。"

"说这，怕还早了点！学校的这个决定，谁适合通知她到系办公室去办手续嘎？"报喜容易，报忧难，谁适合报告这个令人遭受打击的决定，他俩都感到犹豫犯难。

两人沉思片刻，还是吕望云先说道："她这事估计没有那么简单，喻红玉，性格文静，又是党员，她和蔡建设一样被推免读本校的研究生，现在时间又充裕，让她负责全程跟踪处理这件事比较好。"

铁鸽梦很赞同地说："对，让她悄悄地通知或陪郝西蓝到系办公室去办离校手续，顺便征求郝西蓝本人的意见：可不可以再找几个人送一下？不管么样，至少要蔡建设和喻红玉两个人一起送她到江昌火车站，其他人都在备战研究生考试，就他俩时间充裕，又都是党员，蔡建设是男的，搬搬扛扛有力气。"

吕望云点头赞成且补充道："重要的是要喻红玉观察一下，她是否想得开、面子上能否承受得了，然后才能确定班上能不能欢送她一下。"

吸取了阳京一行的教训，一个同学毕业离校是个大事，吕望云还是先去给费新刚招呼了一声。他告诉费新刚："郝西蓝按规定转为大专毕业，学校通知她办理离校和分配工作的手续，俞老师要班上关心关心她，看能不能欢送她一下？"费新刚听后"哼、哈"超然事外地干笑两声，一句话也不明说，似乎深沉得不可探究。他俩的对话虽然就这么结束，但是，吕望云内心被他端着的架子激怒，只因近在眼前，有入党一事相求，只好憋红着脸，忍气不语还要客气干笑两声才走。

本想斗气不管这事，又想起这是俞老师布置的事，不能不做。于是，他还是按照与铁鸽梦商量好的，找到喻红玉，喻红玉爽快应承了他的请求。相较喻红玉热情的应承，费新刚阴沉沉的态度，实在让吕望云感到纳闷，心想：阳京之行，费新刚说自己处理事情与他这个党小组长不通气不商量，现在郝西蓝这事与他通气商量，他又这副模样，是自己有什么事未做妥？还是另有特殊的隐情、缘由？

他按捺住这样的不解，到教室埋头学习了一下午后，回到桐三食堂端着饭菜，边走边吃，在宿舍门口遇到吴杰锦。吴杰锦告诉他，喻红玉处理好郝西蓝的事后，过来说："郝西蓝虽然情绪低沉，双颊完全失去了往日的红润，面色苍白发黄，浑身无力慵倦，但是，她表示，这个结果在预料之中，她没有什么事想不开的！"

吕望云心情凝重地说："学校管得太严，这没有办法，你去买点纪念品，温暖下她，按原计划还是请喻红玉和蔡建设两个人到火车站去送送吧！"

吴杰锦想了一会儿，一时想不出买什么好，于是建议道："买么事我再想想，明天正好是周末，要不大家凑个份子钱，在宿舍里聚一餐吧。"

"也行，我耽误学习的时间太多了，这事你将蔡建设和喻红玉抓住，餐费由愿意参加的人分摊，你再想想，不管吃不吃饭，还是用几块钱买点纪念品吧。"吕望云建议说。

"好的，不过郝西蓝还是你亲自去请一下为好，俞老师跟你说的，你是班长，你去说她心里感觉会好受一些。"吴杰锦说。

"好吧，我去请她，顺便再看看她的状态，就明天晚上六点开始，地点以人数多少定，到时候，你每个宿舍去问一下，派代表，但不要强求哈。"吕望云说。

说过后，吕望云收拾收拾桌面，背起书包到教室去晚自习，临出发前，他还叮嘱吴杰锦要喻红玉莫张扬，待自己看郝西蓝的状态，确定她能正常参加后，再去忙明晚聚餐的事。

第二天上午，吕望云抽时间到楠三女生宿舍找到郝西蓝。办完离校手续的郝西蓝正在收拾，一个纸箱已打包好，贴好了地址，看样子是要通过邮局寄回甘兰去。见身边无人，吕望云告诉她班里晚上聚餐为她送行，地点初步定在男生宿舍。刚说到这时，秦贞梅掀起布门帘笑着进来，说："班长是来通知晚上聚餐吧，我们女生选我和喻红玉做代表参加，现在有什么需要帮忙的吗？"

"哦，关键时刻你来得正好，看能不能用你的自行车将我这个纸箱子送到邮局去？"郝西蓝顺杆说道。其实，她自己知道，这时秦贞梅来得并不是自己心底里认为的“正好”。

“正好，我扛它下楼，捆在你的自行车后面，我待会儿在男生宿舍等你们。”吕望云未细想，对秦贞梅说。

“只怕是这箱子太重，我怕是骑不稳，到了邮局我一人也搬不动，还得要你这个壮劳力辛苦一趟！”秦贞梅犹豫了一下答道，下意识地，她还是要把吕望云抓住。

“好呐，我这就搬下楼去，你把邮寄地址写给我哈。”吕望云用手挪了一下纸箱子，还真不轻，便爽快地答应了秦贞梅。

拿到地址条，吕望云扛起纸箱子，大步下楼到了秦贞梅的自行车旁，刚用纤维绳子在后座将箱子绑好，秦贞梅就一溜小跑着送车钥匙来。接过车钥匙，吕望云开锁独自骑上车，秦贞梅抬手一指：“你看谁来了！”吕望云单脚落地停车一看，原来易长风耷拉着脑袋也向楠三舍大门走过来。吕望云连忙将自行车停稳，上前拦在易长风面前，十分气愤地说：“易长风，你不要仗势欺人，还来纠缠郝西蓝，你都把人家害成这个样子了。”易长风本来情绪低沉，但是，经吕望云这一声责怪后，也硬起脖子吼道：“这是我和她之间的事情，犯不着你来掺和，你走开！”说着伸手想撇开吕望云，继续朝楠三舍大门走。吕望云干过农场重体力活，又高过易长风一个脑袋，他不仅纹丝不动，反而顺手将易长风撇自己的手一带，失去平衡的易长风踉跄几步，将停在不远处、后座捆着箱子的自行车推倒。吕望云见车子被推倒，车上的纸盒子也部分损坏，转身向易长风扑过去。易长风也因为几个踉跄，颜面大失，愤怒地转过身来，操起拳头直击吕望云胸部。他这次站稳了脚步，只可惜，从小就是孩子王、带头打架经验丰富的吕望云眼疾手快，加上力气又大，伸出一只手接住了击打过来的拳头，顺势侧身用另一只手肘按住易长风的背部。从小在蜜罐子里长大，身体明显不如吕望云强健的易长风，加上此时家里突如其来的变故，已无心斗狠，在一时不能挣脱吕望云农夫般双手的时刻，无奈地喃喃自语道：“你莫管，我要她保住我的孩子，她马上要毕业了，我们可以恋爱，可以结婚啦……”吕望云听到这里，立马惊呆了，不禁松开了双手。易长风轻松地抖了抖身子，准备继续往楠三舍大门入口走去。这时，秦贞梅急中生智，拉住易长风的衣袖，指着还倒在地下的自行车说：“这箱子就是郝西蓝的，她先到邮局去了，我们帮她将这箱东西送过去，这门口来来往往人多，我们一起到邮局去找她吧？”易长风看了一下地上的箱子，围观的女同学也来了好几个，脸上白一阵红一阵的，不好意思起来，只好顺着秦贞梅和吕望云，扶起自行车和绑在一起的箱子，三人一起朝邮局走去。吕望云一下子还未从郝西蓝怀上易长风孩子的震惊中缓过神来，怀着对易长风的不满与愤怒，一路推着自行车跟在他俩后面，沉默不语。秦贞梅在前面，拉拽着易长风，极力缓和着气氛，边走边与易长风聊起来。

秦贞梅："你不是不喜欢郝西蓝了吗？"

易长风："谁说的，我们只是一时任性，现在想来，她对我和我家都太重要了。"

秦贞梅："只是重要？"

易长风："还有爱！"

秦贞梅："那也晚了。"

易长风："为什么？"

秦贞梅："你对人家时冷时热不说，而且毫不负责。"

易长风："冷冷热热是有的，责任也不在我一人，学校要求严，她成绩又不好，说我不负责，我不认同。"

秦贞梅："不要往学校推，找理由。你想想人家是不是找过你。勇敢地给你机会，你不珍惜不认账，现在闹，还有用吗？"

易长风："我、我、我……来认错还不行吗？"

秦贞梅："这不是认错的事，她降格为大专，马上就要离校，身心受到双重打击，都是你害了别人！你要是还有点良心，就莫再闹了！"

易长风："我不是闹，我是要和她重归于好呀！"

秦贞梅："那也不能强迫，人家都不愿意，为了摆脱你人家都……"

说到这里，秦贞梅不自觉地掉头朝吕望云看了一眼，担心把事情搞复杂了，将到口边的"郝西蓝要吕望云假装男朋友以摆脱你纠缠"的话吞了回去。而易长风则急等着她说完，见她停下来不言语了，他不禁提高嗓门问道："你说呀，为了摆脱我她咋了？她都怀上了我的孩子，都是我的人了，她还能怎么样啊？"一直跟在后面的吕望云，听清了他的话，连忙快步推车靠拢道："谁说人家就是你的人了，人家结了婚都还能离婚，我看她的脸色，八成是已经将孩子打掉了。"易长风震惊、失望至极，愤怒地瞪了吕望云一眼，说道："你等着，我问清楚了再来找你算账！"他真以为郝西蓝正在邮局等他们送东西过去，连忙甩开他俩，起步跑向邮局了。

易长风一路奔跑，到邮局后，四下搜寻几轮，不见郝西蓝的踪影。也不知是无奈还是要另想其他的办法，待吕望云和秦贞梅推着自行车到邮局时，他并未在邮局等。吕望云和秦贞梅在邮局寄完东西，学校高音喇叭响起，食堂快要开晚餐了。秦贞梅原本打算骑车回楠三舍，再赶到东边食堂帮忙买聚餐的东西，现在眼看时间有点紧，不好意思让吕望云一人步行回桐六舍似的，秦贞梅说："你骑上车，带上我。"吕望云红了脸："同学们看见了，会误解笑话我们的。"秦贞梅说："这有么好笑的，都大四了，老院长也退二线了，又不是做坏事。"说完秦贞梅推吕望云骑上车，自己提身坐上了后座。开始她手轻轻地扶在自行车坐垫底下的弹簧表面上，弹簧被吕望云坐压得一伸缩，她顺其自然地将手移开，用手指拉着坐垫的边沿。后来遇上转弯，因手指拉力不够，她将手拉住吕望云的上衣。也不知是吕望云故意的还是秦贞梅用心，拉着吕望云上衣的手，时常碰上了吕望云的腰肌，碰上几次后，她干脆用手掌扶着吕望云的腰，抚摸得吕望云心里酥痒酥痒的。晚餐时的校广播台正播放着苏芮唱的歌曲：

谁能告诉我，

是我们改变了世界，

还是世界改变了我和你，

……

一样的笑容，

一样的泪水，

一样的日子，

一样的我和你，

……

秦贞梅的飞鸽牌自行车虽然结实，可以载得起瘦高的吕望云和苗条的秦贞梅，但是，由于吕望云的腿长，一直不太好用力。车从邮电局往东的路是微微下坡，到了东边宿舍区，路变得微微向上，车速也稍微慢了下来，到食堂打饭的同学看到秀美的秦贞梅扶着吕望云的腰，坐在车后，一个个羡慕的眼神，让吕望云暂时忘记了罗泽玉，他们都沉浸在青春的欢乐中，真是"一样的我和你"。

他们一起到宿舍后，吴杰锦他们已准备好了在食堂买的菜，还有两箱啤酒。今天是周末，送郝西蓝离校，由于她来班级时间不长，加上大家考研学习压力大，报名参加的同学不多，所以，聚餐地点就在吕望云的寝室进行。六张书桌排成一个大长方形餐桌，报名参加的人中，吕望云寝室的偏多。

斜对门收发室里，周末彩色电视已开始播放节目。喜欢体育的铁鸽梦和乐耀翰正在抓紧开餐前的时间，看世界杯足球赛重播。

开席前，吕望云才知道，吴杰锦找的几个人，除秦贞梅、蔡建设和喻红玉外，其他的铁鸽梦、尤建智、庞恒之几个都是和吕望云同房间的，他们房间只有书呆子徐秋成没有报名参加。参加的人中没有党小组长费新刚，吕望云心里觉得有些空荡荡的。

他悄悄把吴杰锦拉到门外走廊上，问："你邀请费新刚参加了吗？他可是党小组长呀！"

吴杰锦说："邀请了，他不参加不说，还说你这么积极一定有么事原因！"

吕望云瞪大眼睛说："呀！我积极是有么原因？"见吴杰锦不语，他又接着说，"你没有问他，我有么原因吗？"

吴杰锦低声说："问了，他不直接讲，只是分析说时下流行的：'损人不利己的事坚决不能做，损人利己的事小心掂量着做，利人利己的事积极做，你说，吕望云对郝西蓝的事这么积极，在大家紧张复习考研的当口，他还积极组织欢送活动，你说，他是属于哪种情况？还是违反了哪种情况'？"

吕望云安静地听着，对费新刚的分析和提问，起先觉得好像很有道理，是呀，这样对郝西蓝，我们是为了什么？难道自己不合时代的潮流？自己不顾大家的利益？自己还有么事利益？不、不、不，绝对不是这样的，这事好像不是关乎什么利益呀！

他随即否定了内心的动摇，因为自己做这件事是俞老师安排的，俞老师要求自己处理郝西蓝降本离校的事！还有，郝西蓝虽然是留级下来的，但她也是班上的一员，自己这么做不是在尽到做班长的职责吗？不是在讲感情、增强班上的凝聚力，为全班同学做示范吗？对于党小组长费新刚来说，他自己不参加，也应该是积极支持呀！他为什么表现得这样奇怪冷漠呢？

见房间里大家都准备开始了，他来不及深思，摆出笑脸、强装无事，和吴杰锦一起回到自己的寝室。房里连郝西蓝一起共九人，吕望云代表阚育才、俞仲乐等老师和全班同学表达了欢送和祝福之意，举起杯共饮了一杯啤酒。后面大家便自由起来，尤建智拿着阳京腔带头要求行酒令，他说：“我们也学古人行一下飞花令吧。”铁鸽梦却说：“飞花令老套难搞，我们还是来猜朦胧诗句，由郝西蓝说一个朦胧诗人名，后面顺时针轮着说相应的诗句，不能重复别人的，说不出的喝酒。”大家一想，最近我们一有空就讨论朦胧诗，都表示赞同。于是，由今晚的主角郝西蓝先出了第一个诗人——顾城。吕望云顺着说：“我失去了一只臂膀，就睁开了一只眼睛。”接着秦贞梅说：“你看我时很远，你看云时很近。”尤建智说：“太阳去追赶黑夜，又被另一群黑夜所追赶。”庞恒之早已准备好了说：“黑夜给了我黑色的眼睛，我却用它来寻找光明。”轮到蔡建设了，他说：“亿万个辉煌的太阳，呈现在打碎的镜子上。”尤建智立马瞪起高度近视镜片后面的金鱼眼说：“不对，这句不是顾城的，错了，罚酒！”蔡建设不服，这时大家不约而同地说：“这句诗是北岛的。”蔡建设仰起了微微发红的脸喝了一杯啤酒，指着他左侧的喻红玉说：“该你了，越到后面越难，不公平哈。”直到喻红玉不慌不忙地说：“一切都明明白白，但我们仍匆匆错过，因为你相信命运，因为我怀疑生活。”蔡建设惊奇地说：“你这是刻意背过的呀，这么齐全。”喻红玉微笑着，美丽动人，男生个个直了眼睛，秦贞梅趁机说：“她哪是背！人家是深刻的感悟。这说得太好了也要喝酒，这叫奖励，对吧？”大家鼓掌要喻红玉喝酒，也是希望有机会多看一眼这溪子姑娘。这喻红玉好像意会似的，慢慢端起酒杯，细细地喝下去，感受了难得的众多放肆的眼睛，原本就只有半杯的啤酒喝了好一会儿。男同学们借着喝酒的机会将那白白水灵的颈项面容，美丽杏眼，像欣赏一幅名画，端详得历历入心，搞得郝西蓝和秦贞梅酸意油生。秦贞梅推了旁边吕望云一下说：“快点，该吴杰锦了，莫紧看。”吴杰锦听秦贞梅这么一喊，连忙将准备好的诗句诵道：“在我放弃了自己的时候，我忽然就自由了，我终于理解了什么叫自然而然。”吴杰锦刚朗诵完，平时寡言的喻红玉竟然兴奋地喊道：“你放弃了谁？自己就是‘谁’吗？”吴杰锦慌忙失言：“我，我没有放弃呀！只是太美了，我们都不敢想嘎！”说得大家对着他俩一阵大笑，吕望云心想，幸亏徐秋成没有参加，要不然会酸得几天睡不好觉。笑完后轮到郝西蓝右侧的铁鸽梦了，他也不慌不忙地说：“一切交往都是初逢，一切爱情都在心里。”大家一听都知道他是故意说错的，因为这是北岛在大家心中最流行的诗句，于是大家哄然大笑道：“故意错，喝酒，喝酒。”铁鸽梦喝完后，大家将目光一致投向了今天的主人公郝西蓝，这个看似不幸的人，今天也很高兴，她首先感谢大家的热情，想了想念道："心的碎片，又重新组合，但再不是天真的我。"大家一听，开始一愣，似乎有点伤感，但是回味一下，又充满了涅槃重生的信心，于是一片叫好。

大家分别敬了她的酒后，吕望云代表班级赠送给她一套四盒流行歌磁带。郝西蓝接受后，激动地说："我要先离校回甘兰参加工作了，在兴工园生活、学习了四年多，教训多多，但是，我还是深爱这所美丽的森林大学，感谢每一位帮助过我的老师和同学。我今天无意中看到一份《教育报》，公布了去年的科技项目评奖情况，兴工位列全国高校第四，相信我们的母校一定会发展得越来越好。同学们即将毕业，风华正茂，四年的学习，一定会迎来美好的明天。"她的讲话迎来了热烈的鼓掌，大家一起干杯，齐唱《让世界充满爱》，结束了欢送晚餐。

送走三位女同学，男同学们收拾好寝室后，一看时间还早，有的到教室去学习，有的在宿舍清洗一周积攒下来的衣物，晚上熄灯后，抑制不住兴奋，他们开始了讨论。

尤建智说："想不到郝西蓝平时学习不怎么样，讲起话来可是水平高。"

铁鸽梦接着说："人家是教育落后地区考到兴工来的，在当地是尖子，但是，基础普遍要差一些是事实。尤其是英语，这种现象更明显，而兴工一入学就统一用全英文教材，实行'一门进五门出'的淘汰制，这方法如果不完善一下，今后落后地区的学生恐怕都不敢来了。"

庞恒之也搭话道："学校也太严了，听说，他男朋友的省长父亲来求情都没有用！"

吴杰锦接着说："别说了，世事瞬息万变，才听说她男朋友的老爸出事了，都是被那小子害的，我见过他，花花公子一个，好像身体也不行，风吹杨柳摆，不像个男人。"

铁鸽梦仿佛悟到什么样的，说："难怪，听说这个'好舒服'与她的男朋友前不久拜拜了，省长下台了，漂亮女人择高枝，靠不住呀！"

尤建智像平时一样，总是显得有见解地说："别这样说，郝西蓝不仅眼明心亮，她从易长风对她怀孕这件大事的应对中，看出了他的犹豫不决、外强中干的性格，而且，敢作敢为，流产这么大的事，一人处理得好好的，她今后说不定比我们混得都好。"只有徐秋成和吕望云没怎么搭话。徐秋成没有报名聚餐，说的少，吕望云却是因为他们的对话让他想起阚育才要求自己写的入党思想汇报。因为，他们对话的内容，有些也是他不知深浅地在求是院长面前谈过的。聚餐前，自行车上，秦贞梅大致说了一些要写的内容，如四项基本原则要坚持，资产阶级自由化思潮要反对之类的，这些好像不是阚老师特别强调要的。他在想，要在秦贞梅讲的一般要求的前提下，重点剖析汇报跟余院长的谈话才是关键。他感到自己越过这么多层级，给系里捅了一个娄子，必须如实说清楚捅娄子的整个过程。这个思想汇报很有可能决定自己的入党问题能不能提交年级支部大会表决通过。他感觉秦贞梅的眼神里闪烁着的那种关切，还有，自行车后她的手掌对自己腰身的抚摸，现在还在发烫发热。就算她对自己不是罗泽玉那种爱的眼神，也是对自己十分的有好感，是自己最坚定的支持者。想到这里，他清楚地意识到，已是班上老党员的秦贞梅对自己毕业前能不能入党很关键、很重要。他决定尽快再向她请教请教。

不知不觉，也不知是谁最后停止讲话的。吕望云因疲劳率先进入了梦乡：不知怎么梦到学校开运动会的场景，射电系是中等大小的系，总想跟电力系，机械一系、二系等大系竞争。长跑场上，秦贞梅和喻红玉都在跑道上，不知怎么又出现了罗泽玉……最后，竟然又是国京女同学何德珍拿了一个女子标枪奖状朝自己扔过来，醒来一看，原来，起夜打转的尤建智将昨天大家传看的《丑陋的中国人》随手扔到了自己的耳边……

第十五章　助力人反肇事　纪念册巧开启

一

按理说，郝西蓝在告别聚餐后，班里也安排蔡建设和喻红玉两人送她到江昌南站，她就不应该在离校之前再打扰班上的同学了。但是，她总好像有什么事放不下，晚上9点到甘兰的火车，上午将一切清理好后，她坐在书桌边，用笔胡乱涂鸦道：他狠了心/踢我出他的窝巢/我找了各种理由/在他的窝边转悠/回头/倔强地/不愿意走……是哦，不愿意走。这种感觉，自己在原来班级同学毕业时都没有，但是，留级到这个新班后，竟然有这种强烈的感觉。她不断地思量：这是为什么呢？当她看到抽屉里还有一叠饭菜票未用完的时候，她一瞬间就明白了——无论如何，出发前要单独见一下吕望云。

自从上次俞仲乐因为易长风告发照片事件找郝西蓝谈过话之后，吕望云就在郝西蓝心中扎下了根，她有意无意地回避着吕望云，不想再给他惹麻烦、让他分神。现在马上要离开了，她放不下吕望云那乐于助人的爽快模样，更放不下她曾与他肌肤相接感受到的，他浑身张扬的力量，“离开”加深了她与他再见一面的渴望。虽然语园里自习的地方很多，但是，由于同班级上课作息的时间一致，在教室里遇到同班熟人的机会很多，她想尽快找到望云，而又不想让人知道、看见，还真的不容易。抑制不住见一面的想法，她将剩下的一叠饭菜票连同刚才胡乱写的几行文字一起放进背包里，先到望云常去的东边几个自习的教室转了一圈，实在是有点累了，就干脆到望云最有可能来打饭的桐三食堂边石头园桌凳上坐等。也真凑巧，望云在桐三食堂帮厨的时间到了，其他同学还在学习，按照惯例，望云提前了二十多分钟到桐三食堂帮厨。四处不停张望的郝西蓝，远远地看到身材颀长、肩宽胸阔的望云迈着有力的步伐走近，心扑通扑通加快了跳动，身体虽还未完全恢复，但脸上已现出了红晕。她顾不得矜持，起身迎了上去，好在打饭时间未到，四处人少，望云看到她，先是一惊，旋即变得尴尬起来，因为，自己到桐三食堂帮厨，一直都是秘密进行的。

“你怎么在这儿，晚上送站的事，蔡建设和喻红玉联系好了吗？”吕望云微笑着说。

“不用送了，我的行李已经托运到工作单位了。”郝西蓝收拾起扑通乱跳的心。

“你这么早到这里，等着打饭？一定是早餐没有吃，饿了吧？”

“不是，我来这里等你。”

“等我，有事？”

“这些饭菜票我没有用完，你饭量大，送给你吧，免得浪费了。”

“你可以到买饭菜票的窗口换钱呀。”

“不换了，就给你吧，你学习紧张，要补充营养。”说罢，她连同胡乱写的几行字一起，直接塞进望云的上衣口袋里，转身离开时补了一句：“快去忙吧，我知道你经常在食堂勤工俭学。”

“你下午在哪里？我来找你。”

“不找了，就此别过，我会给你写信的。”

看到郝西蓝逃跑一样离开，急于到食堂帮工的吕望云哪里知道，郝西蓝此时的眼里，已满是泪水，心痛的感觉，随着泪滴到语园的柏油路上，不知道能不能留下一丝的痕迹？她后悔草率与易长风发生了不该发生的关系，以至于在意识到自己真的爱上吕望云时，没有表白或暗示的信心与勇气。

从费新刚指引自己去找吕望云，到吕望云不顾一切帮助自己，随后易长风将偷拍的照片告发到阚育才那里，最后由俞仲乐拿着照片找自己了解实情，她隐隐感觉到吕望云后面还有麻烦。她估计不到这个麻烦是什么，但是，费新刚要自己去找吕望云这个事实，在她离开学校之前，她要去告诉俞仲乐。因为，她感受到了费新刚在提到吕望云时的态度，她不忍心让自己倾心喜欢的人有可能遭到伤害，更不应该让一个不顾一切帮助自己的人为了帮助自己蒙受别人的陷害。

下午，郝西蓝来到楠一楼五楼射电工程系办公室，找到了俞仲乐。俞仲乐以为她临走前对学校还有什么要求，宽慰她说：“学校的制度严，读了四年才拿到大专文凭，确实很可惜，但是，兴工的大专文凭含金量也很高，参加工作后，好好干，一样能为学校争光。”

郝西蓝说：“都是我自己走错路造成的，怨不得学校。我今天来，主要是想到你上次找我了解吕望云和我的照片的事情，我觉得还有很重要的细节未汇报。”

“喔，对了，上次找你后，阚书记还说要你写个书面汇报材料，我怕他们要求太严格，放进你的档案袋里，所以，推脱说你最近心情不好不愿意写，现在，你的档案材料已经寄出去了，你要是有事还需要说，你可以写一个书面材料，我们参考参考。”

“那些照片没有进档案袋吧？”

“没有，没有文字材料，放进去没有意义，这不，照片还在我这里，你拿去吧。”

“好的，谢谢俞书记关照，这件事的经过我现在就写。”

她满脸羞红又暗自高兴地拿了俞书记用信封装着的几张照片，以前觉得是演戏，假的，现在倒觉得这照片很珍贵，尤其是被吕望云抱住的感觉，真好。她坐在俞书记旁边的办公桌上，边写边对俞书记说：“上次没有向你汇报费新刚叫我去找吕望云帮助的这个环节，现在用书面材料补上。”

“是吗？你找吕望云帮忙是费新刚建议的？”俞仲乐吃惊地问。

“是的，当时，我还不了解他和吕望云之间的关系，就傻乎乎地听他的了。”

二

带上郝西蓝写的材料，以及按照培养、酝酿、班党小组讨论、支部大会表决通过的程序要求，在酝酿阶段形成的全年级将发展的最后一批党员名单，俞仲乐来到桐四教学楼、阚育才兼职的知识产权法研究所筹建办公室。阚育才正在办公室旁边的小会议室和国专局的专家讨论招收知识产权双学位班学生的条件。会议室的门半开着，只听得里面传来阚育才的声音：“今年第一届双学位班招收校内各班级学习成绩中等以上，学有余力且对法学有兴趣的同学；明年再扩大一个班，将范围同步扩大到兴工附近几个重点大学的非法学专业学习成绩优异的同学。”

另一个操着普通话带京兰腔的人说：“这样好，双学位班能保证我们刚一开始就有高起点的学生，我们可以先积累经验，后面再慢慢扩大影响，为组建法学研究所、直接招收经济法学本科生打下基础。”

阚育才又说：“现在关键是如何调动学生报名的积极性，得让学生看到多学一个学位的好处。”

带京兰腔的人说：“简单地说，要是双学位能等同于研究生就好了，报的人一定多。”

阚育才笑着说：“有这个政策的话，可能就不需要我们这些人这样为难费力了，研究生是学历，本科双学位只能说学习的知识面更广，参加工作的适应性更强，看看在招生简章上能不能说明这是国内、国际知识产权组织与学校联合培养，说明将来在工作分配上，能够增加知识产权领域的就业去向？”

带京兰腔的人连忙说：“明说包分配到专利局不好，我们需要高素质的复合型人才，但是，我们包下来压力也太大，建议还是暗示的好，这样给大家都留一点退路。”

见俞仲乐探头在门口晃了一下，阚育才说：“要不，你先在这里讨论一下我们的这个招生简章，我回办公室处理点事，再过来。”

“好的，你先忙，我好好斟酌一下。”

阚育才连忙起身出门，见到俞仲乐就说：“杂事太多，各毕业班发展的最后一批党员名单搞出来了没有？哦，对了，还有那个郝西蓝离校了吗？”

俞仲乐连忙说：“我正是为这事来的，名单我带来了，请你审阅。郝西蓝昨天回的甘兰，工作单位都联系好了。”

阚育才便带着俞仲乐往自己办公室走，接过名单时说：“她不认真学习，谈恋爱，影响校风，快点离校好。”

俞仲乐却直抒胸臆地说：“她也怪可惜的，考上兴工的本科不易，读了四年多才拿个大专文凭，都是缠着她的人害了她。”

阚育才不以为然地说：“苍蝇不叮无缝的蛋，她自己行得正，别人能拿她怎么办？”

俞仲乐固执地说：“纠缠他的人太厉害，人家是省长的儿子，又是研究生，有几个女生经得起这样的缠和绕呀？何况她为了摆脱纠缠，想尽了办法。”

阚育才说：“想办法？不就是找吕望云演戏吗？谁知道他们是真是假。”

“不管是真还是假，她离校了，离校前一切正常，今后和吕望云天各一方，有事也变成了无事，更何况，据我了解，她和吕望云之间根本就没有发生说不清的事。”

“你还年轻呀，根本不懂得男女之间说不清道不明的事，我看名单上空物班的这个吕望云就不行，一天到晚都在惹是生非，争议又大，你还是把他拿下来吧，兴工的党员，要严格要求，往小处说是对兴工这个牌子负责，往大处说是对党负责。”

听到这里，俞仲乐急了，他心目中果敢担事、乐于奉献、品学兼优的好班长，在阚育才书记心目中竟是这种印象，不行，这是吕望云毕业前最后一次机会，他眼前浮现出吕望云渴望入党的迫切面孔，还有空物班绝大多数同学的拥护，心想一定要说服阚育才书记。于是，他拿出郝西蓝写的情况说明，并说道：“阚书记，空物班的同学都知道，连刚留级下来的郝西蓝也知道，费新刚与吕望云有过节，好多麻烦都是他造成的，比如这次的照片事件，就是费新刚要郝西蓝去找吕望云帮忙，吕望云乐于助人才发生的。”

阚育才看了郝西蓝写的情况说明，也有些吃惊。但是，他还是说：“吕望云将一些问题直接捅到求是院长那里，越级汇报，这样的人怎么能够发展？”

“阚书记，这个不是已经调查清楚了吗？他那是偶遇求是院长，回答求是院长的提问，根本就不是越级汇报呀。”

“你总是帮他说话，我只是给你提个醒，现在系里学生的日常党务工作，我是全部委托给你了，你要谨慎行动，培养的党员要能体现兴工务实的校风。”

“不会的，我向你保证，吕望云不是那样的人。”

“好吧，我持保留意见，你按你的意思，将名单交给各班党小组讨论吧。”

其实，在这之前，阚育才早已交代费新刚，要他在发展吕望云的问题上一定要慎重，严格把关。

三

这个周末，已是深秋了。彩色的森林校园里，夕阳的光柱搅动着桂花飘香，运动场上早已是人声沸腾，篮球的打击声震颤着垂挂的树叶，在距离运动场好几条横道，语佳山脚下苗圃边的一片高大森林里，这震天动地的运动声还是能清楚地听到。吕望云如约来到林中一个石桌、石椅边，如约在这闹中取静、班上同学很少光顾的地方，等候秦贞梅。

深秋的石凳，坐上去已有很强的凉气，他将随身带的报纸和《青年园》校刊杂志垫在石凳上，给石桌也铺上了报纸，拿起笔，继续边修改思想汇报，边等秦贞梅前来指导。

这几天抽空，他结合自己研究生考试的经济学课程，研究国情，用历史的、国际的眼光，重新理解对党的改革开放发展经济和坚持四项基本原则的基本国策，将这些认识写进了思想汇报。又将那天与余求是院长的谈话过程回忆整理了一遍，从思想深处分析自己的认识同党的理论方针是否一致，将这些自我剖析也逐条写进了思想汇报中。

不一会儿，秦贞梅朝气勃勃地快步过来，道歉道："不好意思，几个学习上的问题讨论晚了。"吕望云见她走得脸色红润，忙站起来示意她坐在已垫好杂志的对侧石凳上，直入主题道："这是我按阚育才书记要求写的入党思想汇报，请你这个党员同志指导修改。"秦贞梅接过认真研读起来，吕望云很自然地连同垫着的书一起移身到秦贞梅相邻的凳子上，侧着眼和她一起看起来。

秦贞梅性格文雅外向，她父亲是阳京紫金电子设备厂的党委书记，尤建智的父亲是阳京磬山建材厂的厂长，按道理是门当户对，可是，他俩客客气气地硬是不在一个频道上，原因可能与尤建智肚凸身胖的体型和有点粗野的性格相关。听说尤建智曾对她表示过好感，但是没有结果。班上还传说庞恒之也为秦贞梅单相思得厉害，自觉没有信心放弃了。作为民选的班长，吕望云跟班上的女生保持着距离，也是为了赢得男生们长期坚定的支持，大一几任班长都短短地结束了任期，与他们"女士优先"分寸拿捏不好有关。到大四了，班上女生确实坐不住，悄悄动了春心，谈起恋爱来，但是，少有动真情的，多是在找感觉，增加阅历的，只是还没有听到秦贞梅具体跟谁谈恋爱的传说。吕望云心里装着罗泽玉，因为入党这事，又不得不靠近入党介绍人秦贞梅，加上吕望云内心里也倾慕着秦贞梅，班上各项工作秦贞梅都积极支持他，尤其是在阳京送他二十块钱救急，在心里他们是属于比较近的。还有前不久骑自行车带秦贞梅的感觉，她那手扶自己腰部的滋味，好像还贴在吕望云的腰肌、烫在吕望云的心上，抹之不平，挥之不去。

就在吕望云凑近秦贞梅出神的时候，秦贞梅读完了他的思想汇报。她从书包里拿出一支铅笔，划出了几个不合适的地方。特别在“系里领导就班上的重要事情不与他这个民选班长商量而与党小组长商量”处，划了一道直横线又加了一道波浪线。

她说：“学校实行学生自己管自己的改革，民选班长和班委会，是为了提高大家的自我管理能力，不是实行民主改革，更不是你想象的培养民主自由意识。我们不能搞资本主义自由化，只有安定团结的政治局面才能营造良好的发展环境。我知道，你是一个血气方刚的人，浑身都充满了激情和信心，又特别能吃苦，有韧性，我喜欢和欣赏你的这些优点。前几天，报纸上报道‘长江科学考察探险队’的‘长漂精神’，我好羡慕他们，从你的身上我看到了他们的那种坚强、勇敢……我都幻想着跟你一起去探险、去奋斗。但是，你需要成熟和理性，我知道你目前的困境，理解你的渴望和挣扎，知道你对‘一无所有’现实的不满和抗争，但是，这些都是要在一个安定团结的大环境中才能顺利得到解决的，你因系里领导不把你当回事而不高兴，居然还讲到余院长那里去了，这是不妥的。我们不能做像电影《老井》《芙蓉镇》《盗马贼》里那样的人，‘集体无意识’，那样压抑、苦涩和无奈。但是，也不能由此而追求不合实际的自由，追求影响国家稳定发展大局的自由。”

吕望云听到这些真诚鼓励自己的话，有高度见地的分析，对秦贞梅更加佩服，欣然同意按她的观点对这一部分进行修改。秦贞梅也有感于吕望云的认同接受，进一步感言道：“国家和学校一样，发展都有自身的阶段性。一个时期有一个时期的困难，为了达到最终的目标，能克服的困难要克服，不能克服的要想办法绕过，什么办法最有效就采取什么办法，不可教条呆板呀！”

就关于培养成绩好的同学优先入党的事，秦贞梅对吕望云的想法也不完全赞成。秦贞梅说：“发展谁入党主要是看有没有一心一意为人民的坚定信念，不能说成绩好的同学有可能出国就不发展他们，他们到国外学成还要回来报效国家，即使不回国，党员大公无私的高尚品德也会为我们赢来良好的国际形象。再说兴工是一个以科技为主的工科大学，发展成绩好的同学入党，也是一个鼓励科技攻关、扎实工作学习的指挥棒。当然，对学习成绩一般，但是思想品德过硬、各方面表现优秀的同学也应该适当发展。因为学习成绩好只是一个阶段、一个方面的情况，而学习与工作是一辈子的事情，思想进步也是一辈子的事情，成为共产党员也是一辈子的事情。”

秦贞梅边说边将他写得偏激的地方标出来，这时的吕望云谦虚得像个小学生，直点头应承。秦贞梅接着说："你说的原版外语教材使用不切合实际的问题，这确实存在。你说的教材冗长，读起来效率不高的问题，应该也存在，尤其是专业课教材。但是，也不是普遍问题，大部分教材还是很好的，这些具体问题，估计学校会重视，逐一解决的。"

"勤工俭学平台问题，估计学校也会重视。在这个方面兴工的现状与国家大力发展市场经济的潮流不相适应，现在是'不管白猫黑猫，能抓住老鼠就是好猫'，年中国家申请加入世界贸易组织，在校学生勤工俭学不仅是通过勤工俭学来解决自己的经济困难，更重要的是培养、锻炼自己的经济活动能力，这一点，估计学校会研究、支持的。关键要说清楚，是在图书馆书库阅览室偶遇余校长，他主动找你谈的，不是上访，不是越级打小报告。但是，又要说得自然合情理。"

吕望云不时地点头，他接着说："前一段时间，我利用开学的间隙，贩了一批鸭蛋到学校食堂，小赚了一笔辛苦钱，这要不要向组织汇报？"

秦贞梅说："班里没有别人知道，我知道就行了，又不是干违法违纪的事情，这个时候，多一事不如少一事，最好不要说。"

见秦贞梅这样保护支持自己，吕望云将下一步自己要在全年级九十七个班推销毕业纪念册的想法说出来，秦贞梅说："听铁鸽梦说过，这真是一个大胆的设想。事情还没有做，不要到处讲，免得无事找事。不过这件事，我觉得很有意义，现在国家鼓励全民闯市场，很多国家干部都下海赚钱，兼职赚钱，只要不违法乱纪，都是允许的。何况你还是一个经济困难的学生，到时候用得着我和铁鸽梦的地方，我们一起帮你。不过，这事得早下手，现在社会上通用的毕业纪念册很多，做有兴工八三级个性化特征的毕业纪念册，估计价格可能要稍微定得高一些。要提前预计好，要把将近一百个班的自由购买行为协调一致，困难特大，我都不敢设想。"

说了这么多，天色渐渐黑下来。苗圃后面就是语佳山，晚秋的语园，晚饭后，到山脚、山腰散步的老师渐渐多起来，附近的几张石桌上也坐满了大学生。夕阳还露着半边红脸，路灯亮起来了，随着路灯的闪亮，他们不约而同地抬头看了看枝叶茂密的树林，还有树林外的晚霞。秋风拂叶沙沙响，吕望云不禁起身朗诵道："我们也去吧，去争夺天空，或者做一片小叶子，回应森林的歌唱。"秦贞梅也站起身跺了跺坐久了的脚，和道："根，紧握在地下；叶，相触在云里；每一阵风过，我们都相互致意。"

他们会心地笑了，笑得那么开心，笑得那么投入……

也许是在西边，没有同班同学和熟人，他俩起身，秦贞梅站在近旁，看着吕望云收拾桌面，上次抚摸过吕望云的腰肌，留下难忘的甜蜜记忆，这次她是多么希望他收拾完后，顺势拉起自己的手，一起往树林外走。她怕他不好意思，特意靠近又靠近，几乎到了手挨着手的地步，然而，不知吕望云是傻了还是变成了一根木头，挨着的手就是直直地不弯勾。她是奇了怪了，难道他真的不喜欢自己？难道他还在为郝西蓝着迷？稍加思考，这两个疑问就不能成立。百思不解，等不到吕望云主动撩自己，见到不远处有人大大方方牵手搂腰在一起，她鼓起勇气将自己的手掌塞进了他的掌心里，说："你做毕业纪念册，我来设计和写前言。"吕望云的心中立马浮现起罗泽玉那亲切可爱的脸庞，觉得很对不起她，但是，又不好强硬地不握住这到了掌心的柔手，怕伤了她的面子寒了她的心，毕竟后面还有很多事要她帮忙。他甚至还想，如果不是罗泽玉，能够和秦贞梅在一起，也真是很幸福的事。他顺从地牵着秦贞梅，平时强有力的手，温顺得像只绵羊。

牵手出林，秦贞梅靠他很近，似乎想在出林之前，得到令她激动的回应，他硬是东拉西扯转移话题到才发生的国际大事上。他口若悬河，讲起国家为什么要申请加入世贸组织，讲到如何将我国的劳动力优势转换成国际市场优势，讲到如何在技术上形成整体优势，以先进的技术实现传统农业国的工业化，讲到了自己的雄心勃勃，讲到学工程技术的人再去搞经济学研究将具有更强的跨专业优势，奋斗的兴工人，将来说不定会产生一种工科经济学家现象……短短的林间距离，时走时停的脚步，秦贞梅的心不由一阵激动澎湃。听着他自信满满的演讲，她仿佛看到了千帆竞渡、万马奔腾。在这清凉的黄昏余晖中，她绯红的脸色显得比水红的玳瑁镜框还要红还要亮晶晶。为避绕她这沁人心脾的香气，他好想对她说，自己已有女朋友罗泽玉了，但是，犹犹豫豫地就是没有敢说出口的底气……

四

离开苗圃树林，秦贞梅开锁推上自行车，正想将自行车把手交给吕望云，要他像那天一样，再骑上车带她。吕望云眼尖，远远看到了匆匆路过的夏雨诗社老熟人——固电系的同年级学生会主席柳曦。正想到要找他联系毕业纪念册的事，这自然遇上的，真正是顺意。柳曦似乎也注意到了他，起先怕扰得他俩不好意思，还快步回避。但见吕望云不避不说，反而将目光和步伐都转向了自己。他也停步笑道："大诗人，大老远地来体验这'情人林'了，感觉么样嘎？"这话说得秦贞梅满脸通红，背后还握着的手立马悄然放松。吕望云自然地笑着说："这片树林么时候被你叫作'情人林'了？"

"从今天开始呀，看你们是多般配的一对'情人'！"

"'情人'来过就叫'情人林'，那语园莫不是要叫'情人园'了？"

"嗨、嗨！我倒是有件正事要找你商量。"

说罢，他俩走到了一起。跟在后面的秦贞梅见状，红脸低眉笑着点头招呼，独自骑车离去。他和柳曦接着聊起来。

"你们班的，毕业前恋爱实习，哈、哈……"

"快莫瞎说，我找她谈正经事。"

"与要跟我商量的事一样吗？"

"不一样，她那是为我入党的事，找你是为班级、为大家做点事。"

"为班级做事，找我？隔得太远了吧！"

"不远，快要毕业离校了，一本好的纪念册重要吧？"

"对，这是自然的，我看前几届都是大家在外面自购的，又贵又没有学校的特点，难得留下美好的回忆。"

"好，你有这个看法，就好办。"

接着，吕望云将自己班想做一本有兴工校园特色的毕业纪念册，以及向印刷厂咨询后，人家说量小成本价格就会高，要做成这事，需要联合兄弟班级一起做才做得了，等等，一口气向柳曦做了详细介绍。

柳曦听得仔细，满是青春痘的腮帮子上，焕发出善解人意的豪气。吕望云直觉到他这里不会有问题，接着又体贴地说："我知道现在大家都忙于考研究生，先打个招呼，你和你们系其他几个班级一起商量一下，考完研究生后我再来找你。"

如吕望云所料，柳曦的确是个爽快人，一听这事，加上他平时对诗词文化的爱好，很高兴就答道："这是好事呀，纪念册应该有兴工的特色。放心吧，我们系的人我碰到，一定说好，固电系你就找我好了。"

柳曦的方脸上飞扬着青春痘，他的态度与在诗社做事时的热心积极一样。今天他这一说，增添了吕望云不少信心，做毕业纪念册的事总算开了一个好头。研究生考试还有半个多月，他决定在研究生考试之前，将招呼都打好，工作都做足，免得研究生一考完，那浙塘苍南印刷厂的推销员先进校下了手。

晚自习后，他找到铁鸽梦，说了自己的想法，希望他陪同自己一起抽空到各系各班去跑一趟。铁鸽梦完全赞成他的想法，但是又提醒他，不要显得太刻意，最好选在轻松自然的时候，不要让别人觉得我们想赚钱。吕望云深以为然，并且告诉铁鸽梦，整体上采用由远及近的策略，自己班上先不要说开，先把外面都联系好，再到自己班上说，一步步将事情做成。因为几年的同学做下来，他渐渐意识到"墙内开花墙外香"的道理。

回到宿舍，他安下心来，按照秦贞梅的指导，将思想汇报重写了一遍。写完之后，他打开抽屉，发现有人才塞了一封来自兴汉大学的信。一看字迹，就知道是罗泽玉写来的。怕被别人看清内容，他急忙起身靠到自己的床铺被子上打开。信里说她很想来兴工，但是，考虑到研究生大考在即，怕来分心，等考完再来兴工相见，先写信来加油鼓劲。这封信与以前罗泽玉写给自己的信最大的区别，就是称呼发生了改变，其中有一段话，使他的心情久久不能平静。这段话是这样写的：

亲爱的望云，关于你，关于我们，我是既感到意料之中，又感到意料之外。你总是充满激情而又坚韧，善良而又不迂腐，考上兴工这样的名牌大学，将来事业有成是必期可待的。但是，我们从在煌冈高中做同学，再到江湖读书相恋相爱，确实是我未曾想到的。因为你不像我，执着于一个专业，今后一辈子也会扎在这个专业上。你志向远大，就像那天上的一道道彩云，令我炫目，令我心往神驰，但是，又总有摸不到、抓不住的感觉。我不知道，我这样一个扎根于大地的人怎么会偏偏爱上了你这片天上的彩云？眼看着我们走的路不同，我还是放不下对你的爱。每当我想起你伟岸的身影，宽广的胸怀，坚定自信的眼神，那些出身贫困、未来茫然不定呀，就像冰块遇火，被你的热情融化得一干二净。我多么希望你每一步都走稳，每一事都做成，我祈望你就是那片能一辈子给我雨露的彩云……

他陶醉在这一段话里，这是生平第一次自己喜爱的女生向自己明确表达爱意的书信。他抚摸着枕边三年前考上大学时，她送给他的短波收音机，心想，罗泽玉学习成绩好，扎根专业，贤惠美丽，对自己又用心，真是自己心中理想的爱人，也是自己曾经发誓要考上名牌大学的动力，这样根深叶茂的爱情，自己无论如何是不能放弃的。他又不由得想起今天傍晚还在一起修改思想汇报的秦贞梅，毫无疑问，贞梅已经给了他爱情的信号，而且贞梅也是各方面都很优秀，更重要的是，她现在能帮助自己入党，还能帮自己设计毕业纪念册，这时候来临的爱情能断然拒绝吗？

他已经是懂得爱的滋味的人，对因养眼而激发自己冲动的女同学都非常敏感，何况这秦贞梅简直等于给他明说了对他的情缘。他在想，秦贞梅偏偏在这个时候也爱上自己，他多么希望她这时爱上别人，同时又能像现在这样关心帮助自己呀！他甚至有点责怪秦贞梅，都一起三年了，早点不表示，早点表示他就少与罗泽玉来往，也不至于发展到现在这样的两难境地呀。他心潮起伏在对她俩轮番比较的激荡上，并且感到一场风暴快要来临，他为之热血沸腾，又为之战栗无奈！他希望这场暴风雨尽量来迟些，或自动转向无风无雨时平静的龙湖。

十月底的兴工语园，下了半夜秋雨，早上太阳又洋红洋红地升起来了，真是让人欢欣。桐六舍前高大茂密的夹竹桃怒放着大朵大朵的红花。几只小麻雀，叽叽喳喳在花间斗嘴，时而箭一般上下追赶闹腾，时而冲到路边纠缠追打。前面桐三舍文体大队的号手正吹着各式各样的西洋管子，羊咩牛哞般地吵醒了一夜未睡稳的吕望云。在床上翻滚几回后，还是按时起来，他要迎接新的一天，这天他必须复习上课。关于思想汇报，要让费新刚感到自己受尊重，就应该直接交给他，但是交之前还是要告诉秦贞梅一下，最好让她再看一眼。这天他还计划找个借口，到有十三个班的电力系去会一会系学生会主席，预先联系一下毕业纪念册的事。还有，再忙也要尽快给罗泽玉回一封信，告诉她，他很思念她，研究生考试一结束，立马来汉大看她。他不希望这个时刻罗泽玉来自己这里太频繁，风雨呀，该来总是要来，但是，能晚就一定要拖。

第十六章　真情草力开顽石 明理入心存距离

一

经历过时代的洗礼，阚育才书记的政治管理能力达到了炉火纯青的地步。为了组建法学研究所，他不得不将射电系学生管理的日常工作交给俞仲乐，不自觉地将班级划分为放心班级和需要关注的班级。吕望云所在的空物832班，因为出的事情较多，被列为需要关注的班。虽然很忙，他还是在想办法重点关注这个班。他想的办法就是充分发挥费新刚的作用，因为他认为费新刚为人沉稳、原则性强，又是班上的党小组长，通过他不仅可以及时掌握班上的异常情况，而且，关键时刻，不仅可以制约吕望云，防止这个有些“冲劲”的班长搞出什么新麻烦来，另外，还可以平衡俞仲乐这个刚毕业不久的年轻辅导员。他认为这是个“四两拨千斤”的掌控办法，他为自己这点政治手腕而自诩高明。

为此，他找到费新刚，关心地问他：“新刚，你报考本校本专业的研究生，竞争好激烈的，想没想过万一考不上怎么办?”

没想到阚书记会这么主动地关心自己，费新刚按捺住激动，客气地说：“谢谢阚书记关爱，我还没有想太多，不过，我十分热爱兴工，热爱语园，将来即使不能工作生活在语园，也希望不要离它太远。”

见费新刚上道了，阚育才说：“你先好好备考，班上的事情有俞老师，我不管，但是异常情况你要及时向我汇报，好好干，这样对你接下来的安排会更好。”

费新刚这个“费三度”，听阚育才书记话中有话，而且显然对自己有利好的意思，这时他才面露浅笑，低眉顺眼以示感激地说：“谢谢阚书记栽培教诲，我一定按您的要求做好。这几天别的大事倒没有什么，只是，俞老师告诉我说，要将吕望云列为我们年级毕业前发展的最后一批党员，我也拿不准他是否经过您同意，不敢贸然说什么，点头答应了他。”

“他这是在提名酝酿，你们党小组还要开会讨论是否通过的，你们可要认真对待，绝不能将不合格的人选为党员。”

“我能理解为您这是不同意发展他为党员的意思吗，阚书记？”

“也不完全是这样，我只是一种担心和预防，吕望云比较喜欢任事也难免会惹事，我只是担心而已，靠你们进一步观察再定。”

“我明白了，阚书记，他要是真的不合格，我一定动员我们党小组的同志，反对他入党。”

“我不是说一定不同意他入党，我只是说，你们朝夕相处，更加了解他，如果他确实不合格，喜欢将个人威风凌驾于党和群众之上，则宁缺毋滥，坚决不能发展他入党。”

“我明白了，我一定用心考察，认真对待。”

“这方面的事你形成认识后，将所依据的事实及时直接告诉我。”

“好的，阚书记您放心。”

阚育才加重说了“直接”二字，看到了费新刚脸色认真且重重点头肯定的表情，自己的意思，想必费新刚应该知道。他心想，如果吕望云真是“头上长角身上长刺”的人，在自己面前想混进党内那是万万不可能的。他也想借这个机会考察一下费新刚的影响能力和对党的事业的忠诚度。在这个时代中饱受政治运动折磨，全家人都深受其害的系总支部书记，深深感受到自己在培养人、选用人上的责任。他时常说兴工的校风是靠一个个具体的行为导向来影响和落实的，选择那些务实、不浮躁、不惹事的好学生入党，是个关键的风向标。

与费新刚谈话交代完之后，阚育才给俞仲乐打了一个电话，同意将他向自己汇报的发展党员酝酿方案，分别交给各个班级党小组民主讨论通过。

二

虽然研究生大考在即，大四上学期已过了一大半，空物专业每天上午还要上两节专业技术课。《天线设计Ⅱ》这门课一般在楠一楼空物专业小教室上，这天也不例外，在楠一楼七楼北侧小教室进行。西米老师讲课喜欢课前写满一黑板的又长又密的公式，刮得发青的脸廓，凸起的颧骨上架着一副约有三圈半样发着白光圈的高度近视眼镜。虽然这眼镜与班上尤建智的相似，但是，因为尤建智的眼珠又圆又大，镜片上的亮圈和谐地围绕着，总显出一些稚嫩随意，完全没有西米老师这圆圈眼镜后透出的眯眯小眼显出的老辣犀利。课堂上，吕望云为躲避西米老师老辣的眼神，他习惯性地将思想汇报置于双斗课桌的面板下，又认真细看了一遍，确认无误后，准备尽快提交。秦贞梅坐在第一排最右边，吕望云坐在紧挨她后面的位置上，看完思想汇报，他将它叠成长条，抬头一看，见在讲台上讲课的西米老师正站在讲台的斜对边，往后瞥一眼，费新刚恰好远远地坐在教室的最后排。性子急的吕望云感觉到比较安全，伸手将叠好的思想汇报从秦贞梅的右侧边递进了她桌面双斗口内。他动作快，以为西米的眯眯小眼隔着讲台、藏在镜片后看不见。不料感觉到侧边有动静的秦贞梅先是低头，后又掉头看了看吕望云。不知是秦贞梅掉头动作太大还是西米老师的高度近视眼镜太透，秦贞梅手拿纸条回头看吕望云的动作被他那犀利的眼神抓到了。他停止讲课，看着他俩讲道："不要以为到了大四，就可以递纸条谈恋爱了。严禁本科生谈恋爱，是学校发展成国际一流综合性大学的纪律保证。"讲到这里他又停了停，本欲继续讲他那又长又难记的天线原理公式，可能是看到了吕望云委屈不解的表情，他又接着讲道："再说，现在花时间和精力谈恋爱，毕业后又不能分配到一起，劳燕分飞的无果花，没有任何意义呀！我知道的都是失败的例子，我的同学和学生中还未见一个大学期间谈恋爱有好结果的！"

西米老师一向以刻苦钻研业务、不理"杂务"著称，班上同学听他坚持讲恋爱的问题，而且眼睛一直朝向讲台对角的秦贞梅和吕望云这边，大家都好像悟到什么一样，也将目光纷纷朝向他俩。这时，西米老师从平时枯燥的推演氛围中感到了一种被注目的刺激，他越讲越带劲，仿佛一下变成了大家的贴心人，他稍作停顿，亮了亮嗓门，动情地说："我和大家都一样，也曾在这语佳山下学习了四年，我的大学同学中，不乏有成就的人，他们的成果就发端于大学阶段，尤其是大四时的毕业设计。大四重要呀，考试不多，好混易过，但也正是主动学习、研究的好时光，与大家毕业后的业绩创新最为相关，千万莫浪费了哦！"说到动情处，激动哽咽。在全班同学的注目下，吕望云和秦贞梅好像真的在课堂上传递情书谈恋爱似的。吕望云本想辩解，甚至想拿回思想汇报，告诉西米：我递给秦贞梅的是入党思想汇报，不是求爱的字条。但是，他忍住了，秦贞梅悄悄展开字条看了一角，知道递过来的是事先商量好的思想汇报，也忍住了，未做任何辩解。因为他们知道，这时辩解会更加把大家的注意力往自己身上引，不如成全西米老师，让这个一心只搞教学的教授，也能发一发学科外的论道。

但是，西米老师提醒他俩不要递纸条谈恋爱的告诫，引起了费新刚的强烈注意，他对吕望云老是缠住秦贞梅，再生妒意，心想：你吕望云要是入了党，岂不更不得了了？课后，吕望云还想将思想汇报从秦贞梅那里拿过来，一是给西米老师看一看，二是给同学们解释一下，总之要说明自己递过去的不是求爱的字条。而秦贞梅却将思想汇报夹在课本里，放进书包中，匆匆起身走出教室，不给吕望云拿回字条、解释说明的机会。吕望云不得不跟着她出来，请她帮忙看看，把把关后，准备将思想汇报亲自交给党小组长费新刚。按照事先设想好的，他走到秦贞梅身边，告诉她，已按她的建议改好，准备交给费新刚。他以为秦贞梅会拿出来浏览一下，认可后还给他，点点头同意交。没想到秦贞梅竟然说："交给我吧，我是你的入党介绍人，后面的事，我来办。"吕望云见她坚定的眼神，不由得想起西米老师的教导，想起大家对他俩的怀疑，想起她毫不在乎似乎乐意的默认，不由得被她的热情目光吸引，此时，四目相接犹如陨石坠入了大气层。吕望云知道他这时不能躲闪，不能含混，哪怕是燃烧，哪怕是毁灭，因为他太需要她这时的帮衬。余光使他感受到她那双自己不久前才握过的秀手，心啊，不要这样颤抖，天哪，这秀手又自然而然地握住了手臂，似在强烈地暗示，快快将她搂一搂……

下课的人已经走净，他犹豫了一下，见贞梅还看着他，等着他，又好似要问他还有没有要说的话。他支支吾吾地说："我等你的好消息哈！"用似乎青涩的羞意，敷衍着热烈的她，逃兵一样地逃回到自己的座位上，像模像样地开始了复习。

失望加诧异，秦贞梅还是收起了思想汇报，离开了他们上课的教室。她今天主动地接过了吕望云的重托，默认了并欣然接受着西米老师对他俩的怀疑。她知道，在兴工这样的学校，吕望云几年下来学习成绩起伏不定，虽然他多才多艺、有勇有谋、勤劳任事，但是，干的越多错的越多，也正是这些特点，一连串的麻烦老是落在他身上，引起不同的反响，要在毕业之前入党实属不易。在她长这么大，随当领导的父亲到过好几个地方上学，所有她认识的男同学中，还没有一个像望云这样令她印象深刻的，干事用心又执着。她原来根本看不起农村来的同学，认为条件所限，难得有太出色的人才。但和望云接触后，尤其是这次带队到阳京实习，她改变了自己的看法。望云的性格、才华和心怀天下的精神追求，都达到了令她满心欢喜的高度。进入大四后，女同学们都悄悄动起了谈恋爱的念头，也许是青春荷尔蒙的作用，也许是留下大学纪念的需求，在她的眼里，望云变得更潇洒了：颀长健美的身材，瘦削坚毅的脸庞，宽肩阔胸，刚健有力的姿态，坚定而明亮的眼睛，与他在一起，她经常不由自主地将吕望云比作小说《钢铁是怎样炼成的》里面的保尔·柯察金，而她自己则时刻提醒自己不要当那个没有主见的冬妮娅，爱他就要跟他同心同行。

现在，她要为他入党的事努力，她认为国家的经济发展今后肯定需要吕望云这样高素质、有魄力又正直的经济管理人才。她认为这既是帮助吕望云更是为了党的事业。她顾不得考研前学习的紧张，首先去找费新刚。她看到费新刚从刚才上课的教室座位上起身后，背起书包一只脚微踮地走向同层相邻的宽大实验室，估计是那里空敞人少，他要去找一个宽松一点的位置自习。

她快步赶上费新刚，在他快到实验室门口的走道上将吕望云写的思想汇报材料拿出来交给他，捎带严肃地说："这是吕望云写的思想汇报，我觉得他这次认识较深刻，你看看，如果认为可以，我们就将党小组的同志召集起来，开会讨论一下他的发展问题，眼看这学期就快结束了，其他班最后一批发展党员的党小组会都开过了。"

费新刚对一般男同学的脸色很固化成型：在浅笑和蔼的面容下流露出居高临下的神情。这也许是因为他特殊的经历，显得比一般同学要成熟。但是在女同学面前，尤其是在秦贞梅与喻红玉两位美女党员面前却要逢迎低眉可亲得多。他见秦贞梅态度很坚决，接着移步到廊道窗户旁边，站着浏览了一遍思想汇报，心想：刚才西米老师误认为的情书，应该就是这份思想汇报。现在确认无误之后，消去了刚才上课时对吕望云与秦贞梅传递情书的将信将疑，妒意减轻，心里一下舒坦多了。他快速反应，认为系里既然已经将吕望云纳入入党的培养流程，长期阻拦不开会说不过去，但是，阚书记嘱咐的事情也来不得半点马虎。他试探秦贞梅道："现在是中央文件规定清理'三种人'的关键风口，你知道'三种人'是哪三种人吗？"

“费新刚，你这时候提‘三种人’是么意思呀，难道说吕望云属于这三种人之一吗?”

“我不是说他属于这三种人之一，我是说我们要防止有可能成为这‘三种人’倾向的人混进党内，以免使党的事业受损，影响学校团结务实的校风和声誉。”

“我们进校时，党中央就发文清理和防止‘三种人’，到现在，差不多已近尾声，本来清理‘三种人’的这项工作就有一定争议，就更不能无根无据地往我们同学身上引。”

“你误解我的意思了，我再说一遍，我不是说他属于‘三种人’，我是说，他那种性格，有些叛逆不说，还在班上联合这个那个的，凸显自己，压制别人，帮派思想严重，行为像极了这三种人。”

“费新刚同学，你说这话有证据吗？你这是先入为主，主观推定呀！他作为班长，团结同学，舍己帮助同学，不应该吗?”秦贞梅见费新刚终于明确地说出了他的观点，这个观点显然太过，万万没有想到，身边的费新刚竟然用“清理三种人”这个名义，反对发展吕望云为党员。她不知道，平时深藏不露的费新刚到底有什么原因，只是觉得，凭自己的力量看样子说服他是不行的。

秦贞梅连提了两个疑问后，边联想边注意到费新刚的脸色也涨得通红。费新刚一时也不知如何作答，但是，他显然又不愿意自己心仪的秦贞梅不高兴，两个人边走边沉默了好一会儿，费新刚才稍有缓和地开口说：“我也不能肯定，你让我再考虑考虑，观察一下再说行吗?”

“行，不过时间很紧，通过之后，系里还要给他老家发外调信函。”

“好的，不过，我建议你抓紧时间做自己的事情，万一考不上，能留在江湖工作就好了，你看这语园多美丽!”

“你不会希望我考不上吧？那样鼓励夏国华和我竞争报考尚海交大同专业的研究生。”

“我、我……你这更误解我了，我只是喜欢你才……”这是费新刚第二次向她表白。她本想说：喜欢我，就顺着我的意思，同意让吕望云入党呀。但是，她忍住了，心想这样将会使自己陷入被动难堪的境地。她没有做声，脸色茫然地抬眼看了看窗外那遥远的语佳山顶，看着这座江湖城最高的山顶，心想：山外有山，要绕过费新刚的阻扰，得找俞仲乐来解决他的思想问题。

三

秦贞梅着急地找到俞仲乐，告诉俞仲乐，费新刚在发展吕望云为党员这件事情上的态度与理由。俞仲乐大为吃惊道：“他怎么能拿这个做文章，太不像话了。”

“是呀，在他的眼中，吕望云敢于作为，在同学中影响大，这不能说他有帮派思想呀！但是，费新刚是党小组长，他不同意马上开会表决通过，我也没有办法。”

“吕望云入党这件事，我向阚书记汇报过，阚书记也没有明确反对，我去找他，看看他到底是么回事。”

“那太好了，俞老师，我现在就去喊他过来。”

俞仲乐见到费新刚，没有做过多的说明，他简单直入主题道：“阚书记让我通知，你们党小组要抓紧开会讨论通过吕望云入党的事情，你不会有什么顾虑吧？”

“阚书记通知的？”费新刚睁大了吃惊的眼睛，在他那厚厚的近视镜片的遮掩下，显得不那么强烈，但俞仲乐还是强烈地感受到了，他发出疑问道：“难道阚书记和你说了不同的意见？”

“没有、没有……”费新刚不敢透露阚育才直接向自己交代的事，他担心俞仲乐知道后，会对自己有意见。

“那就是你本人找理由不同意呀，新刚，我们一向认为你各方面表现都很优秀，但是，你的心胸一定也要宽广呀！因为一些捕风捉影的事，你这样阻止，大家又一致认为应该发展他，你不怕毕业后无法面对你的同学吗？”

“俞书记，您说得对，只要大家真的都同意，我也没有意见，何况我们班确实将这件事拖了又拖。”见俞仲乐这么坚定明确，费新刚心想自己不能平白无故地得罪老师，不得不在屈服中，将问题推向了“大家”。

“既然你没有意见，那就尽快开会讨论吧。”俞仲乐显出了几分老师才有的霸气。

费新刚按捺住内心的不悦，说：“也是，我们班是靠后了一些，上次是因为两封感谢信，他处理不当，拖延。这次又因为他对余院长说了一些有待思考斟酌的话，余院长到系里调研，系里想搞清详细情况，又拖延。现在看来，他不是刻意越级到余院长那里汇报，而是余院长主动找他了解情况，加上这次他思想汇报写得还不错，现在俞老师又明确表示支持，那就先开党小组会，形成统一意见后，交年级支部大会举手表决通过吧。”

站在一旁的秦贞梅紧接着说：“那我就通知他们几个党员下午五点到桐六教学楼前会合，然后找个地方讨论一下。”

费新刚点点头答应道：“好吧，要不你现在将他的思想汇报给俞老师看一下，再去通知开会。”

秦贞梅见事情还比较顺，连忙从书包里拿出吕望云的思想汇报交给俞仲乐。俞仲乐这时对秦贞梅的印象越发好了，在他心目中，秦贞梅学习成绩好，积极上进，组织能力强，温雅大方，同学们对她的评价高，是班上第一个党员。在班上她显得比大家都要成熟、稳重。

费新刚这时说了一声：“思想汇报我看过，我先走了哈！”俞仲乐点点头表示同意，同时示意秦贞梅留一下。俞仲乐说：“是呀，最后一批党员，就你们小组的会还没有开，他的思想汇报是我请示育才书记后要他写的，你们开会讨论我也是请示育才书记后确定的，我现在就看看他的思想汇报。”

俞仲乐边看边接着说：“上次，余院长到我们系里来调研教学工作，他随口提了一下空物专业毕业班吕望云反映的几个问题，我们当时不便详细问具体情况，以为他越级写了个上访材料。会后，阚育才书记要我了解一下，希望我们培养的优秀学生敢出头，但更要讲规矩，踏实可靠。我先找他了解，得知不是他主动找余院长，也没有越级向余院长写汇报材料，而是一次偶遇，余院长主动找他。这给余院长留下深刻印象。之后，分管教学的系主任在提交书面汇报材料时，在余院长那里还侧面证实了这个情况，所以，你们开党小组会的条件应该成熟了。”

他边看边说，看完接着说：“不错，这思想汇报写得不错，到时，放进他的档案里吧！开会之前，你们先要征求一下意见，必要时做些说服疏通工作，免得会上形成不了一致意见。”

秦贞梅早就知道俞仲乐对吕望云是赏识的。一直以来主要是费新刚不太同意，有时表面上不言，但是关键时刻使闷绊子。这次她要按俞仲乐说的，先分别做一下几个党员的工作，争取让心爱的望云能顺利过关。现在，为了这，她还要与望云保持一点距离，这样便于做其他几个党员同学的思想工作。

想到这里，秦贞梅忽然想到一个办法，她问道："俞老师，我分别征求他们意见时能不能说系里倾向发展他？"

俞仲乐愣了一下，说："按道理是不能这么说的，这不符合民主集中的原则，此外，阚书记对他的印象也是时好时坏，不过，你可以说系里经常表扬他，尤其是这次带队到阳京实习，我们都很满意等。听说你在阳京很支持他，你也不要为这事浪费太多的时间，现在正是研究生复习考试的关键时刻，虽然你一向成绩好，也大意不得的。"

听到这里，秦贞梅对俞仲乐的关心表示了感谢之后，就告辞回到班里，通知召开下午的党小组会议。由于要分别先征求一下意见，时间很紧，她暂时顾不了学习，为了心爱的望云，她在马不停蹄地努力。

四

在秦贞梅忙着召开党小组会的时候，吕望云继续学习到吃午饭的时间。饭后他抓紧时间到班数最多的电力系，找学生会主席。他知道这个人叫笪熙宙，平时在运动会上见过，但是从没有接触过。据说他在电力系威信很高，每次电力系的活动组织都是一流的，这与他的组织能力分不开，搞定他，电力系十三个毕业班基本就搞定了。为了营造一个看似随便的环境，吕望云打听到他所住的寝室房号，然后，假装找固电系的柳曦，因为固电系宿舍也在樨十三舍。

他到笪熙宙住的房间门口，笪熙宙刚洗完碗回来。他客气地问："你好，麻烦打听一下，固电系八三级的柳曦住在哪？"

笪熙宙中等身材，面善人和，也客气地说："柳曦呀，我们一起打足球的，他们刚搬到樨十一舍去了。"

吕望云接着说："你认识他？我与他是学校夏雨诗社的好朋友。"

笪熙宙说："我们也是好朋友呀，他足球打得好。你中午还找他有事？"

吕望云说："我上次和他商量一起做我们学校特色毕业纪念册的事，他很支持，今天想进一步沟通一下。"

笪熙宙说："呀，这个想法好，外面毕业纪念册又贵又没有兴工的特点，连兴工的一个标志都没有，你们要做，我们电力系也参加。"

吕望云一听，连忙问："你是电力系学生会的吧？我以前好像见过你。"

笪熙宙笑着说："我是电力系八三级的学生会主席，你今天算是遇到人了。"

吕望云高兴地说："这事合该要成，这么巧，我是射电系空物832班的班长。我们想定做毕业纪念册，一个班独自做劳神费力，且成本高。要不，我就不再找柳曦了，你们都住西边，遇到他时，你就说我又找到你们电力系了，我们多联络一些班级，这样大家都省力又便宜。"

笪熙宙说："好吧，我们正好一起商量商量，过一段时间你再来。"

他们就在宿舍门口将这么重大的事情达成了初步意见。吕望云将高兴的心情藏着，客气礼貌地离开电力系男生宿舍。他本想一鼓作气将西边几个系都跑完，但是，看到同学们中午都准备午睡一下，不便打扰，就匆匆赶回桐六舍休息。

他真想将这个令人高兴的新进展告诉秦贞梅。回宿舍后，大家都午睡了，因昨夜未睡安稳，他也轻手轻脚地上床午睡，很快就进入了甜蜜的梦乡。他并不知晓，下午会有一个关于自己的党小组专题会议要召开。

这天下午，在秦贞梅的努力下，下午五点前，班上五个党员，费新刚、秦贞梅、吴杰锦、蔡建设和喻红玉到桐六教学楼五楼一个小教室里，开发展吕望云为中共预备党员的党小组讨论会。会议由党小组长费新刚主持，宣传委员秦贞梅担任会议记录员。

在领学完党章中关于党员这一节后，费新刚说道："大家知道，现在快到期末了，研究生考试、期末考试紧接着就要开始，在这么忙的时候，开这个会，主要是这个事不能再拖了。系里各党小组就只有我们小组没有形成结论，今天党小组会主要讨论发展吕望云为预备党员的事。自从我们确定他为培养对象至今，他积极向党组织靠拢，最近又写了思想汇报，各方面的表现，我们在一起相处三年多，都熟悉，大家畅所欲言、实事求是地发表意见吧。"费新刚就是这样，在会上说话，从来都是符合原则，滴水不漏的。但愿他在私底下没有找人谈什么相反的意见，秦贞梅还是深知费新刚特点的。

大家一阵沉默，因为秦贞梅兼做记录，所以，她朝大家瞅了瞅，结合单独谈话的情况，她示意了一下吴杰锦。吴杰锦会意地说："我接着他担任班里的生活委员，又与他住同一间寝室，与班长吕望云接触最多，我认为他为人正派，不论是工作还是生活学习，时刻都充满了激情，工作有魄力，有能力，敢于负责也善于负责，我同意发展他为预备党员。”

喻红玉接着也表示了同意。轮到蔡建设发言，他说：“我认为吕望云作为一般的干部还是不错的，性格外向，工作有激情，胆子大，敢做敢为，积极求上进。但是，这是优点也是他的缺点，他经常口无遮拦地说一些稀奇古怪的话，譬如老师不信学生民选的班长而去信任党小组长，学习成绩好的入党后出国等于浪费名额呀，‘一门进五门出’的政策不能一刀切呀，等等，实际上就是对他自己学习成绩不突出没有入党表示不满，鉴于这一点，我对他入党持保留意见。”

轮到秦贞梅发表意见了，她说：“因为我是他的入党介绍人，按照发展党员的程序，小组会前，我征求了班上其他同学的意见。全班三十四名同学，我们五个和吕望云自己除外，其余二十八名同学我挨个都征求过意见，大家一致认为应该发展他为预备党员，有的同学甚至说，就凭他这几年为我们的辛劳付出，就应该发展他为党员。这个我以组织原则保证，如有疑问，大家可以会后核实。我个人的观点，上次在确定培养对象时，我已经说过，刚才前面的同学也说了。我再补充一点，就是他很正直、善良，为什么这样说呢？我是这次征求意见才知道，徐秋成到阳京实习的往返路费都是他想办法垫付的。我们都知道他家里经济一直很困难，我也观察到他生活的艰苦，在赴阳京实习的船上，要靠在船上帮工换饭吃。在这样的情况下，还能这样帮助一个同学，我十分感动，我认为他的品格符合一名共产党员的标准，我同意发展他为预备党员。”

最后轮到费新刚发言，他见秦贞梅有点激动地表态，在心里估了估，算了算，五个人有三个完全同意，就一个蔡建设保留意见，关键还有秦贞梅在全班征求了同学们的一致意见。这么忙的时候，秦贞梅还为吕望云的事这么用心，他感到诧异，更感到吕望云在秦贞梅心中的分量，他感到自己的保留意见甚至反对意见都阻止不了最后的结果，只会将自己推向秦贞梅甚至全班同学的对立面。他是一个讲大局的人，这时不能将事情搞大，搞到系里，对大家都不利。他还得留一条后路：万一考不上研究生想留校任教，各方面的好评十分重要。想到这里，他清了清嗓门，说：“吕望云的优点很突出，缺点也很明显，大家都说了，我都赞成。虽然他作为班长，有时说了一些个人的想法，部分同学不赞同甚至反对，但是，他的出发点是好的。他最近的一份思想汇报，认识也很深刻。因此，我同意发展他为预备党员。”

费新刚发言后，小组会的意见已经形成。秦贞梅将做好的记录交给大家签字，没想到这时，蔡建设临时要求将保留意见改为同意，因为会议未散，他的这项改变大家也表示同意。

会后，秦贞梅的心情十分高兴，她真想立刻找到吕望云。现在的她不知怎么回事了，自从上次牵了他的手，好像与以前换了一个人似的，将以前的好感变成了一种思念。小组会一致通过发展他为预备党员了，好像自己送给他爱的礼物，他一定会万般珍惜这得来不易的礼物。为了他，克服的困难和曲折真像被石头压住的小草，硬是在她的雨露浇灌下，倔强地绕着弯，从巨石的缝隙生长出来。开年后，大四下半学期开学时，全系年级支部大会一通过，他就是预备党员了，这对于吕望云这样想研究和从事经济管理的青年人的未来发展是多么重要呀。她为自己能帮他而高兴，而激动，但是，她不能马上去告诉他，因为，她感觉到费新刚的疑惑，担心稍有不慎，被别人窥探到她内心的动机就麻烦了。理智告诉她，无论是入党还是节约时间复习备考，她这一段时间都要与吕望云保持一段距离。心中燃起的爱情火焰，在秦贞梅的理智和吕望云放不下与罗泽玉的情感的双重作用下，被闷住了，隔离了。但是，温度未降，她等待着爱情的火焰烧得更旺……

事后，费新刚硬着头皮到桐四教学楼，向阚育才书记汇报了党小组讨论同意通过吕望云入党的事。本想阚书记会劈头盖脸地猛批自己一顿，没想到，阚书记一脸茫然，轻轻地说：“那系党总支下一步得向吕望云父母所在地的党支部发政审函了……”

第十七章　遇大考抒怀双轨制 避游行立功显校风

一

虽然研究生考试时间越来越近，为了做成毕业纪念册这件事，吕望云还是利用中午或傍晚的休息时间，到全年级各系各班都跑了一遍。看样子，自己的市场分析是对的，大家都需要一本针对本校本年级特色的毕业纪念册，都同意与射电系空物832班一起来做件事。但是，如同固电系柳曦和电力系笪熙宙谈的情况一样，都没有谈价格、生产厂商和样式设计之类的具体方案。大家时间都很紧，只能等待吕望云在考完研究生后再商定。望云还是遵照自己的感觉，没有同本班本系的同学讲，他认为这样的事在未成之前，身边的人最好知道得越少越好。只是同寝室的蔡建设看到他经常在休息时间外出，心生疑惑，多次发问，吕望云笑而不答，担心被他跟踪，后面再外出就更加小心了。

时间一晃就到了十二月中旬，全国研究生统一招生考试如期举行。吕望云要学习委员庞恒之查问了一下全班参加考试的情况，班上除推免的蔡建设、喻红玉，留级的闵富贵和转大专已离校的郝西蓝外，全部参加了研究生考试。这是兴工上进精神的一个具体体现，但是，大家的眼光没有都盯着本校本专业，因为本校本专业的研究生招生名额太少，连同两个推免的，只有五个名额。为了避免扎堆自相竞争，也为了找到自己理想的专业和大学，大部分人都考外校和其他专业。但是，有一个共同现象：基本上考的都是一流名牌大学。同学们从前几届考研的情况分析还得出了一种观点：国内顶尖的几所名牌大学的学生出国的多，考本校研究生的少，正好留出空位给兴工这样刻苦学习的学生，本校招收研究生又少，也是由知名大学的学生来占领。

在临近考试前夕，看不到秦贞梅，也没有罗泽玉的消息。复习的教室和宿舍里偶尔看到推免的党员喻红玉在做一些与考试相关的杂事。吕望云看了做服务工作的喻红玉手里的考试报名情况表，说："我们班真是一个能量团，冬天里的一把火呀，都这样心气高，不知结果会是什么？"

喻红玉摇了摇脑后乌黑的马尾辫，操着安杭普通话，甜软动人地说："没事咯，不能说我们的选择错了，只要我们坚持努力，使我们的选择在未来变得值得就行。就像长辈们常说的嘛，我们都是一粒油菜籽儿，撒到好地方好长，撒到不好的地方也要变着法子努力长好呀。"

她边说边扬起了捎带调皮的美丽面庞。吕望云不敢再打量喻红玉了，无论她再怎么美，吴侬软语再动人。他的心里有了罗泽玉，秦贞梅还在努力钻进他心里，只是喻红玉的话确实引起了他的共鸣。

吕望云素来文理科成绩均衡，而在文科上花的时间远远没有理工科那么多，说明他的天分应该在文科。所以，在兴工这样的理工科名校里，努力了，但得到的成绩排名起伏不定。因为教政治经济学的茅罡教授的一次讲话："我国下一个改革开放的热点将会是尚海，光华大学粟彤博教授的经济管理研究正在引领着国内实用主义经济学潮流。"加上受刚从尚海交通大学毕业就被公派出国，学成归来在衢山船舶研究所工作的表哥的影响，他向往大尚海，幻想那里是他蛟龙入海的地方。他没有多想，近乎草率地选择考光华大学粟彤博教授的国民经济管理专业研究生。好多人劝他，包括罗泽玉都不赞成，跨界太大，光华招的人又少，但他依然一错到底。他心想，自己的数学功底在理工科不占优势，但在文理交界的经济管理学方向应该没有问题。最重要的是：学习经济管理是直接学习治理国家方法的敲门砖，虽然，看起来跨界太大且困难重重，但是，在他心中仿佛这就是先祖在沙洲上围田，心大业才能大！管他对与错，是否困难，努力了就不可怕。

徐秋成报考国京大学的理论物理是大家都认同的选择，因为他是个数理高人，生活上的呆子；谁能料想到庞恒之也会报考国京大学物理系的电镜专业呀；还有夏国华改报廷华大学，秦贞梅坚持报考尚海交通大学的空物专业……这些选择都既让人觉得雄心勃勃又有些令人费解。然而，在这些有几分土憨气的语园人面前，选了就选了，哪管对错，努力做成，才最重要。

临考前夜，按道理，经历过无数次大小考试，望云同寝室的几个人不应该紧张。但是，不知咋的，他们还是兴奋得不能入睡。原因还是由于徐秋成回来得最晚，回来时，突然下起了一场淅淅沥沥的冬雨，他用几张《兴工校报》遮在头上，一进宿舍门就说，幸亏带了几张校报，要不都淋湿了得挨冻一晚上。他正要扔掉手中打得半湿的报纸，忽然，被上铺正要合眼睡觉的铁鸽梦伸手抢了过去。原来这是去年5月27日的一份报纸，但是，在铁鸽梦眼中，报纸上的文章标题《关于教育体制改革的决定》还很新。他拿起这份被雨水打湿后的报纸，软塌塌的，不由得坐起来，双手小心将其展开，还未看完，就发感叹道："'无忧无虑'读大学的时代要结束了。"

吕望云立马回道："我从来就没有'无忧无虑'过，谁说要结束了？"

尤建智冷笑了一声，说："你这叫吃了香菇忘树恩，你们家几个兄弟读大学，包括你，哪个不是享受'免费上大学'和'国家助学金'的？最后还包分配。"

吕望云接着说："你说的也是，但是，我们也是凭本事考上的呀，再说，就这样，我们还困难得不得了！"

尤建智继续用他那似乎很有见识的语气说："长期这样不改革，国家要想用有限的财力，更有针对性地培养大学生的目标就很难实现。"

吴杰锦接过报纸，边看边说："是呀，只有像报纸上说的这样，实行'助学金+奖学金'政策，才能调动每一个学生的学习积极性，同时也能在一定程度上保证困难家庭学生的基本需要。"

铁鸽梦立马补充道："你还没有看全，'双规制'还包括在计划外招收一定数量的自费生和委培生，这相当于打通了城乡集体所有制，单位甚至个体企业委托高校培养人才，为更多考生提供上大学的机会。"

一向不怎么发声的徐秋成，这次居然嘲笑起大家来："你们真是'两耳不闻窗外事，一心只读ABC'，求是院长去年就为他的老家，当然哈，也是我的老家，阳苏的维扬机械厂招收了一个定向委培班。"

庞恒之立马大悟过来："对，对，我们经常遇到的那个维扬机械班里衣着时髦的左星洲就是这项政策的受益人。"

一整天的兴奋过后，大家此时已有睡意，但是，出于对求是院长的敬佩，吕望云梦呓般地感叹道："求是院长不怕嫌话，不怕查，在他的家乡一下招来一个班的子弟生。这真叫‘凭栏偶感春风早，占得先机把控牢，顺势便得春满校，思翁独领江湖潮。’看样子，兴工又要率先利用教师队伍强大和校园广阔的优势来大幅扩招了。”

老谋深算的尤建智，用三年剽学来的江湖腔，提醒大家：“大家还是莫讨论么事‘双轨制’嘎，明天要考试，早点睡觉。”

于是，大家都不做声，只有窗外的冬雨，滴答滴答地落在宽大的梧桐叶上，那么有节奏，那么错落有致，在这漆黑寂静的夜晚，与大家谈心。梧桐雨，落到地上，渗进土里，声音穿过语园林间，轻轻拍打进大考前学子们的梦中……

二

所考的功课中，吕望云最没有把握的是《经济学基础理论》（专业综合），因为这门课在各个学校教学的侧重点不同，内容不仅涉及西方市场理论和马恩资本理论，还涵盖当代的与传统的经济思想，内容实在太广太杂，非本专业学生的功力难以与专业学生比高下。其他四门课，《高等数学》《英语》《政治》和专业课《国民经济管理》，吕望云心中都还有底，尤其是《高等数学》，考赢文科生应该问题不大，《英语》和《政治》是通用的，就算是专业课《国民经济管理》，也就是粟彤博教授主编的那套教材，用功啃下，问题也不大。他在猜想，一般学理工科的人不会像自己这样突发奇想，有勇气报考光华大学国民经济管理这样的一流大学的一流文科专业。文科生怕，且也没有自己这样的数学功底。总之，他是越想越信心爆棚，一下子回到了高考前的状态，似乎必胜。他进一步想，江湖市龙湖边这几所高校学文科的人敢报考尚海光华经济管理的人应该也不多，甚至瞎操心：尚海离江湖这么远，光华大学寄几套试卷来，保密的工作是如何做到的？

但是，考专业课前得知的情况让他傻眼了：在国中省境内兴工语园这个考点，报考光华大学国民经济管理专业的竟然有四十多人，而招生简章上写明这个专业方向面向全国只招收两名研究生。这时吕望云才明白，自己的选择不是个别现象，这么多不同背景的人都冲到了这个独木桥上，他顿时感到过不去这独木桥，希望渺茫。

但是，不服输的性格，撑住了他。在做最后占四分之一卷面分数的问答分析题时，答完全部内容之后，他写上了这样一段话：尊敬的阅卷老师，我是学理工科的学生，但我以经世济国为己任。我的政治经济学老师——兴中工学院经济学副教授茅罡先生断言尚海将是我国下一轮新的经济改革开放的龙头，光华大学经济管理专业是龙头上的一双龙眼，这里今后一定会培养出一批国家政治经济领域的栋梁之才。为此，我在今年暑假还专门到贵系了解学习，虽然未能见到粟教授，但是，听了鲁副教授等几位老师的一席教导，得知贵系的确是我梦想的深造宝地。特别是贵系明年将开设经济学“经特班”，来贵校读研将能听到国际顶尖经济管理学大师的讲学，这更加强化了我一定要考到光华来研学经济管理的决心。这次考试，如能得到您的认可，录取到光华经济管理学院，有幸求教于您的门下，我将一定不负您的信任，筚路蓝缕，思远问切，做一个未来能为光华争光，能为国家经济发展做出贡献的人。

写完这段话，他将答卷检查完毕。考试结束的铃声响起，他放下卷子，轻快地离开了考场，压在身上近一年的大山终于卸下了。尤其是考卷最后一段话，说出了自己的心声，这是实习时顺道尚海到光华找有关老师想说而没有说出的话，管他考不考得上，话说出了，心一下也轻松了！他回到宿舍，草草到食堂打了饭，只吃了一半，就上床蒙头大睡，一直睡到第二天快吃午饭时才起床。起床后发现，大家都差不多与他一样大睡，只有推免的蔡建设和每天早上坚持长跑的庞恒之按时起床学习去了。

他拿了牙刷毛巾，见还有人没起床，便轻手轻脚出门往洗漱间走去。走到廊道，看到楼下西边窗户外，靠近自己每天由宿舍去食堂和教室的必经路口，有一个熟悉的身影，他差点发出惊叫，天哪，那不是罗泽玉吗？他激动得手足无措，看到自己刚起床散乱的模样，他急忙洗漱完毕，到房间整了整形象，立即冲下楼，来到罗泽玉的面前。他感觉到了楼内窗户里众多偶尔瞟出的目光，下意识地担心不合适的动作经人看到后传到秦贞梅那里，特殊的时段，让他感觉自己似乎在走钢丝，他不得不控制住自己汹涌澎湃的心情，他们靠得很近，没有牵手，四目相接，吕望云炽热的感情气场，立马罩住了罗泽玉。她心醉，贪婪地呼吸着他身上飘来的汗香，这个自投罗网的鸟儿半天也没有发出一点儿声响。

“等多久了，昨天才考完，大家都在补觉。”吕望云憨着笑问，温顺中饱含着歉意和亢奋。

“估计你们今天会晚起，刚到楼下，正准备找人喊你，考得还顺利么？”其实，她已等了好半天了，但是，天性含蓄使她藏起了自己已在楼下踯躅等待的半天时光。

“顺还是蛮顺，估计希望不大，就兴工一个考场与我考相同学校和专业的就有四十多人，还有汉大、财院，那么多考点，全国恐怕有上千人与我竞争，只有两个校外名额，太难了，没想到今年经济管理这么热门。”

“你不想这是什么时代，全国连农民都在研究经济呀。努力了就行，等结果哈，还没有吃早饭吧？午饭时间又还早，走，我们到官山口去吃饭，我请客！”罗泽玉知道他身上没有多少钱。

“好的，我们走东墙外的近路。”吕望云会意地笑了，他下意识地带她出东门走校外，潜在的原因是为避开住在楠三舍的秦贞梅。

三

他们绕到桐七舍的后面，出了东校门，是一条绕墙的煤屑小路。高大的夹竹桃开着鲜艳的红花，漫过了高大的围墙，围墙里面是一排高耸入云的梧桐树，路上无人，寂静得只听得到鸟声。这时，他放肆地牵着罗泽玉的手，另一只手时不时拨开伸到路中间的夹竹桃小枝。

“我这次急着赶过来，还有另外一个原因。我在汉大学生中听说鹤肥、国京、阳京等地的高校大学生来学校联络，准备上街游行。部分学生对国家的民主进程不满。我想起你也是班上同学民选的班长，也曾说过，系里只要你干具体工作，关键事情还是只征求班上党小组长的意见，你对这有看法。我担心你经受不了别人的劝说，一下激动起来被人利用了。我想在这个即将要毕业的关键时刻，十几年的寒窗苦读，现在是毕业分配或深造，成家立业的关键时候，你千万不要参与呀，要不学校毕业时不分配理想的工作甚至不分配工作，或是考上研究生在政审时挑毛病，多年的辛苦努力就前功尽弃了呀！”

罗泽玉越说越激动，越说越担心。吕望云看到她那真诚的神态，明亮的额头，白嫩的脸上那随着嘴唇开合而变动深浅的迷人酒窝，他连连点头答应。余光瞥见路上无人，抑制不住，一口啃到她脸上的酒窝处，后是两唇相接，开始了一场分隔已久、铭心刻骨的吻……

他们的热吻实际已持续了好一段时间，小路上偶尔有往来的挑担子的菜农。余光警惕，他看见不远处又过来一个人影，慌忙中，他们不得不万分不舍地放弃了这令人心醉持久而又难以忘怀的甜吻，改为牵手缓步前行，仿佛昨日紧张的研究生大考就是为了这一刻忘我的舒心。

不一会儿就顺道来到官山口兴工楠大门的东侧，他们信步走进一家挂“如意小吃”匾额的餐馆。门前一个大帆布棚子，棚子下面摆着一张台球桌。几个社会青年模样的人正在打台球，离中午进餐高峰还有一会儿，餐馆里面吃饭喝酒的客人还未到，只有几个与他们一样来吃热干面的，馆子里不算热闹。他一开始同意到校外吃饭，主要是怕同学尤其是秦贞梅遇见，现在，临到要具体付钱买单时，又后悔了，因为，让罗泽玉买单他浑身感到不自在。但是，自己又没有待客的经济底气，只得由罗泽玉安排，罗泽玉要了两碗牛肉面，外加一盘青椒香干肉丝，她还要点其他的菜，吕望云坚决拒绝了。旁边的人看到一个美貌的女大学生请一个男大学生吃饭，显出一丝丝只有吕望云才感到的诧异。

他们互相询问了对方家里的情况，得知吕望云二哥腰伤正在恢复，二哥与田如玉的关系正在疏远，母亲的左眼可能留下一线光明的情况后，罗泽玉也是同喜同忧。她说：“家里情况暂时不好，毕业后考不上光华也不要紧，早点分配参加工作，最好准备考外语到国外一起去留学。”吕望云答道：“到国外留学，学成归来也好。”其实在他心中，数代人的祖训——读书做官，早已深深地在心底扎下了根，国外都是洋人，出国哪能做官？

罗泽玉的父亲是国家干部，母亲是医生，虽然家里条件较好，但是，她弟弟读书又十分不争气，成绩不好，眼看连大学都考不上。她真羡慕吕望云兄弟几个，虽然家里困难重重，但是，个个都考上好大学。她经常说吕望云家兄弟都奋发努力，翻身在望，说“我们这些考上大学的都要感谢国家，恢复高考，给每一个人平等的上升通道”。

吕望云宽慰她：“你弟弟距高考还有小半年时间，给他鼓鼓劲，考个大学应该没问题。”她摇摇头道：“家里条件好，从小惯坏了，这是你不了解的另一种难绕的道。”

吕望云说：“努力不放松总比放弃要强，慢慢来，要求先不要太高。”

这话充满哲理，罗泽玉听了直点头，她边吃边将自己的一碗牛肉面分了一半给吕望云。吃完后，罗泽玉交给吕望云二十元钱，说是借给他的，吕望云开始客气不要，后来想到，借到这个钱，自己就可以买单了，主人还是自己，罗泽玉是在给自己面子呀。他花了三块钱结了账，送罗泽玉坐15路公交车回汉大。在离开如意餐馆时，碰巧与班上的闵富贵相遇，这闵富贵带着新闻系的师妹也来吃饭。独自带了女同学，闵富贵都有些不好意思，会意地微笑朝他点了一下头，从台球桌的对边经过了。

吕望云心里居然有点奢望：罗泽玉离自己有两步之隔，闵富贵应该没有注意到吧？或者看到了，也不会当她是自己的女友吧？

四

送走罗泽玉后，一两天来，吕望云心中有一个问题时隐时现：罗泽玉送来的重要消息应不应该告诉谁？自己是否一定要过问这件事？几经犹豫，最后还是觉得应该将这个重要信息送出去，让学校提前做好防范工作。因为，像兴工这样一所名牌大学，一旦有学生上街游行，失控闹事，后果不堪设想。自己去找俞仲乐？找费新刚，让他去处理？还是直接到院党委办或学工处报告？他感觉自己一个人莽撞地冲出来不合适，在这入党接受考验的关键时刻，不能再节外生枝、惹出纰漏呀！思来想去，为稳妥起见，还是先找秦贞梅商量为上。再说，万一闵富贵回到班里将在如意餐馆出来时看到自己和一个女同学单独在一起的情况瞎说，主动找她可以试探一下她知与不知，万一知道了，还能以人家来报信作为理由主动解释。

主意打定，他急忙找到秦贞梅，说："汉大同学前天专门来预告，汉大那边有学生在串联上街游行的事，并且很快就要来我们这里联络一起上街游行。"

秦贞梅说："这可是大事，如果我们学校一万多名学生也参与的话，后果不堪设想。"

"是的，我认真思考后，觉得一定要尽快报告学校，采取措施，限制外来学生进入兴工园。安排人员关注街面情况，发现异常，紧急关闭学校大门。另外，学校还可以通知各系提前防控，组织政治学习，坚决反对上街游行。有不同观点可以在班内、系内和校内组织讨论。"吕望云将自己的处理设想告诉秦贞梅。

秦贞梅说："我们赶快去找俞仲乐书记，将这个情况和建议汇报上去。"

俞仲乐听完他们的汇报和建议，立即上报了校党委办和校学工处。

办完了这些事后，吕望云总算松了一口气，在桐三食堂帮工时，顺便将这几天外校的学生极有可能会闯进语园游行的预警告诉了黄琴会主任。

三天后，江湖市几十所在汉大学的学生游行队伍，行进到语园靠大街的几个门口。因提前得到消息，兴工临街的各大门紧闭，最宽大的楠一门也临时搭上了防止翻越的铁刺丝。游行的队伍试图推倒铁刺丝围栏，被学校组织的学生会骨干集体拦住，班上吕望云、铁鸽梦等一个个活跃的男生也受派参加了护校的队伍。高大的院墙，加上兴工也没有学生外出配合，闹了半天，游行的队伍自觉没劲，就离开了。吕望云带领班上的几个同学，将校园外围墙上贴的标语清理干净，帮助恢复校门秩序……

第二天，更多大学生以更强大的阵容和更有力的组织，打出巨幅标语，喊着整齐的口号走过来，在南边几个临街的大门口聚集踯躅。听说大学校园都好进，唯独进不到兴工语园里面去游行，这反而激起了部分大学生攻进这个只做科研不闻天下事的“封闭堡垒”的兴趣。他们在个别熟悉兴工语园情况的学生带领下，绕道城建学院与兴工语园之间的土路，熙熙攘攘的大队人马想从语佳山东南角通往龙湖游泳池的煤渣路进入。行进到兴工附中附近，马路一边是菜地，另一边是一条大水沟，一直挖到了语佳山脚，方便师生顺此煤屑路到山后湖边散步，或是骑车到学校龙湖游泳场。因为是通向荒芜的乡间，这马路一直没有装门设岗，大水沟也像护城河一样，完全开放连接着郊区的菜地。这一群激进的学生，花老半天时间赶到附中附近路口时，早已组织起来的后勤师傅们，在黄琴会主任带领下，手臂挽住手臂筑起人墙将他们拦住。师傅们纷纷劝阻大学生们：要珍惜大好时光，集中精力好好学习。大学生们则喊着口号，试图冲破人墙。就在师傅们快要挡不住的时刻，没想到，吕望云又带来一队校文体大队的体育运动员，个个身强力壮、生猛高大，硬是在黄琴会他们人墙的外侧又增加了一道人墙，他们边堵边劝学生们不要听信少数人唯恐天下不乱的蛊惑，与学生僵持着，直到午饭时，这群失望的外校学生才耷拉着脑袋失望地从原路退去……

这件事过后，一直到春节后开学，学校大规模地开展了“坚持四项基本原则，反对资产阶级自由化”的教育活动。俞仲乐在班级教育活动中传达学校文件，教育大家：“安定团结，营造良好的发展环境，绕开、搁置争议，让国家埋头发展几十年，发展是硬道理，为了发展好，为了人民和国家的利益，实现稳定发展的目标，我们要搞好两个文明建设，一是精神文明，一是物质文明。”

俞仲乐在会上表扬了吕望云和秦贞梅：“在这次事件中我们学校受到了各方好评，展现了求真务实的校风。我们班里吕望云同学和秦贞梅同学政治敏感性强，第一时间报告了其他学校的消息，为学校领导尽早统一思想，积极防范，起到了关键作用。”

俞仲乐表扬完后，费新刚也振振有词地发了言，他还少见的自由发挥地讲到："现在是只要你不违法乱纪，八仙过海各显神通，下海兼职赚钱搞活经济，刻苦攻关提高科技水平，都是应该鼓励的。"最后，他还顺应大家心声地说："兴中工学院历来就是务实求发展的典型，我们将全国各大学水平高的教授都吸引接收过来，发挥他们的优势，才有我们今天这样一流大学的学术地位，展现了我校在这样激荡的风云时代中'绕礁渡险，凤凰涅槃'的智慧与勇气。"

由于这次会议是大事件后的一次极为重要的总结会，阚育才书记特别重视，对吕望云发挥的作用，积极平息掉这场差点就要暴发的全校学生运动，总算改变了一些他对吕望云的看法。作为会议总结，他虽然没有明确表扬吕望云，但是，他一直以赞许的神态关注着吕望云。他最后说："我们学校在总结学校发展历程的时候，提炼出'团结、求实、严谨、进取'的校风，正是这样的校风，影响和激励着我们，把心思放在学习和研究上，放在科研和教学成果上，放在学校的发展壮大上。我们有三千越甲可吞吴的气势，有这种气势，任何外部干扰我们都能排除。"

会后，蔡建设在宿舍里对着吴杰锦几个人讲："费新刚说得对呀，我们学校不参与这次运动，是我们学校务实发展的一贯做法，说明我们学校的校风正，这与谁提前提供消息没有关系。"

蔡建设这话，传到吕望云耳朵里，还是秦贞梅告诉的。吕望云说："费新刚说的也有道理，不过，看阚书记的态度，我心里舒服轻松多了，现在到处都是'双轨制'，这是一个容错试错、摸着石头过河的时代，八仙过海，发展经济都是应该鼓励的，我们做毕业纪念册没有违法，也没有乱纪，我们放手干吧。"

秦贞梅笑着点了点头。

第十八章　大胆天下去得　小心寸步难行

一

那个年代，江湖市的冬天还没有暖气供应，温度完全操控在老天爷的手中。遇上阳光明媚的日子，清冷便变成了清爽；遇上阴晦沉闷的天气，清冷便变成了湿冷。语园内，抬眼可见几片孤零零的枯桐叶挂在树梢上，高处枝丫上几个挨着的大鸟窝，几只灰身黑顶的长尾鸟，不时进出鸟窝。吕望云一直注意到，鸟窝一般都在靠近食堂附近的大法桐树顶上。展翅的鸟加上低矮处的常青树和经冬不谢的夹竹桃，与校外马路上的冷清光秃形成鲜明的对照。由于寒假快要来临，毕业班的考试也不是很多，吕望云到校外市区联系做毕业纪念册的这天，是个阴天。

为了找到一个适合做毕业纪念册的厂家，吕望云决定到江湖印刷业繁华的地段联系调查。还有，这大规模印纪念册的事情，最好找个可靠的伙伴一起干，谁是这可靠的伙伴呢？他心想，这个伙伴起码是个朋友，最好是个好朋友。他不由得想起了尤建智的话：“朋友的标准不要高了，只要持友好相处的态度，顺手相助，不贬人抬己，不挖坑设套损人就行。”是的，朋友的标准不能太高了。但是，合伙做这样的事，伙伴应该是个高标准的好朋友，他应该是急人所急，难人所难，需要时他能两肋插刀、舍己相助。按这个标准，主动卖车借钱给自己的铁鸽梦肯定是好朋友，放弃温暖将毛背心借给自己一个寒假的庞恒之也是好朋友，还有共饭菜票的徐秋成……一个个画面在脑海流动，最后，铁鸽梦，对，他还是班上的团支部书记，干事又积极主动。出发前他找到铁鸽梦，与铁鸽梦商量道：“我做毕业纪念册的想法，原来与你讲过，你有兴趣吗？”

“我想过了，以你的名义，我可以帮你做。”铁鸽梦思虑得很成熟。

“为什么不一起做呢？”

“我知道，你家里困难，急需一笔钱解燃眉之急，我现在还没有这样的压力。放心吧，我一定尽全力帮你，就像我参加一样。”铁鸽梦很认真无私地承诺。但是，在吕望云看来，他可能是怕承担连带责任，撇清自己。吕望云也当他说的是真心话，没有再往深处说。

“好吧，盈亏我担，事情一起干。”吕望云明确地说，满满的一人做事一人担的豪情。

“行，全力帮你干，说不定到时还要秦贞梅帮忙。” 铁鸽梦说。秦贞梅一直对吕望云很好，这一点班上不只是铁鸽梦知道。

吕望云将前期自己已经与全校毕业班预约好的情况告诉了铁鸽梦。开弓没有回头箭，他邀请铁鸽梦一起到江湖繁华的文印街上去寻找合适的生产供应商，他对铁鸽梦分析道：“全校毕业年级九十七个班，没有上下级关系，都是市场主体，一盘散沙，要让大家形成一致的想法，首要的是要使印刷供应商得到大家的接受与认可，再就是好的设计样本和适当的价格，我们今天就到名气最大的国营新华印刷厂去看看。”

见吕望云这么说，铁鸽梦毫不犹豫地跟吕望云一起出校门，搭15路车到江边的江阳门，再转轮渡从苗家码头到江阳关大楼，大楼的背后就是游人擦肩接踵、热闹非凡的江阳路。他们询问数人后，终于来到新华印刷厂大门所在的街面上，沿街两边排满了文印门面店。

转了一圈后，他俩在一家叫“胜利文印”的店面停下来。店老板姓何，五十开外的年纪，面善语和，中等身材，是一个没有什么鲜明特征的普通江湖本地人。吕望云翻了翻几个样本，挑了一本给铁鸽梦看，轻声问：“这个样子行么？大气！”

“不错，我们将内容再重新设计一下准行。”铁鸽梦接过这本毕业纪念册样本，认真地翻看着，像一个八开的大型相册，封面铺了彩缎，背脊约有两公分厚。

“老板，这相册按我们设计的内容做，制版印刷，多少钱一本？”吕望云将目光朝向何老板问。

“十块二角一本，这是最便宜的，这通用本都八块二，你们做设计，我制一块版好几百的成本。再说，我们都是几十年的国营老厂，不会瞎赚钱的。”何老板客气中显得很肯定。

“这样吧，我是兴工毕业年级的学生会主席，我们今年毕业的有三千多人，便宜点吧，七元一本如何?”吕望云冒充学生会主席起来脸色很自然，铁鸽梦外表平静配合，心里却十分诧异。

“八块五，但是，你们一定要保证五百本以上的量，我们是国营大厂，我没有权力再降了。”

“八块，不能再高了，再高了，我说服不了各个班的班长，你请示一下你的上级领导吧。”

稍作犹豫，何老板真的走到营业柜台后的电话机旁边，小声通了一会儿电话。放下电话后，他脸色不再像前面那样兴奋，回到吕望云正在翻看样品的地方。

“那好吧，今天能签合同交定金吗?”何老板犹犹豫豫道。

“哦，还有运费和我们办这事的零花钱也得包在里面。”吕望云装作好像临时想起来，将戏演得像真的一样。

“这不行，得你们自己想办法。刚才我请示八块时，已经挨批评了。”何老板再也不肯让了。

“还是八块二毛一本吧，运费都含在里面，零花钱我们不要了，为大家做点好事，你们到时候负责送货到兴工校园就行。”吕望云还装作算了算的样子说。

“行，就八块二一本，我们包送货到兴工校园内，今天可以签合同交定金吗?”何老板也算了算，好像包得下。

“定金一本多少钱?”

“对半，四块一。”

“行，一言为定，我过几天会将各班各系的负责人请来，到时候你一定要坚持今天谈好的，咬定不能变了，不然这事就做不下去了。您知道的，我们代表那么多毕业生，众口难调哈。”吕望云与铁鸽梦对了一下眼神后道。

“这是肯定的，不能再少了，谁来谈都是这个价。”何老板很坚定地说。

“我们能不能先拿一本样品回去，给大家先看看?”

“样品要交押金的，拿张宣传页回去看看就行了，反正大家都要来的。”

吕望云拿了一张宣传页，初步约好后天上午带大家来。又看了几家，价格样式都差不多，他心想：先让大家来，确信无疑之后，收了定金，再想办法来重新谈价，压下来的价格就是自己要赚的，这对于同学来说也是公平的，自己供给他们的就是市场上较低的价格，还能赚到钱，那是自己的本事。但是，这个想法他没有告诉铁鸽梦。

二

出来办事，他还是准备了费用，罗泽玉的钱那天推不掉，真是雪中送炭，现在当本钱用正好。路过老通城，肚子饿得咕咕叫的他对铁鸽梦说："都说老通城的豆皮好吃，我们进去打一下牙祭，开个荤吧。"

"你有钱吗？后天还要来的。"

"有钱，先吃了再说，填饱肚子要紧。"

他们各点了一盘"三鲜豆皮"外加五香干子一盘，吃得又饱又香。付钱时才发现墙上挂了不少大人物的相片。收银员见他俩注目细看，自豪地介绍说："这些大人物都是以前来本店吃过豆皮的。"吕望云笑着对铁鸽梦说："假如我们今后干大事出名了，这里也会说我们也来过哈！只可惜现在不能拍张照片留下来。"铁鸽梦会意地笑了笑，说："不怕，今后你干大事出名了，我证明你来过这里，吃过这里的豆皮，一定要把我们今天吃得香的感觉告诉天下。"吕望云露出绝对自信的神情，毫不谦虚地说："今天饿着肚子吃，吃得香不算，今后，吃着山珍海味再来吃，还觉得香，那才是真广告哈！"铁鸽梦低声说："豪言壮语兑不兑得了现，今后看！眼下纪念册这件事做成了也不一般嘎。"吕望云信心满满地答道："做成了你就相信我今后能成为大人物？真是这样的话，放心吧，我一定用赚到的钱先给你买一台数码相机，用它拍照片，这里不要，就先相互送给我们自个儿！"吕望云借机巧妙地给铁鸽梦许诺打气。他们在收银柜台前排着队、说着大话，几个排队付钱的人和收银员看着这两个大学生模样的人，投过来新奇、羡慕也有些怀疑的眼神……

他们意气风发地离开老通城，路过江阳路。路两旁卖衣服首饰的店面一个接一个。吕望云看中了一款纱巾，买了两条，一条胭脂红，一条天青蓝，甚是好看。这把铁鸽梦都看呆了，虽然只要三块钱一条，两条也是六块钱呀，平时省吃俭用的，居然舍得花钱买这样的奢侈品，这还没有赚到钱的吕望云似乎已将钱赚到手，又是许诺又是买装饰品，他是乐观自信还是有点狂妄？抑或是有了其他的考量？与他朝夕相处的铁鸽梦看他，不禁对他产生了新的印象。

回到学校后的当天下午，吕望云迅速找到柳曦，告诉他自己联系好纪念册的生产供应商了，想在寒假前将这事定下来，后面设计、生产还要时间。他心里盘算的是怕晚了有的班级到其他地方买了，但没有说出这个担忧来。柳曦很爽快地说："这事上次笪熙宙跟我说过，现在我们一起到他那里定个时间，你去通知一下其他的系或直接通知到班级，能去就一起去，不能去，就委托人代为了解掌握一下情况，大家一起到现场好敲定些。"

"这太好了，我们现在找笪熙宙去。"吕望云很高兴地说。

他们来到笪熙宙宿舍，笪熙宙正好在。说明来意后，笪熙宙说："电力系十三个班我来通知，能去的就去，不能去的我代表他们去，时间就定在后天上午。"

吕望云手里拿着一张联系人表，到各系各班级通知了一圈。大家听说电力系这样的大系都决定去，自己不去，一个班单独搞肯定不现实。他按这个模式通知了全校毕业年级九十七个班，都表态去。计划已初步成功，他对铁鸽梦说："大家都有从众心理，有几个带头的就好办，后面，我们遇事就要盯住可能的出头人。"说得铁鸽梦直点头。

见本科毕业班通知得很顺，他的心膨胀了。他跑到研究生院办公室去一问，嗨，今年还有六百多名研究生要毕业。但是研究生很分散，不好逐个通知，也很难找一个代表去看，就请求办公室的老师在通知栏里写上：需要定制有本校特征毕业纪念册的，到桐六舍空物832班找班长吕望云联系。

心还在膨胀，他马不停蹄，先跑到田如玉所在的地院。田如玉知他刚考过研究生，看似急切关心，她先问了一下吕望云考研的情况。见吕望云不太感兴趣于这个话题，便淡淡地说："我和你不一样，我想早点毕业工作，看你那么奋发地考，我还想劝劝你，莫把考研看得太重了，考研又不是高考，考不上有考不上的好，只要我们能留在江湖，毕业分配随了意最好。"

吕望云心中把她当二哥望川的人来看，听她说"我们"二字，十分刺耳不自在。加上时间紧，吕望云开门见山地说："我二哥和我母亲在同德医院做的手术还算成功。二哥望川来信说，腿部知觉已恢复，也可以慢慢行走，现在按医生说的，在坚持中医药疗和推拿，恢复效果应该很好。母亲左眼视力保住了一线光明，但是，后面要控制情绪，心静无忧，做到眼压不再升高，也要服用谷维素之类的调养视神经的西药，外加中药食补，保证脆弱的视神经不再萎缩就好。”

“上次是我父亲借了高利贷到同德医院做的手术，我得想办法尽快归还。现在，我正在兴工各毕业班定制毕业纪念册，一方面为大家做点好事，另外，看有没有可能自己也赚一点。反正政策现在容许国家公职人员兼职做生意，大学生更应该勤工俭学，为家里分担。”

吕望云将自己联系班级和供应商的情况，向田如玉作了简要介绍，希望田如玉在地院将毕业班也联系起来。没想到，田如玉说：“你这是在做义务劳动，哪能赚到钱嘎？你不知道做生意的艰难，你家里现在这样，你既没有本钱又没有钱贴，还想像上次做鸭蛋生意一样冒险呀？到时候有个么闪失，下不来台么办？趁现在还没有交定金签合同，赶快罢手吧，还没有几个月就要毕业了，兴工分配又比地院好，到大江湖一个好单位工作，再还钱也来得及。我现在最揪心的就是毕业分配的事，虽然，经过休学一年，班级里的国中籍同学由原班级的十三人减少到现在的三人，但是，从全年级大范围来看，压力并未减轻。要是分配到偏远的探矿大队工作就麻烦了，我家里那一大摊子事谁来管呀？听说伍卓理的叔叔在我们学校学工处当处长，也不知道他愿不愿意帮忙？”田如玉好像思路很清晰地娓娓道来。

田如玉的反应让他大失所望，想在地院做起来的希望破灭，因为，在这么短的时间，没有一个可靠的人奔波，是搞不成的。但是，她这次好像对二哥显得又要上心一些，对二哥病情的好转好像比自己还要清楚，说明她和二哥经常通信。他怀着这一喜一失望辞别了田如玉……

离开地院后，他还不甘心。心想，中阳财经政法学院的单德果家里困难，或许有积极性在兴中财院毕业班里联络一下，销量越大，后面进一步谈判降低价格的把握就越大。他急匆匆赶到单德果的宿舍，机会好，上次未见到的单德果，这次总算见上了。单德果很客气，他说明来意后，单德果思考了好一会儿，见吕望云等得焦急，才犹犹豫豫地开口说： “我的情况你可能也知道一点，帮我保保密吧！一失足成千古恨呀，我现在在年级里不可能做这种事情了，没有人会相信我的。”单德果无奈地说。

“感谢老同学信任，你这事真是麻烦，我理解。我不会告诉任何人的，包括我的家人。你现在要振作起来，莫背太重的包袱。毕业之后，换个环境，风雨过后，一定有彩虹。”吕望云鼓劲道。

“话虽是这么说，但出事之后我父亲承受不了这样的打击，本来就有病在身的他，竟然不吃不喝，走上了绝食而亡的不归路。好在班主任是个好心人，虽然学校不发毕业证，他还是想办法让我跟班，参加班上的学习考试，开年就介绍我到广山一家个体工厂当会计，总算可以找到一碗饭吃。所以，你这事，无论是时间上，还是能力上，我都帮不上这个忙。倒是有句话我要告诉你：赚钱是小事，莫把大好的前程耽误了，你的发展势头好，天下事总是有得有失呀！”单德果掏心窝地说。

看着小时候一起长大同村的同学诚恳友好的眼神，吕望云在失望中感到了温暖。自己身处困境，还不忘提醒别人，单德果是一个走错路的善良人呀！

他离开财院后，还是不甘心快要到手的战果不能扩大。想到兴汉大学再努把力，罗泽玉本来就不很赞成做这件事情，找她来做汉大毕业班的工作显然不现实。绕过罗泽玉直接去找伍卓理，似乎也不好。想来想去，他决定还是先去找罗泽玉，毕竟自己干这样一件涉及全校毕业班的事情，应该告诉自己的心上人，何况自己也很想念她。

他来到樱飞园女生宿舍，罗泽玉到生物系实验室去了。同宿舍的女同学告诉他，罗泽玉的实验一般要做到很晚才会回，她连吃饭的碗都带去了。他想自己也没有时间在这里等，留了张便条，告知自己先到秋香园三舍找伍卓理去了。

伍卓理刚好在宿舍看书学习。见吕望云来，起先稍微一愣，马上又恢复了往常的客气。事情都说清楚了，毕竟他们是多年的同学好友，气氛还像往常一样融洽。

伍卓理说：“好久不见，有么好消息来告诉我，罗泽玉那里去了吗？”

“去她那里了，她实验要做到很晚，有点事想来与你先商量一下，看你有没有兴趣做。”

接下来，吕望云将自己在兴工联系做毕业纪念册的事，大致跟伍卓理说了一遍。吕望云对认真倾听的伍卓理说：“这件事情，接下来我们马上就要组织兴工各个班级的班长到江阳胜利门面店现场确定，要是你能联系上汉大毕业班的班长们一起去，两所江湖市最大规模的学校同时行动，价格上和质量上商家必定会做出更大的让步，不知你对做这样一件大事感不感兴趣？”

“我先前是听你说过，要做毕业纪念册解决你家里的经济困难，我以为是小规模地买卖推销而已，所以没有做声。现在看来，你是想从设计、制造到销售一体化地干，这风险太大了。不要说那么多汉大毕业班心高气傲的班长们的工作我没有本事去做通，就算是请他们到你说的那个厂店去了，他们会干吗？就算少数人参与干，人少赚不到什么钱，意义又不大。如果参与的班级多了，一旦汉大有人闹起来，那麻烦可大了去了，钱不好赚呀！何况，从你刚才介绍的情况看，你还根本没有赚钱的价格空间，好像是做好事做义务劳动一样。”

“你分析得有道理，现在刚开始，我们得做好不赚钱的准备，如果以赚钱为目的，谁给我们干咯！但是，人心都是肉长的，规模大了，没有功劳，有苦劳，多少总要赚一点的。大胆天下去得，小心寸步难行呀。毕业前干一件值得今后回味的事也是值得的咯！”吕望云用煌州话近乎恳求道。

“那你自己干吧，我祝你成功，我怕惹麻烦，汉大文科学生多，可没有你们兴工理工科的同学好搞定。”伍卓理摇摇头，显出了多一事不如少一事的脸色。

沉默了一小会儿。

“研究生考试考得好吧？上次，我在兴工门口，看你带领周围的同学在游行队伍里，生龙活虎，表现很突出，很有感召力！”吕望云看这事说不下去了，转移话题想赞美一下伍卓理。

“哪里？就是那个游行，当时我太激动了，到现在还在天天集中学习，写检查。我考的是本校本专业的研究生，还不知道受不受那件事的影响，这也是我不想做你那个毕业纪念册的更深层次的原因。”伍卓理在老同学面前很诚恳。

“对，听说你叔叔在地院学工处当领导，他在汉大一定有熟人，实在有问题，你可以请他帮忙说说情。”吕望云明里在帮他出主意，实际上是在帮田如玉打听。

“你是说我小叔吧，他原来是汉大物理系的工农兵大学生，毕业分配到地院。现在正是发展上升期，他又不直接管我这里，找他的人多了，怕影响他，求人不如求己呀。”伍卓理这么一答，以前只是道听途说，今天为了田如玉，吕望云求证到了。

“那田如玉毕业分配的事应该归他直管。”吕望云抓紧机会说。田如玉不是伍卓理的同学，她中考考到普通高中读书，不像吕望云、罗泽玉、伍卓理和单德果四人是重点高中的同班同学。上大学后，几次煌州老乡聚会，伍卓理与田如玉应该是认识的。

“就是你们家那个有点远亲关系的？没听她说过有么难事呀，暑假我在煌州城还遇到过她，我们不太熟悉。”伍卓理若有所思地说。

吕望云一听，这是不积极受理的语气，不好再说什么。一看天色不早了，起身告辞。伍卓理先是留他吃晚饭再走，后见吕望云坚决告辞，猜想他可能是还要到生物实验室去找罗泽玉，便送他到物理系宿舍门口就挥手别过。

三

他顺着秋香园三舍大门口的山路往上，路过校行政大楼。冬季的残阳映满诺佳山，远处高楼洁净的玻璃窗户，反射出一道道霞光，透过高大的松树针叶，给人以深邃、宽广又加几分清冷的心情。眼前的一切让他觉得肃然起敬，虽然兴工现在迅猛发展到几乎要与汉大平起平坐的地步，但是，看到行政楼前“工学院”黑底发灰的鎏金标牌，立即会让人联想起，这里曾是兴工的发源地。

想得出神，不觉间已转到了生物实验教学楼，从如画的美景中收眼一看，罗泽玉正在大门口。一看那专注的神态，就知道她在等候自己。吕望云高兴说：“这么巧？念到我，我就到！”

“谁念谁呀？”

她好似害羞地跑向吕望云，也不顾就在系教学楼门口大马路上，来来往往的尽是人，扬起了小拳头，雨点样地落在了他的胸口上，似痛又痒陶醉了吕望云。

其实，不用问，吕望云就知道，一定是她同宿舍的那位女同学到实验室告诉了罗泽玉：吕望云来了，先到物理系找伍卓理谈事情去了。手锤酸了，心舒坦了，她轻轻用掌一推，对着幸福无比的他，说：“没有参加好，省好多事吧。”

“真得好好谢谢你，我们全兴工都要感谢你。”

“没有那么大的作用吧，我只要你不惹麻烦就够了，我没有那么高大的。”

“我到伍卓理那里，邀他在汉大毕业班像我在兴工毕业班一样做毕业纪念册，你猜他是如何回复我的？”

“他肯定不会干的，他那性格，跟跟风还行，要独当一面，还差你这样的魄力。不过你也要小心脚下的陷阱吵。”罗泽玉褒贬一体，温情娇嗔地说。

“卓理好像对参加游行很后悔，担心学校在录取研究生时设卡。”

“当时，我叫他不要去，他跟风爱热闹非要去，热血沸腾，现在又吓得不行。他平时又不热心政治，学校哪有不知道的？何况学校是培养人，又不是整人的，不会对他怎么样的。”罗泽玉对汉大的宽容待人充满了信心。

罗泽玉自然客观的言语，使吕望云明白了伍卓理苦追不上罗泽玉的原因。这无形中增长了自己的信心……

与几个中学同学联系后，吕望云改变主意了。想干一件事，有一千条理由去干；不想干一件事，也可以找到一千条理由不干。罗泽玉不主动要求，他也不会邀罗泽玉参与到做毕业纪念册的事情中来。

事情太多，时间太紧，他们到食堂草草地吃完晚饭，回到宿舍准备放回饭碗，同宿舍的女生估计他俩要回来，都外出学习去了。吕望云这时从书包里拿出那条胭脂红的纱巾，信心满满地给罗泽玉拢在头上。

因为吕望云家里很困难，她从不奢望他为她买什么礼物。虽然江阳路街面店比语诺路商场里的东西要便宜得多，但是，罗泽玉并不知道他是到江阳路，顺便用她借给他的钱买的，以为他是特意到大商场为她买的。她第一次得到吕望云的礼物，心甜身软，她全身心感到这是吕望云在亲她爱她！

她也不说什么，一下子紧紧抱住他，幸福的泪水在脸上刷刷地淌下来了……

第十九章　举大旗绕渡大江　定方略情稳小梅

一

吕望云放弃了向校外扩张的主意，决心集中精力做好本校的事。第二天一早，他就和铁鸽梦一起，如约邀上柳曦和笪熙宙等十多个毕业年级的系学生会骨干，在楠三门公交车站集合出发，其他的班长及代表，按约定，上午十点准时赶到江阳胜利文印店。

一路上，铁鸽梦嘀咕着担心："还有哪些班长没有一起出发，我要不要下车对着联系表格再去请一次，或者等他们聚齐了一起去?"吕望云琢磨说："已经都说好了，如果不按时到，请也没有用，太积极要求，只会让人觉得我们想赚他们的钱，我们有么事想头。还是那句话，想去有去的一千条理由，不想去有不想去的一千条理由。"基于此，他们一路上对柳曦和笪熙宙等人也是若即若离，买车票船票都AA制。

十点钟之前，他们一行来到胜利文印店附近。他有意带领大家先看看其他的文印店，最后才走进厂门附近新华印刷厂直营的胜利店。发现有好多班级的班长及其他代表大几十人已提前到了，把这个整条街上规模最大的店，里里外外挤满了。铁鸽梦会心地对吕望云发出钦佩的一笑，但，他还是对着联系表认真地登记了一下来的人。吕望云重点清了一下，每个班级的负责人都是他一个一个说好的，面孔熟悉。清点后，不仅该到的都到齐了，而且，有的小专业班级还来了两三个人。他拍拍手，先介绍了一下前天与何老板商谈的情况，最后请大家有什么问题和要求就向何老板提出来。大家对样品没有什么意见，主要的问题一开口就集中在价格上。何老板很诚恳地将同吕望云商谈的结果和过程都告诉了大家，他说吕望云已经压价压得很厉害了，他坚决咬住，价格一分钱也不能少，而且，何老板还直说："这是定制品，又都是你们自发的个人行为，不交定金，万一中间有人改变主意不要了，我找谁呀，所以，定金一定要先交。"最后，何老板说："你们这位吕班长也是看了好多店，才到我们这里来的，我们是国营江阳新华印刷厂的直销店，有七十多年的历史，当年的报纸、书店的书籍都是我们厂印刷，从这个店面对外分发的。大家集体到我们这里定做毕业纪念册，我们一定高度重视，尽全力保你们满意，也请你们一定要放心！"

大家你一言我一语，都要跟何经理谈一下价钱，特别是经济管理系的学生会主席，研究市场经济的，他说："我们全校毕业班这么多人，能不能给我们一个批发价？"

"我这已经是批发价了，如果不是兴工这样人多的大学，我们是十多块一本，还不管送货。"何老板还是坚决咬住价格不松口。

吕望云知道这些人也是来看看放一下心，单独撤摊子自己找店子做，价格肯定要高，而且麻烦不少。他和铁鸽梦尽量保持沉默，他知道，这时越是置身事外，成功的可能性越大，因为联系表在自己手上，价格是透明的，沉甸甸的样品摆在那里，自己就是一个服务牵头张罗的人，无利可图，也无心图利。

谈了约莫一个小时，大家都觉得没有什么好再谈的，陆续自行散去。吕望云坚持找何老板要了一本样品，何老板见今天来了这么多人，感觉生意有戏，就免费给了他一本。临走时，看到大家离开的背影，吕望云还不忘对何老板丢下一句话："何老板，你看这些人，都有见识与学问，各有各的主意，做成这件事不容易哈！"何老板近乎祈求一样地对他说："就看你的呀，做成了，我不会忘记你的嗄。"听到这里，吕望云边点头边匆匆赶上前面的人马。这样他们来的原班人马加上不一起到的，一起离开返校。返回的船上，柳曦和笪熙宙等一起要求吕望云，要他们回学校后就立马开始收定金，他们也怕这些人反悔，好事做不成。吕望云表态说我们一定全力做好这件事，转个身对着铁鸽梦说："我们回校后先分头去收定金吧。"铁鸽梦连忙点头答应。

说完后，他和铁鸽梦来到渡轮的二层平台上。江面上刮起了大风，寒风卷起几尺高的巨浪，拍打着船身。被寒风吹得瑟瑟发抖的铁鸽梦问他："如果像今天这样做，你可真没有钱赚，白白挨冻做义务劳动，说不定还要赔钱担责任。"吕望云没有做声，江鸥在船头迎风展翅，不远是那气势宏伟的长江大桥，他眼睛紧盯着那滔天巨浪，激情澎湃，寒风冻不透他浑身的热血沸腾。他在想：“我应该就是那斗浪的江鸥，应该是那傲立巨浪中如桥墩般的人。”

铁鸽梦提出的问题也是吕望云一开始就在思考的问题。虽然国家鼓励公民合法赚钱，但是，兴工这些同学，一旦得知你在赚他的钱，他立马就会产生防备心理。对这种心理，吕望云下意识地认同肯定，但是，朝夕相处的铁鸽梦万万没有想到他在用心设计一条曲折的路线，既能赚到钱，又不让这些大学生知情。

现在，第一步已经迈出，大家相当于将自己能接受的市场价格和品质交给了自己。这是多么关键的一步呀，走好这一步，后面运作成功一点就是一点效益，这一点没有沉浸其中的铁鸽梦是万万想不到的。

二

为了走好这一步，展示做毕业纪念册的公益劳动性质是基础更是大旗，但是，也不能把自己标榜得过高，过高了，这些精明的班干部就会怀疑。为此，将整个说法定为：我们班要定制毕业纪念册，但是，册数太少，制版成本分摊过高，所以，想要全年级毕业班的同学一起做，这样就降低了制版分摊成本，为此，自己愿意为全年级同学做这件好事。

要扩大到全校全年级，这么大的规模，绝不能自己一个人单打独斗，需要有一个似乎是局外但是又十分知情的人来说明这个动机和旗号。所以，他发自内心地告诉铁鸽梦：我们就是想做点好事，不以赚钱为目的，在收钱时，一定要说，我们班自己想定做毕业纪念册，一起定做的人多一些价格就能低一些，所以顺便帮大家一起做。这就是“主观为自己，客观为他人”的典型做法。人家一想，一个班长加一个团支部书记，肯定是代表班级的。班级想做毕业纪念册，好比是下围棋的一个“眼”，扩大规模帮其他班级做可以降低定制的价格，是下围棋的第二个“眼”。这两个眼连起来，才能走活一片棋。他用这个生动形象的比喻，希望铁鸽梦到各个班级收定金时，不要说错了话。

这是一个所向披靡的说法，他俩统一这个说法，用了一周不到的时间，将全校除射电工程系外绝大部分班级的定金收齐。按照之前的路线图，下一步才是本系，最后轮到本班级。本系吕望云还是按照围棋“两眼”的说法，将钱收齐了，因为人熟，但是又没有熟到可以优惠让利的地步。到本班级时，吕望云一想到费新刚的阴沉和蔡建设的敌意，心里就没有了底。

他觉得铁鸽梦也不一定能将他俩搞定。他与铁鸽梦一起，将吴杰锦和秦贞梅请来，将其他班收定金的情况告诉他们，他说："全校九十七个班，定金按半价四块一角一本收齐了，就剩下我们班自己没有收。本来自己班上可以缓收，或者我们辛苦一下免个搬运费，但是，学校内又怕保不住秘，有贵有便宜，担心其他班知道后别人憋气，所以，我们班还是要一视同仁地收。我和铁鸽梦已经收齐了外班，自己班上还是你们一起收稳妥一些。"

他俩先是一惊，只听说望云和铁鸽梦在全年级到处收定金，还觉得难度太大，一开始就觉得这是天方夜谭，简直是不可能。没想到，一周内全年级九十多个班的定金都已收齐！听到这里，又看到吕望云怀抱着满满一书包人民币，他们佩服、惊奇，啧啧称赞不已。尤其是秦贞梅，抑制不住激动，连忙答应。吴杰锦见秦贞梅答应了，自己应承起来也很爽快积极。

定金收齐后，事情是稳稳妥妥地揽下来了。现在要考虑的是如何将事情做稳、将东西做好，同时又能赚到钱。这一年，刚好实行全国统一推行身份证，他用自己的身份证，将一万五千多元现金存入校内银行。银行的出纳看到这么一笔巨款，很是吃惊，她说："近期学校发生了几起大学生存款额太大的洗钱案，这钱额度太大，请你到系里去开一个资金来源证明后再来。"

他到系里，找到俞仲乐，按照下围棋的"两眼"模式，向俞仲乐汇报了自己给全班、全年级毕业班做毕业纪念册的事情。他说："现在做这个好事，已经迈开了关键的第一步。就是担心赚不到钱还要贴本钱。"吕望云真诚地向俞仲乐汇报。

"你是做我们系七个毕业班的纪念册吧？"

"不止，全校的。"

"九十七个班？"

"对。还有一些随后毕业的研究生。"

"好家伙，谁给你这么大的能耐这么大的胆？"

"定金已经收齐了，想先到银行存钱，人家要来源证明。"

"钱呢？"

“在这儿。”

吕望云平静地指了指怀里抱着的军绿色帆布书包说道。睁大眼睛敬佩不已的俞仲乐，缓过神来说道：“不过，现在是‘不论白猫黑猫，能抓住老鼠就是好猫’。你又没有用公家的一分钱，自己锻炼能力，闯市场，我们不支持也不能反对，就当你没有告诉我，你自己好自为之就是了！不要说给我汇报过，你不惹事，我也不会过问的。到银行存钱开证明的事，最好不要开。你按他们的上限，能存多少就存多少。大不了，校内银行管得紧，你拿了身份证到官山口的银行再去存一些。”俞仲乐怕惹事，也不好反对，全民闯市场，摸起石头过河，只要不违法，不违反“四项基本原则”，他就不好反对，何况研究生考试刚结束，毕业班学习压力也不像低年级那样大，学习做做生意也是好事。同时，他还友好地帮他指出了解决应急存钱问题的好办法。

“谢谢俞书记关心，我自己要闯的事，我不会麻烦学校和俞书记的。”其实，吕望云心底也是借机向俞仲乐报告一声，并不真想要他帮忙。这样也是为了免得事后有什么情况，俞仲乐说他不汇报，犯方向性错误。

他到学校银行按当时对学生的限额，存了三千元。剩下的到官山口找了两家银行，各存了三千元。余下的，捆好放在书包里，形影不离地抱起。

三

吕望云抱着书包，回到宿舍。见有两个并不熟悉、衣着时髦的男子坐在自己的桌子旁边，年龄看上去要比本届同学稍大一点。他还以为是同宿舍其他同学的同乡或亲戚，客气地问：“你们是找我们宿舍哪个同学呀？”那两个男子中，一个长得英俊高大的男子站起来准备回答问题时，尤建智提着暖水瓶走进来插话道：“人家找你好几次了，他是我的阳苏老乡，维扬机械厂委培大专班的杨风潮班长，那位是他们班的生活委员。”

“找我？”

“是哦，你是吕望云吧，你可不能歧视我们委培生呀？”

“这话我就听不懂哈，我怎么会歧视委培生呢？”

“那……你为什么统计做毕业纪念册时唯独不做我们维扬机械班同学的，是瞧不起委培生还是瞧不起大专生，我们也是教育部和兴工联合认可的，参加全国统考来读三年的哈，不是谣传的余院长给家乡开后门搞特殊进来的哈，你这样做就不对呀，吕班长。”

“呀、呀，对不起，真不是歧视，我们是按系来统计的，你们机械系没有报你们班，我们了解情况不够，对不起，对不起。”吕望云明白过来后，连连道歉。

“如果是这样，我们现在就将我们班35人的定金补交给你。你知道，我们太想参与全校毕业班统一做毕业纪念册这件事了，这样我们才更像是兴工毕业的，要不厂里花了那么多委培费，回去了连个学校的纪念册都未拿到，在家人面前少了光彩呀！你起这个头，算是为我们做了一件大好事。”

“好哇，你们参与是对我们最大的信任与支持呀，不知道全年级还有哪些类型的毕业班遗漏了，我们还未知情的？”

“还有没有其他类型的，你要到教务处去了解一下。最起码还有汉钢、兴重和汽发三个龙湖周边企业的大专委培班，也称夜校班。求是院长创新思路办学，不避嫌疑，顶住压力为他老家的维扬机械厂办了一个委培大专班。我们真想不出，他还会有些什么别样思路，办什么其他类型的班？但是，有一点是可以肯定的，越是像我们这样非正规的班，越想加入全校毕业班的统一行动，因为，我们以毕业于兴工而光荣。我们来兴工学三年，虽然比你们少一年，我们也是经过严格的考试，兴工的大专毕业生也是很不容易的呀！”

杨风潮说得吕望云直点头，站在一旁的尤建智插话说：“这才叫‘灯下黑’呀，校内都还未搞完，你就急着到外校去瞎忙活，多亏我老尤给你们通气。我估计，全校常年大专加夜校走读大专毕业班最少还有五个，不比一个中等规模的大专学校毕业的人少。”

“放心，待会儿，我到教务处再详细问清楚，谢谢你们的提醒，难怪有人称兴工为官山口职业技术学校！”

这真叫“踏破铁鞋无觅处，得来全不费功夫”。他一刻未停，拖着疲惫的脚步，先到教务处去问清后，再一个一个班去收集信息和定金。最后归总，全校各类非研究生班毕业班竟然多达一百零五个，据教务处的老师介绍，八七届各类毕业生，不算研究生，就超过三千六百人，规模排全国第一，是真正名副其实的全国第一所在校学生人数过万的大学，也是校园面积最大的大学。吕望云为此惊叹不已。

他想：要能赚到钱，原来的胜利文印店，甚至那整条街上的店都不行。因为那里的店面背后都是国营大印刷厂，行情他已摸得很清楚，同样的东西，价格是降不下来的。毕业生关心的是拿到手的毕业纪念册质量要跟样品一样，起码不能有明显的误差，自己关心的是在同样质量的前提下，越便宜自己越能赚点。虽然胜利文印店的何老板很配合，但是，自己并没有与他签订合同，换一家文印店并不违法，也不违反商业道德。自己不去，何老板也应该能理解，毕竟这么多班级，大家离开时，好多人还在嫌价格高，样式也单调。

想到这里，他决定在江昌这边再去调查调查。毕竟觉得信用上有点对不住胜利文印店的何老板，他还不好意思邀请铁鸽梦一同前往。为了显示谈生意时，让人相信自己是兴工即将毕业的学生班长，加上后面设计还要请秦贞梅出力，他提前邀请好秦贞梅，一同前往。不想临出发前，铁鸽梦发现他要外出，主动要求一起去，他不好开口拒绝，这样他俩一起顺路到楠三舍门口与秦贞梅会合，一起朝楠一门走去。

四

铁鸽梦特别机灵和善解人意，见秦贞梅在路口等，立马知道他俩是事先约好的，便主动说："呀，我还忘记了，我有一个老乡今天要来，要不，你们俩先去吧，我回去了！"铁鸽梦还未等秦贞梅上来打招呼就要转身。

"你实在有事，下次再麻烦你，不过，我们重新去找厂家做纪念册的事不要跟任何人说，免得惹不必要的麻烦！"吕望云急忙拉住铁鸽梦说。铁鸽梦点点头就走了。

"铁鸽梦怎么回去了？我们还等他吗？"秦贞梅快步上来问。

"他临时有点急事，不跟我们一起去了，我们走吧。"第一次公开单独与班上出众的女同学外出，吕望云心想：铁鸽梦不会在班上说吧？他知道庞恒之一直在暗恋秦贞梅，费新刚也暗暗对秦贞梅用着劲，还有不少对她有好感的同学，他担心因为与秦贞梅单独外出，使自己坐到火炉子上去了，得罪一批暗自喜欢秦贞梅的男同学，也怕惹得女同学妒恨。想着想着，他就放慢了脚步。

"在想什么呢？不想铁鸽梦回去？"见吕望云沉默着掉在她后面，秦贞梅问道。

"不是的，在想我们的目的地，不知江昌什么地方是文印业最繁华的地方？"

"那估计还是要到江门口，那里是老城，就算那里没有，也可以打听得到江昌这边文印业的繁华地在哪里。”秦贞梅说的与吕望云的想法一致。

说着说着，因为吕望云步子大，不知不觉由掉在后面变成了在秦贞梅右前边走着，不时回头与秦贞梅说话。秦贞梅见开口讲话的吕望云大步走起来，真想他主动牵上自己的手。秦贞梅这想法就像看不见的磁场，吕望云能够感应到，但他心里时常出现罗泽玉的笑脸，在这人来人往的楠一大门附近，只能装作不知，快步向前走。

他们在楠一大门口右侧公交车站，上了15路加长公交。由于不是高峰时段，车上人少，他们挑了个双人座坐下。秦贞梅拿出一本《三毛流浪记》，边看边给吕望云讲三毛和荷西的爱情故事。吕望云真想告诉她自己与罗泽玉的事情，告诉她，罗泽玉是自己中学坐前后排的同学，他和她已经热烈地相爱了一段时间。但是，他又知道秦贞梅向他表达的爱情也很真，拒绝了她会有什么后果？她经受得起吗？还会不会理睬自己？自己入党，还有眼前做纪念册的事，她还会帮自己吗？想想还只有一学期就要毕业了，自己考光华大学跨专业不说，竞争对手又太多太强，考上的希望估计不大，那时，各奔东西，自然终结这份感情，应该对她的伤害最小。兴工又不允许本科生谈恋爱，毕业后自然分手，就像大学没有谈恋爱一样，平静无痕，让天然的距离来当这个使自己与秦贞梅走不到一起的“罪人”吧。

他又觉得自己有些自私，为了自己的事，浪费秦贞梅的感情。转过来一想，对罗泽玉来说，结果也可能是一样的，因为罗泽玉本科毕业后会到国外留学，自己不能跟去，不也是劳燕分飞吗？

做事一向决断果敢的吕望云，在罗泽玉和秦贞梅这件事上黏糊了，他选择了顺其自然，只是对秦贞梅要被动一些：不能太拒绝又不能太亲近了惹麻烦。

而秦贞梅则是想和吕望云轰轰烈烈爱一场，不管后面有没有结果，就想让这无果花也红火地绽放。她喜欢他果敢的性格，宽广的肩膀，修长的身材，豪迈的文气……一上大学她就被他吸引住了，只是兴工管得太严，低年级时自己对他躲避，现在吕望云又困于家里经济压力，时机错过，迎来的总是你来我避。眼前，望云对她给予的热心帮助，还是没有太大的动静，一味装傻、装不知。

现在要毕业了，她顾不了那么多，她多次直接间接地表达了自己的爱意，跟他在一起，一刻也是幸福的。她多么希望和他爱一场，然后悄然离去。她翻看着《三毛流浪记》，没一会儿，车子摇晃，困意顿起，她把脸贴在吕望云胸口，感受着他的体温，起伏的心跳，闻着他身上释放出的雄性气息，这时，她已是世界上最幸福的人……

第二十章 就样品智探实情 揽胜景情寄美文

一

15路车刚好在江门口有一个站。他们下车问了一下，沿解放路往南，发现沿街都是文印店面。他们转了几家店面，来到一家叫“旺文印务”的店面。这家店里老板姓浣，浣老板四十多岁的模样，为人热情爽朗。他摆出的样品与江阳胜利店的样品相比，不仅外形上相似，而且还有针对特定班级做的。吕望云一看标价，才七块五角。见他们对这本样品多看了几眼，浣老板解释道：“这是我弟弟在兴农学院毕业前找我定做的，只做了我弟弟一个班级，他在班里同学面前炫耀，说我这个哥哥是做工艺印刷的老板，毕业时硬要我给他们班级做好事，特制纪念册。这是剩下的几本，由于学校校徽、班级等是定制的，没有销路，就摆在这里展示。”

这时吕望云心里一阵暗喜，再一细看，原来是兴农农学系八五届的，才毕业两年，这价格也有优势，苍天不负有心人呀！看样子绕渡过江一趟，在这里真有希望做成。

“这价格是当时卖给他们的价格吗？这么贵！”吕望云探听虚实，一脸的诚恳。

“哪里，当时给他们做，只收了个成本价，还有几个困难学生钱都没要。”浣老板很诚恳地说。

“那成本价肯定比这个标价低得多吧？”吕望云直奔要害。

“哪里、哪里，看样子你真不是做这一行的。”浣老板很快反应过来了。

“这还取决于制版的数量，我只给他们做了三个版，一个是内页通用的，一个是封面，还有一个是扉页，连底页都是空的。我说的成本是指除制版以外的费用。要是连制版的成本都算进去，他们班才三十五个人，就算做四十本，一个版得六百元，三个版就是一千八，每一本摊到的制版费就得花四十五元。而纸张、缎面、装订等成本还要四块钱左右。我是就我弟弟的意思，给他的面子，制版费我完全自己贴了，他们只出了其他的成本费。”浣老板总算是讲出了实情。

“那一个版能印多少次嘎?”吕望云问的外行话，但是，对于他做出下一步选择十分重要。

“一个版就是一次活路，哪有么事次数限制撒?”浣老板用江湖话笑道。

秦贞梅在另一头看着展柜里的图片，有时还用笔做一些记录。吕望云貌似漫不经心，实际在盘算：这次已预收到三千六百多本的定金，还有七八百即将毕业的研究生，接近四千三百本，如果连封面一起制七个版，制版费就要花四千二百多块，摊到每本，制版费就差不多是一块，再加上其他的成本，每本合计也就五块钱左右的总成本。八块二角与五块之间相差三块二角。

他压制着内心的喜悦与激动，也并不与秦贞梅通气商量，漫不经心地在店里四处查看，见各种经营证件齐全，断断续续还有人来提货下单，浣老板并不清闲。他瞅着浣老板刚送一箱货上车返回的空当，凑近他说：“我们是兴工学生会的，我们想为明年全校的毕业生做一件好事，就是集体定做毕业纪念册，样式跟你弟弟班上那本相同，但是要做七个版面，版面设计我们自己做，总数四千本。你看每本多少钱?”说完后，浣老板继续忙着搬货，吕望云也伸手帮忙，秦贞梅见吕望云出力气帮忙是见惯了的，也不好奇，只管埋头记录、研究着样式设计。

他们边搬货物，边盘算着谈判着，浣老板说：“七块二角一本，我们包送货，定金按制版费四千二百元在合同签订后一周内付清，余款在验货后发货前付清。如有质量问题包换。”

“六块五角一本，我们这么大的量，又是现钱，还不要发票，免得你交税。”吕望云对着浣老板盘算道。

“六块八角，不能再低了，我多少还是要交一些税。”浣老板显出不能再变的脸色。

沉默僵持了一会儿，货物也搬完了。虽是隆冬，江湖市的冬天冷得出奇，但是，吕望云身上却微微有汗意。他用严肃认真的低声，对浣老板说：“那就按六块八写合同吧？”秦贞梅这时还在和店里的设计人员讨论设计样式。

浣老板拿出店里的格式合同，按照谈好的条件，稍微改了一下。吕望云出示了身份证和学生证，以个人名义签了字盖了手印。速度之快，胆子之大，让在店子另一端正在谈样式的秦贞梅十分震惊。

拿到签好的合同，约好一周内送定金和设计样式，他们走出旺文印务店。对吕望云佩服得有点激动的秦贞梅早已抛弃了往日的矜持，紧紧地搂着吕望云的手臂，说：“今天我算是开眼界了，这么大的事，弹指一挥间呀。”

二

返回时，他认真地对秦贞梅叮嘱：“回去对任何人只能说我们在江阳胜利文印店做的，千万不能说我们调换到江昌来了。”

秦贞梅点头应承，同时疑问道：“这有什么不同吗？”

吕望云回答说：“你刚才没有注意到，这家‘旺文印务店’背后的印刷厂在哪里？是谁负责经营管理的？”

秦贞梅摇头笑了笑，道：“我专门注意样式设计去了，没在意其他方面。”

吕望云若有所思地说：“这个事情虽然对全社会来说很小，也很具体，但是，反映了我国当下经济体制运营的深层问题。”

秦贞梅说：“我没有深究宏观经济管理问题，你是学习研究过的，能不能细讲给我听听？”

吕望云说：“现在我们实行的是计划经济和市场经济双轨制，双轨制的最终结果会集中体现在两个方面：一是市场性的国营企业包袱重、积极性调动困难，肯定竞争不过民营的个体企业；二是计划成了一种重要的资源，手握计划分配权力的人，必定会被市场主体‘围猎’，腐败问题将会越来越严重，越来越难防治。”

秦贞梅听得津津有味，充满钦佩地说：“想不到从这个价格差别的表象，你就思考出这么多高大上的问题，这些事，暑假时我听我爸爸好像也说过，‘偌大的紫金电子设备厂，现在在市场上受到沿海民营厂组装电子设备的严重冲击，成本比人家高、产品花样少，跟不上市场的需求。价格高、东西卖不出去，东西越卖不出去、价格越高，否则，工厂就维持不下去了。没有了销售，不可能持续生产。真不知道这样下去国家的经济会发展成什么样子。’”

一听，自己的观点得到了印证与认同，吕望云兴奋地说：“远的不说，就说我们这次做毕业纪念册这件事，国营印刷厂无论是成本、价格还是质量都竞争不过民营企业，我注意到旺文印务老板是从政府下海的公职人员，工厂开在国中日报报社附近，销售门面有几个，我们今天接触并签合同的只是他几个门面中的一个，这样竞争下去，国营印刷厂不改制将是不可能的。国家经济在酝酿一场新的大变革呀！”

秦贞梅恍然大悟似的明白过来：“你明知国营印刷厂不行，还把大家往江那边带！你这做毕业纪念册，就是钻了‘双轨制’的空子呀，用了国营企业的牌子和价格，做个体户的生意，表面上没有钱赚，实际上还是能赚大钱的。”秦贞梅说完“赚大钱”三个字时，连忙用手捂住自己的樱桃小嘴，看看四周，怕对天、地、空气或不相干的路人泄露了吕望云赚钱的秘密。

吕望云抑制住内心的得意，说：“我也不是一开始就刻意带他们绕到江那边去，只是那边的新华印刷厂太有名，带大家去最有说服力。这是回来时，在江面上被起伏的大浪逼着苦想，想出来的，因为，要赚钱，这里不行，只有找别的地方。时代的潮流，我们只有参与其中才知道它的规律，才能找到借力搏击的良方。同学们都躲在语园象牙塔里刻苦学习是感知不到的，不过，也只有他们感知不到，我才能跳出来赚点钱！所以，绕渡过江，是在行动过程中才悟到的，做毕业纪念册赚钱才开了张。”

秦贞梅替他思考道：“那你今后是在象牙塔里做研究，还是到现实的工商市场里去做实务呢？”

吕望云有点无奈地说：“估计光华的研究生我是考不上了，我毕业之后做实务的可能性很大。”

说到这里，也许是想到了毕业后的去留，他俩都沉默了良久，秦贞梅依旧大方地挽着吕望云的小胳膊衣袖，沉浸在这个不能在语园里做出的行为中。就这样，他们各怀心事，一直安静地沿解放路向北走，直到经苍鹤楼脚下横过来的铁路桥洞口，到了决定是否上车返校的时候，吕望云不舍秦贞梅挽住胳膊的温度，心情不由得由沉思转为兴奋，他首先打破了无言的沉默，对秦贞梅说：“苍鹤楼重建开园两年多了，我们现在去，登高崇古，看那芳草萋萋鹦鹉洲，免得脑海里不是北岛舒婷就是国忧民愁！”

“太好了，今天真是文化和生意双丰收哇！”秦贞梅幸福地附和道。

“苍鹤楼不仅是文化，也是生意。传说有一仙人在壁上画鹤。没承想，此鹤竟能下墙壁起舞，为酒客助兴，这家店从此宾客盈门，生意兴隆。这不是远古的生意传说吗?”吕望云老家在离苍鹤楼不远的鸫坡，他熟悉地向秦贞梅介绍着苍鹤楼的传说。

“有道理，我还没有登过苍鹤楼，一天到晚在兴工校园三点一线的大树林里，哪里晓得人家李太白今朝有酒今朝醉的快乐呀?”秦贞梅接着说。

“好诗酒里来，好文器上载。你看远古的重要文章都要铸刻在重重的青铜鼎上，同样，这些诗与苍鹤楼也是互为依存、相得益彰的，诗因楼而生，楼乘诗扬名。那时，商无文不贵，文无商不重，这文物贵重和商业价格高低在远古时代原本就是一体的。只是到了封建制度成熟的朝代，提倡重农抑商。一方面将读书作文与种田一体看待，当作创造原始价值的行为尊崇起来，宣扬什么‘耕读传家久，诗书继世长’，说什么‘万般皆下品，唯有读书高’；另一方面又将做生意赚钱当成不创造新价值的投机取巧，认为铜臭味难闻，摆在了文、武、农、工、商等大众化尊卑排序的末尾了。然而，当今工业革命改变了世界，社会的尊卑观念又绕了回来，我们又要回到远古人的思想境界中，将读书科研学文化与做商务兴实业又重新统一起来。”吕望云没有顺着李太白及时行乐的分支展开，他引经据典地论说起诗书文化与商业生意渊源及演变的关系上来。

“是的，现在改革开放，一切以经济建设为中心，看样子，我们真是遇上了文商互进、以文兴商，文化搭台、商业唱戏的新时代！你这次做毕业纪念册正是文化高调搭台、实则商业赚钱唱戏的典型事例呀。”秦贞梅也顺着讲起这严肃的话题。

“我原先没有想得那么高远，关键是先要赚到一笔钱，主要是被家里现在的困境所逼的。也想看看同学们中还有哪位在毕业这个关键时刻有经济困难要解决，毕业时大家日子也好过得宽松自如些。这个以经济为中心的年代，没有钱可不行。这一点你家里经济条件好，是感觉不到的。还有，我这次对外宣称是不赚钱的。全校三千多人，要是事先知道我通过做毕业纪念册赚钱，这事虽然不违法违纪，但是，大家为这怕是会炸开锅，你妒我嫉，不会让我做成的。我邀请铁鸽梦与我一起做，他说帮我做具体事可以，但是，他怕惹事，所以名义上不愿意参加。我已和铁鸽梦讲清了对外宣称不赚钱的利害性，你一样，也要替我保密哈，一定一定帮我守住这个赚钱的秘密！”吕望云平实而细致地说明、诚恳地请求。秦贞梅半是钦佩半是娇嗔地边点头，边借机将他的双目紧盯，显出了无限的温情。

三

他们沿着塞山脊梁上的林中小路走，不是休息时间，游人稀少。暖阳穿过冬树林，秦贞梅生出浪漫情愫，拉着吕望云的手臂衣袖，吕望云心里则因时常出现罗泽玉的面容，不主动也不好拒绝。他越是这样拘谨，秦贞梅越当他是谦谦君子，也越觉得安全可靠，手拉得更紧，心贴得更近。甜蜜的路程总是短的，他们一口气登上了苍鹤楼顶层，遥望浩浩荡荡由南北去的大江，俯瞰车水马龙的长江大桥，不禁心胸豁然开朗，加上楼内音箱轻声播放着电影《上海滩》插曲，轻快激昂的旋律，激发着他们内心的躁动。秦贞梅深情地对吕望云说："你长得真像许文强，身材、脸型还有自信的眼神，只是穿着土气了些，少了他身上的些许浪漫！"她是多么希望吕望云能放肆忘情地抱抱自己，她拿出自己准备好的礼品盒，递给吕望云。吕望云打开一看，是一只精致的24K金的领带夹，她说这是她父亲出国考察给她带回来的。吕望云收下了她的礼物，心中的罗泽玉顽强地使他忍住了想给秦贞梅的拥抱。

"万里长江美不胜收，不管你在什么地方，什么角度，什么时候，看到它都有不同的感受。"

"那你在今天这个时候看长江有什么样的感受呀？"秦贞梅甜甜地问。

"我现在最强烈的感受是他的波涛和来往的客船。大江辗转曲绕，像风扬起的彩带。你看寒冷的北风扬起几尺高的大浪！江水随浪东流，像极了我们的国家，自秦皇汉武，一路波涛起伏走来；也像极了我的祖上，在煌州城下，低洼的沙洲上，演绎着数代人挖塘围堰，架屋作舟，浮游江昌，北上泥牛，倭人投毒，保长甲长，珠算左右，小官小道，不守平庸，苦学耕读，扬名高考，克绍箕裘；我也是竭尽全力，刻苦学习，帮厨俭学，担责阳京，绕学尚海，贩蛋应急，考研入党，做纪念册为母兄治病……我们都是那扬帆避礁的'绕渡'人呀。"

"你再看那江上往来的船只，以前是挂帆的木船。一直有一句传言：苍鹤楼上看帆船。这句话还有一说：苍鹤楼上看翻船。前一句是向往别人前进，鼓励奋发有为；后一句则完全相反，自己站在高楼上，看别人翻船，典型的幸灾乐祸呀。我这次做毕业纪念册，仿佛就是在这大江里驾船前行，有险礁要绕，有巨浪要踏平。全校连研究生一起，接近四千本，没有上下级隶属关系，要步调一致才能做成，要讲究方法才能做好，一不小心就不是奋发有为，不是踏浪前行，而是翻船落水，在岸上幸灾乐祸的一定大有人在呀！但是，就是这样，我也得干，沧海横流，没有退路！”

说到这里，吕望云深情地凝视着秦贞梅，他为自己有脚踏两条船的嫌疑而无奈。他是多么希望在这毕业前夕，即将分手的时候，能够给她带来快乐和幸福，不给她带来一丝的烦恼和痛苦。想到这里，他双手轻轻地扶抱着她的削肩，微低下头，脸轻轻地挨上她的嫩脸，一手摘下了眼镜，她也摘下了那胭脂红的玳瑁眼镜。他贴着她的耳朵，轻轻地说道：“梅，感谢你对我的欣赏和爱恋，在接下来的日子里，还要你全力帮助我才行啦！”秦贞梅点点头，眼含热泪，在这高楼无人的旅游淡季，时间行进的节奏陡然凝滞……

秦贞梅幸福得脑海里一片空白，慢慢才回想起和吕望云相处的一幕幕。欲罢不能、自然而生的爱恋，战胜了明知毕业后即将分手的理性，这忘情的爱恋叠加必然分手的理性，在她心中绽放出一朵绚丽无比的无果花。是的，无果花，这毕业前语园里最动人的爱情，最是她勇敢向往的天性，在这千古揽胜的苍鹤楼上悄然绽放，绕过了语园里众多严格的眼睛，绕过了男女同学不能勾肩搭背牵手的规定。她佩服他的果敢与才能，敬重他负重前行的品格，为他担心，为他忧虑。担心他把江阳的胜利店当工具用了，人家知道后报复，担心四千多名同学知道他赚钱后的不悦；忧虑他事情做成后，班上同学的妒忌，忧虑他入党的后续事情是否顺利，忧虑长期经济紧张的他一下赚到这么一笔巨款后，在用钱上出问题。但是，眼前她考虑不了那么多，只有眼前这朝思暮想英俊伟岸的肩膀，她醉心地呼吸着他身体里发出的雄性荷尔蒙气息，感受到他浑身上下令人心醉的蓬勃张力，她迷糊深情地哼道：

无果花呀无果花，明知无果还发芽。

无果花呀无果花，天旱泪水浇灌它。

无果花呀无果花，地裂根深满眼霞。

无果花呀无果花，青春无悔向天涯。

……

四

沉浸在幸福中的缓慢时光，又急得好像清晨东霞的绽放。如梦顿醒，秦贞梅想到还有一件重要的正事未办。她一只手松开了对吕望云的拥抱，从背包里摸出一张信笺纸。吕望云一直顺垂着双手，任由秦贞梅拥抱折腾，见她这页秀丽的文字，连忙将手中的眼镜戴上，一看，原来是秦贞梅为毕业纪念册扉页写的毕业寄语：

“当一天的劳累给你一个倦慵的黄昏，当台灯的柔光变得朦胧的时候，再一次轻轻地打开它吧，这里跳动着三十多颗真挚而热烈的心。

还能记起来吗，那云一般缥缈，梦一样萦绕的蓝色岁月？我们的班级，我们的宿舍，我们的青春，我们的求索。多少次紧张的考试，多少次欢乐的郊游，多少次神秘的微笑，多少次惆怅的叹息……

这四个春秋铺就的基石啊，该能载得起不息的拼搏；这青春火热的心弦啊，可曾奏出友谊的欢歌？兴工园里，玉兰嫣红，桂花依旧飘香，我们却天南海北，各领风骚，乌发布满岁月的征尘。就让这纪念册将我们紧紧地联系在一起吧！在这里我们永远年轻。”

吕望云看到这里，眼睛一片迷糊。他知道秦贞梅文采飞扬，但是，万万没有想到，她这么快就将扉页寄语写得这么好。完全控制不住自己的感情，罗泽玉的影子已淡然不见，他反将秦贞梅连同她那只拿着稿子的手臂一同紧紧地拥抱了，后悔走得急，没有带来给她买的蓝色纱巾。秦贞梅像只温顺的羔羊，顺服地将头脸埋进他的胸膛，亏得拿稿子的手臂，侧贴着心房，给自己撑出了一丝呼吸的空隙。心跳顶撞着，他俩就这样静静地听着楼宇背景歌曲的循环播放。

扉页寄语的文辞，背景歌曲的旋律，苍鹤楼前的美景，吕望云深深吸了口发自秦贞梅颈项里的袅袅香气，香气袭人，猛一惊醒，呀！这像极了家乡小河边、诺园樱飞楼、长途汽车里，语园渣路上处处发自罗泽玉身上的香气。他暗生诧异，为何每每陶醉于秦贞梅时自然就会想到罗泽玉，而每每倾心于罗泽玉时却又忘不了秦贞梅。天哪，这语园的梅、诺园的玉，执着下去不知是福还是苦？不禁脱口念道：

水调歌头·苍鹤去何归

苍鹤去何归，凭栏问空悠。遥知鹤上仙翁，驾鹤几时休？鹤去千年已久，应厌旧翁陈腐。今日携仙侣，相邀新鹤舞，云深不知处。

忽惊闻，心在语，神系诺，羡揽大江南北，慕才聚龙湖，昂首江湖山脊，跻身世界明珠，语诺闻天宇。鹤仙齐展翅，当创鲲鹏举。

第二十一章　拒婚得喜人间正道　好上要好暗知新疾

一

一周后，吕望云带着四千二百块钱的巨额定金和秦贞梅设计好的七个版面的设计样式图，再次来到浣老板的旺文印务店。交接清楚后，合同正式生效，约定开年五一节前后验货送货。

考完期末考试，他未按常理待毕业纪念册生意全部做完再用自己挣的那部分钱。他想，那样等得太久，钱就没有发挥到应有的作用。二哥来信说，手术后现在能站起来行走，只是还要花钱请中医进行神经元恢复治疗的养护。为二哥的康复高兴，他又从银行取出两千元巨款，准备春节回家急用。

他回到家里，惊喜的是，二哥所读的鹤舞冰工院报销了百分之四十的医疗费用。如果二哥不受伤，他现在应该毕业参加工作两年多了，学校了解到他身体康复的情况，答应由二哥自行决定是否回到学校继续读书。一个学期过去，二哥仿佛换了一个人似的，精神焕发。母亲的病情基本上也稳定住了，虽然眼睛看不太清，但是比不花钱做手术总还是要强的。想到这里，他又不由得想起铁鸽梦的友情，他为了帮助自己家里一时过不去的困难，卖掉了自行车，这钱一定要超额归还！母亲也后悔，为了省钱让子女读书奋斗，自己假装迷信，不到大医院去治病，贻误了最好的治疗时期。她后悔当时不该去借高利贷，怕孩子们负债翻不了身，没有想到自己这些如龙似虎的儿子们，像春雨浇灌的小草，石头都压不住他们挠曲成长、挣扎出头的犟劲。

更令人高兴的是，大哥被派到三里畈中学教书后，他没有消沉，又是带物理，又是教数学。担任班主任时，几个成绩好的困难学生交不起伙食费，他用自己的工资买菜做饭，和学生们同吃一锅饭。所带的班级中考考试成绩全县第一，贫困的三里畈乡村初中，有九名学生考上重点高中——煌冈中学，创历史纪录。加上原来他拒绝建立婚姻关系的女同学的父亲，贬罚大哥到三里畈后，因其本身违法违纪，东窗事发后被判刑。调动工作的障碍消除了，业绩优秀，加上未婚妻覃欣红父亲的努力，大哥望山被调回到煌州城郊的龙王山中学担任高中物理老师，准备这个寒假也就是大年初四与覃欣红结婚。

得知这些消息，他高兴得热血沸腾，到城东郊父亲工作的单位找到父亲，高兴地对父亲说："我做毕业纪念册肯定会赚一笔钱，我带回来了一部分押金。我想先去把二哥治病时借的高利贷还了。"

"谁要你不务正业去赚钱的？家里经济条件正在快速改善，我们的困难也是暂时的。莫像单德果那样，为了给老师治病，刻'萝卜公章'，偷领别人的汇款，现在大学毕不了业，档案里一个大污点，鸡飞蛋打一场空。"不知父亲怎么这么快就知道单德果的事。

"上次你去你舅舅那买鸭蛋，开始我在外面忙，不知道，后来我好好批评了你舅舅，莫因小事耽误了你的前程。你们这代人现在遇到了好时机，八仙过海各显神通，也不管后面出不出事，收不了场么办？我十八岁就开始当会计，现在快退休了，也没有像你这样到处赚来历不明的钱，现在又做什么毕业纪念册赚钱，不走正路，你这哪像个名牌大学生？将钱保管好，年后开学，你赶快将钱退给人家。"父亲很严肃又显得紧张不安地说。

看到父亲严厉的面庞，吕望云感到万分的委屈和愤懑，心想自己上大学以来，一直为减轻家里的经济负担而努力，也记得暑假时跟父亲说过自己要做毕业纪念册的想法，父亲当时未做声。他估计是单德果的事近期传到父亲这里，父亲才警觉担心起来。于是，他向父亲解释道："我这次赚钱与单德果的性质完全不同，我赚的是合法合理的辛苦钱。全校连毕业的研究生一起，四千多本，我是一个一个班级收起来的合法自愿的钱，不会有问题的。"吕望云见父亲仍然放心不下，又详细讲了做毕业纪念册收定金的过程以及后面还要继续做的事。

"你这风险大得很，四千多个聪明人，又没有学校给你撑腰，万一学生不满意，闹腾起来，或者在做的过程中哪个环节出了问题，你怎么收拾得了？到时几年书白读了，你这是舔血疗伤，胆子太大了！”听到这里，饱经风霜、一方脸络腮胡子的父亲更加担忧起来，另一方面他也感到现在合同已签，定金已付，涉及面又广，退回去也是很麻烦的事。

“不过，学校没有出面组织，你这属于个人行为，用钱有风险，但是，倒不属于贪污挪用公款的这类事。既然这样了，那从第一笔钱开始，你每用一笔钱都要记好账，千万不可昏了头，乱用了，这样，万一有个什么事，钱的事还可以用钱来补救。”当了快一辈子会计的父亲提醒他道。

“那我觉得还是可以先还掉那笔高利贷，利息太高了，我这钱放在身上也是放着。”吕望云客观地建议父亲。

“行吧，有什么事，我去找他们再借吧！”父亲勉强同意了。

父亲的担心，使吕望云清醒起来，他专门就每一笔花销做了一个账本。

二

他陪父亲一起到城关信用联社归还了高利贷后，自个儿到大哥望山教书的城关中学。这时，只有毕业班的学生还在校学习。他到大哥宿舍，大哥正在做教案。大哥把家里几个弟兄连同考上尚海交大的表兄，每人考上名牌大学的学习方法、特点和成绩列成表格，清晰地放在教案里。吕望云翻看了一下，有拼命三郎的吕望云，有稳扎稳打的表哥，有注重方法的二哥望川，还有漫不经心却看透知识本质的弟弟望海。对应每人各科的优势和问题，高考的各科成绩，最后还有一栏分析。看到这里，吕望云佩服望山的敬业精神，难怪他那山里的学生考出了优秀的成绩。

一阵亲热寒暄之后，吕望云问大哥望山：“三年前宁可被贬到大山里，也不接受有权当官人的女儿的追求，你觉得这个选择做得对吗？”

“我们这个年代也不是封建社会，更不是以阶级斗争为纲的年代，我们是自由的，没有爱情的婚姻，就算自己攀龙附凤爬得再高，总是寄人篱下，低人一等，与我们奋斗的本意不对等。”

“我听说那个高官因违法乱纪被判刑倒台了，真是庆幸你没有同意做他的女婿。”吕望云用有点开玩笑的口气说。

“他就是不倒台，我也会通过我的奋斗和努力，去证明我原来的选择是正确的。”

大哥用十分认真的口气回答他。

大哥望山一直都是他们学习的榜样，在煌冈中学读书时一直都是班长，毕业后是回乡知青，因文化成绩好，写得一手毛笔字，拉二胡，画素描，在大队里写标语，办宣传墙报，是远近闻名的大才子。他被公社书记看中选派到水利工地当宣传干事兼土方测量验收员，恢复高考第一年，与表哥一同考起了大学。他十分珍惜高考这个机会，在煌冈师范学院读书时，望云与他同在城里，那时望云还在读初中，一份饭俩人分着吃，一个高低床下铺俩人一起挤。他被人取绰号叫“大母鸡”，照料弟弟妹妹们的生活，督促辅导他们奋发学习，才有现在全县闻名的弟弟们都考取名牌大学的事迹。

吕望云怀着敬佩和感恩的心问大哥望山：“听母亲说你们定在年初四结婚，准备得怎么样了？刚好我有空，看我能做点么事?”

“现在学校条件不是很好，是一个新组建的高中，老师住房很紧，你看我这宿舍里还有一个老师，放寒假回家去了。我们得回家里去结婚，婚房就在家里，简单办一下，不在形式，多亏了父亲当初盖了村里唯一的红砖瓦房。”

“我也快毕业了，毕业前干了件大事，刚才我告诉父亲，父亲担心我惹上单德果那样的麻烦，还分析说教了我好半天!”

“么事？快说来听听。”大哥对吕望云每一点进步历来十分关心，这次也不例外。吕望云将做毕业纪念册赚钱的事，向大哥从头到尾说了一遍。没有想到，大哥与父亲的态度完全不一样，他连声说：“好，好，真有你的，有头脑，有魄力，干得好!”

得到大哥的肯定，吕望云感到同一件事，年代不一样，父亲和大哥的观点大相径庭。

大哥望山中等身材，比吕望云稍矮一点，但是，相貌比吕望云更要刚毅英俊一些，这也是迷倒那个大官女儿的重要原因。大哥鼓励夸奖的态度，激发唤醒了吕望云对自己从小到大的偶像的认识。从小到大，他拉二胡，吕望云满大队跑为他拿琴谱；他写大字标语，吕望云帮他抬石灰桶。现在才貌双全的大哥望山要结婚，吕望云要用自己可能会赚到的第一笔大钱，为大哥办一个令他心满意足的婚礼。

他对大哥说：“大哥，回家办婚礼的准备事宜就交给我吧，二哥的身体刚刚恢复，我回家和他讨论个方案，先准备准备，过几天有空，你回来看行不行。”吕望云信心十足地主动应承着。

“不要太麻烦，婚礼只是一个形式，千万不要浪费。你那钱也还没有真正赚到手，老二表面上是恢复走路了，但是，脊柱内部还有神经细胞要生长。他人是站起来了，精神是不是也站起来了？还要继续花钱治疗，大意不得。还有小弟望海在国京，为了节省路费，节省时间，寒假留校不回，也得给他寄生活费。所以，花钱的地方多得很，千万要节约。我们要把钱用在发展上，发展才是最重要的。”

“大哥，你讲的都是道理，我们注意就行。”吕望云言下之意是让大哥不要太谨慎，适当就行。

“还有，望川一直有些敏感，还未完全走出受伤落单、无助失望的心理，莫用言语伤了他的心气，身体上的细节由他自己掌握，我们在背后默默支持他就是了。他和田如玉的事，莫过问得太细。他现在急于到鹤舞冰工院复学，心里又放不下田如玉，这人是好上还想好，自寻烦恼呀！”大哥是最了解二哥的，说得吕望云直点头。

三

见大哥很忙，不断地有学生来找他，吕望云起身回到老屋，和母亲、二哥还有妹妹一起，商量帮大哥整理新房，同时也准备过春节，还听母亲说起有人在父亲面前给妹妹望月提亲的事。

他们兄妹三人一起整理大哥办喜事的新房，吕望云问妹妹望月：“有人在父亲面前给你提亲，你不想了解一下是么样的人？”

“我才不要父亲管我这事，等家里条件好了，我也要读书。二哥这段时间一有空就教我读书，高中的课我基本上都学完了。听二哥说，今年开始有自学考试了，我准备报考会计专业，我也要读书出去闯一闯。”妹妹望月很认真地说。

“好，我支持你。困难是暂时的，要努力，今后不后悔！我给你先留下自考所需要的钱。”吕望云鼓励望月。

“是的，你考煌高只差几分，当时家里实在没有办法，父亲找了个借口把你留在家里，这几年多亏了你。现在我也恢复了，大哥成家了，开年我去复学，你也考出去再读，不信这几年落下的功课赶不回来！”望川也鼓励妹妹望月道。

“费用不担心，我赚的有。现在家里大哥大嫂也赚钱，下半年我要是考不上研究生，也要参加工作赚钱，家里用钱不是问题！”望云也激动地给望月打气。

他们三个像在互相打鸡血似的鼓劲，亢奋、激动。吕望云将自己如何做毕业纪念册赚钱的事告诉他们，他们也十分激动，佩服望云有办法、有能力。视力很差的母亲也闲不住，她在厨房里摸着，又是煮饭又是帮二哥望川煎中药。望川却悄悄地抓紧时间拿起了书本，复习起丢了好长时间的功课。望月悄悄跑到母亲身边告诉她望云做毕业纪念册的事，母亲和父亲一样，对吕望云做纪念册感到十分担心。

屋外是寒冷的冬天，吕望云小时候爬到树顶上躲避因调皮犯事挨打的那棵苦楝树，已长得高耸入云，冬日的暖阳透过稀疏的秃枝，树顶枝叉间有一个大鸟窝，两只大鸟在窝边来来往往，在给小鸟喂食，在屋外贴春联的他们，感到了春天般的暖意。

由于二哥望川与田如玉的亲事是两家家长认同过的，母亲对望川说："老三既然带钱回来了，老二你要到街上买些礼物去田如玉家里看望一下，他们家里现在困难着，你要去温暖一下人家的心呀，也让她家里人知道你恢复得不错。"

“对，二哥去吧，不知需要多少钱，我先给你三百元，不够再说。”吕望云腰粗气壮地说。

“这过年的，买点实惠的东西，就买五斤猪肉十斤鲢鱼，再给他家里包个五十块钱的红包，总共只要七八十块钱就足够了！”母亲说。

“二哥，莫忘了带几套春联过去，你写的这一手好颜体，带去亮一亮。”吕望云补充道。

“今天去有点晚，明天一大早，我骑父亲的车去，今天晚上还可以再听听父亲的意见。”望川想了想说。

“你能骑车吗？恢复得有这么好？”吕望云有点诧异，看母亲还在给他煎中药。

“没事的，待会儿父亲下班回来，我骑给你看。”望川边说边用手臂敲了敲腰。

“这真是太好了，不知大哥的婚礼还要花多少钱？”吕望云若有所思地问母亲。

“要不了多少钱，只请叔伯至亲，在家里办五桌酒，酒席钱你大哥已五十块一桌包给村里汪师傅了。结婚那天，你大哥叫一辆小轿车，连你覃大嫂和被褥嫁妆一起接回来，家里再要做的都是锦上添花的事，现在你们大学生，文化人办婚事，彩礼都不要，简单得很。”母亲有点轻松地说。

“他们成家了，学校总要给他们安排宿舍的。要不，我们到城里去给他们的小家买一台电视机，结婚时先放在家里也热闹喜庆一些，现在18寸的莺歌牌黑白电视只要二百六十元一台。”吕望云小声跟母亲说，显得有些吃不准。

“你那钱能不能用呀，还是等你父亲晚上回来再说吧。”母亲担忧中又显得有几分赞成。

“我们还是先写春联吧，那事晚上再想想，和父亲再商量商量。”二哥听到了，拿起笔，在大方桌上铺好红纸，饱蘸浓墨，挥手间一副气势开阔的春联就写成：

上联：留连戏蝶时时舞

下联：自在娇莺恰恰啼

横批：春回大地

吕望云看二哥的颜体大字里揉进了书法大家何兆基的影子，便知道二哥在家练书法，功力又有不少的长进。想起罗泽玉家，罗泽玉的母亲是国京下放到煌冈老区的知识青年，因他弟弟成绩一直不好，国京高考相对容易，为了上好大学，他家才决定利用国家政策：国京下放知识青年如果不返回国京，可以让其一个子女进京落户。这个寒假，罗泽玉父母和弟弟到国京姥姥家办弟弟户口进京转学的事，罗泽玉也一起去办留学签证，春节家里没有人。他灵机一动，对二哥说：“你的字现在功力深，再写一副，我送到罗泽玉家门口去贴着，他家里人开年回来一定高兴。”

二哥望川听望云这么一赞扬，正想乘着高涨的兴致，继续挥毫落纸，这时，望月急急忙忙打断：“二哥，给罗泽玉家的春联，还是三哥写更合适呀！你要写就写田如玉家的，莫乱了套哈！”望月这一喊，喊得望川还真不好意思起来，他口里责怪起妹妹望月：“就你这黄毛丫头，人不大，想的事真多，我写和望云写有啥不同的？”但是，他口里这么说，手上的笔还是主动递到了望云的手里。见望云没有立即接手，他调侃道：“是你想到的，还是由你写，何况你从小跟大哥练苏体字，罗泽玉一看便会喜在心上。”吕望云说：“年年写春联都是家里的保留节目，全村的对联都出自我们兄弟之手，只是今年特别，写到了煌州街上，好，我写吧！”说罢，吕望云接过毛笔，用全身之力挥笔来了一对：

上联：窗含西岭千秋雪

下联：门泊东吴万里船

写到这里，望云沉思起来。望川顺着他也思考起来，口中嘀咕道：“我知道你找不到合适的横批了吧，杜甫的诗美的确是美，但是，人家写的是诗，没有现成的横批呀！”望月估计早就在想，见二哥望川把问题说出，连忙接话道：“这还不简单，‘紫气东来’呀，她家在江边的青云街上，窗外就是码头，江对岸就是鹅城的梵山，这春天一到，东海暖气沿江上来，不是‘紫气东来’吗?”望川听妹妹这么一说，倒是有几分认同，但是，他还是颇有学问似的，更加深入地讲述道：“ 你这横批好是好，但是你还不明白，横批既要应眼前的景，更要称主人的心，你哪知道罗泽玉的心，罗泽玉家里人的心呀！”望云听到这里，立马挥笔写出：语诺洋洋。望月实在不理解这横批的意思，说：“这横批怪怪的，不过‘洋洋’二字还算应景。”望川顿时明白了，他解析道：“‘语’言也，‘诺’应答承诺也，表示海誓山盟的爱情沉浸在喜气洋洋的意境中，再一想，‘语’代表望云读书的兴工，‘诺’代表罗泽玉读书的汉大，‘洋洋’一方面应景，更有深意的是——他们即将远赴国外留洋呀！”望川解析到这里，连批写的望云都深深感受到了新意。他们共同欣赏这意境美好深远的对联，望云用家传笔法正步站立运力写出一个个压得扁扁的字廓，被望云用如刀切斧劈般的笔画冲破，压不住的弹力，恰似望云此时奋斗的心境，更似全家奋力走出困境、走向新境界的精神犟劲，写得望川和望月鼓掌叫好。

经父亲回家后商量，第二天，吕望云和二哥望川一起，骑上父亲上下班用的自行车到煌州城。望云先骑车带望川，买好过年的礼品，望川骑车到田如玉家。望云独自步行到罗泽玉家门口贴上春联，再到邮局给在国京的弟弟望海寄去五十元钱度过寒假。看了几家大型商店，新上市的彩电贵而且都要凭票购买，最后望云才下决心，到煌州七一商场买了一台14寸价廉且不要票的莺歌牌黑白电视，这是大哥结婚家里置办的唯一一件奢侈品。待望川送完礼物，他俩一起用自行车直接拖回家，又是架天线，又是调信号，忙了一整天。

四

年初四这天，厨子汪师傅上午就到家里来办酒席，田如玉也来帮忙贺喜。下午，望山和覃欣红一起乘一辆桑塔纳轿车，带着嫁妆回来了，一万响的鞭炮炸得震天地响，亲房叔伯都来了，一派喜气盈门。

大家喝酒聊天闹新房，不觉天色已晚。田如玉和二哥望川在二哥房里，看书写字谈心，有些恋恋不舍的模样。望云父母担心夜晚过湖回家不安全，执意留她在家过夜，说是要田如玉晚上和妹妹望月睡一张床。田如玉也因为天色已晚，大家热心留下她，再说，小时候，她经常在望川家里过夜、做客也习惯了，今晚留下也不足为奇，想想也就同意了。

堂屋里新电视上，重播着春节晚会费翔唱的《冬天里的一把火》：

你就像那冬天里的一把火

熊熊火焰温暖了我的心窝

每次当你悄悄走近我身边

火光照亮了我

你的大眼睛

明亮又闪烁

仿佛天上星最亮的一颗

你就像那一把火

熊熊火焰温暖了我

你就像那一把火

熊熊火光照亮了我

……

父亲关了电视，未关堂屋里的灯。这晚全家人都沉浸在多年期盼的幸福之中，大哥大嫂入洞房安歇，因为家里都是读书人，没有时兴老家办喜事听墙根闹洞房的旧习。

古城煌州长江北岸的民居，时兴“明三暗六”结构的房屋。即是指中间是大门直通的堂屋，堂屋后面一间小房，大门堂屋左右，以屋脊为界，各分列两间房，这样房屋从正面看只是三间房，实际上连堂屋一起算，是六间房。吕望云兄弟姊妹多，父亲前面的三个哥哥死得早，只父亲一人参与祖宗房产的继承分割，家底较厚，加上他父亲心大，不仅前后门面、连中间的两面山墙全部用红砖砌成，而且，因屋整体做得高大，父亲便将“明三暗六”的结构改为两侧三等分，整体为“明三暗八”的结构，只是两侧中间那一室正在屋脊大梁下，加上与左右邻居共外山墙，所以没有窗户，门朝各自的后屋，采光全靠屋顶上的玻璃亮瓦。望山结婚这天，按习俗，老大望山新房设在堂屋左侧最前的那间明室，后面的中室是望云父母住的，后室住着妹妹望月。老二望川住在堂屋右侧最前的那间明室，后面中室住着望云的祖父，后室住着望云和弟弟望海。两边的中间一室分别与各自的后室有门相通。左右两边的明室和后室，以及堂屋后室的门都直接通向堂屋。

因两家祖上“连牛”“列架屋搬家”的过往联系，田如玉小时候和读中学时，也常在望云家住。年少时每次来是如何住的，大家都记不太清，但到读中学后，她每次都是和妹妹望月同睡一床。

大哥望山新婚这夜，很自然就安排田如玉和望月同睡一床。只是由于这夜望云父母收场事情较多，他们休息前办事还要穿过望月的房间，田如玉过来休息得过早不太方便，加上望川和她有不少话要讲，顺理成章，田如玉就一直待在望川房里。家里一直默认他俩的亲事，望川出事生病后，家里人更希望他俩能走到一起，对此，妹妹望月最积极，她悄悄帮他俩把房门带上。夜静了，无人打扰，田如玉和望川还是一起待在那间房里。

也许，这样与望川独处的机会田如玉一直也想得到，因为马上就要大学毕业了，自己的终身大事不能不思量。如果望川不出事，两小无猜的他俩没有理由不走进对方的心房，更何况她十分喜欢望云一家人，喜欢这一家奋斗上进的家风和精神。现在，望川表面上是可以自由行走了，但是，就自己查资料对望川病情后果的了解，还不一定乐观。因为，脊椎神经还牵连着生殖系统。自己是有文化的大学生，总不能明明白白地跟一个“生理上无能”的人生活一辈子吧？有文化知识的她，不服命运，决心利用这难得的机会，考察一下这个关键问题。

田如玉的想法，望川还真的不知道，他还以为像往常一样，两人谈谈学习、见闻，探讨未来和前景。哪知道田如玉今夜先谈街上新放映的电影《白蛇传》，说白娘子不该喝雄黄酒，现了原形；后又说梁山伯与祝英台的故事，埋怨梁山伯太呆板迂腐，不通人情……

先前两人说话分别坐在不同的方凳上，后见望月带上房门后，田如玉借口欣赏刚从大哥望山房内退下来的祖传老家具，起身手摸精致老旧的雕版木床，顺势坐在了望川的床上。她红着脸，娇媚万分，对望川说：“大哥今夜大喜，正在高兴，我们都这么大了，你也过来，我们坐近一点说话吧。”

吕望川感受到了田如玉的一反常态，他说：“你知道我打小就喜欢你，离不开、放不下，尤其是我受伤之后，你更是我坚定信心治病、恢复正常的精神支柱，但是，今天这样，我、我、我不行呀！”

田如玉一下激动万分，她快速走到门边，插上门闩。背着门，面对着望川说：“我们相处这么多年了，我也知道你对我的深情，今天我就成全你，把我的全部奉献给你，只要你的身体还行，从今往后，我就是你的人！”

她近乎疯狂地脱下套在外面的棉衣，一层一层，直至露出她那细腻、丰腴的半身裸体，那美丽的曲线和青春荡漾的质感犹如浑然天成而又完美无瑕的白玉艺术品，每一寸肌肤、每一个细节，在大哥望山办喜事前特意更换的新白炽灯光下，无一不打动着望川的心神。

望川震惊了，他红着脸，惊恐地睁大双眼，凝视着自己朝思暮想的美丽胴体，颤抖着伸出双手，先是摸向她那丰腴白嫩的上身，慢慢地双手转向，低垂到自己的双腿间，结结巴巴地说：“我，我这是怎么了，我不能、我不行、不行呀……”

这一夜，田如玉一直待到快天亮才到妹妹望月那里，在望月的被窝里，失望伤心的泪水湿透了枕巾……

第二十二章　善因毒果只因迷　留级削援皆因痴

一

寒假总是那么短暂，父母都说这个冬季是个暖冬，大概是因他们的心情所致，其实中间还是有几场北风冷雨的。吕望云想趁着立春的暖阳，早点返校，但是，母亲总说他的小提琴拉得好，要他拉那首百听不厌的《洪湖水浪打浪》。拉完几遍，接着还要他拉《梁山伯与祝英台》《北国之春》。实在要出发的前一天，母亲迷糊的眼里，饱含泪水，要望山拉二胡，望川吹笛子，望云拉小提琴，覃欣红和望月唱歌，来了一个家庭音乐会。第一首就是那欢快的《年轻的朋友来相会》，接着就是热闹深情的《让世界充满爱》《在希望的田野上》，妹妹望月还兴奋地提出加演《世上只有妈妈好》《外婆的澎湖湾》《橄榄树》《兰花草》，母亲还清唱了一段她熟悉的《小二黑结婚》。沿着江堤，一字排开的乡村，门前过往的乡民，纷纷驻足观看，露出了无比羡慕的眼神。

回想恢复高考前，父亲看不到子女的前途，严格要求每个人都至少要学一项技能，定了一个让母亲累得半死的规则：只要大家学习，不管学什么，就可以不做家务，不下地劳动。在那个大集体年代，父亲用眼光和辛劳支撑着家，母亲则累瞎了眼，祖父亦劳累一生，换来了他们这些青春焕发的晚辈的文艺技能，还有这个春节没有回家的表哥岳望星的乒乓球与诗歌朗诵，弟弟望海的围棋、象棋和毛笔字。恢复高考前疲惫的劳作之余，父亲最喜欢在黄昏时分看他们兄妹表演，有时全村的人都会凑过来听，当然，最有影响的还是酷热的夏季，电视机、空调还未普及，大部分乡民都在长江大堤上露宿的夜晚，望山拉二胡，望云吹起笛子，或独奏，或和音，袅袅传来，湖区十里开外的人，莫不驻足或卧床倾听。恢复高考后，方向调转，大家发现外面的舞台那么大，外面的天地那么广阔，十年冲锋勇闯独木桥，枪林弹雨后，只有妹妹望月做了高考冲锋战的掩护人。

吕望云要出发了，屋前的长江大堤已是绿草漫坡，堤外的防浪林已现青芽。他沿着江堤过轮渡，到鹅州坐上去江湖市的长途客车，回到了兴工宿舍。

没想到当晚就是一场暴雪，把那刚露尖尖的嫩芽又冻得缩了身。吕望云醒来，见窗外白雪皑皑，天上还扬着雪花。他顾不得宿舍里的清冷，掀开温暖的被窝，起床洗漱完毕，准备到食堂吃饭，一路欣赏着兴工语园的雪景。

他刚走到桐六舍西侧的拱桥上，欣赏水沟两边垂岸而下的如帘黄花，冻硬了的花瓣穿透白雪绽放出清新的味道。沟里欢快地流动着被冻得清透的浅水，划破了如絮的雪被，纷飞的雪花像那舞动的白蝴蝶，落入冒着水汽的流水中，倏地没有了踪影。不知是看得出神，还是担心路滑，桥拱上低头看沟的他忽然听到身后马路上传来叫他的声音。他转头一瞧，发现薄薄的塑料雨衣里，是兴中财院单德果因衣着单薄暴露过多的长颈和那张冻得通红的脸颊。

他连忙招呼他一起到食堂吃早饭，单德果快步小跑到拱桥上，欠身到吕望云的伞下，一手搭着吕望云的肩，一道向桐三食堂走去。

单德果边走边说："我今天是特意到你这里来辞行的，开年了，我要随南下打工的队伍一起到老师推荐的工厂去上班了。都是我的错，本想帮我的初中英语老师一把，不想，耍小聪明把自己搭进去不说，还连累我爸，多重羞辱，怨气不解，投河而亡。现在母亲身体也不行，还要照料卧床不起的祖父，我也顾不得那么多了，只有南下打工，去闯一闯。"单德果开门见山地说。

"你初中那个老师是么回事嗄？我只听说他以前对你的帮助很大！"吕望云和单德果虽然是小学同学，但是，因为父亲当会计的原因，吕望云幸运地到城关初中上学，而单德果则按照正常的路线，在公社中学读书。这样一来，吕望云对单德果初中时的事情就知道得不很清楚，只听说他和他的这位恩人老师一直交往很深，先是老师克服自身经济困难留住单德果不辍学，特意栽培，帮助他考上了煌冈中学，又考上大学，后是听说单德果犯错是因他急于帮助他的恩师治病。平时碍于情面又不好直接打听，今天听他主动说起才好问问。

二

单德果即将远行，在态度诚恳的老同学面前，娓娓道来了他的实情。

“我母亲身体本来就不好，还有严重的老胃病。读初二时，我父亲开始发病，也不知他得的是么怪病，浑身发抖似‘弹簧’，口角流涎满村荡。那年头，乡里开始实行包产到户，父亲不仅不能再到队里去混工分，还害得母亲要花力气跟踪照料他，加上母亲还要照料多年卧病在床的祖父，她一人实在是支撑不住，承包的田地几近荒芜，赔本种地没有收入。家里困难至极，我只有辍学回家务农。多亏了我的英语老师，他多次登门说服我母亲送我上学。他自己的家境也不是太好，还送米送油接济我家，接我回到学校，给我提供学费生活费，还四处奔走，减免了我们家前几年欠大队的超支款，激励我考到煌冈中学。我在煌高读书时，他还一如既往地资助我，他是我的大恩人呀!”

“只是好人命运多舛，我考上大学不久，他便患上了急性尿毒症，每周要透析两次，家里能卖的都卖了。还记得大二时我拿的那台三洋录音机吗？我当时没有跟你说清楚，实际上是他平时备课教英语用的，无奈交给我帮他卖个好价钱供他治病，我原本听说兴工外语抓得紧，以为你会感兴趣买下，哪知你那时也困难得很。”

“就在我急得团团转、束手无策时，发现班上有钱人家里寄钱又多又频繁，心里既羡慕又不服气，心想：钱多了瞎用，还不如我领来救急。你知道我们小时候一起学过刻印章的手艺，我就找了一块萝卜，对着我以前领家里汇款单时到系里盖过的公章印记，冒领了那位有钱学生的一笔钱。我观察了一下，那富家学生没感觉，其他人居然也没有发现。后来，每每到无路可走时，我便偷偷冒领，只是，老师的医药费开销越来越大，我冒领的频率也越来越高。久做必被抓，过了一个学期，学校报了案，公安查出是我干的。由于涉案金额较大，一开始要判实刑，后来学校出面保下来，判了缓刑。但是我的班主任老师说我学习刻苦成绩好，又因是报恩的目的，属善因毒果，值得同情，收留我继续在校跟读，记成绩，但是没有毕业证。”

“三年半下来，我学完了所有的课程，成绩在会计系名列第一。班主任老师将我的成绩单盖上学校的公章，写了一封推荐信，推荐我南下广城，到一家半导体工厂当会计。”

单德果和他边吃饭边倾诉着，吕望云听完后唏嘘不已，他问："你那英语老师现在怎么样了？"

"还是没有救过来，年前我回煌冈去料理他的后事。我真后悔，当初要听他的话，学医就好了。"单德果还沉湎在伤痛中。

"你现在到广城，我能为你做点么事吗？"吕望云下意识地想到单德果这时候找他，怕是有困难又不好开口，主动关心问道。

"真不好意思，我现在连到广城的路费都没有。我知道你也不宽裕，不过，我知道你能耐大，家里兄弟都有出息，不知道能不能帮我想点办法，我过去一有可能立马还给你。"单德果有点小心翼翼地说。

"需要多少？这是好事，先找条出路再说。"吕望云很爽快地说。

"八十块就够了，真不知道你有没有办法？"

"你到广城未知的事太多，穷家富路，我现在在做毕业纪念册，你先拿二百块钱去应急吧。"吕望云知道他不好开口借太多。

"我真不知道怎么谢你，这么多钱，不要影响你呀！我还是少拿点，你压力会小些。"单德果饱含着激动的眼泪说。

他们回到宿舍，吕望云打开抽屉，从包里拿出二十张十元的钞票，用兴工的信封装好交给单德果。单德果要写借条，吕望云说不用写。吕望云想自己困难到无路可走时，也得到了黄师傅、铁鸽梦和伍卓理等人的帮助，现在天道轮回，自己再帮帮同学老乡，这是积德救人呀。他对单德果的善良、聪明、才气满是佩服，又对他一时糊涂造成现在这个局面感到万般无奈，只有祈祷他南下广城，渡过难关，有一个好的未来。

三

雪停了，春雪初霁，暖阳披身，吕望云为自己能帮上单德果而感到十分舒心。单德果也为能得到他的帮助，走出自己眼前的困境而倍感暖心，对未来自然也增强了信心。他踏雪送单德果到语园楠一门口后回来，不巧在路过楠一楼广场时，遇上了正在赏雪玩雪的闵富贵和他那个新闻系女朋友。闵富贵见躲闪不及，只得厚着脸皮迎上来介绍道："班头，这是新闻842班的屈燕妮。"同时示意女友，"这就是我们班的班长吕望云。”

闵富贵大头大脸，一脸的胡须，刮得泛青地干净，后背长发梳出的形状，似那美术学院的写生模特，人不高，但性格敦实、豪爽、友善。本来，作为一个县委书记的儿子，他的日子应该过得很自在，但是，他文心太重，与这个新闻系女孩陷入了爱情，精力不能集中到学习上，留级后仍然不思悔改，为此，他父母严格控制了他的生活费。屈燕妮家里也十分反对他们在校谈恋爱，据说屈燕妮家里是地主出生，她父亲一直教育子女埋头学文化，恢复高考后，屈燕妮兄妹俩先后考上了津天大学和兴中工学院。父母在农村勤劳苦干，靠承包的几亩薄田供兄妹俩读书，指望他们成龙成凤，听说屈燕妮在校与闵富贵谈恋爱，三番教诲后仍然痴心不改，失望之余，家里也将重心转移到她哥哥身上，减少了对她的资助，屈燕妮的生活也变得紧张起来。

吕望云见眼前的屈燕妮身材高挑、神情妩媚、一袭柔顺秀发，乍一看，与比她还稍微矮一点的闵富贵好像不般配，细一看，五官端正、才气横溢的闵富贵，又确实有能吸引她的魅力。人怕生情，更怕情伤，吕望云感慨世事变迁，革命干部县委书记的儿子与农村地主的姑娘在兴工这个森林大学里做同学，在语佳山下牵手，在语佳湖畔相恋，宁可留级相守，宁可违反校规，宁可遭家人反对，还要共同坚守这段爱情。吕望云佩服他们的勇敢，惊叹他们的痴情，祈祷他们的一帘幽梦成真。

闵富贵说：“刚才我们从语佳山一路下来，赏心悦目，快意抒怀，写了一首小诗，请你这个诗社社长雅正雅正。”他从口袋里掏出一个小记事本，翻到新写的那一页，递给吕望云，吕望云念道：

约定的雪

昨晚的絮雪，

被今天的太阳，

晒成了沙子，

晒成了嫩草，

晒成了新桐叶。

不是我们约定好了，

一起飞向天空？

却只见湛蓝一片空洁。

不是我们约定好了?

一起沁入暖土,

暖土里哪见你的颜色?

哦,雪,

约定是风做手呀,

捧不住暖春的残雪。

约定是泪浇花呀,

变不出花蕊的雪白。

这约定凝冰的雪,

难逃春风的劫。

吕望云念到后来,泪水在眼眶里打转,连声说:“好诗呀,好诗!”他仿佛看到了罗泽玉那雪嫩宽广的脑门,又幻灯片一样转成了秦贞梅那胭脂红镜框里透出来的迷人眼睛。是的,海誓山盟的约定,在兴工严格的校纪面前,只能是阳光下的一场春雪呀!

闵富贵望着屈燕妮,却向吕望云提出要求:“社长来给我们和一首吧,今天这么好的景致,偌大的语园,我俩也难得遇到你!”

“来吧,快来几句!我在诗社活动时就领教了吕班长的大才!”见吕望云犹豫扭捏,屈燕妮也鼓劲道。

吕望云绕着广场转了一圈,看到如花一般妩媚的屈燕妮,猛然停步念道:

别等的花

别等,

那一朵芳香的花,

像你一样飘来,

飘来了,

就不要失去花的风采。

别等,

那一簇美丽的浪,

像你一样涌来，

涌来了，

就不能没有了浪的澎湃。

别等，

那一缕清凉的风，

像你一样吹来，

吹来了，

就一定要钻进滚烫的心怀。

别等，别等，

花踏浪的妩媚，

浪迎风的精彩。

别等，

在花是勇敢，

在浪是豪迈。

闵富贵听罢，半晌说不出话，缓过神来后连声说：“和得好，和得好，‘约定’对‘别等’，‘的雪’对‘的花’，此情此景，堪称一绝呀！”

屈燕妮激动得双颊绯红，她接着闵富贵说：“和得确实好，但是，你们两个大才子的诗，让人想不起青年园、语佳山，想不到语湖外面开放的游泳池。看我来现丑哈。”

语园的梦

语园的梦，

飘摇在寂静的青年园，

语园的歌，

飘荡在法桐叶外的夜空，

盘旋着翻飞着，

撒满了，

一穹语山顶上的星。

那熏风亭里的风哦，

吹散了，

空中的星云，

将流星的影，

还有那风的声，

合着这曙光的黎明。

离人的泪雨，

模糊了语湖外的波痕，

却又清晰了，

浴（语）女的模样，

水嫩得狠心，

别忘了，

语园的梦，

记忆里的青春。

屈燕妮这诗确实将吕望云的思绪带回了大一读完后的那个暑假，几个男同学与秦贞梅、喻红玉、何德珍等八个女同学到语湖外兴工露天游泳池游泳时，看到泳装少女美丽得让人按捺不住的那种恨、痒的心情。记得那时调皮捣蛋的尤建智还操起脚上正穿着的泡沫拖鞋，远远地朝女同学们那又白又嫩的大长腿砸去，惹得一群泳装少女一片惊呼，为躲闪那一双双饿狼样的眼睛，纷纷跳入那清而不透的湖水中……

现在，在荷尔蒙的作用下，他顺眼瞧了一下绯红着脸的屈燕妮，这个地主出身的少女，也妩媚得让人动心。他边鼓掌称赞边笑着说："这么好的诗，要不，作为我做毕业纪念册的尾页诗吧?"

闵富贵接着说："哦，说起你做毕业纪念册，我虽然不同你们一起离校，但我们也是同班同学，前天班里收钱时，我是最先给吴杰锦交的份子钱哈。"

"我知道，我们本来就是同班同学，谢谢你带头，凡事只要有人带头就好办，记你首功！不过，你那三门课补考如果都能过七十分的话，是有可能同我们一起毕业的，还是努力冲一下吧!"吕望云真切关心这个有共同文学爱好的同学。

“算了，我还是以歪就歪留下来，陪她一起毕业吧，她学新闻的，容易冲动，我留下来照看着。年前暑假你们到阳京去实习，她执意要去现场采访‘万里长江第一漂’，幸亏有我陪她一起去，真险啦！我不是说漂流队员在激流中危险，我是说，她采访拍照也是很危险的！”闵富贵自然流露出对屈燕妮真心的爱。

这使吕望云恍然大悟，原来闵富贵上次未到阳京去实习，留在学校复习补考还没有过关，是因为他陪屈燕妮去采访“万里长江第一漂”去了。这个情痴，为了爱这个地主的女儿，宁可留级，宁可违背县委书记父亲的旨意，宁可违反校规，宁可父母削减经济来源，像棵顽强的小草，绕过层层压力，还要伸头争露夺晓。这才是真爱呀，想起自己对秦贞梅的敷衍，对罗泽玉的摇摆，真是与他不能比呀！

“我觉得没什么哈，那么激动人心，振奋国人，更是激励年轻人的历史壮举，我一个学新闻的应该去呀！我们那篇《长风萧萧、长歌浩荡祭壮士》的文章，还上了《青年报》头版呢。不过，幸亏有闵哥一起去，要不哪能拍到那么好的图片？你知道，懂得光学原理，他的摄影水平也是很专业的。”屈燕妮娇嗔地看着闵富贵，自豪且幸福地说道……

四

得知闵富贵暑假三科补考还不及格的原因，看到屈燕妮说话的神态，不由得使吕望云回想起闵富贵追求屈燕妮的痴情片段。其实，闵富贵大一时，成绩在班上还能排到中游，家庭条件又好，虽然身高才一米七不到，但是他的相貌硬朗英俊。进入大二后，与班上同学的了解越来越深，他尤其喜欢和班上的女同学黏在一起，而班上八个女同学中，因为秦贞梅最为热情大方，长相也属上乘，所以，他黏秦贞梅的时间最长。

但是，秦贞梅年岁比他稍长，加上班里班外希望黏上她的人很多，大二的她又倾心向学，对闵富贵与对其他男同学给她的模模糊糊的爱慕表达一样，一视同仁、客客气气、若即若离，硬是没有任何明确的回应。另一方面，自认为学习成绩和经济实力不错的闵富贵，虽被她吸引，但是怕说明了反而被秦贞梅拉开距离，所以，他既不敢明说爱意，又放不下，时常黏着她。

大二迎新生，秦贞梅到江口新华路长途客运站迎新点去做志愿服务。刚开学，一般人都忙于学习或学校安排的迎新事宜。院学生会本没有安排闵富贵迎新的事，但是，穿着时髦、手有闲钱的闵富贵怎么也静不下来，他见充满青春气息，班上第一个党员干部秦贞梅积极参与院迎新活动，抑制不住内心躁动的他，竟然主动要求和秦贞梅一起去迎接新生。

他听说秦贞梅要出发了，急急忙忙找到秦贞梅说："我是男生，力气大，我陪你一起去迎新哈？"

秦贞梅说："系里没有安排你去，你自己要去，浪费时间不说，回来时，迎新车辆怕是坐不下，你还是在宿舍里学习吧。"

闵富贵急了，说："没事的，我回来时，不坐学校的车，自己搭车回来。"

秦贞梅见他坚持，只好同意他一同乘车前往。到新华路汽车站不久，外地的长途汽车还没有到。他们刚摆好兴工射电工程迎新的标识排位，一位背着一个超大红蓝相间条纹色纤维包，左右两手还各提着一个印有白色"尚海"字样的灰色拎包，没有亲属陪伴的漂亮女生，背包压出了她青春健美的气息。负重吃力地来到摊位前，她小心客气地问道："你们这是兴工射电系的？不巧，我是新闻系的新生，能在你们这里报到吗？"

见她双颊挂着汗珠，灵动的双眼在盼顾探寻，闵富贵立马上前接过她手中的灰色提包，热情地说："我们是兴工统一安排的迎新点，新闻系的新生当然要接，欢迎新同学，欢迎，欢迎。"

这新闻系的女同学听后，一脸的高兴，连连说："太好了，我总算找到了，谢谢，谢谢！"

在秦贞梅的帮助下，她先斜低着右肩，将背上的大行李包一侧的背带松开，再将整个背包放到旁边的凳子上。秦贞梅见她双肩上的水红色"的确良"衬衣被行李包带子压成两道"沟"，边用手帮她整理，边说："你从哪里出发来的？这么早，头班车都还没有到，你就到了？"

"我叫屈燕妮，从归县来。昨天长途车在路上出了故障，折腾到昨天深夜才到车站，我在车站候车室等了大半个晚上。这不，一早见到你们打出迎新的标牌，我就赶过来。"屈燕妮边说边拿出兴工的录取通知书。

闵富贵不知是哪来的勇气，居然说："这同学辛苦一夜了，要是等着坐学校接新生的车，那要等人坐满后才能一同回学校，太久了，要不，我先陪她回学校吧？"

秦贞梅听言，连忙说："也好、也好，正好待会儿可以省出座位来！"看着闵富贵领着这位漂亮的新闻系新生离开，秦贞梅心里既感到一阵轻松与解脱，又有几分酸意。她心里明白，闵富贵以前黏自己，只是没有遇到真正心仪之人，遇到了这屈燕妮，不知是自己绕过了他，还是他绕过了自己？

自此之后，闵富贵很少再与本班的女同学黏在一起了。但是，他在对屈燕妮一见钟情后，屈燕妮并没有接受他。屈燕妮总是对他说："学校不准读书期间谈恋爱，我们还是好好学习吧！"哪知道她越是拒绝，他越是放不下。为了得到屈燕妮的青睐，他一天作一首爱情诗送给屈燕妮。他邀请她参加"夏雨诗社"的每一次咏诗活动，成为"夏雨诗社"里的一对铁杆诗人。作为"夏雨诗社"社长的吕望云，看到他们成对成双参加活动，心里既高兴又担心。他以为他俩已是恋爱关系，没想到一问屈燕妮，人家根本还没有答应。

拍拖了快一年了，除了陪他参加诗社的咏诗活动，屈燕妮不答应同闵富贵一起干任何别的事情。这急得闵富贵是团团转，心急如焚。他一方面请求"夏雨诗社"社长吕望云多开展活动，另一方面也没有放弃持续地献殷勤。除了一天一诗定期奉送外，还附送小礼品、小吃，节日、生日送花，最后实在不行，他下了狠心，节衣缩食，硬是从家里寄的生活费中，节余了一笔钱，买了一台时髦的进口数码相机送给屈燕妮，屈燕妮却轻轻一句："你留着用吧，我要用时，找你借！"

正当闵富贵一筹莫展、发痴发呆之际，天赐良机。快到闵富贵大三上学期期末考试时，临近寒假，天寒地冻，屈燕妮不小心受冻，寒气入体，患了严重的感冒，卧床不起。闵富贵不顾自己考试复习时间紧，专心守在屈燕妮旁边。这天，他刚为她打来两暖瓶开水，准备喂她服药。他倒了一杯开水出来，水温太高，便用另一只杯子来回倒水，直到亲口试了一下水温，觉得温度合适，才扶起她喝药。这细节，感动得屈燕妮泪流满面，她觉得这样细心用心的男人可以托付终身，终于敞开了心扉，向他开启了爱情的大门。但是照顾屈燕妮所花费的时间和精力太多，这个关键的大三上学期期末考试，闵富贵一下子挂了三科。

关键是兴工有个规定，考不好挂科的，学校要给家里去信。当闵富贵父亲收到闵富贵的补考通知单后，很是吃惊，不解缘故，面和心急，嘱咐他妈妈细细打听，才知是因为闵富贵不好好学习、和女同学谈恋爱的原因。父母一气之下，削减了他的生活费。自此，闵富贵精神是快乐了，经济上却陷入了困境。心为情痴难放下，学习却如逆水行舟易退行，他与班上其他同学的学习成绩渐渐拉开了距离。

第二十三章 遭讥谗惜落凤麟位 明体残情移大国器

一

早春二月，兴工园里塔松叶堆上的最后一层残雪已没有了痕迹。吕望云在食堂吃完早餐，就急匆匆地赶往楠一教学楼。楠一楼东侧，两排硕大的锥塔形迎客松，底层横枝相连，一直伸进水泥马路边沿，树顶则是青葱树梢，形成一个下窄上宽的绿色夹道，径直通到楠一楼的东侧门。

他刚进门口，就遇到下楼到门口邮筒投递邮件的系办公室主任邢慧贞。她对吕望云说："呀，快点，今天凌教授上午事情太多，将你们班毕业设计开题课的时间提前了。"

"好的，谢谢邢老师，这个吴杰锦通知我时都晚了，怪不得我。"楼梯虽宽，但没有电梯，吕望云立马撒开大步快速爬楼。

"你们这届毕业设计有点特殊，待会儿凌教授讲的时候，你可要用心领会。"邢老师朝快步上楼的他大声补充道。

空物实验教学室在七楼中间部分，喘着粗气，吕望云向凌教授报到行礼后，到后排空位上坐下，未听全开场白，只听凌教授继续讲道："你们这届的毕业设计不同于我系以前的毕业设计，主要是要分应用设计制造和理论设计改进两个大组。之所以要这样分，是因为要满足刚才我给大家介绍的，'一号气象卫星'明年十月之前要完成成功上天配套项目的要求。经过我们争取，国科院技术专家论证，我们系将配套设计制作'一号气象卫星'上的空物遥感和红外遥感装置、通信模块等卫星配套使用的高性能配件性模块，相应有空物、红外遥感装置、通信模块与高精度高可靠性直流电源模块的具体研制工作。”

“我们要一批同学立马投入研制工作，另一批同学结合研制过程进行性能改进设计，做好两手准备，全力以赴为我们研制的配件和模块能在卫星上应用而努力。这项工作各级领导和专家十分重视，也是我们学习空物技术的同学报效祖国的一次难得的机遇，希望同学们好好珍惜。今明两天，系里要分好空物与红外两种类型各自有三个方向共六个小组中的五个，另一个红外研究类型由红外教研室选射电技术专业的本硕学生参加，要求大家一周内写出开题研究报告，确保六月上旬答辩出成果。实在是搭不上这次卫星上天的机会，最起码要为下一批毕业生或研究生的后续工作打下坚实基础。”

“这项分组的工作由教研室邹英教授负责，班长和学习委员协助，注意将动手能力强的先分到研制组，将理论功底深的暂时分到研发提升组。都是工作和学习，希望大家顾全大局，服从邹英教授的安排。”

这凌教授是国家场论与空物技术专业的一级教授，科研成果丰硕，刚刚评选出来的科技进步一等奖“空物红外双鉴探测技术研究及高精度装置研制”项目，就是他的课题小组获得的。邹英教授本科毕业于著名的廷华大学，是凌教授在兴工带出来的博士。

凌教授讲完今年项目的特殊安排之后，就急急忙忙离开了实验教学室。邹英教授留下来和同学们商量分组的事情。邹英教授比较年轻，凌教授一走，大家一下放松活跃起来。蔡建设第一个大声说：“我平时喜欢动手，我报名参加空物研制组。”他这一喊，尤建智、乐耀翰等一些活跃分子都要报名到研制组。其实，大家都明白，研制组做出来的东西有可能直接上“一号气象卫星”，是直接要花科研经费的，上了卫星可就与国家的历史性科技进步事件直接相关了，这无不令人激动，而理论研发组是做理论提升研究，成果作为后面低年级同学研制时的参考，多没劲！

按照邹英教授的安排，将全班三十四名同学分成五个组，高精度高可靠性直流电源方向的研制和研发两个组，每组五人；其他三个组每组八人。

看到大家都愿意留在研制组，邹英教授有针对性地说：“我们专业承接国家重大科技攻关项目的机会确实难得，大家积极争取参与研制的心情可以理解。但是，国家的科研经费有限，不可能让大家都进行研制，何况，都研制，万一装置测试不合格，后面的理论研究储备又跟不上，也会影响明年的卫星上天。因此，我先根据大家的具体学习情况提出一个分组计划，大家看看，如果没有原则性的问题，大家就要以大局为重，不要再计较了。”

见邹英教授这么诚恳地交底，大家都没有做声，等待着他分配的结果。

二

第二天上午，吴杰锦拿来了分组方案初稿，告诉大家，这是邹英教授认真考虑后直接给他的，传到吕望云手中一看，吕望云一阵窃喜，因为他不仅被分到空物研制组，而且还担任组长。吕望云立即赶到楠一楼实验室，找到指导做装置的教授级高级工程师黄春平，向他请教加工器件的流程、器件设计的技术参数和技术攻关的难点。按照春平教授的指导，他到系里专业图书室，借出了需要强力消化的技术资料。

下午，他还在庆幸自己机遇好的时候，吴杰锦急急忙忙过来告诉他，邹英教授要他和吴杰锦一起再到楠一楼实验室去一下。他们一路小跑，一口气爬上七楼，见到了邹英教授。邹英教授面露几分歉意地对吕望云说：“方案经大家看了之后，有个别同学反映存在不合理的地方，其中有人误认为这个方案你参加了讨论，你分到空物研制组还要担任组长，有自私的嫌疑。我实事求是地告诉他，这个方案是我一人考虑的结果，是给大家征求意见的一个方案，你事先并不知道。解释完这之后，人家接着又反映，你在做全校的毕业纪念册，要直接面对一百多个班级和大几千名学生呢，你又担任班长，毕业季事多，说你没有时间和精力承担这样重大的科研任务。”

“说句实话，这同学还说你的兴趣广泛，你这次报考尚海光华大学的经济管理专业的研究生，兴趣点也不在空物专业技术方面。其实，你的成绩中等偏上，分到哪个组都行，我本是考虑空物研制组要有一个组织能力强的人，协调组员、服务组员做好研制攻关工作，我认为你正好合适。现在有人反映你没有足够的时间和精力，我请示凌教授，还是要将你换一换。充分考虑大家都想做研制工作，结合电源的研制成本低，项目经费承受得起，我们决定将电源的两个组都改为研制组，同时也都做理论研发。这样就把你安排到电源组，也不当组长了。方案变了，希望你不要心里不高兴，其实，同学们对研制和研发设计的区别认识不深。这次主要是项目经费有限，强调加工制作人的责任罢了，实际上，大家是不可能分开的，以前也没有这样分过，你们做下去就知道，这是国家重大项目，大家要理解体谅系里的难处。”

邹英教授说得这么诚恳，吕望云和吴杰锦都不好说什么不同意见。但是，他俩都发自心底地想知道这个提意见的同学是谁。但是，多次询问，邹英教授就是不做声。吴杰锦拿着邹英老师制定的新方案，回到班里逐一通知执行。吕望云仔细一看新方案，自己原来那个组长的位子，换成了蔡建设。他心里想：那个到邹英教授面前说自己在做全校毕业纪念册的人，应该是蔡建设，因为他是说这话最明显的得利人。不过，毕业纪念册的模板做得怎么样了，效果是不是如预想的那么好，自己还真要提前去看一下，要不，时间到了，连返工都来不及。

怀着有点被裹挟着的愤懑，他回到宿舍书桌边，无可奈何地翻看着才借来的那一摞资料。窗外湿冷的天空，灰白低矮的远处天空的背景，桐三食堂烟囱冒出的白色烟柱缓慢斜散开去，不够清晰也不够有力。陆陆续续有人到操场上去跑步打球，球声提醒他，这一下午时间过去了，再想这事毫无意义！他拿起自己的小提琴，没有拉母亲喜欢听的《洪湖水浪打浪》，而是眯着眼睛拉起《牧羊曲》，心里默默地伴唱并想象着：

日出嵩山坳，晨钟惊飞鸟，

林间小溪水潺潺，坡上青青草。

野果香，山花俏，

狗儿跳，羊儿跑，

举起鞭儿轻轻摇。

小曲满山飘，满山飘，

莫道女儿娇，无暇有奇巧。

冬去春来十六载，

黄花正年少。

腰身壮，胆气豪，

常练武，勤操劳，

耕田放牧打豺狼。

风雨一肩挑，一肩挑，

风雨一肩挑，一肩挑，

一肩挑……

三

他正一遍一遍地沉浸在拉奏这个有点忧伤的调子中，几声响亮的敲门声，将他敲醒。他起身朝门口探头一看，一阵惊喜，二哥吕望川满面春风地走进来。他一手拿着小提琴，一手拿着琴弓，张开双手紧紧抱住二哥，一时忘记了委屈，兴奋激动得泪眼婆娑地连声问道："二哥，怎么这个时候来了？"

"我昨天就来了，到国京的火车票太难买了，我排了好长的队，才买到一张今晚八点半的站票。昨晚在同德医院附近的六外婆家住了一晚，今天一大早到同德医院排队复查了一下。大体上还好，只是部分神经细胞恢复困难，医生说是营养跟不上，中医调理未到位，他们说我能直立自由行走就已是奇迹了。"二哥简要地说道。

"那还是要找中医继续诊治呀，现在有条件改善营养了，二哥，你放心，我这里有钱，何况治病需要的大钱已花过了。"吕望云显得有些着急。

"是的，我知道你现在有钱，但是，那是还没有赚到手的，何况就是赚到手了，也不能乱花呀！"

"二哥，医生说你神经元细胞发育不行，有些么症状呀，腰痛吗？"

"不，不，腰不痛……"二哥支支吾吾地，不愿意说，好像也说不清。

"二哥，你这次到国京是去看望海吗？"

"我想去看他，他过年都没有回来，好想他的，但是，估计时间来不及。因为，我的复学申请终于获得批准了。根据国家'高技术发展计划'，鹤舞冰工院在全国率先组建核工程技术专业，我自愿报名调剂到这个专业。学校十分欢迎，我人还没有去，在校报上就已刊出题为《身残志坚，报效祖国核工程事业的学习标兵》的文章。这次教务处的同志很细心，在寄给我复学通知时，还同时寄来了这份报纸。"说罢，二哥从他背包里掏出了夹在书中的这份报纸。

"二哥呀，搞核工程好危险的。这么大的事，我春节回家都没有听你说过，你问过父母和大哥的意见吗？还有你那青梅竹马的田如玉会同意吗？二哥，你太草率了呀，人家这报纸一登，现在想改都困难。"吕望云好担心，一连串地问。

"你还不清楚，慢慢你就会明白的，这事我告诉大哥了，没有告诉父母，担心他们干着急。田如玉那里，我会处理好的。哦，对了，上次你给的三百块钱，春节到她家里花了一百五十块，昨天我到田如玉学校道别，给了她一百块，她现在毕业分配急需用钱找人托关系，她害怕到偏远的野外，学了这个专业，我也帮不了她，尽点心而已。”

“那你身上就没有什么钱了，这怎么行呀！我们现在就到食堂吃饭，然后，我送你到火车站，一定要想办法换一张卧铺票，要不你这腰，站到国京，还要中转到鹤舞冰，怕是又要废了。”

“没事的，大哥给了我一些钱，他还帮我把行李寄到学校。我只带随身的几样东西，买不到票，站过去应该也没有问题。你不知道呀，火车票真是难买呀，我昨天和田如玉一起差不多排了一天的队，才买到一个普快的站票，国家还是发展得不够快呀！”

吕望云快速收拾了一下，从抽屉里又拿出三十张十元钞票，准备到食堂吃饭。二哥见他拿出的钱太多，一个劲地劝他，说那是做毕业纪念册的钱，要保管好，不能乱用！吕望云心里知道这次能赚多少钱，心想，赚钱就是解决家里的困难的，即使后面有什么事，大不了再去借高利贷。他没有听二哥望川的话。

“我刚才进来时，听见你拉《牧羊曲》，怎么，遇上不开心的事了？”二哥问到他不打算告诉的问题上。

“班上有个人拿我做毕业纪念册说事，把我负责研制‘一号气象卫星’的组长位置给抢去了，坐失良机，心里烦。”

“知道是谁吗？”

“大概知道，也不好打听查问，免得控制不住情绪，激化矛盾。”

“你做的是对的，未来还远得很，莫为一时一事伤神，但是，这个人还是要小心提防，他搞习惯了，有机会他可能还要搞的。”二哥望川提醒道。

“这小子，你在前面冲锋奋斗，他在后面扇阴风，放冷枪。关键是总有人听他的。我还得苦苦地忍着，真是脚痒在鞋子里蹭呀。”吕望云在二哥面前发泄道。

“是的，还是按父亲的教导，做好自己吧。我们要学习石头下面被压着的小草，不屈不挠，绕过它，弯曲着在石头缝里向上长。”二哥开导着望云。

四

兄弟俩吃完饭，乘十五路车到小东门，步行一站路来到江昌火车南站。吕望云坚持用两倍的票价在票贩子手里为望川买了一张卧铺票，只有这样，他才放心二哥刚刚进入恢复期的腰不再受伤。检票前，他将剩下的二百多元钱塞到二哥口袋里，二哥试图从口袋里往回掏，他连忙用力按住二哥还在口袋里的手，说："二哥，穷家富路哈，路上一定不要亏待自己，到了之后，还要耐心照顾好自己，学习是一辈子的事，莫太拼命了！"望川见望云坚持，愉快地点点头，松开了揣着钱的手。排队将进检票口，望川示意望云要分手了，兄弟俩轻轻地拥抱了一下，望川掏出一封信要望云去送给田如玉。

返回的路上已是快要下晚自习了。吕望云大步流星地赶往兴地学院，找到正在宿舍学习的田如玉。他告诉她，刚才他已送二哥上了国京中转去鹤舞冰的火车，并掏出了一封没有封口的信。田如玉红着脸又白一阵脸地看完了这封信，最后，伏案抽泣，泪水沾满衣袖。吕望云懵懵懂懂的，不知道她是为什么这么伤心，好奇地将她放在桌面上的信展开一看，原来二哥是这样写的：

如玉：你好！

你读到这封信时，我已乘北上的火车，在国京中转去鹤舞冰了。我接到鹤舞冰工学院同意复学并转到新设立的核物理及工程技术专业学习的通知，今天，我去复学了。

我知道亲人们都担心我的安全，不同意我改学这个专业。怕父母担心，我都没有告诉他们，只是跟大哥和三弟讲了一下。我估计他们都不很赞成我的这个选择，而且有些话我还没有想好怎么样跟他们说。

但是，我思来想去，我必须将做出这个决定的原因告诉你，这样你才能解脱，我也才能得到一颗安宁的心。

首先我要真诚地感谢你和你的家人，在我受伤两年多，坐在轮椅上时对我的不离不弃。正是你们的坚守，给了我战胜伤病的信心，在亲人们的巨大付出下，我总算是能够幸运地站起来自由行走。更要感谢你对我的爱和倾尽全部的付出，你知道，在大哥成亲办喜事的那个晚上，你向我展示了我多年来梦寐以求的全部，你是那样的美丽，可惜因为我的身体原因，上帝只给了我恢复行走的能力，却残酷地剥夺了我拥有你的能力。多少个夜晚，我独自伤心落泪，我遍寻名医，今天上午我还不甘心，又到同德医院，找到中部地区在这个专业的顶级专家，得出的结果还是：能够自由行走已是人间奇迹，生殖系统恢复是不可能的。这更验证了我的选择是正确的，因为我的身体没有能力给你作为正常人的基本需求，我们分手吧，我不能耽误你。

我们分手吧，虽然我们曾经是爱得轰轰烈烈，乡邻众人皆知。分手了，你还是美玉一块，除了一段情伤，你还是完整的你，我则走到远远的地方实现我自己的价值。希望你振作起来，听三弟望云说，伍卓理的叔叔在你们学校管学生毕业分配，伍卓理是三弟中学的同班同学，你可以找他帮你引荐，我给你的钱不够送礼打发，你可以再找望云拿一些，他做毕业纪念册，有可能赚到一笔钱，为了应急，先将定金预支一下。

方便时，帮助说服一下我家里人，国家现在急需核物理工程技术人员，这不仅是国家军事安全的需要，也是国家能源安全的需要，我们一家弟兄连同小时候一起长大的表兄，五个学理工科的，该有一个人站出来从事核物理这个一般人不愿接触的危险工作。更何况我已不能像正常人那样娶妻生子，一般人心中的危险对我来说，要少一个。我家兄弟姊妹多，将这传宗接代的任务留给他们吧！

天下事有得就有失，我也不知道这样做是对是错，只能这样摸着石头过河，也许，这是命运补给我的一缕光芒。要紧的是，做好后面这些事的你，就一定会胜过得到一个不完整的我。忘掉我吧！

虽然没有落款，吕望云一看就知道是二哥写的无疑。这大概是二哥今天中午离开同德医院，在来兴工的路上写的，因为字迹有点东倒西歪，还有泪水样的痕迹。他现在才明白，为什么下午二哥支支吾吾的，原来是这个原因。

陪着田如玉伤心之余，吕望云还是不理解，医生不是说，通过中医调理，加强营养，神经元细胞是可以慢慢生长接通的？他在怀疑，二哥是想投身核物理研究，怕耽误田如玉一辈子……

五

还未到下晚自习的时间，兴地学院回到宿舍里的同学就慢慢多起来。这与隔壁兴工语园里晚自习过了关门时间良久，管理人员催人离开教室的情形形成了鲜明的对比。望云看完信，一阵伤心沉默之后，就起身告辞返回兴工，田如玉坚持要送他出校门。

又是到了仰望山与语佳山山脚相交的路口附近，担心田如玉返回不安全，吕望云坚持要田如玉留步返回。自己则加快步伐，朝兴工榧门走，跨步将进铁栅门口，不经意地回头，他发现田如玉还在分手的路口遥望着自己。他不禁心里一沉，回想上次田如玉送自己时，她应该是即刻转身就回去了，不像这次，目送自己这么远未转身。他本想再回头看看她转身离开了没有，但是，下意识抑制住了自己的好奇心。他想，田如玉本应该是自己的二嫂，自己与她应该保持纯洁清白的关系。

语园榧门小路另一端的田如玉则有另外一番心意。此时的她耳边不断回想起大姐在望川受伤后曾说的玩笑话：“我看望云读书的学校和你在一起，望云身强气概大，还不如跟望云好了。”田如玉清楚记得自己当时红着脸数落她姐：“我又不是非要嫁给他吕家，天下那么大!”

经历望川治病折腾之后，自己一方面庆幸自己的勇敢，测试出望川的痼疾，庆幸望川主动的退出、放手和善良，给自己以情感的自由；另一方面，内心对望川不顾一切地选择核物理则充满了担忧，远去的望川身影，渐渐被望云强壮有力的身型代替。但是，从望云躲闪的眼神，她看出他对自己刻意的回避，她估计他还处在自己以前和他二哥关系的阴影里。

细细一想，望云性格开朗自信，不像他二哥望川那样沉闷内向。其实，望川和望云兄弟俩一直都在自己心里翻腾，只是，因为二哥望川年龄比自己大三岁多，在周围人眼里，望川和自己更适合，加上望川确实对自己很好，不像望云那样总是躲避自己。现在，望川主动退出后，望云一刻不停地来到了自己的心里。望云会永远回避自己吗？她担心望云心里绕不过望川与自己的过去。她目送望云走进语园，背影消失在法桐树下，默默地祈祷：“望云呀，你可不能迂腐封建呀，我和你二哥之间是清白的呀，你二哥是个君子，那晚他只是看了我身体一眼，没有任何其他的过分之举呀。”

她知道，望川情移核物理，献身核事业而离开自己的决定，望云是最清楚的。她相信时间会让望云改变想法，前提是他考不上光华，还继续与自己一样留在龙湖边，留在江湖城里……

她静静无奈地转身，踏上通向宿舍的柏油马路，路面上的影子，随着灯光月影明暗交替的变化变幻着图形。就像她此时的心情：对望云考上光华研究生与考不上的愿望也在交替矛盾地变化着，一股奇怪的酸甜涌上心头，不知是爱还是情，也不知是喜还是忧。

第二十四章　妄作梗藏私玄机 怀大胆去得天下

一

三月初的小雨总是淅淅沥沥下个不停，桐六舍西边拱桥下的流水也总是流个不尽。兴工语园里姹紫嫣红的梅花已换成了嫩绿的新叶，就算那些貌似枯槁的冬枝，也被这不停的雨水浸出了新芽。偶尔一棵玉兰，无芽无叶却开满了丰硕的鲜花，在这一派水绿的寂静背景下，满树的白花，开得格外炫目惊心。在吕望云看来，这时的秦贞梅就是这棵炫目的玉兰花。

因为秦贞梅正为即将召开的射电工程系全年级党支部大会准备忙碌着。系里在毕业前要发展的最后一批预备党员，将在这次会议上举手表决通过。同年级不同班的同学，对新发展的人虽然都有一定的了解，但是，本班的同学，尤其是参加会议的党员，对他的评价会产生更为重要的影响。一般，本班党小组会议表决通过，提交支部大会再表决的，基本上都会通过。由于吕望云前期波折频频，在党小组讨论时有不同的意见出现过，加上才收了毕业纪念册定金，班上有些眼热的人慢慢增多，吕望云和全心帮助他的秦贞梅都有些担心。为吸取毕业设计分组的教训，避免煮熟的鸭子飞掉，他私底下恳求秦贞梅以入党介绍人的身份，在支部大会前，分别找平时比较活跃的同学摸底谈心，尤其是党员蔡建设和另一个介绍人费新刚。

也许是蔡建设一心在做毕业设计、研制卫星装置，更有可能是他通过打小报告的方式争得了主要项目研制组长的位置，心里有些愧疚的缘故，当秦贞梅和他谈支部大会要表决通过吕望云入党时，这个平时对吕望云最有意见的人，居然很爽快地表示了赞成。

与蔡建设等同学谈过后，党员同学们都表示同意。秦贞梅按照一贯的套路，到最后才来找班上最有考量习惯的费新刚。

她对费新刚说："听俞老师说近期要召开系年级支部大会，表决通过我们这一届最后一批新发展的党员，我们两人都是吕望云的入党介绍人，我想听听你的意见。"

"年前才经历游行事件，大家的学习都还没有搞完，思想认识都没有澄清。我刚才去给俞仲乐老师建议，关于新党员发展的支部大会最好还是推迟推迟，这一段时间，各党小组当务之急还是抓紧时间反思学习。现在，大家对资产阶级自由化真的还没有从理论上、国情实践上认识透，我们有些人包括吕望云行动起来胆子太大，我们要抓紧把这些问题都认真讨论澄清后，再开会才符合上级的要求，无论如何，这场学习是绕不过去的吧。"

秦贞梅见他说得有高度又有针对性，也不好再说什么。她针对费新刚说吕望云胆子太大，侧面向吴杰锦打听了一下。他们一起分析，可能起因是毕业纪念册的规模搞得太大。吴杰锦说："我已经向费新刚解释过了，我们想要做兴工个性化的毕业纪念册，一个班定做成本太高，根本做不起，所以，联合大家一起做，批量成本低。不知他有么事不放心的，就算吕望云是做生意赚钱，现在又没有哪一项规定不允许我们做生意勤工俭学的，真搞不懂他。"

费新刚建议推迟召开年级支部大会的消息，秦贞梅告诉了吕望云，因为她知道，吕望云等得很急。他和好朋友铁鸽梦私下议论，因为费新刚平时不苟言笑，一本正经，所以，他的观点大家都会在心里过一遍，琢磨一下他的真实动机。在吕望云看来，他说出的理由是面子上的，肯定还有深层次的原因。做毕业纪念册虽然规模大，但是，都是用的学生自愿交的钱，没有一分钱的公款。因为这说胆子大可以，但不能说有错，现在全国上下都强调要大胆试、大胆闯，这不应该成为问题，更何况自己在一开始就向俞仲乐报告过。猜不透费新刚葫芦里装的什么药，他俩只得将这个疑问揣在怀里。

二

当天下午，吕望云到系办公室查询研究生考试结果，一向对吕望云很友好很关心的系办公室邢慧贞主任告诉他："我们也在等考研的结果，今年毕业留校当辅导员的名单要考研结果出来后才能商定。留校当辅导员一直很热门，尤其是兴工名气现在越来越大，留校名额更加抢手。辅导员一般从没有考上研究生的优秀同学中挑选，要求是预备党员、担任班里主要学生干部最少两年、成绩中等以上等几个条件。你这次如果没有考上研究生，可以考虑留校，我可以推荐哈。”

“班长肯定是班里主要干部，我已当班长两年半了，还有么职务算主要干部呀？”

“还有党小组长和团支部书记，也不一定，有的班上有兼职的情况，担任其他班干部时间较长的也可算候选人。”

“哦，我算明白了。”吕望云听到这里立即露出恍然大悟的表情。

“明白什么呀？”邢主任不解地问，吕望云支支吾吾不好讲。

吕望云明白，费新刚是迫切想留校，因为他一条腿有点小儿麻痹症留下的后遗症。学校文化程度高，大家一般不会将这当回事，到社会上可就不一样了。而且，平时不多言的费新刚，多次说的“语园里夏天温度比市区最少低２到３摄氏度，冬天空气质量比市区要优好几个等级”这句耳熟能详的话，此时又清晰地在耳边回响。他迅速判断，凭费新刚的成绩，考上本校的研究生，算是有点妄想，他爱语园，铁了心留校当辅导员，才能实现留在语园的梦想。而班上，入党后的吕望云无疑会成为他实现梦想的唯一阻碍。吕望云明白了，要想顺利召开年级党员大会表决通过自己，必须要在费新刚的心中明确自己已放弃留校当辅导员的念想，再说，自己本来也没有留校的打算。他的这种思考是下意识的，就在一瞬间形成了决定，以至于邢慧贞主任丝毫没有察觉他的思绪变化。

他紧接着说：“邢慧贞主任，我从来没有想到要留在学校里工作。我报考了光华大学经济管理专业的研究生，考上的可能性不大，但是，不管考不考得上，我都不会留在兴工语园工作。我们家有人在当老师，我们不能都当老师，我要到社会上去，到更广阔的天地里去工作。再说，我的性格也不适合当辅导员，麻烦系里在后面商量人选时不要考虑我留校的事情。”

“这么肯定呀，我还很看好你的！性格外向好相处，工作有激情，写东西又来得快，我这不是正式征求你的意见哈，回去好好考虑考虑，莫急表态！”

“邢老师，我不需要考虑了，我肯定是不想留校当辅导员的，希望你有机会代我向上级领导说明。”

邢老师听后，一边十分惋惜地直摇头，一边说：“多好的机会呀，傻呀，你！”

从系办公室出来，他很快找到秦贞梅，告诉她邢慧贞主任提到的事，还告诉她，自己即使考不上研究生，也不愿意留校当辅导员的想法，以及自己已给系办邢慧贞主任表态，不留下来当辅导员的情况。也许这样做是希望她将这个想法传给费新刚，但他没有明说……

三

就在秦贞梅思考吕望云传来的这个消息要不要向费新刚传递，以及如何自然地传递的时候，庞恒之第一个收到了国京大学电镜实验室的复试通知。紧接着徐秋成也接到国京大学粒子物理专业的复试通知，夏国华收到了阳京工学院空物专业的复试通知，秦贞梅收到了尚海交通大学空物专业的复试通知，吴杰锦、冯知行也接到了本校的复试通知，加上喻红玉和蔡建设的本校本专业免试，班上共有八人有了研究生招考第一阶段的消息。

吕望云心里暗暗着急，等了好几天，见复试的同学陆续返回了，还没有自己是否通过光华初试的通知。按捺不住焦急心情的他，到邮局打长途电话找表哥，托他去光华大学经管学院了解情况。表哥托熟人打听，传来好消息：虽然光华招收国民经济管理专业名额有限，但是，鉴于吕望云考试成绩十分优异，不仅数学考得好，外语也考得不错，专业基础课和政治课发挥正常，最让人感到意外的是专业课《国民经济管理》居然超过光华大学本校最优秀的考生，成为整个专业课考试的第一名。虽然总分排在全部考生中的第三位，在光华大学本校两名应届毕业生之后，为了加大校际交流和跨专业培养人才的力度，学校研究决定全力争取增加一名招生名额，待得到上级同意后，光华大学再通知吕望云到尚海去参加复试。因为有一个争取增加招生名额的过程，所以，吕望云笔试通过，参加下一步复试的通知比一般考生晚发了几天。表哥告诉他，现在通知刚刚寄出，要他耐心等候。

徐秋成接到国京大学的复试通知后，忧心忡忡，吕望云猜他可能是父亲的钱还没有寄来，一问，果然是没有到国京面试的盘缠。稍作思考，吕望云又大着胆子借用做毕业纪念册的钱给他做盘缠。徐秋成与庞恒之结伴到国京大学面试，庞恒之如愿高兴而归。徐秋成却晚了一天才回，回来后大家才得知，是因他在国京大学面试后，国大决定将他推荐到阳京大学粒子物理专业，徐秋成当时了解不够，想到阳大也是名校，又可回阳苏老家，就签了同意调剂的协议。

回来详细了解了几天后，他才得知阳京大学粒子物理专业的研究水平在全国排名不是很靠前，粒子物理研究水平全国排名，国京大学之后是国科院高能所，排第三的是兴中师范学院的物理所。关键是，国际粒子物理研究最前沿的研究项目，即大型粒子对撞实验项目的国内合作机构，只有上述三家，阳京大学不在合作方之列。到阳京大学读理论物理，对于要尽快站到国际粒子物理研究前沿，立志获得诺贝尔物理学奖的徐秋成来说，不是十分理想。

徐秋成懊恼沮丧不已，后悔不该在国大草率地签了调剂协议，感到与多年理想擦肩而过的无奈，似乎前途一片灰暗。吕望云看到他垂头丧气的模样，比等自己复试通知的事还急。他和徐秋成讨论再三，又去求教《大学物理》的殷鉴教授。大家一致认为，国大上不了，无论如何要想办法调剂到兴师去。虽然阳京大学比兴中师范学院更有名，但在粒子物理专业，兴师占有绝对的优势。只是，像徐秋成这种“书呆子”样的人，根本不知道也不敢设想如何将这件毁约又改约的事办成。在吕望云的心中，徐秋成是一个数理天才、怪才，他想，自己与秋成患难与共，是最为贴心的同学，帮他成就理想，既有同学感情的驱动，更是为国家争得科技人才的务实行动。他相信自己的闯劲和能力，自信一定能帮他做成这件事。

决心是下了，但是，他俩不仅在兴师物理系，就连在兴师也没有一个熟人，两眼一抹黑，徐秋成一点信心都没有。徐秋成坦然操着他那苏北汉子特有的憨诚语气说：“咱俩这还没有毕业的学生，找人家，别人怕是不会理睬呀！”吕望云说：“事情总要去做了才知道行不行，我们先到兴师物理系去一趟。”

四

一路上，吕望云开玩笑说：“书呆子，搞理论研究在哪里不能搞？阳京大学也是赫赫有名的顶尖大学，离你老家盐城也近；就是我们兴工，现在学校上下齐心要建设综合性大学，物理研究的条件怕也不会比兴师差，你非要到这个师范学院来闹，我就不信，他们还不抢着要你？”

“这个你就不懂了，搞粒子物理研究离不开实验数据。以前是理论物理学家发明一个理论，交由实验物理学家验证；现在反过来了，由实验物理学家在大型装置上做出实验结果，交由理论物理学家提炼理论规律。兴师粒子物理研究所参与了国际大型粒子对撞机实验，在国际粒子物理学界赢得了地位，成功地参加到国际实验协作组中。这样，兴师粒子物理研究所就能不断得到大量的实验结果，根据这些实验结果，才能取得粒子物理理论研究的重大突破。而兴工与国际实验协助组合作的是我们射电系，只是限于参与国际粒子中心试验装置的开发研制，重点在试验数据共享计算机平台（3W）的软硬件开发研制上，不是粒子理论研究的本体。所以，要想在粒子物理上有所成就，在我们这儿，目前只有国大、国科院和兴师才有可能，到阳京大学则很难入门，留在兴工只能当配角。”

“我明白了，要想进兴师的门，找到粒子物理研究所的田连福教授点头估计就行。”

“想想应该是这样的，但是，如何见到田连福这样的大牌教授呢？”

“我们先到兴师粒子物理研究所去，总有办法的。”

阴冷的天，下着毛毛细雨，他们在兴师大门附近下了公交。没有兴工语园楠大门那样宽广的广场，走进香秋山兴师大门，映入眼帘的是一条法桐树道。这本来就不太宽的梧桐道，被两旁粗壮高大的法桐树挤压得更窄，密集宽大的桐叶，遮住了毛毛细雨，偶尔一大滴水珠从桐叶上跌落到衣领里，给大步急行发热的皮肤一个警醒。一路快步走到粒子所，他俩身上已有沉甸甸的感觉，敞开衣扣，对襟里飘出一阵白汽，蒸腾出青春的力量。估计因为是下午，所里冷清安静得很。

找到二楼，才发现有一个办事员模样的女同志。一问她还不简单，她是副校长兼现任粒子研究所所长柴勋教授的往届学生。他们将徐秋成想调剂到兴师粒子所的情况告诉她，她直摇头，操着地道的江湖腔，连声说：“你黑（吓）我呦，你们心里真冇得数，兴师研究生复试刚搞过了，计划指标也冇得；你们先前搞么事去了嘎，还和阳大把协议也签了。要国大再和我们兴师改签，那两所‘牛逼’的大学，还会就到（依着）你们？再说，兴师招研，严得很，你以为这是玩过家家呀！”

总之，在她看来，这是万万做不成的事。但是，听口音，吕望云判断出她不是粒子所的授课老师，兴师的授课老师是一定要讲普通话的。吕望云客气地问：“还有老师呐，怎么都冇看到人嘎？”

“这你们都不晓得，学校都沸腾了，国外的孟教授来讲学，这么早大家都在学术报告厅听嘎。所里现在牛得很，田教授所长都不当了，全心全意搞科研和教学，让他的儿子小田教授当常务副所长，所长都是赖副校长兼的。今年六个研究生名额老田教授一人带了四个，小田教授带了两个，赖副校长一个都没有带上，赖副校长不说，我们都看出他有点不高兴，这也冇得办法，谁叫这田教授太厉害了嘎！”这个江湖市本地女办事员客观地告诉了他们粒子所的内幕实情。

五

他们立即向她道谢，转身赶到学术报告厅。粒子研究所的学生，还有兴师物理系的学生、老师都在听孟教授讲学，老田教授、赖副校长还有小田教授坐在前排。徐秋成见此机会，无比激动，赶快坐下来，也不管研究生录取的事了。吕望云陪着他，见他确实迷进粒子物理中去了，感到不办成这事，不仅是对不起徐秋成，好像还对不起国家，甚至对不起人类似的。

他在分析刚才那个女办事员透露的信息，赖副校长也是位知名粒子物理学教授，所里居然没有给他安排带一名研究生。他看到前排偶尔回过头来的赖副校长，宽厚的大嘴、外阔的额头，给人平易近人的感觉。这感觉与在台上主持讲座，与孟教授坐在一起、神情凛然的田教授相比，让他下意识地觉得，这事要搞成，要先找赖副校长。他找机会与左右听讲的同学闲聊打听，证实了女办事员透露的信息，而且，还得知赖副校长在所里的铁杆是所办主任邹国荣副教授，老田教授和小田教授一线，赖副校长与邹主任一线，两条线争斗得厉害。他还趁机打听到邹主任和赖副校长的住处。

讲座结束后，徐秋成一直激动亢奋着，在兴师读研然后设法到国外去留学的愿望十分坚定。他们抓紧时间，到校内小摊上吃了一碗面，到校外大商店去买了礼品。晚餐后，小雨变成了大雨，没有办法，又去买了一把大伞，两人共用着。

大雨倾盆，香秋山教室灯光通明，校园马路上空无一人。他们带着下午听完讲座后，到校外街上购买的礼物——两本刚上市的八六年邮票册和两个保温水杯，分别用两个塑料袋装好，交给徐秋成拎了，自己则夹起一箱刚在市场上流行的健力宝，先到赖副校长家敲门。赖副校长半开门地问：“找谁？”

“您好，赖副校长，我们是兴工的，我是兴工射电系的一名辅导老师，他是毕业班的学生，我们有急事找您。”吕望云自我介绍道。

“兴工的……”赖副校长有点吃惊地打量了一下他们，将他俩让至兼作书房的会客厅，沿墙一袭顶天立地的大书柜，旁边还有一架上下取书的人字梯，吕望云欣羡不已。

进门后，他让徐秋成拿出研究生考试成绩通知单、国京大学的复试通知单和改派通知单等，毕恭毕敬地交给赖副校长。赖副校长边看，吕望云边指着徐秋成说：“赖副校长，他是我们班上的高材生，阳苏省的理科高考状元，这次跨专业考国大粒子物理专业，分数超过国大录取线十多分，国大嫌他不是本校本专业的，要将他调剂到阳大。他一时糊涂，也签了同意调剂的协议，可是回来一打听，发现阳大的粒子物理怎么能与兴师比呀，所以，他现在铁了心要转到兴师粒子所，在您这里来求学。”

“怎么现在才来呀，所里今年的名单刚报上去了。”赖副校长认真地研究着资料，不时抬眼看看徐秋成，为难地摇头叹息。

“赖副校长，现在这样的状况，我这个当辅导员的也有责任。我确实认为他搞理论物理研究有很高的天分，不仅学起来不吃力，而且，一些数理方面的想法，都令我们感到惊奇，的确是国家难得的粒子物理人才呀。”吕望云站在培养人才的角度诚恳地说。

“这样吧，我现在也不能答复你们，你们现在就到粒子所邹主任家里去，把情况说清楚，约个具体时间，到粒子所再找他，我明天一早与他商量商量。”赖副校长似乎动了惜才之心。

“那我们现在就去找邹主任，这是我们的一点礼貌和心意，不成敬意。”吕望云边告辞边拿出准备好的小礼品。

“这可不行，你们这样做没有必要，反而会将事情办复杂的。”赖副校长坚决不要他们的小礼品。

“赖副校长，我也是在兴工当老师的，都是为了培养学生，办不成也没有关系，东西真不值钱，一点心意。”吕望云不顾反对，强行在书桌上放下小礼品，拉起徐秋成转身就出了门。

大雨依旧下着，他们感到似乎有点戏，共握一把伞的两只手，兴奋得紧紧握在一起，连通着两颗喜出望外的心。他们急急忙忙往邹主任家里赶，到他家里将情况说清后，将资料留在邹主任手里，也是推让一番留下小礼品后，邹主任客气地送他们到楼梯口，告诉他们明天上午十点半到粒子所办公室听消息。

他们赶回兴工园，还没有下晚自习。雨也停了，他们正在宿舍换下打湿了的衣物，吴杰锦进来告诉他："淋点雨算个啥，双喜临门总要有一点代价呀！"

吕望云瞪大眼睛吃惊地说："双喜临门？开玩笑吧！"吴杰锦莞尔笑道："这才叫一通百通呀，你和徐秋成刚外出，光华大学的复试通知就来了，我出门追都追不上。尤建智硬是不信你能通过光华大学笔试，迫不及待地打开信封一看，'哇'的一声，他惊呆了。"

"是吗？快把通知给我，真他妈带劲！"

"这还不算，你知道后来发生么事了？"

吕望云摇摇头说："我现在哪有什么心思猜，快把通知书给我吧！"

"通知书在尤建智手上，我是说另外一喜，不愿意听么？"

"听、听，莫卖关子了，快说！"

"费新刚从尤建智手中拿过通知书，确认你光华笔试通过后，邀秦贞梅去找俞老师，他没有说你光华复试通知的事，倒催起俞老师，尽快召开党支部大会，表决通过最后一批预备党员。"

"有那么简单？他说开就开？我接到通知与他催促开会有么关系？"

"揣着明白装糊涂吧，人家俞老师水平高，见他的思想通了，加上其他人的思想工作都做通了，他立马作出决定，明天下午三点，在桐六舍顶楼会议室开年级支部大会。你说这是不是双喜临门呀！"

吕望云心想：真是为留校当辅导员这事，费新刚才要求拖延召开支部大会的呀！这时，心里不由得升起一股不适的感觉，他真想将这感觉立马告诉秦贞梅，但是，这么晚了，不好意思到楠三舍去找她。

第二十五章 猿声啼，轻舟难过万山 心念远，近颜已得千欢

一

半夜春雨后，一早天放晴。兴工园里，正是惠风和畅、花飞蝶舞、植树绿化的好光景。收到光华大学复试通知的吕望云，也是心花怒放，亢奋得如登语山之顶。但是，据表哥紧急电话传来托人打听的消息：虽然望云专业课考试是第一名，总分排在全部考生中的第三，复试时如果水平不符合专业要求，还是极有可能被刷掉的，光华一向对外地考生很严，何况这是学校在计划外争取的自主名额，为谁争取的还不晓得。高兴一夜，一早接到电话后头脑变清醒，连忙到图书馆借了一大摞书，准备再大干一场。而此时的空物专业毕业班，按学校要求，要开展最后一次到苗圃的植树活动。徐秋成植树一点也不安心，刚开始植树不久就要求吕望云陪他一起到兴师去。吕望云是班长，带头提前离开不劳动，肯定会使大家情绪受影响，尤其是下午就要开支部大会表决同意自己入党。他很是希望徐秋成一人去，但是徐秋成居然坚持要他一起去。

吕望云犹豫思考再三，带着徐秋成一起到费新刚面前。自从吕望云接到光华的复试通知后，费新刚不知不觉地对吕望云客气很多，寒暄后，吕望云有些左右为难地说：“马棒改签兴师粒子所的事，我俩昨天去联系了一趟，约定今天上午十点半去问他们研究的结果，现在大家都在劳动，他一定要我陪着一起去，真不好意思。”

“马棒这家伙不能自己去呀？不就是问个结果吗？你带头走了，大家都跟着走，这事就不好搞下去了，何况你还要抓紧时间准备复试。”费新刚明确表示不同意，同时还很关心吕望云的复试。

“费脑，吕望云不去我怕是搞不定。这事难度很大，昨天不是他带我去，估计今天去听结果的机会都没有，情况特殊，请你带着大家辛苦一下吧。”徐秋成急了，也很坚决地要求。

“要不，请铁鸽梦陪他一起去吧，这个时候我走了，是不好。”吕望云妥协道。

“那不行，铁鸽梦又不熟悉情况。”徐秋成坚持着。

僵持了一会儿，吕望云没有办法，他对费新刚说：“我给同学们解释一下吧，免得让你为难。”吕望云低头自言自语道。

“行吧，你自己去说。”费新刚也未再坚持。

吕望云分别到几个小组去解释了一下，就和徐秋成一起离开了植树现场。在赶往兴师粒子所的路上，两人都埋怨费新刚这种事都不出面支持，好在费新刚知道现在吕望云不再同他竞争留校名额，吕望云也并不像前一段时间那样担心费新刚和蔡建设在今天下午的支部大会上提反对意见。

到了兴师校园，他俩的心情被香秋山的美景所舒缓，尤其是邹主任告诉他：赖副校长十分重视徐秋成改签到兴师这件事，说他已当面考察过，紧急与所里领导和校研究生处商量，统一思想后，亲自打电话到国大物理系和教育部，调剂招收研究生的名额，协商改签事宜，而且，改签到兴师后，由赖副校长亲自带，现在就可以正式通知徐秋成，立即赶往国大重新签订调剂协议。真是坐上了直通车呀，吕望云为此舒缓轻松的同时又进一步奢望：要是不到国大签协议，不就可以省一笔路费吗？纪念册还没有做出来，钱还没有真的赚到，就已花了不少，接下来到尚海复试还要花钱，难怪父亲要自己做个账，节约着花。

他怀着忐忑不安的心情，对邹主任说：“学生家里经济困难，能不能请国大将改签协议寄过来，这边签了再给他们用特快专递寄过去，又不需要再面试，用不着人到场呀。”

“是的，好像再特意跑过去不是很有必要，我跟国大具体办事的同志打电话再商量一下，下午三点左右，你们给我办公室来个电话确认一下。”说罢，邹主任将他办公室的电话号码写在一个纸条上，交给吕望云。

回来的路上，吕望云跟徐秋成分析道：“赖副校长在招生计划表里一个研究生都不带，现在增加你一个。这是好事，但是处理不好，也有可能惹麻烦。”

“我一心研究学习，管他那些干吗?”

“你没听见他们私底下说：赖副校长和邹主任一条线，老田教授和小田教授一条线?”

“好像是听人说过，那也不能不来吧?”徐秋成不以为然地说。

“都要读研究生了，该琢磨一下人际关系，不能读呆了，你不学会营造一个好的生存环境，将会直接影响学业进步的。”吕望云虽然平时理科成绩没有徐秋成优秀，但是，在人情世故方面比他要认识得早，水平要高。

“是呀，读本科时多亏了有你这个班长，不知读研时，还能不能再遇上个好人呀。”徐秋成感恩的两眼露出了迷茫，一股莫名的担忧也悄然出现在吕望云的脸上。

二

他们回到兴工语园，已是快午饭时间，植树活动也结束了。大家会合在桐三食堂打饭，回到宿舍，庞恒之悄悄告诉吕望云，他们离开后，有人说他显能，带头溜号，不尽班长责任；说徐秋成又呆又蠢，一天到晚拖住吕望云，像是在演“双簧”。吕望云打听是谁说时，庞恒之又不做声。吕望云暗叹，做一件能得到别人理解的事真不容易！如果自己不去，徐秋成肯定又要多跑一趟国京，要多花钱无疑。

下午四点多，突然下起了大雨，雨水倾注到上午同学们才栽好树苗的土壤里，大家正高兴说不用去苗圃浇水了。这时吕望云还得到了两条好消息，一是徐秋成可以不到国京去签协议，国大招生办将协议寄过来签；二是吕望云成为预备党员的事，在自己参加见证下，年级支部大会通过了。看着会场上齐刷刷举起同意的手，吕望云真是激动万分！

会后，党员同学们都匆匆离开了桐六舍顶层会议室，人声鼎沸后，室内一派寂静。吕望云激动得独坐在会议室一角一动不动。秦贞梅大概是在散去的人群中，没有发现吕望云，她趁人不注意，悄悄折了回来。果然，见吕望云正坐在教室一角，凝视着窗外发愣。她避开他的视线，轻脚绕到他的身后，飞快地用手蒙住了他凝视窗外的眼睛。吕望云瞬间就知是她无疑，无意中，头脸顺势后仰，后脑勺至颈项，触电般地，嵌入了那柔软震颤的心房。她羞得满脸通红，不待他缓过神来，就松开了蒙住他眼睛的双手，稍带悔意地后退半步。就在她一阵惶恐不安、羞怯未散时，只见吕望云连忙转身站起，他右手扶着座椅背，开心无比地笑道：“呀，你怎么上来了？我正怀疑这一切是不是真的！”

“看你这傻样，绕了多大一个圈才有今天这样又是入党又是笔试通过的大喜事。”秦贞梅正要继续向他祝贺，一起分享他成功的喜悦时，忽然，两只麻雀，相互追逐嬉闹地从会议室另一端开着的窗户外飞进来。它俩叽叽喳喳，激烈得完全吸引了他俩的目光。只见其中一只将自己口中叼的翠绿色肉虫放进另一只张开的粉红色口中，几乎是一眨眼，还在用力蠕动的肉虫就消失在这只麻雀的嘴里。本以为两只麻雀就此打住，再飞出去寻找食物，没想到，那给出虫子的麻雀却不依不饶，它用力咬住得食的那只麻雀的头毛，将它压在身下，被压住的这只麻雀，要么是才得了它的虫子，要么是自己也很乐意，叽叽喳喳闹腾半刻，居然翘起了尾巴……

他俩看得出奇地仔细，当两只麻雀闹腾着再飞出会议室后，还看得发愣，只是，不知从哪一刻起，他的右臂已被她挽抱，像极了她平时斜背的包带，填满了她那充满青春弹力的双胸空隙。她侧面回避着他火一样的目光，装成无事样地凝视着窗外，呢喃着对吕望云回忆起，自己前几天已将他在邢慧贞主任面前表态不愿意留校的事告诉了费新刚，又继续说：“当时，费新刚虽然未动声色，但是，很快就将班上学习反资产阶级自由化的情况，报告了俞仲乐，并提建议，可以马上召开支部大会。”

吕望云笑着对秦贞梅说：“难怪费新刚得知我收到复试通知后再找俞老师，俞老师立即同意开支部大会，是你之前铺垫得好呀，这件事，原来有这么大一个曲折，谢了，贞梅！”吕望云不知不觉地摇了摇被抱紧的手臂，越摇越被她紧紧地抱起。这感觉是恨不得也如那两只打闹的麻雀，从此永远厮守不离。

“谁要你的谢呀，对人家的热情给点反应，别时冷时热的！”秦贞梅笑着抬起手指，点了点吕望云的鼻子，埋怨道。秦贞梅这貌似自然的埋怨，一下子震惊了吕望云，他愣愣发呆地看着秦贞梅，感激躁动的心，马上意识到了罗泽玉，对，就是因为罗泽玉，拔河比赛样的，自己就像那判定输赢的红色吊绳，被拉拔着，进退不定。但是，眼前这个关键时刻，他必须表现出坚定的热情，而秦贞梅也以坚定不移的目光迎接着他双眼里散发出的情意。偌大的顶层会议室，气氛一下安静凝固下来，窗外阵阵风雨声，像极了冲锋的号角，在这风雨声的掩护下，吕望云鼓起勇气，准备像在苍鹤楼上一样，再次将秦贞梅轻轻抱起。还是秦贞梅头脑清醒，或许她知道这是学校会议室，也许是因为她真是毕业前按妈妈说的谈恋爱试试，还没有准备好，她没有张开双臂与他相拥，而是下垂了双臂，挺直了站着，似乎是任由吕望云的风吹雨打，自己也不会躲避。由于大家离开时，大会议室的门没有拴上，突然传来“吱”的一声刺耳的开门声。吕望云迅速松开双手，看着做卫生锁会议室门的工作人员进来，他俩自然站开，聊了几句互相祝贺的话，还无话找话说样地对话道：“我们过几天是否能一起再到旺文印务店去一下，看纪念册的版制得如何，商量一下，能否提前一点时间供货？”

“好的，我将手上的事清一下，还有发展你为预备党员的一些材料要整理准备。”秦贞梅很高兴地答应了。

见后勤人员开始关起窗户来，他俩也知趣地相继离开，各忙各的。

三

秦贞梅离开桐六舍后，吕望云内心还忘不了秦贞梅那热情洋溢、充满青春活力的身影。到大四了，已不像低年级时那么青涩单纯，她变得更有吸引力了，水红色的玳瑁镜框，映衬着淡红的嫩面，就像那闻名天下的煌州豆腐，沁满出来，水滴样的晶莹。薄薄镜片后一双明眸凝视，摄人心魄，上身是一件深黄底大黑线条格子棉绒衬衣，外套一件褐黄色鸭绒背心，下身是浅酱黄进口牛仔裤，加上半高跟的黑皮鞋衬着，凸显出喇叭花盛开样的动人小翘臀，极为生动地敲击着吕望云的身心，在这春光无限的毕业季，深深地考验着吕望云的自制力。

今天的支部大会成功通过了吕望云成为预备党员的事，这个貌似精明的理工生，盘算着，罗泽玉毕业马上要到国外留学，秦贞梅毕业后也要到尚海交大读研，自己光华大学的复试要是过不了，他与她们的未来都是要随风飘去，无果花才开就要凋落，因此，起码在光华大学录取通知到来之前，不能做出什么行为伤害她俩，争取给她俩都留下对无果花的美好记忆。

为了不因把持不住而造成伤害，他在心中定下一条理工男式的原则：远者近，近者远。他准备用这条原则度过毕业前与罗泽玉和秦贞梅在一起的这段时光。远者近，意思就是与罗泽玉在一起时可以靠近一些，主动一些，因为，她在汉大；近者远，意思就是与秦贞梅在一起时，自己不能太主动，将主动权交给秦贞梅，因为，她在兴工与自己同班。现在党员身份的问题算是解决了，做出独立行为的条件更加成熟，他也不知道这符不符合道德原则，只能摸着石头渡河，希望相互少一些伤害。

秦贞梅一开始就对吕望云有好感，真正产生特殊感觉的时刻是在到阳京实习的船上。她心里清楚，如果复试后吕望云能考上光华大学的研究生，就会与自己同到尚海。吕望云的复试通知迟迟不来，以为他笔试过不了，自己先行坐船到交大去参加复试，自己的复试很顺利，当时就得到结论：她复试通过了。她到尚海复试前都不好意思去告诉吕望云，因为他的面试通知没有来，担心告诉他自己去尚海交大复试，会对他产生刺激。她喜欢他那男子汉样的阳刚气，有时觉得他坚强无比，有时又觉得他脆弱无助。因他平时成绩忽高忽低不算优异，在这个以学习成绩作为评价标准的大学里，他并不是同学们心目中的标兵。现在，本专业成绩不特别突出的吕望云，在大家眼中，经济学他也并没有花多大力气，居然能跨学科通过光华大学这所一流顶尖大学的研究生笔试，原来埋藏在大家心底的些许“瞧不起”被清除彻底。在他坚强时，她迷恋他的自信果敢，那宽大的肩膀，刚毅的面容，简直就是一个现实版的许文强；在他脆弱无助时，她又觉得她在他心中是那么重要，一种天然的母性，一种护着他的冲动油然而生。跨专业报考光华，她根本就不相信他能考取，担心毕业后不能与他长相守而心痛惋惜。她十分珍惜这一段与他在一起的灿烂日子，因为，她知道，她是真心爱他的，多少次梦中，他随风入梦，尤其是在刚刚过去的这个寒假，自己一手拿着《简·爱》，斜靠在家里沙发上看电视剧，屏幕上的许文强无论是形还是神态，都像极了吕望云。看着看着，渐入梦乡，她梦见自己好像和吕望云一起从阳京到尚海，刚下火车，人山人海嘈杂拥挤，一转眼，吕望云被拥挤的人群不知道挤到什么地方去了，她四处找寻他那宽大的背影，找不到，又喊又叫……正在厨房做事的妈妈跑过来，叫醒她，才知她刚才在梦里，搞得母亲一阵笑她：“我们的小梅子梦到了许文强呐……”

四

光华面试通知的到来和预备党员支部大会表决通过，双喜临门，似乎一切顺利。男同学都投来羡慕的目光，女同学都对他心生毕业前夏雨般的爱意。吕望云信心满满，独自一人坐火车到尚海参加光华大学复试，他认为班上几个复试的同学都通过了，自己应该也没有大问题。因为信心满满，加上听说表哥准备接受余院长的邀请到兴工船舶所工作，他就没有再到蘅山所去打搅岳望星，直接住到了光华大学招待所。

第二天复试，终于见到了粟彤博教授，他坐在一排由五个人组成的面试老师的中间。

粟教授和蔼可亲地提了第一个问题："请你说说国家能不能同时实现资本流动自由，货币政策的独立性和汇率的稳定？"

吕望云稳了稳紧张的心情，对这三个方面的概念和三者之间的关系做了简要的回答，然后说道："如果设想国家的资本流动是完全自由的，货币的独立是百分之百的，汇率也是完全稳定的，想同时实现这三方面的目标是不可能的。但是，实际上这三个方面往往不是完全自由、独立和稳定的，我们很难做到资本市场和货币市场同时发达，同时拥有能够应对规模庞大的国际游资的外汇储备总量，我们只有针对具体的经济态势，正对三方面的具体数量情况，适时制定宏观调控政策。作为一个大国经济体，货币政策的独立性和有效性对于实现物价稳定并以此促进经济增长、就业增加和国际收支平衡至关重要，这应该作为政策选择的首要目标。更加灵活的汇率制度有助于增强货币政策的有效性。完善以市场供求为基础的、有管理的浮动汇率机制，保持人民币汇率的总体稳定，有利于抑制通货膨胀和资产泡沫，也有助于更好地发挥货币的政策作用。利率、汇率的市场化和资本市场账户的开放相互影响、相互依赖、相互促进，做好这三方面的管控工作是管理国家经济的基本抓手和关键要素。"

当他看到粟教授频频点头认可时，信心越来越足，一口气回答完几个老师提出的问题，自我感觉良好。就在快要结束复试面试的时候，粟教授突然对旁边的老师说："他回答得确实不错，对于一个学工科的学生，能有这样的经济管理学底子实在难得，你们把他的笔试卷子拿来我们看看，他的笔试专业课成绩第一，是不是有更好的观点，我要了解了解，好确定他后面的研究方向。"等了一会儿，工作人员将笔试卷子拿来，他们几个人在传阅，不想，突然一位老师惊叫起来喊道："这可不行，严重违规，有作弊的嫌疑呀！"

众人凑近一看，原来在卷子后面，写了考生本人来光华见过鲁教授，而这次专业课阅卷的主要老师就是鲁教授，这不是明显违背答卷不能透露考生本人身份信息，以防止判卷时老师因人打分的规则吗？

在室外焦急等待面试结果的吕望云，最后神情沮丧地接到了学校的通知：因笔试考卷违规，考试成绩存疑，是否录取，要报上级研究后再决定。不过，通知还是留下了余地，写着："因故暂不录取。"他的心情一下跌到了冰点，申述又得不到确切的结果，只得极度失望地乘船返回兴工。

消息传遍了班级，系里老师也得知。大家都安慰他："就当是笔试未通过，这样想，心里舒适些。谁叫你答题时画蛇添足，多写那几句豪情壮语搞么事呢？"

班上最感失望的还有费新刚和秦贞梅，费新刚心想："这家伙，光华未考取，但实力得到了展示，现在支部大会又通过了他入党的事，这与自己之间的留校竞争不就拉开了架势？真烦人呀！"

这时秦贞梅对他不能通过复试留在尚海也很是失望，好在，此前她就觉得他笔试过关有太多的侥幸，希望原本不高，失望的程度也就不像费新刚这么深……

五

忙了一阵子毕业设计，手上的事也差不多做完了。语园四月天，春风拂面，桐絮铺地。在一个触景生情的上午，吕望云约秦贞梅到苍鹤楼下的旺文印务店去，查看毕业纪念册的制版情况。吕望云按照"近者远"的原则，约好时间后，找了个理由，独自一人先赶到学院门口的15路公汽站等她。一起上车以后，他俩都坐到了后排连座上。起先，秦贞梅引颈直坐，双手扶包握带，跨胸垂下的小皮包带，水落石出样的，凸显出她那一对健硕的胸峰。走了快一站时，她突然忍不住，扑哧一声笑道："想不到，你还生怕别人看到我俩一起外出，害得我一路边走边看，见不着你的影子，小心思不浅呐！"吕望云一听这话，立马明白，说："不好意思，实在是喜欢你的人太多，我不想毕业前惹得大家不高兴嘎。"话毕，秦贞梅自然放松了腰肢，随着公交车的颠簸，他俩一路耳语身摇，很快就来到江门口。下了车，秦贞梅挽起吕望云的右手臂，吕望云也没有拒绝，任她那柔软的胸部挤压着春装衣袖里的手臂，他俩一路这样亲热着，直到快要走进旺文印务店才散开。

进店时，浣老板正好在，见他俩到来，客气地说："吕班长来了，正好，他们刚把样品送来。"说罢递过一本天蓝色的缎面样品到吕望云手中。

"好像还行，你看看！"吕望云翻了翻递给了秦贞梅。他到旁边又拿起了一本洋红起银丝缎面的样品翻看。

"这个落款不好。"秦贞梅先翻到尾页，指着尾页落款写的——编辑：吕望云、铁鸽梦、秦贞梅。

“这有么不合适的?”吕望云不解地问。

“我想就留我俩的名字。”她在吕望云耳朵边娇嗔道。

“这是我最想要的纪念。”她见他愣着,又补充道。

“这可不合适,全校大几千本,就留我俩的名字,那还不闹翻了天!今后对别人也得费劲去解释。”吕望云憨厚地说,又补充道,“把铁鸽梦的名字拿掉,他怕还有想法。”

“我试你的,傻了吧,你。”秦贞梅又痴笑起来。

“我定做两本,就我俩的名字写在一起,像结婚证样的。”吕望云索性反嗔起她来。这时,浣老板走过来,说:“要是觉得冇得问题,我们就开印了,验货送货的时间少说可提前半个月。”

“开印吧,没有问题。提前半个月,也就是两周后,五一节前。”吕望云确认道。

“是呀,早点搞完,好做别的事。”浣老板催道。

他看看秦贞梅,秦贞梅也点点头。交货验货的时间就算是定下来了。

办完事后,他带她到小东门附近找了个清净的面馆,各吃了一碗地道的热干面和汉味小菜。这次他们没有上苍鹤楼,而是到了大桥脚下的江阳门。他找到那次大一寒假暗送她上船回家的码头,将上次在江口小商店买的另一条天蓝色的纱巾围在她那洁白的脖子上,找了一个江边摆摊的摄影师,花钱照了几张合影,其中有一张是满足幻想的、就着结婚证的合影格式照的。因为他是她心中的许文强,她是他心中的简·爱,但是,他们都知道他们在一起的日子只有不到两个月的时间。

此后的吕望云一直回避着秦贞梅,但是,越回避,秦贞梅越觉得他是个君子,越是放心大胆地找他。

第二十六章　做方便人还情烦心 控关键处得先贺胜

一

时间总是过得飞快。就在吕望云按照自己想好的原则，在实验室、秦贞梅和罗泽玉三处兜圈辛劳的时候，二哥从鹤舞冰工院来信，说了他的近况，询问了望云考研的情况，唯独没有提田如玉。他简单地回了一封信后，想想，还是要关心一下田如玉的毕业分配问题，因为，这是二哥去鹤舞冰工院复学之前专门托付过的。他估计要解决问题，还是需要送点礼，也不知道怎么送，出发之前，在抽屉里先拿了二百元钱，在记账单上做好了记录，心想，明天就要去拖货了，提前花钱，关系不大。

由于田如玉与伍卓理并不十分熟悉，但是，二人老家相距不远，彼此都知晓。吕望云来到田如玉的住处，田如玉正在为毕业分配能否留在江湖市而发愁，吕望云说明来意，田如玉喜出望外，很激动。她连忙随了望云，一起来到汉大伍卓理的秋香园三舍，找到伍卓理。

吕望云说："上回跟你说的事，再也不能拖了。她就是田如玉，我们家里的一个老亲戚。"他向伍卓理介绍田如玉。

"你好，老早就听说你了，这回要给你添大麻烦了！"田如玉拘谨而诚恳地说。

"我上周到我叔叔家去，和他说过，他没有做声，也不知道他能不能帮这个忙。好在我今年考上汉大的研究生了，不麻烦他操心我的工作，要不，我还真不好意思再去找他。"伍卓理考上研究生了，心中高兴，也借机炫耀炫耀。

"考上汉大研究生了，祝贺祝贺呀！"田如玉反应很快。

"要不，现在就到你叔叔那里去？"吕望云在脑海里快速思考着，他发现伍卓理看田如玉的眼神里充满了异样的热情。矛盾的心情油然而生，一方面，他为二哥的一段痴情付诸东流而伤心，另一方面，因为罗泽玉与自己的这段情，也曾伤过伍卓理的心，天道于此，或许成全他们也是解脱自己。他原本计划买好礼物和他俩一起去他叔叔家，现在看来，自己已不必要横在他们中间啦！

为求心安，他说："刚才我也介绍了，她家与我家是从前的老亲戚，为了表示重视，我给你们带上一百块钱，你和她一起去看望你叔叔，买点礼物，莫空手上门。我就不陪你们了，我去罗泽玉那里一下，明天我还要去领毕业纪念册。"说罢，拿出一百块钱，交给伍卓理。

"这不好，不好，要花钱，我去买，我有钱。"伍卓理并不知道田如玉与二哥的往事，因对田如玉产生好感而主动献殷勤道。

吕望云内心急于了断这件事，坚持要送这笔钱。他万万没有想到，站在旁边的田如玉自打听说望云不陪她一起去，开朗的脸一下就变成了多云，后又听望云说要到罗泽玉那里去时，又由多云变成了乌云密布。只可惜望云并未关注到她的变化，只顾着给伍卓理钱，急于脱身。田如玉彻底忍不住了，她突然抑制不住伤心的泪水，说了句："我谁都不找了，我现在就回去……"她满含热泪，起身夺门而出，一路顺着秋香园三舍前的下坡路，跑向诺园大花坛转盘的公交起点站。吕望云跟在她侧后方，一个劲地问她这样是为什么。

直到在花坛侧边等12路车时，见吕望云急得满头大汗，一副窘迫不已的样子，她才缓缓地说："我知道罗泽玉在缠你，但是，你不想想，她马上要到国外去，你又想在国内出人头地，还拼命争取入党，你们怎么可能走到一起？你和她就像无果的花，她只不过是拿你练练呀！"

她这些话真让吕望云听不明白，因为在他的心中，田如玉不应该因为自己的话，因为自己要去见罗泽玉而生气。罗泽玉是自己的高中同学，自己与罗泽玉相好这件事虽然田如玉不太清楚，但是，罗泽玉对自己很好，她应该有所耳闻。而她田如玉是自己心中的二嫂，这一直没有改变。虽然，近来二哥给田如玉的辞别分手信，自己看后十分震惊，甚至，上次在兴地学院离开田如玉时，感觉到田如玉有些不一样的眼神，但是，吕望云还是觉得那是二哥望川断然与田如玉分手后，田如玉一时产生的家人般的亲情。

但是，今天无意中，吕望云算是有些明白了，原来自己在田如玉的心中也有不一样的地位，她会因为自己的一句话，放弃求人分配不说，还表现出来这般模样的伤心。

他惊诧不已地站在田如玉的身边，不知道如何接她那还带有抽泣尾音的话，只有低头不语装傻。平静一下后， 12路车正要到站发车，后面的伍卓理也快要跟上来了。就在这个时间当口，他劝田如玉还是留下来，等下一趟车，请伍卓理一起到兴地学院去找他叔叔，田如玉还是摇摇头，坚定地说："不等他了，要走你现在跟我一起回去。"看到上车的人很多，田如玉伸手拉他，吕望云的脸一下子红到了耳根。他下意识地认识到，这么挤，自己要是跟田如玉一起上了车，那还不要紧紧地与她的身体挨在一起呀！看到她匀称水嫩的身段，似乎闻到了她自然发出的诱人体香，吕望云惊慌失措，没有了勇气。他晃开了田如玉伸过来拉他的白嫩而又经过劳动磨炼得有几分力气的手，看着犹豫中的田如玉侧身挤上了车。因为犹豫，抑或是分心，田如玉换季才穿上身的，细棉白底深红圆点图案的连衣裙裙角被车门夹在门外，连衣裙裙角上零星分布的几个大小不一的红色圆点，飘动起来，望云仿佛觉得坚毅果敢的二哥望川就是那扇关上的车门，搁在他和田如玉中间，本是界线清晰，只是这连衣裙，飘飘忽忽地摇动着自己的心旌。他移动脚步，想跑到司机台，提醒司机停车，乘客的衣服被车门夹住了。他正要喊，不想裙子角被车内的田如玉扯进去了，只剩下坚硬的车门，就像秋天到春天之间，隔着寒冷的隆冬。他放慢脚步，田如玉转身，透过折叠车门细长的玻璃窗，无限深情地注视着满身汗水、满脸疑惑和遗憾的吕望云。赶上来的伍卓理，就跟在吕望云背后不远处，她竟然看都不看一眼，哪怕是余光，也没有洒向伍卓理一寸。

车轮转得快起来，吕望云和车的距离正在拉开，他突然大声对着车窗里的田如玉喊道："你不要卓理帮忙了？"透过布满薄尘的玻璃，他仿佛觉得田如玉在摇头告诉他：我不愿意单独求伍卓理帮自己这个忙，除非你带我一起去。

二

田如玉就这样含着泪，将吕望云和伍卓理留在兴汉大学和水利学院分道的大花坛转盘边。花坛里，规整有型的五颜六色的春花，衬托着高大血红的朱焦花，使望云感觉到青春的张力，田如玉的无理取闹，更使他浑身的血液仿佛成了那被狂风搅动起来的龙湖水，翻腾不止。他原本想借伍卓理请他叔叔帮助安排田如玉留在江湖工作的机会，并做好事，将已与望川分手的田如玉介绍给伍卓理，还伍卓理成全自己与罗泽玉相恋的人情。不料有这么复杂，田如玉竟然情移自己，似乎还陷得很深。

伍卓理此时也明白了，开起玩笑道："你真是在走桃花运呀，春天里的'桃花汛'，好大的'桃花汛'！"

吕望云红着脸用家乡话说："卓理莫笑我吵，我也是没办法，更何况，你说的么运，都是漫无边际的事。"

伍卓理也操起煌州话说："你得了好处不认账，今天与这个田如玉还算可以理解，你当我不知晓，不就是你二哥撇下的，你不想接吗？倒是那个即将出国的罗泽玉，要不是你横一杠子，她跟我一起，到国外留学多好？你又不想出国，一心想在国内发展，罗泽玉真正是鬼迷心窍了呀，不知道看中你么事咯！"

吕望云也直率地说："谁让你只长心，不长身。现在哪个女大学生不想找个高个子，大个子门边站，不穿衣也好看，就算我不出现，罗泽玉也不一定会看上你咯！你帮帮田如玉呗，毕业分配留在江湖为大。你看，人家长得那样水灵，你帮她，说不定会让她感动，将来说不定以身相许，那不就成了你自己帮自己了吗？"吕望云说着，将一百块钱递给了伍卓理。

伍卓理脸白一阵红一阵的，接了钱说："我帮助你，绝不是求你么回报，你这伙计，想偏了咯！再说就算你长得高，相貌好，可这又不能当饭吃，这不，你还是有求于我这个矮个子。"

伍卓理抢白中算是答应了吕望云的请求，又实在是无可奈何地目送吕望云去见罗泽玉。但是，他在临分手时大声提醒吕望云："听说学校公派的手续已经办好了，罗泽玉可能很快就要赴国外学习去了。"说得望云心里空空的，默默无语地加快了走向樱飞园的脚步。

可惜，此时罗泽玉不在宿舍，他在她桌子上留了一封短信，告诉她，自己为田如玉分配工作的事来汉大找伍卓理了，另外，单德果去了广城这么久，没有回音，如果有他的消息尽快告知一声，因为他很担心单德果。

第二天一早，按照约定，吕望云先到银行将全部定金取出，用一个草绿色的帆布书包装好。为防小偷，他与铁鸽梦将书包放在两人胸前，拥抱着站在拥挤的15路公交车上。俩人一起先到旺文印务店，随浣老板一起去验货。

他们开始以为印务店应该像胜利文印店一样，就在印刷厂附近，没想到，一说去验货后，浣老板居然要他俩跟他一起上车。沿去时的路，转过头来，坐了好远一段路，才来到龙湖边的国中日报编辑部附近的一个简陋的私人印刷厂。这个印刷厂连一个像样的招牌都没有，两扇大铁门直接面对龙湖。门前一条沿湖沥青马路，再往前斜过，就直通龙湖公园大门，旁边国中省社会科学研究院的新大楼还未封顶。厂内印刷机械哐哐当当有节奏的声音与旁边建筑工地无序的轰鸣声相呼应，一派嘈杂热闹的景象。厂房内工人不多，每个人都紧张地忙碌着，与胜利印刷厂里工人清闲无事、三三两两凑在一起打扑克牌的场面形成巨大的反差。

吕望云见此情形，陷入了沉思。浣老板好像知道他在想什么似的，说："我们这里不比国营大印刷厂气派，但是，他们是按照上面的生产计划安排生产的，多做少做、做好做坏与个人关系不大，所以，他们生产的东西贵且慢。而我们这里必须要讲效益，要紧盯市场，生产厂都是根据各店面揽来的活路，随机应变，工人工作效率高，劳动强度大，所以成本低，价格也低。"

他们三个人一起到龙湖边的无名印刷厂仓库验完货、交完钱后，浣老板叫了两台小型货车，吕望云和铁鸽梦一人押运一台车，开往兴工语园。就在出厂门之前，他对铁鸽梦说："从这里回语园，既可走诺佳山下的环湖路，也可走湖心路，还是走湖心路吧，穿过龙湖，风景美丽。"铁鸽梦却说："走汉大水院后面的沿湖路，要近一些，我们还是走近路吧。"

吕望云见铁鸽梦不理解自己对湖心路的向往，只得说道："你那边穿过市区，路况不好，拥挤堵塞，你坚持要往那边，也行，我们在桐三食堂门口会合，将货卸载在桐三食堂，然后再通知各班班长带人来领取。"

吕望云与铁鸽梦各押一车货，分道而行。吕望云走在湖心道上，湖中吹起了春天里最常见的东风，道路两旁一边是春风激起的巨浪，拍打在湖心道的岸上，另一边则平静似镜，偶有风拂起不易察觉的涟漪。见到此景，大概是因为系统性研究过经济管理的原因，吕望云不由得联想起两个不同的印刷厂，龙湖边没有门牌标识的厂里的热火朝天与国营印刷厂的清冷，如同这湖心道分开的同一湖清水呀，怎么有这样一番不同的景象呢？是哪道无形的屏障像这湖心道一样，挡住了东风，造成这一边沸腾一边平静的不一样风景呢？

深入一想，这次，自己果断转移到旺文印务店，低价做成了毕业纪念册，说明这个私人印刷厂的高效率，是那个国营的胜利印刷厂所没有的！联想到在图书馆里阅读的《微观经济学》，他预感到国家经济体制改革的大浪会像这拍岸的湖水，即将被掀起。市场化改革的大潮，势必冲破一切藩篱，在江湖市、在国中省、在神州大地激荡。

沿途活跃着的思绪，被车窗外的阵阵春风搅动着。迷糊中，他看到龙湖右岸，那语佳山、仰望山和诺佳山漂浮在广阔的湖面上，山脊高低排列有序，似那起伏的巨龙卧波。把龙头交给了城区第一高峰语佳山，一眼掠过湖面长长的龙脊，自诺佳山西去，隐约成闹市之中的洪山、苍鹤楼下的塞山、一桥飞过的桂山，直到躺在月湖里的梅子山成龙尾。迷糊中，他仿佛又看到，那湖面浮着的语佳山、仰望山和诺佳山各自幻化成美丽的秦贞梅、田如玉和罗泽玉。是呀，湖面上连绵起伏的三座山，似她们的婀娜多姿；木秀于林，似她们的亭亭玉立；春风泛起的嫩绿，是她们丰满的活力……

四门六座的中型猫头货车，车头里堆满了成捆的毕业纪念册。看到即将运到学校的毕业纪念册，吕望云浑身热乎乎的，车窗外的凉风似乎难以抚平浑身的膨胀，飘飘乎似仙，仿佛自己就是那寞山，遥望凝视着那三座美女好友幻化成的青山……

大约一堂课的功夫，吕望云所押运的车绕过兴工龙湖野外游泳基地。从语佳山东角的煤屑路直接开进语园后，高大的法桐行道树，导引着车辆前进。成排的法桐树左侧的一条大水沟，自然地将学校和农田菜地分开，这是去年冬季自己参与阻挡游行队伍进入语园的地方。从石子煤屑路开始，路两边都是菜地，行进大约几百米之后，左侧依然还是菜地，右侧开始出现各种教工宿舍。最令吕望云羡慕的是那几幢独栋小洋楼，据说是学校领导和引进的专家、教授才有资格住，心想，如果表哥接受求是院长的邀请，到兴工船舶所工作，是不是也能住进这高档的洋楼里？他在车内不断地联想着，直到左侧出现附中，接着又见到真正的学院围墙，路也变成了柏油路面，绕过附中和露天电影院，一车毕业纪念册就顺利地运到了桐三食堂。黄琴会主任是吕望云的老朋友了，听说他要存放毕业纪念册，连忙腾出食堂大门口的一个耳房，还喊了几个师傅，帮他把一捆捆纪念册稳稳当当地搬下车，放好锁好，将门钥匙交到吕望云的手上。

卸完货并安放好后，吕望云一直焦急等待着铁鸽梦，过了约定时间好久，他还没有将货运到桐三食堂。吕望云心中担忧着急，害怕在运输途中出什么差池。加上一同运货的司机，也等得有些不耐烦，他对这司机求情道："师傅，另一车的货还未到，劳烦您帮忙用车送我到楠三门口去看一下，看那辆车从楠三门回来没有。"同时，嘱咐黄主任准备接下一车货。

三

其实，因为铁鸽梦一直在选修盛鼎教授的《运筹学》，他坚持根据"运筹学"的最优路径设计原理，因为语园太大，东西长达三公里，应该按学生居住分布情况，一车拖往语园东边，另一车就近拖往西边，这样便于各班级就近领取。他估计吕望云从湖心道拖货，肯定会运到语园东边去。于是，他在未同吕望云商量好的情况下，改变了吕望云将两车货先都卸到桐三食堂，由黄主任代为保管起来的约定，而是自作主张，在克服沿途的堵塞之后，匆匆带着车子往西边电力系宿舍附近开去。他还以为，这样做是《运筹学》路径规划的典型应用，自己能将才学到的知识立马运用到实际生活中，吕望云一定会因此而高兴，西边的同学也应当领情。

预感不妙，吕望云乘自己押运的小货车，紧急赶往楠三门，想在门口迎接铁鸽梦。楠三门直通西边学生宿舍区，吕望云驱车过校办电子设备厂、樨九教学楼，来到这条直通路附近的交叉口。透过沿路粗壮的法桐树干，在车里他老远就看到一群人围观，围观的人叫喊声响亮：

"这太贵了！"

"太黑心了，肯定赚了我们不少的钱！"

"这有什么好看的，不行，我们不要，我们要退货！"

人越来越多，开始还是杂乱的喊声，后来竟然发展成一阵阵的吆喝声，有的人还用脚踢那成捆堆放在马路边的纪念册。而铁鸽梦此前将货卸到马路边后，居然将他押货的小货车也放走了。他站在远远的地方，急得像受了惊吓的猴子一样，手足无措。他一人既不能发货，又不能平息大家此起彼伏的吼叫声，更不能弃货不管开溜走人，真正是孤立无援。他等在马路一旁，任凭围观闹事的人快速增加，任人埋怨甚至叫骂，狼狈不堪。

春风乍起，乌云密布，眼看天又要下雨了。更为严重的是，骑自行车路过的老师们也纷纷停车围观。吕望云见状，驱车上前，当机立断，恳请自己坐的小货车司机务必帮帮忙，将车开到成堆的纪念册旁。跳下车，二话不说，干过农活的他，用修长有力的臂膀，拨开围观的学生，挥手喊铁鸽梦过来，一起快速将一捆捆纪念册重新搬上小汽车。这时柳曦和笪熙宙也闻讯赶来帮忙。

柳曦和笪熙宙要求："把固电系和电力系的留下来，我们找人马上来拿。"吕望云说："不行哦，马上要下雨了，万一淋湿了，谁也赔不起，先上车吧！"其实吕望云心想：你不将余款交齐，我才不会发货呢，货先被拿走了，再去收钱就难呐！

柳曦和笪熙宙找不出理由反对，又不好袖手旁观，只得与他一齐出力，很快就将成堆的纪念册搬上了车。货上车之后，他对看热闹还未散去的同学大声讲："样品是大家看过的，价格也是一起谈的，不要猜想别人赚了钱。现在各人四块二的定金交过了，再拿余下的四块钱到桐三食堂来领。今天明天不来领的，定金不退，后天开始，我们就按四块二毛一本，卖给马上也要毕业的研究生，还有维扬班、走读班的大专生，俏得很，过期不候哈！"

话说明之后，他觉得不能不考虑关照一下从开始到现在一直都在帮忙的笪熙宙和柳曦。基于守住收回钱的底线，吕望云双手抱拳连声对他俩客气地说："谢谢、谢谢，对不住两位了，你们现在去将钱收齐，我把车开到你们宿舍门口，给你们系的先送过去。"

"现在收钱，一下子来不及呀，你们还是先放到桐三食堂吧，我们现在就去收钱。待会儿雨过了，钱也收齐了，每班去几个有车的，骑车拖回来就是！"柳曦和笪熙宙两人到现在也十分理解他们。他们看了看散开未成捆的纪念册，点点头，十分满意，连连表示，比上次到胜利店看的样品还要美观、大气！

他们这样一说，围观的人也没再闹下去，渐渐散去。吕望云和铁鸽梦如释重负地坐上小货车，又回到桐三食堂，将车上的纪念册搬进食堂耳房。不一会儿，就下起一阵瓢泼大雨，庆幸加庆幸，吕望云充满感激地留下小货车司机，在桐三食堂吃完饭才让他离去。

他们锁好门，回到宿舍，吕望云拿起毛笔和墨汁，到楼下收发室找了几张红纸，写起通知海报来。庞恒之和吴杰锦也在，这时的铁鸽梦，才从一连串的惊险中缓过神来，他对着从隔壁走过来看热闹的冯知行嚷道：“人才呀，人才，佩服，佩服！”

“哪根筋跳动了，发这么大的感叹？”冯知行问道。

“快，快，你也是个写大字的高手，看吕望云在用毛笔写通知，你也来写一张，看哪个能代表我们班的水平。”铁鸽梦感到一下跟他说不清，转移话题道。其实，他是在对吕望云刚才的果断表现和事先的务实安排表示由衷的钦佩和感慨。

冯知行考上了兴工经管系的研究生班，也写得一手好毛笔字，和吕望云一样，都是读小学时，写专栏、标语练出来的。吕望云说：“你来得正好，你是写欧体的，再写几张清秀俊逸的，与我这粗犷张扬的颜体字形成对比，贴到西边操场马路边的广告牌上去，让西边闹事的人看看，这才显示出我们干这件事的人的实力和底气。”

其实，吕望云心想：写字哪有么好不好的？你自己认为好，别人不一定认可，这也和做人一样的，关键是敢写敢做呀！冯知行凑近一看，写的是通知毕业班带钱到桐三食堂领取毕业纪念册。他立即明白，毕业纪念册到货了，受到吕望云夸赞的他，积极性也高涨起来。吕望云速战速决，将班级联系名单拿出来，分了一下工，让铁鸽梦到桐三食堂蹲点按单收钱发货，让在场的冯知行、吴杰锦和庞恒之三人去贴告示，拿着各自分得的名单分头去通知。

一切顺利，除了大家都已付定金无法退回的原因外，还有大家对毕业纪念册都怀有一份好奇心，都想领到后，一睹为快。加上吕望云几个人催得急，当天下午加一个晚上，货都发完了，钱也收齐了。剩下本班的几捆纪念册，吕望云交给吴杰锦负责分发，因要收钱，他不好亲自处理。第二天一早，他和铁鸽梦一起，又相拥着搭乘15路车将一书包现钞送给旺文印务的浣老板，浣老板收钱后喜笑颜开，一定要请他们到江门巷吃饭。

四

到这时，他后悔没有邀秦贞梅一起来，因为，尾页设计人写着他们三人的名字。江门巷又是江湖有名的小吃一条街，江昌老城的中心，可以想象，秦贞梅来了一定会高兴。

远远看到江门巷的牌坊，两边黑漆板烫金字写道：古城寻口福美味何妨巷子深，绝艺尽人知盛名早播神州远。他们走进江门巷，吕望云不解地问浣老板："这都快中午了，吃的东西都是与早餐一样的，还人挨人，这么热闹？"

"你们不晓得，江门巷南面是苍鹤楼，北接讲习所，西面看长江，东连解放路。游玩的、到江阳门过江的，一天到晚到处是人，随时有人玩累了，玩饿了，还有外地人特地来尝个味的，到这里坐一哈，吃点有味带劲的，那还分么事早中晚餐呐。今天大家高兴哈，讲老实话，我还真冇想到你们还能搞这么大个事，不得了啊。"浣老板操起一口江湖话，边说边竖起了大拇指，"今天放开吃哈，大家高兴。"浣老板客气得不得了。

在江门巷吃得太饱，吕望云回到桐六舍连晚饭都不想吃，见到吴杰锦便问："纪念册发给班上每个人没有？"

"还没有呐，我等你们回来说清楚再发。"吴杰锦答道。

"是不是每人收多少钱不好定？"

"对呀，自己班上的同学，与其他班上一样吗？"

"你说呢，铁鸽梦？"吕望云想看看铁鸽梦的意见，其实他早已做好了决定。

"这我可不好说，我们都是帮忙的，还是你定嘛，怎么搞都行。"铁鸽梦谦让着，也许是因为才搞错了事，没有信心直接说出意见了。

"与其他班同学一样收，标准不一样，人多嘴杂，传出去不好听，也怕生事。不要拖了，马上就通知下去吧，不过，本班同学，交钱有困难的可以暂缓。"他担心徐秋成交不了钱，补了一句。

吴杰锦在食堂遇到班上几个女同学在一起，女同学主动问他："怎么还不让领纪念册？"他正好顺口答道："带好四块的余款，晚饭后就可以过来领，有照片的尽量都带来，顺便将毕业留言也写了。"

大家到食堂打完饭，都陆陆续续回到了宿舍。吴杰锦通知完后，没想到最先交钱领取的是徐秋成，吕望云还笑着问他："怎么有钱了？"他笑着回答："家里才寄来的钱，不赶快交，用完了就交不成了。"大家见徐秋成都交了，纷纷来交钱领纪念册。吕望云此时真正感到了徐秋成支持自己的坚定之心。

大家做了一整天实验，有的人到校办机械工厂高精度机床上加工部件，有的到校办电子厂做电路底板。晚饭后，大家正好一起轻松一下，拿起刚领到的毕业纪念册，互换照片，写起留言来了。

吕望云站在一旁，看吴杰锦忙碌着。冯知行第一个要给吕望云留言，他这次帮吕望云的忙，对吕望云加深了认识，听铁鸽梦介绍了吕望云买卖鸭蛋现在又做毕业纪念册的故事，有感而发，凭他的毛笔书法功底，用钢笔写出了气势奔腾的留言：

劝你常去看看狂风中的长江：

几尺高的波峰，几尺深的波谷，赋予大江滚滚东流的蓬勃活力。

这便是人生——没有峰谷的人生太平淡、太乏味……

人生就应该波澜迭起，才惊心动魄，才气势磅礴，才生机勃勃，这才是真的男子汉的人生。

峰谷起伏的长江，就如那最美妙、最壮观的人生！

大家都聚过来看冯知行给吕望云的留言，感叹他的字迹优美，更佩服他充满激情而又妥帖的文字内涵。

庞恒之也跟着写道：

人生道路，错综复杂，我们既要勇往直前，摸着石头过河，又要小心误入歧途，因为每一次决定，每一次选择都要付出极高的代价。

铁鸽梦说，你这有点太谨慎了，我来送你一句：

这个世界根本没有正确的选择，我们要努力奋斗，使当初的选择变得正确。

见大家写得热闹，蔡建设也过来写下耐人寻味的一段话：

好像在云里，好像在雾中，

朦朦胧胧，看不清，摸不透，

从哪里来？又要到何处去？

蔡建设写完后见无人喝彩，自己将册子传到徐秋成的手中，徐秋成稍加思考，提笔用他那爽直的笔迹写道：

四年了，能与我从头到尾一直同甘苦共患难的人我只发现你一个，愿友谊地久天长！

如果你能真正理解辩证否定的意义，时时正视所处的环境，那么你的事业就有了希望。而有了事业，其他一切也就有了。

徐秋成刚写完，吴杰锦对他讲：“你来帮我边发册子边登记一下，我也来给他写几句。”说着便提笔：

因为你，我们的班集体变得活泼、和谐而有特色；因为你，我又结识了一位不平凡的人。你留给我的记忆总是那么新鲜而令人难忘……

吕望云看吴杰锦刚写完，对进门领纪念册的费新刚说：“费脑，写几句共勉的话吧。”费新刚浅浅一笑，拿笔写道：

永远追求，永远创造，永不言败，即使终生不能达到成功的彼岸，也将赢得一个充实的人生！

毕业之际与吕望云共勉。

费新刚走后，尤建智又来领，领完后见吕望云的留言册摆好了，他顺手一笔一画工整地写道：

海市蜃楼固然令人炫目，可它是虚幻的、短暂的、缥缈的。

小树之所以能长成大树，是因为它紧紧依托于大地，踏踏实实地，毫不懈怠地向上努力……

吕望云正想开口说尤建智今天写字太拘谨认真，留级的闵富贵急匆匆赶来，大声说道：“不会忘记我吧，我可是交了定金的。”说罢拿起一本纪念册，交了余款就要走。吕望云急忙拉住他说：“莫急着走，你这个大诗人，留首诗歌做个纪念吧！”

闵富贵抠了抠头，潇洒地边写边摇头晃脑道：

甜蜜的歌声，柔润的和音，春日让梅花起舞，秋夜有桂香销魂。借一缕清风，抚伯牙古琴，让高山流水，唱天涯友情。摘下梦中的语山月，将那语山顶上的星辰，用桐叶包了，换你一阵轻盈的笑声，在这里，留住我们的携手同行。如果能记得曾有一个四年同窗的不幸者的友和情，那就是我为你祈祷的幸运。

“富贵，你主动要求留下来陪女朋友一起毕业的，有什么不幸的，瞎发诗情。”在旁边发纪念册的吴杰锦笑道。

不一会儿，女同学结伴而来，她们看了前面男同学给吕望云写的留言，说这是班长的，要带回宿舍去，想好了再写。

何德珍看到闵富贵刚为吕望云写完，觉得他写得很有诗意，她说：“闵富贵不能只给班长写诗，要为我们全班的纪念册也写一首诗。”秦贞梅也笑着附和道：“是呀，纪念册前面有文，后面要有一首诗才完美呀！”她们嬉笑着，一致要求闵富贵为班上的毕业纪念册写一首诗。

闵富贵笑了笑，说：“好哇，本才子念，得有一位佳人记。这样才有妙趣。”

女同学嬉笑着齐声说：“我们都来记，我们都是佳人。”

闵富贵开始了他那典型的摇头晃脑的动作，瞎编着念起来：

《青春纪念册》之歌

给你我的心作纪念，

还未看够你的眉眼，

就到那碧空远行的大江边，

有我陪伴，远方就是眼前。

去年的夏天，

数着轮船指着浪尖，

昂首迎风，

豪迈着并肩，

狂吼着要勇往直前，

任性着踩沙相牵，

就这样，我们将环游云间。

给我，这心作的纪念，

双手才抚摸上你的缎面，

就到了摘星捧月的江湖城极巅。

去年的冬天，

做着课题拼着考研，

埋头倔犟着实验，

拼搏中，

我们追逐着功成业就，

谈笑中，

我们远征着名扬声高。

给我，你这心作的纪念，

泪滴慢慢幻化成你的样子，

凹陷成语园里的湖眼，

美颜迷恋，

梦里恍炫，

神游到青年园的源湖边。

今年的春天，

精彩的答辩合唱着入党的誓言，

录取的通知和谐着走向社会的鸿篇，

我的梦，有你的叮咛才能够完全，

我的梦，有你的祝福才能够实现。

风浪再大，在这里我们勇往直前。

哦，我们的爱，都镶在这《青春纪念册》里面。

我忘记了期盼的眼泪有多咸，

你一出现就是晴天。

还想听你乱语胡言，

要磨砺我远离稚浅，

还想听你任性说，

要带我环游世界，

就算整个世界都改变，

也不改变，勇敢的你远在天边。

给我，你这心作的纪念。

这份爱，任何时刻你打开都新鲜。

有我陪伴，多苦都变成甜，

我们踏上了各自的旅途，

虽然绕渡着不同的故事，

眉眼不改还会回到语湖边，

仍记得江汉号上的约定，

还想听你任性胡言，

还想回到你跟前，

这份爱，任何时刻你打开都新鲜，

有我陪伴，多苦都变成甜，

我的梦，有你的祝福才能够完全，

风浪再大，我定会勇往直前，

我们的爱，都镶在这《青春纪念册》里面。

念着念着，结束了片刻，大家都还沉浸在他的诗句里。最后闵富贵双手一扬，用英语说了一声："That's all!"才换来了大家一阵热烈的掌声，掌声中"小麻雀"万花朵尖叫着发问："你说的'江湖城极巅'是指语佳山顶吗？好有气势，带劲、带劲，太带劲了呀……"她边说边拍着双手，还不停地跺着脚……

第二十七章 面强心慈难扛敲 临渊踏陷困为商

一

发完全部纪念册后，吕望云第一件事就是算账。他按小时候看父亲记账的方法，在专用的记账小本子上，编了科目、出账和入账，汇总出入，发现真的赚了一笔不小的钱。他惊讶地发现，除去花掉的定金，还余三千多元。

清完账，他首先想到的是，铁鸽梦用卖掉自行车的八十块钱为自己母亲治眼病的事。他对铁鸽梦说："先还你八十块钱，上次，我母亲的眼睛多亏了你的帮助。这次做毕业纪念册又多亏了你的鼎力相助，你再拿一些钱去买一台照相机，我知道你喜欢那玩意儿。"

"上次那钱说好了是我卖车子给伯母治病的。这次也是事先说好，纪念册是你冒险做的，我顶多出点力，还差点搞出麻烦了。我什么都不要，你自己要用钱的地方多，家里困难期还没有真正渡过。"铁鸽梦很肯定地说。

"这样吧，我也说服不了你，我也不懂那玩意，你拿一百五十块钱去买一台，反正毕业前班里要用，毕业后你带走。"吕望云换了个说法。

"行吧，先买一台吧，班上男生这边确实一台相机都没有，每次都用秦贞梅的那台，不方便。"铁鸽梦也顺势同意了。

一晃就要到"五一"了，望云担心二哥望川在鹤舞冰工院继续康复还要用钱，弟弟望海在国京读书，家里给的钱一直很少，估计困难也不小。于是节前一天到邮局，给家里、二哥和弟弟各寄了一百块钱。

"五一"这天，班上同学大都没有休息，在紧张地做毕业科研课题，冲刺着最后的毕业答辩。吕望云这一组，因为自己准备入党支部大会、到尚海复试、帮助徐秋成改签到兴师读研和做毕业纪念册等大事耽搁，进度有所拖延。但是，自己这高精度电源项目不仅关系空物遥感装置的调试运行，还关系到红外装置的基础供电，邹英教授这天特意到他这一组蹲点。按理，连组长都未当上的吕望云，应该轻松一些，但是，邹英教授认为他是班长，不带头坚守在实验室，要么就真的如蔡建设所投诉的——他事情太多没有精力，要么就是自己没有当上研制组长心里不爽快。邹英教授含蓄地指点，吕望云在腾出手后，立马在实验室和同组的同学们一起忙碌起来，大家一致对邹英教授表态：绝不给整个项目拖后腿。

测试验证，制版图经邹英教授再次审定，提出进一步修改提升的方向后，大家分头查阅技术资料。一切顺利开展后，他感到十分奇怪，在这个“五一”期间，每看一眼隔壁秦贞梅忙碌投入的美好样子，脑海里就会不由自主地出现罗泽玉的笑脸。他想起不久前定下的：在毕业前夕，对秦贞梅和罗泽玉分别实行“远者近、近者远”的相处方略，到现在还没有兑过现。情感交流抒发是一个方面，勾人心魄的还有罗泽玉那美丽的容颜，自己不常去，汉大那么大的林子，真心害怕还有其他猎手。他自然想起从前和大哥望山一起坐在“二牯牛”背上，被嗅到不远处发情母牛气味的“二牯牛”掀翻到草地上的情形。不错，此时他对明确向自己表达过爱恋的罗泽玉的思念远远超过了儿时“二牯牛”的那股犟劲骚情呀！第二天一大早，他就迫不及待地赶往兴汉大学罗泽玉处，好久未见，真心想念。莫道君行早，更有早行人，出发到语园楠一大门口时，本应是遇不到班上同学的时候，偏巧遇到了同样早出乘车办事的夏国华。因系里没有给夏国华推免指标，吕望云还心怀不平向系里提过意见，这事后来传到夏国华耳朵里，对他心存感激，这次争气考上了廷华的研究生，夏国华相当高兴。

吕望云客气热情地祝贺他：“祝贺你，凭实力考上了廷华，给学校争光，给我们班集体也长脸了。”

“哪里，哪里，都是阳京那件事逼的，没有退路呀。真心感谢你，在阳京事件中真诚护我，要不我这一辈子都完蛋了。”

“不客气，那是我应该做的，你叔叔后来怎么样了？”

“他进去几个月后，因科研的突出贡献，阳京工学院又想办法将他保释，现在忙着学校的科研项目，不过即使后面最轻判个缓刑，今后的日子也不好过，一辈子怕只有干活的命了。”

“真是可惜呀，他才四十出头，海外名校博士归来，国家的栋梁呀。”

“真是一失足成千古恨，倒不是因他自己急功近利主动走错路，而是没有坚定的意志和智慧把握住自己，未能顶住外国情报机构的人身安全压力，差点把我也带进去了。”

“过去的都过去了，这也说明德、能、位要匹配，不匹配则得到的也会失去，所以，吃一堑长一智，我们后面再努力将损失补回来嘎。”

“是的，也要祝贺你呀，不简单，能过光华笔试，还是跨专业考的，我最佩服你的魄力和坚持到底的毅力。”

“我有什么好祝贺的，得了个‘暂不录取’的通知，下一步还不知到哪里去混呀。”

“做毕业纪念册这一件事，就顶上我们参加工作后一人上十年班的收入。我们参加工作四十八块一个月的工资，一年才六百块不到的收入，十年才赚六千块，去除平时开销，就更剩不了多少了，你这一下子就赚了这么多，这是大事，大手笔呀。考个研究生又能算个什么呀！”

“哪里，哪里，都是同学们帮我，同情我家里经济困难，穷则思变呀！再说钱来得快，花得也很快，后面还要感谢大家的帮助，河里打水河里用，也不打算剩下什么钱的。”

“这就对了，千万莫当葛朗台哈，同学中得红眼病的人不少，你应该感觉得到。”夏国华提出忠告。

“我们身边有小人哈，顺利的时候，说不定眼前就是陷阱呀！”不放心的夏国华又认真地补充道。

二

与夏国华分手后，他的心情变得复杂起来。本来是到罗泽玉这里，虽然没有确切的消息能告诉她自己考光华的初步结果，入党的事罗泽玉好像也并不关心，但是毕业纪念册做成了确实是件了不起的成果，来报喜显功应该会令她欢欣雀跃的。经夏国华的一番忠告，吕望云冷静了不少，但是，他还在天真地想，夏国华说的小人，同学间有必要存在吗？损人利己的事，还算能理解，那损人不利己的事为什么还要做呢？是的，在这个即将各奔东西的毕业季，遭受阳京实习事件打击的夏国华深知，而此时只知拼命向前的吕望云，还没有真正意识到来自班内的危险。

他暂时放弃了这些疑问，找到了心底思念的刚刚晨跑回宿舍的罗泽玉。他没有像原来预想的那样，将毕业纪念册的事说得太多，只是说了一声，压在心里的这件大事总算摆平，经济上是暂时得到了缓解，心情复杂的他得知罗泽玉公派留学的事情已经搞定。她说了一段发自内心的感激如斯校长学制改革的赞美词，即将出国的她，再也受不了狭窄的女生宿舍的束缚，她伸出自己白嫩的巧手到他的掌心，触电般的感觉再次令他顺势抓紧。他幻想着就在这无人的宿舍里缠绵，她却急急忙忙带他到室外的大楼顶……

五月初的诺佳山，草木茂盛，草草到食堂吃完早餐，他俩径直来到樱飞园宿舍的楼顶。俯看楼下的樱花道，缤纷的樱花道早已换成了一道道绿色的长龙。爬到后面几乎与楼顶平齐的楼顶山，踏浪门外浩渺无垠的龙湖尽收眼底。他们上去得早，太阳还未完全升起，薄薄的暮春雾气遮不住水面荡起的流光，无人的湖面上，显得也是一派繁忙。青春的能量裹挟着刚刚做成纪念册的信心，在这四处未见人影的山顶，吕望云紧紧地拥抱着罗泽玉，亲热的话儿也轻轻说个不停。罗泽玉说："跟我一起出国吧，你做生意能力强，你做实业，我读书做研究，我们会过得很好的。"吕望云沉默又沉默，他想：要出国，我还那样追求入党干什么？但是，他不想就此冷了罗泽玉的心，他说："你百里挑一，被兴汉与国外大学合作项目选上，这是千载难逢的公派出国留学的机会，不像自费留学，出国后还要为生活奔波，真是太令人羡慕。兴汉的细胞生物学在国际上有名，将来你一定会在这个领域成名成大家，我现在出国，还要经过很多关卡、手续和程序，不那么容易，我先等等看。我上次来看你，你不在，我有事先去忙别的了，不知单德果给你来信了吗？自从他从我那里走后，一直没有音讯，他真是好心办了糊涂事呀！"

"他没有给我来信，我上次遇到伍卓理，伍卓理也没有收到他的信，伍卓理还说你给他找了一个'好差事'，有点烦你了哈！"

"那是我们家的一个老亲戚，田如玉毕业分配的事，我只是引见了一下，没有给他太大的压力！我们班在江湖读大学的三个男生都喜欢你，你唯独将'绣球'抛给了我，真的好感谢你呀！”

“那你莫让我失望，一定要顺利出国，我在那里等你咯！”

“好的，我希望能尽快来找你。不过，我倒希望你尽快学成归来呀！”

“管他在哪里，为了毕业后我们能尽快相聚，来，拉钩上吊一百年不许变！”

他们欢笑着，拉着钩，抚摸着对方的脸，共度这无比美好的时光。忽然，罗泽玉动情地依偎在吕望云胸前小声嘀咕起来，她真担心他不会为她去国外。她在他胸前回忆着从高中毕业到现在的一幕一幕，尤其是每年的樱花季，他再忙也要来兴汉诺园陪她，她轻轻念着她为他写的诗歌：

清凉的早风绕着诺佳吹过来，

扬起了樱花瓣儿，

雪花样落入我心怀，

又是三月樱花开，

这一别将是三年还是五载，

明年花开你还来不来？

清凉的早风顺着诺佳吹过来，

吹起地面的樱花瓣儿，

转转圈儿绕到我身边来，

真想一辈子和你坐在樱花树下呀，

听着你的琴声，

泪水黏着樱花，

美丽的樱飞园我俩曾在这里长待呀，

蓝蓝的天空有朵朝北飞的云彩，

南来的燕子还会把春天再捎来。

绕山的春风吹开了今年的故事，

你不经意离开摘朵花儿还往我头上戴，

我面朝天空头还枕着你宽广的胸怀，

用青春为你漂出了自己的色彩，

哦，哦，哦……

你离开的脚步成了我的无奈，

我等着你跟过来……

听到这里，吕望云心里也是酸楚无比，他不断小声重复着：“我一定跟过来，一定跟过来……”

三

下午，他回到语园，“五一”期间，中午午休大家起床晚。宿舍里不知是谁，说：“吕望云做成了这么大一件事，应该要他请客。”吕望云心想：同学们不安抚一下是不行的。早上夏国华的话还在耳边，他就同意了，刚好铁鸽梦的相机也已买回来。

他们一起到兴工南门官山口，同宿舍的铁鸽梦、吴杰锦、徐秋成、尤建智、庞恒之和吕望云，在路上又遇到了乐耀翰和苏必杰，一行共八人，为避人耳目，三两结伴，前后相距数十米，若无其事地朝如意餐厅走。如意餐厅门口的台球桌还空摆在那里，先到的乐耀翰和尤建智兴奋地打起了台球，随后赶到的苏必杰和庞恒之在一旁观看。待到吕望云最后到餐厅门口，路过台球桌时，只听得尤建智不停地教乐耀翰道：“腰要弯下去，眼瞄前方，手握杆子不能太紧了，又不能太松，击球才能又准又有力，你看你，还握这么紧，一动就变了形，你这真是个老土哇。”乐耀翰也不服道：“知道，你这个大胖子，看你的大肚皮，腰都弯不了，还充么高手？我哪里不知道？就是用铁锹挖土、用铁锤打铁，手柄都不能握得太紧，太紧了便会伤手。你个苕，就像你追秦贞梅，追得太紧，哪能追到？要像望云那样，人家松紧适度呀！”尤建智被他说得脸一阵阵发红，被他揶揄得有些气愤地说：“你懂个屁，谁说我追秦贞梅了？不识庐山真面目，只缘身在此山中，你看吕望云那样紧紧地追求入党，不也一样是太紧了？我看也是悬得很。”乐耀翰一向对吕望云还算友好，在这个时刻，无意地挑动了尤建智对自己的负面情绪。他们打球时的对话，吕望云装作没有听见，配合铁鸽梦拿着新相机，乐呵呵地忙着拍照，留下他们几个打球看球的相片，把如意餐厅搞得是热闹非凡。

蔡建设是江湖市本地人，也是在“五一”假期中的这一天，他在学校做完课题，晚上回家过节，路过如意餐馆门口，远远看到他们在这里快活热闹，凑上来问了下原因。一打听，得知是吕望云请客，因他要回家，大家留他不住，这时吕望云正在内厨间点菜，他也不进去打招呼就悻悻而去。开席了大家才告诉一直在餐馆里面忙前忙后的吕望云，据说蔡建设还问了铁鸽梦手上新相机的价格，是不是做毕业纪念册赚了钱买的，等等。吕望云一听，心里一沉。下意识告诉自己，要小心呀，真倒霉，怎么让他遇到了？心怀担忧的吕望云陪他们喝着啤酒唱着歌，眼看乐耀翰差不多要醉了，吕望云当机立断结账走人。这一餐花了四十多，这样的浪费，吕望云一时还不适应，心里烦躁，到很晚才入睡，一直在葛朗台的悭吝和奢侈浪费之间来回碰撞，自我责备……

五月四日下午，电源组的同学都在楠一楼七楼做电路调试。施怀仁素来性格内向，只顾埋头干自己的，不与其他同学交流。忽听得他的实验台上火光一闪，“啪”的一声，幸亏开关跳闸及时，才未发生大的事故。

大家聚拢一看，吓得脸色苍白的施怀仁，呆若木鸡地坐在那里。指导老师过来，狠狠地批了他一通，说他思路不清就瞎戳，损坏了一块底板，要到校办工厂重做，一次要七十元钱。按道理，重做应该是从课题费里出，但是，因大家积极性太高的缘故，每人都坚持独立开发一套，比原方案里一人开发，一人设计，两人共做一套的费用高出很多。加上施怀仁一直不听指导老师的叮嘱，才烧毁他那块板子。所以，指导老师不同意他用项目经费再到校办工厂去加工做底板了。施怀仁不甘心只写设计报告，做不出实物的结果，想自费到校办工厂去加工底板，出生浙塘省偏远农村的他，虽然经济条件比做毕业纪念册前的吕望云要强一些，但是，也强不了太多。他一直嘀嘀咕咕地说：“要是有人借我五十块钱就好了，我就可以自己再去制底板了。”

吕望云知道他是想找自己借，又不好直接开口，也忍了装傻不做声。想起他也时常闹着要他请客的样子，心里不是很舒服，这毕业在即，借钱哪有机会还的？他心想，赚的一点钱，个个都想敲一点，不由得浮想起小时候常看到的景象：一群儿时的玩伴，围着挑担卖浆糖的货郎，只见货郎一手在一大块浆糖上斜插一把小铁铲子，另一只手用小铁锤敲打铲子，几番敲打，一大块浆糖就被敲没了。没想到，过了半天施怀仁还在自言自语地说要有人借钱就好了，搞得整个实验室的人都朝吕望云看，似乎不把五十块钱给他，就是吕望云太葛朗台式的悭吝了。心里不舒服的吕望云，只得装大气，答应回到宿舍拿五十元钱给他，心想：总是吃亏了的，干脆做得大方一些，也不说借了，大家都是要毕业分手的同学，就算有福共享吧！

四

自从这以后，经常有人找理由要他请客。一向以豪爽大气自居的吕望云，很难抵抗得住各种请求，官山口、汽轮发动机厂和官山一带的餐馆基本上都请吃到了。虽然他尽量控制不喝酒，但每请一次，事后他还是会后悔半天，心里血在流。

“五四”青年节后不久，他正在宿舍写报告，闵富贵带着他那婀娜多姿的新闻系女朋友一起，来到他宿舍，他起身客气相迎：“春风吹，贵人来，好久不见，请坐、请坐。”

“这几天的新闻看了吗？大兴安岭突发火灾，这可是大事呀！”

“听说了，都说是费翔春晚唱《冬天里的一把火》造成的嘎。”

“你也听说过这个段子？我想陪她去现场采访一下这个历史性的火灾，采访完之后，返回时再去采访黄河漂流。她去的心坚定，我又不放心她一人去，反正留级下来，为的就是陪她。”

“你们又要去采访‘黄漂’呀？那可是太危险了，上次‘长漂’是被外国人逼的，不长我们的志气不行，这次，外国人也没有打算来，勇士们漂上瘾了吧？”

“大哥，你说对了一半，后一半要补充一下。”这个地主的女儿有点泼辣地说。

“去年‘长漂’是被动的，这次‘黄漂’则是主动的。‘长漂’是为民族的尊严，‘黄漂’则是主动的探险，要体现我们这个时代的冒险精神，宣扬我们这一代人张扬的个性、桀骜不驯的闯劲。‘长漂’牺牲了勇士尧茂书，‘黄漂’更危险，这样历史性的壮举，我们学新闻的兴工人一定要有人去记录、去歌颂、去宣传。还有大兴安岭的火灾，眼看越来越大，这在我国的资源环境保护上，是一个历史性的重大事件。学校不组织，我们一定要有人去记录、去分析、去宣传。我知道，望云大哥是最有开创精神和闯劲的，从上次在楠一楼广场上的诗歌会中，我就确信了这一点。”

这个学新闻的学妹，发表了自己热情洋溢的见解，顺便得体地夸奖了自己，搞得吕望云是心潮澎湃，恨不得自己也去大兴安岭感受那烤天的烈火，也去黄河感受那夺命的漩涡。稍微平静了一下，他问：“你俩不会是邀我一起去采访探险吧？”

“哪里敢呀？你这大班长，现在正忙着做毕业设计，马上就要答辩，毕业到新的岗位上工作，我们可不能耽误哥哥的大事呀。”地主的女儿扭腰又甜蜜地说，还大方地拍了拍吕望云的胳膊。

“我猜到了，你们一定是差钱，闵富贵家里给得少了，你们家里本来就不会给得太多，这一趟不便宜呀。”吕望云看他们不好意思开口，便帮他们说出来。

“不好意思，我们确实不好开口，因为，你虽然卖毕业纪念册赚了一些钱，但是，我听说，开销也很大很快，不过，她确实想去，我也劝不住呀！”满脸大胡子剃刮得发青，闵富贵边说边露出了极富男性豪气的笑脸。

“没事，这是壮举哈，要多少？我尽力。”吕望云确实感到钱花得太快了，回答得还是有些勉强。

“时间长，我们自己也想办法筹集了一部分，还差一百五十元左右吧。”

“行吧，快要参加工作了，钱是赚的水是流的。”吕望云打开抽屉，眼看钱的厚度在快速变薄，数了钱，同时在账本上做了记录。

送走闵富贵他们之后，吕望云知道这一笔钱估计是有去无回的，因为，他们是为了事业，为了振奋国人的精神，从小处说也是提高学校新闻专业的知名度。他由衷地发出感叹，舅舅在他卖鸭蛋时说的："慈不掌兵，义不掌财。”自己的义气太重，是存不住钱的，只是钱要花在有意义的地方，他下决心再也不能用来请吃请喝了，管他的，就让别人去骂自己是葛朗台吧！

五

他正在为此事想得出神的时候，兼职负责知识产权双学位班教学和知识产权法律研究所筹建的系总支书记阚育才，百忙之中不知道怎么有时间来到桐六舍。好久未到桐六舍，他戴着厚厚的高度近视眼镜，到几个有代表性的宿舍门口看了看，最后敲了一下半掩着的门，直接进了吕望云的房间。见房间里只有吕望云一个人，他对站起来迎接的吕望云说："正好，你这个班长在，你找三五个力气大的男同学，到桐六教学楼后面的教四舍去，帮你们年级的俞老师搬一下家。学校刚将几个年轻的老师都调到教四舍五楼，现在他的家具物件都在教四舍底下，俞老师自己要搬，楼太高，我要他在那里等你们。”

吕望云连忙找到隔壁的苏必杰、乐耀翰、权任和薛尚法几个正在宿舍里学习的，一起赶到教四舍楼底下，见到正在慢慢往楼上搬小物件的俞仲乐。简单地招呼过之后，他们几人将几大箱子书籍、衣物，书桌、餐桌等家具搬上了最高的五楼走廊。上楼后大家再往俞老师家里搬。吕望云扛了一箱书，进到室内，原来年轻老师住得十分简单，就一室一厅。俞老师的夫人正在客厅内弯腰翘臀整理刚搬进来的东西，五月有些燥热的晴天，俞夫人更是因为上下楼梯搬东西发热的缘故，束腰的衣裙遮不住嫩肌白肤，微微汗香顺着束腰削肩漫出，格外迷人。加上她俯身整理新搬来的衣物时，两只修长的秀手，手上忙碌动作时的指根窝微笑样地开合，越过纤细晃眼的手臂，遮不住的，是一双半吊着的丰乳，因为姿势动作的原因，巨乳的前头时隐时现地顶撞着宽松的胸罩、与那不厚的罩布揉搓晃荡着。吕望云不觉一阵心跳眼热，生怕身边的同学看出来，连忙转身朝向卧室内，原来卧室内竟然摆着两个单人床，他们还分床睡呀！心想自己今后要是娶了这么迷人的老婆，一定会天天同床共枕、相拥而眠的，俞老师这是有福不知道享呀！

见吕望云肩上扛着一大箱书进来，俞夫人连忙直起身上前，用手帮扶着将箱子从他肩上放下，两人合抱起书箱，往书柜跟前移，吕望云自觉力大手长，将手抱过纸箱大半，不小心她的手压到吕望云的手背上，望云感触到了她的温度，稍有迟疑，未待她的手移开，他们就共同将书箱放到了书柜下。俞夫人转身拿起剪刀，边要剪开书箱边客气微笑着说："麻烦你了，你先放在这儿，我来摆到书柜里，你就是吕班长吧，身高力大的，我早听俞老师说起你了。"

吕望云微笑着对俞夫人点点头，算是与她相识了，说："老师夫人贵姓呀？楼下东西都搬得差不多了，我来帮你将家具挪动整理一下吧！"

俞夫人感激地点头说道："好的，我叫潘兰，在省委党校当老师，你们就喊我潘老师吧。"吕望云几人在潘老师的指挥下，将室内摆放规整，细看室内，客厅里有一台与大哥结婚时一模一样的黑白莺歌牌电视，再就是一张刚搬进来的书桌兼餐桌，几张还未打开的折叠椅子，室内无高级家什。洗浴和卫生间在走廊最里面，是三家年轻老师共用的。整理完家具后，他们到公共卫生间去方便一下，同去的薛尚法说："他们连一台洗衣机都没有，还要像我们学生一样，用手洗衣服呀。"说者无意，听者有心，吕望云仿佛看到潘兰老师纤嫩的手正在大洗盆里和衣物一起缠绕抗争。也就是这句话，将吕望云推进了陷阱里……

搬完家，他们就离开了教四舍，俞仲乐连声说："多亏你们这几个壮劳力，要不我们还不知道要搬到莫时候……"

第二十八章　做好事自筑陷阱犹不知 选方向众出情智初相劝

一

帮俞仲乐搬完家后的一段时间，对吕望云来说，他一直在费心纠结，俞老师家里没有洗衣机，对于一个要负责整个毕业年级学生工作，还有大量系里其他事务性的工作，又要承担科研任务的年轻老师来说，一台洗衣机真是十分必要。但是，给他买一台洗衣机，属于什么性质的行为？俞仲乐会不会接受？还有，他到商店去看了一下，一台荷花牌双缸洗衣机要二百三十多块钱，自己赚的那些钱也慢慢消耗得差不多了，心中又有几分不舍。

左右为难之时，他将自己的想法与铁鸽梦商量，铁鸽梦高度赞成，认为俞老师肯定急需一台洗衣机，并且提醒他不要让同学们知道自己要给俞老师买洗衣机的事。犹豫不是他的性格，在最后一个念头“为老师买台洗衣机比花钱请同学到处吃喝总要强得多”占了上风之后，他果断行动了。

语佳山商场关门较晚，他和铁鸽梦吃完晚饭，就匆匆赶到商场，交了钱，两个人抬起荷花洗衣机，一口气未歇就搬到了教四舍五楼。俞老师和夫人吃完晚饭，正准备收拾清理，见到他们搬进来一台未开封的双缸洗衣机，先是一惊，后见两人抬得满头大汗，连忙客气地问吕望云：“你们这是么回事，搞得满头大汗的？”

“俞老师，我们那天帮你搬家时，发现你们连一台洗衣机都没有，你们这么忙，没有一台洗衣机怎么行噢，前一段时间，我做毕业纪念册赚了一点钱，也该发挥发挥作用了，所以，我俩就到商场帮你买了一台。”

“这怎么行，这么贵的东西，不能收，你们赶快搬回去，退了。”

“俞老师，我们不是送给你一家人用的，我们是送给这一层楼三户老师公用的，这不，我们把它放到公共洗浴室里吧?”早就料到他们会拒绝，吕望云神情坚定地找了个言之凿凿的理由。

“这样的是吧……那你们先放在这，待会儿，我来处理。”俞仲乐犹犹豫豫地同意了。

他们迅速地离开了俞老师的家，如释重负地各忙各的事情去了。

话说施怀仁是浙塘丽云县人，丽云是富裕的浙塘省最穷的地方，按理也比国内很多富裕的地方还要强。上次电路底板烧毁后，他是可以掏得出钱来赔的，但是，老师要他不做装置，写写报告就行了，他心中十分不爽快，加上看到吕望云平白无故多赚了一笔钱，不用白不用，所以，他盯着吕望云喊穷。碰巧得很，在这所万人大学里，他还有个丽云老乡，在这遥远的地方，每个假期，只要他回浙塘，就会主动要求帮他的这位同乡老师带带东西，送送消息之类的，走动的还比较频繁。

这是毕业前在兴工的最后一个端午节，没有考上研究生的施怀仁估计自己要分配回浙塘。他的这位丽云同乡老师带信，要他到他家里一起吃饭过节。他收到邀请后，按照往年的做法，准备到市场上买几只鸭蛋和粽子好上门拜访，出门后犹豫起来，心想，我这马上要回遥远的浙塘了，也不再指望你这个老乡帮衬么事，上门去辞个行、道个别就行了，君子之交淡如水嘛，何必要再花一笔冤枉钱?于是，他抖抖精神，空着双手上了同乡老师家的门。他的这个老乡，也姓施，时常念在同乡同姓的份上，对他寄予了较高的情感与期望，开门见他连忙说:“怀仁来了，快快进屋，马上要回浙塘工作了，今天是大学最后一个端午节，来、来，吃餐便饭过个节。”

“施老师，谢谢您这几年的关心，我今天实在是太忙了，您看，我这没有准备，空手来的，不好意思哈。”

“没事、没事，我这里又不是别的地方，不用客气。”说得这样直接，施老师更不好意思不将他留下来一起过节。

饭桌上，施怀仁才知道他这个老乡新的邻居就是自己的年级党支部书记兼辅导员俞仲乐，想到自己马上要回浙塘了，也没有要讨好俞仲乐的意思，不接话茬，表现得很冷淡。倒是施老师见他以前上门过节还带点节礼，多少倒无所谓，只是这家伙，现在要远走离校了，不求自己也不求俞仲乐了，就无礼节、无言语，心里十分不爽，又不好直接说出来，高情商的他，以表扬凸显批评地对施怀仁说："听说你们班的班长很有能力呀，他一下卖了三千多本毕业纪念册，赚了不少钱，还给我们这层楼三家老师买了一台双缸荷花洗衣机。不错，不错，现在年轻大学生有闯劲，你们肯定熟悉，一个班的，都是隔壁俞老师的学生，值得你学习呀。国家现在就要这样敢闯的人。"

"是的，我们班的班长，很乐于助人的，前几时，我不小心烧了一块电路底板，多亏他用卖毕业纪念册的钱，帮我到校办工厂交了重做的钱。"

吃完饭，离开前，施怀仁还特意到公共洗浴间去看了眼那一台洗衣机，心里想：班长比我们成熟多了，这方法手段真不得了！回到宿舍，他给没有回家过端午节的蔡建设谈起了这事，在蔡建设面前表达了对吕望云口是心非的佩服、引妒激嫉的光荣。

他注意到了蔡建设脸色的变化，但是，不知道蔡建设的心底到现在还记恨着吕望云带同学到他家帮忙后在众多同学面前对他不招待人的批评，更不知道他对自己作为江湖本地人没有做成毕业纪念册这样的大事，而让吕望云这样的外地人在同学面前赚大钱逞大能而愤愤不平。总之，蔡建设对吕望云赚钱后送洗衣机给俞老师的行为倍感妒忌和怨恨。

二

洗衣机给三个老师家共用后，本来就十分欣赏吕望云的俞老师，对吕望云更加另眼相看了。一有机会，他就在两边兼职负责的阚育才书记面前表扬他，在商量毕业分配方案前，俞仲乐对阚育才书记说："这吕望云能吃苦、有魄力和激情，你看他把全校毕业班的毕业纪念册给统一做成了不说，还拿出结余的钱给我们几个青年老师送了一台洗衣机，我们几个一天到晚忙得很，他这真是给我们雪中送炭呀。"

没有细想的阚育才书记说："原来求是院长有计划给全校讲师以上的老师都配齐空调洗衣机的，不知学校还搞不搞？不过，你还不是讲师，搞了暂时也不一定有份。他这确实是帮你们做了件好事，当然也是帮了我，要不是你努力，我这兼职工作怕也是搞不了这么顺!"

"是呀，我们三家无论谁买来，别个都不好意思用，三家都买，洗漱间又放不下，他这一买，我们三家都好用了。"说得阚育才书记直点头。俞老师趁机建议道："今年分配方案中新增了一个国务院防火指挥办公室的名额，我看他去很合适，能力强懂管理。”

“这可是中央国家机关，要求高，光华大学的国民经济管理专业的笔试成绩那么好，我看也是应该派他去!”阚育才顺着说，“我看可以，我这就去给毕业分配办公室提建议。”

征得阚书记同意后，俞老师兴奋地对吕望云说：“这可是直接进了国家最高行政机关，今后前程不可限量，好好干!”

“真心感谢，我一定好好努力，不辜负老师的信任和栽培。”吕望云也是激动得手足无措，含泪连连点头道。

“方案还没有最终确定，要报到学校毕业生分配办公室审批，这一段时间要保密，你就当不知道，好好做毕业设计吧。”

“好呐，马上就要论文答辩了，我一定按你说的，不惹麻烦！”

毕业论文答辩完后，俞仲乐对吕望云说：“准备在后天上午九点整在楠一楼广场上拍全年级毕业合影，你上次给余校长留下了很好的印象，他调研后对你提出的问题很重视，并亲自研究解决。后天一早，阚书记和我商量，由你代表全系毕业生去他家里迎接一下他。学校接他的车七点半从外招出发，你就到外招坐接他的车一起去，一路上你还可以再汇报汇报。”

吕望云将两位书记要求他去接余求是院长来照毕业照的事告诉了秦贞梅。秦贞梅开始很高兴，接着就说：“余院长才退二线不久，系里领导就不去接，这里面很复杂呀。”

吕望云说：“两个书记要我去，我又不能不听他们的呀。”秦贞梅若有所思地说：“那就去吧，不过，我总觉得不踏实，车上再少说些事情，我们都是快要离校的人了。”

全系照毕业照那天，吕望云一早到求是院长家，一栋小二层洋楼，求是院长住在二楼，进门两个不大的客厅前后连接着。敲门进来一看，求是院长认识他，大概系里已告知吕望云作为学生代表来迎接，老院长客气地让他在外面客厅坐等。吕望云发现比他来得早的还有人，正在里间客厅跟他谈事。不一会儿，和那人谈完事，求是院长拿起公文包和他一起出发，顺便送来访的客人下楼。按照秦贞梅的提醒，他再也不敢说什么自己的观点了，沿途只是问寒问暖的家常话。他们直接驱车来到楠一楼广场，轿车在广场边高大宽广的塔松边停下，全系毕业班二百多个学生和专业课老师早已排好了合影的队形，凌教授、阚育才还有几个主要领导到广场边迎接。起先，吕望云跟随着走进广场，见同学们齐刷刷的眼神注意到自己，连忙闪到一旁，快速插进了合影的队伍里。事后，铁鸽梦大概是听到队列中有人说过不爽的话，他对插到自己身边的吕望云小声说："你代表全系毕业生去接余院长，好多人羡慕，也有人心里很不爽呀。"

"那也没有办法，阚书记要我去的，秦贞梅事先预料到会有人不爽的。"吕望云平静地答道，心想：马上都要各奔东西了，心里不爽的人又能把自己怎么样呢？

三

话说这不爽的人的确有，但是并不多。最不爽的还是从前吕望云当众批评过的那个已经免试读本院本专业研究生的蔡建设。他本来对吕望云打着班上的旗号做纪念册赚了大钱又拍马屁送俞书记洗衣机而妒忌恼火，又是过光华笔试，又是入党，又从小道消息听说还要分配他到部委机关，还有那秦贞梅一天到晚往他身边跑，好事简直被这小子一个人占尽了，看他接送求是院长的样子，简直就是唐诗上说的"春风得意马蹄疾，一日看尽长安花"那种得意洋洋的感觉，真令人气愤。他凭么事这样，不就是敢胡搞吗？

照完全系毕业班的集体照后，蔡建设刻意走在费新刚后面。费新刚因腿不太方便，一般都走得慢一些。见同学们纷纷散开，只有他在费新刚旁边，蔡建设打开了发牢骚的话匣子："费脑，我告诉你一个天大的秘密……"他把从施怀仁那里听说的有关吕望云给俞书记送洗衣机、连同吕望云做毕业纪念册赚了不少钱的事加上自己的观点与理解向费新刚细细述说了一遍。这身为党小组组长的费新刚听后，不由得睁大了眼睛。他十分不相信地说："你这是道听途说的吧？俞老师怎么会接受他的洗衣机，刚来的新婚老师，住的房子听说小得很，一间房屋分隔成一间卧室加小客厅兼书房，他那一台洗衣机，俞书记屋里怕是装不下呀！"

其实，吕望云送洗衣机给俞书记的事他也听说过，只是想到自己马上还要和俞书记共事，甚至有可能是他的直接下级，吕望云送洗衣机与分到大兴安岭去搞火灾现场射电专业工作，费新刚一直都在对传播小道消息的人解释说"没有关联"，说国务院虽然是大机关，可那么偏远又是搞技术的，其实也不算什么真正的好事，好听而已。吕望云怎么样关自己屁事，只要他不与自己争留校这个位置，自己犯不着在这个即将实现梦想、留在兴工语园当老师的关键时刻，惹麻烦坏了自己的大事！想到这里，他像平时一样，浅浅一笑，说这样的怀疑不可信之外，就不再言语了。蔡建设脸上露出不解的神情，不知道费新刚是否真的不相信，还是像他的绰号“费三度”那样，在做思考。跟了几步后，蔡建设说：“不管么样说，这吕望云也他妈的太神气了，他那高人一等、得意洋洋的样子，我一想起就讨厌，我想你一向也不喜欢他那样的，才告诉你这些，你不信就当我没说，我也懒得惹这些烦恼，我课题上还有事，先去忙了。”说完，他未等费新刚再说什么，就折向楠一楼去了。

费新刚看着蔡建设生气失望离开的背影，心里暗自庆幸，没有顺着他的说法去找麻烦。他用自己的经验分析：这损人要有点利己的事才值得做呀，仅凭看到吕望云不舒服、不高兴就动怒甚至四处说三道四的，不是书生气便是婆姨性，也太不成熟了吧！他本想喊住蔡建设，告诉他：损人利己的事或许可做，损人不利己的事，做它、想它都毫无意义！但是，这个绰号叫“费三度”的成熟聪明人，想到这样有些功利的处世方法，告诉蔡建设有些不合自己的身份。他克制住喊蔡建设的想法了，迈着自己特有的踮脚正步，坚定有力地走着自己的路……

四

照完毕业合影，吕望云再也不敢单独上前去找求是院长了。但是，他还是有些担心退居二线的求是院长会没有人照看，担心别人冷落了自己心中的偶像，一照完就急急忙忙跑到秦贞梅身边，希望她代替自己上前到求是院长身边，陪他上车，甚至送送他，免得别人再说自己喜欢出风头。出乎意料的是，学生们照完相后，都围向坐在头排正中间的求是院长，拿起不久前才从吕望云这里领到的毕业纪念册，要他现场签名留念，那些没有带纪念册的同学，眼瞅着别人去签字留念，有找个临时替代本去签的，实在找不到的，个个遗憾、后悔个不停，体现了大家对求是院长的敬爱与深情。直到大家都签名完，剩下几个大牌教授如凌教授、邹英教授和西米教授等迎送求是院长返回塔松后面马路边的小车上。秦贞梅背包里正好装着自己的纪念册，吕望云放在女生手中签留言的那本纪念册她也带在一起，刚才她也想随大家一起围上前去签字，被想要她代替自己招呼一下求是院长的吕望云扯扯袖子叫住了，直到现在上车前，他俩才黏上去请求是院长签名。求是院长不厌其烦地给他俩签完名后，上车满意地向送他的人挥挥手，客气地离开了。而此时，系里负责行政党务工作的俞仲乐书记，连同平时与求是院长很熟悉的阚育才书记等行政管理人员跟在几位大牌教授后面，一派谦虚谨慎的样子，他们反而完全没有吕望云和秦贞梅这样的毕业生大方自信。

散开的路上，秦贞梅不由得发出感叹："在兴工，科研教学的教授地位远远高于行政领导呀！"吕望云说："科学的春天真的到来了，像你这样一鼓作气地考上尚海交大的研究生，将来做科研当教授，才是当今国家最需要的人。"秦贞梅说："你也一样呀，跨界考上光华经济管理的研究生，复试也没有说完全未通过，人家只是说暂不录取，你后面还要想办法，跟学校解释，申请学校再研究决定呀！"吕望云说："当时，我就找了好多老师求情，包括我考卷后面写的那位'鲁导'本人，都说学校规定太严，个人无法表态决定，估计希望不大，要我早做其他打算，免得最后一事无成。现在离开尚海这么远了，哪里还有么希望！"秦贞梅接着说："学校俞书记和阚书记也确实很关心你，提出的分配方案是到国务院防火指挥部，名字叫得好听，我认真打听了一下，其实就是大兴安岭火灾现场需要搞射电工程技术的年轻大学生，尤其是看中了兴工射电系的学生，那里太偏太远还不安全，一般人都不愿意去的！光华不是说'暂不录取'吗？你还是努力再争取一下，我们一起到尚海读研多好呀！"

秦贞梅的建议与希望，吕望云觉得有几分道理。去光华读研当然好，但是，因为自己的画蛇添足，卡住了，现在自己完全无能为力呀！而分配到国务院防火指挥部工作，肯定比一般的单位发展得要快，家里不是从来都希望自己将来能当官有出息吗？这应该是一个很好的起点与平台。他思考着，与秦贞梅分手后回到桐六舍寝室。看到桌子上面有一封从汉大寄来的信，一看笔迹，就知道是罗泽玉写来的，因心里杂事太多，他不像以前那样，急不可待地撕开，而是从对面尤建智桌上的文具筒里拿了把剪刀，正准备剪开时，忽然一阵爽朗的笑声从楼梯口传来。

因这笑声他太熟悉了，按捺住惊喜的他，放下手中的信与剪刀，冲向了宿舍房间门外。原来是表哥岳望星在一位工作人员模样的人的带领下，走了进来。

"呀，表兄，我早就料到你会到兴工来，么时候到的？也不通知我来接！"

"时间太紧了，良副省长实在是太忙，不能兼任学校的工作了，学校费了好大的气力，说服方方面面，手续一办好，我就马不停蹄地赶过来了，尚海那边我还来不及安排妥当。”

“快快，进房间里坐，还是到船海系吧？上次好像听他们这么说的。”吕望云迎接表哥进寝室，倒水让座。

“算是与船海系有关吧，学校在良副省长走后，实行系所分设，我任船舶研究所副所长兼船海系副教授，主抓船池的设计与应用。”

“学校也真厉害，硬是把你这位国外名校博士挖过来，佩服佩服。你是我们煌州城的骄傲呀！”

“哪里、哪里，兄弟们都很努力，后面望川、你，还有望海，一个比一个厉害，我和望山只是带了个头而已。”

“对了，在兴工我还遇到一位贵人，与你和望山同龄，你们应该熟悉。”在表哥面前提到老家，吕望云很自然地联想起四年来一直给自己巨大帮助的黄琴会。

“谁呀？在兴工你还遇到了我熟悉的贵人！”表哥十分惊奇。

“走、走，我带你去看看，一看就晓得了。”

“你这家伙，想撵我走呀，我这是专门来看你的，屁股都还没有坐热哈！”表哥边起身边责怪道。

“没事，我这学生宿舍，乱糟糟的，我们边走边聊还方便一些，中午我请你吃饭哈。”

“你还没有参加工作，还是我来请吧，正好要给你五十块钱，毕业前，花钱的地方不会少的。”表哥出门前将五十块钱塞进吕望云的口袋里。

“表兄，心意我领了，但是，钱，我就不要咯！你还记得吗？我上次到尚海时向你请教的勤工俭学的事，全校的毕业纪念册，我把它做成了，赚了一笔钱，不是夸海口，我现在怕是比表兄你还富一些哈！”吕望云有点自豪地将塞进口袋里的五张十块钱钞票掏出来，反塞进表哥的手提包里。

“真有你的，能干咯，光华最后的通知来了没有？”

“还没有，我现在也不指望了，参与学校的毕业分配，不知道国务院防火指挥部到大兴安岭火灾现场做射电工程这项工作好不好？”吕望云一口气把学校准备分配给他的工作详细说了。

“那当然好呀，跟我同年考上兴工射电系的一位煌州同学，本科毕业分到外交部驻美大使馆，先搞射电技术，现在发展得很好，据说已是一位公使衔行政技术参赞了！”

“那读光华经济管理专业的研究生是不是更好？”吕望云还在纠结权衡要不要为到光华读研做最后的努力。

“对于你来说，似乎有两条路，读光华经管专业研究生和到国务院防火指挥部搞射电工程，前者将来做学问当幕僚秘书可能性大，后者做实务走官场估计是条捷径，我想你的兴趣应该是做实务。”表哥帮他认真地分析道。

“哦，我想也是这样，不过，到大兴安岭去搞事，眼前还是蛮吃亏的哈。”

“天上不会掉馅饼，不吃亏，哪有捷径可走呢？”

“嗯，是的……呀，到了，他就在这里工作，待会儿，见了面看你们怎么高兴！”他们说着，很快就走到了桐三食堂门口。吕望云示意表哥在门口稍候，他进去将黄琴会主任请出来。十多年没有见面，在同一块沙洲上奋斗过，一个因为下乡时小提琴拉得好，一个因为恢复高考后第一届考得好而相互钦佩的两个熟人，在桐三食堂门口会面，一瞬间惊呆了。明白过来后，表哥将拎包递给望云，大步上前，与黄琴会先是紧握双手，后是激动地互问为何对方来到了这语园，来到这龙湖边……

当他们聊到吕望云，聊到他眼下的选择时，黄琴会的观点居然和表哥的基本相同，他说：“望云有闯劲、有能力，从工程技术起家，做实务比做研究合适。”

黄琴会一定要请他俩在校内的西苑餐厅就餐，给表哥接风洗尘……

忙完了表哥与黄琴会久别重逢的午餐后，大家互留了联系方式。黄琴会向表哥表态：“老兄在兴工船研所工作，但凡有事，无论公私一定要找我，我是搞后勤的，一定会做好服务保障工作！”说得表哥是信心满满，仿佛又回到了火红的青春岁月，那样热血沸腾。

回到宿舍，已是下午2点多钟，午睡打盹的同学已经苏醒，吕望云拿起罗泽玉那封还未剪开的信，细细品读，原来罗泽玉的观点是一定要出国，她希望吕望云最好是像她一样，到国外去，那里有高科技，有可以自由搏击的市场，有小轿车，有花园洋房，有蓝天白云，月亮也比国内的要圆、要亮……

第二十九章 事难料恶消息偏双至
踏陷阱坏结果不单成

一

毕业照照完后几天，全系集合造成的热闹气氛渐渐平静下来，同学们都各自忙自己的事情去了。考上研究生的都在忙着与外系外班的同学相聚，没有考上研究生的，都在想办法打听自己被分配到哪里。对毕业分配去向好像心里有数的吕望云和已经签约到兴师粒子所的徐秋成，两人坐在寝室里。徐秋成在推演他感兴趣的古典数学，吕望云则貌似心安地在废报纸上练习毛笔字。写毛笔字是他打小跟父亲学刻印章时养成的，上大学前，父亲告诉他：心情忐忑不安时写写毛笔字来安神，全身通畅不说，时间过得也快些，同时便于外向的吕望云借此不骚扰别人，养成受人尊重的独立人格。他正在用父亲传授的“劈字法”，悬臂用力临写着苏学士的“蛤蟆体”拓片，写完了几张报纸，又换另一张报纸。刚写几笔，忽然注意到头条新闻的标题大字：历史将永远铭记这场人与火长达28天的浴血奋战，附标题：铭记大兴安岭特大森林火灾。

因部分小字被墨汁盖住，他不由得放下毛笔，双手展开报纸，对着窗户的方向，透光细看，原来大兴安岭的火灾在一周前就被扑熄。只是，这段时间自己的事情太多，没有跟踪注意到这条重要的消息。因为这不仅关系到自己毕业分配到防火指挥部后，还要不要到大兴安岭去，还关系到闵富贵与屈燕妮两人采访完火灾现场现在是否转移到采访黄河漂流上去了。他有些后悔自己的麻痹大意，心想：才过一周，明天再了解情况，应该还来得及！他俩是否转移到黄河漂流的现场，不太重要，重要的是现在大火扑熄后，自己的毕业分配去向太重要了！但是，细想起来，找谁去打听最好呢？他在发呆琢磨、正苦无答案时，见对面徐秋成正沉浸于解答古典数学难题的写写画画之中，不禁感慨起这家伙的呆劲，说道：“你这徐大马棒，只知道自己发呆，想我几天前还在为你到兴师读研的事奔波，看看你这悠闲样，哪管我的着落?”

“管你的人多了去了，你自己还在这个那个的，好几个人都告诉我了，你那个么事国务院的大衙门怕是搞不成了。我还以为一向精明无比的吕班长你自个早清楚，才有雅兴在这里写毛笔字。你看只要没有考上研究生的哪个不是外表静如止水，内心急得波涛汹涌，能找人的，能使上一份力就绝不留一分一毫的?”这个平时言语不多的书呆子，现在居然为吕望云毕业分配的事激动起来。

“谁管我呐？谁说大衙门的事搞不成？看不出来，你这个徐大马棒心里还藏着不少事情咯!”

“我是听蔡建设说的，说你削尖脑壳往上钻，机遇不好碰上了天花板，看你后面怎么办!”

“还有谁说么事?”

“还有人担心，你肯定会转过头来要跟别人抢分配单位!”

“谁呀?”

“这个我真不好说，我也是道听途说，或许是别人猜的！你自己心里有数撒。”

“看样子，关心我的人还真不少哈!”

“哦，对了，费新刚好像还说你是‘骑驴找马’，好处要占尽呀!”

“是吗?”

吕望云听到这里，心里不禁“咯噔”一下，汗毛直竖。原来，在这平静的宿舍里，进进出出的客气背后，竟有一股争抢好工作的暗流在涌动。

二

在高低床的下铺和衣躺着，一中午，午睡无法入梦。吕望云一会儿发呆睁眼盯着上铺床板，一会儿翻转侧身捂住头脸，遮挡着窗外刺眼的光线。好不容易挨到下午两点多，吕望云一骨碌起床，一路小跑到楠一楼俞仲乐的办公室。

赶到楠一楼俞仲乐办公室门口时，门是半开着的。只见几个熟悉的人围站在俞仲乐的办公桌旁，有三个同年级外班的，本班的只有一个薛尚法。俞仲乐正在逐一询问他们几个人的家庭住址等情况，见吕望云探头进来，他连忙说：“吕望云也来了，正好，我一起给大家说一下。”

说完后，他稍作停顿，重新理了理思路，接着说：“恢复高考到现在，已经过去快十年了，学校为了充分发挥毕业生的个人才干，同时也为严肃校风，在毕业分配这个问题上，一直是按成绩、个人性格特征结合家庭情况分配工作的。在校内毕业前谈恋爱的，一定会棒打鸳鸯，这是给低年级在校生做警示教育的。当然，家庭确实有困难的，工作单位安排在家庭所在地的还是尽量就近安排。而对于毕业生本人来说，是没有任何讨价还价做选择的余地的，你们可能也听说过这样一句顺口溜：‘我是党的一块砖，东南西北任党搬，放在大厦不骄傲，搁在茅厕不悲观。’这话是有道理的哈！这么多年过去了，根据社会人才需求情况，尤其是今年，国家要推行市场经济改革，学校在分配时也相应地做出了调整：学校可以直接与用人单位对接，考虑用人单位的需求申请，并适当考虑学生的个人愿望，适量引入双向选择的分配办法。改变原来那种刻意‘棒打鸳鸯’不近人情的做法，在条件允许的情况下，还是适当照顾毕业前确定恋爱关系的人，尽量分配到一个地方工作。当然，其他的办法还是照旧，比如适当照顾家庭住址、根据个人特长特点等原则还是保留的。”

俞老师清秀文雅又细致的讲解还没有说完，薛尚法就迫不及待地兴奋起来，他高兴地说：“那我和胡兰秀是不是就可以一起回江庐省了？我们都是江庐省人。”

旁边还有一位其他班上的江庐人调侃他那得意的样子说：“那还得看人家胡兰秀愿不愿跟你，看你这副得意的癞蛤蟆样！想吃天鹅肉吧！”

薛尚法边接话边离开，说道：“羡慕死你了，你哪里懂？这就不用你操心了，我先去和她统一思想，哈哈哈……”

薛尚法和吕望云打过招呼自个先离开后，其他班那几个人还分别就自己的毕业意愿向俞书记说了个大概，俞书记拿出笔记本认真地做好了记录，这几人便也先行离开了。这时，俞仲乐做出一副有话专门对吕望云一人说的口气说：“你的情况很特殊呀，我只好单独对你一人说说。”

“谢谢俞书记关照，我看到大兴安岭大火被扑熄的报道了，但是，之前您给我讲的时候，应该是预计到这场大火不会久烧不熄的吧？”

“是的，不过，当时是说一毕业立即赶往大兴安岭现场的，现在现场已经收拾得差不多了，如果不立即到现场，国务院机关的这个名额就走俏了，你来之前，好几个人在打听，包括刚才你们班的那个薛尚法。”

“他不是要和胡兰秀一起回江庐省吗？”

“人家或许是帮别人打听的。”

“那您原来说的我到国务院防火指挥部去工作的事还行吗？”

“我看有点悬，原来是他们向我们系发函要射电工程专业的人，前一段时间学校正式发函和他们协商的时候，到现在人家还没有回音，你怕还是要做好其他的打算。”

吕望云听罢，心情一下沉下来，但是，脸上还是保持了平静的神态。他感谢了俞书记几句，希望俞老师把他后面的毕业去向放在心上。

俞老师乐呵呵地说：“你不要紧，路子开阔，光华那边还未完全拒绝，防火指挥部也还没有正式说不行，系里几个主要负责人还觉得你做学生工作很合适，莫急哈！你还是要站好最后一班岗，把班上照看好哈，现在毕业答辩刚搞过，大家心都散了，尤其是这个薛尚法，我看到他那样子就不放心，要他不要有事无事就拉着胡兰秀往语佳山树丛里钻，那里蚊叮蛇咬的，年轻人千万莫冲动搞出事来了！”

俞老师边说边低头拿一张表格看。吕望云看不仔细，但是眼熟，他判断这表格应该是分配方案表。以前做方案的时候，恰好是在刚送了那台荷花牌双缸洗衣机后，俞老师曾经给吕望云看过一眼，还要望云一起填。时隔这么久，应该有变化，好奇心使得吕望云更加想看看，但是，他不敢直接要，只是弯下腰，凑到俞老师侧边，想凑近看看。

不料，这次俞老师居然快速将表格收起，说：“现在大家都很关注毕业分配方案，你还是不看的为好，何况最后阚书记，系里其他领导还要开会确定，这只是张初稿。去吧，你们才搞完毕业设计答辩，大家的心都散了，支部大会才通过发展你为预备党员，班上的安定团结你一定要维持好哈，都当了三年班长了，站好最后一班岗很重要。”重复强调这些，他起身示意吕望云可以离开了。

由原来俞老师告知的几乎是肯定到大兴安岭的情况，到现在得此不确定的消息，他无奈又忐忑不安地往宿舍走。他要回班上关注大家的情绪，按俞老师的交代，站好最后一班岗……

三

话说薛尚法高兴地听说系里对他和胡兰秀将尽量关照，有可能同时分回江庐省。他心里乐开了花，急急忙忙到楠三舍去找胡兰秀报喜，本想请胡兰秀也到俞书记那里再去请求说明一下与自己的恋爱关系，争取系里下决心照顾分配他们到江庐省内的大城市，如上次实习中途下过船的寻江市或阳昌市等。谁知，胡兰秀脸上并未出现如他想象的那种欣喜，她竟然说："其实，我们这也不叫恋爱，只是到了毕业季，大家在一起彼此鼓励，密切接触加深了解过而已，真正说定下恋爱关系还为时尚早，无果花就是无果花，你不要把它看得太重啦！"

这无疑给了薛尚法一记闷棍，他回到自己的宿舍，同房间里的费新刚正在邀人"打双升"。费新刚见薛尚法回来，立马跑到隔壁，喊来乐耀翰与苏必杰，原来他们"三缺一"正在等人。薛尚法本无心玩这场牌，无奈被这三个等分配方案等得无聊的人强行按下玩"掼蛋"，开始了寻找等待那种一手牌出手，导致对手彻底完蛋的痛快感。他们三个人也许对自己的毕业去向心里有几分底，都十分投入开心，只是这薛尚法无言无语，情绪低落。过了一会儿，见薛尚法情绪还不好转，苏必杰开口了："是不是跟胡兰秀闹别扭了，这么不高兴？"

"快别说了，原来说学校毕业分配时要'棒打鸳鸯'，她倒还好，乐意跟我好在一起，牵手钻树林都愿意，现在系里说能照顾我们分到一起，人家不仅不到系里去说明请求，反而对我还一反常态地冷淡起来了，这女人呀，真搞不懂是么回事！"

乐耀翰接着说："这有么事不好想的，人家在你身上积累经验呗，要不她就是毕业前无聊，跟你打发一下时光，留下一点浪漫的记忆罢了！"

苏必杰又说："还有，怕是她见到毕业前别的女同学私底下谈男朋友了，拿你撑面子哈！你看人家吕望云，多有水平，女同学对他那么好，他就是刻意要与别人保持距离！"

薛尚法一听拿他与吕望云比，心里一下来气，他说："对他好的不就是那个秦贞梅吗？我看也不是真的！哦，对了，刚才，我为与胡兰秀分到一起的事去找俞老师，刚好吕望云也去了，他也够不走运的，眼看着要分到大衙门里去，这大兴安岭的火被收拾完后，估计人家大机关不再要人了，他估计是要和我们走一条路，和我们挤一挤现有的这些分配单位了。”

这一向不多言语的费新刚听到说秦贞梅对吕望云好，心里本来就十分不爽。再一听吕望云还有可能和大家挤现有的分配单位，从前的担忧好不容易消停几天，现在又出现在心里。他想：系里好多有分量的领导和老师都喜欢吕望云，现在支部大会全体一致同意接受他成为预备党员，只待系党总支部审批，一旦审批通过，象征性的程序走完，吕望云就有和自己一样，符合留校当辅导员的所有条件和要求。要是哪位领导对吕望云还持有好印象，看上了他的热情阳光，坚持要留下他，自己选择的留校当辅导员后免试读研究生的道路不就被堵死了？这后果显然就是自己被迫要走出这美丽的语园，到社会上去闯荡，他下意识地朝自己的瘸腿瞅了瞅。刚好抓了一手好牌，自己做庄，琢磨牌型，估计有人造反，稍加思索，每门花色丢下两张，扣了底牌，料事如神，对家薛尚法果然造反，他还配合得好，帮忙送了两张十分牌。费新刚很平静地问：“还有没有要反的？”乐耀翰直接批他：“费脑是老手哈，这反不反是有规矩的，造反有理，造反到底，你不明白吗？”

乐耀翰这一说，费新刚又开始犹豫起来：“这分能扣满吗？要是又被反了怎么办？”大家都开始烦了，苏必杰说：“说你是个‘三度’呀，你又不服，这输赢又不来钱，只是当一回猪撒，反正猪费（肺）猪心猪肝不都一样是猪（输）的吗？赶快扣呀！”他犹豫着，手有些发抖，心想这牌要是打成了，对方可就再难翻盘了。这时，连对家同边的薛尚法都开始催他了：“管他的，当猪就当猪呗，快扣底牌哈！”这时，他“啪”的一声，八张十分的底牌暗扣下，一路势如破竹，翻升了十六级，薛尚法连忙借机说：“不玩了、不玩了，今天怎么玩你们也搞不过我们！”就这样牌局解散了，一直到牌局终了，费新刚都保持着面目平静，但是，心绪却是暗自沸腾。他后悔莫及，被秦贞梅说动了心，让吕望云入党的事上了支部大会不说，还放任着让他以全票通过。现在，他大兴安岭去不成，转过头来，不是他愿不愿意的问题，而是那么多老师希望他留下来而不希望自己留下来的问题，这才让人感到被动且面子上也挂不住！趁着刚才赢牌的膨胀心情，他又“三度”起来，暗下决心：我就是要让你吕望云釜底抽薪，想坏我留语园的大事，哼，没门。这时他暗暗地咬了咬牙。

几经思考，他觉得俞仲乐一直喜欢吕望云，何况支部大会表决情况刚整理出来送到了系总支，系总支书记他只是代理，做些日常事务，他不可能自己否定自己作为支部书记的大会决定。看来，能在吕望云入党这件事上下定论的只有俞仲乐的上级阚育才书记，对，阚育才书记对吕望云印象一直很一般，只要有铁的理由，阚书记一定不会批准吕望云入党的。

四

吕望云确知了大兴安岭火灾已被扑灭，且国务院防火指挥部未按时回复系里寄去的关于分配自己到大兴安岭前线工作的联系函，认为自己不得不按俞仲乐书记建议的，做好重新再找毕业去向的思想准备。这种忐忑不安一直持续到两天后，系里传来惊天噩耗：经确认，闵富贵和他的新闻系女友屈燕妮在大兴安岭采访时，因进入火灾现场太深，被一阵旋风围困，他俩相拥被烈火烧死在了大兴安岭的黑土山岭。听到系办公室邢慧贞主任传达的这个消息，吕望云震惊得目瞪口呆，掩泪而泣。他真后悔，当初要是不借给他们一百五十块钱，他们可能就去不成，也就不会有这么惨的事情发生！他自责、他愧疚，恨自己不该借钱给他们，甚至不该做毕业纪念册，他在内心里呼喊：是我害了他们呀……

吕望云将这个噩耗告诉了班上所有的人，大家都沉浸在无限的悲哀里。但是，大家从来没有遇到过身边的人陷入这种天灾，正在不知所措、又无法安宁的时刻，吕望云独自一人坐在房间里，悲天悯人，天寒心冷，他还是用写毛笔字的方式，安抚自己的心神。

就在这时，罗泽玉急急忙忙敲门进来。吕望云本是悲中见喜，应该稍转高兴，不料罗泽玉与他一见面，眼泪竟顺着脸颊流下来了，吕望云一下手足无措，伸开双手抱住她的双肩，问道："是么事呀，这么伤心？"

"单……单德果真是个苦命的人呀！"

"怎么了？他……"

"你看看就知道了。"

罗泽玉从口袋里掏出一封信给吕望云，吕望云急忙展开一看，里面有两封信，一封信是写给罗泽玉的，一封是要她转给自己的。

写给罗泽玉的信是：

罗泽玉，你好：

在你读到这封信时，我已不在这个世界上了，我太累了，也太难了，都因当时的一个小聪明惹的祸。

我之所以给你写这封信，是想让我的灵魂不再有遗憾。我是个懦弱的人，从我上高中时见到你的第一面，我就是满心的欢喜，无限爱的遐想，总是充满我的心。但是，我直到上大学都没有信心告诉你，因为，我的家里太困难，我的恩人老师生病我又不能不管，我背上了沉重的包袱，埋压着我对你深深的爱意。

随着我父母相继离世，我在这个世界上，再也没有牵挂了，唯有我作为一个男人，对自己唯一心爱的人的爱没有表达。如果你能回忆起我对你的真情，偶尔回味起相处时我对你爱的表现，我在九泉之下就无憾了！

祝好，真心爱你的单德果于离世前。

写给吕望云的信是：

望云兄：你好！

请原谅我的懦弱，我到广城后，因为没有毕业证，盗窃犯罪的身份记录在公安档案里抹不掉，当了几周的会计后，厂里人事部门查证出来后，便不要我在财务室干了，将我调到保卫室，专门负责到外面催债逼款。

我哪是做这种工作的料？催了几家债，一分钱都没有催回来，还赔了路费和时间。十多天前，我到一家化工厂里催款，这个化工厂是因为污染严重被迫搬迁到山区县的小镇附近，我转了好多趟车才找到这个小厂，心想，这次无论如何也要追一点欠款回去。见我是来找厂长的，门卫估摸着我是来讨债的，坚决不让我进厂门。我憋了一股劲，下决心不见到欠债的老板不离开，在厂门口蹲守了三天，实在是筋疲力尽，我趁门卫疏忽大意时，偷偷溜进老板的办公室，以死相拼。老板无法，当时答应我，先付十万欠款，通知财务人员和我一起到银行办转款手续。

我正在为能追回这么大一笔欠款而高兴，跟随财务人员一路走到一个偏僻的过道里，突然被人一闷棍打晕。待我醒过来时，身边空无一人，远处巷子两头几个探头探脑的人，见我醒来，也跑开了。我挣扎着到镇上去找民警，民警做了笔录，要我回家去等消息。我回到厂里，还不敢跟人讲我被人用闷棍打昏的事情，只是对讨债这份工作失去了信心。我试着找厂长换一个工作，老板反问我除了财会和刻章子还能干什么？我一气之下离开了工厂，想在广城其他企业找份工作，但是，一直没有找成，走投无路，四处碰壁。大前天，我回到原厂门卫收发室，不巧还真的收到家里寄来的信，得知我母亲也随父亲而逝，我连回家奔丧的能力都没有，想来这个世界实在太窄了，容不下我这个失足的人。

你是我最好的同学好友，来广城前，还向你借了钱，我也不能够归还了，只有在另一个世界里祝福你。

原谅我吧！

单德果绝笔。

吕望云看到这里，已是泪流满面，情不自禁地与罗泽玉抱头痛哭。正在这时，秦贞梅急匆匆拿了一封信样的东西进来，见他俩正抱头流泪，又见罗泽玉的身影不是一般的美丽，二话未说揣起手中叠好的信纸，就匆匆跑开了。听到响动的吕望云抬头一看，无人，再往窗外一看，是秦贞梅的背影，心想这下完了，醋坛子被打破，还捅了马蜂窝……

他也没有去追秦贞梅，装着没事样的，依依不舍地送走罗泽玉后，再去找秦贞梅。可惜，在秦贞梅常待的地方找遍了，就是找不到。他纳闷，她是不是拿到毕业证离校了？他到楠三女生宿舍去问，同宿舍的女生说应该还没有走，因为行李铺盖都还在。

第三十章 遇真恶谋方略三激定 招高手封众口一剑成

一

且说费新刚在“双升”扑克牌场大获全胜后，由于薛尚法无心恋战，结束了牌局。牌局上的大胜激发了费新刚夺取与吕望云竞争留校名额的信心与决心。思考良久，他定下策略：为了排除吕望云留校当辅导员的可能，必须争取系党总支部不批准年级支部大会接受吕望云为预备党员的表决结果。为了实现这个目的，找到让阚育才书记能做出不批准的理由和证据是关键。

为了找到这个关键的理由与证据，他冥思苦想，发现吕望云平时看上去有些豪放不羁，不拘小节，但是真正要找到他身上的大毛病使阚育才书记推翻支部大会的表决结果，还真不容易。他过电影一般，把吕望云在自己脑海里能够算得上的大小问题过了一遍，觉得都到不了打动阚育才书记，使他下决心否决吕望云入党的程度。何况，他的这些问题自己之前几乎都向阚育才书记汇报过，阚育才还是同意将吕望云的名字列入接受成为预备党员的名单内，到支部大会上表决通过，这本身就说明这些问题不够否定吕望云入党的分量。

就在他一筹莫展的时候，薛尚法边收拾出门前凌乱的床铺边叹气道：“以前我们对蔡建设那么绝情、那么干脆利落地与何德珍断绝关系还有意见，现在看来他是对的，别说谈恋爱违反学校的规定，现在学校同意照顾，将毕业前成双结对谈恋爱的人分配到一起，可是到了动真格的关键时刻，人家却不愿意，这不明显是瞎胡闹吗？”苏必杰接话道：“现在觉得蔡建设是对的哈，当初我们都看不惯他‘游戏’何德珍的感情，大家对他愤愤不平，我以前一直认为他这个拼命擂功课而成的预备党员含有大量水分，现在看起来，他还有几分值得我们肯定的。”

他俩对话时，费新刚正在一旁沉浸于思考如何寻找吕望云的错处中。他俩这样接连提到蔡建设，无意中点醒了沉思中的他。他猛然发现：对了，蔡建设一直与吕望云关系不好，相反地，他对自己倒还多次示好、表过忠心，再说，自己还是蔡建设的入党介绍人。但是，在这个时候，毕业课题论文答辩已搞完，毕业合影也照了，在偌大的语园里要找到蔡建设还真不容易。何况他腿还不方便，僵硬着一条腿不自然地满语园跑也不是个事。无奈之下，他只好打算在宿舍房间里等，心想：晚上蔡建设总该回来吃晚饭的！

在书桌前坐了一会儿，东翻翻西翻翻，书也看不进，全因这事心不安、神不宁。费新刚琢磨如何跟蔡建设提起，如何调动蔡建设的积极性来做这件事。好不容易等到傍晚语园高音喇叭响起，他条件反射般地拿起饭盒到食堂打好饭，心想：回宿舍房间里人来人往不好说，还不如制造碰巧遇上的情形，在路上说，来得自然易于听进去。于是，他就在桐六舍西头那条连接桐一食堂到桐三食堂的马路上边慢走细嚼边观望。约莫过了十来分钟，蔡建设果然单肩背着书包，也是一手拿着饭盒一手拿着勺匙，边走边舀，从桐一食堂那头过来。费新刚这次毫不犹豫地大步迎上去，客气地招呼道：“答辩完了，还这么认真学习，要学‘三钱’中的哪个嘎！”

蔡建设老远也注意到了费新刚，他们会面时不自觉地靠到了路边拱桥附近。六月中旬语园的傍晚，霞飞满天，在桐六舍这个靠近校园围墙边界的地方，温度并不像费新刚感受的那样：夏季比热闹的市区温度要低三度，真正低三度应该是在法桐树叶掩映下的校园深处。他俩尽量离开晒得发烫的沥青路面，站到了路边的青草地带。

蔡建设微驼着背，宽广的脑门下，一副收缩得较快的宽颧尖腮，在夕阳映衬下十分生动精彩。他张开尖腮廓线兜起的薄唇，拿饭勺匙的那只手掌背，扬起来，擦了擦太阳穴上的汗珠，一脸热气地回答道：“当不了大‘三钱’，将来做个钱骥一样的空物专家也不差呀！留校读研了，哪还有么清闲的日子！答不答辩对我来说都一样，何况，你们这些要参加工作的人，不也都没闲着？”

“哎，我们没闲着是因为面临着无能为力的选择，心急无奈，谁叫我既不能像你推免也没能考上研究生，现在只有干等了。”

“不要被动地等呀，你看人家吕望云，光华的研究生，还有国务院的大衙门，现在我还听俞老师说，系里有领导喜欢他，要他留下来当辅导员，接着读兴工的在职研究生呐！”

“我哪有他那能耐呀，人家是时代的弄潮儿，书读得好，生意更做得好。读书能赚钱这是硬本事哈，也难怪他先前批评你小气不招待到你家帮忙的同学撒！”

“扯淡，看他小子那得意的样子，不谈他了……”蔡建设听这话怪不好意思的，红着脸嘟嘟囔囔，很不服气样地转身就要回宿舍。

费新刚也抬起瘸腿紧紧跟上，他进一步刺激蔡建设道：“你不高兴，也只有眼睁睁看着他把一切都混到了手，接下来，人家入党的事，只要阚书记一批，就搞成了。你是很荣幸地入了党、也被推免读研究生了，人家可是入党考研赚钱讨女人欢喜样样行呀！”

“他妈的，老子找阚书记告他去，我才不信他的邪，他的问题大得很！”

“莫信口乱说哈，他有么问题大得很？阚书记和俞书记又不是不晓得他！”

“我信口乱说？我晓得的事怕是阚书记还真的不晓得，说出来连俞书记怕都不敢做声！”

听到这里，费新刚心中一阵惊喜。他在想，要是激他说出来，如果俞书记都要受影响，那后果会是什么？这种想法在他脑海里飞快闪过，随即便被“顾不得那么多了，先排除掉吕望云的竞争再说”的想法占领。他用畏惧又似乎无心的口吻说：“我看你一天到晚不是在做实验就是在学习查资料，还真的有‘秀才不出门，能知天下事’的本事。”

“哈，你这就不清楚吧，有人知道我跟吕望云不对付，他的那些事早有人主动告诉我了！”

“呀，快莫卖关子了，说来听听，看是不是真的那么吓人！他防守时静如山，大家以为他倒下不行了，他突然又像脱兔一般，奔腾行动起来，这人不是你说的那样好搞的！”

“你不知道吧，人家给俞老师送了一台双缸洗衣机，说是给老师送爱心，在这个毕业分配的当口，这不是行贿那算什么？”

“呀、呀，这可真是大事，这怎么得了，我不相信，俞老师也绝对不会要他的洗衣机的。”这费新刚将他那又偏又长的脑袋快速摇动得像卖浆糖的货郎那般，手摇双面鼓，边摇边讲，“哪会呀？哪会呀？ ”

“你么这样，费脑，你也太天真了，吕望云做毕业纪念册，经手的钱有大几万，纯赚的就有四五千，他有么事不敢做的！不信，我俩放下碗先去俞老师那里悄悄看看，再到施怀仁那里问一问，一切不就清楚了？”

“我信，我信，但是，就算是真的，你又能把他怎么样呢？现在是开笼放雀各奔东西的毕业季，大家走了不就了了？” 费新刚进一步挑事道。

“我们不能这样善罢干休，要他吃亏长记性，免得到社会上去坏了兴工的名声！”蔡建设振振有词道。

“没有办法的，大家都要分手了，老师学校都会关照学生的，你拿他没得整的！”费新刚还在挑事。

“我就不信，天下就没有公理王法了，我要给学校党委写信！要他长点记性！”蔡建设终于被激到了。

“先莫给学校写信，给学校写信，说不好阚书记还会保他们的，你要敢写，就给阚书记写封信，先试试效果！”

“没什么不敢的，我现在就去宿舍里写！”

“宿舍房间里人来人往，我在樨六楼三零一等你！”

“还要跑到西边去呀？有那个必要吗？”

“没事，阚书记住在西边，写完后，你连夜送过去。记住，请他务必同意对外不要说是你写的，他同意了，你才能交给他，这样对你来说，也不会有么事不好的！如果他不同意，你就算了，先将信拿回来，我们再商量哈！”费新刚周密地设计着。

二

约定好后，他俩还是装得像在路上偶遇样的，一前一后回到宿舍房间。稍作收拾，这时的费新刚也不是平时那种稳稳妥妥的“费三度”了，他大步流星，独自先行直奔樨六教学楼。步子太大太快，完全遮不住他那条瘸腿，倒是沿途的法桐树，绿色隧道般的带来些许阴凉夜色，帮助他、同化他，将他融入这灯光刺不破的黑暗中。

他抢在学生自习高峰到来之前，在樨六楼三零一教室靠后排坐下，在相邻的座位上放上自己的书包，占好了座位。待蔡建设后续跟进来时，教室已坐满了学生。费新刚将教室扫视了一遍又一遍，未发现有同班同学，就连同系同年级的同学也没有一个。费新刚心安地示意蔡建设坐在自己为他占好的座位上。蔡建设落座后，按照自己的思路先写了一封信。他递给费新刚，费新刚接过来一看，信上写道：

尊敬的阚书记，您好！

在这个即将毕业，同学都即将告别校园、到不同的地方工作和学习的时刻，我还是要向您反映一个人的问题。因为，只有这样我才能尽到对兴工、对党和人民的一份责任心。

我要反映的这个人就是我们空物832班的班长吕望云。他的问题表现在：

一、打着班集体的名义，在全校收钱做毕业纪念册，大赚一笔全部归己，假公谋私；

二、给年级支部书记俞仲乐老师送贵重的双缸洗衣机涉嫌行贿；

三、与食堂管理人员搞关系，长期免费在食堂进餐，占同学们的便宜；

四、与后勤处管理人员搞关系，向学校食堂倒卖鸭蛋，占学校的便宜；

五、与多名女同学保持暧昧关系，导致女同学郝西蓝分心，影响学习，由本科降为专科毕业，生活作风不正；

六、多次擅自发表对学校和政府管理制度不满的言论，不按组织原则程序，问题越级反映；

七、带领班内、外同学纵情吃喝，生活作风腐败，用金钱收买人心；

八、组织同学打伤附近居民的狗，给学校带来不良影响；

九、靠在班上搞小帮派、小团体和放大虚构别人短处等手段，竞选当上班长；

十、在阳京实习期间独断专行，在毕业设计时争抢项目负责人以及植树节带头溜号，偷奸耍滑、好大喜功，突出自己。

总之，吕望云同学所犯上述十大问题，除个别问题，比如做毕业纪念册、送洗衣机行贿外，其他问题，就单个看来似乎都不是很严重，有的甚至处于是否属于问题的边缘。但是，这些问题都发生在他身上，反映出他一切以自我为中心、个人名利是他心目中追求的最高目标的极端自私本质，这与一个共产党党员大公无私的标准相差太远。在他这样的个人名利至上的本性下，他的个人能量越强，将来对我们学校的负面影响越大，对党的事业的负面影响也会越大。因此，本着对学校和党的事业高度负责的态度，我强烈建议您和系党总支部不要批准他入党，他还有好长好长的思想改造路程要走。

谨此建议，

敬礼！

空物832班 蔡建设

费新刚看完蔡建设递过来的这封信，心想：这家伙，告状信写得条理清晰，内容全面，重点突出套路深，建议合理不过分，不由得对蔡建设点点头，称赞道："不错，不错，有理有节，相信阚书记会重视的，赶快趁热打铁送给他，先到桐四教学楼他的办公室看看，如果不在，就到他住的地方去。"

不过，一直到下晚自习，蔡建设在桐四楼和阚育才书记的住处都未找到阚书记。只是因为阚育才书记为他的一位老友寄来的一封求援信，下午提前到兴汉大学办事了，顺便回他那著名的法学家父亲家里过夜去了。

阚育才书记下午到兴汉诺佳园处理的事，竟是因为吕望云在尚海光华大学参加研究生复试时引起的。一路上，他不断地发出感叹：这世上的巧合都是因为有人在努力，是人的活动才造成人世间的机缘巧合的！

原来，他收到的这封信是他在龙湖边读书时的好友鲁湖风从尚海光华大学写来的：

阚育才，你好！

上年回汉，中学老三届同学相聚，你被几件要事缠住，不能前来。同学一别，一晃十多年过去了，你因工作不能来，大家既高兴又有几分遗憾。知你随你那著名的法学家父亲到沙洋农场去了，因你长期跟随你父亲学习，法学底子深厚，被不拘一格的余求是院长相中，开拓兴工的法学事业，并且还兼任着兴工射电系的系总支书记，分管学生工作。我中学毕业下放到苍石铜绿山矿里劳动，后被推荐上工人大学，幸亏在大学里我抓紧学习，恢复高考时我才能考上兴汉大学的经济系，毕业后又考到光华，现担任光华大学经管系的副主任，分管教学工作。

此次来信是因你有一位名叫吕望云的应届毕业生，这次来我系参加研究生复试，在复试现场画蛇添足说错了话，在笔试卷上也写了涉嫌违规的内容，给他自己也给我带来了不小的麻烦。这对于他来说是大事，我想，他应该向你们系里报告过，在此，我就不再细说了。我现在想说的是下一步如何处理好他的这件事，这对我来说，也算是一种解脱。

从我对这个学生的了解来看，他具有很好的数学能力，英语水平也不错，经济学虽不如学经济科班出身的人研究得深，但是，他能结合实际思考，视野开阔，尤其是我还从旁得知，他在校期间就有不少勤工俭学做商务的经验，是一个难得的经济学综合人才。他这次在光华考研能脱颖而出，取得笔试专业课第一，总分排光华经管系第三名的骄人成绩，实属不易，这样的人才，我本想争取让他如愿留下来的。但是，他在复试时的那一席话，刚好给那些排外的尚海人尤其是光华人以借口，使我在系里，甚至在学校都面对一种说不清楚的尴尬。为了彻底避开这些麻烦，同时，也给这样的人才一个合适的出路，我想来想去，请你相助是最合适的。

想请你劝劝吕望云不要执着于等光华的录取通知。当然，前提是麻烦你在兴汉或兴工做做工作，推荐他到兴汉或兴工本校的经管系读研。当今，这两所大学的经管系在国内都是一流的。(如果协商好了，高教司那边指标调剂的工作由我校负责，我已与学校有关方面就这件事说好了，他毕竟是高分通过全国统一考试的，近年来招研改革，自主权在逐步下放，相信调剂方案上面应该会同意!)我坚信凭老同学你对兴汉和兴工的熟悉和了解，一定能做成这件好事!

此致，

商祺!

鲁湖风　即日

阚育才读完这封信，震惊于这天下机缘太巧合：就一个空物832班，今年一下出现了两个调剂研究生的情况，实属罕见！正在搞徐秋成的国大调兴师的事，现在又来一个光华调兴汉或兴工的，而且，听说，这要从光华调出的吕望云还是帮助徐秋成实现调剂的人。更巧的是，自己多年不见的中学同学在光华主动提出协商，一位他素不相识的考生居然因为考试成了他联系老同学的桥梁！他知道吕望云正在为能不能到国务院防火指挥部而揪心，何况系主任还看中他，想留他当辅导员读在职研究生。原本以为吕望云的选择较多，根本不用为他是不是去光华读研的事操心。现在感觉这巧合实在是巧中巧，巧到好像有一股看不见的力量在帮助吕望云。

鲁湖风同时提到兴汉与兴工。阚育才心想，自己在兴工工作，在兴工这样素来对招生工作严肃古板的地方找人反而不方便，想起兴汉校长路如斯正全力推进学校的学分、插班、双学位、转学、转专业、主辅修、导师取代辅导员、贷学金、学术假、研究生班等十大改革措施，一石激起千重浪，校风一下变得自由开放，政策灵活起来，也激起了兴工、兴师、兴农、财院、兴地学院等大学的强烈反响，一时间龙湖边的群山沸腾了。到兴汉这样开放自由的环境里，加上自己在兴汉经济学院熟人也多，何况路如斯校长还是父亲的同事加挚友，自己有条件说上话，相信能激起他的爱才惜才之心，也便于自己到兴汉悄悄把这件事做成。这样一方面对得起多年老同学相托，另一方面吕望云底子不错，说不定还真的能培养成栋梁之才，岂不也能成就自己的一份功德与育人的情怀?

想到这里，不谈别的，就仅是因为这种奇缘巧合，就因为兴汉的氛围和自己对兴汉的信心，阚育才书记决定立即到父亲工作的兴汉大学去帮吕望云做做工作。

三

好久未回家见家里人了，今天又不是星期天，阚育才急匆匆赶回家里，正在诺佳山上十八栋家中琢磨学问的父亲觉得有些意外。老教授问儿子道:“有么急事?大忙人今天回来!”

“回来看看，顺便还想到经济系找人办点事!”

“经济系?”

“对，我有个跨专业高分考上光华经济学研究生的应届生，想转到兴汉或兴工来，不知兴汉能不能接纳?”

“不要说光华转过来的高材生，现在学校实行招生改革，去年，水电学院一名本科生，经过申请和能力评估，中途都转过来了。你这事应该问题不大，不过，你应该找研究生院而不是直接去找经济系吧!”

“我得到经济系先去了解一下哪位导师还未招满，才好到研究生院找人走流程嘎!”

“你这说的是你们兴工，或者老兴汉吧!如今在汉大新的规定下，像他这样高分通过光华入学笔试的，只要他本人提出申请，研究生院组织导师委员会做能力评估，通过后，学校就会接纳的。因为，路如斯校长为了快出人才、多出人才，率先试点研究生班制度，只要你是真有水平，兴汉就敢于打破国家教委的计划束缚，将人招进经济学院的研究生班。”

“那国家教委会善罢甘休吗？”

“这就是问题的关键，所以，像这种自主扩招的，还是很少，除非真是有过硬的东西，不过，光华的考研高分成绩单应该就是硬东西哈！”

“有这样的硬条件，就可以不需要国家教委先行批准吗？”

“按规定是要先批后录的，但是，往往申请上去，就是批不下来，所以，对于这样的特殊人才，路校长就常常这样顶住干了！”

“这样，对学校是有好处，但是，对路校长未必是好事呀！”

“我们都隐隐约约感到上面对他的不满，兴汉在恢复高考提建议方面独领风骚，现在，路如斯校长还在带领大家继续在全国搞标新立异的改革，时间长了，肯定会出问题。因为，提出恢复高考是顺应上面的意思，现在这些改革也不能简单说不好，但是，不一定是上面的意图，做过头了，不是对上不尊就是抢了上面的风头，这就不好了！”

“你是路如斯校长的好朋友，你应该提醒他注意才是撒！”

“到他这个层次，你以为你的提醒会有效吗？人一旦把方式和方法当成了办事的目标，方式和方法的光芒将会暗化根本的追寻与目标！嗨，无可奈何，眼看着兴工在兴汉的掩护下顺利崛起，余求是的务实善变真让人羡慕呀！”

“这我就不明白了，求是院长和如斯校长都是高教改革的先行者，何谈兴汉掩护兴工的变革崛起？”

“这你就不懂了，他俩一个是顺便一个是求变，一个变革立足在练内功、强内力，趁势而变；一个将上面视为变革的对象，热衷打场子。他俩一个老练挠曲，一个青涩直接，一长一短不是很清楚的吗？”

“您老这一说，我算是明白了，不过，这也是我这次回兴汉大学办成这件事的机遇吧！”

“那是，那是，赶快去吧！”

阚育才一看，时间不早了，回家与老父亲谈了不少，看看父亲精力充沛，母亲体弱容衰，叮嘱母亲好好休息，莫为父亲操太多的心。拳拳相别后，直往父亲掌门的法学研究所对门的研究生院奔去。

研究生院楼内，大门直对走廊，两边是几间办公室，刷着红色油漆的木头地板，已长期被脚步踏出斑驳的原木花纹，走廊的顶里头，是杉木板楼梯。十分熟悉这里情况的阚育才，直接来到二楼研究生院院长的办公室。也巧，平时的大忙人，管招生的院长闽宪正在办公室批阅文件。见阚育才敲门进来，连忙起身让座倒茶，客气道："哪阵风把你这大忙人吹来了，回家看老爷子了吗？昨天在门口遇到他，还念叨着，要我给你推荐人呢！你该不是来找我要人的吧？"

"要人可是常态化的事，不过，我这次来是为了一个考取了光华经管系研究生的学生，想转学到兴汉大学的事，不知还行不行？"

"分数高吗？"

"当然高，人家工科生跨科考了光华经管专业课第一、总分第三的好成绩。"

"那估计是数学占了优势，文科人最怕这个，那他上光华不好，还来兴汉干吗？"

"就怪他复试时问题回答得不得体，加上光华排外，不想要他。我的中学同学，现在光华经管系担任副主任的兴汉大学校友鲁湖风也感到有压力，这不，专门写信托我帮忙想办法，还有，我这学生也铁心看上了兴汉，不想继续上兴工嘎。"

"他不会是以为兴汉大学自由轻松吧，要想学出名堂来可不容易哈！你把他的情况写张纸，估计应该没有多大问题，虽然教授们分配的计划都招满了，但是，还有兴汉大学创新的经管学研究生班，不过这个班没有教育部的户头，有学历没有学位，不知他同不同意？"

"没有学位怕不行，这学生的确很优秀，我是怕做兴工的工作麻烦才找你的。"

"非要双证齐全，那就挂在陈副校长名下吧，他虽然当校长了，但是，还是经济系的教授，本来考虑他行政工作负担重，没有安排他带研究生，既然有这样的人才，就请他带一带，平时请其他教授帮帮忙带带基础课，老陈应该是乐意的！"

"那太好了，我回去要他尽快把相关信息填好送过来！"

"还没有这么简单，陈副校长亲自带研究生，还得请你家老头子给路如斯校长打个招呼，跟路校长通气后，我向老陈汇报一下，还得要你那个学生送资料时准备见一见陈副校长，说不定路如斯校长也要面试面试的，说是改革，其实到兴汉大学来读研要求更高，一样要再走一趟面试评估流程，只是进来的途径更宽些！”

“好的，到底是人熟好办事，我这就去办！”

阚育才高兴地离开研究生院后，又折回家中。给父亲说好话，这爱才惜才的父子俩，父亲打电话儿子在一旁听，一直到给两位校长打电话都说好，阚育才才放下了心。他想，这件对自己不算太难的事，对吕望云来说应该是人生大事，得好好吊一吊这家伙的胃口，让他知道来之不易！

因为自己心中有底，当天返回语园太晚，他并未急着去找吕望云，他想等等看吕望云的动静。第二天一早，他到办公室楼梯口，一眼看到走廊尽头的自己办公室门边，站着空物832班的蔡建设。这蔡建设上前紧张又结巴地说：“阚、阚、阚书记，我实、实在是憋不住了，有、有一个情况一定要向你反、反、反映一哈。”说着，将手中的一封信硬塞给阚育才，阚育才还未来得及说什么，他便撒开腿，一溜烟跑下楼去了。

阚育才打开办公室的门，将一切事都撂下，站着拆开了这封信。他坐下，惊呆了，一遍又一遍地读着蔡建设的这封检举信，由大吃一惊，到愤怒万分，最后落脚在可惜可怜吕望云几成。前思后想，他意识到那天要吕望云带人去帮俞老师搬家具上楼，可能是送洗衣机的起因。要是这样，自己也有几分责任！他在思索，如何处理好这件事，既能堵住蔡建设等人的嘴，又对吕望云和俞仲乐有所警醒，而又不太影响他俩的前程！

四

这样一来，就在吕望云和大家等待毕业分配和招研结果时，一个秘密的党小组会议正在进行。会议的缘由就是系党总支阚书记收到了一封检举信，检举空物832班班长吕望云以班长身份倒卖毕业纪念册获利巨大；给年级支部书记俞老师送洗衣机涉嫌行贿；与食堂管理人员搞关系，长期免费在食堂进餐，占同学的便宜；与后勤处管理人员搞关系，向学校食堂倒卖鸭蛋，占学校的便宜；与多名女同学保持暧昧关系，生活作风不正，导致一女同学本改专；多次擅自发表对学校和政府管理制度不满的言论；带领班内班外同学纵情吃喝，生活作风腐化；组织同学打伤附近居民的狗，给学校带来不良社会影响；在班上搞小帮派小团体，在阳京实习期间独断专行、好大喜功、突出自己；在毕业设计时争抢项目负责人以及植树节带头溜号等多项重大和一般问题。这些问题，反映出该同学放荡不羁、胆大犯上的特征，告状信要求中止发展该同学为预备党员。系总支经过查证核实，认为：做毕业纪念册属于该同学的勤工俭学行为，且事先向老师报告过，在过程中并无违法问题；给俞老师送洗衣机，有行贿之嫌，但是，因该洗衣机置于公共洗浴室共用，接受主体不清，且行为性质有关爱老师的成分；召集同学吃喝未用公款，不属违规行为，但是，作为班干部，影响不好；与女同学保持暧昧关系，并无真凭实据，但是，以一个党员的标准要求，有些行为确显不妥…… 因此，系总支责成空物班党小组就吕望云同志预备党员的资格问题，重新讨论。

参加会议的有党小组长费新刚、宣传委员秦贞梅、组织委员蔡建设、党员吴杰锦和喻红玉。费新刚在传达完告状信的内容和系党总支的查证结果后，征求大家意见，蔡建设抢先发言：“我赞成取消他的预备党员资格，赚了钱还给年级党支部书记送洗衣机，而且正是毕业分配求人之际；当班长带着同学大吃大喝，还有人经常喝醉，影响极为不好，哪像个党员的样子？”

秦贞梅听到这里，也急了，她说：“我不赞成取消他的预备党员资格，我们不能只看到他给老师送洗衣机，他还给施怀仁出了赔付电路板的钱，还出钱给班上买了照相机，还出钱帮助徐秋成解决生活与学习上的困难，至于说请同学吃饭喝酒，哪次不是大家逼他，敲他？你以为他傻呀？他根本不想请大家吃喝，只怕大家红眼，骂他是吝啬小气的葛朗台！”

秦贞梅这么一说大家都沉默了，费新刚望望吴杰锦，又看看喻红玉，他俩都不做声。

费新刚最后说：“我们今天开会，大家要领会上级的意图，像吕望云这样胆大妄为、不计后果与影响的同学，如果以一个党员的身份参加工作，走向社会，会有多大的不良影响呀！他的能力越强，对社会的坏影响就会越大。系里要求我们开这个会，就是要我们重新讨论，取消他的预备党员资格，如果我们不形成取消他资格的统一决定，就是没有完成上级党组织交办的任务，请大家慎重考虑一下再发表意见。”

吴杰锦见费新刚这传达上级指示的口气，知道不同意可能过不了关。他想了想说："既然上面有这个意见，只是让我们走个程序，我们也没有办法。但是，我认为吕望云确实是一个很优秀的同志，不仅工作能力有目共睹，为人也很直率善良，所说的问题也很牵强，估计是有人红眼，所以，在服从上级指示的前提下，我强烈要求，要取消就连他的入党申请书一并销毁，档案里就没有入党这回事，要不到单位里他可是说不清，道不明，要背一辈子的黑锅。"

喻红玉也发言说："我赞成吴杰锦的意见，最起码不能让他背着包袱参加工作，否则，我们这些做同学的，一辈子内心也得不到安宁！"

秦贞梅见大势已去，十分愤怒！她还是坚持不同意取消吕望云的预备党员资格，保留意见。

最后，费新刚说："班上五名党员，四人同意中止吕望云预备党员资格，一人反对。在党小组决议意见中，建议在吕望云同学档案里完全清除有关他入党的痕迹，一张白纸，让他吸取教训，放下包袱，到新单位从零开始。"

见大家都不做声，他又严肃地说："最后，要强调一下纪律，会后，党小组会议的情况要高度保密，以防吕望云知道资格被取消后闹情绪。他的活动能量很大，因泄密而闹出事情来，泄密者要负责任，这是党的纪律。"

会后，秦贞梅独自一人回宿舍伤心落泪。她为她心爱的人流泪，为他感到不公，为他感到惋惜。她万万没有想到，表面单纯的同学，在这个时刻居然下得了这样的狠手…… 放心不下吕望云，担心他最后突然知情，受不了这个打击，越想越觉得自己没有能力为他挽回，对不起他。一夜未眠的她，最后决定，就算是违反纪律，也要提前旁敲侧击地向他吐露一点消息，给他打个预防针。第二天上午起床很晚，稍稍整理后，她就心事重重地走到桐六舍。

当她来到吕望云的宿舍门口，就发生了前面提到的：罗泽玉送来单德果自杀的信后，吕望云和罗泽玉相拥哭泣的场景。秦贞梅看见吕望云这时居然和一个美丽的女孩相拥而泣。"天哪，他么真是这样的！ "她脱口而出，如晴天霹雳，眼前一黑，急忙转身，一口气跑回宿舍，在被窝里捂住头，泣不能抑……

她的这些，吕望云一直都蒙在鼓里，只因费新刚宣布的这条纪律真够狠，使得吕望云在能申述的关键时段，不知道自己的预备党员资格已被取消；不知道因为不是预备党员，就没有资格被分配到国务院防火指挥部，也不能竞争留校当辅导员的名额了。

等了两天，毕业分配的方案出来了，蒙在鼓里的吕望云一看，自己居然不在分配名单上。他到系办公室找到邢慧贞主任，邢慧贞主任告诉他，因特殊原因，他不能到国务院防火办公室报到，要重新联系单位分配或继续等候光华大学研究生录取的最后通知。

满怀入党毕业后就能直接进国家最高行政机关工作的希望，实现家族几代人出人头地的理想，眼看就到要实现的关口，泡了汤。吕望云一下子感到天旋地转，他四处找俞老师，是俞老师亲口告诉自己要进国务院直属机关工作的。但是，他急急忙忙从办公室找到平时俞老师常去的教研室、图书馆，遇见熟人就打听，就是不知道他上哪里去了。这时，他不由心里抱怨：语园你也太大了！最后找到俞老师宿舍，他夫人潘兰老师在家，她仿佛知道他的痛苦与诉求，在家门口客气地安慰着望云，用她那修长而又丰腴得带有指根窝的手，抚摸他的衣袖，要是平时，望云一定会有种内心酥麻般的感觉。然而此时此景，美丽的老师夫人的安慰，根本抚平不了望云的痛苦和失望之情。他感觉到俞老师是在有意地回避自己，甚至怀疑俞老师就在潘兰老师的身后，就在那间摆了两张折叠床的卧室门后。

第二天，得到分配通知的同学开始陆续离校了，尤其是蔡建设，刚拿到了兴工的研究生入学通知，拿着装有通知书的信封，开了拆、拆了开，在吕望云面前得意地笑，怪异中又有点得意洋洋地说了声拜拜，就走了。

他心烦意乱，无可奈何地逛到校门口附近的商店里，买了一瓶一斤装的苍鹤楼牌高度白酒，打开盖子，边走边喝，喝得跌跌撞撞，走到宿舍就浑身发软，扶不住桌椅，踩着凳子，“哐”的一声，凳翻人倒头着地。刚好到他宿舍的夏国华和同寝室几个道别聊天的人看到，急忙将他抬到床上。大家发现他手里还握着空酒瓶，一身的酒气，立马有人惊叫：“天哪，他已将一瓶高度白酒喝光。”夏国华对手足失措的庞恒之和吴杰锦说：“不行，这要送到医院去，要不会有生命危险的。”

他们几个人轮流将他这个大个子背到校医院急救室。医生帮他清洗肠胃，输液，直到第二天早上，他才清醒。醒来后，守在身边的铁鸽梦告诉他，阚育才来过了。阚育才要铁鸽梦转告吕望云，因为大兴安岭的大火已经扑熄，原来分配他到国务院防火指挥部办公室的计划撤销，到防火指挥部办公室的名额也随着取消，所以，他得等候重新分配或自己加紧想办法继续联系光华研究生的事，还说，研究生的事说不定还有希望。

听到这个说法，虽然还在为不能进国务院大机关而痛苦失望，但是，因听说是大兴安岭的大火已被扑熄，防火灭火办公室撤销才改派的，吕望云心里又好受多了。他认为自己的不幸是客观原因造成的，怪只怪自己运气不好。想到这里，他快速挣扎着起来，和铁鸽梦一起离开了校医院。

第三十一章　悼英雄梦醒方辨一册情 扯牛尾力尽难识几人心

一

因为屈燕妮有兴工新闻系出具的采访介绍信和实习采访证，所以，学校认定她为因公殉职，而闵富贵没有受学校的派遣，属于个人行为。所以，学校原定只召开屈燕妮的追悼会，后来射电系反馈意见说，他俩一同去的，都是为了学校的新闻事业而献身，建议学校新闻系还是一起开他俩的追悼会。班上未离校的同学不多，作为班长的吕望云，学校通知他代表班级参加屈燕妮和闵富贵两人共同的追悼会。

会上分管学生工作的校长，代为宣读了国务院防火办公室发来的唁电。新闻系主任代表学校致了悼词，屈燕妮献身新闻事业，勇于身临险境，采访一线可歌可泣的英雄人物和波澜壮阔的历史事件，是兴工新闻人的骄傲，是全体新闻工作者的骄傲，号召新闻系的全体师生员工学习她勇于奉献、勇于开拓进取的时代精神……

屈燕妮的父亲和闵富贵的父亲都参加了追悼会。这个昔日的地主因为光荣牺牲的女儿与当今的县委书记一起，沉浸在人生最大的悲痛中。他们相拥支撑着，男子汉的眼泪已经流尽，只有两方的母亲还在不停地失声抽泣。会上泪水数吕望云流得最多，一同参会的阚育才书记十分不理解，猜想吕望云流泪是因为才知道他本人入党连同分配都出了问题。

吕望云在屈燕妮与闵富贵的追悼会上伤心落泪，使阚育才书记有些纳闷，心想：这家伙，为工作变动这点事，喝酒闹事，伤心不已，也怪我，让他本人对转到兴汉大学读研究生的事还不知情！他本想上前去告诉他自己已为他搞定了兴汉读研这件事，但是，转念一想，这家伙，一得意就忘形，一失意就昏天黑地，不像自己理想中要培养出的一流人才！还不如，在这毕业动荡的时刻，先不告诉他兴汉大学的事，让他历经挫折，受些磨难，这样更利于他今后的成熟与发展，天将降大任于斯人，便打定主意，散会后再说。

一直到追悼会结束，就连最伤心的屈母闵母也因长时间痛哭而哑声，他这个昔日系里最能干刚强的班长，素以保尔自称的人，竟还在门外窗口一角泣不成声。阚育才看到这里微微摇了摇头，不禁叹道：好脆弱的伙计，这可不行，好钢还要千锤百炼。他琢磨着如何告诉吕望云一些实情。

“都知道了吧，这么伤感。”阚育才走近望云，轻轻拍了拍他的肩膀说。

“知道么事呀，阚书记?”吕望云含泪抬头不解地问。

“你不是说国务院防火办公室因大兴安岭火灾被扑灭取消了吗？怎么今天他们还发来了唁电呀?”望云继续发问，“这防火办公室明明还没有取消呀，阚书记!”见阚育才有些不自在，吕望云感觉自己被骗了，但是，他心里还是不敢相信。

“我那是看你喝醉酒不省人事，为了安慰你才让铁鸽梦转告你的，也好让你在同学面前体面一些。其实是因为有人写了你的检举信，从班级到系里逐级决定取消你的预备党员资格，又因为你不是预备党员，安排你到国务院防火办的名额由其他班级的党员同学代替。而且，有系领导想留你当辅导员，读在职研究生，因为你不是预备党员，也搞不成!”直到现在，阚育才才明白他这么伤心落泪也是因为感觉到自己被骗，不得已告诉他实情。

吕望云先是无比震惊，继而是愤懑，浑身发抖，一股天旋地转的感觉袭来，好在才经受了喝酒进医院的过程，多了一份站稳的定力……

会场附近还未散尽的人，以为他是被追悼人的亲人，哭喊得这么伤心。后来一打听，是闵富贵的班长，都细声细语地说：“好一个重情义的班长呀!”

为避开人们的关注，他对阚育才说：“阚书记，我现在心里乱得很，我先回宿舍，之后再找您汇报吧。”

与阚育才分手后，他到桐三食堂黄主管那里拿了几个白面馒头，打了两暖壶开水，回到宿舍，倒头就睡。他太累了，睡了一天一夜后，早上一场雷暴雨将他惊醒，七月初的语园，在高大的法桐树的荫蔽下，现出了火热中的凉荫。他到洗浴室用冷水醒了醒脸，在收发室取到了罗泽玉的来信，得知她已于三天前乘从江湖南湖机场转尚海虹桥机场飞往国外的飞机，开始了她的公派留学之旅。他一时既无寄信给她的目的地，更无写信的心情，不禁口中念起刘禹锡的诗：沉舟侧畔千帆过，病树前头万木春。如今天各一方，不知今后是否还能相见。

他正看信发愣的时候，秦贞梅送来了全班同学签齐了的他的毕业纪念册。他急忙将信藏起，说道："我满校园到处找你，你这几天到哪里去了呀？"

"咳，不要说我到哪里去了，你那天抱头和那个女同学哭么事吵？"秦贞梅有些脸红地问道。

"哦，人家现在已经到美国去了，她那天是来告诉我，我们中学的同班同学，又是与我同村的玩伴在广城自杀了，我们一时激动，忍不住伤痛才那样的呀！"吕望云一下全明白了，一定是她看到了，才生气躲着自己的。

"罢、罢了吧，我也是一时转不过弯来，最终还是你自己吃大亏了，我从阚书记那里才知道一些实情。来，先不管那些，看看你留在我们女生那边的毕业纪念册吧。"秦贞梅一听说那女同学已到了美国，又知她来报悲伤消息望云才失的态，恍然大悟到因为自己吃醋赌气，没有将党小组会议决定的消息及时传给吕望云，造成他失去找阚书记和俞书记申述的机会，此时，她更感到十二万分的歉意和自责。其实，她也是才从阚育才书记那里过来，从阚书记的口中得知，要是那时吕望云及时申述的话，改变费新刚等人造成的结论应该还来得及。现在党员同学已离校，局面无法更改，她能做的，只有安慰吕望云，转移一下吕望云悲伤的心情。

她安慰吕望云道："阚书记其实很欣赏你的，只因这封检举信来得太是时候，内容也太刁钻了！我体会，促成阚书记下决心的应该是那台洗衣机！搞得一向赏识你的俞老师都不能开口帮你说话，阚书记还自我批评说他那天要你找人帮俞老师搬家，是起因，他也有责任！还说，学校对青年老师的生活关心不够也是原因，但是，不管这样那样的原因，主要还是你的内心出了问题。"

"这都要各奔东西了，还这样写检举信，我实在是想不通！"

"要么是你平时得罪了人，别人报复；要么是你表现太好了，别人抑制不住地妒忌，妒忌害人；要么是你拦住了别人的路，人家要踢开你这块绊脚石！"

"复杂、复杂，太复杂了，不想了，想了都头痛……"

望云接过自己的毕业纪念册，看到女生中秦贞梅第一个写道：

在广袤无垠的宇宙，人或许是那转瞬即逝的一颗颗尘埃，但是，就算是一颗尘埃，也有它的过去、现在与未来，我们只不过是努力在这短暂的过程中，寻找它发光的痕迹，体现出它最炫目的光彩。

他立刻体会到，这是告诉他不要自视过高，对未来期待太大，但是，又不能放弃奋斗和努力。

喻红玉用秀丽的笔迹写道：

我们共同的箴言是勇敢、顽强和坚定。

祝你永远有颗年轻、进取的心！珍重，再见！

江庐省的万花朵夸张地写道：

勇于进取，执着果断，大量大胆，这就是你，勇敢的你。愿因为有了你，美丽的江湖城将添加一位勇士的故事。

为你祝福：祝愿你成为一位名“统帅”。

国京的何德珍写道：

真男子，就应该有你那样的冲劲、韧劲！

祝你成功，顺利。

翻到最后一页，施怀仁写道：

四年的学习生活，有成功、有失败，有欢乐、有苦恼，但更多的是经验和教训。趁此机会好好总结吧！不要辜负了大家的殷切期望。

他继续翻看，在施怀仁留言页的背后，居然是费新刚的留言：

永远追求，永远创造，即使终生不能达到成功的彼岸，也将赢得一个充实的人生。

看完施怀仁与费新刚的留言，特别是费新刚的，似乎强烈地暗示他入党的事已经泡汤了。他翻看着一页页的留言，不禁感叹道：“原来感人的留言，表面美好的祝愿，与私底下的分歧与否定也能够协调得浑然一体呀！”

“也许是个误会。听说费新刚特别想留校，如果你入党了，你就成了班上唯一可以与他竞争的对手。正在他为是否能留校而担忧的时候，施怀仁嘴长，无意或许也是有意地让他得知你送俞老师洗衣机的事，他立即设法报告给了阚育才书记。因为俞老师牵涉其中，阚育才书记只是找俞老师确认这件事之后，估计也没有征求俞老师的意见，觉得事情性质严重，他就布置费新刚对你入党的事重新开会讨论。也许，阚书记是要大家慎重，没想到，费新刚理解为阚育才书记就是要党小组开会取消你的入党资格。”秦贞梅将在阚育才书记那里了解的详细情况，加上她自己的推测，告诉了吕望云，吕望云边听边陷入了沉思。

“那现在情况都已清楚，阚书记也承认是个误会，从毕业留言上看大家还是蛮友好的，那能不能趁部分人还未离校，将大家找来，重新开个党小组会，再讨论一次呢？毕竟我是年级支部大会全体一致通过的预备党员呀！”吕望云不甘心地说。

“我建议你罢了，你细看施怀仁和费新刚的留言，无不暗含了不同意你入党的意思，你能以个人的身份去求他们回来开会吗？何况你与蔡建设素来不好！再说，就算是同意你入党了，现在也没有名额到国务院直属机关去工作，连留校的机会都明确给了费新刚。”秦贞梅帮他冷静客观地分析道，“看了这毕业纪念册上的留言，表面意思一看很好，但是，你仔细一读，大家对你的评价相差还是比较大的，不同的态度还真有几分隐含在其中了！”

“是呀，不怕别人背后捅刀子，就怕背后捅刀子的人，是我平时真心对待的人。这毕业纪念册上留下的祝愿，看似都美好，用心体会，差别大了去哈！看样子，表面似乎友好肯定的言语，还能够和谐地暗示着内在的分歧与否定。施怀仁，我可是才给了你钱的呀，你也这样暗含否定？咳，辨别人前人后的态度，洞察别人的心思，我还真是经验不足。”

“这是因为留言的人，马上就要与你分手了，人家才敢反话正说，就算是你敏感地看出来了，你也不能拿他么样！我们只有吃一堑长一智，今后低调做人，免得别人嫉恨！这就是毕业纪念册留言，给我们大学四年上的最后也是最重要的一课！”

“不行，我不能这样放弃，我要去请求阚书记，希望能以系总支的名义，召集他们回来开会，施怀仁还欠了我五十块钱的制板费，他的良心总不能被狗吃了！”秦贞梅越分析，越激起了吕望云的斗志，他进而恳求秦贞梅，“贞梅，跟我一起去找阚书记吧，他说过他只是要求党小组重新讨论，没有说不让我入党，是费新刚他们造成的误会！”

“你真是不撞南墙不死心呀！”秦贞梅被他不屈不挠的精神感动，点头同意了。

三

话说虽然阚育才组建法学所双学位班的工作十分繁忙，但是，他对射电工程系的学生工作还是放不下心，尤其是对俞老师不放心，认为阳光活泼的外表显示出他太活、原则性不强的缺点。经过时代磨炼的阚育才，一开始与俞仲乐两人商量在费新刚和吕望云两人中推荐一人留校，不知么原因吕望云居然得到了这个消息，听说他还找邢老师申请退出，再到后来俞老师极力安排吕望云到国务院直属机关工作，他敏感地觉察到俞老师对吕望云的关照不一般，甚至犯自由主义地透露了消息。蔡建设写检举信，得知洗衣机事件之后，他果断地决定让班党小组重新讨论吕望云入党的资格。但是，他又不愿意直接出面做这个恶人，巧妙地利用费新刚和蔡建设平时对吕望云的不满，用洗衣机事件与俞老师有关的理由，封住了俞老师的口，实现了自己的设想：反正他还要到兴汉大学读研，入党是迟早的事。他要在吕望云一帆风顺的航道上，增点曲折，让他历练并长长教训，这样更有利于他的成长，同时，对俞仲乐也是一个不用言语的教训。

学生大部分都已离校，本以为吕望云会就此放手作罢，他才显得既关心又不是自己本意的样子，告诉吕望云一些对他有利又似乎还有希望的情况。没想到吕望云竟然这么执着，自己的说法重新点燃了他的希望。当吕望云和秦贞梅出现在桐四楼法学所他的办公室，请求他作出决定，通知班党小组成员回来重新开会讨论保留吕望云预备党员资格时，他内心十分震惊，真没想到，现在的年轻大学生这么急于求成！他表面还是显得对吕望云提出的要求十分理解，避免硬碰硬，先接下了他俩的强烈要求，久经磨炼的他决定让他俩再吃点亏，再加深一些印象。于是，他对吕望云和秦贞梅说："虽然党员同学有的已经毕业离校了，再通知他们回来开会，这种情况我搞学生工作这么多年还是第一回遇到，既然你吕望云认为这确实是一件天大的事，我还是不反对这样做，不过，你们一定要先找俞老师，现在他才是直接管你们的，我兼着这边的工作，你们这些事我忙不过来呀，还有，离校的同学愿不愿意配合，你们自己想办法去联系吧。"

满怀一腔激情，吕望云真的认为这事找俞老师就能办到。他一听俞老师能定这事，心中乐开了花，掩饰不住充满希望和信心的表情。他接着就说："谢谢阚书记，我们这就去找俞老师！”秦贞梅知道一些背后的难处，她说：“阚书记，还是要麻烦您给俞老师打个电话，我们再去找他才行呀！”吕望云马上意识到这样更好，连连说：“对，对，您打个电话，俞老师肯定更重视一些。”

看他俩不依不饶的姿态，阚育才被逼不过，瞅了瞅贴在侧边墙上的电话号码表，拨动号码转盘。拨完号后，他仔细贴耳听着听筒，半天没有回音。大概秦贞梅家里也有一部这样的电话，她熟悉电话机的使用，见话筒中半天没有声音，她提醒阚育才道：“阚书记，您可能少拨了一个号？”阚育才听后，接着快速加拨了一个号码，听筒里立即传出嘟、嘟、嘟的忙音。他好像找到了台阶下，立马对吕望云以不可商量的语气说道：“他那里正打电话，你们抓紧时间，快去找他吧，要不，待会儿他又忙别的去了，放心，随后，我补个电话给他就是了。”阚育才起身，意思是要他俩离开。没有办法，他们只好急匆匆地赶往楠一楼，去找俞老师。

看到吕望云和秦贞梅一起出门的背影，阚育才感到了吕望云的执着和秦贞梅的热心，心想这小子居然还有福得到秦贞梅这样女同学的支持，几分感叹时，心里又真有些不踏实起来：因为空物班党小组取消吕望云预备党员资格的决定，是用党小组的决定改变年级党支部大会的决定，在程序上还不完整；证据也不够充分，且人家吕望云出发点是友好的、善良的，做出这个决定，也不合情理。这种情况下，他担心在他俩的共同努力下，或许真能说服有几分天真的俞仲乐。俞仲乐召集大部分党小组成员，推翻前面做出的不太合程序的决定，还是很有可能的。自己心里是为避免将来社会上可能会对兴工党员学生形象产生负面效应，为吕望云到兴汉大学读研后磨炼磨炼，能更好地发展，有利于他今后的成长。自己这个用心良苦的做法，如果被俞仲乐出于义气而否定，将是他心底十分不愿意看到的事情。

为了防止俞老师做出意料之外的决定，他趁他俩还在去俞老师办公室的途中，拿起电话，执着地拨打刚才有意少拨了一个号的俞老师办公室的电话，这次电话立马接通了：“俞老师吵，我是老阚。”俞老师一听是阚书记，立即端正神色道：“哦，阚书记，您好，我是小俞。”阚育才用犹豫思考的语气接着说：“嗯、嗯……刚才空物班吕望云和秦贞梅一起到我这里来说想请他们班党员回来开会，重新讨论吕望云入党的事，你看怎么样？”

阚育才表面上是征求俞老师的意见，其实是在考察俞老师，更是想按自己的意思办而又不至于将自己直接摆到吕望云面前，与其正面交锋。多年的与人打交道的经验表明，吕望云这种性格的人，如果自己直接面对他，他很有可能一气之下越过自己直接闹到学校领导那里去，如果俞老师不挡在前面，恐怕会控制不住局面。

俞老师听到阚育才的提问，聪明的他立即领会到阚育才话里有话。因为洗衣机的事牵涉到自己，为避嫌，对于吕望云入党的事情，阚育才这一段时间都是直接安排布置给费新刚的，费新刚也得以顺利留校，成为自己的同事。阚育才自己一直身兼两职，不主动放弃系总支书记的职务，分析起来说不定与自己一直坚定地支持吕望云有关。

不自觉的自保意识，在俞老师脑海里一闪而过，电话里，他敏捷地回答道："请阚书记放心，我一定想办法说服他们，让他们放下包袱，该参加工作参加工作，该去尚海读研究生的去读研究生。"

阚育才一听，对着话筒向俞老师发出了轻松愉快的声音："好的，那好、那好，你可以劝劝他，还是要继续努力争取读研深造的机会哈。"

四

离开阚育才办公室所在的桐四楼，吕望云和秦贞梅快步走向俞仲乐所在的楠一楼射电系办公室。上午十点左右的光景，一路上，桐叶荫荫，塘荷楚楚。马路上空，两侧高大的法桐树上横挂着红色条幅，有力的毛笔大字写着："求实、团结、严谨、进取，弘扬女排拼搏精神"。

放暑假的前后，按理说校园里应该是人来人往，正是整天喧嚣热闹的时候，但是语园还是像平时一样，学生匆匆，去留无痕，大家出于各自不同的目标，坐满了图书馆和各大教学楼。透过法桐叶掩映的窗户，可见读书人头顶上快速旋转的吊扇，这吊扇的快速旋转不由得不让人联想起那读书人的大脑，也在一动不动的安静外表下，飞速地旋转着。在赶往楠一楼的路上，课间铃响，调换教室上课自习的学生，还有来来往往自行车龙头上挂着资料袋的老师，不时匆忙地与他俩擦肩而过。一想到毕业马上要与吕望云分手了，秦贞梅也不怕老师同学再说什么，在这人来人往的语园里，已近盛夏的热气也阻止不住她对望云的不舍，她放肆地挽起吕望云有力的手臂，真有一刻值千金的感觉。

见到匆忙过往的老师们，秦贞梅说："我们得走快点，要不俞老师离开办公室，我们就不好找他了。"说这话时，吕望云明显感觉得到她反而放缓的脚步，挽住的手臂也被她的肩头顶住。吕望云回头柔和地说："刚才他办公室还是忙音占线，他应该在办公室。再说，阚书记说一会儿打电话告诉他我们马上来找他，他应该会等我们吧！"秦贞梅犹犹豫豫地点头道："但愿是这样……"话里似乎含有相反的意思，只是，余下的话她咽回肚子里，没有说出来。

俞仲乐接到阚育才的电话后，已猜到阚育才的用意。只要吕望云和秦贞梅找不到自己，他相信在秦贞梅的理性分析下，吕望云是不会越级反映这件事情的，这样自己也不用像阚育才言语中暗示的，要自己挺在前面。最好的办法就是让时间耗掉吕望云不屈的精力，接受既定的事实，早点接受新的工作派遣或赶快联系确定读研的事情。想到这里，他给办公室坐在前排的党务专责项学成老师打了个招呼，说自己到校外去办事去了，就匆匆离开楠一楼系总支办公室。

待到吕望云和秦贞梅赶到俞仲乐办公室，一问同办公室的项学成老师，得知他刚走，而且是到校外去了。满怀希望的吕望云，这时又急又躁，信步走在办公室的走道上，不知所措。看到吕望云爬楼梯爬得上衣湿透了，秦贞梅自己也是汗流满面，她拉他到俞老师办公桌前，在不快不慢转动的吊扇下，秦贞梅顿觉凉爽几分，但是，转出的风还是止不住吕望云的汗水，静不下他的心。秦贞梅朝俞老师同事项学成老师求得谅解般地笑了笑，走到门边，加快了吊扇的速度，吕望云的汗水才慢慢止住。他俩坐下，求教项学成老师："怎样才能尽快地找到俞老师？"这位还算热心的项老师告诉他们："这么大的语园，俞老师就是在校内，也很难找到，更何况他说他到校外去办事，你们到哪里去找他？"项老师建议他们换个时间再来找。

这时的秦贞梅看着倔强的吕望云，内心十分着急。作为旁观者，她知道的情况比吕望云要多得多，她是已经转正的党员，党性原则要求她，不能说的就不能说，其实，她分析到了，俞仲乐是有意在躲避他们，但是，她不便于直说，只是顺着项学成老师的话说："算了吧，到新地方后，再积极争取，入党是没有问题的。"

"你还有好多自己的事，先去忙自己的吧，把你也耗在这里空等不好。我还是在这里等等，我还不信，找不齐这几个人。"吕望云不服气地说。

"你这人，别不识好人心呀，我是专门留下来陪你解决你的入党问题的，你也不能一根筋犟到底吧，想要的就一定要得到吗?”从未听过秦贞梅这样半是批评半是表白的直率话语，吕望云一下哽住了。

就在他结结巴巴不知如何回答之际，系办公室的邢慧贞主任走过来，也许是她捡了个耳朵，也许是她在办公室知道一些情况，她过来对望云他们说：“我正为你重新派遣的事来找俞老师，你们可不要小瞧入党哈，预备党员好分配多了，你要是预备党员，省计委、经委甚至国家部委都好派，你要不是党员，我们为你重新联系的工作就不可能那么理想了。”

邢老师直率，十分友善，估计是在哺育期，微胖白嫩丰满的少妇形象，一直给吕望云以十分的好感。她的插话，给吕望云解了围，他紧张的表情一下缓解下来，回答说：“是呀，我们正在找俞书记，项老师说他到校外去了，眼看班上的同学都要走得差不多了，我们急得直跺脚呀!”邢老师也有些着急地说：“俞老师还是真心想帮你的，他在党小组决定取消你预备党员资格，国务院防火办的工作被其他党员同学替换后，专门找我说，你们班党小组的决定可能存在误会，他为你感到可惜，说要找阚书记申请重新讨论，我现在就是来问重新讨论结果的。”

秦贞梅急着插话，问道：“您眼下正为他重新联系工作单位，他不是党员就真的要差好多吗?”邢老师显得不屑，小声说：“这还用问，好单位的人事部门一开口就问是不是党员，就连那个原来一直点着名要他的磬山研究所，也坚持要求他是党员才行，你们班的几个党员这样对同学也太不负责，糊涂得很，这是要影响吕望云一辈子的呀。”

邢老师的话使得站在她旁边的秦贞梅很不是滋味，她对吕望云说：“这么说我们一定要尽全力找到他们，重新再讨论一次。”邢老师使了使眼色，美丽的小嘴朝项学成老师那边翘了翘，把他俩悄悄带到走廊远处，降下声调告诉他们：“这还不知道，这事关键是俞书记和阚书记，你们班那几个毛头学生有么用？支部大会都一致通过了，那个党小组会又算么事嘎？俞书记不反对，就在阚书记吵，苕！你们莫说是我说的哈，我只不过是觉得你是个人才，你们要说出是我告诉你们的，就害我了。”

吕望云和秦贞梅感激得直点头，吕望云真想不到邢老师对自己这么友好，他顺杆上爬，说道：“我们会尽全力找他们，请邢老师在联系改派单位时，留几天时间给我们。”

邢老师说：“我知道，会的，你们抓紧，我还有事，不跟你们多说了。我遇到过这种情况，我们要帮助自己的学生，哪能这样让学生为难呀，真不知道阚书记这回葫芦里卖的么事药。”邢老师边说边走开，留下一股少妇特有的体香，在这炎炎夏日里，让吕望云的心田感到一股沁凉。似乎被点醒但又感到筋疲力尽的吕望云，在走廊里和秦贞梅商量探讨接下来再如何努力，以及还有没有希望。

五

办公室负责联系再派遣工作单位的邢主任走后，吕望云和秦贞梅一起走到楠一楼五楼走廊的西头，这里离射电工程系办公的东头区域较远，他们说话的声音也变得大起来。吕望云说：“看样子，邢老师为我联系派遣单位与我是否是党员有很大的关系，要不，她也不会急着要了解我入党的最后情况。”秦贞梅说：“这还用说，现在哪个好单位不要求分来一个党员学生呀？”听到这话，吕望云突然好像悟到什么似的，兴奋地说：“呀，你这才说到关键点上了，其实，在校内入党最大的意义是到单位参加工作后，起点要高一些，所以这对于留校当辅导员很有必要，但是，对于继续做学问读研究生倒还真不一定重要，起码不用太急。”

秦贞梅说：“的确是这样的，比如我到尚海交大读研，迟一点入党根本无关紧要，你是不是还能争取一下到光华读研究生的事，人家还没有完全拒绝你，对吧？”吕望云说：“是没有最后拒绝，不过，我打电话过去询问，人家要我再耐心等等，实在等不及，说可以自己先联系新成立的国中省社会科学院或兴工经管系，他们愿意帮助协调。”

秦贞梅说：“这光华也太能找借口了，国中省社科院新成立，搞社会科学研究没有名气还真不行，兴工的经管系可是国内一流的，你看章沛罡、凌绍蓉还有茅罡呀，都是经济学泰斗级的人物，对呀，就转到兴工经管系来，入党晚点怕么事呀！”吕望云一下兴奋起来，想想兴工找谁去做工作为好？想着想着，忽然想起在尚海时，表哥岳望星是新老两位校长合力挖过来的人才，找他，应该有办法！

吕望云一拍大腿，将想法告诉秦贞梅，一阵充满希望的高兴后，吕望云与她约了再见的时间地点，独自回宿舍取了光华的面试通知单等资料。自从收到光华大学暂缓录取的通知后，满以为光华的事就此打住，他将全部的心思转到国务院防火指挥部这样的实务单位上，甚至认为，国务院直属机关的这个工作机会远比到光华读研究生好，这更符合家里数代人吃公家饭光耀门庭的梦想。现在这梦想随大兴安岭的大火一起熄灭，连留校当辅导员和学校系里重新安排工作都受到了未能入党的影响。这一连串事情似倒下的多米诺骨牌，无从下手干预制止，令吕望云的心中只有深度痛苦与失望！此时，他像光射进了万花筒，在那玻璃镜面之间来回折返，又像那大江中奔腾的激流，虽左冲右突，也只有被动地时而直行、时而绕弯。几番折腾后，他一步未停地找到表哥岳望星的住所。表哥正在单元楼里看书，琢磨课题上的事情。满屋六尺宽的晒图纸，就放在地板上，一直摊开到了门边。

他小心翼翼半开门，见是吕望云，细看他情绪低落，不大言语，便伸手拉他进门，客气地开口说道："好多天不见你，快进，快进来！我还说抽时间去问问你么时候离校，去给你送行的！"

"快别提了，那个工作，好不好不知道，倒是惦记妒忌的人不少！"他边说边进门坐下，表哥从大玻璃瓶里倒出已放凉的开水，递过来。

"到底你们系里是么样安排的？"

"咳，随着大兴安岭大火被扑灭，分到国务院大机关的事也泡汤了，就连有领导想留我当辅导员的事都搞不成，你看，现在二次分配，不是预备党员，联系好单位都难咯！"

"那有么好办法？"

"我考光华笔试专业课成绩位列所有考生中的第一，总分第三，这个你是知道的，复试时说错了话，被别人抓住把柄，尚海光华延迟出录取结果，估计到光华读书是搞不成的。但是，能不能找熟人转到兴工经管系？我们班有个叫徐秋成的，他分数过了国大理论物理的录取线，复试时表现也是不够好，人家要将他转回他老家的阳京大学，他现场签字同意了，回来一研究，发现兴师的粒子物理专业比阳大还强，仅次于国大，后悔不迭，没得法，我想了点办法，好不容易帮他成功转到了兴师！"

"对呀，转到兴工经管系是个不错的办法，要不，我帮你找找学校领导试试？"

"呀，那太好了，我找你正是求你帮我解决这事的！"

"你这家伙，有想法早点说呀，绕这么大个弯子！你先回去，我立马去找校长去，这事耽搁不得！"

“表哥，我把考光华的资料都带着了，要不，你这就带我一起去找校领导吧？”

“一起去？”

“对，一起去，直截了当，搞不成我也死心了！”

“也好，那我们出发。”

不一会儿，他俩就骑车到了楠三行政大楼，在房校长隔壁的办公室稍候，顺利地见到了儒雅客气、满头银发的房校长。寒暄客气，介绍完情况，说明了来意后，房校长说：“岳博士，你表弟这成绩，光华通知说暂缓录取，换句话说就是拒录，确实可惜。我们这么优秀的学生，他们不录，你稍等哈，我现在就给研究生院去个电话，我才接手学校的工作不久，看看他们还有没有办法？”说罢，房校长转身到办公桌边，拿起电话机，对着号码表，拨通了研究生院的电话。

电话听筒的声音很大，房校长对岳望星笑笑，轻声说道：“这电话是余院长留下的，他喜欢声音大的，他以前常开玩笑说，听筒声音大，做事格局才会大！”

房院长简短介绍完吕望云考研的基本情况后，对方在话筒里声音洪亮地说道：“房校长，这是您第一次为研究生入学的事情找我们，我们无论如何都应该尽全力解决。但是，经管系今年特别火，就连只有学历没有学位的研究生班都招满了。我们研究生院的盛院长原则性又强，哪怕是我们到国家教委能搞到指标，他也会以教授承受的精力有限而不同意！”

“这个学生，不要，确实可惜了，我要船舶系的岳望星主任将他的考试材料送给你们，你给盛院长报告一下，请他研究研究，看看有没有办法！”

电话那头，还是洪亮的声音：“好的，您请他到研究生院来一下，很难呀，您知道我们不像其他学校，我们自从成立以来，还真没有干过让导师超负荷工作、多安排研究生的事。”

房校长听到这里，自言自语道：“这就是我们兴工的特色，好不好都落脚在一个‘严’字，幸好先前储备的导师多。”

他俩赶到研究生院，不出所料，得到正式的答复：兴工不能让导师超负荷带学生，连研究生班也不行，因为教育部批准的名额都用完了！这样，吕望云转兴工经济系读研这事，就正式被否定了。

第三十二章　一根筋逼出激愤语 三波折终定绕渡策

一

岳望星安慰吕望云说："光华大学复试通知是研究生院发的，复试成绩暂缓通知是经管系发的，这暂缓通知说不定不是正式结果！"吕望云说："我打电话过去问了，人家说光华不好进，这种通知的意思就是不打算录取。"研究生院大门紧靠马路，他俩出门还没有说上两句话，就站到了马路旁。夏日的法桐叶，遮天蔽日，让这兄弟俩感到压抑。

他们无奈地环顾四周，大楼周边只有大小不一的树干，撑起这巨大的树叶凉棚，湿润的土面上除了散落的零星桐叶，便是成片的黄绿青苔。这难得一见阳光的青苔，似乎给了吕望云坚持再坚持的希望。他凝视前方，对表哥岳望星说："谢谢表哥，我再想想别的办法！"

与表哥岳望星分手后，吕望云按约定找到了秦贞梅。吕望云告诉秦贞梅说："兴工比兴师难办多了，校长给研究生院打电话，特事特办一下都没门。"秦贞梅替他抱不平道："最麻烦的是支部大会表决通过的预备党员，莫名其妙地被取消了，你到新单位里如何说清楚？这还不如当初不申请。"

"阚书记不是说档案里不写支部大会的事吗？"

"档案不给你本人看，天知道他们会么样写？不行，你不能这样被他们推来推去的，我们现在再回去找阚书记，邢老师说关键要他同意就行。"

"这倒也是，支部大会后的小组会，算么事？根本就不够资格改变支部大会的决定。只是，阚书记要求我们先找俞老师，不找到俞老师，怕他以相同的理由又把我们推开。”

“那现在找不到他怎么办？我们就耗在这里等吗？”

“对呀，与其在这里空等，不如现在转头再去找他。”

于是，他俩又匆匆忙忙跑到桐四楼去找阚书记，阚书记办公室的门已锁，隔壁左右办公室的人都不知道他的去向，明显是在躲他俩。没有办法，吕望云只好对秦贞梅说：“你回宿舍去看看，能不能找到什么途径联系到喻红玉，她是本校的研究生，学习又刻苦，说不定还在校内。我回宿舍去看看其他几个男党员同学还有几个可以联系上的。”秦贞梅点点头说：“也只有这样了，我一般都在宿舍附近，如果不在，我会留一个条子放在门上的留言袋里。”

吕望云回到桐六舍，自学校通知费新刚留校担任辅导员那天起，几天不见他的踪影，这时竟然还在宿舍边看书边写个什么材料。吕望云看到成功留校的费新刚，同时又想起他为了留校拖延自己入党的行为，不由得想起了北岛的一句诗：“卑鄙是卑鄙者的通行证。”现在为了争取最后的机会，吕望云也不得不客气地对费新刚说：“新刚，好几天不见你，你到哪里去了呀？我为入党的事到处找你呢！”

“大家都离校了，找我一人有么用吵，我想帮你，你现在能把吴杰锦、蔡建设，还有喻红玉他们找回来吗？”

“新刚，我们同学四年，马上就要分手了，你可要帮帮我呀，我一辈子都会念你的好嗄！”

“好的，我帮你没问题，我建议你到系办公室找邢老师，把他俩家里的联系方式找到，发电报打电话都行，把他俩找回来，趁秦贞梅和喻红玉还未走，我们再讨论一次。”

这时，费新刚留校已成定局，现在他反倒热心帮助起吕望云来了。事已至此，吕望云表面上感激不尽，心底却是一片骂声：老子告诉你了，老子不想留校，你非不相信，生怕坏了你留校的好事，现在我入不了党，又跟老子来拜年，算盘打得太精了！

骂也无法，吕望云还是不辞辛劳地跑到楠一楼邢老师办公室，找到吴杰锦、蔡建设他俩的联系方式，都是只有地址，没有电话号码。邢老师说：“你们班的吴杰锦分配到099基地去了，你或许可以给他发个电报，要他用特快专递将同意你入党或确认最后那次党小组会的决议无效的意见签名寄回来。难就难在家住江湖本市的蔡建设，他读我们系的研究生，现在放假了，这开门放雀的，还真不知道他这时候跑到哪儿去了。喻红玉倒是个刻苦学习的人，她应该还没有离校，估计到图书馆就能找到。”

“这么说，把他们的意见重新征集齐，恐怕还是有希望的，只是不知道他们现在会不会赞成我入党。”

“大家一定会赞成的，大家现在都不再在一起了，应该都想开了。”

“那得麻烦您再留几天时间给我，我尽快办成这件事。”

“去吧，办完了，看阚老师还有什么话说。”

邢老师的友好使吕望云的心中产生了一股强烈的暖流，在语园里，这样的暖流也曾因桐三食堂黄主任慷慨相助时产生过。

他按照邢慧贞主任的指点，先到邮局，一角四分半钱一个字，连电报封套一起花了十五块多钱，给吴杰锦发了一封长电报。语佳山邮局的营业员用诧异的神态说：“你这又不是么要紧的急事，花这么多钱，都超过我半个月的工资了，不值得呀，再考虑考虑要不要发？”

吕望云心想：你哪里知道我这件事的重要？我为了这事费了多大的气力，你哪里知道？他毫不犹豫地摇头表示不用犹豫，赶快发！又花钱加字，强调时间紧，希望吴杰锦用特快专递的方式寄回来，邮寄费回补。

紧接着，吕望云骑车去龙湖郊区蔡建设的家里，请求他来校或书面发表赞同自己入党的意见。

二

语佳山和仰望山之间的马路，弯曲起伏，通向寞山，一直通到寞山脚下，与龙湖湖心道相连。蔡建设的家就在这条通向寞山植物园的马路右侧，湖区地少，他家里有约莫一亩地的茶园。旅游业还没有兴起，蔡建设兄妹四人，一家七口全靠这一亩茶地，加上家里人在附近做零工维持生计。好在家里出了蔡建设这个读书有出息的考上了兴工，现在又争气被推荐上了研究生。吕望云大二时曾带全班同学帮他们家里做房屋，所以，他熟门熟路直接骑车来到蔡建设的家门口。

敲门，见是吕望云，蔡建设十分惊诧，不用细想，连忙寒暄让进。只见家里堂屋方桌上，摆满了外语书、录音机和外语磁带。家中只有蔡建设一人，他正在学习，吕望云拘谨的心稍微放松了一些。也许是有求于蔡建设，他反而没有开门见山地说出所求，而是转了弯说："建设，想不到吧，我到你家里来看看你父母和家人，这不，我在语佳山菜场买了两斤猪后腿肉，表表心意嘎。"

"哎呀呀，欢迎你来，上次你带全班同学来辛劳了一天，我都来不及招待，你这来玩还带么猪肉来嘎，莫要行这么大的礼吵。"

"应该的，不空手上门是我们老家的习俗，我这一段时间等待二次分配，在学校怪无聊的，来看看你呀。"

"你还在等二次分配？是不是预备党员资格被取消，去不了防火办，我听说这事了。怪可惜的。"

"嘿，真不想谈这事，早知这样还不如不写入党申请，干脆到工作单位去申请算了，现在这样，到单位去还不知道么样解释。"

"主要原因就是那台洗衣机，也不知道谁缺德，告到阚书记那里去了。"

"那台洗衣机也不是送给俞老师一人用的，那是送给那一层楼几个老师公用的，都怪我赚了几个钱，想给老师做点好事，哪知道会是这样呀！"听到这里，蔡建设脸红一阵白一阵的，立马明白了吕望云的来意，见吕望云带了礼物登门来求，不禁油然而生几分悔意。

他引导式地问道："现在一点办法也没有吗？"

"阚书记推说要俞老师同意，再找到班上的几个党员，重新讨论，达成共识，才有可能改变那天小组会的决定，我找了俞老师两天都没有遇到他，无奈，只好先到你这里来散散心。"

"那说明还有希望呀，费新刚在吗？当初我们都听他的，以为他代表俞老师和阚书记的意见，他现在留校了，应该能帮上你这个忙的。"

"他也表态愿意帮我，说要我先找到你们，请你们重新表个态，小组意见统一后，再去找俞老师和阚书记！"

"哦，你原来是为这事才来的，那我要想想……"正说着，蔡建设的母亲从自留地里摘了菜从后门进来，见切菜的小方桌上摆着两斤鲜嫩的猪肉，大声说："建设呀，谁买了这么好的猪肉，我们好长时间未吃肉了！"这话说得蔡建设脸更是红一阵白一阵了，母亲露了家里的穷底子，想起刚才对这两斤肉满不在乎的样子，现在不好意思起来。

和吕望云一并连忙起身，他对正在后面厨房里忙活的母亲喊道：“妈，来客人了。”他妈放下手中的杂物，与他俩在堂屋与厨房相通的门口相遇。

“蔡妈妈好，我是建设的大学同班同学。”

“呀，你不是上次带队来帮忙的吕班长吗？上次太谢谢你们了，看你们都毕业有出息了，我们这里还没有招待过哈，建设，留班长吃午饭，刚好有肉，我们包饺子吃。”

“妈，那是吕班长客气带来的。”

“呀，看你这孩子，自己还没有拿工资，就这么客气，将来一定有大出息呀。”

“哪里呀，蔡妈妈，建设才是我学习的榜样，他这次上了研究生，我来看望您老人家，空手来总不合适呀。”

“好好好，包饺子，包饺子。”

“不了，蔡妈妈，我还要赶回学校去，我还在等分配呢，怕老师有急事找不到我。”吕望云边说边向蔡建设使出了求助的眼神。蔡建设一想，大家都毕业了，何况吕望云还帮家里做过房子，今天又带这么好的猪肉来，不好意思拒绝。他回到堂屋书桌上，写下了自己完全赞同发展吕望云为预备党员的声明，并用信封封好。吕望云拿了书面声明，客气地与他妈妈寒暄告别，骑车回到语园。

吕望云拿到蔡建设的书面意见，仿佛看到一缕明光穿透了厚厚的乌云。他兴奋地直接骑车到楠三舍，秦贞梅不在。按照约定，他在宿舍门口上的收发袋里找到了秦贞梅留下的字条，字条告诉他，她去找喻红玉去了，要他下午三点左右再来。

下午来时，秦贞梅垂头丧气地告诉他：“我满校园找她一上午，几个她常去学习的地方都找过了，就是找不到。”吕望云一下急了，连忙说：“快到她宿舍再去看一看，她不会回安杭去了吧？”

“那倒不会，她要回去，肯定要告诉我一声，我倒是听说她现在谈了一个研究生男朋友，不知道到哪里谈恋爱去了？”

“要不你在宿舍等她，她一回来就请他参考蔡建设的写法，也写一个书面声明。我再到校内几个地方去找找。”

吕望云找遍了图书馆、实验室和假期开着的几个教学楼，都没有找到，直到晚上九点多，在不久前才交的男朋友护送下，喻红玉从西边研究生宿舍款款携手回来。秦贞梅向她做了说明，她的男朋友还建议她不要写，说："你们这个班长是不是有病，入党有这么重要吗？都毕业要离校了，还为这事纠结。"

秦贞梅一听急了，说："你不写我写，你们都读研了，在学校这个象牙塔里，哪知道社会上工作单位里入党的重要和困难，就说眼前他要重新改派工作，是党员和不是党员就完全不一样呀！"见秦贞梅毫不犹豫地写了，喻红玉一想，本来自己就没有反对过吕望云入党，现在只是重申一下，自己又不会长期留在语园，没有什么顾忌的，这样她才写了同意吕望云入党的书面声明。

秦贞梅拿着两份书面声明，急匆匆来到桐六舍吕望云的房间，吕望云正在隔壁房间做费新刚的思想工作。她连忙折返过去，与吕望云一起，表达希望他也像蔡建设一样写个书面同意的声明书。但是，费新刚坚持说："我还是要准确知道阚书记或俞老师的意见，我还要留在他们身边工作，方向搞错了，我就麻烦大了。"

听完费新刚的这句话，三人一阵沉默，吕望云觉得费新刚的态度还算是有所改变，好像只要两位老师不反对，他就不反对，而且提出的理由也还说得过去，只好沉默无语。但是，秦贞梅一听，心里很不是滋味，因为她知道的情况多，知道以前费新刚担心吕望云在留校的事情上与他竞争，借阚书记的话成功地阻止了吕望云入党，现在费新刚留校的目标已实现，还这样执着地公开为自己的下一步着想，在她的眼中，费新刚这样做太过分太自私了。

她看着望云无助无语的神态，如那虎落平阳一般，只是，吕望云那经典的宽肩阔胸，还有冷静下来如高仓健式的面容，将自己本来因到尚海读研究生不能与吕望云在一起而克制住的爱恋一下子激发出来。她示意吕望云出门回避，待吕望云借故走开后，她清了清嗓子说："费新刚呀，亏你还是我们的党小组长，为了自己，你错误领会了阚书记指示，又不让我们将小组的最后一次决定告诉吕望云，使他失去了到国家部委工作的机会。他现在二次分配因为入党的事还要受影响，就算你只考虑自己不考虑别人，起码你也要为自己的所得，弥补一下受你伤害的他吧！"说得费新刚脸上红一阵白一阵，支支吾吾，答不上话来。

秦贞梅眼见费新刚露出了愧疚的神色，连忙给他台阶下，说道："过去的事情我们都不纠缠了，你还是看在大家同学一场的份上，就在蔡建设写的这份声明书上签个名，表示也赞同不就得了。”费新刚本想拿两位老师还没有意见，自己不能忤逆老师为由拒绝书写声明，见秦贞梅说只要自己随附签个名的这个退让地步，加上费新刚一直对秦贞梅有好感，在这语园里同窗四年即将分手的时刻，他实在是不好再拒绝。他接过秦贞梅递过来的圆珠笔，在蔡建设的名字后面签上了自己的名字。

当天晚上，吕望云独自一人，蹲守在俞仲乐宿舍的门口。他估计俞仲乐是有意躲避自己，暗下决心，就算是等到天明，自己也不能撤退，因为，他已观察到，俞老师的夫人先回家了，俞老师不可能不回家吧！哪知俞仲乐陪夫人回家时，眼尖，先看到了吕望云，知道他所为何事，便要夫人先回家，自己继续在语园的树林里晃荡。直到夜深，俞仲乐实在是忍不住了，同时，也是被吕望云的决心所打动，他装作外出才回来的样子，夹着公文包，旁若无人地低头直往自己家里赶。刚到家门附近必经的楼道口，吕望云迎了上来，客气道：“俞老师，辛苦了，这么晚才回家。”

俞老师装作十分吃惊地说：“这么晚了，你在这里搞么事？”

“我有事找您呀，俞老师，我找您可是找苦了。”

“这么晚了，有事明天上午到办公室来找我吧！”

“我已在您办公室等了好几天了，今天实在没有办法，才在您家门口等的，我知道您一向是帮助我爱护我的呀，俞老师！”

“你的事，我一点办法也没有，你得找阚书记。”

“阚书记要我找您的呀！”

“你糊涂呀，找我，我就只能劝你放弃，到单位再争取。”

“阚书记说，他现在也不想取消我的预备党员，困难就在班上的党员离校不好找，我现在将他们同意不取消我预备党员资格的意见声明都收集得差不多了，只差吴杰锦的了，他的意见明天也会通过特快专递寄过来。”

“阚书记这么跟你说的，你就按他说的做，不过，我还是头一次听说，不开会，党员书面声明表决的！这怕不是阚书记的真实意图吧？”

“不管他的真实意图如何，明天吴杰锦的意见一到，再加上您的意见一起，我拿了去找阚书记，我只有这个办法了。”

“没有用的，你还是参加工作后再努力吧，我只能这样跟你说了，你的事，我真不能再犯错了。哦，对了，那台洗衣机你还是找人搬走吧，自从你送洗衣机的事学校知道后，现在后勤部给我们这样的团结户配洗衣机了。”

“洗衣机的事就不提了，我要离校了，不可能再管这事了，您不书面表达意见，口头表达一下也行，我明天好一并去找阚书记求情。”

俞老师面露难色，但是他看到吕望云执着的表情，不敷衍一下，恐怕今晚是过不去了，他犹豫片刻说道：“反正没有用，你想么样说就么样说去吧。”

他正要转身与吕望云分手，不想这时站在附近的俞老师夫人、省委党校的潘兰老师走过来说道：“人家一个年轻大学毕业生，这样执着追求我们的党组织，支部大会又通过了，你有么事理由不表态支持呀！来，来，到家里来，要俞老师写好意见，明天你拿去找阚老师，是他要你征求大家的意见的，就按他说的做。”

感激的泪水在吕望云眼眶里打转，他跟俞老师一起来到那熟悉的小客厅，俞老师边拿笔签字边对潘兰说：“你可是党校的专业老师哈，这样违不违反规定?”

潘兰说：“人家支部大会都通过了，你们这是将少数人的意见强加给多数人，而且这个多数人的组织级别还要比这个少数人的高一层，你们这样做不合程序呀，害得人家国家部委大机关都去不成，这么大的错，还不赶快纠正?”

“行吧、行吧，管他阚书记么样说，不签你这家伙也是不会善罢甘休的。”吕望云在一旁连连道谢，他终于拿到了俞老师不同意取消他预备党员资格的书面声明。

三

吕望云迈着轻松的步伐，从俞老师家出来。高大的桐叶里照常传出蝉鸣，新换的路灯在深夜里发出耀眼的白光，照在桐叶织成的顶上，桐叶层次分明幽深，拽拉出他思维上的兴奋。他忘记了已是深夜，内心满怀希望地在叶顶和两侧树干围成的柏油路面快速急行。眼不见路两旁的一切，不时遇到几对相拥相牵的夜行男女，同步勾起他尽快找到秦贞梅的念想，脑海中不断浮现出秦贞梅听到俞老师签字这个消息时，会现出的欢笑模样。走到楠三舍门口时，大门已紧闭，他才想起，楠三舍是女生宿舍，每晚十一点准时关门，假期也不例外，他无奈地抄近路回到桐六舍，假期管制稍微放松，深夜了还有寝室亮着灯。接近午夜酷热不散，除了学习，室内不会有人。而毕业班所在的四楼更是人去楼空。隔壁寝室还有费新刚等少数几个事情未处理完的，在这个炎热的暑假初期，都抱着草席爬梯上到了桐六舍的楼顶。

吕望云急急忙忙到淋浴室冲完凉后，也卷起枕席，来到楼顶。楼顶上人满席密，他踮起脚，好不容易才找到一块空处，旁边还放着一把吉他，细看，发现旁边睡的是身材高大的八四级学生会主席、校广播电台编辑兼播音员肖放。肖放一向对吕望云十分尊敬友好，是吕望云亲自向俞老师推荐的学生会主席接班人。此时，肖放还未入睡，见是吕望云踮着脚走过来，连忙起身，将吉他连盒子一起斜靠到一旁，帮吕望云铺开枕席。

肖放低声耳语道："你的事情我们都听说了一些，全校的毕业纪念册，这事真不简单，你可要教教我，我明年也想试试手。"吕望云很快在刚铺好的草席上躺下，见肖放说得很诚恳，不禁叹了一口气，也耳语道："个中苦乐，你不可能想象得到的，眼下，最希望的是明天的事有个好结果吧……"

虽然楼顶水泥板的坚硬粗糙被厚厚的草席缓和了，但烈日晒烫后的燥热还是穿过了草席，因它消退得太慢，直到午夜后楼顶才开始真正让人感到凉爽舒适起来。劳累了一天，舒展放松地躺下，心中的烦躁混杂着透过草席而来的燥热，吕望云半天还不能入睡。翻来覆去，冒汗的皮肤都被草席磨得有些刺痛，他索性坐起来，看到砖红色的月亮从语佳湖那边升起来了，一条宽约二十来米、窄长的水渠，从湖面蜿蜒伸展进隔壁城市建设学院的校园中，月光下银带般的渠面穿过校园，消失在森林中，像极了老家江堤上露宿时看到那无边棉花地中间的大水渠，那是父亲引以为豪亲自主持修建的水利工程，他想起享有"土专家、铁算盘"雅号的父亲，常常夹着一捆靛蓝色工程设计图纸回家，那时自己是多么佩服父亲呀！多么希望自己将来能像父亲那样有本事、有文化，做个受人敬重的人呀！父亲一生怀抱遗憾不能入党，当听说学校关于吕望云的外调函到了公社党委，兴奋地专门写来一封信，说公社书记怎么怎么好，还将写好的回调函细细地看，说写得真好，一定不会影响望云入党，等等。

吕望云心想，这次入不了党，将来到单位再入党，岂不又要来一次外调，到那时爱面子的父亲如何给公社领导解释？见大家都已入睡，他又重新躺下，不自觉地想到了罗泽玉，那洁白如新月的脸庞上，漆黑发亮的眼珠闪跳着，犹如眼前这碧空孤月上飘动的一缕彩云，拨动了思念的心弦。她到美国有一个月了，也不见来信，就算不知道自己分配到哪里，也可以通过伍卓理转一封信来呀！真的出国就变了心？罗泽玉因为成绩好、说话甜，兴汉实行学分制，她提前一年修满学分，得以有条件考试和申请出国，被兴汉公派到美国，还在大三时兴汉就发展她为党员，望云羡慕兴汉、羡慕她之余又感到些许可惜，心想，她到美国，那里不是自由就是民主，入党不是浪费了气力？又想起，要不是那天与罗泽玉一起读单德果的绝笔信，伤心得相拥哭泣的情景被秦贞梅看到，也不至于现在这么艰难地找阚书记……不管自己怎么胡思乱想，落脚点都不知不觉地回到了入党这件事情上，最后，还是不知不觉地进入了梦乡。

第二天一早醒来，楼顶上还剩下几人，稀稀朗朗睡着。太阳升起不久就显示出夏日的威力，西斜的满月，也只能是淡淡地画在西天上。旁边的肖放还在梦中，露水润湿了草席，将肖放卷曲的身形“描”在草席上。翻身坐起，吕望云身上的被单跌落在大腿根部，卖出毕业纪念册后，伙食得到很大的改善，青春的张力在一夜的休息后得到恢复，被单也被下身顶起，像一把小伞。他生怕肖放突然醒来看见，连忙用被单捂住下体，弯腰用另一只手轻轻卷起草席，静静弓身逃离。不料肖放竟然在身后保持睡姿不动地说道：“我这几天除了在院广播电台审稿播音外，都在宿舍准备研究生考试，你有么事需要我帮忙的尽管招呼一声。”吕望云连连弯腰直说：“嗯嗯，暑假都放了好几天了，电台还照常播呀？”

俩人说了几句话，注意力一分散后，刚才控制不住的根部勃起也慢慢平息了。一手抱起全部枕单草席，另一只手抓住钢筋爬梯，吕望云从楼顶天井口下到五楼走廊上。回到宿舍时，见隔壁的费新刚正坐在书桌前吃早餐，费新刚已办好了留校担任低年级新生辅导员的手续，假期留在学校帮系里处理一些杂务，等待学校分配单身青年教师宿舍，他的留校梦想已经完全实现了。在未来一切未定的吕望云眼中，这个“费三度”，此刻是这般悠然自得，连简单的稀饭馒头都吃得津津有味。虽然费新刚在秦贞梅的激烈劝说下也签了名，但是，在知道费新刚为了自己留校，背后各种小动作，害得自己失去了到国家部委的工作机会，一阵阵恶心和烦恼，使他加快了动作。到洗漱间洗漱完后，他拿起搪瓷饭碗，到桐三食堂买了早餐，环顾食堂内外，未见黄琴会的身影，心想：处理好了再来见黄主任，现在最好还是先找到秦贞梅，希望秦贞梅陪自己一起去找阚育才，恢复自己预备党员的身份，便于邢慧贞主任为自己联系新的工作。

在食堂吃完早餐后，就在去找秦贞梅的路上，吕望云边走边想，吴杰锦的特快专递还没拿到手，还要先到系办公室去看看到了没有，资料收集齐全了再邀她不迟。他到楠三舍路口转向到楠一楼系办公室找到邢老师，邢老师告诉他："吴杰锦寄来的特快专递，秦贞梅一早到系里来办事，顺便拿了，她显得很关心你呀!"说得吕望云脸上一阵发红，结结巴巴，转移话题地说："她，她是蛮好的，人家还有几天就要回阳京了。"

邢老师很关心地说："可惜一时联系不上到尚海的工作，去年到尚海工作的名额还是蛮多的，年前那场游行太害人了，考不上研究生，到大城市、好单位的名额都限制住了。"看看大办公室不远处还有一位老师正在办公，吕望云压低声音对邢慧贞主任说："要是阚书记有您一半好就好了。"邢老师善意地笑了笑，说："说这些没有用呀，你还不了解他，他其实才是一个真正有水平、有能力的好人！快回桐六舍找秦贞梅拿特快专递，好好去跟阚书记说哈。"

秦贞梅拿着吴杰锦的声明信赶到桐六舍，找吕望云没有找到，倒是撞到了费新刚。费新刚很高兴地对秦贞梅说："下午吴杰锦要回校办手续，晚上我请你们几个吃饭，吃完饭我们打'双升'，都毕业了，还不玩玩扑克，放松放松呀。"秦贞梅说："我不喜欢玩'双升'，你们几个找喻红玉吧，我看她一天到晚跟她那个研究生男朋友腻在一起，总要换换口味吧。"费新刚接着笑道："你不参加，吕望云也不会参加，没有几天了……"

未待费新刚说完，吕望云就走了进来，秦贞梅更是一阵脸红发急，好在吕望云装作没有听见，他也不问他们正在说什么，自顾自说道："现在关键要找到阚书记，如果阚书记待会儿同意我的请求，我请留下的几个同学再聚一下，打'双升'或是到官山电影院看电影都行。"他接过秦贞梅手中的特快专递，高兴地笑道："哈，总算是把声明意见收齐了，我现在就去找阚书记。"

他大步流星地在通往桐四楼的柏油路上走着，回头一看，秦贞梅在后面正小跑着追赶自己。吕望云立即停下来，不自觉地向秦贞梅挪动了脚步，秦贞梅喘着气埋怨他道："你急么事呀，太自信了吧，我本来不想跟过来的，怕你的急脾气搞砸了事。"

"我自信？我独自一人去就是自信吗?"

"对呀，你根本不管费新刚在不在场，根本不在乎他是不是还会变卦，也不在乎我的感受，不邀我一起到阚书记那里去，要不是因为你未入党重新改派工作的事，我早就回阳京了!"

“我是猜想费新刚那里你还有什么事情没有说完，没有想这么多呀。”吕望云很少见秦贞梅这般生气，这下他也紧张起来，见路上往来人少，他上前牵起秦贞梅的手，在这盛夏的上午，实现了他俩手上汗水的交融。手心相对，无言共享着这一段交心的路程，一直到桐四楼的大门口，吕望云才极不情愿地松开了秦贞梅的手。也不知道是不是手被吕望云握得太紧，有些微痛，秦贞梅对着自己被握红的手，吹了好几口气。

四

到了阚育才书记的办公室门口，吕望云敲了敲半掩着的门，得到阚育才的允许后，他一人进去，将秦贞梅留在门外。他客气地叫了一声阚书记，阚育才却装作没有听见似的，继续埋头写自己的材料。吕望云将几名党员和俞老师的签字拿出来，顺了顺，拿在手上，站立在阚育才办公桌一旁。阚育才低沉着声音道：“本事不小呢，搞起地下串联来了，签名都弄齐了？”

“是您说党小组都解散了，不能重新表决，才不能保留我的预备党员资格的呀，阚书记！”

“就算是你把他们的签名都弄齐了，你的思想入党了吗？你的行为像一个党员吗？”

“那为什么支部大会通过我入党呢？省委党校的潘兰老师都说您这样以党小组的决定改变支部大会的表决是不能算数的，我又没有犯什么错误，您不能跟您的学生过不去呀，阚书记！”

“都是俞仲乐夫妻包庇纵容你，你看你倒卖毕业纪念册，到处吃喝花钱，还给俞仲乐他们送洗衣机，你这还是共产党员的行为吗？到现在还没有认识到问题的根本，拿这些形式上的东西来有么用！”

一听到阚育才说出了他自己的本意，吕望云一下明白过来了，原来真正的反对者是阚书记。他心里恨得痒痒的，心想：你这个戴着高度近视眼镜的貌似和善的领导，对我哪有这么深的成见？临到毕业了还要这样暗地里对我这样的学生下手，临到头了，还以不能得到党员的同意为由拒绝，我好不容易将同意的签名搞齐，你又说我拿这些形式上的东西无意义，你这不是拿我当猴耍吗？这样的人，不可能让他发善心，回心转意的，索性辩个明白：“阚书记，我做毕业纪念册可是勤工俭学的行为，事先都报告过系里，当时还想请俞老师开证明到学校银行存大额现金，俞老师并没有反对。我凭本事和辛劳，冒险赚钱，多少人眼红，有机会就敲我的竹杠，要我花钱请客，我哪里愿意这样做呀？给俞老师买洗衣机，也是因为您要我带人帮他搬家，我们看到几个年轻的老师共用一个洗浴室，忙的时候，洗衣盆都摆在地上，排队洗衣，学校不关心配一台洗衣机不说，我刚好赚了一点钱，为老师们做点好事，我又没有得什么好处。这难道做错了？您要我带同学去帮俞书记搬家，不一样也是关心他吗？"

阚育才被他一连串的质问，顶到了墙壁上，半天说不出话来，心想：都怪这俞仲乐夫妇，不给自己挡住不说，还要带头签字妥协。这费新刚也是的，自己的目的达到了，就不愿意得罪人了，党性原则哪里去了？埋怨归埋怨，见执着认真的吕望云不达目的不罢休的表情，不得已，他只得说实话："我看你桀骜不驯，在班上拉山头，在阳京实习时与费新刚闹不团结，越级向求是院长告系里的状，你，你，你胆子太大。"吕望云立即反答道："您怎么不说，我能力强，敢为人先，有新时代的闯劲呢？报纸上不是大力宣扬长江漂流、黄河漂流精神吗？"

阚育才一听，反而来劲了，镜片上几道玻璃弧线后的金鱼眼珠凸起，平时有点卷曲的几缕头发似乎也被愤怒的甩头动作拉直了。他责问道："你的闯劲和能力都用在了为自己争取利益上了，人家长漂、黄漂是为国争光，你哪里能与他们相比？不害臊！别说漂长江和黄河，你就是渡个龙湖，没有个人利益，怕你也是不敢不会的！"

"阚书记，您可不要这样瞧不起人，渡黄河、长江时间来不及，渡龙湖又不算么大难事，横渡算不了么事，那我就绕渡一圈，这总没有听说谁干过吧？"

"你自个真要去绕渡龙湖，龙湖又没有盖盖子，淹死了，你自己负责，我可没有让你逞能！"

"真气人呀，好像我就是个没有精神境界的人，这次就算是冒险丢了命，我也要去绕龙湖渡一圈！我要向您证明，您看错了我！"吕望云怒气冲冲，头也不回地冲出了阚育才的办公室，出门与秦贞梅撞了个满怀。

原来，听见他俩提高声调，秦贞梅正要进阚育才办公室劝解，不想与吕望云相撞，红色玳瑁眼镜跌落在她右肩上。吕望云眼疾手快，将正在跌落的眼镜又快又轻地按在了秦贞梅肩下靠前胸旁。一瞬间，手触肤软心慌镜片凉，雷霆怒气被这凝脂柔胸片刻消解。他边走边给秦贞梅戴上眼镜，万分抱屈加几分愧意，软语送到秦贞梅耳旁："对不起，贞梅，我们走吧，再说也是没有用的！"

秦贞梅稍一止步，起先意欲转身去到阚育才书记那里，争取不成，解释缓和一下也行，见吕望云毫无停下来的意思，她又很快一路小跑跟上，问："我们的签名给他看了吗?"

"不用看，他就知道我能把大家的签名搞齐。"

"那怎么办？要不算了吧，到新单位再说。"

"我怄不得这口气。"

"那怎么办？找上级反映，干脆找求是院长怎么样?"

"不找了，这样越级汇报不是我的风格，他说我没有'长漂、黄漂精神'，还不敢渡龙湖，我不仅要去渡龙湖，我还要绕渡一圈龙湖给大家看，我要找校广播台的通讯员、外校的记者，来围观，扩大影响，要让他了解了解我吕望云是个么样的人!"

"这不行吧，你这是要小孩子脾气，他哪会吃你这一套?"

"我也只有这个办法了，但愿能感动老天爷!"

" 那我们现在就去准备，看看线路，准备游泳圈和游泳衣。"

其实，吕望云在说感动老天爷的时候，在脑海里的确浮现出求是院长和蔼可亲的面容。在他的思想深处，如果直接找求是院长，他有信心凭自己与求是院长的几次深入接触，求是院长说不定真有可能会帮自己说服阚育才改变主意，但是，吕望云耻于走这样的旁门左道，他身上还真潜含着一种先人留下来的"不服周"的精神，他要将安静的语园连同平静的龙湖一起，搅得热闹沸腾起来，看阚育才如何应对自己——这个他认为桀骜不驯的人。

他说服秦贞梅和他一同行动起来，找到尽量能找到的熟人和同学，告诉他们自己要像时代英雄们搞长江、黄河漂流一样，去绕渡龙湖，征服这看似平静广阔的龙湖，做成这件从来没有人做过的事情。他俩达成共识，对任何人只字不提和阚育才书记赌气的事。

第三十三章　遇冷受阻绕中绕　因故得力直上直

一

绕渡龙湖的时间定在两天后的星期天。他们第一个找到的人是费新刚，费新刚嗤鼻冷笑道："哼，等工作等得无聊了吧，看你把秦贞梅都聊糊了，跟着瞎起哄，我才不会闲得无聊去看你渡么事龙湖。"吕望云在费新刚同意签名以后，以为毕业分手前，他想明白了、变好了，没想到费新刚还是一如往常地冰冷自傲，遇事一定要先把自己护好。吕望云连忙拉拉秦贞梅的白色"的确良"衣袖，也显得若无其事地对费新刚说道："你忙，我们先忙自己的事去了。"

离开桐六舍费新刚房间时，见蔡建设还坐在隔壁宿舍。放假几天了，熟人不好找，他俩还是回过身进到蔡建设的房间，一问，蔡建设是临时来学校查资料的，简单地说出绕渡龙湖的计划后，蔡建设开始表现出惊奇和赞赏，吕望云一听十分高兴，说："后天抽时间到出发地兴工龙湖游泳场助威打气好吗？时间允许的话，能到目的地兴汉大学后面踏浪门的湖边泳池更好。"

蔡建设犹豫了一下，忽然明白过来样的，说："那可是个美丽浪漫的好去处，只是真不凑巧，我今天到学校来查资料，明后两天还要继续查，怕是去不成撒！"他的语气比费新刚好一些，但是结果还是不能去，稍稍沉默后，秦贞梅拉了拉吕望云的袖子接茬说："到我们宿舍去看看喻红玉能不能去，说不定她还能多带几个人去，研究生那边暑假基本都还没有回家。"

就这样，他们急匆匆地来到楠三舍，可惜喻红玉已外出学习去了。七月刚过几天的上午，语园荫凉，但也很热，他们跑了一身的汗，没有找到一个愿意前往出发地或目的地观看助威的同学。

秦贞梅劝吕望云放弃，说："你去绕渡龙湖，没有人知道，这没有人知晓的事，说它有天大的意义也是空的，白白受一场无人知晓的累不说，关键是还很危险，万一有个闪失可怎么办呀，罢了吧！"秦贞梅恳求他、心疼他，帮他分析，一再迁就这个大学期间自己满心爱恋着的大男孩的任性，在这即将各奔东西的时刻，她还是理性地全力逆转着他的任性。吕望云望着马路上粗壮的法桐树干，一字排开，蜿蜒有力地伸向高空，他被它们静而不屈的姿态所感动，他不服地说："我们到系办公室去，邢老师对学生好，又熟悉情况，她一定有办法的。"说着拉起秦贞梅沁着汗香有弹力的手，紧紧地握着走向楠一楼。

他们见到了邢慧贞，成熟美丽的邢老师总是热情友好地对待吕望云。这次见到他俩，还是连忙热情地拉着吕望云的胳膊，要他坐在自己办公桌旁边的凳子上，搞得没有座位的秦贞梅站在一旁，感觉自己是个多余的人。邢老师细腻地感觉到了秦贞梅的不自在，起身将自己背后的方木凳递给秦贞梅，也请秦贞梅坐到自己身边来。听完吕望云的计划和困难后，开始也是直摇头，觉得危险且意义不大，见吕望云十分坚决，最后说："这阚书记用心太苦了！你竟然要赌气绕渡龙湖，那多远呀！你的水性行不行嘎，好危险啦！"

"我是在长江边长大的，打小成天泡在江水里，我有信心战胜它！"

"既然这样，这事要么不做，要么就一定要做大，做出影响和意义来才好嘎！"

"怎么将影响做大呢？我现在找谁，谁都不愿意去呀！"

见吕望云急切地求教，邢老师略作思考，起身从她的大书柜顶上，拿出一摞水红色的广告纸，又从柜子抽屉里拿出毛笔和墨汁，对吕望云说："你不是大字写得好吗？将这一摞纸写上广告，到学校各个广告栏上去张贴。再不行，你就干脆到兴汉、兴地、兴师、兴财、兴农等龙湖附近大学校园里的广告牌上去张贴，我就不信，平时一个讲座海报就能招来上百人旁听，这么大的事，会没有人去凑热闹？"站在这一摞纸和墨跟前，有小时候跟大哥望山一起抬着石灰桶写了几个月标语练就的功夫，现在又被邢老师的鼓励和方法所激励，吕望云"唰"的一声站起来，毫不犹豫地拿起毛笔，饱蘸墨水，开始写起绕渡龙湖的海报来。在写的时候，邢老师建议说："还是上午从兴工龙湖游泳场出发，绕寞山后，下午从兴汉大学后面的龙湖踏浪门游泳场上来，到时候，我带人来迎接你凯旋。”吕望云重重地点头后，运足全身的力气写道：

龙湖寞山绕渡

兴中工学院射电工程系应届毕业生吕望云同学将绕渡龙湖一圈。时间：七月十一日，星期天，上午9点；行程：自兴工龙湖游泳场出发，先横渡寞山后湖，经植物园，渡落雁湖，到达湖心亭后翻越湖中道水闸，横渡郑湖后到达诺佳山后的踏浪门游泳场，全程大约26公里，预计下午6点左右到踏浪门游泳场起水。欢迎大家前往观战支持，更欢迎结伴同渡（安全责任自负）。

二

吕望云一口气抄写完厚厚一捆海报时，已是上午十一点多。秦贞梅借机宣传，到相邻各个办公室将能收集的糨糊都收集起来，引来一堆人围观。观看吕望云写大字，好多人表示：他这字和即将要“绕渡龙湖”一样，好大的胆气！“绕渡龙湖”，还真没有听说过，这么一项无人干过的壮举，大家一定要去见证。当吕望云邀请是否有人愿意相伴“绕渡”时，有摇摇头直接否定的，也有口说有意义、面似在考虑动心的，就是没有一个明确表示愿意相伴“绕渡”的人。

邢慧贞主任对吕望云一向友好，大概是不希望有人抢了他的风头，她竟极力避免那些心动的人转而下决心陪吕望云一起“绕渡”，眼见一捆笔力雄厚、奔放且漂亮的海报快要写完，心怀好感，围转着正在挥毫落纸的这个青涩才俊，这个知性少妇水嫩的面容一直热情红润，她转移围观者正在讨论的这个话题，大声提醒吕望云说：“八二级的吴帆，是你的老乡，现在在省电视台工作，昨天还来找过我，待会儿我打电话给他，要他务必找电台、电视台的记者去现场采访。‘绕渡龙湖’的距离不短于琼州海峡，看似平淡无奇，实际上水下情况复杂，夏季水温高不说，就怕遇上风云突变的恶劣天气，每年横渡龙湖都有丢命的，这‘绕渡龙湖’还真是不亚于‘黄漂’‘长漂’一样的壮举，省台的记者应该会来嘎！”

吕望云听到邢老师这带有鼓励的话，心中涌动着一种感激，连连点头向邢慧贞主任表达谢意时，不忘瞅了一眼秦贞梅，似乎在向她述说着一种难以言表的得意。他收拾一下，正要邀秦贞梅一起先到语园内的海报栏上去张贴，忽见陆陆续续离去的围观人中，邢老师盯着他准备去牵秦贞梅袖口的手，刚刚还热情的面容一下子冷凝下来，好像她对秦贞梅有点不满意。豪放中还有几分机灵的吕望云，瞬间有点下意识地迎合邢慧贞主任，他放下伸出了的手，提高声音与秦贞梅规规矩矩地商量道："我们俩现在分头去张贴，你负责校内、隔壁城建学院和兴地学院，我到龙湖沿岸较远一些的大学里去贴，顺便到体育学院去买一些游泳的工具。"

秦贞梅这时会意，显出了十分的大度与理解，她知道，吕望云接下来的事，无论是重新联系工作，还是联系读研究生，甚至重新讨论他入党的事情，邢慧贞主任都十分重要。她十分善解人意地表现出热度满满的随意，坚定地点头应允说"好"。邢慧贞主任见他俩分头行动，舒坦满意地点了点头，似乎在告诉吕望云：大胆去闯一回，测试一下自己，后面的事，你也不用太着急了，有我帮衬着呢。

话说吕望云本想和秦贞梅一起先在语园内张贴海报，后见一直关爱自己的邢慧贞主任对秦贞梅冷淡，改为各自张贴。他老老实实地独自穿过楠一大门广场，将要出楠一门，正走着，忽听得秦贞梅喘着粗气跑上来，一手捂着胸口，一手还夹着那摞海报纸，她对吕望云说道："我觉得这个海报很重要，修改一下再贴吧？"

吕望云转过头，见秦贞梅手捂胸口，双峰凸耸，香汗连衫，一派青春活力，感激爱怜之心突起，他顺势用左手轻轻拍了拍秦贞梅的削肩侧背，说道："看把你累的，要么样改呀？"秦贞梅似乎很受用他的轻拍，喘着气慢慢说道："起码，邢老师说的要请广播电视台的记者到现场这样重要的情况要写上，同学们一看有省市电视台的记者到，前往观看的人才会多，影响才会大，要不你一人受累，在龙湖里划来划去有什么意义呢？"

吕望云再次被秦贞梅的细心和用心所感动，他不由得轻轻拉起她的手，靠近自己后使劲将她向自己胸口搂了搂。他稍俯面额，对秦贞梅几乎是耳语道："谢谢贞梅，你考虑得太对了，我一激动就疏忽了，你看除了这以外，还有什么要改的，我们到商店里买纸重新写。"

吕望云和秦贞梅一起折返往回走，秦贞梅分析道："其实，还有一点不知你想过没有？"

吕望云反问道："哪一点？"

秦贞梅应道："这次的事是你和阚书记之间入党观念差异太大引起的，但是，在海报里一点关于党的影子都看不见呀！"

吕望云解释说："这事是因说'黄漂''长漂'长国人志气，是爱国的行为而起的，我是打比方说明，有勇气和闯劲并不等于阚育才眼中的桀骜不驯、不安分，希望他不要把我当成以自我为中心谋私利的人。"

秦贞梅问："那我们写的海报如何在这个方面有所表示？"

吕望云顺口说："嗯、嗯，能不能在前面加个帽子：在党的生日刚过不久……"

秦贞梅说："这样不太自然吧，一般是迎接党的生日才开展活动呀！"

吕望云说："要不在'绕渡龙湖'后加上：以实际行动赞同'长漂'与'黄漂'所展现出的中国人征服大自然的勇气和力量，弘扬新时代女排勇于拼搏的爱国精神。"

秦贞梅笑了笑说："这样好，切合当下，党国一体，爱国就是爱党呀！"

吕望云说："我们改了还要告诉邢慧贞主任吗？"

秦贞梅说："还要盖系办的章子，不通过她怕是不行，你单独去吧，借机再提醒一下她莫忘记了给吴帆打电话。"

想到海报上说的记者，自己还没有信心一定能找到，为可靠起见，吕望云对秦贞梅说："肖放应该在桐六舍学习，麻烦你去找一下他，他是兴工校办广播电台的学生组负责人，也算是一名校办电台记者，还有，他与新闻系的同学熟，请他多邀请一些新闻系的同学，按理说，他们是有兴趣到现场去的。"

秦贞梅说："这个主意好，这样即使吴帆请不来省市电台的真记者，我们的实习记者马马虎虎也可以对付得住海报上增加的这句话。"

说罢他们分手，为使人相信海报的真实有效，修改重写的海报还要到系办公室邢慧贞主任那里盖章。如此，吕望云买好纸，返回到楠一楼射电系办公室重写。秦贞梅则径直到桐六舍肖放的房间，同房间的人告诉她："肖放到电化教室上暑假外语辅导班去了。"她又赶到东五楼电化教室，悄悄地在后排坐下。低一年级的肖放，与吕望云差不多的个子，雪白的细棉面料T恤衫配上鲜红的衣领，外向中洋溢着青春的自信，与吕望云相比，显得有些微胖而不那么结实，一看就属于家境较好的。大三时，吕望云将夏雨诗社的社长职务交给了这个低一年级的师弟，肖放一直很敬佩吕望云，尤其是佩服他做毕业纪念册能赚一大笔钱，一直向吕望云取经，自己也想尝试一下大学期间勤工俭学做生意的滋味。

秦贞梅在后排按捺住表情，心急地等待。电化考研外语辅导课，教室现场又没有老师，听着电视屏幕里自己熟悉的英语考题讲解，就像水过鸭背，一丁点儿意思都没有。看着一教室凝神听讲的低年级同学的背影，她不由得胡思乱想起来：自己与这吕望云今后不可能有走到一起的未来，为什么不离开他赶快回阳京？那里有母亲的等待，有父亲和弟弟的关爱！快走吧，别管吕望云这“绕渡龙湖”的无聊破事。想着想着，她起身准备离开。就在她要悄悄离开电化教室时，一想到要离开这熟悉的教室，要告别楼外这一棵棵高大的法桐树，告别这里忙碌的人们……心中又十分不忍，耳旁不知何人的声音传来：“等几天再走吧，离开这里后漫长的一辈子，再想有这样的几天，那将是不可能的！”她追寻着说这话的人，像是吕望云又不确定，犹豫中，她又坐回到电化室的后排。

一直陪听了约有小半堂课。肖放下课，得知秦贞梅为吕望云“绕渡龙湖”的事而来。他一开始显得十分兴奋，当要求他作为兴工广播电台学生记者身份去现场观战助威的时候，他便沉默下来。尤其是当秦贞梅进一步要求他动员校广播台的其他人、新闻系的熟人和夏雨诗社的成员也前往时，他面露难色，说了句：“等我看到你们的海报后，再想想看。我正在复习备考研究生，而且英语强化班正在进行，别的同学既然留在学校，大家就都是有学习计划的，估计也不好邀请。”肖放的突然冷静，使秦贞梅在大感意外之余，不由得联想起费新刚和蔡建设的冷静反应，她感到这事远没有吕望云设想的那么影响深远、易于共鸣，她再三叮嘱要求肖放克服困难，多邀请一些同学前去助威，同时，自己也迅速回到楠三舍，她想通过喻红玉的男朋友，在研究生那边也找到一些热心人前往助威。意识到发动大家前往现场观看“绕渡”的困难，在这个过程中她算是悟到了，自己“离开语园”与吕望云“绕渡龙湖”一样，都是自己和吕望云一起大学四年必须面对的最后念想与挑战，就像那中学语文课本里的《孔雀东南飞》，自己这只即将飞往东南的孔雀，离开这语园的不舍心情，莫非陪他“绕渡”就是自己离别时的“五里一徘徊”？哦，陪吕望云“绕渡龙湖”，这纪念意义怕是要高过那俯视江湖的语佳山……

三

她回到楠三舍，第一眼看到的就是吕望云放在自己书桌上改好的海报。打开一看，发现内容改一下确实好多了，快到午饭时间了，见喻红玉还没有回来，她想赶在午饭前将海报贴出去，好尽量让更多的学生知道。

秦贞梅到桐三食堂门口的告示栏上张贴海报时，开始有学生陆续来吃午饭了。已是桐三食堂主管的黄琴会主任，见三三两两的学生在围观告示牌，也移步到门口看了看。一见贴海报的好像是吕望云班上的同学，平时不怎么在意海报牌的他，好奇地将海报的内容细看了看，一看不打紧，发现是吕望云要独自“绕渡龙湖”，他吓了一身冷汗。虽然他知道，吕望云长在长江边，小时候调皮，在江边一玩就是一整天，但是，那是在没有压力下的随意嬉闹，与这样连续不断地绕渡，征服路程遥远的龙湖是决然不一样的。他要是有个三长两短的，自己在内心里还真无法面对曾经热情帮助过自己的吕望云的父亲。他决定尽快找到吕望云，要求他停止这样无谓的冒险行为。

为此，他走上前去，对秦贞梅说：“这位同学，你是吕望云班上的吧，你见到他务必要他尽快来我这里一下，我有急事找他。”

秦贞梅刚刚贴好海报，听见背后有人对她说话，转身一看，知道他是关心吕望云的桐三食堂负责人，是邀吕望云在厨房帮工的好心人，连忙回答道：“好，好，他现在正在忙着准备‘绕渡龙湖’的事，晚上有空，我一定要他来找您。”

说罢，秦贞梅准备动身到相邻的城市规划学院和兴地学院去张贴海报。不想这时黄琴会走到她面前，拦住她，礼貌而诚恳地说道：“这位同学，我知道你对吕望云好，我好几次看到你们俩在一起。”

秦贞梅红着脸点点头回答道：“我们是一个班的同学。”

黄琴会紧接着说：“既然这样，我恳求你为他好，千万不要再去贴广告了。赶快带我去找到他，一定要阻止他这样冒险任性，你不知道，他一家人有多好，万一他有个么事闪失，我对他父亲和他大哥都无法交代呀！”

秦贞梅接着说：“他也是被激的，我是劝不住他的，按约定，他在系里改写完海报后，先送到楠三舍我那里，然后应该会先回一趟桐六舍，午饭后再到其他大学校园里去贴海报，我去喊他试试！”

说罢，秦贞梅一路小跑，来到桐六舍，吕望云刚刚将用纤维带捆扎好的海报、一小桶糨糊和毛刷等摆在书桌上，准备到食堂吃过午饭后，就出发到校外。一旁坐着正在看资料学习的蔡建设，她看了蔡建设一眼，本想像平时一样回避他一下，一想到事急且现在这事与他没什么关系，便顾不了那么多，连忙对吕望云喊道：“快到桐三食堂黄主任那里去一下，他有急事找你。”

“你么遇到黄师傅了？急事?”蔡建设早就知道在桐三食堂吕望云有个关系好的负责人，听到秦贞梅的大声传信，他一点也不感到意外，还不在乎地摇晃着宽广的脑袋，调侃道：“食色性也，食堂主任加美人，你这真是无人能比的幸福大学生活嘎!”秦贞梅隔着玳瑁眼镜，白了他一眼，顾不了回他什么，拉起吕望云就走。

吕望云顺便拿起饭碗，和秦贞梅一起快步来到桐三食堂二楼黄师傅的办公室。黄师傅第一次严厉地问道：“十几年的寒窗苦读，你这样冲动，不说对你自己不负责，你也得替你的父母家人想想，别人不知道，我是最清楚的，别看那平静的龙湖，每年暑期都要淹死十来个游泳的好手!”

“黄师傅，你不知道呀，别人说我勇于干事，只是因为有私利。像‘黄漂’‘长漂’那样为国争光探险的事情，我就没有勇气也没有兴趣去做!”

“谁说的？我这就去找他!”

秦贞梅在一旁搭话道：“我们系的阚育才书记说的。”

“这样，从现在开始，你就在我这里，我今天代表你的家人去请他来说清楚!”说罢，他对门口的秦贞梅说，“我们走，现在就去找那个阚育才，我还要去告诉你表哥岳望星，要他们两个见多识广的人来好好劝劝你!”

说罢，将木门外的铁栅门一锁，黄琴会就和秦贞梅一起去找阚育才去了。吕望云被锁在房内，直喊：“他们来劝我是没有用的，快莫耽搁我!”因食堂的办公室窗户都加装了铁栏杆，门都是防盗铁门，喊了几声无人应，又怕喊声大了，搞得满城风雨的，他只好忍住不发声了，虽然心急如焚，也只有在室内干等!

黄琴会大步流星，秦贞梅一路小跑，来到桐四楼，阚育才不在办公室。看秦贞梅满头大汗，他对秦贞梅说：“你先回去把吕望云看住，要他安心等我，莫急，他表哥岳望星估计在船池工地，我现在就去找。”

黄琴会赶到语佳山下正在修建船池的地方，在热火朝天的工地上找到了戴着安全帽正在指导安装设备的岳望星，心急火燎地告诉他，吕望云即将要“绕渡龙湖”的愚蠢计划，请他到桐三食堂去劝他放弃，因为，这样做除了有生命危险，没有任何意义！岳望星听说后，告诉黄琴会：“你先回桐三食堂，我处理一下，马上骑车过来，这家伙，我和他才一道去联系转回兴工读研的事，受一点挫折就这样做，那今后的路还么样走哇?”这黄琴会因为一时太急，又快步到桐四楼，希望能看到阚育才书记。待他回到桐三食堂时，岳望星骑着自行车几乎与他同时到达。

岳望星一见到被锁在室内的吕望云，先要黄琴会打开门锁，示意自己要进到办公室内，好好数落教育一顿吕望云。黄琴会却说：“先莫慌，等你在门外跟他说好，我再开门也不迟。”岳望星对黄琴会说：“黄主任，这样不好，我相信我进去跟他说效果要好一些，相信我吧，我们都是为他好!”

“好的，我是怕他一时转不过弯来，你门一开，他不再听我们的劝解，就冲出去，四处张贴‘绕渡龙湖’的海报，那样就不好收拾了!”

“没事，我的表弟我还是知道的，他不会不讲道理瞎来的。”

“好，我这就开门了。”

吕望云在室内听到有人来，正准备待门开冲出去，听了他们的对话，现在还真的不好意思直接冲出去了。他只好耐住性子听表哥说：“你这都大学毕业的人了，家里人陪着你吃的苦也快要到头了！你做这毫无意义的冒险，万一弄丢了性命，大家都受不了不说，舅舅舅妈在你身上付出的一世辛劳，还有你过去的辛劳努力，不就打了水漂了!”

“表哥，你不知道，我这是为了争一口气，我也有尊严，不能被人看扁了呀，你看，人家漂黄河、长江，横渡海峡不也是为了不让别人瞧不起吗?”

“人家那是争抢世界第一，人家的宣传也做得好，为国争光，还可以扬名天下呀，你这‘绕渡龙湖’，危险不比他们小，名头却又远没有他们大，像那唐·吉坷德战风车一样，是个毫无意义、虚幻的征服目标呀!”

“我这贴海报不是在做宣传吗？横渡龙湖的多，从兴工绕寞山，环湖长距离‘绕渡’到兴汉大学踏浪门的，史料上还没有记载过，我这也是世界第一呀！再说，我主要是怄不得别人说我的魄力和勇气都用在了追逐利益上，还说我不像一个党员，我的预备党员资格也被取消呐，我‘绕渡龙湖’就是要争这口气!”

这时黄琴会在一旁插话道：“这追逐利益只要不做坏事也没有错，别被人家一句话激成这个样子，你是个聪明人，莫像那孙猴子遇到了猪八戒，被激将法搞昏了脑袋!”

“就算像孙猴子被猪八戒激了，我也要坚持。‘拐子们’（老大、兄弟们）千万不要阻止我了。”

“真没有办法，解铃还须系铃人，待会儿秦贞梅把阚育才书记请来劝解一下，你总可以放弃了吧?”黄琴会边说边朝门外楼梯看了又看。

话说，阚育才书记被秦贞梅找到时，正在楠一楼系办公室开会。文雅秀气的秦贞梅不敢贸然闯入会议室打扰，她等了等，见有人进去，便托了那人带信，请阚育才出来。阚育才出门见是她，吃惊地问:“你怎么还没有离校?”

秦贞梅笑了笑，转移话题答道:“吕望云坚持要贴海报，‘绕渡龙湖’，桐三食堂的师傅劝他不住，要我来找您求助。”

“他在哪?他那犟脾气，找我有么事用?”

“桐三食堂的师傅，怕他出去贴海报，把他锁在桐三食堂的办公室里了。”

“桐三食堂的师傅是么人?他这是非法拘禁，胡闹!”

说着，阚育才快步下楼往桐三食堂走，秦贞梅跟在后面，边走边介绍发生的情况。阚育才则边听边思考:只要这刺头安全不出问题，自己又出面阻止了，就让他吃点亏，受点磨难，长点记性，怕还是一件好事!何况，自己已经帮他联系好了，他终归是要到汉大读研的，其他的事暂时都不重要!放手让他去闹一闹也好。

打定主意，阚育才一进桐三食堂黄琴会的办公室门口，岳望星和黄琴会正站在室内劝说吕望云。见阚育才书记走近，都停下来，客气地和他点头招呼。他俩指望阚育才书记劝劝，阚育才书记来回走了好几步，说:“‘绕渡龙湖’，快三十公里的长距离哈，跟琼州海峡差不多，不要看到下水时，湖面好平静，夏季多的就是风雨雷暴，每年淹死的都有十来个人，哪个人的水性不高?你这都是拿了毕业证的人了，我们都劝阻不了你，不过，我再次声明，生死你自己负责哈，莫怪学校!”说罢，看了岳望星和黄琴会一眼，见他的说法可能与他俩的看法不同，便继续说道:“你把这次入党受挫折的事看得太大，若干年后你再回头看，这点挫折又算得了什么呢?你问一下他们，哪个是一帆风顺的?我还到沙洋农场劳改过，当时感到天塌地陷一般，现在想起来，那又算得了什么呢?”

见阚育才书记指着自己开导吕望云，岳望星和黄琴会两个人这时才不约而同地点头表示赞成。岳望星抓住机会开口打听吕望云下一步读研和分配的情况，阚育才书记却冷冰冰地说:“像他这样翻翘（不听话）的，有办法也变成冇得整（没有办法）!”

说罢，头也不回，就离开桐三食堂了。

岳望星从他撂下的这句话中，听到了言外之意。秦贞梅见吕望云还未被说服，开始还想上前留住阚书记，后见黄琴会和岳望星对他的话一致点头表示赞赏，便停下来，听黄琴会嘀咕道："这话真有道理，我当初高考没考上，也以为天要塌下来，前程一片暗淡，现在想想，也没么事大不了的……"

岳望星关注着吕望云倔犟的神色，从小到大一起长大的他，知道吕望云不达目的不肯罢休的性格，该劝的都劝了，他还不听，再劝也无用，便对黄琴会说："我代表家里人拜托黄主任，如果他不放弃'绕渡'的想法，你就把他锁在这里，闭门先冷静下来再说！我实在是有事，就先走啦！"

四

就在吕望云被困在桐三食堂的时候，单德果正急急忙忙自江湖体育学院赶往吕望云的桐六舍。绝望中的他，几个月前还因自杀以求解脱。那次，他将给吕望云写的绝笔信投到县城邮局信筒后，身无分文的他，瘸着被人打伤还没有恢复的右腿，回到化工厂简陋的职工宿舍，躺在床上割腕自杀，被偶然回宿舍取东西的同宿舍人撞见。这人跑到厂里，大喊救命，惊动了厂长。厂长见多识广，将他的手腕快速用胶带捆住，控制住流血，将奄奄一息的他送到县医院，将他从死亡的悬崖边缘拉回来。年轻大学生为厂里讨债遭人毒打，因未完成厂里交办的任务，心灰意冷而轻生自杀。这事在当地一下传开，很快就上了报纸。一则标题为《关爱外地职工的生存，是吸引人才发展我市经济的根本出路》的文章，详细地报道了他努力拼命工作，得不到公平对待，最后因绝望自杀的过程。报纸号召广城各企业，要高度重视和关爱外来务工人员。这则消息被力宝公司的黎老板看到了，有感于单德果舍命敬业的精神，更感到人才难得，他马不停蹄驱车前往县医院，看望绝望中的单德果。他拎了一提水果，拿出三百块钱作为慰问金，正在打吊瓶的单德果激动地强撑着伤弱的身子说："黎老板与我素昧平生，来看我，我三生有幸，感激不尽，但这钱我不能要！"看到单德果人逢末路还不轻易收受，黎老板更加感到他人品的可贵，当即告诉单德果："恢复健康出院后，请你一定来力宝公司上班，我亲自安排你的工作！"这场陌生而又亲切的交谈后，单德果看到了希望，感到身上的气力恢复了几分，还未得到医生的同意，便急匆匆搭车到力宝大厦报到。来到救星般的黎老板身边，黎老板安排他，协助自己策划市场营销工作。单德果十分珍惜这个机会，奋力工作，迅速成为黎老板的得力助手。

黎老板一直十分重视在体育活动中做实物赞助工作。单德果到他身边工作不久，恰好第三届国际女排邀请赛在江湖市举行。出发前一天，黎老板对正在帮助自己处理杂务的单德果讲："跟我一起去一趟江湖吧，熟悉一下体育赞助业务，顺便回家看看。"

单德果听完，一阵惊喜，他以为老板是对他的客气与关照，迅速思考后应道："我刚来，还未做出一点业绩就回家乡，不太合适呀，老板！"黎老板却说："江湖是中部重镇，青年学生多，而且体育赛事也多，这次搞完后，紧接着就是'江湖晚报杯龙湖划艇赛'，那边的事今后你多做些！"这时，单德果明白，老板是要带带他，准备要他从事江湖区域的营销工作。

第一次参加组织大型赛事，虽然与老家煌州近在咫尺，与高中同学同在江湖市，但是，一事无成，且口袋空空，他只能一心一意忙于赞助女排赛的事。就连吕望云这样的同学兄弟都不打算见一面了，一是因为无力还钱，二是没有做出什么光荣的事。这次又来赞助"龙湖划艇赛"，口袋里也稍微有点余钱，事业也有了起色，单德果实在是按捺不住，想见见老同学。

他急匆匆最想见的是罗泽玉，但是，他琢磨罗泽玉应该已经到美国好久了，到汉大估计只能见到留校读研的伍卓理。想想伍卓理那常常挂着优越感的神态，他就放弃了去汉大的想法。去兴工，口袋里的钱还不够还清半年前欠吕望云的债，他边干活边犹豫着，最后一想，吕望云应该也毕业离校了，管他的，到兴工碰碰运气吧，总之，自己回江湖两趟了，不和债主见个面将来也不好说，更何况必须到吕望云面前去表示一下自己还活着，免得他回家在乡亲们面前说自己已自杀身亡，自己去了他不在，也落个心安理得。

他这样想着，从体育学院的训练场出来，不一会儿就到了兴工桐六舍吕望云住的房间。运气真好，正在学习的蔡建设依然调侃着告诉他："刚刚他被美女同学拉走啦，说是桐三食堂的黄主任有事喊他！"他害怕吕望云离开桐三食堂后不好找，一刻未停，转身过去，到门口一打听，就直往大堂内左侧二楼黄琴会的办公室奔去。

这时，办公室内门是敞开的，铁栅门被门外的插销插上，虽没有加锁，但是，室内的吕望云还是够不着，门打不开。吕望云对这里十分熟悉，不仅是因为同黄琴会熟悉的原因，更因为这里是分发购买饭菜票也是桐三食堂临时存放钱的地方，所以，门窗都加了铁栅栏。大一担任班上生活委员时，几乎每月都要来这里一两次。吕望云尝试将铁栅门外的铁销抽出来，失败几次后，正低头闷坐在办公桌旁。黄琴会时进时出，忙得是里里外外，顾左又顾右。这黄师傅有点面熟，单德果似乎见过，悄然与他点了点头，知他一直在给吕望云帮助。只是吕望云身边还有一位露出大半个穿着清凉荷花淡红夏衣的身形，侧面轮廓清晰，似曾相识的美丽女子，单德果一上楼梯透过铁栏杆首先看见了她。他先是一愣，不禁放慢脚步，心想：这家伙，莫不是因与这美丽的女子有纠葛，才闹到一向关心他的食堂主任这里来的？罗泽玉才出国几天，这家伙就有了这等风流韵事。他下意识探头看过去，只见这美丽的女子一边拍着吕望云的肩头，一边说道着什么！他不知道这是秦贞梅即将毕业分手前的放肆与不舍，而是认为，她这神情显出了超出一般关系的关爱程度。这下他更火了，心想：我好歹将追求罗泽玉的位置和机会留给你，你这家伙这样不珍惜。本来性格有些内向柔和的他，这时也满脸怒气地拉开铁门插销冲了进去，对秦贞梅招呼都没有打一个，眼睛直盯着吕望云，大声说：“你好不争气，别人毕业后，工作的工作，读研的读研，独独你还在这食堂里和女同学拉拉扯扯的！”

吕望云抬头一愣，见是单德果，料他自杀未成，“嚯”的一声站起，也大声喊道：“你还活着！你这家伙不在广城，才半年多，你跑回来干什么？”

“我回来监督你的，看你管不管得住自己。”

“鬼扯，我才放心不下你呀，你不是自杀了吗？莫不是你的鬼魂回来了？”

他俩说到这里，互相给了对方一掌，猛然又注意到站在旁边的秦贞梅，这时，吕望云立马介绍道：“秦贞梅，大学同班同学，马上到尚海交大读研！”单德果这时怒气稍平，连忙伸出手，自我介绍道：“单德果，和他高中同班，已下海到广城民营企业打工了。”秦贞梅微笑着点了点头，只是，看到单德果伸过来的手，又看了看吕望云，吕望云连忙伸过自己的手来，代替她把单德果的手紧握了。

“你这家伙也太走桃花运了，这秦同学么样和你到这食堂里来了？”

“你来得真好，我们系总支书记说我利欲熏心，做不了‘黄漂’‘长漂’那样为国争光的壮举，我说现在去‘黄漂’‘长漂’来不及了，再说，别人搞过的，我再去意义也不大了，我想去‘绕渡龙湖’，这‘绕渡龙湖’，我查了一下，历史上还没有记载，全程接近30公里，不亚于渡过琼州海峡！你说意义大不大？”

“大，好极了！那就渡呀，你打小水性就好！”

“谁说他水性好呀，他那从小无师自通的‘狗爬式’，派不上用场，我又不是不知道。”黄琴会进来时，捡了个耳朵，插话道。

“呀，这是黄主任，单德果你应该知道他，他的小提琴拉得特别的好呀！”

“知道知道，我们都认识你，你不认识我们，只因我们那时太小。”

“是呀，你们这几个秀才，我后来都听说了，都考出来读大学了，有出息，佩服佩服。”

“还是吕望云有福气，竟然在这里遇到了下乡的知青，难怪，难怪，你俩闹到这里来了呀！”

“哪是我们闹过来的呀，这是黄师傅看到我正在贴‘绕渡龙湖’的海报后，将吕望云诱捕过来的。”秦贞梅插话道。

“哈哈，这‘绕渡龙湖’的创意太好了，实不相瞒，我现在在广城力宝公司打工，做的工作就是体育赞助广告，你这个‘绕渡龙湖’的活动正好与此相合，这真是踏破铁鞋无觅处，得来全不费工夫，我马上就回宾馆向黎老板报告，我们一起来实现你这个宏大的目标。”

“你这是说，力宝公司出面来组织他的‘绕渡’活动？太好了，这样我们就不用担心他的安全了！”秦贞梅拍着双手，兴奋起来。

“力宝只搞体育赞助，不会出面组织体育活动，尤其是你这样的个人体育活动，么样搞？我还要回宾馆向黎老板请示一下哈。”

“你们至少可以将我这‘绕渡’活动的影响扩大，有了这，就够了，你想，安全问题，本来就是我自己的事。”

“好的，你原来么样计划的，就还是么样搞，我来给你凑热闹！”

“我原计划两天后，你看，他们这样不放心，硬是浪费了半天贴海报的时间了！”

“两天后？”

“对！”

“太巧了，我们赞助的‘江湖晚报杯龙湖划艇赛’也是在两天后上午十点整，在寞山脚下开始！”

“我是计划一早在语佳湖前面的兴工游泳场出发！”

“好得很，我可以先把记者们招呼到兴工游泳场，搞完你的下水仪式后，再坐车到寞山底下，搞划艇赛！”

“太好了，这样，中途，和下午的踏浪门终点站，凑热闹的人就会更多，影响就会更大！”吕望云一想到这些，再也不能被黄琴会控制了，他拍了拍单德果的肩膀，说，“时间太紧，我们就此各忙各的，有事搞完后再聊！”

于是，他也如那电影《上海滩》的明星范，双手合十，谢了一下黄琴会，拉了一下秦贞梅，说了一句：“我们贴海报去了哈。”便扬长而去。

留下的单德果也喊了一声：“美国那边有信来吗？”

吕望云瞬间感觉到，秦贞梅听这话时心中的‘一咯噔’，连忙说：“你去找找伍卓理。”

第三十四章　海报串起过往情　一诺铸就绕渡心

一

话说吕望云到系办公室邢慧贞主任那里说明原因，重新写了海报，将重写的海报按约定送一部分给秦贞梅。秦贞梅不在，同宿舍的人让他将海报放在秦贞梅书桌上，他嘱咐同学转告秦贞梅一定抓紧时间张贴。

他回到桐六舍，到门房按邢慧贞主任给的电话号码，与吴帆通了一个电话。得知，邢慧贞主任已很负责任地联系上了吴帆，吴帆说他本人一定按邢老师的要求，带上新谈的女朋友一起来助威捧场。但是，不能确定自己是开始时来，还是下午快结束时来，也不知道能不能说服单位里派记者来，更不能保证其他电台、报纸的记者一定能来。还说为了保证效果，希望吕望云将海报贴到电台和出版报纸单位的告示牌上，他再私底下做工作，能来多少算多少。吕望云一听，觉得还可以，顾不了那么多，只要来一位记者，自己贴的海报就没有骗人，“绕渡”完后起码可以挺直腰杆见阚育才了。

联系完这些事后，吕望云打开抽屉拿了零钱，正准备向校外出发。忽然秦贞梅气喘吁吁一路小跑到宿舍里来，说是桐三食堂的黄主任特意传信，要他立即到他办公室去一趟。在桐三食堂黄琴会强行控制住他，先是请表哥岳望星来劝，接着又是阚育才书记来说，万万想不到不久前还写信来说已经自杀的单德果还魂般地带来了力宝公司可以赞助的喜讯。归根到底，总算是有人赞成，这些仿佛是在告诉他，“绕渡龙湖”似乎是天意，虽难但势在必行！

摆脱了在桐三食堂内众人的阻力，第二天一早，他信心满满，到校门口乘15路车，抵达兴师后，在中文系、物理系等几个教学楼与图书馆门口的告示牌上贴上海报，再到研究生宿舍找到徐秋成。徐秋成也是才拿到兴师粒子物理所的研究生录取通知书，没有回老家阳苏盐城，而是直接来到兴师，提前开始了研究学习。徐秋成得知他要“绕渡龙湖”时，也是很不赞成，也说这事毫无意义，他对吕望云说：“我们是来学习的，学习成绩好、考试能考好，就是王道，哪有你这样的？像个社会青年一样，躁动不安分！”

吕望云则针锋相对地说：“你这个书呆子，就知道读书，你不是考取了国京大学吗？怎么绕到这兴师来了？不是我做毕业纪念册赚了钱，到兴师来帮你争取，你现在怕还没有机会来这全国排第二的粒子所，学习你感兴趣的粒子物理！”徐秋成一听也有些道理，表示可以理解，但是，还是坚持自己学习任务太紧，不能浪费一天宝贵的时间去龙湖“玩”。

吕望云见说服不了徐秋成前去观看，十分懊恼！他说：“秋成，你是我大学四年形影不离的同窗室友，每个月共享饭菜票，我现在被逼到这个田地了，无非是想和阚育才赌口气，你不去，老子就打退堂鼓不搞了！”徐秋成一听，这吕望云从来没有生过这么大的气，实在是因为吕望云曾经给予他太大的帮助，不答应怕是不行，咬咬牙，还是答应到时候前往观看助威。但是，他说他也是初来乍到，不敢打保票能带去多少人。快到中午吃饭的时间，徐秋成留他到食堂吃午饭，吕望云感到时间紧迫，未敢停留，挥挥手就着浓浓的兴师绿荫，出了校门口。

走进对面的测绘学院，找了几块告示牌贴完海报后，吕望云从测绘学院的后门，一直来到兴汉大学的校园内。沿途见告示牌就贴，一直贴到秋香园三舍。伍卓理考上本校的研究生，还没有来得及离校回煌州，吕望云急匆匆地赶来时，他正在宿舍里吃午饭。

二

见吕望云汗流浃背地进来，伍卓理立即起身，热情得近乎要拥抱他似的迎上前道：“好你这个家伙，好多天没有你的消息了，快说，分配到什么好单位去了？”吕望云心里委屈，转换话题道：“快到食堂打份饭来，我都饿坏了！”

伍卓理刚考上汉大物理系的研究生，还未从喜悦中完全缓过神来，本想借询问吕望云分配单位的事，在这位出色的高中同学面前显摆这种喜悦，被吕望云借故避开后，应承又打趣地说：“好，好，打饭要紧，但是，我保管你还有比打饭更揪心的事情。”他边说边掀开书桌，从桌斗里拿出一封未开的信，一看那娟秀熟悉的汉字笔迹和英文邮戳，就知是因罗泽玉此时还不知道吕望云毕业后的去向，从美国通过伍卓理在汉大物理系的地址转寄给自己的。这与自己设想罗泽玉给自己寄信的方式完全相符。他一阵欣喜，刚才的饥饿感顷刻消失，放下手中还未贴完的海报，拿起写有自己名字的信，正欲撕开，余光瞥见伍卓理正在打量桌上那一叠海报，伸手想摊开看看究竟。他当即改变主意说：“你不用陪我，我自个先去食堂打饭要紧，这信我待会儿看。”说罢也不等伍卓理点头，就拿起伍卓理的另一套碗勺，从伍卓理桌上用橡皮筋捆住的一摞餐券中抽出几张，到自己熟悉的秋香园食堂打饭去了。

伍卓理本打算与吕望云一同去食堂打饭，见吕望云也不经自己同意，急匆匆地独自去了，嘴里嘀咕道：“这家伙真的饿坏了，也不管这信重不重要!”他看着吕望云挺拔有力的背影，翻开了放在桌上的那叠海报，一看不打紧，这家伙居然要“绕渡龙湖”，这么远的距离，他不要命了！回想起大学四年，每年暑假都听说有大学生淹死在龙湖里，他心想：这多危险呀！不行，一定要阻止这家伙冒这个险，高中同班的四个同学在江湖市读书，单德果自杀了，罗泽玉远赴海外，这吕望云要是再一出事，那就只剩下自己孤身一人！万一真出事，将来如何面对吕望云的家人！如何面对高中的那些同学和老师呀！想到这里，他将海报迅速卷起来，放到高低床上铺的箱子里，希望制止吕望云的行为，打算待他打饭回来，好好劝阻劝阻。

吕望云在到秋香园食堂的小道上，见离秋香园三舍已远，便在道旁一石凳上坐下，迫不及待地掏出罗泽玉的信，一字一字冲撞在心上：

云：你好吗？

到美国已有一个多月了，从陌生忙碌到熟悉难定，是我这段时间的最好说明。我不知道是上天在眷顾我还是要惩罚我，一上大学就遇上了兴汉教育改革，学分制让我有机会提前一年，学完了全部学分，从而可以联系公派来美学习。本想学成回归报效祖国，不料，现在被迫要作出一个重大的选择：因为年初的学生事件，导致美国政府做出了一个荒唐的决定：所有两国合作科研项目全部停止甚至取消，合作人员愿意留在美国的，必须改变原来的身份，加入美国籍，否则，就会被遣送回国。你知道，我是很羡慕美国的先进技术和学习研究条件的，我不愿意让曾经为之拼搏奋斗而实现的留美梦想付诸东流，虽然终归是要回国的，但也要等学到一些东西后再回去呀！这样刚来就回去，不仅无助于国家的科技进步，更对不起如斯校长顶住压力推行的汉大改革，两手空空，实在不甘心呀！

思前想后，我决定顶住压力，忍受着思念你、思念亲人的孤独，坚守心灵的底线，表面权宜屈服于美国政府这种无道的做派，留下来，以更加务实的奋斗，披星戴月于图书馆和实验室之间，学成归来。这样的无奈，我唯有希望得到你的理解，谁叫我们遇上了这样冲突碰撞蜿蜒挠曲的年代？每个人确定的方向与目标随时随地都在变化修正，出发时的目标，很多时候不可能有当初设想好最近的里程，生命中时常是'欲东却西''种花长柳'，不随人意。怪只怪我们所处的时代，太磅礴伟大，它也是在'欲东却西'的巨大弯曲中'绕渡'着，探索前行。怪只怪我们自身实在是太渺小，要实现赶超美国的初衷，我们必须先'韬光养晦'，低头学习。

也许，一切目标明确的事情，似乎都不是那么直达目标而成。为了更好地报国，我是多么希望你也能考托福，凭你那么优异的物理成绩，又在国内顶尖的理工科大学学工科，先想办法转到科技发达的国家求学，崇工尚技，科学技术无国界，一定会学有所成，到时我们再一起回来报效国家。这样我们才能实现我们的夙愿：像家乡长江大堤外的大江小河，头依着头，脚并着脚，共同走过我们幸福的人生旅程。

答应我吧！放弃你的坚守与固执，我在大洋彼岸等你，帮你，真心爱你的泽玉。

吕望云读到这里，心热情动，琢磨出她想放弃自己身份的意思后，不禁又觉得十分可惜，不是很认同，隐隐切切地担忧着今后回国大家如何看待她这件事。同时，想到她身处遥远的国外，还思念着自己，还在念及家乡的大江小河，一种风筝高远、线在手中的幸福感袭来。只是，这种幸福感越强，他越感到背后还有秦贞梅那一双如芒刺一般热情的眼睛。夹杂着努力争取出国与否的矛盾，他起身到食堂打饭，心事重重，信步回到伍卓理的宿舍。

虽然心事重重，但是，一大钵饭菜他还是边走边吃得干干净净，洗净碗勺后，回到房间。伍卓理看到打着饱嗝又心绪不宁的吕望云，猜是罗泽玉信中带来的消息不太好，眨巴着明亮的三角小眼，悻悻然问道："是不是罗泽玉到美国变心了？我早说过，你们不是一类人，偏要纠缠在一起，分手是迟早的事，有么事伤心过不去的？”

吕望云知道伍卓理苦追罗泽玉无果的失落，理解他的悻悻本意，愤愤不平地转移话题说：“她还是她，不可能轻易变心的！只是这美国政府太霸道，硬要逼着她放弃自己的身份，加入美国籍。”伍卓理之前听说过这事，接着说：“放弃自己的身份，这不好吧！而且她好不容易在大学里入个党，多可惜。”说到这里，正憋屈不已的吕望云，将自己入党过程中的波折与艰难，以及与阙育才赌气要“绕渡龙湖”的事，娓娓告诉了伍卓理。

本欲劝阻吕望云莫好玩冒险的伍卓理，也被望云曲折的入党故事弄得激动起来了。他愤愤不平地说：“有些人还在用自己的主观意识，阻碍别人积极向党组织靠拢。这样做真的好吗？”说完他瞟了一眼吕望云，见他沉默不语，便快速脱下一只脚的拖鞋，单脚登上上铺的一级爬梯，伸手打开箱子，拿出刚才准备藏起来的海报，转身递给吕望云，说：“走，我陪你一起去贴，我还要帮你在汉大扩大影响，争取有更多的人前去助威，让那个阙育才书记，看看我们新一代大学生的志气与勇气。你最好寄图片给罗泽玉，让她知道你的坚强不屈，飞到天边的风筝不能离了你的手心。”

情绪激动起来的伍卓理，给吕望云注入了一针加强剂。他知道在兴汉大学读书四年的伍卓理，有他在地院学生处当处长的亲叔叔做背景，眼界稍高，在汉大学生面前还是很有几分影响力的。他对伍卓理说：“看你积极相助，汉大和附近的其他学校与单位，拜托你帮我张贴一下海报，多请一些学生去闹气氛，我就更有‘绕渡’成功的信心。时间紧，我还有很多准备工作，听说田如玉分配到长江流域规划办公室了，我去碰碰运气会会她，也告知她一声，争取她那里也能带几个人来，顺路到江口的同德医院、桂山电视塔和解放大道上的广播电台等地方的告示栏上，都去贴一贴海报。”

伍卓理说：“你不光是贴海报，恐怕还要准备长途游泳的装备，做好安全措施，下水点和起水点的宣传标识，等等。”

听到伍卓理关心的建议，吕望云坚定而又激动地点点头，表示一切都在计划之中，并说：“诺佳山背后踏浪门处的宣传标识只有麻烦你负责了，口号一定要与我海报上的一样哈。”伍卓理认真地点头答应了。

临出发时，吕望云才告诉伍卓理：“单德果自杀未成，现在在力宝公司工作，这次他还要来帮我搞体育赞助！”

伍卓理明亮的三角眼里，立马露出诧异的神色，他正欲开口问怎么回事，吕望云却笑了笑，赶路去了，没有应声。

吕望云留下十几张海报，说好请伍卓理在汉大、建材学院、工业学院、水电学院、国中医学院、江湖师范学院、水运学院和钢铁学院等环龙湖高校校园内的告示牌上张贴海报。自己则到南湖边的兴农、政法学院、民族学院、化工学院、纺织学院张贴后，又按计划过江找到田如玉，请她在同德医院、桂山电视台、江湖电台等有影响力的地方张贴海报，尽量联系更多的人，到时前来助威……

三

海报贴得差不多了，他赶到“长江流域规划委员会”所在地时，刚好快到下班时间了。他按田如玉离校前来兴工告诉他参加工作的大概部门，几经周折，问到了田如玉的办公室。田如玉一见他，眼睛一亮，格外高兴，说：“你看，我刚刚安顿下来，你就过来了，走，我们到食堂打饭吃。”说着，打开办公桌右下的小柜门，拿出两套碗筷，说：“这都是崭新的，今天上午才买的，看样子，老天也在安排你的到来。”

吕望云跟着她离开办公室，向机关食堂走去，也高兴地说：“想不到你的目标真的就这样实现了，真好！我还一直担心你毕业分配到荒郊野外的探矿大队，佩服、佩服！”

“这还不是托你的福，我才下决心休学一年，开了窍、绕个弯，今年国中籍的毕业生少，才有机会留在这大江湖呀！”

“我可没有那么大的功劳哈，这都是你自己的决定。”

“呀，算了，不说这了，一下也说不清！还是说说你吧，到底是考研有了结果还是分配工作了？”

“都没有结果，还在等，应该快了吧。”

“么样个快法撒？”

接下来，吕望云将自己考研、入党和分配工作诸多不顺的情况，以及要“绕渡龙湖”一事，并且想请她到附近单位方便的地方张贴海报的想法，都细细地向他以前不愿意多讲话的田如玉述说了一遍。

单位食堂里来吃晚餐的人很少，田如玉是新来的，师傅们都还不熟悉，见他俩都吃完饭了，还在餐桌旁嘀嘀咕咕说个没完没了，过来不算客气地提醒道："都要下班了，你们换个地方去聊吧。"

一听这话，他俩连忙起身洗碗，吕望云将洗干净的碗勺交给田如玉，意思是准备告辞了。田如玉接碗的瞬间露出一丝不易察觉的犹豫，她以为吕望云是特意来看自己的，原来心中的一阵窃喜，被吕望云最后贴海报的请求所平息。自己对他的感情应该表达得够明显充分了，他至今还不能接受！她不知道他到底是心里实在迈不过他二哥吕望川这道坎，还是心里真的对自己没有感觉、没有激情？现在大学都毕业参加工作了，她决定抓住今天见面这个难得的机会，把这弄清楚。

出了食堂门口，他俩静静地走了几步，田如玉首先开口："我送送你吧，你可能还不太熟悉这一块。"

"跟着我走，你不怕单位的人看见了？"因为过往的人都不住地朝他俩观望，吕望云都有点不自在了，他想起田如玉和二哥分手后，在新单位还要谈朋友，怕她单位的人误解，提醒着田如玉。

"我都不怕，你还怕么事撒，反正你们家的男孩子多，上次滑冰废了一个，难不成这个'绕渡龙湖'又要废一个？你们在外左冲右突、负伤前行，全然不顾你父母亲担惊受怕的感受，我在他们身边待过，那种为你们在外提心吊胆的感觉仿佛就在眼前，一直挂在我心里头呀！"

田如玉这一席话，吕望云听出了她对他"绕渡龙湖"的不赞成和对二哥望川受伤的抱怨，但是，他还没有感觉到她最后加重语气说的"一直挂在我心里头"几个字。以至于吕望云还接着说："放心吧，我小时候在家门口渡长江，别人都是人去船回单程，我却可以不歇气地游个来回。"

"河里淹死的都是会水的人，你要是在龙湖水里出个么意外，结果怕是连望川都不如，你不考虑自己，也要考虑考虑别人撒！"

说着话，他俩不知不觉到了长委的大院门口，只见海报栏上写着隔壁解放公园今晚有露天电影《庐山恋》，田如玉说："等一下，看看电影再走，解放公园里面好美的，夜景也好！"

"解放公园，好有名的，一直听说，还没有进去过，电影就不看了，看看风景，快去快回哈，天色不早了。"吕望云犹豫了一下，还是边说边跟着田如玉走进了公园。

田如玉边走边想着如何劝他放弃“绕渡”，似乎他不放弃她就不放心让他走。多年来大家认为她与望川是天生一对，随着时间的推移，她越来越意识到这只是因为吕望川年龄比自己大三岁，乡邻家人习惯上认为他们比较般配，自己也只是随了家里人对他们家庭的好感，也顺了这样的思维。自吕望川发现身体不能恢复正常后坚决与自己分手，她越来越意识到，自己真正喜欢的是吕望云。但是，只比自己大半岁的吕望云始终把自己当作是嫂子或是兄妹看，心里过不了他二哥吕望川这道坎。他俩尽管保持了身体没有接触的距离，在解放公园东门口，还是遇到了她的新同事，同事特意绕近了问他们：“小田，你的同学?”田如玉红着脸点点头，其实，她知道别人真正想问的是：他是你的男朋友？她特意瞅了一眼吕望云，他好像没有听懂似的，还朝发问的人点头微笑。

天色不早，吕望云不太想留下来看电影，由离开时的领路变成了进解放公园后的跟随。田如玉走在前面，还是穿着毕业前的那套白底蓝碎花连衣裙，亭亭玉立，白花花的颈项、手臂，还有那节露在裙摆外的如嫩藕般的小腿，微松的裙衣随步伐被翘起的臀部有节奏感地顶起，吕望云在她侧后注视着，全然不见夕阳下公园内草木小桥流水的秀丽。就这样她走着，他在后面看着跟着，她不知他是在看园景还是在看自己，也不回头由他看去。一直快到露天电影场的青草地了，她含笑转身，夕阳下的瞬间，像极了刚才电影广告里女明星的笑容，只是未涂雪花膏的素面上那几个不特意去看还看不到的雀斑，凸显出她这微笑比那化妆后的明星的还要鲜活灿烂。时间慢慢流逝，迫不及待的人们已强烈要求电影开始在这落日余晖里。果然，随了众人意，不一会儿，电影就开始了，看电影的人不像学校露天电影院那样人满为患，三三两两的，大家都是拿了几张报纸，或是尼龙塑料袋，席地垫坐在厚厚的青草上。有不少结伴站着看的，也有不时换地方游移着角度观看的。

吕望云心里念着还要尽早赶回兴工语园，田如玉穿的又是浅白色基调的连衣裙，他们都不想也不便坐到这青草地上。他俩并排站着看，没有形成共同看完全剧的打算。不料《庐山恋》里新颖动人的爱情情节，男女演员的美好，紧紧抓住了他俩的心，他俩侧对着要离开的身子，偏偏就是迈不开离场的步子。一直到夜幕低垂，男女演员在湖里欢畅游泳的画面出现，女演员动情的飞吻，激发了田如玉压抑了太久的爱情。她忘情放肆地将吕望云身着的草绿色军装上衣脱下，说：“你这上衣颜色跟草的颜色一样，垫在草地上，我们一起坐下好好看吧！”吕望云推说：“再不走，怕是没有公交车回去了，后天还要‘绕渡龙湖’，好多准备还未做，不走不行呀！”但是，他又无法阻止田如玉解扣剥衣的双手。田如玉将他的薄上衣铺在草地上，自己先坐下，见吕望云还直直地站在一旁，斜侧着伸手，将吕望云拉到地上，和自己同坐在他的军绿色上衣上。七月初的江湖市，还未完全出梅，吕望云军装里面只穿了一件红色背心，坐下时，瘦硬的手肘不小心顶上了田如玉柔软的手臂，他触电似的要站起，田如玉也学着电影里女主角的口吻压低声音说：“你比孔夫子还要孔夫子呀，你看别人不都这样坐着，怕么事咯！”她索性伸手按住吕望云的肩头，不让他起身。

看着看着，田如玉渐渐放松下来，忘情地靠着吕望云，吕望云则紧张盘膝坐直，双手前垂，丝毫不敢应承。好不容易等到电影放完，吕望云率先起身，田如玉拉着他的手，站立起来，弯腰从草地上拿起衣服，挽在自己的手上，并不急着给吕望云穿上。

他们前后相随往公园门口的公交车站走去，待他们走到车站时，末班车刚走，吕望云懊恼后悔，直说：“这后天就要‘绕渡龙湖’了，今晚赶不回去，明天的准备工作就做不赢（做不完，时间来不及）咯。”

田如玉则说：“既来之，则安之，明天准备不赢，后天正好不搞了，又不损失么事，走，干脆到我办公室去靠一夜，明天一早，坐头班车回去。”吕望云一想，也只好留在这里，明天一早再走了。

他们又往长委办公楼走去，到了办公楼门口，发现办公大楼已锁。田如玉又建议说：“到我宿舍里去吧，那里今晚只有我一个人，我们从小到大都在一起，反正你心里一直放不下你二哥望川，我们不会有么事的。”吕望云脚步僵硬，随了田如玉，来到了她的双人单身宿舍，同宿舍的人还没有来报到，目前只住她一人。她将那张空铺铺好，放下蚊帐，到公共洗漱间洗漱完毕，两人准备各睡各铺安歇了！

熄灯不久，吕望云累了一天，很快入梦。忽然，田如玉坐起来，呜呜地哭了起来。哭声惊醒了他，他睁开眼睛，借着窗外路灯照射进的光，透过蚊帐，只见田如玉在对侧床上坐起，边哭边揩着泪水，好一副伤心的模样。吕望云不由得起身出帐，安慰她道：“你是个坚强的人，从小到大都未怎么见你哭过，今天么哭得这样伤心呀！”

哪知他这一问不要紧，反而激起了她的性子，她也冲出帐外，反手卸掉了长筒睡衣里的乳罩，紧接着又弯身脱去睡衣里的内裤，将自己水玉一般的身体，透过薄薄的睡衣，朦胧不清地完全展示在吕望云的眼里。吕望云连忙低头侧身，下体也情不自禁地顶起。他轻轻转身侧卧，说道："快睡吧，待会儿我趁天未亮早走，免得有人看见影响你。"田如玉却顺着钻进他的蚊帐里，用手摇着他的胳膊说："你是不是嫌弃我，嫌弃我曾经和你二哥面子上好过，你好糊涂呀，那只是大家的看法，我以前也不过是顺着父母和大家，跟他学习，多说了几句话。何况你二哥望川也是个孔夫子式的人，从来没有欺负过我。他在同德医院表面上治好了病之后，我心里确实犯过嘀咕，看到我们学校一个知名教授在苍石矿上受伤半身不遂后，她夫人私下抱怨过他不是个男人，我也多了一个心眼。去年春节期间在望川面前试了试，得知，他真的完全不行，所以，他才下决心选择去为国家的核工程献身，和我彻底分手了。这个情况你应该是知道的，我现在还是完整的女儿身。我本来早就想告诉你，我喜欢的是你，在我还有求于伍卓理的叔叔分配工作时，伍卓理那样追求我，我都未答应，我是在等你绕过你二哥这座山，翻过他这道坎，我爱的是你呀！你能'绕渡龙湖'为什么绕不过你二哥望川嘎?"

吕望云侧身朝墙，听着田如玉边抽泣边细声述说着。他不敢回过身面对田如玉，因为，当看到她美丽的玉体时，自己的下身抑制不住地顶起，只好侧着身子朝墙躲避。他内心一直告诫自己，如果接受了田如玉，左右乡邻一定会笑话自己趁机伤害二哥望川，不仁不义；更何况，这罗泽玉和秦贞梅的事还没有理清；关键是后天还要"绕渡龙湖"，接受了田如玉，做出荒唐事会极大地影响"绕渡龙湖"的决定。想到这里，他假装闭眼睡觉，侧身不理，哪知道，他越是这样，田如玉越是想探个究竟，她用力翻平他侧着的身子，一见他高高顶起的下体，她明白了，他不接受她的原因在他的心里。她抱怨自己命苦，苦于处在这坚定强悍的兄弟二人之间，成就不了自己。而被强行扳平的吕望云，睁眼瞬间，她健硕朴实的双乳，鲜红的乳头，隔着几乎透明的睡衣，和着异性的幽幽体香，冲向了自己的嘴边和鼻梁。天呐，赶快闭上双眼闭紧牙唇，双手反压到后腰底。他怕伤了她的心，用坚强不屈的意志，控制住自己，说了一句："等我'绕渡龙湖'完之后再说吧，我现在都不知道我将来在哪里。"这田如玉还是忘情地歪斜着将上半身趴在他宽阔的胸膛上，惬意地听着他那有力的心跳声。直到头班车快来的黎明前夕，吕望云推扶起胸前的田如玉，拿起自己草绿色的军装上衣，迈着轻快的步伐，悄悄离开了她那里……

四

返回兴工中途，吕望云到体育学院贴了海报，顺便到对面商店买了两只救生圈、几十面小型党旗、国旗和几面标准大小的国旗。回到兴工园，又到系办公室找邢慧贞主任借了十来面兴工的校旗。他心想：旗帜不仅指明方向，更是搞宣传、渲染热闹气氛的最好振奋剂。一想到这里，他又到其他几个系办公室收集了几十面国旗和党旗。借来的旗杆和旗面是分开的，他原本打算租一辆出租车，请秦贞梅和肖放帮忙，将旗杆斜插在车内，到现场装上旗子，再将红旗插到起点和终点，在沿途要翻越路面的地点也要插上国旗、党旗。大个子肖放看到好大一捆竹竿，连说："这不行，出租车内斜插着危险，车顶上不好捆绑。"吕望云又想起桐三食堂的黄主任，想起卖鸭蛋时运送鸭蛋的那辆四门六座客货两用汽车，想要他在后勤集团帮忙再调用一次。正好这时秦贞梅赶到系办公室来，传信说桐三食堂的黄主任有事又要他尽快去一趟。

吕望云犹犹豫豫，担心黄主任又强行扣下自己，到了桐三食堂门口，托人进去喊出黄主任。黄主任一见到吕望云，就焦急地拉起他的手说道："我还是那句话，请你不要因为等工作等得心烦意乱，不要因为一时入不了党，跟人赌气，坚持'绕渡'么事龙湖！我再次提醒你，每年暑假都有大学生在龙湖溺水身亡的事件发生，你好不容易考上重点大学，现在继续深造或是要参加工作都是好事，果子都熟了，万一有个三长两短，不说你无法向把你含辛茹苦养大的父母交代，我也会深深自责，对不住我下放农村时的恩人。"

吕望云知道黄主任看过四处张贴的海报了。这是在他将生米煮成熟饭前，黄主任最后的呼声！他耐心地将自己如何入不了党，因而丢失了去国家中央机关工作的大好机会，后面还直接影响重新联系工作单位优劣的情况，从头到尾向黄主任做了说明。黄主任耐心地倾听着，心想：自己与阚育才一样，都是下放农村的知识青年，为什么我不觉得吕望云利欲熏心、桀骜不驯，而阚育才硬是要这么说他呢？

他想亲自去找阚育才书记说一下情，在吕望云正处于人生的关键路口，希望阚育才书记本着关爱学生的教育理念，放吕望云一把。但是，兴工学校太大，光教职员工就有四五千人，人员流动又快，这个阚育才据说出身于高级知识分子家庭，现在负责知识产权中心、法律系筹建、知识产权双学位班和射电系的学生工作，是学校由理工向综合方向发展的先锋代表，求是院长眼中的大红人，自己这样一个小小的桐三食堂负责人去找他，会有效果吗？

他把自己的顾虑当面告诉了吕望云，接着说：“我去求一求后勤部的胡主任吧，不管么样说，胡主任名气虽没有他大，但是，人家可是正儿八经的正处级干部，他阚育才再牛，不过才是一个副处级的负责人。”

吕望云说：“我‘绕渡龙湖’的海报已经到处张贴了，就算是阚育才书记回心转意，‘绕渡’也不能停止呀！”黄主任急了，说：“你不就是要入党分配工作吗？阚育才同意了，目的达到了，还冒险‘绕渡’么事龙湖呀！”

吕望云坚定地摇头说：“海报贴出去了，那是要算数的，这不仅是我个人的信誉，也是兴工毕业生的形象问题！”见吕望云语气十分坚决，黄主任明白更改是不可能的了。沉思片刻后，他还是坚定地说：“我也改变不了你‘绕渡龙湖’的决定，但是，‘绕渡’最终还是要解决入党、联系工作这些现实问题，我们做好两手准备吧，我还是去找后勤的胡处长，请他帮忙找一下阚育才书记，另外，我们全力以赴，想办法保证你‘绕渡龙湖’的安全。”

黄琴会急匆匆地来到后勤处，求提拔自己的胡处长帮忙疏通一下阚育才书记。胡处长一听，这是曾经给学校食堂卖过鸭蛋、能力出众的学生，表示十分愿意出面帮忙。后一听说所求的人是知识产权双学位班的负责人阚育才，连忙直摇头说：“这个老阚，十分倔犟，他硬是要逼我为他找宿舍，把他的双学位班的同学搞到一起住，我想尽办法帮他协调，方案出来后，他又提出新方案，要和研究生住在一起，住进樨八舍，说是要增强知识产权双学位班学生的自豪感，从而提高大家的学习热情。我没有同意，他对我意见大得很，都告到管我们的副校长那里去了。”

黄琴会连忙跟进道：“那不正好吗？他正有事求你！”胡处长正言道：“那要是求他了，随后我又安排不了樨八舍，他不就跟我杠上了，搞不得的，我怕他，你自个再想点别的招吧。”胡处长是黄琴会的上级，他这么肯定地说了，黄琴会只得找其他的事寒暄两句便告了辞。

离开后勤处，黄琴会边走边想：不管不行，自己还得去会一会这个阚育才，就算是他不给面子，也要提醒他——他的学生，将入党这件事看得比生命都重要。想到这里，他加快了脚步，来到桐四楼阚育才书记的办公室。阚育才书记的办公室正半开着门，他探头一看，好家伙，岳望星正在办公室等着，几个人在一旁先与阚育才讨论么事问题。黄琴会立马想到，岳望星这时估计也是为了吕望云的事情来找阚育才“说情”的，他决定站在门口先听听岳望星是么样和他“掰扯”的。

只听办公室断断续续传出一阵讨论问题的声音后，突然一男子提高嗓门，显得有些发怒地说道：“都是口是心非，说什么支持学校向综合大学方向发展，具体办起来，又是重点倾向传统方向，不行，我得去找求是院长。”只听得旁边一人平静地说：“余院长退二线了，现在找他不是给他添麻烦吗？”阚育才怒气未消，声调稍小，立马接话道：“那我去找房校长！顺便看看新校长的方向变了没有？”另一人也平静地建议道：“还是先分别找两个分管校长汇报一下吧，越级汇报不好呀！”这一下把阚育才说平静了，他说了声：“先这样吧，我想想看后面么样搞。”于是，刚才那几个开会碰头的人纷纷起身，离开了他的办公室。

就着离开的人打开的门，黄琴会从半开着的门里隐约听到岳望星和阚育才在握手寒暄。岳望星客气地说：“阚书记您可能估计到我是为我表弟入党、联系读研和分配工作来的。我为他读研的事联系过校领导，因为兴工本校导师招研名额已满，学校不愿意利用机动名额变通，他转读兴工经管系的希望破灭了。这么优秀的学生，因为种种偶然的原因，年轻人奋斗过程中的行为，算不得什么错误，现在因为入党不成，读研和工作都悬着，压力太大，他决定以‘绕渡龙湖’的行为来宣泄自己心中的不满与愤懑。作为他的家人，也作为刚从外校来兴工工作的教师，我觉得我们还是要为学生着想，不是原则性问题，能放他一把就放他一把吧。我还要坦诚地转告阚书记您，我来之前，就这件事还请教过前来检查船池建设的良副省长，她也是建议我这样来找您说的，而且，她还说，她太忙，要我转达她的谢意。”

阚育才书记见是船舶研究所的常务副所长来找自己，不得不耐心地听着。他边听边想：原来刚才良副省长来电话，说是从海报上看到我系的学生要冒险“绕渡龙湖”，她提醒注意安全，最好是做做工作要这位学生不要胡来。八成是因为这新来的副所长要她给我施加压力的。就你们知道为学生好，你们这些旁观者，哪里知道他是一匹么样的烈马？根本不知道么样因材施教，么样才是对他真正的好！

他对岳望星说：“请岳博士转告良副省长，对于吕望云，你们还不了解他，就算是他真入了党，读研或工作的事也解决了，他这‘绕渡龙湖’的活动也是不会取消的。我的学生我知道。”

岳望星不觉提高了一点音量：“那你的意思是？”

阚育才固执地点了点头道：“我还没有想好，么样对他最好。”

话说到这里，岳望星只得失望地离开办公室，自己一向听说兴工严格，这次因为吕望云的事情，几处求人都不成，算是体会很深。

岳望星出门，黄琴会偏移到一旁，他为了节省时间，没有与岳望星打照面。

黄琴会侧身进门来到阚育才办公桌旁边，自我介绍道：“您好，我是后勤处的，也算是您兼管的空物专业毕业班吕望云的亲友。”

“后勤处的，哦，对了，在桐三食堂我们才见过，为吕望云入党、联系工作单位的事吧！请坐。”

“是呀，吕望云这么好的学生，我听说，本来是要分配他到国务院防火指挥部的，就因为入党受阻，起点这么高的单位硬是没有去成，搞得现在联系工作都困难。”

“他不是有魄力、有闯劲吗？是金子到哪里不发光？”

“阚书记，给青年学生一些关照吧，人家会感激您一辈子的。”

“你是在后勤处干什么工作的？拿工作原则做人情，他入不了党，原因得问他自己，你看他闹哄哄地一副叛逆模样，让他入了，这支部大会也开了，他坐不住呀！还没有开始就被人家写检举信，你叫我么办？何况这个决定也不是我做出的，现在学生都走了，我也没有办法！”

“他入党的档案还没有销毁，他们班党小组成员都重新表态同意继续发展他，就差您点头同意，系办那边就可以按党员的条件联系单位，做做好事吧！”

“你这人怎么听不懂我说的话，你这年纪应该也是下放过的吧，你不会忘记当年的教训吧？”

“我在农村很幸运地得到了吕望云父亲的庇护，时至今日我都很感激。他一家人都很善良，这也能说明他不是那种叛逆不安分的人。”

“你看他那副不服软的样子，自个收集党小组成员的意见，逼我就范，还要去‘绕渡龙湖’，这不是活生生的例证吗？你叫他去渡吵，去渡。”

“您歇歇气，看在我们都是下过乡又同回兴工的面子上，放他一马呀，真心谢谢您阚书记!”

“你是后勤处搞么事的呀，跟你们胡主任说得上话吗?”

“我是胡主任提拔起来到桐三食堂当主管的，您有事请吩咐，我一定努力去办。”

“那好，你去说服他同意我们双学位班的学生搬进樨八舍，同时，要吕望云明天不要‘绕渡龙湖’，那我就考虑要不要做一次违心的事。”

“您说的前面一件事，我知道，很难很难，学校规模在快速扩大，已成全国在校学生人数最多的大学，学生宿舍建设速度跟不上，造成铺位紧张的局面不说，再加上，双学位班的同学本来有原班级的宿舍，您这一集中相当于形成了一个新困难，加上樨八舍在青年园旁边，研究生都想住进去，这不是难上又加一难吗？不过，为了解决吕望云入党的问题，我还是愿意去努力努力。”

“还莫忘了，一定不要让吕望云去‘绕渡龙湖’，那样危险不说，跟我赌气去冒险，传出去了对谁都不好。”

“好的，一言为定，我一定劝他不要去‘绕渡龙湖’。”

此时，阚育才心想：只要帮他联系上了汉大经济系的研究生，其他一切都是读研过程中还能解决的事情，既然自己面临这么多的压力，不怕一万，就怕万一，事已至此，顺坡下驴，就不再坚持了，由着你们去吧!

离开阚育才书记的办公室，黄琴会主任兴奋激动，吕望云父兄善良宽厚的面容不停地在他脑海里浮现。他因望云入党有望而激动，自己虽一向不喜也不善求人，但这次他毫不犹豫，再次为吕望云去挑战自我，去恳求赏识自己的胡处长帮望云渡过这一难关。

一路小跑到胡处长办公室，胡处长见他气喘吁吁，汗流浃背的样子，估计他是才从阚育才那里出来的，见面就问：“阚育才答应你没有吵?”

“这个犟牛，他答是答应了，但是，有两个条件。”

“能出条件就不简单了，他想要的，就一定要别人迁就他，动不动就拿学校的发展方向和求是院长来说话。他提了么样的条件吵?”

“真不好意思，他听说我是后勤处的人，就问我能不能说服你让他那个双学位班的同学一起住进樨八舍，另一个条件就是要求吕望云放弃明天的‘绕渡龙湖’。”

“不渡湖还不简单，但要我答应他，则困难太大。这样，你先稳住他，就说我一定想办法，给这个犟牛一个台阶下。”

“那太好了，我这就去找吕望云，要他放弃‘绕渡龙湖’，这样就不会掀起一番风雨了。”

“好的，他吕望云一定要珍惜这来之不易的机会哈！”

当黄琴会找到吕望云时，吕望云刚好同八四级的肖放在一起。原来，他俩打着黄琴会主任的名义，到后勤处借了辆四门六座的货车后，正兴高采烈地骑车回到桐六舍。在收发室坐等的黄琴会，见他俩回来，冲出走廊，在门口将他俩拦下。

见到黄主任，吕望云还有点得意地说：“还是人熟好办事，我今天找到了先前回煌州拉鸭蛋的师傅，他知道我和你的关系，不仅通过他找车队领导借到了上次用的那辆车子，他还答应帮我们到‘绕渡’的起点、终点和中间翻越湖面马路的两个点插上红旗、贴上标语，明天一早送我们出发、接我们返校。”

站在旁边的肖放，见黄主任急得不知道从何说起的样子，打趣道：“天下没有无缘无故的爱，人家那是看在黄主任和胡处长的面子上帮你的，你没看到，刚才在商店买巧克力时，你给他一盒巧克力他都不要！”

吕望云脸上堆着微笑正欲开口谢谢黄主任，黄琴会却先开口道：“长能耐了是不是？谁要你去借车求人的，还打着胡处长的名义，好大的胆子。不拦住你们，怕是真要惹出大事。这样，你们也不用再费力了，你入党的问题阚书记答应解决了，你们快去把车退掉哈。”

话音刚落，吕望云惊疑了一瞬间，马上开玩笑道：“主任大哥这是变了法来阻止我‘绕渡’吧？早知这样，你就不应该说你要帮我到后勤处车队借什么车吵，还说要带人到现场去支持我，你这变得也太快了呀，黄主任。”两人太熟，吕望云说话也很随便。

在黄主任详细讲述阚育才同意吕望云入党的具体情况后，倒是让吕望云着急起来。他诚恳认真地说：“眼下所有的海报都贴出去了，各项准备工作全部就绪，而且天色已晚，现在再贴海报取消，大家看都不会再看了。”

黄琴会沉思片刻，觉得吕望云说的是实情，如果大家按照海报上的通知，明天按时赶到现场，“绕渡”活动又没有开展，这不仅关系到吕望云个人的名誉，更关系到兴工的名誉，会发生什么样的后果，真不可预测。站在旁边的肖放插嘴道：“现在是箭在弦上，不得不发，电视台都播放广告了，明天力宝公司的大老板黎总还要亲自到现场搞实物赞助广告宣传，谁叫阚育才书记不早点告诉我们他改变主意了呢？”

黄琴会若有所思，声音低得近乎自言自语：“也是，就算我们派充足的人手去换海报，人家还不会去看，明天到现场扑空，不好交代呀！”

他看了一下手表，时间是下午下班后快一个小时。夏日天黑得晚，桐六舍门口的马路高过西侧垂直马路快有一层楼，在门口马路上放眼西望，一道道晚霞浮在法桐叶组成的天际线上。突然，黄琴会将在明暗相接的天际线上移动的目光停留在桐四楼的方向，对，那个工作至上的阚育才或许还在办公室，他醒过来似的，突然冲向身后的桐六舍收发室，拨通了阚育才办公室的电话，用近乎哀求的口气对阚育才说：“阚书记，我直到现在才找到吕望云，再去贴海报取消，不会有人看的，所以，强行取消‘绕渡龙湖’的活动根本来不及。我们还是守信誉，继续搞才好呐！”

阚育才在电话那头，一听不能取消，立马提高声调，近乎老虎一样地吼道：“有什么信誉不信誉的，不去不就得了，大家白跑一趟，骂一骂，总比‘绕渡龙湖’冒险丢命要强！更何况有谁看了他那个破海报就愿意去看吵！”

黄琴会听后直摇头，他含糊两句：“我们再琢磨琢磨吧！”挂上电话后又对吕望云说，“是的，我们不能不讲信誉，不管明天到底有没有人来看，我们还是要全力以赴做好明天‘绕渡龙湖’的事。”

第三十五章　云聚语诺共绕渡 风起龙湖齐沸腾

一

“绕渡龙湖”下水的时间定在上午八时整，地点就在兴工龙湖游泳场的花岗岩台阶处。自大二开始，几乎每年暑期，吕望云要么回家干一段时间的农活，要么回学校学习，家里人多天热，大家都顶着毒辣的太阳在田里劳动，他也不好意思不下地干活或是做点小买卖赚钱。当时全家人都习惯了一有空就读书，而且到学校不做事空消耗，就更不好意思不惜时如金地勤奋学习了。只是不管在家里还是在学校，游泳在夏季总是不能少的。那个年代的长江，治理好了血吸虫，在江里游泳已成习惯，暑假日照时间长，找辆自行车甚至步行到兴工龙湖游泳场来游泳已成习惯。但是，今天却完全不一样，为了节省体力，还是后勤车队拉鸭蛋的那位师傅，他热情地用那辆四门六座深蓝色客货两用车送吕望云一行到兴工游泳场。

后车厢里拖着数十面带杆的彩旗，还有吕望云已经试用好的两只游泳圈。同车的有秦贞梅、肖放，以及肖放邀请的夏雨诗社的一位女诗人。同班的费新刚、蔡建设和喻红玉都不见人影，这三个还在语园的同班同学，吕望云可是一个一个提前邀请到位了，希望他们一早同车前往龙湖边助威。出发前，一直都等不到他们，吕望云感到几分失落，体会到做一件事祈求别人的支持与赞美，其实就是在作践自己。心想：就算无人问津，自己也要满怀激情地挑战自己的人生极限，虽然有生命危险，但是，自己弟兄多，不怕牺牲自己一个，加上从小在家门前的江水里一泡就是一整天，一口气来回横渡过长江，有成为“绕渡龙湖”第一人的自信。

这几天，劝阻他“绕渡”的人不少，鼓励赞成的不多，吕望云就是不愿意屈服回头。其实在吕望云的心底，也为此是否有意义而深深地动摇怀疑过。但是，他始终记得母亲多次数落过他的话："这伢属强盗的，凡事不能过他的心。让他心里惦上的，绕着弯，变着法，朝思暮想，不达目的，他是不会善罢甘休的！"知子莫若母，当初靠这种秉性，兄弟几个抓住了恢复高考的机遇，成功考取大学，跳出"农门"，现在二哥望川功未成、身半残，莫非自己也要败在这样的宿命里？不，一定不会也不能败在这件事情上，自己做了充分的准备不说，为了不出意外，防止身心的疲惫，前天晚上，自己还以钢铁般的意志克制住了面对田如玉的冲动，想起田如玉以为的那些原因，他不禁露出了得意的微笑。他始终坚信，经过曲折努力得到的才可以叫作成功和奇迹，如果一开始就被公认是轻易得到的东西，就成不了奇迹。然而，辉煌的目标往往易于被这样那样的原因遮住，只有坚韧不拔地"绕渡"过去，才能看到豁然开朗的风景，才能够达到看得到、够得着的目标。与阚育才书记赌气，点醒了"绕渡龙湖"从来没有人做过的价值目标，也点燃了"绕渡龙湖"这支还未熊熊燃烧的火把，他为这样的行为而激情喷发，颤栗的心如平静的龙湖被狂风惊雷搅得沸腾。这事既然被自己惦记上了，就已经超凡脱俗，看似不喜欢自己的阚育才书记似乎理解了自己的不俗，因为，他对自己说过："这'绕渡'还真不关他读研、入党和联系工作的事。"但是，他并未说出下半句他想要说出的话："关键是要盘算着如何利用好他的这种'惦记'，教训教训他，也顺便警示警示大家。"

在自己心底，也认为"绕渡"与读研、入党和联系工作无关，经过这么多个回合的冲撞、磨合，"绕渡龙湖"确实已上升到为兴工争气，为青年大学生争光，为江湖这座敢为天下先的英雄城市添彩的高度，是在弘扬勇于追求成功与接受失败，不惧安危，大胆试、大胆闯，"绕渡"前行的时代精神。其实，执着于"绕渡龙湖"，潜在的原因，还是他的这颗不惜挠曲的惦记之心，有了这，哪里还在乎几个同班同学的冷漠与缺席？

肖放上车前就将国旗、党旗和兴工校旗穿上了旗杆，将旗子固定在货厢与客厢之间的栏杆上，排成一排，人高马大的肖放，在货厢上掌控着这排迎风招展的旗帜，如那关公骑上了赤兔马，好一派征战沙场的威风！吕望云与秦贞梅两人坐在客厢后排，一路沉思无语。只有司机不时找借口同副驾驶座位上，肖放请来的低年级女诗人打趣聊天。吕望云的一旁放着两只游泳圈，本可放在脚下的游泳圈，偏偏被平放在座位上，将吕望云挤到了座椅中间。另一旁坐着秦贞梅，她今天穿着鲜红的短袖运动衫，又怕又爱、若即若离地用自己的胳膊，就着汽车的颠簸起伏，试探感受着吕望云手臂上的骨和肉。吕望云心里也感受着她肌肤的柔嫩清滑，眼睛却斜视着窗外的语湖，假装不在意，是怕惊扰了她那令人销魂的接触与摩擦，还是怕辜负了游泳圈对位置的用心占领？她特意留下来陪吕望云，既是想等他二次分配抑或是读研的正式通知，更是要留下这独一无二“绕渡龙湖”的大学记忆。时间珍贵得令他俩随着心跳声数数，也抛下了平时的拘谨，手臂肌肤大面积地摩擦，哦，这难忘的肌肤接触，心底都默默地把司机央求：师傅呀，你开车呀慢些走……

这鸭蛋师傅已是吕望云的朋友，他知道游泳圈放在一旁的意思，懂得吕望云的感受，反光镜里，他看到了这两个年轻人时而头挨一下头、时而手抵一下手，便用心将车子开得是又慢又颠，将开运蛋车的技术反用，将本来只要十分钟的路程，开了一刻多钟。尽管如此，吕望云还是觉得车开得太快、路太短，一瞬间就到了游泳场的栅栏口。

透过被太阳晒得发白、一人多高的蓝色栅栏，只见长长的法桐道延伸至龙湖水中，粗糙的淡黄色花岗岩石块堆成几级台阶，台阶坎岸一侧顺着长长的法桐道，由高到低伸出，到达最前端椭圆弧岸的下水处，又在对侧由低到高折回，这斜下又折回斜上的法桐道，将中间围成一片“口袋型”长地，再远远斜伸到水中央的“口袋”前端，就是昨天吕望云他们插下红旗的下水点。现在，令车上吕望云等人深感意外的是，下水处附近数十米长的坎岸上早已熙熙攘攘站满了人。“口袋型”空地上新增加的五颜六色的彩旗，连成一片，在夏日晨风的吹拂下，令人振奋，似那整齐列队的军乐师，将进军的号角吹起！高大的法桐树下，朝阳鲜艳醒目地斜照着横拉在几棵法桐树干之间的大红广告条幅上。条幅上的别针别着墨迹未干的一块块方形白纸，纸上用流行的魏碑书体有力地写着：“力宝热烈祝贺兴工吕望云成功‘绕渡龙湖’！”沿着高耸成排的法桐树道，还间隔地顺着粗大的树干垂挂着宽大的红绸宣传条幅，远远去看，都是些站在不同角度书写的广告语。有站在兴工角度写的：“语湖是‘绕渡’的起点，兴工是力量的源泉。”有站在大背景角度写的：“勇敢拼搏，弘扬女排爱国精神。”有站在龙湖角度写的：“龙湖因你‘绕渡’而沸腾，你因‘绕渡’龙湖而青春。”还有站在龙湖周边大学群角度写的：“山立江湖任‘绕渡’，气吞云天听涛声。”还有站在目的地“踏浪门”写的：“‘绕渡龙湖’第一人，凌波跨入‘踏浪门’!”最有趣而直接的还是：“今有魔水力宝来助威，赞助‘绕渡龙湖’第一人。”吕望云一看到这幅标语，立即想起了单德果，想起了这个命运曲折、起死回生、真正意义上的“绕渡人”。吕望云一行进到被太阳晒成淡蓝色的栅栏里，远处成群的人中，眼尖看到吕望云的自然是桐三食堂的黄琴会。他抢先喊道：“‘绕渡龙湖’的勇士来了，大家快去迎接。”于是，在黄主任的带领下，一群人向吕望云一行蜂拥而来。吕望云顿觉诧异万分，刚才在路上还为三个同班同学未同车一起出发觉得可惜，完全没有料到现场提前来了这么多人。他和走在最前面的黄琴会握手相拥，此时，真有“一日不见，如隔三秋”的感觉。只是一天不见，黄主任像换了一个人样的，由坚决反对他“绕渡”变成了坚定支持他“绕渡”的人。黄琴会对紧随其后穿着带有力宝标识短袖运动衣的一位成功人士模样的中年人说道：“黎总，这就是我们即将‘绕渡龙湖’的兴工应届毕业生吕望云。”这位黎姓老板立即热情地伸出手，自我介绍道：“我是力宝集团的黎健强，我这次到江湖来销售产品，听单德果说他的高中同学要‘绕渡龙湖’，我到各大学校后勤处联系销售网点时，到处都见到你‘绕渡龙湖’的海报，昨天到兴工后勤处时，得知胡处长、黄主任都很清楚这件事，我们对这件事十分感兴趣，更是佩服你这个人和你的这个金点子、好想法!”

他满面堆笑地朝黄琴会看了看，吕望云此时才明白之所以有这么大场面的缘由。他微笑中带点拘谨地说：“我已是力宝的客户，前不久还买过呢。”黎老板张开大嘴笑哈哈道：“那就对了，说明我们有缘呀，你们在学校专心读书，不知道我们力宝与体育运动的关系吧。你这次‘绕渡龙湖’的行动吸引了我们的目光，经与你的好朋友单德果和黄主任讨论协商，这次‘绕渡龙湖’的活动，我们公司负责张罗赞助哈!”

吕望云瞟了黄琴会一眼，心想：难怪昨天中午之后就看不到黄主任了，原来他在背后与单德果一起帮自己张罗，不禁又感激地捏了捏黄主任的手，同时答道：“太好了，太好了，我既然冒险‘绕渡龙湖’，就希望引起的关注度越高越好，谢谢你们成全。”已明白吕望云的态度，黎健强更高兴地说：“这次我们出费用，几个青年销售员，全部在单德果和黄主任的带领下，全力组织服务好这次活动。”旁边围观的几个年轻人立即七嘴八舌地应声附和，有人说：“放心，除了你海报上写的电台外，我们还请了全国各地有影响力的新闻记者，全程跟踪采访。”吕望云抬眼一看，好家伙，像开大型体育运动会一样，一大群扛着摄像机的记者，正朝自己这边拍摄。人群中，还有人抢着说："你要承认我们力宝公司是唯一的赞助方哈。"

还是黎老板做手势，要大家静一静，他说道："为了保证你的安全，黄主任沿途租了一条小木船，船上装有力宝，在你需要喝水时，他们就用工具递给你，你在水中喝饮料时，尽量配合做好拍照片的姿势，但是，我们绝不干扰你个人的'绕渡'过程。"吕望云一听到这里，立即摇头否定道："你们将所有的安全措施都做好了，我的勇敢精神如何体现？你们不能帮倒忙呀。"说罢，他将脸转向黄主任，坚定地说："我不要船跟随保护，我是要创静水野泳的纪录的，你们可以在两个翻越湖间道的翻越点守候，证明我绕渡的路线真实有效，确保今天绕渡的实际距离不低于26公里。"

黎老板有点失望，但是，又觉得吕望云说得很有道理，他还是补充说："我们可以在你翻越湖中道时，递给你一罐力宝，你边翻越边喝上几口，补充一下能量，同时，准备一瓶拧盖的力宝绑在泡沫游泳圈上，方便你中途补充水和能量，正规有记录的长途野泳是允许带饮料补充水分的。"

他们边讨论边向下水的地点走去，在快要下水时，秦贞梅掏出自制的口袋，系在吕望云的腹部。她告诉他，拉开拉链，里面有用尼龙纸分包装好的巧克力。在熙熙攘攘的众人面前，他很享受地任由秦贞梅摆布，摄像拍照留念。下水时，他做了一个胜利"V"形手势，随后，背向长焦镜头，腰后长绳拖着一前一后两个彩色泡沫游泳圈，准备伸开双臂划出去。正在此时，一名很有文化范的记者高喊了一声："麻烦勇士稍候片刻，保持这个姿势一下下。"只见那人将一群正在做力宝广告的少男少女吆喝到花岗岩台阶边，在吕望云跟前，沿花岗岩弧线左右展开，跳起了体育舞蹈，以脚在水中、精壮修长的吕望云"V"型手势为背景，拍下了一段生动的广告片。拍完片后，吕望云下水，以不太标准的蛙泳动作，伸开双臂用力划开，作为"绕渡"开始的计时起点，黎健强抬腕一看，时间正好是上午八点整。

二

看到吕望云那并不十分标准的蛙泳动作，黄琴会显得十分担心，他拿着一张龙湖水面图对周围的人说："也不知他哪来的信心，他这没有受过正规训练的人，能'绕渡龙湖'？这可是26公里长的野外水面，比琼州海峡的里程还要长！"秦贞梅听到这里，也十分着急地点头表示出同样的担忧。

这时，一旁的黎健强正在观望随吕望云一同下水的那群引游人，他摇摇头表示道：“嘿，这你们就不用操心了，我一看就知他是长期在野外游泳的，你看他的动作虽不太标准，但是，身体平行浮在水面，动作轻松有力，与旁边那些龇牙咧嘴、姿势看似规规矩矩的大学生比起来，不知道要高到哪里去了。”旁边体育学院的教练还轻轻拍了拍自己那看似很专业的望远镜，笑着说：“莫担心，我们随车在岸上，边观察边记录取证，像他这种游野泳的都是在挑战自己的生理极限，就算是专业人员，今天也轻松不了。”黄琴会对他带来的人说：“我们到下一站去等他。”

吕望云下水的这一段，在寘山的东面，是名副其实的龙湖之东。由于这里湖的对岸是郊野乡村，游人一般只是登上寘山看一看，水面上空旷无人，不像面向市区的寘山西侧，有那么多热闹的游船，湖心道上有那么多买新衣置云裳的游人。吕望云下水时，还有一群被力宝公司组织起来伴泳营造气氛的人，这些人游到气力不够就回转，不到两百米，就只剩下吕望云一人在前行。他手腕上没有指北针，北偏西的方向便是高高的寘山顶，为了便于计算里程，尽量走直线，他瞄着寘山东侧的山脚游，边游边数着双手划动的次数。

大约游了快两公里时，就看到左侧长满高深杂草的一个镰钩形半岛，岛上有大片的南瓜，正开着大朵大朵的黄花，南瓜藤缠裹着草地，将那南瓜花和青青的小南瓜挂在湖岸的红土坡上，吸引了正在左右轮流换气的吕望云。水中看到这个画面，像极了一次梦境，梦中和二哥望川一起在水中拖了一串瓜藤，然后游到一个岛上。一瞬间的回忆分神，突然感觉右脚背上缠绕上了一团丝状的东西，他将右脚用力一提，不想脚踝骨处传来一阵刺痛，为了保持平衡，他下意识地蹬踢了一下右脚，很快，右脚大拇指也被网丝缠绕得紧紧的。他明白了，这看似平静的水面下，有人下了“系网”。这种鱼网半浮在水里，夏季湖水不够透明，自己蛙泳动作不标准，手入水浅，脚入水深，前面双手避开了，后面双脚却被缠紧。从小在家乡江河湖水里浸泡的经验告诉他，这时不能动，一旦网上有大鱼，动作力度大，很有可能将自己搞得皮破血流。出血后，“绕渡”还要继续，水中运动出血不容易止住，会严重影响体力，最后直接影响到“绕渡”是否能成功。他先镇定下来，身后拖着的泡沫游泳圈也顺水滑到了自己胸前，右手伸进一只游泳圈，将游泳圈压在腋下，双手在水下将下水前秦贞梅系的腰包的拉链拉开一个小口，从包里摸出一把可折叠小裁纸刀，靠着游泳圈的浮力，慢慢收拢右脚，顺脚摸去，发现大脚趾被尼龙鱼网丝缠得又紧又深，部分网丝已经深深地陷入大脚拇指指腹后的褶皱中，一时无法下刀。情急之下，他左手顺脚背摸到大脚趾后，一把将网丝捋顺成束，右手拿起已经打开的裁纸刀，将这束网丝割断，残余在脚趾上的网丝已无大碍，也就不用再理会了。处理完右脚，接着处理左脚，方法基本相同，只是用左手将网丝拉到小腿侧边成束，束大丝多，用刀割掉后，鱼网破了一个大洞。他心中不禁叹念起秦贞梅的好来，一面庆幸自己顺利摆脱了鱼网的缠绕，一面试着拉了一下鱼网，好家伙，真沉。他无心再消耗时间与体力，为了避开水面下的鱼网，改蛙泳为仰泳，双手双脚浅入水，回望入眼的是那逶迤南来的山峰，葳蕤的树木，青黛一色，风格旖旎，好一派原始森林的野茫茫。

仰泳确实容易做到身体平浮水面，但是，夏日刺眼的阳光，晒得脸上火辣辣的难受，且只能根据过往的岸景判断方向，容易偏离方向，要多游一些距离，到达目的地的时间肯定会受到影响。刚才湖岸寞山植物园的乌桕台还在视线中，仰泳一会儿，感觉离他确定的路线有些偏，正要改变姿势，调整方向，突然，头顶碰到一个塑料瓶。翻身一看，原来是一只养珍珠的浮瓶，自己竟然误入挂养珍珠的水域。再抬眼一望，从眼前一直到东边湖岸，星罗棋布般挂着绿色的空塑料瓶。与刚才干净的水域相比，这里异味扑鼻不说，水的颜色还泛着绿光。吕望云心想：这水色或许是那些绿色饮料瓶反衬造成的，这味道、水色与东岸缓坡上漫坡遍野的芝麻花香和粉白形成强烈反差。因时间、速度的要求，他压住了伸手摸一摸水下珍珠蚌的想法，看到因仰泳偏离了好远的距离，连忙回到蛙泳姿势，转向靠近植物园岸线，四肢尽量平着水面，用力划动，心中也默默数起数来。

加快速度，数到三千的时候，他游到了植物园坡岸内凹水口附近，只见两个身穿植物园工作服的水草养护员乘小木船采摘水草下的果实，边采边吆喝抱怨那养珍珠养鱼的投放肥料太多，水不透光，水草退化发臭。见吕望云游过来，这两个人远远地对他喊道：“这么濑嚓（脏）的水，亏你还游得这么起劲！游不得呀，要得皮肤病的！”吕望云装作没有听见，径直朝寞山东门山脚下游去。快过烟浪亭，水慢慢变清透，但是，因逃离养殖区划得太快，强烈的胸闷气短袭来，他不得不放慢速度，做深呼吸调整。稍缓后再抬头，一眼看到寞山顶上那郁郁葱葱的蓝天树景，不禁回想起在朱碑亭上帮郝西蓝演戏的情形，回想起曾经在寞山工地上慰问工程兵时兴工、兴汉大学同学之间产生的情谊。突然，一声枪响，惊扰了他的甜蜜回忆。抬头一看，几只大雁斜冲高空，原来是那霰弹枪。子弹射向低飞的大雁，将其中两只灰白色的大雁打出雁群。还未缓过神来，一只便跌落眼前，“咕咚”溅起了水花，吕望云感叹还好未被落雁击中，要不死伤在水里，还不知道别人会如何传颂。他快速抹掉眼睛四周的水珠，只见另外那只大雁，怕是未被击中要害，不断翻腾着不肯落水，但终因伤重，踉踉跄跄挣扎着在他的左前方不远处落下。

吕望云绕开这只沉下又浮出水面的可怜灰雁，不料，山坡林中，冲出一个背背篓拿长铳的人，挥手对他喊道：“游泳的，帮忙把我打的雁捞上来，我送你一只。”本来要对这人发火责骂，看看太阳，估计上午十点已过，还是“绕渡龙湖”的正事要紧，便闷头向前游去。心想沿途碰上的网鱼、养珍珠、采水草果实，现在又是打猎的，都是为了一个“利”字，不禁心中念叨：这看似美丽平静的水面世界，原来是张活生生的逐“利”图！一向并不清高的他，也是把挣钱当作解决困难的根本出路，现在，看到眼前这只被猎人打中的美丽大雁，羽毛边还渗着缕缕殷红鲜血，不禁一阵悲伤，也讨厌起这些不顾周边一切、放任逐利的人。他继续忍住，没理睬打猎人，绕开水上的大雁，不顾疲惫地奋力游过去，也许是用力过猛，一下子呼吸困难，又是一阵胸部发闷、肌肉乏力、下肢无力，他好想停下来不游了。这时，岸上的打猎人见他突然慢下来，哈哈大笑道：“好哇、好哇，游不动了吧，快回头帮我捞雁，上岸休息。”打猎人的笑声，反而刺激了吕望云，他咬牙坚持，加快了才放慢下来的速度，心想：我的目标是“绕渡”成功，这样的干扰，何能削弱我丝毫的劲头？

再游了一会儿，紧接寞山东门的一条小道延至东北方向，那边有一座水泥板桥，但中间断开了百来米，远远看去，是一个通向寞山西侧和落雁景区的开阔水面通道。吕望云远远看见自己熟悉的秦贞梅、黄琴会和肖放等人，在湖中靠寞山一侧的半截桥上，等待着自己。同行的还有好大一群人，熙熙攘攘站满了相连的半截湖间道。相对而立的两个半截湖间桥道的中间部分，不知中间这段是年久失修垮塌了，还是根本就没有建成过，也有可能是便于寞山风景区的管理，防止游人不买门票从湖间小道入园，建成后又拆除了。总之，这下倒是方便了吕望云，他不用翻越湖间道，直接从这相通的中段水面游过。

岸上大概有人见他累得脸色泛白，劝他上岸稍作休息，尤其是秦贞梅，她不知什么时候，把喻红玉和他的男朋友也请来了，他们三人一个劲地劝他："吕望云上来休息一下。"力宝的大幅广告标语挂在山坡的几处松树枝上，电台的记者们紧张地忙碌着，将这个狭小的转场地，搞得是热火朝天。体育学院做记录的很是尽责，示意他：这里不是可以离开水面的地方。知吕望云此时此地不能上岸，游经过道处时，黎健强丢了一听力宝给吕望云，吕望云微笑着伸手想接住，可惜没能成功，这瓶力宝"咕咚"一声就沉入水底了。不过这动作提醒了他，他在水中摆起了姿势，边游边喝了口随身带的瓶装力宝。只听得"咔嚓"一声，这个瞬间，成就了力宝公司"绕渡龙湖第一人，途中热渴饮力宝!"的经典赞助广告。随后，体育学院的人特意以显眼的方式看了看表，他会意地摇摇手，继续向落雁景区"绕渡"过去。

三

按照事先地图上的"绕渡"线路计划，他要往北游到鸟岛，再折向西，直到翻越落雁路后，向西北沿菱汤湖西岸到白马驿，绕桃花岛后折返，抵达湖心亭，从湖心亭侧边的湖心道涵洞翻越，再直接向踏浪门横渡过去。游过寞山东门的湖间道，时间已过了两个多小时，游过的距离还不到全程的零头，望云一阵心急，离开湖间道到东门山脚一带热闹沸腾的人群，用小时候游得最多的侧泳快速游向鸟岛。

岸边的人群见他继续游开，也纷纷散去。只有记者和组织参与者各忙各的，乘车赶赴下一个转折点。吕望云远远地盯住鸟岛游着，身边的水，变得越来越清。忽然，一艘白色快艇，发出隆隆声，从寞山脚下冲过来，在吕望云左侧不远处呼啸而过，激起巨浪，快艇冲过，差点将他掀翻。吕望云憋气挣扎，缓过神来，感到周身火辣辣的。查看四周，清澈的水面，顿时浮满了带刺的条形水草，巨浪起伏就像狂风扬鞭，动作越大它越往皮肤深处扎，不过这草刺虽尖，叶长且密，因其四散不定，与刚才被鱼网缠住的集中剧痛不一样，吕望云感到的是周身齐发的痛痒。他缩体收身一看，脚已被水草缠住，这水草有极好的柔性，脚踢草挣脱不开，脚蹬草屈折不断，一句话，缠上了，就难得脱身。幸好，吕望云带了两个游泳圈，浮力大，心不慌，他将两只泳圈叠加，伸腚坐进圈里，静下来，用小刀割断坚韧带刺的水草带，小心翼翼仰泳而行，不敢怠慢，心想：要抢在这恼人的快艇再来之前离开。正担忧快划时，又一艘快艇呼啸而去，加上自己是仰泳，水裹挟着刺草，淹头盖脸冲过，躲闪不及，顿时呛了一大口水，吕望云哇的一声，只想呕吐……这要不快速避开，它要是突然从哪一个看不到的方向再冲到身上来，恐怕就性命难保了！此时吕望云脑中飞快寻找办法，发现快艇多自寞山脚下来，虽然速度飞快，但是，活动有距离限制，需在规定的区域内游行，他顾不得浑身的痛痒，躲避着脚下的水草，以最快的速度滑出了快艇区域。

往前游了一公里左右，接近鸟岛。远远看到鸟岛上的水鸟，有仰头展翅飞翔的，有俯首伸足歇息的；那亭亭玉立在彩色树梢上，眼睛紧盯附近水面鱼虾迹象，准备随时飞出抓食的，则露出了神情专注的模样；还是那三两只集聚枝头相互撩拨对唱的，最为引人关注遐想。它们的生息劳作，将湖中白色的鱼虾搬运消化，将岛上的树林染成一片夏日里也不会融化的粉白雪花景象，在炎炎阳光的照耀下，显得朦朦胧胧。此起彼伏的阵阵鸟声，盖过了远处快艇隆隆的啸叫，现出了水鸟世界表面的安静与潜在的喧嚣。他知道，自己的行踪，岸上体育学院的教练正用望远镜看着，为了保证行程到位，他绕岛游了一圈。在这里，也许打猎人不能上来，灰白的水鸟，并不怕人，一只胆大的，居然停在自己的游泳圈上，惬意地享受着被他拖行的感觉。它下水捉鱼去了，其他两只又飞来，一直被吕望云拖到离岛百十米外，才恋恋不舍地飞走。

吕望云加快速度，摆脱快艇的危险和水草的纠缠，按照“绕渡”的计划路径，游到鹅咀后翻越落雁路。落雁路不宽，但是，是实心的土路，过往的车辆颇多。为了便于识别，在鹅咀拐角处，秦贞梅、肖放他们插上了红旗，还有吕望云用毛笔写的“吕望云绕渡翻越处”红纸标语，已贴在笔直的水杉树上，十分醒目。翻越时，在标语和彩旗的背景下，他按要求与体育学院做记录的教练快速合了一张影，这时已是上午十一点多。他喘着粗气，咬了一口巧克力，倒了几口力宝到喉咙里，看了一眼心痛模样的秦贞梅，点点头，紧接着下水向落雁岛的日丽桥方向游去。

过了日丽桥，水色尚可，只是越往桃花岛，空气越不好。到了桃花岛附近，眯起眼只见遮天蔽日的灰黄背景下，口径大的如山之平顶，口径小的如水泥电杆，高矮参差不齐的烟囱，密集耸立于湖岸线上。这些烟囱向上喷发着颜色深浅不一的烟柱，缓缓向上升腾，直至消失在灰黄的天空中。吕望云的口眼鼻都淹没在这光、灰、臭混合的气体里，迫使他一直保持着深吸一口气后憋气再换气的状态，不知不觉呼吸变得又浅又急。胸闷喉刺牙碜泪滴，真盼有阵风吹过，一扫这令人作呕的浊气。然而，盛夏的午阳，毒辣地炙烤着湖面，风也退缩到不知哪个角落里，吕望云只觉得难受到了极点，心底发出‘放弃、放弃、放弃、返回、返回、返回’的绝望打算，同时，他的脑海里又浮现出阚育才的得意、费新刚的冷笑、蔡建设的麻木、罗泽玉的旁观，还有秦贞梅的辛劳、单德果的鼓励、田如玉的反对……这些形象鲜明的面孔幻灯片样的播放，刺鼻的浊气瞬间让他麻木了，顺着惯性手扒脚蹬，让他得以继续向前游动。今天出乎意料，这么多人到场，不能半途而废……

想着想着，牙齿咬得吱吱响，他不能排斥这带异味的空气，管他的，放开嘴、敞开喉，吸进来吧！劲来了，心口灼痛，眼泪和着湖水，模糊了，模糊了，只见桃花岛上插满彩旗，还有“吕望云‘绕渡’经过处”几个有力的大字穿过这浊气。岸上的人们居然还是一样密集，只是没有刚才那样的嬉闹，有那么多的言语喊叫。有人举着巨幅标语，在灰尘的掩遮下依稀可见“改革开放需要勇往直前的精神”“欢迎‘绕渡龙湖’的勇士”“江湖钢铁学院支持你”等字样。他感动，他激动，快到桃花岛岸时，水中的他突然像鱼一样跃出水面，引来岸上一片欢呼声。

因水面被通往岸边的一条小路分割，他没有环游桃花岛，只是游到岛边指定位置，由体育学院做记录的教练拍下他到达桃花岛的照片。这时已是下午一点过几分钟，他必须在下午三点以前，游到湖心亭沙滩浴场附近，这样才有希望在下午七点之前的日落时分游到诺佳山下的汉大踏浪门。因为规则是不能上岸休息，加上充满异味的空气的刺激，他顾不得饥肠辘辘，不吃一口巧克力，未喝一口力宝，立马折返，离开了“绕渡龙湖”活动中体育学院与力宝公司计划路径的最远点。

离桃花岛渐远，空气中的异味渐轻。咕咕直叫唤的肚子，让他不得不停下来趴在两个游泳圈上，打开瓶装力宝盖子，咕噜咕噜地大喝了几口，又从腰包中摸出两块巧克力，边嚼边环顾了一下眼前的光景：右侧是北岸的白马路龙湖渔场，下午两点多，波澜不惊的宽阔水面，日晒如火烤，水汽发出嘶嘶的声音，被水网浮球划分的一片片开阔水域，环环相连，宛如一幅水天相接的国画，寥寥几根曲线，将吕望云的眼神引向了岸边；白马路渔场起岸处，一大片相靠的木船，显示出渔场的不小规模，午时渔民停止了作业，湖区安静得只有吕望云划水的声音；岸上树林间有一片菜地，架上挂满了夏季时令蔬菜，有豇豆、丝瓜和冬瓜，远远看去，还有一红衣少女顶着烈日，在瓜架下劳作，与那湖汊里盛开的水红荷花遥相呼应。这些美丽的画面使吕望云忘记了刚才那难受的气味，巧克力也嚼得差不多了，左边的落雁景区，刚才就近看过，已顾不上再领略，只是前方的九女墩至湖心亭之间的湖间道上，那两排笔直高耸的水杉，连同水中的倒影，给人以庄严肃静之感，引领着吕望云翻下游泳圈，加快速度，要在三点钟前游到湖心亭沙滩浴场。

自由泳是吕望云这样无师自通泳者的强项，他加深呼吸，挥动长臂，三点还不到，就游到了湖中道高大的水杉下。离湖中道五十米开外的水中立着一块告示牌，警告水下有暗桩，人与船都不得靠近，吕望云明白这是龙湖渔场防止盗鱼者设的防，暗桩标识不止一个，也如那道上水杉，沿湖中道一字平行排开，只是标识的间隔要比水杉的间距远得多，大约一百米才一个。要绕开这有标识的暗桩阵得绕好远的距离，多花不少时间。他犹豫着，只见湖中道上过往车辆都被等候他的人群挤得减慢了速度，喇叭声、旁边湖心亭跑过来看热闹的人的笑声、观看人员建议他如何绕道游过来的喊叫声，此起彼伏，一片沸腾。见吕望云不顾危险，直接游过去，众人惊叫，惊动了旁边几个专心用长竿钓鱼的人。他们也放下鱼竿，一位年长者对吕望云喊道："暗桩上有蒺藜铁丝，小心划伤流血。"吕望云一听，心想：后面还有一截最长的里程，流血后岂不麻烦大了？

愣了一下后，看到随身带的两个游泳圈，他将一个置于胸前，一个置于胯部，趴在水面，小心划到岸边。起水一看，一只游泳圈的吃水面，红蓝相间的塑料表皮已被划得伤痕累累，露出道道白色泡沫沟。他没有来得及细看，一路小跑翻过湖中道，拎着两只游泳圈在湖心亭前栈道旁边下水，下水前一刻，在湖中道等候他的秦贞梅，赶上来在他腰包里又放了几块巧克力，还抢着剥了一个清水煮的鸡蛋塞进了他的嘴里。旁边的黄琴会好像有什么着急的事情想说，但吕望云急于赶时间，未来得及听仔细，下水游了几下后回望，只见黄琴会用手指着天空，他的身影与他身后的湖心亭上悬挂的力宝广告标语重合，吕望云理解成要他注意看广告。他还像模像样地顺着黄琴会的手，朝上看了看，虽然一眼瞥见一块乌云，但是，他没有往深处想，因为没有时间容许他多想。半途而废，放弃渡过这最宽阔也是最后一片水面，这样的事情他根本不会想。黄主任大概也觉得现在中途而废不可能，也没有再坚持，放任着吕望云转身向着湖对岸的踏浪门游去。

四

虽然大学四年，吕望云多次与龙湖接触，与同学们一起在龙湖边骑车游玩、到寞山开展共青团军民共建寞山公路、到语佳湖兴工游泳场游泳、在寞山朱碑亭上假扮郝西蓝的新男友、暴风雨中拖一车鸭蛋勇闯湖中道，等等，但是，为了顺利“绕渡龙湖”，吕望云不敢大意，之前还是用心查阅了相关资料。这郑湖是龙湖的第一大子湖，有名的龙湖核心风景区——听涛景区，就在郑湖的西北岸。不管是在听涛景区还是在寞山、湖心亭，抑或是在龙湖湖南岸的诺佳山、仰望山、语佳山和香秋山上，都是从岸上看湖水，领略湖面的开阔浩渺和水山天色的奇妙。今天则不同，吕望云在湖水中，烈日下，他用另一种方式看到了湖光山色的高远，感受到了湖岸耸立的群山上的树木花草的幽深与繁茂。尤其是右前方的听涛景区，梅岭一号，伟人曾在那里发出声声号召，也如今天这“绕渡”一样，他老人家作出了由另一个伟人继续带领国家前进的“绕渡”宏谋。在这平静如镜，水面被太阳晒得嘶嘶蒸腾的时刻，他仿佛听到了梅岭岸边的涛声，想起了田如玉曾经许下的愿望：毕业后一定要留在美丽的龙湖边工作！对比现在的情形，一股无奈的酸楚涌上吕望云心头，他想：田如玉，还是你有办法呀，为了留在江湖城，宁可选择休学留一级！

四肢已累麻木，仿佛不是自己的。吕望云只是机械地调动着它们，唯有眼睛盯着湖岸诺佳山下踏浪门方向，心想着那是这艰辛“绕渡龙湖”的目的地。忽然，刚才飘过的那片乌云迅猛扩张，头顶的阳光消失，天气转阴，湖水发烫，汽蒸热闷，他心头一阵发慌，呀，莫不是暴风雨即将来临？他心生不安，眼睛还是紧盯着远处的踏浪门。

是的，暴风雨确实要来了，湖面不见了快艇的踪影，连木船棚外摇橹的，不知什么时候也将游船摇离了湖心。顷刻间，太阳被厚厚的乌云遮住，乌云的金色边沿迅速膨胀扩大，偌大的一个湖面只有自己一人在游着。在沧浪亭游过泳、湖心道拖过鸭蛋的他深知眼前这平静无边的湖水被风暴激起的危险，此刻，一种恐惧感渐渐袭上心头。感时迟，变时快，突然，一艘白色快艇冲了过来，快艇上除驾驶员外，还有一个令他无比震惊和熟悉的身影。随着快艇的快速靠近，他看清了，这熟悉的人就是激起他下决心“绕渡”的阚书记。

阚育才朝他大声喊道："快上船，暴风雷雨来了，保命要紧！"吕望云瞬间明白，平时看似冷酷的阚书记，其实对自己还是很上心的。他在犹豫中快速思考：这好不容易搞的一次"绕渡"，现在要是上了快艇，岂不前功尽弃了？他下意识地看了看踏浪门，虽然看不到，但是，再也不用绕来绕去，下一站就是它，想到这里，不由得一阵兴奋。这"绕渡龙湖第一人"的称号，大家出力的出力，关心的关心，关注的关注，因被眼前的风浪吓倒而放弃，众人怎么看自己呀？他向快艇上的阚育才书记摇摇手，表示不会上快艇，本要开口讲话，但是，自己已口干舌燥嗓哑，只是坚定的表情，阚育才书记看得太清。阚育才无奈地摇摇头，说了句："这可是要命死人的呀！我告诉你，经过协商调剂，你可以到汉大经管系读研究生了，你还觉得这样冒险值吗？"这时，驾驶快艇的人说："我们快走吧，你的水性又不好，再不走，我们的命都保不住！"阚育才注意到吕望云听说已联系好去汉大读研时格外闪亮的眼神，以为他得知可以到汉大读研的消息后，会改变主意，正想伸手强行拉他上艇，给他这个好面子的人一个台阶下，不料吕望云愣了一下后，逃跑似地加快了挥臂蹬水的频率。这时突然一道闪电在不远的湖面闪起，驾快艇的人不等阚育才同意，"呜"的一声，一溜烟地快速驶离。

现在是才渡完郑湖的一小半，没有退路，只有前进。这时，他才回想起，黄主任朝天指的手势，是不是提醒自己注意老天爷变脸？又联想起田如玉休学期间拖鸭蛋卖，路过湖中道，遇到大风大雨损失惨重，自己要不是招待好了司机，充分激发了司机的水平和勇气，毫不犹豫地平稳快速驾驶，恐怕也会像田如玉那样，一车鸭蛋保不住。龙湖岸边得到的那些体验和教训，让他深知，看似平静的龙湖，因为湖面开阔，西北处与长江相邻，东南处有起伏不平的山峰拗口，盛夏温度失衡，空气对流频繁，极易产生疾风暴雨，生成滔天的巨浪。此时自己孤身处在龙湖最大的子湖中心，大风才起，雷电已至，后果不堪设想。他脑海里一遍遍重现沧浪亭上排山倒海的巨浪奔袭而来的情形，每年暑期龙湖淹死大学生的传闻，做出决定前秦贞梅、田如玉、俞仲乐等人的反复提醒，以及阚育才、黄琴会和岳望星等人始终如一的反对，此刻更加清晰地摆到了眼前。

吕望云心怀恐惧地快速往前游着，小时候和玩伴一起被突然涨满水的内河隔断了回家路，大家急中生智，在防浪林里捡杨树枯枝捆好，趴在枯枝上回家的历险情形，也浮现在眼前。打量茫茫水域，只有两只随身携带的游泳圈，仿佛变成了当年的那梱枯枝，令他稍许稳了一下神。突然，西南飓风越过语佳山和寞山，掠过群山脚下的平缓地带，恨不得将语湖之水卷过低矮的荷池、樱园和梅园，直接抛撒到郑湖。这飓风如长龙喷水，砸向正在奋力搏击的吕望云头上。紧接着，一道闪电垂下，仿佛就闪击在他眼前。吕望云感到全身发麻，麻还未来得及消退，接着又是“轰隆隆”在左前方伸手可及的地方，闪电炸雷齐发。慌悸中，他想起雷电的产生原理，像躲炮弹一样，拼命游向左前方刚才落雷闪电的地方。刚一到，又是闪电炸雷齐发，他仔细一看，这次闪电就定格在自己刚刚离开地方的附近，不禁声嘶力竭地大叫一声：“好险！”

巨浪翻滚，不一会儿就将吕望云高高抛起，瞬间又将他甩回水面，不出几个回合，吕望云便像败下阵来的公鸡，感觉这次能活着回到岸上怕是真不容易。好在从小在江水里浸泡，还没有失控让湖水灌到口里。他试图分辨方向，然而，虽是下午五时多，夏日却被乌云完全遮住，暗无天日，密集的雨点，如帘似瀑，根本看不到岸边标识，一时方向全失。他只有收拢两只游泳圈，试图将游泳圈置于双臂腋下，好喘口气。刚钻进一只圈，正要收拢另一只，不料，一声“咯吱”，在湖间道边暗桩上划破塑料包皮的那只游泳圈断成了几节。白色泡沫在风与水的冲击下，挣脱了塑料彩皮的束缚，随浪飘去。他暗自庆幸，带了两只游泳圈。与大浪搏击了数个来回后，风越来越急，形成浪加浪，吕望云无助地被这不规则的巨浪抛甩，一口气刚吐完，人就被另一波浪吞没，半天冲不出浪峰，一不小心呛了一大口水，好不容易快钻出浪峰，又感觉头顶上有软乎乎的东西往水里拖压，使他一时困在水面下。他大吃一惊，浑身不自觉地一阵颤栗，如坠深渊，心想：完了、完了，看样子，自己真要淹死在这大湖里。这时，与罗泽玉一起读单德果的来信时，自己埋怨单德果的话突然在耳边回响：“单德果，你好傻咯，再难也不能丢弃生命呀！”是的，再难也要活下去。是的，要顽强地活下去，他果断地从腰包里摸出了秦贞梅塞进来的小刀……

就在他认为自己已无活命的希望时，突然，这软乎乎的东西一松，他下意识地顺势将头往后一仰，想绕过这东西，从旁边钻出水面，换口气活命。感觉到像一片渔网随水跌落在下颌处，水浊不能睁开眼睛，他伸手想划开渔网，没想到，惊出网里一条半米长的青鱼，带着网冲跳出水面。“呀，亏得没有钻进渔网太深，不然渔网上的大鱼还不知道要把老子拖到哪里！”他自言自语着，绕过渔网，出水呼了一口气，寻找避开这种怪浪的规律。

一个多小时的狂风暴雨过去，湖面趋于平静，刚才乌云密布的情形消失。抬眼环视，雨后的诺佳山顶葱绿无比，古朴的绿色琉璃瓦楼顶，将快要下山的夕阳反射成柔光，他分辨着罗泽玉住过的女生宿舍的方位，回想起同罗泽玉在楼顶看龙湖千帆进发时的心情，短短的毕业季过去，两人就此天各一方，走向不同的方向；虽然秦贞梅坚持留下来陪自己联系读研和工作，不忍心迅速离开，但是，这次风雨过后，秦贞梅必定要远去尚海；从小便是家人心中望川媳妇的田如玉，在二哥决然放下之后，又不愿意和伍卓理走到一起，令人震惊的是她居然看上了自己；还有假扮郝西蓝男友带来的委屈…… 从阳京实习、考研、毕业设计、食堂帮工、买卖鸭蛋、做毕业纪念册、入党、请客、花钱、送情、分配……这大四一年来的种种迂回曲折，在语园里、龙湖边的学习生活，如同眼前这余波细浪层层叠起。接下来，自己能像这暴风雨后的龙湖，离开这沸腾与喧嚣，恢复到眼前的平静吗？

他确实疲劳至极，但是，趴在游泳圈上不便于前行，他还是松开游泳圈，下到水里，向着踏浪门方向用力游去，边划边想：暴风雨后，原来与黄琴会和肖放商量好的迎接胜利的仪式估计是搞不成了。这次冒着生命危险“绕渡”，除了证明自己的心志外，还有其他的意义吗？

想着想着，耳边好像隐隐约约响起了阵阵呼唤自己名字的声音，细听，还夹杂着阵阵唱国歌的声音。他不由得仰起头，顺着声音看过去，好家伙，踏浪门外，游泳池边和廊道上，站满了人。

在水中看岸上，此时不止踏浪门外是这样人山人海，沿龙湖南路相邻的放鹰台、水生所、水电学院一直到诺佳山伸进龙湖的半边山上，同样站满了身着五颜六色夏装望着湖中的人。起先，吕望云还觉得这一带是龙湖观光点，正常情况下就有这么热闹，就有这么多人。慢慢游近以后，听到喊自己名字的声音越来越大，国歌声越来越整齐响亮，半边山的崖顶上，垂挂着大红标语“弘扬女排精神、振兴中华从我做起，欢迎绕渡龙湖的勇士凯旋”“时代的弄潮儿，改革的生力军”，在踏浪门两侧路边高大的法桐树干上挂着“力宝集团热烈祝贺兴中理工大学毕业生吕望云绕渡龙湖成功”“国中日报社热烈祝贺吕望云绕渡龙湖成功”“龙湖风景区管理处欢迎你”“龙湖旅行社热烈祝贺吕望云绕渡龙湖成功”等，还有龙湖南路驳岸边、游泳池廊道边角竖立的国旗、彩旗，在雨后天晴的夏日夕阳下，被晚风吹得猎猎生辉。《国歌》《歌唱祖国》《一条大河》等歌声轮流齐唱。坚持改革开放、坚持党的领导，弘扬长江、黄河漂流精神，弘扬女排精神、勇攀科学高峰的口号一阵比一阵嘹亮，一时间龙湖的这一角，是欢声笑语，景美人旺。快到兴汉大学龙湖泳场的廊道了，扑通、扑通，不断有人跳下水，游到吕望云附近，像马拉松长跑比赛“领跑”一样，也来给筋疲力尽的吕望云“领游”。在游泳场廊道下面钢条排成的梯子下，吕望云坚持自己蹬梯上到廊道上，令他惶恐不安的是求是院长也在廊道的队列中迎接他。原来，求是院长家就在踏浪门附近，这天他在家正准备吃晚饭，当他听说兴工应届毕业生“绕渡”挑战龙湖的消息时，既高兴又担心，尤其是他还认识这个学生吕望云，加上刚退二线的他，一听说自己的学生闹出这么大的动静，也立刻动心于这学生的火热激情，目光炯炯地对家人说：“我得去看看，这是我认识的一个学生。”

此时此刻，见到偶像老院长，哆嗦发抖的吕望云更加颤抖，他牙齿上下“咯咯”直响，拼尽气力，喊了一声：“余、余院长，我……”只见他双腿支撑不稳，一个踉跄，顺势倒在水泥廊道上。以为他断了气息，急得大家一阵无助的躁动，站在余院长身后的秦贞梅、黄琴会、单德果和肖放几个人，立即上前，仔细一看，正要对他施加胸口按压和人工呼吸，他却眨了眨眼睛，还轻轻地摇了摇手，秦贞梅立即喊道：“他太激动、太累和太饿了哦！”黎健强立即喊随行的人拿来听装力宝，拉开瓶盖，秦贞梅接过来，另一只手托起他的后脑勺，俯身喂进他口里。肖放也在一旁揉动着他发颤的四肢。

不一会儿，他犟着站起来，发现廊道上、湖岸边那些熟悉的面孔，好像是在梦中，有阚育才、岳望星、俞仲乐、系办的邢老师，有费新刚、蔡建设和喻红玉，还有伍卓理、田如玉，最后落眼于搀扶自己、心急脸红的秦贞梅，似乎后面还站着美丽的罗泽玉……